于懷岸——著

巫師

謹以此書

獻給湘西大地，以及ZXY

第一章

巫師趙天國早在十四歲那年，從父親手中接過法器——一塊鏽跡斑斑的羊脛骨時，就從一盆清水裡看到了他一生的結局。半個世紀後，當他被人民解放軍戰士五花大綁押赴縣城外土地廟前執行槍決時，面對黑洞洞的槍口，才猛然想起他接過法器，站起身來走向香案的木盆往法器上彈神水時，手指頭一觸碰到水面，他的胸口倏地一緊，像挨了一悶棍似地強烈一震，一股錐心的巨痛襲擊了全身。他不由地打了一個趔趄，差點撲倒下地。他往水盆裡看去，一支巨大的黑洞洞的槍口從水底伸來，槍管上套有一個圓形的東西，正中央還有一根指頭粗的鐵針。在外表平靜內裡卻波濤洶湧的清水裡，他還看到一群穿著草黃色衣服肩上背著長槍的軍人，他們一字排開，面容肅穆地站在一條鋪滿細碎鵝卵石的河灘上。再遠處，是一泓綠得發暗的河水。巫師趙天國清楚地記得，他十四歲那年是大清朝光緒二十八年，按天干地支紀年為壬寅年，那時的貓莊除了火銃，根本找不到一支有準星的快槍。那時他也沒出過貓莊，別說沒見到過穿著整齊劃一的軍裝的軍人，連戴小斗篷的大清朝兵勇也沒見過一個。巫師趙天國那時就知道他會死在一支槍口下，只是不曉得槍口裡的子彈什麼時候射向他的胸口。他以為會在他三十六歲以前，沒想到他等了整整半個世紀；他以為那是仇人的槍口，沒想到他會成為人民的公敵；他以為他會死得很豪邁，像他的祖祖輩輩一樣英勇不屈，沒想到槍響之前他竟會嚎啕大哭，成為酉水兩岸幾萬圍觀者傳佈了好幾代人的笑柄。

貓莊每個巫師在接過法器正式成為巫師時，都能從神水裡看到自己一生的結局。就像他爺爺老巫師趙日升知道自己會死於亂石之下，前巫師父親趙久明也知道他會死於仇人的毒箭。據說爺爺接過法器時，在清水裡看到一片滾滾而下的巨石，後來他果然在一個暴雨如注的夜晚被一塊重達千斤的大石頭從身上碾過。那夜，爺爺在正房裡睡覺，巨石從他的夢裡呼嘯而過，壓垮木床後，把他碾成了一張肉餅。此時，婆婆恰巧起來小解，使她逃過一劫。她蹲在茅廁板上還能聽到男人如雷的鼾聲，提上褲腰時聽到房裡傳來一聲轟然巨響，趕忙舉燈往房裡跑去。婆婆進屋後，沒有看到房子的前後板壁已經被巨石洞穿，卻依然聽到斷了一下子的老巫師又扯起酣暢淋漓一浪高過一浪的呼嚕聲，心裡遂安定下來。她把油燈放在床頭櫃上，可是她卻找不到床了。面前空空蕩蕩的，床沒了！老巫師的鼾聲仍在呼呼嚕嚕地響，床去哪兒了呢？她從櫃子上拿起銀簪，拔亮燈芯，這才發出一聲比天上的炸雷還要響亮的驚叫聲。

第二天，暴雨停後，聞訊趕來的貓莊人看到那塊破房而過的大石頭穩穩當當地停在屋前的坪場上，把夯實多年的土坪砸出了一個深達半人的大坑。後來，貓莊的八個青壯年男丁用拳頭粗的麻繩把巨石套起來，才步履蹣跚地把它抬出了坪場。後來人們還發現，這塊大石頭只是後山垮下的石壁中最小的一塊，那些更大的石頭全都被屋後的一片山竹林爆裂的竹片死死地纏住。其中一塊龐然大物已經懸到了剛成巫師不久的父親趙久明頭頂上的廂房板壁上，被三根大山竹緊緊相纏絲絲相扣地托住了。那些爆裂的山竹片絞在一起，像一個編織好的網兜，網住了那塊面目猙獰的大石頭。

全身連頭顱一起被碾成一張薄餅的老巫師的鼾聲響了整整七天七夜。人們把他從床板上像揭一張繃緊的牛皮一樣揭下來時，他的鼾聲沒有停歇；裝進棺木後，厚實的柏木還是擋不住他雷鳴般的鼾聲；就是下葬後，層層黃土掩蓋了棺材，鼾聲還在從墓穴裡滲透出來，像井水裡冒汽泡一樣，咕嚕嚕地響，直到壘起了一個大大的高高聳立的墳堆，砌了石頭，抹了灰漿，才隔斷那些不依不饒的呼嚕聲。

爺爺死去的那夜是他把法器交給父親趙久明的第十四天，俗稱「二七」天。趙家近幾代巫師中，爺爺算得上是唯一「善終」的，他總算死在自己的家裡，有靈魂的歸宿地。雖然，他死時還不滿三十六歲。再往上幾代，趙家的巫師全都死於非命——爺爺的爺爺和爺爺的父親皆死於仇人的刀箭。

巫師在移交法器還原成凡人後，必在七七四十九天內死亡。這是天數。天數一到，自然會有神諭暗示。得到神諭後，巫師要在七天內擇日把法器傳給繼承人，繼承人多是他的下一代。貓莊的巫師沒有活過三十六歲的，不知是天定的巫師的命運，還是趙氏種族本身的劫數。

這年父親趙久明也剛好三十六歲。

趙天國從清水裡看到自己的結局，沒有絲毫的驚訝，他臉色平靜地再次把手指頭伸進神水裡，然後輕輕地彈向羊脛骨。這期間，他的父親，年輕的前巫師趙久明一直微閉著雙眼，當水滴落在羊脛骨上發出「滋滋」的清脆的聲響時，前巫師才緩緩地睜開兩片脬腫的眼皮，射來跟他做巫師時一樣銳利的目光。前巫師看到現巫師平靜得如同無風無浪的湖水一樣的雙眸，心裡稍稍安穩了一些。按規矩，儀式上巫師看到的神水裡顯現的命運不能透露出來，否則，必遭天譴。儀式之前，趙久明曾反覆地給趙天國交待過。此時，趙久明的心裡還是禁不住為兒子的命運擔心，更為他們這個種族的前景擔憂。

他已經是一個知道了自己死期和死亡方式的人，這種擔憂更加加重了他的悲愴。

巫師趙久明有三個兒子，選擇趙天國接替衣缽並不是因為他是老大，而是神諭。三天前，趙久明夢見十二年前他開光後從父親手裡接過法器在神水裡看到的那一幕，一支箭頭漆黑的毒箭朝他呼嘯而來。他聽到了一聲大叫聲：爹爹，閃開！是老大趙天國的聲音。趙天國是用他們種族已經消亡了幾百年的土話喊的。爹的發音是「吖」，而不是現在貓莊人人叫的「哆」音，閃開的發音極其深奧古怪。其實趙久明根本沒有聽明白，更沒有聽懂，是意會到的。憑直覺，他感到夢中的老大喊出來的是他們趙氏種族消亡了幾百年的土話。巫師的衣缽只能傳給會說土著語言的人，但現在貓莊方圓近百里，甚至整個酉水兩岸再也找不出一個會說這種古奧的土話的人了。人們都說變味了的俗稱西南官話的漢話，跟峽谷裡的那些漢人，大多數苗子[1]和那些自稱畢茲卡[2]的人一樣。所不同的是，苗子和畢茲卡都還保存著自己的語言，在外人面前才說漢話，他們種族卻什麼也沒有了，沒有文字，沒有代代相傳的古歌，連語言也像一棟燒毀了的房子一樣，從大地上抹去了痕跡。而且燒得特別徹底，連灰燼也一絲不剩。在這片峽谷裡，只有他們趙氏種族的處境最尷尬，苗子和畢茲卡認為他們是漢人，而漢人又認為他們是蠻夷。但趙久明知道只有他們才是這片大地的主人，不管是漢人也好，苗子和畢茲卡也好，都是外來客，雖然他們都稱他們遷徙到這片土地有上千年的歷史，或者大言不慚地稱自己為土生土長的人，至少在貓莊方圓百里內，他們是客人，這塊土地趙氏種族的先人們已經居住了至少好幾萬年……

1 苗子，湘西北舊時對苗族人的稱謂。

2 畢茲卡，土家族人自稱，意為土生土長的人。

趙久明不僅僅是一個巫師，他還是一個族長。趙氏種族的族長一直是由他們這一房擔任的，而且由長子繼承。而他恰恰是老大，又被神定為巫師。因此，巫師和族長就一肩挑了。現在，他兒子趙天國也要神職族責一肩挑。當然，族長得等他死後才能繼承。

趙久明成為一個巫師後，曾不止一次冒著被天神懲罰的危險，在暗房裡偷偷地用羊脛骨打卦，他始終從卦上看不到他們種族興旺的跡象。趙久明認為巫師和族長兩種職責並不相悖，反而是高度的統一。作為一個巫師，一個天神的使者，他的任務是驅魔、鎮妖、除邪、解穢，保山寨人人平安，六畜興旺；族長的職責則是讓種族興旺，子孫繁衍，山寨強大，不受外族侮辱。山寨平安，六畜興旺，無魔無妖無邪無穢會令種族興旺強大，子孫多福，反之，種族興旺強大也一定會帶來山寨平安，六畜興旺，妖魔鬼怪退避三舍。十多年來，令他深感悲哀的是，世道是越來越亂，巫師的法力卻越來越小。這些年來，山寨不僅毫無平安可言，連年不斷的仇殺，突奇不意的土匪洗劫，甚至連種族也陷入滅絕的危險。

趙久明曾有過一番振興山寨的雄心。他不僅學習祖祖輩輩一直運用的漢話文字，熟讀經詩子集，諸子百家，還曾花大工夫研究過祖輩們沒有研究的苗語和畢茲卡語，深諳他們的歷史和習俗。趙久明認為要打敗一個種族必得先瞭解這個種族，要振興自己的種族也必得先瞭解別的種族，按一個大清朝的漢人官員的說法是「師夷之長以制夷」。而且他也實施了一些舉措，譬如聘請教師、拳師，文武並重，譬如改進弓箭，購買火銃，可惜收效甚微。不知天機未到，還是貓莊氣數已盡?!就在這時，他得到了神諭，要遜位巫師一職。當然，他也知道，七七四十天內，他還得禪讓族長。接到神諭後，趙久明心裡反而感到輕鬆和解脫了。根據神諭暗示，老大趙天國將接任巫師——神沒有選中魁梧驃悍的老二趙天武和機靈活潑的老三趙天文，而是外貌呆頭呆腦、木納沉穩的老大趙天國，讓他巫師族長一肩挑。神就是神，神的用意凡胎俗子是看不透的，他這個神的使者也看不透，卻能意會到。趙久明從神諭裡看到了他們種族昌盛的可能和希望。

老大趙天國在三兄弟中確實是外表最呆憨的，他先是一直被貓莊人認為是一個啞巴，後來又被認為是一個傻子。他長到七歲時才開始說話，會說話之後的好多年還像不會說話時那樣不說話，有時幾個月聽不到他口裡有一聲響動，九歲時他嘴角也還在像三歲娃娃那樣流涎水，每夜要賴兩次尿。趙久明至今記得他第一次說話的情景，那是他在坪場上玩耍，當時家裡正在招待從諾里湖來的客人彭少華——一個畢茲卡頭人，也是他妻子趙彭氏的親哥哥，商議兩寨共同對付二龍山土匪事宜。彭少華是帶著兒子彭學清來的，進屋後就把也是七歲的兒子放在坪場上和表弟趙天國玩耍。趙天國手裡拿著一塊山竹片做的竹籤，在土裡刨蚯蚓餵他的小鴨兒，不大理會彭學清。彭學清見他不理人，生氣地一腳把裝蚯蚓的小木盆踢翻了，趙天國對他翻了一眼白眼，還是不理他，彭學清更氣了，抬起腳準備一腳踩癟裝著幾隻小鴨兒的竹篾籠。這時正和彭少華說話的趙久明聽到外面傳來一串嘰嘰嚕嚕的憤怒的吼聲，他渾身一震，那一串吼聲既不是漢話，也不是苗話，更不是畢茲卡話，而是一串他從未聽到過又曾似相識的音節。當時他沒有多想，以為是兒子趙天國發出的啞語，跑出來問兩個孩子發生他什麼事，只見趙天國滿面漲紅，舉著竹籤對準表兄彭學清要刺，他正一字一頓地對彭學清說：「你敢弄死我的鴨兒，我就要弄死你！」

彭學清爭辯著說：「幾隻鴨兒有什麼起不起的，我賠你給就是。」

趙天國說：「他們都是性命，性命沒了誰能賠？」

從屋裡跑出來的趙久明和彭少華聽得分明，趙天國的每個字的發音都相當清晰。彭少華很驚奇地說：「呃——，久明呀，你家老大不是啞巴嘛。」趙天國翻起眼皮瞅了一眼舅舅彭少華，蹲下身去繼續挖蚯蚓。趙久明聽到兒子開口說話也很欣喜，可是他再問他話，趙天國理也不理父親了。此後，他又是幾個月不說一個字。

後來趙久明有一天突然意識到趙天國那天吼出來的有可能是他們種族消亡了幾百年的土話，可不管怎麼引誘他，趙天國始終再沒出口一聲那種古奧發音的土話的一個音節。趙久明很快就發現這個外表癡呆的孩子內心的聰慧，他幾乎有過耳不忘的本事，八歲那年第一次進學堂就把《大學》、《論語》倒背如流，讓教私塾的周先生大為驚詫。據周先生說念了三年多書的老二趙天武連《百家姓》還念不完呢，聰明機靈的老三趙天文也才磕磕巴巴地念到《千字文》，他估計趙天國是天天在他早誦的窗口下挖蚯蚓聽會的……

趙久明看著趙天國把羊脛骨法器用紅布包好，莊重地揣進懷裡。從他鎮定的臉上看不出一絲一毫的沮喪或者驚奇，他不知道已經成為巫師的兒子心裡在想什麼。但現巫師趙天國知道前巫師他父親趙久明心裡想的是什麼，他看到了年輕的父親那顆已經蒼老了的心靈正在忍受著死亡的煎熬，也看到了前族長那顆曾經勃勃噴發的雄心像炭火一樣一點點地熄滅，更看到前巫師回天乏術深深的哀痛。

趙天國清晰地聽到了前巫師、貓莊趙氏族長、他父親趙久明胸腔裡傳來一聲悶響：「天神呀！讓我們的種族強大昌盛吧！讓仇人的鮮血在我們腳下流淌吧！讓魔鬼遠遠地離開貓莊吧！」

巫師趙天國心裡一酸，眼淚濟然而下。

七天後，繼承巫師一職的趙天國，按照神諭的規定在「一七」這天召集全寨成年男子，當著眾人面打出了他作為巫師的第一卦，問卜山寨的凶吉。這是新任巫師的上任儀式，這一卦也是事關山寨未來的大事。

這一卦是在趙氏祠堂的大堂裡打的。

這一日是九月的一個晴空萬里、無風無雲的好天氣。這樣的好天氣從八月初入秋以來，已經持續了差不多整整一個月。貓莊的秋收剛剛完成，白天強烈充足的陽光使得收割回來的稻穀、包穀、黃豆、綠豆、辣椒等等農作物一瓢水[3]晒得透乾，貓莊的空氣裡到處飄蕩著新鮮糧食的濃濃的香甜味。按照往年的氣候，白露一過，貓莊就要進入連綿不斷的秋雨時節，遲熟的稻穀和包穀少不了要黴爛許多。今年不僅上半年風調雨順，下半年也秋陽燦爛，是個吉祥之年啊。年僅十四歲的巫師趙天國從家裡走到祠堂，一箭之遙的路程，竟被一陣陣濃烈的新糧的味道嗆得連打了三個噴嚏。

好年成啊！年幼的巫師心裡一邊感歎，一邊默默地祈禱：天神啊，給山寨帶來平安，帶來吉祥吧！

趙氏祠堂位於雞公山山腰下的一面斜坡上，坐南朝北，在整個貓莊就它跟趙天國家地勢最高。祠堂和趙天國家屋後是一片茂密的山竹林，再上去十丈就是一道石壁。這道石壁曾在多年前一個暴雨之夜崩塌過一段，其中一塊大石頭洞穿了趙天國家正屋，碾死了曾是巫師的趙日升。兩棟房子相距不到五十步，建在同一塊平整的土坪上，都是三柱四棋的低矮的木屋。外表唯一不同的是，趙家因為人口多，東頭接了廂房，西頭搭了灶房，祠堂卻是築了一道土圍牆，用大青石砌了朝門，安裝了兩扇釘上銅環以示威嚴的院門。這兩棟在貓莊不是最大最雄偉但級別最高的房子，像兩隻山鷹一樣俯瞰著貓莊上寨下寨。上寨二三十戶人家，房屋都建在這面坡上，只是地勢比祠堂和族長家低，木屋建得雜亂無章，東一家西一戶，都是擇風水而建的，有坐南朝北，也有坐西朝東的。下寨比上寨地勢低出好

---

[3] 一瓢水，湘西方言，時間很短，很快的意思。

幾丈，也在一座山下，但山小，房屋都建在平坦的平地裡，也有建在山灣裡的，朝向為坐北朝南，或坐西朝東，與上寨遙相對望。上下寨中間是一壩狹長的三四百畝的水田。貓莊人把這壩田統稱為「甬」。甬中央有一條寬約丈餘的水溝，自然地把貓莊一分為二。下寨比上寨人多，有六七十戶人家。上寨下寨相距不過半里，誰家炒菜的油煙一陣風就能飄過水溝，鑽進對面人家的門窗。上寨下寨全是趙氏家族，無一雜姓。其實，上寨下寨並無嚴格之分，只是外面人為了好區別，隨口而叫的，住在上寨的人家可以隨時搬到下寨去，下寨人家的田地大多在上寨，上寨很多人家的田地又在下寨。

巫師趙天國走進祠堂時，全寨成年男子都到了院子裡，或坐或立，亂哄哄的，大堂的神位和香案上早就有人準備了香燭，正中央的生鐵盆裡也升起了炭火。火勢正旺，躥出一尺來高幽藍色的火焰。族長趙久明早已等在那裡了。和寨人們喜氣洋洋的表情不同，趙久明的臉色肅穆陰沉，一副憂心忡忡的樣子，顯得凝重，顯得蒼涼，也顯得有一些落寞。趙天國心裡曉得父親比他更盼望能給貓莊打出一個吉卦，讓貓莊從此走上中興的道路。父親昨晚還給他說過，現在的貓莊就跟統治他們的大清朝一樣，內憂外患，積重難返，殘涎喘息，已經到了種族滅絕的險境，再不中興，必要亡寨亡族。趙天國還知道，父親將在七七四十九天內死亡，這是巫事的命運。儘管父親已經知道了自己的死期，趙天國並沒有從他臉上看出人之將死的哀戚或恐懼，反而是一種英雄遲暮的豪邁和悲壯。父親一死，他就是族長，振興貓莊，昌盛種族的重擔就要由他稚嫩的雙肩來挑了。趙天國銜著父親脫口而出：「大清朝的命運我們的神靈管不了，趙氏種族的命運即使沒有了神靈也還有我這一身血肉！」

趙天國說這話時絕對沒有想到，這句話竟一語成讖，為了貓莊，他不僅失去了神靈護佑，也獻出了一身血肉。

趙天國走到大堂前，抬頭看了看天上的太陽，日頭已經當頂。他又看了一眼標直插在院子中央的竹杆，竹杆下面陰影只有一寸長短了。巫事的第一卦必須在午時整打出。

祠堂執事趙久仁看到巫師趙天國進來，中氣實足地吆喝起來：

「點燈，上香。」

亂哄哄的寨人們紛紛起身，往大堂裡湧去，尋找自己的位置。人人收斂了嘻嘻哈哈的表情，神色肅穆起來。

執事趙久仁掃視了一圈眾人，見大家都落座，又喊：

「敬神，祭祖。」

族長趙久明領著族人們畢恭畢敬神祭祖完後，院中竹杆下的陰影剛好完全藏進了地縫裡。執事趙久仁吆喝聲再次響起：

「請巫師！」

趙天國走上前去，從懷裡掏出法器，小心翼翼地放在一塊墊了紅布的茶盤裡，然後淨手，把茶盤擺在神龕下的大桌子上，開始點香請神。禮畢，趙天國轉過身來，面朝火盆，盤腿坐下。他從茶盤裡拿起法器，雙手捧著層層紅布包裹著的羊脛骨法器，嘴巴快速地嚅動起來。人們看到趙天國雙目緊閉，面色從紅潤漸漸轉為蒼白。此時，正午強烈陽光暴晒著屋頂，再加上一盆熊熊燃燒的大火的炙烤，人人已經汗流浹背，燠熱難當，但坐在火盆邊的巫師趙天國額頭上卻一滴細汗也沒有。一陣後，趙天國的嘴巴不動了，他睜開雙眼，目光平視院外，慢慢地一層層打開包裹法器的紅布，取出那塊巴掌大小的羊脛骨，像算命瞎子摸紙牌一樣輕輕地撫摸了一遍整塊羊脛骨。突然，趙天國猛地雙臂上揚，使勁把法器往屋頂上拋去，法器在空中打了幾個翻身，旋轉著落入火炭裡。

羊脛骨在火炭裡發出一陣吱吱嘎嘎的像瓷器破裂的清脆的聲響。頓時，屋子裡彌漫起一股強烈的羊膻味。據說，這塊羊脛骨已有六百多年的歷史，經受過上萬次烈火的焚燒，它在火裡待的時間比孫大聖在太白金星的煉丹爐裡不會短，已經結實得像一塊生鐵。奇怪的是，它在平時根本聞不到一絲羊膻味，一旦投入火裡，就像剛從羊身上撕扯下來的新鮮羊骨一樣紅潤，不但膻味沖鼻，還流羊油。傳說趙氏先祖曾是天界裡一頭溫順的羊羔，因偷吃天後的神草觸怒了天帝，遭懲罰被投下凡間到狼群中受苦受難。後因行善積德，化為人身，繁衍後代。先祖死前，又被天界招回，他留下一塊脛骨，作為法器，供本族巫師與神對話。這塊先祖的骨殖法器代代相傳，用了兩三萬年，直到一千六百年前一次與外族的戰爭中遺失。那一場戰爭打了整整兩百年，他們的領地被占，房屋被焚燒，幾乎全族覆滅，被趕進遠離那支溪峽谷三百里外的深山老林。又過了八百年，族人們在頭人的帶領下勵精圖治，重新殺回到這片土地。祭師的前夜，頭人要到一頭神羊，神羊取出身上的一塊脛骨，作為法器。從此，本族又有了巫師。那一戰，果然大獲全勝，趙氏種族才又在那支溪峽谷立穩腳根，繁衍生息。

法器在炭火裡燒得紅彤彤的，像火堆裡燒紅的一塊烙鐵，已經沒有聲響了。趙天國低下眼瞼，伸手從火堆裡撈起法器，放在掌心裡拍了拍，像從火堆裡撈出一顆燒熟的紅苕那樣，撫去法器上面的炭灰，然後輕輕地放在鋪好紅布的茶盤裡。全寨兩三百隻眼睛鼓輪輪地盯著法器，人人突然一下子像被什麼卡住了脖子，喉嚨發緊，心臟嘭嘭亂跳。整個大堂裡悄無聲息，靜謐得只聽到一片雜亂的心跳的碰撞聲。上點年紀的貓莊人都知道，要是法器在一杆煙功夫內依然紅豔豔如同一塊新鮮的羊骨，那就是吉卦，將預示貓莊在一段時間內人人平安，六畜興旺，要是法器迅速地變黑，則是凶卦，貓莊將有災禍，災禍的大小視其顏色的深淺而定。貓莊大多數人都記得，十二年前，趙久明接任巫師打出的第一卦就是黑卦，十四天後一場暴水不但沖垮雞公山一段石壁，把前巫師壓成一張肉餅，洪水還沖走了上寨的十二頭豬五頭牛十三隻羊，以及無數雞鴨，淹沒了一百多畝水田。那年冬天貓莊還遭受到七次土匪進寨洗劫；五十歲以上的人也還記得，三十七年前，趙日升接任巫師的第一卦更是黑如土漆，當年一場上吐下瀉的瘟疫橫掃了整個那支溪峽谷，貓莊全寨老少死掉了二十八口人，沒死的人根本拿不出力氣抬喪，屍體隨便用草席一裹，就在房屋前後左右坎上坎下挖坑埋掉；年紀更長的少數兩三位七八十歲的老人更是永生難忘，六十五年前，趙天國的曾祖父趙昌春接任巫師時打出的第一卦流出黑汁，把包法器的紅布也弄汙髒了，就是那年，二龍山白水寨的土匪殺來貓莊，雙方死傷無數。從此兩個山寨結下世仇。趙家幾代巫師打出的第一卦都是凶卦，使得貓莊幾十年來災禍不斷。今年老天長眼，得了一個豐年，人人都盼著趙天國能打出一個吉卦，讓貓莊平安吉祥。

可就在人們心裡默默祈禱時，紅彤彤的法器漸漸暗淡下去。這時，法器的正中央顯現出一團墨汁一樣的黑點出來。在眾人忐忑惶恐的注視下，那粒黑點迅速地洇浸開來，黑色的範圍越來越大。轉眼間，整塊羊脛骨變成了一塊剛出窯的黑炭。恐懼一下子攫住了這群充滿期待的貓莊人，他們同時發出來一聲既是失望又是驚訝的悲歎：「哎呀！」

族長趙久明長歎一聲：「貓莊有難了！」

大家七嘴八舌，也是焦慮萬分地叫嚷起來：「又是黑卦，哎喲喲，那可怎麼辦？」

趙久明問趙天國：「什麼難，卦上顯示出來了嗎？」

趙天國拿起法器，仔細看了看上面的紋路，輕聲地回答父親：「是天火。貓莊將有一場天火，燒毀所有的房屋，直到沒有一絲灰燼存在。」

眾人大驚失色，紛紛叫道：「這如何了得啊？」

趙久明剜了眾人一眼，示意大家禁聲，問趙天國：「從哪個方向來的？」

趙天國搖了搖頭，說：「卦上沒有顯示。」

趙久仁猛然一拍腦殼，恍然大悟地說：「我想起來了，前天夜裡歇涼，看到一團火焰[4]從天上飛過去，照亮了半邊天。」

趙久明問趙久仁：「看清了從哪個方向來的？」

趙久仁想了想，說：「沒看清，當時我坐在坪場上歇涼，快打瞌睡了，只覺得眼前一亮，抬頭一看，嘩啦一下，火焰就過去了。我看清了是火焰，把雞公山那道石壁照亮得比白天還清晰。」

一直蹲在地上，貓莊最富裕的趙天亮聽說要起天火，驚駭得全身涼颼颼的，帶著哭腔哆嗦著說：「都要燒光呀，哎呀呀，我那五柱八棋的大屋才起了半年，剛裝的板壁緊緊湊湊的，光木匠工錢都花了好幾兩銀子，還用了幾十斤桐油油板壁，哎喲喲，這如何是好喲。」

眾人附合他說：「糧食也得燒光嗎？本想今年過個大年的，老天呀，你咋不長眼，又要我們挨餓受凍嗎？」

趙久明狠狠盯了一眼趙天亮，喝斥他說：「哭什麼，就你家有大屋，別人家就沒有了。」他站起身以族長的身分對大家說：「上天要給貓莊降災，躲是躲不過去的，這些日子大家除小心火燭外，我

4 火焰，即火神。湘西民間傳說看到它即有火災發生。

看還是把糧食和牲畜運到山上燕子洞去吧。」

趙天國說：「這倒是個好辦法。」

趙久仁也說：「除了運不動的屋，其他的都運走，能保下來的都保下來。」

趙天亮囁嚅著說：「我家那麼多糧食，還有行頭傢夥，五天五夜搬不完啊。」

趙久明說：「久仁哥，你負責組織人搬東西，先趕走牲畜和運走糧食。這樣吧，家裡有三個勞力的先分一個出來給勞力不足的人家，自己家搬完了，馬上分配到沒搬完的人家去。」

趙天國一邊收法器一邊懶洋洋地說：「越快越好，我已經感覺到來自地層裡火焰的躥動了。」

趙久仁問趙久明說：「今天就搬運？」

趙久明說：「大家出了祠堂就去搬。」

趙久仁對大家喊：「都聽到了嗎？出了祠堂就開始搬東西，誰家也不得耽擱。」

趙天國囑咐趙久明和趙久仁道：「夜裡讓全寨人都去燕子洞裡睡，自古水火最無情，貓莊再不能死人了。」

第三天傍晚，貓莊全寨的糧食和人畜終於都運上了山。天黑前，趙久明在燕子洞裡清點完全寨人數後，發現只有趙天國沒有上山來。他囑咐趙久仁安排人看守好山洞，自己回寨子去找趙天國。趙久明回到家裡，看到趙天國在廂房屋裡睡著了——這一天，趙天國背了十多趟穀物上山，太累了。他一挨到床就扯起了均勻的鼾聲。趙久明看到趙天國睡得太沉太香，不忍心叫醒他，在床前的一把藤椅上坐下來，等兒子多睡一會兒。趙久明一坐下去，眼皮也睜不開了，跌進了夢鄉裡。這些天他也太勞累了。半夜裡，趙久明被一片劈劈啪啪的響聲驚醒，駭得從籐椅上彈跳起來，屋子裡一片漆黑，他趕忙跑出屋去。一打開廂房門，他就看到整個貓莊全籠罩在一片紅彤彤的火光裡，如同明晃晃的白晝，他能清楚地看到上下寨每一棟房屋都著了火。火光之上已經沒有了天空，黑煙滾滾，他的耳朵裡充塞著大火燃燒的劈叭聲和房屋坍塌的轟隆聲。趙久明大叫一聲：「天神呀，火焰來了！」驚得整個人呆住了。足足一杆煙的功夫，趙久明才恢復心智，感覺到身上大火灼人的炙烤，他才意識的自家的房屋也著火了。大火是從堂屋裡燒起來的，火焰已經躥上屋樑，房屋隨時都有倒塌的危險，趙久明飛快地衝進屋去，搖拉兒子趙天國。

趙天國還在夢裡，睡得死死地，搖拉不醒。

趙久明焦急地喊：「老大，天火來了！貓莊燃起來了。」

趙天國打了個翻身，迷糊中說：「註定要來的東西，早來總比晚來好！」又睡了過去。趙久明只好一把拉起兒子，斜扛在肩上，出了廂房。剛走出屋外土坪，木屋燒斷了大樑，轟然倒塌，濺了趙久明一身火屑。

這晚，坐在燕子洞口守更的趙久仁、趙天亮、趙長發、趙長勇等人一起日呱南經白[5]，從洞外吹拂而來的徐徐涼風讓每個人都覺得非常愜意，一時竟有不知身在何處之感。這是一個秋高氣爽的黑夜，天幕上稀疏地綴著幾顆拳頭大的星星，夜空是湛藍色的，明淨、高遠。到了庚時，東方的大空中還升起了一輪缽頭大的黃黃的月亮。月輝映照下，大地山川一片朦朧，不時傳來幾聲夜鳥的驚鳴。多年之後，談論貓莊那場大火時，當時在場的人都記得，貓莊的守財奴趙天亮突然大叫一聲，指著山下模糊不清

5 日呱南經白，湘西方言，意為聊天，扯閒話。

的貓莊狂喊起來：「天爺爺呀，我的娘呀，天火來了，我家燃起來了！我家板壁摸過三遍桐油，燃得最起勁。哎呀呀，天仁叔，你家也燃起來了。哎呀呀，小勇家也燃了……嗚嗚嗚，我的大屋呀！」

趙天亮的驚叫變成了哭嚎。

大家隨著他的手指往貓莊看，下面黑沉沉的，什麼也看不清。

趙久仁說：「哪裡燃起來了？」

趙長發也問：「沒看到燃呀，天亮叔，就你捨不得你家大屋……」

趙天亮邊哭邊說：「燃起來了，我看到燃起來了。」

大家都鼓起眼睛盯著下面看，屁大一會兒工夫，果然看到下面透出了幾處紅色光亮，趙天亮家位置的紅光最亮，其他幾家微弱一些，遠遠看去，像夏夜裡北斗七星一樣，閃閃爍爍。很快，整個貓莊就火光沖天，濃煙滾滾了。火光把人們目光能及的下寨照耀得比白天還要明朗，每一棟在火焰裡呻吟的房屋都看得清清楚楚。果然天火是從趙天亮的五柱八棋的大屋最先燃起的。他家的火勢最大，已經從瓦背上躥出兩三丈高的火舌了。

趙天亮一個勁地哭喊：「我家的大屋，我家的大屋啊……」

貓莊所有男女老少幾百雙眼睛鼓輪輪地看著天火燃燒了整整三個時辰。一個時辰後，整個貓莊就全部被漆黑的濃煙遮蔽。除了黑煙什麼也看不清了。天快亮時，堵塞在貓莊上空的濃煙不但沒有飄散，反而凝聚成了厚厚的黑雲，它們不聲不響地又往貓莊傾瀉起瓢潑似的大暴雨。暴雨也下了足足三個時辰。這場暴雨比十二年前那場淹沒貓莊一百多畝水田的暴雨還要大，既不是雨點也不是雨絲，而是一片一片往下傾倒，簡直不是下雨，倒像天漏了，直接往貓莊灌水。

第二天巳時，暴雨停歇，天上立即出來了一輪紅豔豔的日頭。人們回到貓莊，這才發現整個貓莊不僅沒有一棟房屋，連一絲灰燼也找不著了，就連柱子下面的基腳石，被大火燒裂後也被暴雨沖進水溝，流進烏古湖下面的那支溪河裡去了。

族長趙久明站在祠堂屋場上悲痛地說：「有史以來，貓莊兵燹天災不下千餘次，從沒像這次這麼燒得乾淨，燒得連一把灰也不留。」

巫師趙天國大聲地響應父親：「燒乾淨了好，燒乾淨了就再沒得燒的了。我剛剛打了一卦，這是最後一次天火，以後，貓莊再不會被燒了。」

好多年後，巫師趙天國才知道，他的第二卦也是打得靈驗的最後一卦。此後的每一卦不是神意不明，就是相差甚遠，直至法器被毀，再沒這麼靈驗過。

第二章

貓莊的天火是二龍山白水寨土匪龍大榜放的。

龍大榜坐上寨主的交椅還不滿一年。先年冬月，他父親龍承恩帶領白水寨一百多號弟兄們去洗劫貓莊，一路浩浩蕩蕩地進發。這次攻擊貓莊，白水寨整整準備了兩年時間，厲兵秣馬，連刀槍弓箭都是重新定製打造的，不料功虧一簣，剛走進那支溪河中央，就遭到了貓莊人的伏擊。老謀深算的貓莊族長趙久明早就在河對岸擺好口袋陣，只等白水寨人往裡鑽。他們在山頭上架了兩門土炮，十來杆火銃，埋伏了上百名弓箭手。鐵塊、鐵砂、滾木、石頭、箭頭像雨點一樣往下傾瀉，白水寨的兄弟們陷在齊腰深的河水裡，進不得，退不出，一身武藝更是伸展不開，成了貓莊人的活靶子，被打得抱頭鼠竄，在河水裡丟了兩具屍體，傷者無數，狼狽而歸。寨主龍承恩手臂上中一支毒箭，那是一支他爺爺射向貓莊前族長餵了五步蛇汁、蠍子汁、斷魂草汁等十二種劇毒的毒箭。貓莊人又把這支箭還了回來。龍承恩中箭三天後毒性發作，五天後全身潰爛，爛得比痲瘋病還迅速，手指腳趾一截截掉落，鼻子眼睛耳朵也掉了，一直爛了七七四十九天，爛得全身沒有一寸好肉。龍承恩在劇痛的折磨中大喊大叫了七七四十九天，直到舌頭和喉嚨爛成一攤黑糊糊流進肚子裡才叫不出聲。

父親的墳堆剛壘起來，接任寨主的年僅二十性烈氣急的大哥龍澤輝一把扯掉頭上的白孝帕，立即召集弟兄們去攻打貓莊。他把苗刀一揮，高聲大喊：「自己守孝哪有聽仇人哭喪來得痛快！」這一次他們沒走那支溪，而是多走了四十里路，繞過雞公山，從西邊的諾里湖奔襲貓莊。諾里湖是個僅有幾十口人的彭姓畢茲卡山寨，他們前幾天剛剛遭遇過一次土匪洗劫，頭人彭少華在二里外的隘口上派了看守，兩個看守一看到大股土匪朝諾里湖而來，趕緊通知寨人紛紛往貓莊躲避。等白水寨土匪們趕到貓莊時，趙久明已經得信，不但組織好族人反抗，把兩門土炮也從那支溪河口拉上了寨西的趙家包[1]。

那天龍澤輝帶了八十多個驃悍的苗家壯漢，這些漢子們人人武藝高強，每個人都可以和漢人的殺手媲美，貓莊臨時組織上陣的連同老人和半大小孩加起來不足一百人，他們雖然有兩門土炮，但在地勢上並不佔優勢，這裡是一片開闊的坡地。至於人手，驕傲的苗人「戰神」的後代把那些小個子的趙氏種族壓根兒沒放在眼裡。龍澤輝參加了兩個月前的那場那支溪河戰役，認為父親之所以命喪毒箭，完全是對方佔據了有利的地勢，否則，他們連把箭杆射那麼遠的臂力也沒有。這次，他絲毫沒有猶豫，揮起苗刀，向他的白水寨漢子們發出了衝鋒的命令。

龍澤輝自己一馬當先，往貓莊人陣地上衝去。貓莊人的土炮也發出了「轟，轟」兩聲憤怒的吼聲，火銃裡的鐵塊、鐵砂涮涮射出。白水寨嘍囉們眼看就要衝上趙家包，這時土炮發出了第三聲怒吼，炮彈剛好落地衝在最前面的龍澤輝腳邊，一塊巴掌大鋒利的鏵口片打著旋飛來，切冬瓜一樣把他的頭顱從脖子上割了下來，頭顱落下地後，龍澤輝的身子還標直地站立著不倒。

1　包，即小山。

龍澤輝的頭顱順著斜坡往下滾落，越滾越快，土匪們一看寨主的頭沒了，紛紛轉身，追趕寨主的頭顱。最後，頭顱滾進一篷茅草裡，土匪們找了好久，一時找不著。趙久明見白水寨土匪們後退，旗幟一揮，貓莊人舉著大刀、梭鏢吶喊著衝下山坡，那些拱著屁股翻茅草的土匪們成了貓莊人槍箭的活靶子，一下子被撂倒了好幾個，剩下的再顧不上尋找寨主的頭顱，抬起傷者，紛紛潰退逃命。

貓莊人再次擊退白水寨土匪。

兩個月內擊斃了白水寨匪首龍氏父子二人，還讓土匪頭子龍承恩嘗到了他們射向趙氏三代族長的那種餵了五步蛇汁、蠍子汁、斷魂草汁毒箭的滋味，報了幾十年來最大的一次仇，貓莊人人擊掌歡呼，家家炮竹慶賀。趙久明派人找到龍澤輝的頭顱，連同他的身子一起抬來寨中央的晒穀坪上，貓莊人紛紛要求拿這顆頭顱去祠堂裡祭祖，告慰死去的先人。他們說應該把龍澤輝的頭顱封存起來，擇日舉辦一次祭祖儀式，在祖先靈前焚燒。趙久仁也說他算了一下，自與白水寨開戰以來，貓莊人死在他們刀槍下已經上百人了，五代族長就死了四個。趙久明搖了搖頭沒有同意，說：「正義之師從不羞辱敵人的屍體。」他頓了頓，又說，「久仁哥，你帶十兩銀子跑一趟白沙鎮，把雷老二請來。」

趙久仁驚訝地問：「請雷道士做什麼。」

趙久明說：「讓他連夜把澤輝侄子送回白水寨。」

趙久仁不滿地看著他，嘟囔著說：「要送回去也不該我們出錢呀。」

族人們大嘩，紛紛喊叫起來：「族長，對待這種恩將仇報的土匪，值嗎？別忘了當年曾祖爺爺的教訓呀！」

趙久明說：「當打時要打，打完了他就是貓莊的客人，送他回去也是應該的。都是親戚嘛，來而不往非禮也。」

大約一百一十年前一個大霧彌漫的早晨，貓莊趙家的一個放牛娃在那支溪河灘上發現了一個渾身血跡斑斑的年青人。這個年青人全身佈滿刀傷箭口，匍伏在河灘的水窪裡，氣息奄奄。放牛娃跑回貓莊，報告給族長——趙久明的高祖父趙青山。當時酉水南岸兩百里外，大清朝廷正在和苗人打仗。戰爭打了好些年，打得相當殘酷。苗人們推舉一個叫石三寶的大將軍做皇帝，攻城虜地，一直打到了沅水流域，聽說滿人朝廷皇帝的駙馬爺也被苗人射死在乾城外，朝廷調集七省幾十萬兵馬圍剿。這個年青人頭纏黑帕，身著盔甲，一眼看去就知道是位苗人戰將。當時族人們都反對族長趙青山搭救這個年青人，怕引來清廷官兵追殺。趙青山的弟弟巫師趙青林聞訊後打出一個黑卦，也預言此人不祥。趙青山不顧族人們反對，命人把這個年青人抬回貓莊。趙青山說：「所有心不黑肺不爛有肝有膽的人都不會眼看一個人將死而無動於衷。貓莊是仁義之寨，趙家是忠厚之族，佛祖說救人一命勝造七級浮屠，怎麼會遭上天懲罰呢！」

這個龍姓年青人被抬回貓莊後，在貓莊養了整整半年傷才能下地走動。傷病痊癒後，他出了一趟貓莊，回來後在雞公山上大哭了三天三夜，然後下山嘶啞著嗓子懇請趙青山收留他做長丁，在貓莊做牛做馬報答趙氏一族的救命之恩。這時，他才向趙青山公開自己的身分，他叫龍天福，是造反清廷的石三保大將軍麾下的一員猛將，號稱「戰神」，百戰百勝，就是他一箭把滿人皇帝的駙馬射個對穿，釘在一顆大樹上。他的大王石三保將軍已兵敗被捕，慘遭臠割，清廷還捕殺了十萬苗人，他故鄉的良田肥土已被族人血水浸泡得寸草不生。趙青山敬重他是一代英雄，不但收留了他，還把待字閨中十六歲的大女兒水英許配給他，讓族人給他建房置地，招他入贅做了趙家上門女婿。

善良的貓莊人沒想到此舉竟埋下了兩個家族世仇的禍根。

龍天福和水英成親後，五年裡一口氣生了四個虎頭虎腦的大胖兒子，生產的速度快得驚人。貓莊人吃完他們第三胎——一對雙胞胎十朝酒後，才猛然發現，自從貓莊招郎上門後，趙氏種族三年裡已經沒添一個男丁了。趙家的媳婦雖然還在懷孕生產，生下來的卻全是女兒，偶爾有一家兩家懷上男胎，不是在肚子裡流產就是在月裡夭折，沒一個成人。貓莊快要成女兒國了！這一發現令貓莊人震驚不已，紛紛湧上族長趙青山家裡。

其實族長趙青山早就發現了這一可怕的危及種族滅絕的事實。他不僅發現貓莊趙氏種族三年沒添一個男丁，而且發現祠堂後面石壁上那片蔭佑趙氏家族的「風水林」三年裡已經枯死了大半。那些生長在絕壁上的雜木林既使遭遇百年大旱也從沒枯萎過一片葉子，現在一株一株地枯死，分明是在暗示趙氏種族有絕種滅族之虞。

族人們跪在趙青山面前，懇求他：「趕走他們吧，否則，不要五十年，貓莊就全部姓龍了。」

趙青山面帶愧色，喃喃而語：「是該禮送他們出寨了。」當夜就著人對龍家下達驅逐令，限其全家在水英滿月後三日內出寨。

不料滿月第二日那晚，從沒離開過父母嬌生慣養的水英，畏懼跟隨龍天福返鄉的漫漫長途，畏懼苗疆的荒蠻，畏懼思念親人的煎熬，畏懼白手起家的艱辛，半夜裡她乘家人都睡著時，一索子懸在屋樑上吊死了。

苗人「戰神」龍天福沒有向貓莊人祈求，第二天清早按期離開了貓莊。他甚至謝絕了趙青山把他的妻子水英葬在貓莊的提議，背上背著妻子的屍體，兩隻手臂彎裡抱著一對雙胞胎，衣角上牽著老大老二，往故鄉的方向走去。那是五月一個瓢澆的大雨天，那支溪河水暴漲了三丈，濁浪滔天，人們提醒他走寨子西口出寨，苗人「戰神」驕傲地說：「苗家漢子從哪條路上來的就從哪條路返回故鄉。」走到那支溪陡峭的河岸時，他對著貓莊方向跪下，給趙青山和送行的趙氏族人說：「貓莊對我有再造之恩，沒有貓莊就沒有我的生命和我的家人，我一輩子不會與趙家為敵，但不敢保證我的後代不殺回貓莊，為他們的母親雪恨。」

說完，帶著全家人趟進了滾滾洪水裡，一家人很快就被濁浪吞沒。

二十多年後，在洪水裡唯一倖存下來的龍家大兒子龍存保長大成人了。他在洪水中抱住一塊父親臨時抓住遞給他的木塊，衝到那支溪下游二十里時，被打撈財物的一個畢茲卡老翁救起。龍存保跟著這個老翁生活了七八年。老翁死後，又到處打流，練就一身武藝，交了一群狐朋狗友。犯了人命案後乾脆跑上二龍山落草為寇，幹起打家劫舍的活計。又過了幾年，他猛然回憶起自己的身世，曉得了自己是苗人「戰神」的後代，於是四處收羅父親散落在附近山寨的部下及他們的後代，二龍山很快成了一個苗人聚集半民半匪的山寨，取名白水寨，意思是「戰神居住的地方」。他們春夏秋三季開荒種地，一到冬天就外出搶劫。

這個吃過百家飯，受過百般難的龍存保建起山寨第一件事就是想起了被貓莊人逼得家破人亡的恥辱，想起母親上吊的那個夜晚，想起全家人被趕出貓莊的那個風雨如晦的日子，想起被洪水吞沒的父親和三個弟弟至今屍骨無存，他把戰刀一揮，給嘍囉們說：「白水寨到處都是亂石堆，貓莊水美田肥，我們的目標是把白水寨搬去貓莊，哈哈，也就是讓貓莊改名白水寨，成為我們苗人的山寨。」

貓莊和白水寨的世代仇殺在他的戰刀輕輕一揮下開啟了。

龍存保帶人來貓莊復仇是六十五年前的春夏之交。那時陽春剛剛上岸，龍存保的想法是殺了趙青山一家，把趙氏種族的人全部趕出貓莊，然後把貓莊改名白水寨。但他的如意算盤只打對了不到一小半。一個月前，巫師趙青林剛剛得到神諭，禪讓巫師一職給他的侄子趙昌春，趙昌春繼任巫師後打出的第一卦就是貓莊百年不遇的黑卦，卦上顯示了十日內貓莊將有刀光血災，貓莊人已作好了保衛山寨的準備，在各個進入貓莊的路口安排了哨位。

龍存保自恃人強馬壯，按父親說的從哪條路出去就哪條路進來，他選擇了從那支溪過河。等他到了河邊，發現對岸的貓莊人正嚴陣已待。那時貓莊還沒有火器，武器全是刀弩，白水寨全是「戰神」的舊部及其後代，人人驍勇善戰，他們很快就突破河對岸的防線，斬殺了貓莊十多人，直搗貓莊寨子裡。眼看貓莊不要半個時辰就要亡寨，老族長趙青山突然扔掉腰刀，喝令停戰。

他朗聲說：「騎在馬上的頭人可是我外孫龍存保？」

龍存保收起戰刀，喝住嘍囉，洋洋得意答道：「我可不是認親戚喝喜酒來的喲，我的外公大人。」

趙青山捋了一把垂至胸前的白鬍鬚，朗聲大笑：「曉得我孫兒是討債來的，貓莊也沒給你們備酒。」

龍存保道：「外公不賴賬就好，對，外孫今天就是討索人命債來的。」

趙青山爽快地說：「欠你龍家幾條命還你幾條命就是了。春兒娘，上來。發兒，你也上來。」

龍保存哈哈大笑：「外公你真是老朽了，你外孫可記得清清楚楚，你們趙家欠龍家的不是三條而是四條人命。」

趙彭氏大聲呵斥龍存保：「你胡說，你娘是我們趙家人。」

龍存保不笑了，語氣冷冷地問：「那我敢問外婆大人，你是彭家的人還是趙家的人？你要是彭家的人請你退下去。」他用刀指著人群裡在往前撲但被趙青林死死護著的剛剛接任的巫師趙昌春，「讓他補上來。」

趙彭氏頓時語塞。

趙青山平靜地說：「再怎麼講你娘半個趙家人還是算得的，對吧？那半條命債你有本事下次再討吧，你討得著就還，討不著就怪自己沒本事或者沒運氣。反正我外孫你不會就來這一次吧。」

龍存保想了想，說：「外公這話孫兒愛聽，那就暫且記下吧。下次順路來取就是了。」

趙青山說：「爽快，有你爹的血性。老朽還有幾句話想說說。」

龍存保說：「外公，請講。」

趙青山說：「有仇的報仇，有怨的報怨，有恩呢，要不要報？」

龍存保警惕地問：「你這是什麼意思？」

趙青山笑笑：「有仇只是我們兩家，當年驅逐你們一家是我一個人的主意，不管貓莊其他人的事，他們仍然是你的外公外婆、舅舅舅娘、大姨小姨和表兄表妹。」

龍存保說：「我明白你的意思，你是在提醒我們家在貓莊住了五年吧，我發誓五年內不踏進貓莊半步。」

趙青山哈哈大笑起來：「真是黃口小兒，從你爹被貓莊人救起那天算，他在貓莊住了整整八年！」

龍存保心一橫，答應道：「好，那就以八年為限。八年一過，定將貓莊換成白水寨。」

一刀下去，把趙青山的頭顱提在了手裡。

趙青山用一家三口性命為貓莊爭取了八年臥薪嘗膽的寶貴時間。貓莊巫師和族長趙昌春不惜重金，從山外聘請武師教授貓莊青年和小孩，請來最好的鐵匠打造了鋒利的腰刀、長茅和箭頭，砍伐了兩棵百年古樹挖空後做了兩門土炮，還從縣城秘密買來了幾杆火銃和近千斤硫磺，從山洞裡背來硝土，跟木炭配製起來舂制了大量的火藥備戰。貓莊人已經付出了血的代價，知道白水寨的龍存保不僅僅是復仇來的，而是要搶奪水美田肥的整個貓莊，要把他們趕出家園，讓他們無處棲身。

八年一滿，龍存保迫不及待地再次殺回貓莊來。這一次，他不但沒討到半分便宜，還把命丟在了貓莊。他被一火銃打在臉上，先成了一個麻子，半路上又成了一個瞎子，沒抬回白水寨就死了。

龍存保臨死時給兒子叨念的還是那句話：「貓莊水田裡的稻穗長得比白水寨的小米穗還胖，龍家的使命就是把貓莊改成白水寨！」

龍存保的兒子比他老子更陰毒，他製造了一種餵了五步蛇、蠍子、蜈蚣毒汁和斷魂草汁等劇毒的毒箭，用偷襲暗殺等不光明正大的手段先後射殺了趙家兩代族長和巫師，以及眾多的族人……

直到趙久明和龍承恩這一代，兩個家族的世仇越結越深，若不把一方斬草除根，仇殺這個結永遠不可能解開，還得世代演繹下去。

天黑前，趕屍匠雷老二趕到了貓莊。雷老二個子高挑，身穿烏鴉般的黑色道袍，肩上挎著一隻蝙蝠似的黑色褡褳，背上斜插一柄桃木劍，手裡提著一面銅鑼。他頭髮枯蒿，面色蒼白，瘦得像一根麻杆，但他一口氣趕了三十里山路，竟然面不紅氣不喘。那支溪峽谷方圓百里沒有人不認識雷老二的，但也沒有人知道他的年紀，有人說他五十多歲，也有人說他八十多歲，從他毫無表情的核桃殼似的臉上根本無法看出來真實年紀。帶他進寨的趙久仁記得他小時候見過的雷老二就是現在這個樣子。還有，誰也不知道他是漢人還是苗人，抑或是畢茲卡，雷老二無兒無女，住在白沙鎮一座破敗的土地廟裡，連鎮上人也很少跟他碰過面。若不外出，他三四天才出一次土地廟，若是外出，十天半月更是見不著他了。那支溪峽谷裡人人都知道他做活從來只收銀子，但從沒有哪個人見他花出過一錢銀子出來。

聽說雷老二進寨了，聚集在晒穀坪上觀看龍澤輝屍體的貓莊的婦女和孩子們紛紛避讓，彷彿活人雷老二比死屍龍澤輝更可怕。趙久明和趙久仁帶他到坪場上，趙久仁指著龍澤輝的屍體對雷老二說：「剛剛打死的一個土匪，身子都熱著呢。」

雷老二擺了一下僵硬的燒火棍一樣的手臂，語氣冷冷地說：「我只負責送人上路，從不問人恩怨。」

趙久明問：「要不要把他腦殼和身子縫起來？」

雷老二還是冷冷的語氣：「不必了。天黑後你囑咐家家戶戶把門關上，把狗拴起來。這裡沒你們事了，請回吧。」

趙久明就吩咐所有的人都散了，各回各家，關雞拴狗，緊閉門窗，大人小孩不得伸頭探腦。

那天龍大榜沒有跟著哥哥龍澤輝去攻打貓莊，是因為哥哥要他留下來等父親回煞[2]。龍承恩回煞的時辰是後半夜的寅時，龍大榜和母親龍吳氏坐在堂屋大廳裡等，廳裡點了十多支手臂粗的白蠟，燈火

2 回煞，人死後鬼魂第一次回家探望親人稱回煞。具體回煞的日期、時辰根據死者的生辰八字和死亡日期及時辰推算出來的。回煞時會有較大的響動。

通明。後半夜，龍大榜迷迷糊糊睡著了，母親龍吳氏突然推醒他，說：「榜兒，你聽，有響動，你爹回來了。」龍大榜一聽，門外果然有「啪踏踏啪」腳步聲。

母子倆剛起身準備「接亡人」，大門嘭地一聲撞開了，龍大榜和龍吳氏驚訝地看到從門外跳進堂屋來的不是死人龍承恩，而是活人龍澤輝。龍吳氏說：「我兒回來了？」

龍大榜也問：「哥，戰績如何？」

龍澤輝說：「娘，兒被貓莊人殺了。」

龍吳氏說：「我兒不是好好的，說什麼糊話。」

龍澤輝又對龍大榜說：「兄弟，把貓莊改成白水寨就看你的了。」說完，頭顱「啪」地一聲掉下了地。

趕屍匠雷老二面無表情地跨進堂屋，一副生意人交貨的口氣說：「受貓莊趙久明之托，人屍龍澤輝已於壬寅年乙丑月丙寅日寅時送到，乞請驗屍。」

龍大榜起初是嚇呆了，這時暴跳起來，衝過去一把揪住雷老二的衣領問：「這是咋回事，我哥怎麼死了。他是怎麼死的？」

龍吳氏倒很鎮定地對龍大榜說：「榜兒你放手。」見龍大榜放開了雷老二，對他揮了揮手，說：「您回吧，回吧。」

等雷老二走遠後，龍吳氏才撫著龍澤輝的屍身號啕大哭起來。

兩場惡仗，父子雙亡。龍大榜做了寨主後再不敢輕舉妄動，他不是被貓莊的土炮嚇怕了，而是不想再逞匹夫之勇，白白送命。再說白水寨兩場惡仗下來，死傷不少，也需要要休生養息。龍大榜雖才十八歲，從十四歲起他就跟隨父親龍承恩四處搶劫，對那支溪峽谷每一個城鎮和村寨都瞭若指掌，像貓莊那樣有大壩田疇，而又不愁水源的村莊和山寨極其罕見——貓莊西頭趙家包的山底下有一股長年不斷，即使遭遇大旱也還有大腿粗的井水，使得下面幾百畝田地旱澇保收。所以，方圓百里，除了白沙鎮，就數貓莊最富裕。他們家家糧食滿倉，牛羊成群。白沙鎮是酉水河上的一個大碼頭，人口數千，駐紮有滿清朝廷一支上百人的綠營軍，別說他們不敢去搶，那支軍隊還時不時地上二龍山來剿他們呢。作為一個土匪，龍大榜當然看得出先人們的意圖，貓莊地勢易守難攻，比白水寨更適合土匪安營紮寨，它背靠險峻的雞公山，東面是哪支溪河，北邊是一片虎豹出沒無人敢進的原始森林，只有西面是一片開闊地，通往白沙鎮，但離貓莊五里遠的諾里湖是個兩山夾峙的小山寨，若佔據了貓莊則可以不費吹灰之力吞併掉它，讓它成為西南一面一夫當關萬夫莫開的隘口。這樣的地方那支溪峽谷別無二處，別說它跟龍家有世仇，哪怕就是有恩，龍大榜也想把它占為己有。

龍大榜想先用一年時間整頓山寨，等到冬天再一舉攻破貓莊。

九月初，軍師吳三寶帶來了貓莊巫師禪讓的消息。龍大榜最初聽到這個消息時心中大喜，按貓莊幾十年的慣例，巫師換人，表明前巫師大限已至，離死期不遠矣。趙久明活不了多少天了！這是龍大榜的第一感覺。這些年來，趙久明不僅把貓莊治理得秩序井然，人人歸服，使得貓莊空前強大；十多年來趙久明任族長和巫師期間指揮貓莊人打死打傷過白水寨上百名苗家漢子，這年更在兩月內連續射殺了他父親和哥哥。想到這一層，龍大榜心裡一點也高興不起來了。他想要是趙久明像他老子趙日升那樣弄個什麼三病六災出來，一命嗚乎，而不是死在他龍大榜的刀下，豈不是他龍大榜的恥辱。他爹龍承恩臨死時最大的遺憾就是做了三十年寨主，竟沒讓他的苗刀沾上一個趙家族長或巫師的鮮血。

決不能讓趙久明好死！龍大榜想。

龍大榜決定不等了，立即動手。

龍大榜雖然年輕氣盛，但他決不是個喜歡偷偷摸摸的人。這天清早，他集合隊伍從二龍山出發，走的還是老祖宗走的那條老路，從那支溪過河進攻貓莊。四十里山路，按算正午太陽當頂時可以趕到貓莊。當他們走到距那支溪河不遠的老寨時，看到了一支上百人的清廷兵勇在那裡搜捕什麼，弄得老寨雞飛狗叫，牛羊亂跑，為了不跟朝廷軍士發生衝突，龍大榜只好帶著嘍囉們退回去好幾裡，到山上的樹林裡隱蔽。等他們看著清軍押著一群人犯走後，太陽已經落山了，他們涉過那支溪河，天就黑了下來。

土匪們很順利地進入了貓莊，順利得他們進去前曾經猶豫再三，心怕中了趙久明的圈套。因為遠遠看去，整個貓莊像死絕一樣，沒有一絲燈火，也聽不到狗吠人語。龍大榜害怕中趙久明的口袋陣，站在寨外的一條土坎上觀望，半個時辰下來，竟然看不到貓莊有一絲動靜。軍事吳三寶等得煩燥不安，三次建議龍大榜先派兩個嘍囉摸進寨去，偵察情況。

兩個嘍囉先摸進下寨，發現空無一人，又跑到上寨，還是空無一人。回來稟報說：「日怪的事，貓莊別說一個人沒有，豬圈牛欄裡也是空的。家家大門都敞開的。」

吳三寶問：「一個人也沒看到？」

一個嘍囉說：「一個人也沒有，我摸了火坑灰，冰涼的，家家戶戶好幾天都沒開鍋火了。」

龍大榜也很奇怪，說：「日怪了。他們搬遷了不成？不對，趙久明這條老狐狸沒理由把貓莊白白地送給白水寨，他一定在耍什麼花招。」

吳三寶建議道：「放火燒他幾棟屋就曉得了！」

龍大榜說：「燒屋，燒屋，燒光他們整個貓莊，看他們出不出來。」兩個嘍囉舉著火把再次進寨，他倆一眼就相中了一棟又高又大的新屋，一個嘍囉說這房子全是柏木的，燃起來有勁，另一個嘍囉也說剛摸了桐油呢，燃起來是香的。他們把兩支火把同時扔進柴屋裡。第一棟房子火勢透出來後，整個貓莊還是沒有一點動靜。龍大榜苗刀一揮，幾十人一齊湧進了寨子，紛紛點火。龍大榜獨自跑去上寨半山腰的趙家祠堂，一刀劈了趙氏先祖的牌位，又對著香案撒了一泡尿，才從神龕上放了一把火。

出來後，他又去了趙久明家，看到他家的大門也敞開著，隨手往堂屋裡扔了一支火把，火把嗚嗚地打著轉飛旋進去，落在一張八仙桌上。桌上堆放著篩子簸箕，嘭地一聲就燃燒起來。

如果沒有這些易燃的篾織物堆放在那裡，龍大榜肯定會親自跨進堂屋去點火，他就能聽到坐在廂房籐椅上睡著了的趙久明的鼾聲。其實趙久明的鼾聲雖比不上他老子趙日升，但也打得響亮和高亢。只因這時全貓莊的房屋都燃燒了起來，龍大榜雙耳裡充斥著劈劈啪啪的燃燒聲和轟轟隆隆的房屋倒塌聲，淹沒了趙久明的鼾聲。

後來龍大榜知道那夜他點火時趙久明和趙天國父子就睡在自己家裡，他把腸子都悔青了。

天火之後的貓莊一片沉寂。人人都陷入失去房屋無所棲身的悲痛和悽惶中，趙久明覺得整個貓莊彷彿又回到了一千六百年前，他們先人被別的種族攆出貓莊時的情景。到處都是焦土，一切都得從頭開始。但趙久明並不沮喪，只要沒有失去貓莊這塊肥美的土地，他知道一切都可以從頭開始的。

趙久明開始組織寨人們重建家園。他讓所有的壯年男子上山伐木，決定先把祠堂建起來，然後再逐家逐戶地建造房屋。婦女和小孩則留在寨中，負責洗衣做飯、剝樹削皮等瑣碎活計。祠堂還建在原址上，這次趙久明決定把祠堂建得比以前更高大氣派，更宏偉，最少也得建五柱八棋的木屋，讓趙氏種族的宗祖之地令外族不敢小覷，更要讓貓莊的族人們有生存的依託和信心。貓莊一百多號壯年男子很快就從雞公山上滾下來足夠的木料，運到祠堂的宅基地上。貓莊做過木匠的男人們也很快就把圓木砍成了木料，做過瓦工的男人們也燒出了第一窯青瓦。一切準備就緒，巫師趙天國打了一卦，測出吉日，定在十月初七這一日樹屋上樑。

巫師趙天國沒想到，十月初七這一日非但不是一個吉日，而是一個凶日。

這一日辰時，趙天國的母親，也就是趙久明的妻子趙彭氏從山洞裡睡醒過來。她是被一泡尿憋醒的，洞內黑漆漆的，女人和孩子們都睡得正酣，不時有輕微的鼾聲傳來。她順著石壁摸索出洞口，外面已經有了天光，朦朦朧朧的，正下著大團大團的白霧，地上鋪了一層白白的薄霜，像撒了一層鹽，踩上去嚓嚓作響。趙彭氏順著一條羊腸小徑去女人們常去方便的一塊石崖下。當她方便完返回洞口時，看到男人趙久明高大的背影在前面一閃。他披著夾襖，正沿著另一條羊腸小徑朝山下走去。趙彭氏叫了他一聲：「久明呀，這麼早就起來了。」趙久明沒有答應他，也沒有回頭看他，像沒聽見一樣匆匆忙忙地往前走。趙彭氏覺得自己喊聲很大，趙久明又距她那麼近，不可能聽不到，她有些奇怪，就追上去。當她追到一塊土坪時，趙久明卻突然不見了，偌大的土坪裡空空蕩蕩的，除了白霧，什麼也沒有。趙久明就像融入了白霧裡似的，從她眼前倏地沒了，消失得無影無蹤。下山只有這一條獨路，趙彭氏又往前追了一截，還是沒有人影。趙彭氏心裡覺得更奇怪，她又不敢一個人下山，只好返回山洞。等天色大亮，人人都起來後，趙彭氏又在洞口前看到自己的男人趙久明。她走過去，拉了一下趙久明的衣角，問他：「你是不是去了一趟寨子裡？」

趙久明說：「沒有呀。我才睡醒。」邊說邊打了一個長長的哈欠。

趙彭氏心裡陡然一涼，斷定男人「飄魂」了。按照貓莊的經驗，一個人「飄魂」，意味著他的靈魂已經脫離了肉體，要是不趕緊找法師禳治，收回魂魄，三日內必死無疑。

趙彭氏自然也是知道貓莊的巫師逃不過三十六歲這個坎的傳聞，但她一直不相信它會在自己的男人身上應驗。趙久明還正當壯年，氣血兩旺，怎麼看也沒有要死的跡象。但現在，剎那間，恐懼就攫住了她的心。她只覺得全身無力，搖搖欲墜，要不是趙天亮的十三歲的女兒長梅一把扶住了她，她差點就一頭栽倒下地。

趙彭氏沒有隨著人們下山去寨子裡，而是拐上另一條小路，趕往白沙鎮。她要去請雷老二給趙久明作法，收回他已經飄散的魂魄。趙彭氏也才三十三歲，年輕，體力好，她沒裹腳，是天足，加上心裡急，一路小跑，不到一個時辰，她就趕到白沙鎮。這時大霧還未完全消散，時辰應該還算很早的，白沙鎮大多數人家房頂上的炊煙也才剛剛嫋嫋升起。令趙彭氏沒想到的是，當她登上鎮西北小山坡的土地廟，跨進門檻時卻一眼看到雷老二已經端碗準備吃早飯了。他正從筷簍裡拿起筷子。趙彭氏一下子愣住了。貓莊這一帶請草醫救急症，或請法師收魂，碰上主人正在吃飯，特別是剛拿碗筷，意味病人或丟魂者已經無救。「筷子」在那支溪峽谷一帶諧音「快死」，草醫或法師也是堅決不肯出門的，以免救人不成，反倒壞了自己聲譽。

趙彭氏只覺得天旋地轉，扶住門框才勉強站穩。她還未出聲，聽到屋裡傳來一串空洞蒼老的聲音：「請回吧。曉得你要來，我才提早一個時辰做飯。要在平日，這個時辰還沒生火呢。」

雷老二背對著趙彭氏，始終沒有轉過頭來。

趙彭氏又跌跌撞撞地趕回貓莊。一路上，她的鼻子彷彿嗅到了死亡的氣息，雙耳裡嗡鳴著鑼鼓的哀樂。她走得既匆匆忙忙又遲遲疑疑，三十里的路程走了不下兩個時辰。進寨時，日頭已當頂。一進寨，她就聽到祠堂方向傳來樹屋的嗨喲聲。再走近一些，上樑歌也聽得清清楚楚了。

急急走，
走忙忙，
連忙幾步到華堂，
紅包利市排成行。
開金口，露銀牙，
子子孫孫享榮華。
開金口，開銀口，
開來金銀堆百斗……

當趙彭氏走到自家的屋場外的坪場上，可以清楚地看到兩個人抬著木梁登梯，她認出了其中一個正是她男人趙久明，另一個人是趙久仁。趙彭氏呆呆地站在坪場上，看著趙久明一手托住木梁，一手抓著木排方往上攀爬。此時，趙久明比趙久仁高出一個木梯級，木梁正中央半陰半陽的太極圖案趙彭氏也看得清清楚楚。趙彭氏看著趙久明蹬完木梯，爬上排方，到了最上端，跨騎在突兀而出的排方頂上。

隨後，趙久仁也跨上了排方頂。趙彭氏聽到趙久明大喊一聲：放樑！她聽到哐當一聲橫樑落入中柱臼槽的聲響，接著她聽到了三家田紙炮竹有氣無力地劈劈啪啪聲和下面人群中小孩們的歡呼聲。趙彭氏看到隱在炮竹煙霧裡的趙久明從吊在左胯上的布袋裡掏粱粑粑，準備扔粱粑粑。她看到他高揚起右手來。趙彭氏看到趙久明的手舉在半空中，久久不動，引來地面上孩子們大聲尖叫。半杆煙功夫過去了，趙久仁已經扔下過三次粱粑粑，趙久明的手還是一動不動，像被定住了。趙彭氏覺得她的頭仰得有些酸痛了，突然，她意識到可怕的事情已經發生了，發出一聲突兀地淒厲地尖叫：久——明——！

巫師趙天國當時也在人群中，跟天武天文等一群孩子們待在一起，他們站在左邊的屋樑下，仰著臉地等待父親甩粱粑粑下來。趙天國也看到了父親高揚著右手，揑著粑粑，準備甩了。等了一陣，另一個上樑人趙久仁的粱粑粑已經甩下來了，孩子們都一哄而上地去搶。但趙天國沒有動。他很奇怪父親在玩什麼花樣，就那麼揚著手，舉著粑粑，一動不動。直到他聽到母親趙彭氏劃破貓莊上空的淒厲地尖叫聲才意識到父親出事了。就在他腦子一片空白時，他看到父親像一隻被獵槍射中的斑鳩似的，先是雙手撲楞了一下，然後一頭栽了下來。

他落地時，像在竹樓上倒麻布口袋裡包穀棒子一樣，發出巨大的一聲「呯」的聲響，濺起一片塵土。

趙久明的身子就落在趙天國面前不到兩尺開外，要是天武天文不去搶粱粑粑，說不準就砸在他們身上了。面對父親突然掉下來，並且落在自己面前，趙天國的腦子裡轟然一響，一個念頭油然而生：父親完了！巫師的宿命！直到所有的人都圍過來，母親趙彭氏也哭喊著奔跑過來，趙天國才清醒過來，朝父親趙久明撲去。他抱起父親，看到父親胸口上赫然插著一支帶野雞尾毛的利箭。母親趙彭低抱起他時，父親的口裡冒出一股黑血，頭一歪，沒說出一句話不就落氣了。

顯然，他是被人用箭射下來的。

所有的貓莊人都認得這是一支白水寨龍家的特製毒箭。

祠堂方圓三十丈內無一生人，這支箭從哪裡射來的？是什麼時候射出來的？所有貓莊人都大惑不解。

趙彭氏抱著男人的屍首，不停地問：「久明怎麼會中箭？箭是從哪裡射來的，白水寨人來了你們也不曉得？」

負責警戒的幾個年輕人你看著我我看著你，茫然無措：「沒來一個生人呀，我們沒看到一個生人。貓莊的人也都空手來的，沒人帶弓箭！」

從屋上跑下來的趙久仁驚惶地說：「是不是被白水寨龍大榜請人施邪法了？」

趙天國從父親胸口拔出毒箭，說：「這只箭是從他命裡射來的！」

趙彭氏驚訝地望著兒子。

趙天國再一次說：「箭是從爹命裡射來的，他無法躲避掉！」

第三章

七天後，趙天國為父親趙久明在蓋上青瓦裝好板壁的祠堂裡舉行了隆重的葬禮。又七天後出殯，埋葬了趙久明，趙天國順理成章地接任了族長。

安葬完父親的第二天，趙天國頭纏白孝帕進了一趟西北縣城。誰也沒有想到，趙天國第一次進城，從此改變了整個貓莊的命運。

三天後趙天國回到貓莊，一句話也不說，在祠堂一間屋子裡關了七天七夜。第八天一出屋，他馬上就召集族人們來祠堂議事。除了按照慣例宣讀族規族訓條文，督促族人和睦相處，團結對外，趙天國特別強調在此貓莊存亡的關頭，族人們得互相幫襯，共渡難關，同時更要做好防範，每到冬天，是土匪們最猖厥的時期，不僅要防二龍山白水寨的土匪，還要防其他地方的土匪襲擾。

末了，趙天國宣佈他繼任族長後的第一個重大決策：貓莊各家各戶不准建造木屋，一律去烏古湖開採條石或去那支溪河背大卵石，建築石屋！

此語一出，滿屋人立刻炸了鍋，幾乎所有人都不假思索地反對：

「石頭怎麼能造房子？」

「千百年來，就沒聽說過石頭也能造房子？」

趙天國大聲制止族人們的異義：「木頭能造房子，石頭怎麼就不能造房子？」

趙久仁問：「天國呀，你見過石頭房子嗎？」

做過木匠的趙天亮說：「貓莊樹木多的是，上山一砍下來就能造屋，石頭多重呀，就是能造成房子，也費時費工啊？」

大家都附合著說：「就是嘛，就是嘛。」

族人們七嘴八舌，議論紛紛，他們不明白趙天國何以做出如此荒唐的決議。確實，貓莊千百年來就沒有一棟石頭房子，祖祖輩輩都是用樹木建房，用青瓦蓋頂木板裝屋，遮風擋雨，貓莊也很少有人走出超過那支溪峽谷三十里範圍的地域，他們的視野裡也從沒看到過石頭房子。豈止親眼所見，就是從走鄉竄寨的劁豬匠、補鍋匠、鐵匠、裁縫匠等等口裡也沒聽說過酉水兩岸哪個寨子哪棟屋是用石頭建造的。大家議論著石頭房子能住人嗎？不是跟住山洞沒區別嗎？沒有樓板，不潮嗎？這不是趙天國在發孩子氣吧？族人們搖頭苦笑。

這個看似荒唐但日後卻對貓莊有著重要意義的決議，確實是趙天國的孩子氣所為，但也是他把自己關了七天七夜深思熟慮的結果。

這個決議就是他第一次進縣城的最大收穫。

趙天國迫不及待地去西北縣城，是遵照父親趙久明的遺囑去找一個人。這是父親臨死前一晚給他交待的，父親說他自知時日不多了，他死後，趙天國要盡快去趟縣城見一個人。父親告訴趙天國，這個人叫曾昭雲，他雖姓曾，但也是貓莊趙氏的族人，他本姓趙，他爺爺七歲時家裡把他過繼給了嫁到縣城外七里坪的姑姑家，這個姑姑沒有生育，他給她做了繼子，姑父姓曾，因此改為曾姓。曾姓姑父是一木匠，在縣城裡開有一家棺材鋪，生意紅火，積攢了一些銀錢，傳到曾昭雲父親那代，就不再做死人生意，改開米行。到曾昭雲手裡，又把生意擴展到經營客棧、布店、藥鋪，成了縣城裡有頭有臉的人物。父親說，按輩分算曾昭雲是久字輩，趙天國應該叫他伯父。

趙久明和曾昭雲打交道是從很多年前開始的。那時趙久明還是一個十七歲的小夥子，那年他要娶妻結婚，去縣城裡給新娘子扯布料，他找了幾家布店，都沒有找到他喜歡的那種能做親娘子蓋頭和上衣的大紅鍛子，每家不是顏色太淺，就是料子太差，最後在一家「曾記」布店裡找到了那種光滑柔軟的大紅湘繡。一問價，竟然跟那些質地粗糙的一個價錢。趙久明當時對櫃檯後那位年輕斯文的掌櫃頗有好感，認為此人做生意公平，不玩虛招，邊選布料邊跟他聊了幾句，覺得這位年輕掌櫃彬彬有禮，談吐不俗。晚上，趙久明投宿悅來客棧，不想又碰上了這位掌櫃的。趙久明跟店小二一打聽，才知他姓曾，名昭雲，既是曾記布店的大掌櫃也是悅來客棧東家少爺，僅縣城裡最繁華的坡子街就有他家的米行、藥鋪、布店和客棧等七八處產業。以後，趙久明每次進城，都住乾淨整潔，而且價錢不貴的悅來客棧。一來二去，他和曾昭雲就熟了。彼此相熟後，不免多聊幾句，趙久明也就得知了曾昭雲原來還是自己的本家兄弟。曾昭雲自打出生就沒回過貓莊，只聽爺爺和父親說過他們是貓莊人，他知道趙久明是貓莊本家，也就待他親如兄弟。十多年來，只要趙久明進城，每次他都熱忱款待，吃宿不收一文錢，他也幫著他出出主意，拿拿把握，提供一些消息什麼的，譬如幫趙久明透露近期米糧、桐油的價格，山貨的行情，打探一些縣衙的舉措等等，縣城裡難以買到東西，曾昭雲也會盡力所能及幫他弄到——僅就春火藥的必需品硫磺，若沒曾昭雲幫忙，趙久明哪能一下子一百斤兩百斤地買到，貓莊的火銃土炮豈不都得瞎火。這些年也多虧了曾昭雲幫忙，貓莊的物產賣上了好價，貓莊的槍炮彈藥充足，人富寨強，讓外人不敢小覷，不然龍承恩早把貓莊改名白水寨了。

趙久明也一直把曾昭雲當成本家兄弟，雖然他業已改姓，成了外族人的後代，但他的身上流的終究還是貓莊趙氏種族的血。況且曾昭雲在縣裡也是有頭有臉的人物，看得起他趙久明，在給貓莊人盡心盡力地出主意做事情，說明他骨子裡也是把自己當貓莊的趙家人看的，他還是承認貓莊是自己的根，趙氏家族是自己的宗祖。趙久明知道曾昭雲沒有要緊的事不會又是口信又是書信地邀他進城，他自知時日不多，只能囑咐兒子趙天國在他死後盡快去一趟縣城，拜見曾伯。他相信曾昭雲一定會善待兒子趙天國，趙天國和貓莊也需要曾昭雲的幫忙。

在貓莊建造石頭房子就是趙天國進城後突然得來的靈感。趙天國第一次進城，按父親交待的路線，從小西門進城後，直走，穿過一條大街，然後右拐，走過一座小石橋再往前走百十步，就是曾昭雲的「曾記布店」，若曾伯不在布店，再往前走二百步，右拐進一條巷子，就能看到「悅來客棧」的布旗。可趙天國一進小西門，看到四處都是一樣的街道和巷子，一下子暈頭轉向了，穿過大街後他沒有右拐，而是左拐，因此走了很遠也沒看到那座小石橋，他一直往前走，走進了背靠南華山的一條小巷。未進小巷，趙天國就呆住了，只見巷子兩旁全是斷垣殘壁，遍地灰燼，黑乎乎的一片，顯然這裡剛剛被一場大火燒過，燒光了不下一二十棟房屋。燒得很徹底，連許多房子的院牆都燒塌了，到處一片焦土。想到貓莊現在也是這個樣子，趙天國很感傷，呆呆地站了一陣子。突然，他看到前面不遠處還堅立著一棟孤零零的四四方方大房子。這幢房子的造型特別奇怪，是尖頂的，兩個尖塔像兩座山峰一樣直插雲霄，但趙天國顧不得多想，他更奇怪的是為什麼這棟房子沒被燒塌，雖然遠遠看去，它也被煙燻火燎得黑漆漆的，可是它依然屹立在那兒。趙天國想這場大火的規模應該跟幾十天前把貓莊房子燒得蕩然無存的那場大火相差不大，為什麼這座大房子會完好無損呢？他好奇地走到大房子前，仔細研究起來，他發現這棟房屋除了門窗被燒毀之外，其餘的地方毫髮無損，裝上門窗即可住人。趙天國用手摳了一下房子的「構架」和「板壁」，這才發現都是石料的。

原來這是一座石頭房子。

趙天國心底裡突然萌生了一個念頭：要是貓莊都建石頭房子，那不就再也燒不著了！

後來，趙天國見到了曾伯，才聽他說那座石頭房子是洋毛子剛建不久的天主教堂，半個月前被哥老會的人半夜裡放了一把火。洋教堂沒被燒塌，倒把周圍幾十棟民宅燒成了一把灰。據說這場大火燃了整整一個通宵，全城人都出動去滅火了。教堂裡的兩個洋毛子被煙燻火燜死在裡面，抬出來時別說衣褲著火，連他們的大鬍子也沒燒焦一根。曾伯一邊給趙天國敘述那場大火的情形，一邊嘖嘖地唏噓不已。趙天國的腦子裡卻一直盤旋著那棟火燒不倒的石頭房子。第二天清早，他起床後又一次不由自主地來到南華山下的廢墟上。

從洋教堂裡出來後，趙天國就決定要在貓莊建石頭房子。只要建造像洋毛子這樣燒不垮的石頭房子，貓莊再遭遇天火或者大股土匪襲擊，就可以棄寨保人，等天火或土匪撤退後再回來，貓莊以後就再不會被火燒了。只有保得住房子，貓莊才能再圖其他的發展，否則，早晚有一天，貓莊會人心渙散，不堪一擊，變成龍大榜的白水寨。回到貓莊後，趙天國就一頭紮進祠堂裡，把自己關了七開七夜，打了七七四十九卦，通讀了無數篇《營造法式》、《清式營造則例》這兩本臨時找來的書籍，雖然無論從卦上還是書上都沒得什麼要領，但他還是決定在族會上下達這個決議。遲建不如早建，早建省工省時省以後被燒的麻煩，等下次一把火燒後再建，不如永絕了這把火。

趙天國使勁地乾咳了一聲，壓住族人們的議論，大聲地說：「這幾天我打了無數卦，卦卦顯示貓莊近年將天火不斷，我苦思冥想了好多天，只有在貓莊建造石頭房子，才能避開天火。大家願意年年建房子還是願意住石屋？」

趙天亮首先向趙天國發難：「我們不會建石頭房子，只會建木頭房子，怎麼辦？」

跟著就有人附合：「是呀，是呀」。

趙天國知道族人們欺負自己年紀小，資歷淺，說話難免帶點諷刺調侃，於是他沉下了臉，做出一言九鼎的架式：「這事就這麼定了。誰若不從，視為違反族訓『本宗之派，一脈之親……凡全族利益之大事，需聽族長之安排，禁擅作主張……』一律逐出貓莊。」說完，下面一下子噤聲了。趙天國又說：「即日起，各家各戶可以起茅屋搭窩棚，作為臨時住處，凡家裡不足二個年滿十六勞力的，可以搬來祠堂住。等勞力多的人家都建好房子後再抽出勞力來幫勞力少的人家建。至於如何建造石屋，我會儘快派人去白沙鎮或縣城找到最好的石匠，大家準備好石料吧。」

趙久仁說：「天國，你想過沒有，石頭房子全寨建完要多久，全寨人不能年年住茅屋和窩棚，潮氣大，一到發春水時，家裡的糧食會發黴，放在燕子洞裡，又不方便去取。」

趙天國說：「貓莊到處是石頭。取石料方便得很，一兩個冬天全寨的房子就修起來了。」

趙天國沒有想到，他估計嚴重失誤，貓莊所有的石頭房子真正建造完畢，成為酉水南岸惟一一座石頭寨花了漫長的整整十年的時間，他更沒有想到，這些石頭房子會在以後發揮出重要的軍事意義。

他當初的未免帶了些孩子氣的靈機一動，不僅果真讓貓莊長達半世紀絕了天火，也讓貓莊成了一座難以攻破的堡壘。

看著族人們紛紛起身，拍打著屁股上的塵土準備出去，趙天國大聲地說；「再等等，還有一個事要給他們交待一下。」他從對襟衣口袋裡掏出一個皺巴巴的布袋出來，攤開在一張桌子上。人們都好奇地伸過腦殼去看。趙天亮本來就對趙天國以族長的身分壓他心裡不服氣，見了那堆黑褐色的小顆粒種子，噗哧一下笑出聲來，嘲諷趙天國說：「那不是油菜籽嗎？」

趙天國溫和地說：「天亮哥，你好好看看。」

年紀大的趙久林說：「油菜籽沒這麼大顆粒。」

大家都說：「不像，不像，天國你說這是什麼種籽。」

趙天國說：「我也不曉得是什麼。曾伯催了我爹幾次進城就是去拿這個東西。他說貓莊種這個保准能賺大錢，問他是什麼，他說叫罌粟，是一種藥材。我問他治什麼病的他又不肯說，只說只管種，到時他來幫咱們收割，出售，咱們認收大把大把的銀子。」

趙天亮一聽能賺錢發財，立即追問：「什麼節氣種，怎麼種，他說了沒有？」

趙天國說：「說了，說了。就是現在這個季節種。就跟種麥子種高粱種小米一樣的種法，但曾伯說最好種在半山腰或山頂上。我想還是在雞公山向陽的茅草坪燒一塊火佘，先試種一年。要是收成好，家家戶戶都種，這塊火佘地就作族銀，省得家家戶戶年年交。」

這次，族人們毫無異議，都說要得，要得。

火佘燒出來，土地翻耕，把種子播了下地，之後趙天國連同貓莊所有的人都忘了這檔子事。第二年正月末，有一天，趙天國突然想起曾在雞公山茅草坪播種了一塊不知名的莊稼，吃了午飯後爬上山去看看。他記得曾伯曾給他說過，這種莊稼「點」下去之後，幾乎不用間苗、薅草等管理就有好收成。一到茅草坪，呈現在趙天國眼前的景象簡直讓他驚呆了。他看到先年冬天「點」下的那些黑褐色的種子不僅長出了半人多高的青苗，而且株株開出了十分豔麗的鮮花，整個茅草坪原來燒過火佘後那塊漆黑醜陋的土地上已是一片花團錦簇，紅、黃、白、紫爭奇鬥妍，昔日荒涼的茅草坪簡直成了一座美麗的大花園，每朵在微風中搖曳的花朵都大而豔麗，豔麗到了妖冶的程度。風中傳來一陣陣濃烈的香甜香甜的花粉味，使得趙天國忍不住一連打了好幾個噴嚏，鼻涕口水流了一大攤。

一個半月後，當那些豔麗妖冶的花朵長成小碗大的圓滾滾的墨綠色果子時，曾昭雲如約來到了貓莊。這是他第一次來貓莊，以前趙久明在世時，曾多次邀請他來，勻未成行。初進貓莊，他看到到處都是臨時搭建的茅屋和窩棚，熱淚盈眶，動情地給趙天國說：「貓莊太苦了，我一定會盡力幫忙貓莊父老鄉親富裕起來。」

趙天國命人給曾昭雲在祠堂按排整整一頭屋，兩間房，又讓族人殺豬宰羊，熱情款待他。

第二天清早，天還不亮，曾昭雲就叫起趙天國，讓他召集一些男女勞力，每人自備一塊鋒利的小鐵片或納鞋底的大頭針，以及一隻小瓦罐。他親自帶著他們上山割漿。割漿的工序其實很簡單，就是用鐵片或針頭刺破那些墨綠色的果皮，把從那裡面流出的乳白色的漿液收集進瓦罐裡。曾昭雲告訴貓莊人，說割漿只能在太陽出來之前，草葉上的夜露未乾時進行，否則既沒有產量，也熬不出來好藥材。

到了夜裡，曾昭雲讓人在祠堂的偏房裡架起一口大鐵鍋熬煉加工早上採集來的漿液。當鍋底的熊熊火焰燃起燒旺後，一股濃烈的幽香撲鼻而來，衝擊得趙天國口鼻裡像有無數條蟲子在蠕動，一連串打了好幾個哈欠和噴嚏，他不由地回想起第一次看到那些美麗妖冶的花朵時也是這樣噴嚏連連。在趙天國的感覺裡，大鐵鍋裡不是在熬煉白色的漿液，而是在煮那些花朵。香氣越來越濃，很快就瀰漫了整座祠堂，睡在祠堂另一頭的大人小孩紛紛披衣起床，打著慵懶的哈久，或者不斷地「啊嘁啊嘁」的打著噴嚏，跑來偏房。及至後來，太濃鬱的香氣在貓莊上空凝聚成一層層厚厚的雲層，久久不散，就連下寨睡在窩棚許多受涼感冒鼻子堵塞的老年人也被嗆醒，嗅著香氣，一路身輕如燕地跑來祠堂。那時，貓莊還沒有一個人，包括趙天國在內，曉得熬的就是鴉片。直到一個月後，曾昭雲派人來送錢時，貓莊人才恍然大悟，原來他們栽種和熬煉的是鴉片煙，是大煙土。

三天後，曾昭雲帶著密封好的煙膏回了縣城，被他一同帶回去的還有不滿十三歲的老三趙天文。在貓莊的三天，趙天文一直纏著曾昭雲問這問那，充滿了對城裡的好奇，曾昭雲也看上了聰明伶俐乖巧的老三天文，意欲收他做店裡的學徒。曾昭雲把此意給趙彭氏說了，雖說趙彭氏也是第一次見到曾昭雲，卻不像她的男人趙久明，第一眼對他就毫無好感。趙彭氏是對城裡人有一種天生的反感，她家的一個親舅舅就娶了一個城裡舅娘，搬到城裡做生意，她的舅娘為人乖張、勢利，從來就看不起她們彭家，舅舅也被她教唆成勢利之人，六親不認，跟她們彭家多年不往來了。而曾昭雲恰恰就是那種白麵長身，頭上油光可鑒，長衫不打一個皺折的城裡人形象。趙彭氏雖然心裡堅決反對，但嘴上說的卻是：「你跟天國去商量，長兄為父，天文的事由天國拿主意。」曾昭雲沒想到趙天國卻一口應承下來。

趙天國的想法其實相當簡單，自從他進了一次城後，看到了城裡很多「世面」，學來了很多知識，他想要是老三能進城做學徒，待得愈久看到的「世面」也就愈多，不僅對老三自己有用，對今後貓莊也會有用。為此，趙天國和母親趙彭氏還發生過激烈爭論，爭論的焦點恰恰又是曾昭雲的人品。

趙彭氏從曾昭雲的個人形象上固執地認為他不像是一個好人，貓莊人和他打交道肯定要吃虧受騙，老三被他帶走保不准就會被他教唆壞，或者跟著他學壞。而這一點趙天國恰恰又堅信他父親趙久明的眼光。娘兒倆當夜只差爭吵起來。

關於曾昭雲的人品一個月後就得到了初步驗證。四月的一天傍晚，天正下著如絲如縷的細雨，兩個青年漢子從諾里湖方向走進了貓莊，來到趙天國家正在動工建房的屋宅地上。兩個人見到趙天國，其中一個高個兒徑直地問：「你是貓莊的族長趙天國對吧？」一口外地腔，像嘴巴裡含著蠶豆似的，吐字不清，語音含糊。趙天國打量了一下來人，發現兩人均臉膛黑紅，身材槐梧，問：「你們是誰？」來人中那個高個兒答：「我們是曾老闆給你找來的石匠。」趙天國呵呵地笑起來：「我還以為你倆是白水寨人呢？」二人一臉迷惑，顯然不知道白水寨意味著什麼，高個兒從肩上解下布褳褡，哐當一聲扔在一塊石頭上，說：「這是曾老闆託咱哥們帶給你們的藥材錢。」

趙天國提了提褳褡，挺沉的，說：「好像還不少喲。」

高個兒石匠說：「你過一下秤，足足一百兩碎銀。」趙天國提著錢袋的手彷彿被毒蜂螫了一口，痙攣起來，失口大叫：「哎喲，那兩壇膏藥值幾十頭大水牯，我的先人吶，比金子還貴。」在趙天國家幫工的人聽到他的驚叫聲，紛紛圍過來，趙天國自知失言，忙說：「這麼多銀子曾伯能讓你們二位帶來，可見是他信得過的人，你們是石匠，說說你們會不會用石頭建房子。」

高個兒掃了一眼滿地淩亂的塗滿黃泥的骯髒的石料，問：「是不是剛建起來就塌了？」

趙天國說：「昨天壘起來，淋了一夜雨，今早上就塌了，一個石匠還壓傷了腿。」

高個兒說：「基腳沒下穩。下實落了就不會塌。」

趙天國說：「看來你們是內行，那就留下來給貓莊建房子，有的是工夫做，工錢好商量。」

高個人搓著手掌，扭捏地說：「我們也沒建過石頭房子，只砌過墓碑，不過，不過，我想建房子跟砌墓碑沒什麼區別。」

趙天國有些生氣了：「修碑的啊，曾伯叫你們來幹嘛。」

高個子答：「他說讓我們哥倆來貓莊建房子。」

趙天國指著一直不說話的矮個兒說：「他是你兄弟？他怎麼一句話不說，像個啞巴。」

高個兒說：「他是我哥，就是個啞巴。」

趙天國說：「我原來也是個啞巴。我討厭話多的人比討厭烏鴉更厲害。」

看到高個兒對著哥哥吐了吐舌頭，趙天國又說：「不過你講的也對，建房子和砌墓碑說到底是一回事，都是住人的，房子住活人，墓裡住死人罷了。」

龍大榜聽說貓莊人在建石頭房子，已經是第二年夏天。先年十月，龍大榜聽了軍師吳三寶的建議，花重金從苗鄉乾城請來了一位道行深厚的巫師——這個巫師是吳三寶老家的一位本家叔叔，據說他的邪法非常了得，在百里苗鄉到處流傳著他法術高明的一個傳聞：有一年，一個寨子裡有一戶人家樹屋，上樑時發現橫樑短了三寸，老木匠只好重做一根，第二次上樑時，橫樑還是短了三寸，老木匠知道得罪了高人。但他又不知道得罪的是誰，只好請這位巫師幫忙。巫師告訴老木匠，讓他再做一根橫樑，臨放樑時在中柱上鑿一鑿子。老木匠照辦，果然橫樑不長不短，安然放入臼槽裡。兩天後，人們才在這棟新屋的後山上看到一根手臂粗的山茶樹枝像被利斧削砍過一樣，齊刷刷折斷，樹下留有一灘乾涸的血跡。那個捉弄老木匠的高人當時就坐在茶樹枝上，被老木匠那一鑿子不知鑿斷了一隻胳膊還是一條大腿。當然是他的法術鬥不過這個巫師，否則，他至少不會留下一灘血跡。吳三寶請來這位巫師，讓他在白水寨白虎堂作法，果然用前寨主龍承恩身上的那支毒箭射殺了貓莊前巫師和族長趙久明。只是那支箭從白虎堂射出後，一箭斃命，射在了趙久明的心窩上，從而沒有像龍承恩那樣毒性發作後潰爛七七四十九天，受盡折磨才死。原本，吳三寶是要巫師不射中趙久明要害部位的，要讓他嘗嘗全身潰爛七七四十九天的滋味的，巫師也答應了下來，但不知為何，偏偏就一箭穿心了。

後來巫師解釋說，他本來已經沒有七七四十九天的命了。

龍大榜本想乘趙久明剛死，貓莊人心大亂之際殺回去，徹底佔領貓莊。把巫師送出山寨的當天，龍大榜去父親龍承恩和哥哥龍澤輝的墳頭祭奠，回來的路上一腳踩虛，跌進一個大天坑裡。天坑深不見底，幸虧龍大榜跌落到四五丈的半空中被一根粗葛藤絆住，八個壯漢吊下去才把他托出天坑。出來後才發現他不但摔得頭破血流，還折斷了四根肋骨。傷筋動骨一百天，龍大榜聽到貓莊在造石頭房子的消息時，頭上還纏著白繃帶，腰間敷著中草藥，雙腿也綁著石膏，不能下地，躺在床上靜養。

消息是軍師吳三寶在白沙鎮趕場時聽到的。為坐實消息，吳三寶還親赴了一趟貓莊，悄悄地溜到雞公山上偵察了一番，他親眼看到貓莊上下兩寨堆滿了石料，才趕回白水寨報告給龍大榜。吳三寶給龍大榜說貓莊上寨下寨堆滿了石料，石匠的鐵錘聲整天叮叮噹噹響個不停，而且豎起了好幾處四方四正的石壁，確實是在建房子。

龍大榜聽後呵呵大笑：「他們是在給自己修墓碑吧？」

吳三寶認真地說：「不像，就是全貓莊連三歲娃娃都算上，修墓碑也用不著那麼多石料。」

龍大榜說：「貓莊燒了半年多了，他們都沒建新屋嗎？」

吳三寶說：「我也是奇怪，貓莊至今看不到一棟木屋，到處都是茅屋和窩棚，不知他們在玩什麼鬼把戲。」

龍大榜不屑地「咦」了一聲，說：「想來他們是被燒怕了吧。石頭房子燒不著火，那個兒族長動個小兒心眼罷了！」

吳三寶說：「怕不止於此吧。」

龍大榜說：「哪天咱們再走一趟貓莊，還去放一把火，把那些茅屋和窩棚也燒光。」

龍大榜隨口一說，隨後就忘記到後腦殼了。他腦殼不痛腰傷痊癒後，卻惹出了一樁與朝廷有關的禍事。這年冬天，龍大榜帶領白水寨人外出，去縣境內比較富庶的高梁坪一帶搶劫。去年整整一個冬天，龍大榜因為躺在床上不能動彈，白水寨幾乎沒有外出做下一單大買賣，而白水寨僅給縣衙的賄賂一年就得上千兩銀子，要不，他們早被綠營或巡防營清剿了。他想今年補回來。他們在距二龍山百里外有小平原之稱的高梁坪一口氣搶了二十四個寨子，牽了八十多條耕牛，金銀鈿軟不計其數。這一趟，他們特別順，沒有遭遇任何抵抗就滿載而歸。龍大榜讓趕牛挑筐的幾十個嘍囉先回白水寨，帶著軍事吳三寶和二十來人殿後，途經白沙場老碼頭時，他們碰上了一支十多人的商隊正在裝貨上船，從所裝貨物來看，都是精美的大紅木箱，腳夫們也抬得吃力，小心翼翼的樣子，估計都是值錢的物什。軍師吳三寶一雙老鼠眼咕咕碌碌轉了幾下，問龍大榜：「寨主，做不做？很可能全是黃貨白貨。」龍大榜猶豫了一下，說：「是不是離二龍山太近，認出來咋辦？」吳三寶說：「蒙面做。老碼頭離白沙鎮有二里遠呢。」龍大榜下了決心，給眾嘍囉們說：「蒙上臉，操傢夥！」

龍大榜又囑咐嘍囉們：「儘量不要殺人，別把事搞得太大！」

龍大榜和吳三寶根本沒想到，這些人其實都不是商人，穿長袍馬褂的老闆不是，穿對襟短衣頭纏黑絲帕的腳夫也不是，他們是換裝了的駐紮縣城的巡房營軍士，奉知縣之命從縣城出發，帶了上萬兩白銀和無數禮品前往辰州府給知府大人拜壽的。因擔心路上遭劫，出發前就換了民裝。他們清晨從縣城出發，順著無名河漂流而下，船隻不到半天就到了白沙鎮，剛剛吃完午飯從鎮上下來。管事的守備陳家順是個小心慎微之人，怕貨物裝在船上被人順手牽羊，把整條船弄走，命令軍士們搬上碼頭看守，不想反而弄巧成拙，讓龍大榜打上了眼。當白水寨土匪們舉刀咿咿呀呀衝出來時，軍士們也迅速地反應了過來，紛紛亮出了腰刀。龍大榜這時根本沒時間去想這夥人是吃哪路飯的，也忘記了自己囑咐嘍囉們的話，揮刀劈去，把撲向他的一個軍士剁成了兩截。看到寨主開了殺誡，嘍囉們也不手軟，紛紛砍殺起來。這些嘍囉個個為匪多年，精壯驍勇，殺人不眨眼，那些平時疏於操練，只知擲骰子逛窯子的軍士們哪是他們對手，雙方混戰不到兩杆煙工夫，就有三四個軍士們被砍翻倒地，沒死的見勢不妙，紛紛跳水而逃。

晚上庚時，一干人才把七八個大箱子抬回白水寨，放進二龍洞裡，沒來得及清點就各自休息了。連續奔波了好幾天，龍大榜和嘍囉們都太累，一挨床鋪就睡著了。半夜一覺醒來，龍大榜發現窗外一片紅彤彤的火光，聽到到處都是廝殺聲。他立即意識到山寨已被巡防營攻破，清兵已經殺進寨來——除了巡防營，方圓百里誰也沒膽量攻打他的白水寨，就是白沙鎮的綠營，也不敢來。龍大榜這才知道惹下了大禍，也才想起乾城巫師臨走時再三叮囑：陰法殺人，自古不可多為，三年內宜散財積德，忌斂財害命；否則大禍臨頭。龍大榜立即翻身起床，召集護衛護送家眷往後山撤退，自己提刀出屋，投入戰鬥。

這一仗打到天明，白水寨人死傷無數。白水寨雖人強馬壯，最終敵不過巡房營的火繩槍，火繩槍可以遠距離射殺，一排排子彈打過來，再厲害的英雄好漢也衝不過去。尤其天亮後，白水寨的人根本攏不了巡防營軍士的身，只有被他們射殺的份。白水寨的許多嘍囉就這樣被射殺倒地。

巡防營的軍士包圍白虎堂後，從老碼頭跳水逃走的陳家順衝屋裡喊話：「龍大榜，我是守備陳家順，知縣大人交待了，只要把你綁回去，可以不殺白水寨一個人。你出來受綁，我就讓士兵們停火。」

龍大榜躲在被圍的白虎堂裡，像關在籠裡的豹子一樣咆哮：「狗日的陳家順，老子跟你素不相識，從沒得罪過你，你給老子下毒手！日他娘的伍大人，你曉得老子一年要給他送多少錢兩！」

陳家順說：「龍大榜，你給老子好好看看，老子就是昨天白沙鎮老碼頭船上的那個梢公。你殺了老子六個弟兄，搶了上萬兩官銀。你我雖然沒打照面，全縣的土匪只有你們龍家個個都是左撇子，老子那天看到至少有三四個人是左手使刀，想都不用想就曉得是你幹的。」

龍大榜聽了陳家順的話，狠狠地瞪了軍事吳三寶一眼，意思是那天蒙面有個卵用，脫褲子放屁，還不是被人家一眼認了出來。

吳三寶撓了撓後腦勺，一副追悔莫及的神態，說：「誰想到那幫人不是商隊而是官兵。抬回寨你們走後，我撬開箱子一看，看到滿箱的官銀就曉得壞菜了，夜裡才讓兄弟們注意警戒，要不巡房營摸進寨來，腦殼搬家了還不曉得誰下的刀子。」

龍大榜沒理吳三寶，衝著外面喊：「老子可以讓你綁，放過我的弟兄們，老子就出來。」

陳家順說：「知縣說了，就拿你龍大榜，其他匪徒概不論罪，只要不再為匪，當種田的種田，當耕地的耕地。」

龍大榜說：「那好，老子出來了。」

說完，大步往門外走去。走了兩步，被吳三寶從後腰一把抱住，說：「寨主且慢。」龍大榜掙扎著說：「老子一條命換這麼多人活，值。」吳三寶示意眾人幫他拉扯龍大榜，自己騰出手來抓了一個身材體形跟龍大榜相似的年輕嘍囉，命令他走出去。然後，他摹仿龍大榜的聲音大聲喊：「老子出來了！」

年輕的嘍囉打開大門，戰戰兢兢地走了出去。

吳三寶拉著龍大榜說：「趕緊往後山上撤退。」

龍大榜揚手一巴掌打在吳三寶的臉上，說：「後山是絕壁，家眷都待在上面，能把官軍引上去嗎？」話未說完，聽到外面一陣劈劈啪啪槍響，像放炮竹似的，夾雜著颼颼的子彈的嘯音。

龍大榜透過窗孔往外看，剛走到土坪中央的那個年輕的冒充寨主的嘍囉已經被排槍撂倒。接著聽到陳家順嘶啞的大嗓門：「弟兄們，衝進去，伍大人有令，所有匪徒一律格殺勿論。」

龍大榜大罵：「狗日的陳家順，你出爾反爾，我日你祖宗八代！狗日的伍國明，我日你祖宗八代，老子每年上千兩銀子都餵狗了……」

吳三寶拉著紅了眼的龍大榜說：「趕緊上山，到了山上，自有退敵之計。」

龍大榜帶著不足二十個嘍囉從白虎堂暗道鑽進後山樹林裡，清兵很快就追了上來。穿過樹林，再往前爬一段陡峭的石崖，就是家眷們藏身，也是龍大榜匪窩的最後一個藏身之地二龍洞。二龍洞倒是一夫當關萬夫莫開，裡面除了藏有龍家幾代人搶來的金銀財寶，也有大量的弓箭、滾木、石頭，龍大榜不是擔心陳家順攻上來，擔心的是官兵們只要圍上幾天幾夜，他們就得困死在裡面。二龍洞有個致命的缺陷，它沒有出口，又是一個旱洞，裡面沒有一滴水。這也是他寧願冒死衝出去，也不肯回二龍洞等死的原因，只有把官兵引開，洞裡的家眷才有救。

到了石崖下，龍大榜看到幾個嘍囉等下那裡，他們面前堆有幾口從老碼頭搶來裝官銀的木箱。木箱裡面是空的，沒有一兩銀子了，龍大榜氣不打一處出，罵道：「誰讓搬下來的？那些銀子呢？上百口性命換來的，就是丟天坑老子也不能便宜狗日的伍國明和陳家順。」

眾嘍囉說：「回寨主，是吳爺讓搬下來，撒到樹林裡去了。」

龍大榜看著吳三寶。吳三寶笑了笑，解釋說：「我早就想好了退路，從曉得衝不出去那刻起，我就讓他們進洞取出銀子，二十兩三十兩地散藏在樹林裡，草叢裡，我們退上山來，官兵必然會搜山，那些兵勇們看到銀子只會悄悄地藏起來，到了夜裡，這些得了大筆銀子的兵勇就會不聲不響地溜掉的。這筆錢足夠他們每個人回鄉造屋娶媳婦不算，還能置好幾畝水田。陳家順圍不上三夜，他的一二百兵勇就會跑得差不多，他想把我們困死在山洞裡就會成為一場美夢，只得灰溜溜地撤兵。」

龍大榜想了想，說：「只有如此，希望能折財免災。」

陳家順組織清兵往石崖上攻了幾次，被弓箭、滾木和石頭擊退。當晚，他們果然在石崖下安營紮寨，燒起了一堆堆篝火，也許是偵察了地形，斷定二龍洞沒有出口，也許是有被俘嘍囉招供二龍洞沒有水源，也許是知縣伍國明給陳家順下達了徹底清剿白水寨土匪，不留餘孽，特別是不取匪首龍大榜首級不收兵的死命令，或者乾脆就是陳家順借機要報老碼頭一箭之仇，總之，他們從午後就開始伐木搭棚，一副抱定死守十天半月的決心。

整整一夜，龍大榜抱著腰刀哆嗦著坐在洞口，看著清兵在下面烤火喧鬧。第二天，有一些清兵站在石崖下大聲叫罵起來，罵龍大榜是龜兒子，只會縮頭不出。從洞口望去，草木遮掩，樹葉婆娑，只見官兵人影綽綽，不像晚上烤火紮堆，判斷不出到底還有多少人，也不知撒出去的銀子是否見效起作用。龍大榜寧願陪著嘍囉待在洞口吹冷風，也不願回洞裡去。洞裡暖和，熱風呼呼，可他一刻也待不住，他已經一天一夜沒喝一滴水了。感覺那股熱風就像一把把刷子一樣，在他的皮膚上，甚至是口腔裡、舌頭上、胃腸裡涮，又像一條條螞蝗一樣在吸他身上的水和血。當初送家眷上來時他根本沒想到會衝不出去，忘記了讓嘍囉們帶水進洞，待他想到時已經遲了，清兵已經圍住了白虎堂。家眷們進洞時只有守洞的三個嘍囉喝剩的半瓷壺茶水，龍大榜下令那些水只准洞中的幾位老人、婦女和孩子——其中包括他的母親、兄嫂，侄子侄女和寨中逃上來的老人、婦女、小孩們潤喉，其他人誰也不能碰一滴水。昨夜裡有一個小嘍囉看到寨主口乾舌燥，不停地伸出舌頭舔上下嘴唇，把一小碗茶水端到了他口邊，龍大榜堅決一滴不沾，厲聲喝斥那個嘍囉把水端回去。

鬼知道那些清兵們會圍上幾天幾夜，老人和孩子一天沒水就會暈厥，三天沒水就會丟命，年輕人挺的時間總會長些吧。

不僅僅是龍大榜一個人舌乾口燥，喉嚨裡冒煙火，所有的嘍囉們都一樣已經渴得四肢疲乏渾身無力，龍大榜想，再過一夜，清兵若還不退，他們要是衝上來，估計白水寨人連拉動弓弦和掀石頭、滾木的力氣也沒有了。人人都焦躁不安，只有吳三寶一個人氣定神閒的樣子，在洞門口自己跟自己下豬婆棋，一邊下一邊拈鬚哂笑，像似一點不渴也不急。嘍囉們問他清兵到底什麼時候能退兵，他總是說快了，快了，勸大家稍安勿躁。

第三天早上，清兵還是沒有會撤退的跡象。到了傍晚，清兵們叫罵得更加起勁了。龍大榜已經渴得眼前一片紅一片黑的，直冒火星，嘴唇裂出了一條條血口子，一揭一大塊皮，他有氣無力地問吳三寶：「你狗日的別裝神弄鬼了，他們再不撤，老子要渴死了。龜兒子要是現在爬上來，只有讓他們綁了。你再算算，他們還要幾天才肯走，他娘的陳家順這次非要把老子趕盡殺絕才肯罷手。」

吳三寶說：「我算準了今晚半夜他們就得滾蛋了。」

龍大榜疑惑地問：「真準嗎？」

吳三寶笑笑地說：「寨主，我願意以人頭擔保，他們今夜準走。別看這些狗日的個個叫罵得起勁，那是他們準備夜裡開溜賣力喊給陳家順聽的，你沒聽見他們沒罵娘了嗎？那是拿了咱倆的錢，心裡在感激咱們呢。我前晚數了他們一共有三十堆篝火，昨晚只有十七堆火，已經跑掉一半人了，今晚再跑掉一半人，你講陳家順還跑不跑。」

這晚黎明時龍大榜被洞外嘍囉們的呼叫聲驚醒時，他首先聽到的就是「跑了，跑了，狗日的真跑了！」的叫喊聲。原來，後半夜時吳三寶見下面樹林裡的篝火熄了，帶人悄悄地溜下去。

果然，沒有一個人影了。

陳家順不聲不響地溜了。

一仗下來，白水寨死傷了近百人，元氣大傷。龍大榜怕伍國明再次出兵，不敢盤踞二龍山，領著眾嘍囉拖家帶口涉過酉水河，隱匿在酉水南岸一處叫七里魂的峽谷裡，一邊招兵買馬，一邊打家劫舍，養精蓄銳。直至三年後換了知縣，才又搬回老巢白水寨。一回到白水寨，龍大榜就迫不及待地率領眾嘍囉們殺向貓莊。

第四章

龍大榜躲在酉水南岸的幾年中，貓莊一直在加緊建造房子，大肆擴種鴉片。

當那兩個外鄉的石匠把曾昭雲捎來的那一袋銀子撂在趙天國面前時，貓莊人就嘗到了甜頭，這才紛紛明白那種熬起來奇香無比的膏狀物就是大煙——鴉片煙。到了秋後，家家戶戶爭著來領鴉片種子，人們把種鴉片不叫種鴉片，也不叫種藥材，戲謔地直接就叫種「銀子」。趙天國在分發種子前就宣佈每家要提七成族銀出來，以備公用，人人還是爭破腦殼。不但貓莊人爭，連諾里湖，芭茅寨、新寨等附近幾十個村寨也聞風而動，來貓莊找趙天國高價買種子。趙天國家天天人來人往，門檻被踩矮了一截。趙天國在這上面表現出與他年紀不符的冷靜，凡來要種子的不僅一概回絕，而且第一天來人後他就連夜召集族人議事，嚴禁種子外流。趙天國鐵板著臉說物以稀為貴，什麼東西一多起來就不值錢，眼見著銀子變炭就是這個理，規定哪怕就是親丈人來討也不准給一粒出去，違者一律家法伺候，重罰五十燒火棍，打死算卵，未死者從族譜上除名，遂出貓莊。

趙天國聽到白水寨土匪被官兵清剿，元氣大傷後逃竄至酉水南岸的消息，剛好是他家搬進石頭房子的那一天。消息是下寨一個叫五大人的老人從白沙鎮上帶回來的。他回貓莊後沒有回家就直接拐進了趙天國的家門，未進院子就高喊：「天國，天國，送你一個大禮包，龍大榜那個龜兒子被朝廷剮了。」趙天國正在吃飯，聽到這一聲喊，碗筷哐地一聲掉下地，碎了。

趙天國根本沒聽清楚是誰的聲音，大聲問：「龍大榜被捉了，還是死了？」

五大人嘎嘎咳嗽了幾聲，又喘了幾口氣，在門外說：「龜兒子跑了。白水寨死了上百口人，龜兒子再雄不起來了。」

趙天國又問：「消息可靠嗎？」

五大人走進堂屋，大聲說：「白沙鎮上貼出來告示了，縣衙的大紅朱印明晃晃的，字我認得不大順暢，讓黃秀才又給我從頭自尾念了一趟。」

老二趙天武從桌旁站起身來，興奮地說：「龍大榜沒死就好，留著讓我親手宰他。」

趙彭氏在趙天武的頭上敲了一筷子，小聲地呵斥他：「吃你的飯，就曉得打打殺殺的。」然後自己放下碗，給趙天國收拾打落的碗筷和飯菜，問他：「你還吃不吃？」

趙天國邊往外走邊回頭給娘說：「不吃了，不吃了。我要去喊人到祠堂議事。」

把族人們召集到祠堂，趙天國對族人們卻只說了四個字：天賜良機。然後轉身往廂房走去，去找住在那裡的那兩個外鄉石匠周正龍周正虎兄弟。

族人們看著趙天國走出堂屋，你看著我我看著你，面面相覷。一陣後，趙久仁追上去問趙天國：「就這四個字也把我們喊來，天國你是不是打了吉卦，貓莊又有好事了？」

趙天國回過身說：「沒有好卦，但確實上天送來有好事，等下讓五大人大叔給你們講吧。我還講一句，大家加緊建房子，不要捨不得銀子，從別的寨子多請些長工短工來，一百個兩百個都不嫌多。」

銀子是什麼，不就是長在罌粟樹上的果子，今年割了明天又可以長。」

趙天國已經清晰地意識到上天給了貓莊一次振作的機會，他要利用好這次機會在三年內使得貓莊完全有能力跟白水寨抗衡，直至強大到他們再不敢侵犯。七十年前，高祖趙青山用一家三口性命換來了八年時間使貓莊得以倖存，使趙氏種族免於滅絕，這次朝廷清剿，貓莊不費一槍一彈一人一命就能爭取好幾年時間，這不就是天意？

趙天國估計龍大榜最少也得在酉水南岸趴窩三到五年。

周正龍周正虎就是曾昭雲託他們給貓莊捎來第一筆鴉片銀錢的那兩個外鄉石匠，他們在貓莊已經待整整八個月了。八個月，兄弟倆才建完上寨趙天國和下寨趙天亮兩家房子。用笨重的大石頭建房的速度確實太慢了，趙天國想同周正龍商量一下怎麼把房子建得更快，以便家家建好房子後抽出勞力盡快把寨牆也建好。

當初，趙天國決定留下周氏兄弟正是聽了周正龍給貓莊的規劃，特別打動他的是建兩道寨牆的建議。建造石頭房子可以說是趙天國的一時興起，但周正龍提出的建議不僅建石頭房子，還要把上寨和下寨的房子集中修建，然後用兩道寨牆連接起來，使貓莊形成一座封閉式的城池。這個規劃一下子就打動了趙天國的心。趙天國下決心打破貓莊幾千年來看地建房到處散居的習俗，為了排除族人對於地基風水的顧慮，他家第一個搬出老屋場，挪到坎下一塊不著龍脈的宅基上建房。並且規定任何人都不准看風水，按規劃好的地基抓鬮建房。宅基大小，按人口多寡家境貧富自定。佔用別家的土地的，用原老屋場或其他坡地頂補。還規定今後凡有與父母分家跟兄弟撤火者，建造房屋必得建在預留宅基地上。

周正龍和周正虎兄弟一來就被安排住在祠堂的一間偏房裡，這在貓莊人，包括趙天國自己家都住茅屋和窩棚的時候，算得上是給了他們兄弟最高禮遇。趙天國給他們兄弟的工價也比附近請的所有石匠要高。趙天國說只要周氏兄弟能給貓莊建成石頭房子和寨牆，花再多的銀子他都不吝嗇。銀子對於貓莊人來說，正如他所說的，就是長在罌粟樹上的果子，年年都有收的。所以，他曾多次叮囑貓莊人不要心痛銀子。

趙天國進了偏房，直接問周正龍：「你估計一下，按每天五十到八十個勞力算，貓莊所有的房子和兩道寨牆大概要幾年才能建成？」

周正龍心裡默算了一下，說：「大約要五六年吧。」

趙天國心裡驚了一下，「哎喲喲，我的周大哥呀，五六年時間太長了。能不能三年內完成？」

周正龍說：「建那麼多木房子三年不一定完的成，石料可是個重東西，光運送就要占大部分勞力。」

趙天國擔憂地說：「我估計貓莊也就有三年的平靜日子，三年後貓莊會有大劫數。」

周正龍感興趣地問：「天國，你是巫師，你的卦真有那麼神嗎？」

趙天國笑了笑，露出一副天機不可洩露的神態。

這時，一直坐在廂房角落裡的周正虎從竹椅上站起來，嘴裡噢噢地叫喚，衝著趙天國打手勢，見趙天國不懂，又弓著腰，把兩隻手放在額頭前「哞哞」的叫喚了兩聲。趙天國說：「你是說牛對嗎？牛怎麼啦？」周正虎見趙天國還是懵懂，又給他兄弟周正龍做了一通手勢，周正龍恍然大悟地對趙天國說：「他的意思是那些石料可以用牛來運送，這樣就可以節省很多勞力。」

趙天國擊掌大叫：「這個主意好，一頭牛要頂七八個勞力，而且還省工錢，明天試一下，若行的話，我盡快讓人多買些牛來，買那些力紮好的騷水牯來。」

第二天，趙天國趕來家裡的一頭黃牯子，套上周正虎連夜趕製出來的「拖板」去烏古湖拉石料。果然，一塊重過五六百斤的石料一個人趕著一頭牛一天可以運送四五回，而原來人工抬卻需要四個青壯年勞力，一天最多能往返三趟。趙天國馬上拿出一筆族銀，吩咐趙久仁帶人去白沙鎮上買來了十多條大水牯子。加上貓莊原有的二三十頭水牛黃牛，幾十頭牛來來往往拉石料，很快把從烏古湖到貓莊的一條羊腸小徑「拉」成結實光滑的大路。

三年下來，貓莊累死了幾十條年輕力壯的騷水牯，終於幾十棟石頭房子在上下兩寨聳立起來了。差不多家家戶戶的房子都建成了。只是除了第一棟趙家國的房子奠基石和石牆都過了細鑿，建造得精細一些，其他家的房子由於趕工雖然粗糙了一些，但稍微富裕一些人家都建了閣樓和偏屋，規模與氣勢不遜於趙天國家的也不在少數。只有少數幾家小戶人家是自己用石塊，或用鵝卵石築的低矮的石坯房。重新建起來的貓莊，跟原來最大的變化倒不是由原來的木頭房子變成了現在的石頭房子，而是現在再不像原來那樣隨意地東一家西一家南一家北一家的散居了，而是有街有巷，像一個不小的集鎮。上寨的房子都是座南朝北整齊地排列，每棟房屋的兩側留出小巷，由於上寨是坡地形的，都是縱巷，下寨的房子座北朝南，一字排開，屋前就形成了一條街道。按照原來的設計，等在隔開上下兩寨的水田外的土坎上建造東西兩道弧形寨牆，完全把上下兩寨圈起來，就會形成一座石城。東西出口一堵住，貓莊北面，也就是下寨背後，是一片無人敢入來的原始森林，南面的上寨是陡峭的雞公山石壁，莫說白水寨的土匪對貓莊莫可奈何，就是陳家順的一二百官兵十天半月也莫想攻進貓莊來。

房子建成後，趙天國馬不停蹄地又修寨牆。

五月的一天清晨，趙天國在睡夢裡被一陣吱吱嘎嘎的分不清是糞屎八哥還是烏鴉吵醒，睜開眼後他記起昨晚做了整整一個通宵的夢，好像在很遙遠的地方，一直在爬山涉水，最後也沒有找到回貓莊的路，走到一片樹林時，他看到不知從哪裡躥出一群黑鳥，飛落在樹梢上，吱吱嘎嘎地嘲笑他。起床時趙天國心裡忐忐忑忑的，不知是禍是福，忍不住從懷裡掏出羊脛骨法器，鋪開紅綢布，盤腿坐在床上打了一個小卦。卦打下去後，沒有一點反應。他甚至連羊膻味也沒有聞到，根本不能從它的氣味上判別凶吉。巫師把羊脛骨投入火堆裡烤稱為大卦，一般只在正式的儀式和祭祀，或者是巫師本人已經強烈感應到了本族將會有重大事故發生時才這樣打。小卦只能預測一般的凶吉。為什麼一點反應也沒有？趙天國凝凝惑惑地下了床。由於在夢裡走了整整一個通宵，他感到雙腿有些乏力，全身也是輕飄飄的。走下樓，來到天坪上，趙天國準備去砌寨牆的工地。貓莊的房子已經建完，鴉片已經收割製好送去了城裡，秧苗也已經栽下田，包穀薅過頭道草了，趙天國想乘五六月裡農閒時把寨牆的工動起來，砌寨牆比建房子簡單得多，就是壘石頭，兩道幾十丈長的石牆最多兩年工夫就能完工。看來龍大榜一兩年內可能還回不了白水寨——這麼幾年來連他的音訊都沒有了。就在趙天國剛要走下天坪時，聽到頭頂上傳來一陣吱吱嘎嘎的鳥叫聲，跟夢裡的叫聲一模一樣，趙天國一下楞住了。過了好一陣，趙天國才敢抬起頭來往椿樹梢上望去，他看到樹梢上站著的是一隻尾巴翹得老高的黑白相間的喜鵲。就在趙天國心裡一喜一驚時，喜鵲呱啦一聲撲翅騰飛，從他頭頂上掠過，趙天國感到鼻尖上一熱，一粒鵲屎正好落在鼻子上。

到了中午，喜事果然就來了。剛吃完午飯，大家都在大水井邊一棵岩雜樹下歇涼時，老遠就看到從諾里湖方向走來兩個人，前面那個年輕的好像是腳夫，背著一個長長的墨綠色的木匣子，由於路太狹窄，兩旁都是荊棘，那人斜側著身子往前走，後面是一個體壯富態，小心邁著八字步的中年男人。等那個人走下了一條土坎，眼尖的趙長發尖叫起來：「那不是曾爺嗎？曾爺給我們送銀子來了。」

來人正是曾昭雲。

大家紛紛站起身來，手腳勤快的趙天武趙長發和趙長根等幾個年輕人跑過去迎接，把腳夫背上的兩隻大木箱抬下來。

「挺重的呀，不會有這麼多銀子吧？」趙長發跟曾爺開玩笑。

「是比銀子對貓莊還有用的東西，」曾昭雲臉上露出高深莫測的笑容，說：「天國呢，快把天國叫來，我要讓他看看曾伯給貓莊帶來了什麼好東西。」

趙天武說：「好像沒看到我哥？」

「天國不在？」曾昭雲接過趙久仁用茯苓葉打來的涼水，喝了一小口，抬起頭說：「抬到祠堂裡去吧。」

趙天國坐在大水井罩岩下最裡面的一個角落裡打瞌睡，昨晚做了一夜夢，這會兒他感到特別地累，一坐下去就睡著了。大家亂哄哄的吵嚷聲也沒有驚醒他。是趙天亮眼尖，一眼看見他在那裡瞌睡，走過去拍醒了他。趙天亮急於知道曾伯帶來的木箱裡裝的是什麼東西，他家今年種了六七畝罌粟，產了十來斤鴉片，抽完族銀後按算應該還有幾十兩銀子，換成黃貸都有半塊磚。全寨加起來也得有好幾塊黃磚吧，他想那兩口綠箱子裡到底會是什麼呢，要是黃磚曾爺也敢隨便請個腳夫背來嗎？趙天亮心裡一急，拍趙天國後腦勺時下手就不分輕重了，趙天國受了重重一擊，險些一頭栽進水井裡。

趙天亮說：「天國，你看誰來了。」

曾昭雲也大聲說：「天國，你過來，看我給你們帶什麼好東西來了？」

趙天亮急著問：「曾爺，到底是什麼好東西？」

曾昭雲笑著說：「等天國來打開看看就曉得了。」

趙天國醒過來，猛地站起身，腦殼頂在罩岩上，生疼生疼的。他聽到曾伯的聲音，高興得又一次抬起頭來，大聲「哎喲」一聲，額頭上又碰了一個包，惹得大家哈哈大笑起來。

當趙天國撬開木箱，看到稻草墊子上躺著幾枝上面像是黑色槍筒下面卻有個紅棕色把柄的奇形怪狀東西時，猛然想到他在幾年前成為巫師那天在神水裡看到的很像這個東西，心口上又是攸地一緊，只覺得一股涼氣直往全身躥。趙天國下意識地伸手捂住胸口，幾乎是用顫抖的聲音說：「曾伯，這是槍吧？」

曾昭雲說：「毛瑟快槍。」見趙天國和眾人都用迷惑的眼神望著他，曾昭雲又說：「這是我從沅州總兵手裡搞來的，總共十二支，正宗的湖北槍炮廠造的，只裝備新軍，連巡房營都沒資格用這種快槍。」他從木箱裡撕開一盒錫箔紙，從裡面拿出一粒黃燦燦的子彈，㘃嚓一聲拉開槍拴，裝進子彈。推彈上膛後，曾昭雲把槍交給趙天武，說：「老二，你槍法好，來試試。」

趙天武接過快槍，說：「我不會用。」

曾昭雲說：「跟火銃一樣的使。」然後告訴趙天武一些他也是臨時販來的毛瑟快槍怎麼握槍，怎麼瞄準的使用要領，以及注意事項。

趙天武說：「我試試好不好使。」

趙天武瞄準五六十步開外的田埂上一條不知從哪個寨子竄來的在貓莊已經遊蕩了好多天的野狗，

問曾昭雲：「能打那麼遠嗎？」

曾昭雲說：「毛瑟快槍的射程據說有里把路遠，這麼近自然不在話下。」

趙天武扣動槍機，轟地一聲，槍口上濺出一片藍色的火光，接著就聽到野狗「嗷嗷」哀嚎了兩聲，一頭栽進了田裡。

趙天武收起槍，興奮地說：「比火銃好使多了，只是後坐力要比火銃大的多，頂得肩頭有點發麻。」

趙天國調侃趙天武說：「這槍聲這麼響，那條野狗八成是被駭得栽進田裡去的。」

趙天武不服氣地白了哥哥一眼，讓趙長根去看那條野狗。一會兒，趙長根把狗拎了過來。它已經死了。子彈正好打在它的頭上，從右耳根進去，對穿左臉頰出來，留下一個比大拇指頭還大的血淋淋的紅洞。趙天武用小刀把狗的頭皮揭下來，發現整個頭骨都被子彈打碎裂了。

趙長發說：「這要是打在人身上，莫說腦殼，就是大腿，腿骨也得斷掉。」

曾昭雲說：「要不它咋那麼值錢，天國，你曉得不，這十二支快槍花了多少銀子？貓莊一年的鴉片煙都換不來它們。有了這十二支快槍，現在莫說是白水寨的土匪，就是巡房營也不敢輕意攻打貓莊了。他們使的那種火繩槍跟毛瑟快槍比起來簡直只能算是燒火棍。」

趙天亮說：「那麼貴呀，到底花了多少銀子呀？」

趙天國對趙天亮說：「你就曉得心痛錢。」又對曾昭雲說：「回家裡去吧，你還沒吃午飯吧？至於槍錢，等下再算賬，當給你補多少就補多少。」

趙天國真正相信曾伯這句話，認識到毛瑟快槍的威力要等到這年冬月龍大榜率匪眾攻打貓莊時。當時，他心裡還是有點抱怨曾伯，貓莊一年的鴉片產值那可是好幾百兩銀子呀，竟然還換不來這十二支快槍，這快槍也忒貴了些吧，差不多一支頂得上兩塊黃貨。曾伯告訴趙天國，他是到沅州城送鴉片，聽一個生意上的老夥計悄悄給他透露說總兵府剛剛接受了一批槍支裝備，全是嶄新的毛瑟快槍，因上司一直拖欠著軍餉，官兵們連伙食都開不下去了，他想賣掉幾十支換些銀子，聊充軍費。曾伯一想，貓莊一直不就是缺槍嗎，他記得有一次趙久明進城，看到巡房營士兵們扛著火繩槍都眼饞得直冒綠光，就把貓莊所有的賣鴉片的銀子一分不剩地買了槍。曾伯說：「天國，我給你自作主張了，你不怪老伯吧。」

趙天國說：「哪裡，哪裡，我爹在世時一直就想多弄些槍，買來好。」

送走了曾伯，趙天國就把快槍放進祠堂廂房裡鎖了起來，把子彈藏在自己房裡的箱底裡，也加了鎖，連趙天武要玩也不給鑰匙。沒事時，趙天國經常拿出一粒子彈把玩，把它在手掌心裡顛來簸去的，對那些槍支，他心裡還是有疙瘩，每次拿起來，看到黑洞洞的槍口，心裡都像吹過一陣冷風，涼颼颼的直哆嗦，不由地想起他接任巫師時從那盆神水裡看到的一切，想到他三十六歲之前就要被人用這種槍管裡射出的子彈洞穿胸口，像那條野狗一樣的死去。子彈在他的手心裡覺得特別的沉甸甸，壓得他一陣陣心絞疼。趙天國已經十七八歲，長成了一個儀表堂堂的高大漢子，但他從小就對刀槍不感興趣。跟兄弟天武天生對刀槍熱愛有所不同，趙天國更喜歡讀書，雖然刀槍弓箭他都能使，卻從不放在心上。趙天國心裡明白，他是貓莊的族長和巫師，不能像天武那樣時時想著去逞匹夫之勇，他必須對貓莊，也就是整個趙氏種族負責，他的責任是完成父親沒有完成的夙願，讓貓莊富裕、強大起來，不受外族欺侮和凌辱。他甚至認為一個山寨，一個種族跟一個朝廷本質上沒有任何區別，只有韜光養晦，勵精圖治，才能興旺。大清朝現在江河日下，危如壘卵，還能割地賠款，貓莊要是到了這一步，只有整個種族滅絕了。

過了仲秋之後，地裡的作物都收進了倉，一年的陽春上岸了，相對清閒了下來，趙天武天天纏著趙天國，讓他把那些槍拿出來讓他練練。趙天武說：「哥，那些槍不練是要生銹的。」

趙天國說：「塗有那麼多黃油怎麼會生銹呀。」

趙天武說：「不是有一次被我用過了嗎，你沒聽曾伯說呀，用過的槍要經常擦，生銹了就沒得用了。再說了，花那麼多錢買來的槍，誰也不讓用，萬一土匪來了，誰都不會用，當燒火棍使嗎？」

趙天國覺得趙天武後一句話講的特別在理。現在已經快到冬天了，整個冬天是那支溪峽谷土匪最猖獗的時候，萬一要是有土匪進寨的話，槍發下去沒人會使，豈不真成了花大價錢買回一堆燒火棍了。趙天國決定把快槍拿出來，讓趙天武挑十二個火銃打得準的青年人，按曾伯教授的使用方法和他留下來的一本《演武手冊》，在工餘時間組織操練這些人。趙天武每天正午時把這些人集中在寨中的晒穀坪上，頂著烈日操練。他在晒穀坪上搭了個木架，吊上一排小南瓜，讓年輕人練射擊。第一天操練時，趙天武把趙天國也請去了，讓他觀摩。趙天武給大家示範了一遍裝彈、上膛及射擊要領，把上好膛的槍遞給趙天國，說：「哥，你來一槍。」

年輕人都起鬨說：「第一槍讓族長來。」

趙天國接過槍，用手掂了掂，把他還給趙天武，說：「你們來吧，我不需要用槍。刀槍實乃殺人凶器，能不用最好！」

當時在場的趙長發後來一直記得族長趙天國這句話，直到五十後他還向新政府的調查人員證明，貓莊族長趙天國一生確實沒有放過一次這種裝子彈的快槍，他除了十八歲前弄過火銃，此後幾乎從沒沾過槍這玩意兒，更沒有射殺過一個人。

很快就出了問題。趙天武把槍和子彈發下去，操練完後沒有收回來，拿到快槍的年輕人感到特別新鮮，一下操就拿出自己保管的快槍射殺寨子裡的雞狗。一時間，弄得全貓莊槍聲大作，雞飛狗叫，像土匪進寨似的。而且要命的是，很多人分到的十粒子彈不到當天就射完了。

趙天國相當生氣，把趙天武狠狠地訓了一頓：「你曉得一粒子彈要多少錢嗎，我算過一粒頂得上一頭豬崽。曾伯不是說過了，即使有錢也難以買到，他弄到這批槍彈也是碰巧的。」

趙天武只好把槍支子彈收回來統一保管。

實際上，兩個月後龍大榜率領白水寨土匪來攻打貓莊時，只剩下趙天武收上來的不到十粒子彈了。

龍大榜是這年初冬回到白水寨的。

在酉水南岸的七里魂峽谷裡待了差不多整整三年。三年裡，龍大榜的隊伍像獅了滾雪球一樣越滾越大了，嘍囉們比白水寨更多了，達二三百餘眾。樹大招風，山寨大了也必然會招官軍圍剿，二三百匪眾就是二三百張嘴巴，要吃要喝，也要穿衣戴帽，不鬧出些大動靜怎麼可能養活那麼多張嘴，近兩年來龍大榜已經在酉南縣做下了好幾樁大案，他知道要是再不走，七里魂也將再次成為白水寨，說不定哪天半夜醒來就會火光沖天，被官兵圍攻清剿，然後落荒而逃。本來，龍大榜想在這年夏天率眾遷回白水寨的，但考慮到土匪約定成俗的規矩——不在秋收前搶劫，而從七里魂運送糧食回白水寨路途太遠，勞力傷神不說，也維持不了兩三個月那麼長的日子。

第一場霜降下來後，龍大榜開始著手準備搬遷事宜了。下達搬遷回白水寨命令的立冬那天當晚，山寨的人就跑掉了四五十個，回來的一路上，三天時間裡陸陸續續又跑掉了上百人，龍大榜和吳三寶夜夜守著宿營地，但夜夜都要少掉幾十人，過酉水河時，臨時找來的兩隻大船一隻小船二三十人根本就沒把船划過河，他們又划回去上了南岸。最後，回到白水寨時，龍大榜清點人馬，只有八九十人了。那些跑掉的嘍囉大多是七里魂峽谷裡的莊稼漢，他們有家有口，平時半民半匪，聚在龍大榜的旗幟下，也只是為了家裡多些收入，真要隨龍大榜當職業土匪，又不願意背井離鄉，捨家棄口，更不願過把腦殼別在褲腰帶上朝不保夕的日子。

回到白水寨，龍大榜驚呆了。白水寨已經完全不像一個山寨了，田地荒蕪，雜草遍地，而且片瓦不存，沒被官兵燒毀的房屋已經朽塌，臥地的木頭上長著大朵大朵的白菌，就連白虎堂前嘍囉們操練得溜光的土坪上也長出了半人高的茂密的辣蓼草。三年前完好無損的，全是結實的馬桑樹做柱子和排方的白虎堂，只剩一副被雨淋得漆黑的骨架矗立在草叢裡，風一吹，發出吱吱嘎嘎的搖晃聲，搖搖欲墜，人都不敢靠近，隨時都有垮塌的危險。近百人根本找不到一塊遮風擋雨的住處。吳三寶一個人在草從中轉來轉去，喃喃自語：「這才有幾年啊，就成這個樣子了。」

龍大榜的侄子龍占標問他：「三叔，你曉得那些房子為什麼都朽了塌了？」

吳三寶說：「老子哪裡曉得，老子只曉得你快去叫那些弟兄們別坐著了，都去山上砍樹吧，修屋！」

龍占標說：「那是因為那些房子屋背上的瓦都被人揭走了，淋爛的。」

吳三寶走過去摸了一下他的光腦殼：「就你個小崽子聰明！」

龍大榜把家眷在二龍洞安置好，走下樹林，看到吳三寶正在組織嘍囉們上山，問他們：「幹什麼去呀？」

嘍囉們說：「吳爺讓我們伐木，先把白虎堂修起來。」

龍大榜把手裡的馬鞭甩得啪啪地響，大聲地說：「修個卵，不修了。」見弟兄們面面相覷，又說：「去把吳爺叫過來。」

吳三寶從下面跑上來，問龍大榜：「弟兄們不住了？」

龍大榜說：「不住這裡了。」

吳三寶不解地問：「那住哪裡？」

「住貓莊去，」龍大榜哈哈大笑，指著濃霧散開後剛露出臉來的太陽說：「咱們回來了，也得給貓莊打個招呼，告訴弟兄們，太陽下山前趕到貓莊，今晚就打下貓莊。」

吳三寶楞了一下，接著也發出哈哈的笑聲：「是得打聲招呼，想來貓莊的石頭房子早就建好了吧，三五年都還算新屋，弟兄們都去住新屋，省得我們自己造。」

龍大榜跨上馬，大聲地說：「我的大軍師，你還等什麼，還不趕快集合弟兄們，讓弟兄們動作麻利點，說不定還能趕上趙天國家的晚飯呢。」

吳三寶說：「好咧！寨主，走哪一條道？」

龍大榜大聲說：「過那支溪河，走老祖宗走過的那條道。」

龍大榜打來貓莊的這一天是這年的十月初七。

這天是貓莊大喜的日子。貓莊沒有出現任何異兆，巫師趙天國也沒有任何感應。這天，貓莊在辦兩樁紅喜，一樁是趙天國娶親的「過禮」日，另一樁是趙天亮嫁女的「起鼓」日。貓莊上下兩寨一片喜氣洋洋。趙天國婚事的日子是請臼沙鎮的一位老先生看的，他娶的是芭茅寨族長田世林的女兒，父親趙久明在世時就定好的娃娃親，本來十六歲那年就要成親的，因趙天國三年孝期沒滿取消了。趙天亮的女兒趙長梅嫁的是趙天國的表兄諾里湖彭少華的兒子彭學清。趙長梅出嫁的日子是彭家請人看的，跟趙天國同日子純屬巧合。趙天亮知道女兒婚事跟趙天國重日子後，曾問過趙天國趙長梅出嫁要不要讓彭家改日子，趙天國不假思索地說：「好呀，兩頭事一起辦熱鬧，貓莊好多年都沒熱鬧過了，也該熱鬧熱鬧，都張燈結綵辦得隆重些才好。」在貓莊，娶親嫁女都是三天的日子，第一天男方叫「過禮」，就是給女方送酒肉彩禮的日子，女方叫「起鼓」，也就是收受男方酒肉彩禮的日子，第二天叫「正酒」，這一天是親朋好友慶賀喝酒的日子，男方家晚上才去迎親，第三天叫「圓房」日，這天才是新娘子出門新媳婦進屋，晚上才真正圓房。然後三日後回門。

這一天，貓莊人早上起來看到濃濃的霧靄從雞公山上往「甬」裡下沉，就知道是一個有暖洋洋日頭的好天氣。貓莊人把霧叫做罩子，看天氣有句俗話：罩子上坡，懶人唱歌，罩子落坪，晒死懶人。全寨人都歇了工，分別到趙天國家和趙天亮家去幫忙，就連周正龍和他的啞巴哥哥周正虎也都被趙彭氏請去給自家的臨時大廚五大人當下手，在廚房裡劈柴燒火。靠近那支溪的烏古湖採石場空無一人，搭建在河坎一座懸岩上的每年冬天都有人值班望風的窩棚也沒一個人看守。從那支溪方向過來也就是二龍山白水寨這一股土匪，自從龍大榜逃至西水南岸後，幾年來它的作用差不多已經被貓莊人遺忘了，要不是這幾年採石場人來人往，把它作為遮風避雨之處加蓋幾把茅草，早就連支撐的木架都被風吹雨打成一堆木楂了。

準新娘子趙長梅是午後日頭開始偏西時來到烏古湖採石場邊的窩棚裡的。她是在彭家的人「過禮」吃完午飯回諾里湖後出門的。其實趙長梅早飯後就想出門了，昨天晚上睡覺時她發現戴在頭上的一支金釵子不見了，找遍了房間也沒有找著。她想可能是昨天到烏古湖採石場給爹送飯時在路上不小心被樹椏掛掉了。這支金釵是婆婆留下來的，足足有二兩重，去年娘才交給她。爹和娘都說了，等她出嫁後得交回去，留給妹妹小菊，趙長梅知道妹妹也戴不了多久，爹是捨不得那二兩金子，不會白送給外姓人的。趙長梅的心裡有些急，明天就要出嫁了，要是沒有釵子，爹會以為她故意瞞了，就是不跟她鬧，爹的臉色不好看那是肯定的，說不準還會故意刁難彭家，時辰到了不讓新娘子起轎。若是那樣，她以後在彭家的日子就不好過了。趙長梅沒想到剛吃完早飯，嬸嬸們就來了房裡，便是要給她梳妝打扮，給她嘮叨成親禮節。等梳妝好了，彭家「過禮」的炮竹在屋外響了。準新娘子這時候是不能跟男方家的人碰面的，趙長梅的心裡急得像有一隻小火爐在烘烤著，卻只能在房裡團團轉，毫無辦法。趙長梅對找到金釵子是有信心的，她知道金釵子一定會躺在哪個地方，不可能被人撿去，從貓莊到採石場不會有外鄉客路過，貓莊就是三歲小孩也認得那支釵子是她的，誰撿到了都會送來的。貓莊這幾年還從沒出個誰家丟東西找不到的先例。

足足等了一個多時辰，彭家過禮的人走後，趙長梅才找到機會悄悄地從後門溜出屋。她沒有想到這一出門會給她帶來一生的屈辱和災難。

趙長梅出門沒來得及換衣服，穿的雖不是新娘裝，但也是一套嶄新大紅緞面的滿襟衣，翠綠色的大便褲。午後的太陽暖洋洋的，加上一身大紅上衣，趙長梅原本有些蒼白的臉上像染上了胭脂，又像是遭霜打過的楓葉，鮮豔奪目，光彩流溢。她出了下寨，沿著昨天走過的路線往採石場走去。一直到了採石場，她也沒有見到金釵子。正是日頭西照時，整個採石場鋪滿了陽光，金釵子掉在地上會反射出耀眼的光芒。趙長梅失望地站在採石場上，眼睛一酸，淚水忍不住掉下來了。找不到金釵，趙長梅不知道明天怎麼給爹娘交待，爹又會怎麼訓斥她。明天是她大婚的日子，爹要是不給她好臉色，或者故意指東罵西，那將是一個不好的兆頭，很可能影響她一生的幸福。突然，趙長梅想起了昨天爹吃中飯時她曾去窩棚裡坐了一會兒，窩棚一頭高一頭低，也許是她在那裡蹭掉金釵子的。趙長梅一到窩棚口，果然就看到裡面閃爍著一片金燦燦的光芒，茅草縫裡漏出來的一縷陽光正好照在她的金釵子上。趙長梅心裡一陣欣喜，直奔窩棚裡，拿起金釵，捧在手心。弓腰走出窩棚後，趙長梅才發現新衣新褲上落滿了草屑，她拍了拍，發現總拍不淨，一抹頭上，也滿是草屑。趙長梅一下子急了。她是個知事開竅了的大姑娘，曉得在出嫁的前一天悄悄溜出屋，然後滿頭草屑地回去，若是讓人看見，就是腳底心長有嘴巴她也說不清了。趙長梅抬頭看了看天，黃黃的日頭還掛在趙家包後面，她想，時辰還早著呢，就往隘口走去，快步下到了那支溪河底。初冬的那支溪河是枯水期，加之今年乾旱了整整一秋，河灘上除了發白的卵石，連一個大點小水塘子也沒有，只有一小坑一小坑長出青苔的髒水。趙長梅又沿著河溝往下走了一段路，那裡有一個叫黑龍潭的深塘，再旱的天也有一潭明鏡似的清水。她蹲在潭邊用清冽的潭水當鏡子，弓下腰低著頭一根一根地摘頭上的草屑。

趙長梅被一陣馬嘶聲驚得抬起頭來，她看見一匹紅棕色的駿馬向她急速地奔馳而來，馬上托著一個身著黑盔甲，腰懸長彎刀，身壯如牛的青年男子。紅馬像一團燃燒著、跳躍著的火焰，馬蹄濺起一片片白亮的水花。趙長梅站起身來，看得癡了。趙長梅從沒見到馬，更不知道馬上的人就是白水寨的土匪頭子龍大榜。

龍大榜其實早在河對岸時這看到了趙長梅，他最先看到的是趙長梅那團火紅色的燃燒的身子。敢全身穿大紅大綠的緞子面料，龍大榜斷定她不是個大姑娘，而是剛過門的小媳婦。從她蹲著彎曲有致的身型來看，肯定是一個不錯的尤物。遷徙的三天三夜裡，龍大榜一直和弟兄們一個鋪上滾，沒挨過女人的身子，看到那團火焰，猛然感覺到他的胯下燃燒起了另一股火焰，炙烤得他渾身熱氣騰騰的。龍大榜把吳三寶叫上前來，讓他帶弟兄們原地休息，猛抽一鞭馬身，向河底急馳而去。到了紅衣女人身邊，他俯下身去，像老鷹抓小雞一樣，一把鉗住趙長梅的一隻胳膊，輕輕地將她提起來放到馬背上。

趙長梅看到紅馬朝她奔騰而來，突然，她感到她的胳膊被一隻大手有力地鉗住，她覺得自己像一朵雲一樣飄浮起來，輕輕地落在了馬背上。她驚叫了一聲。隨即她的腰身就被那隻粗壯的大手死死地箍緊，她感到胸口一陣陣發緊，再也叫不出來。紅馬還在奔騰，趙長梅感覺像騰雲賀霧似的，輕飄飄的，忽高忽低，全身都飛起來了。河底的陰風撲面而來，她看到河道兩旁的石壁和樹木一晃而過，整個峽谷搖晃起來，遠處的山峰和近處石壁樹木都在不斷地傾斜過來，又傾斜過去。趙長梅感覺群山倒懸，天旋地轉，她看到一團團紅色的火焰在燃燒，冷風切割著她的皮膚，涼颼颼的。奇怪的是，趙長梅一點也不覺得冷，反倒感到她身子熱呼呼暖洋洋的。突然，趙長梅感覺她的身子再一次飛升起來了，直往鐵青色的峽谷上空升騰。一陣尖銳的疼痛襲來，趙長梅感到她一下子被什麼東西戳穿了，是戳在什麼地方？大腿上？小腹下？胸口裡？她感覺屁股上黏稠稠的，流血了嗎？我要死了嗎？她聽到男人粗重如牛的喘息聲，男人這是在做什麼？她猛然又感到自己像那支溪漲洪水時隨波逐流的一塊小木板，在浪頭上下顛簸，在漂，在蕩漾，一浪比一浪簸得高。她聽到男人「啊啊啊」大聲的呻吟聲，自己也禁不住大聲叫喊起來。天神啊！趙長梅終於叫喊出聲來了。她感到男人用力推了她一把，她的身子像毽子一樣輕飄飄地彈了出去。

趙長梅從河灘上甦醒過來時，峽谷裡已經晦暗無光。日頭落山了，天色還沒有黑透下來。醒來後，趙長梅發現自己光溜溜地躺在河灘上，衣褲東一件西一件散落在河灘上，趙長梅以為自己在夢裡，直到看見拴在不遠處的那匹紅馬，才嚇得哇地一聲哭了起來。哭了幾聲，她抹了抹頭上的那只金釵還在，就不哭了，沿著乾枯的河道一件一件地尋找衣褲。

趙長梅爬上隘口，聽到貓莊方向傳來炒豆子似的激烈的槍聲。她聽得出來，那不是天國叔家「過禮」回來的綿軟無力的炮竹聲，是清脆的快槍聲和暴烈的火銃聲。

最先發現土匪進寨是貓莊的老鰥夫趙久林。趙久林今年四十多歲，在貓莊他算是輩分最高的長輩，按說寨子裡的紅白喜事少不了請他幫忙執事。但除了白喜，紅喜貓莊人都不待見他，沒他的份。趙久林從十六歲起，先後娶了五房女人，每個女人都沒跟他住滿三年，長則一兩年，短則半載十個月就死掉了，甚至沒有一個女人給他留下一男半女。貓莊人背底裡都叫他「寡公子」，紅喜上都忌諱他出現。天長日久趙久林自己也覺察出來了，寨子裡凡有娶親嫁女，他也不去湊熱鬧。十月初七這天，趙久林清早就扛著火銃提著一串鐵鋏子出了門，去那支溪河岸的叢林裡打青麂子。昨天傍晚，他從採石場運送最後一趟石料時，聽到黑龍潭上的樹林裡有青麂子嗷嗷的叫聲。從叫聲判斷，不是一隻兩隻，很可能還是一群青麂子。趙久林在那支溪河岸上轉了整整一天，翻了幾座山，走了幾十里路程，又饑又渴，除了麂子蹄印，他連根麂子毛也沒見著。不說麂子、野雞、山雉、兔子等等野物，也沒見著。眼見太陽就要下山，趙久林把鐵鋏子在麂子的「老路」上裝好，等明天早上再來看。

趙久林來到烏古湖搭窩棚的懸岩時，聽到河底傳來幾聲啾啾的馬鳴聲，他好奇地往下看去，河底已經陰暗了，加上有樹木遮擋，什麼也看不清。一會兒又傳來了踏踏的馬蹄跑動的聲音，趙久林以為自己耳朵出了毛病，附近的寨子都不養馬，誰會跑到河底裡溜馬來呢？他取下腰裡別著的煙袋，準備抽一鍋煙再回去，他家挨天亮家近，回去太早了人家酒席沒散呢，太尷尬。

趙久林取出火鐮石，一邊在地上攏乾茅草，一邊在想河底裡怎麼會有馬？他越想越不對勁，方圓幾十里，除了二龍山白水寨養有馬匹，其他任何一個土匪山寨都沒有馬，更別說村寨裡的大戶了。整個那支溪峽谷，除了大山，就是爛岩坷，養馬毫無用處，跑不起來。趙久林覺得有必要下去看看，於是把火鐮石揣入懷裡，用腳踩熄剛燃起來的煙火，站起身來。走到隘口，趙久林往前一探頭，一下子就嚇住了，頭上馬上冒出一層冷汗，他看到對岸的坡上一下子出現了幾十人上百人，大多數人手裡提著明晃晃的長刀，也有肩上扛著火銃的。他還看到了那匹馬從河底裡跑過來，是一匹紅馬，一個穿戴盔甲的壯漢從馬上躍下，衝著那群人喊話。趙久林的頭皮轟隆一聲，炸開了。不用細看，猜他也能猜到那人是誰。

趙久林在隘口的一塊大石頭後趴了一小會兒，他想先在這裡阻擋一陣子土匪。趙久林年輕時在貓莊武功和槍法都是最好的，若單對單，趙久林自信哪怕就是龍大榜也未必是他的對手，但他轉念一想，好漢難敵四隻手，他一個人不可能打退一百多土匪，現在開槍，貓莊人也聽不到槍聲，只會加快龍大榜進攻貓莊的速度。趙久林決定跑回去報信，貓莊有毛瑟快槍，土匪們占不到便宜。

趙久林一路飛跑，一進寨口，他就把火銃舉起來，對著天空放了一槍，然後扯著嗓子大喊：

「土匪進寨啦——龍大榜來啦——」

放了一槍，趙久林見寨子裡沒有人跑出來，他還想再放一槍，一摸腰間，發現裝火藥的牛角在半路上跑掉了。他就扯著嗓子邊喊邊往趙天亮家跑去。他想趙天亮家離得近，又在辦喜事，肯定人多。他一急根本沒想到趙天亮家是嫁女，聚集在那裡的都是婦女和兒童。

趙久林的火銃聲和嘶喊聲貓莊上寨沒有任何人聽到，當時給趙天國去女方家「過禮」的人剛剛從芭茅寨回來，趙久林的火銃聲嘶喊聲淹沒在一串「劈里啪啦」的炮竹聲裡了。趙天武正在爬木梯往簷口挑方上掛大紅燈籠，「過禮」人就回來了，炮竹在他背後一響，趙天武被嚇得一個激靈，心裡「哢嚓」一打了一聲鼓。他回過頭去看。這一回頭，他就看到下寨寨口的暮色中閃出一片紅光，憑經驗，他知道那裡有人在朝天放槍。

掛好燈籠，趙天國正好從屋裡出來，趙天武給他說：「哥，我看到下寨有人朝天放槍。」

趙天國說：「天都要黑了，天上也沒鳥，誰會朝天開槍。」

趙天武說：「我怕有情況。」

趙天國說：「我剛才心裡突然緊了一下，不會出什麼事吧？」

執事的趙久仁從坪場上跑來，說：「天國，你聽聽，下寨怎麼那麼吵，」

趙天國認真一聽，說：「是叫喊聲，喊什麼聽不清。」

大家都朝下寨望去，趙天武說：「好像天亮哥家裡的人都在往這邊跑。」

趙天國心頭一涼，趕急說：「快快快，天武你快讓大夥兒去拿槍。」他對趙久仁說：「久仁伯，大鑼在哪裡，讓人敲起來，土匪要進寨了。我估摸八成是龍大榜回來了。」

幸好趙天武把收上來的毛瑟快槍都擱在自家的石屋樓上，也幸好「過禮」的大多是青壯年人，趙天武訓練過一次的十二個青年，其中八個人就過來幫忙了，都在這裡。趙天武迅速把槍和子彈發給他們，大家就拖著槍往下寨趕去。

趙天武帶人跨過「甬」裡的水溝時，龍大榜帶著匪徒們已經氣勢洶洶地進了寨口。雙方事先沒打一聲招呼就交上了火。是龍大榜那邊先開火的，龍大榜跟巡房營的陳家順學了一手，見貓莊人跑過來，他讓嘍囉們蹲在一起放排槍。幾十杆火銃一開火，槍口噴吐出來一串長長的火焰，成片的鐵砂像無數的馬蜂一樣嗡嗡地飛過來，一下子就撂倒了正在奔跑的好幾個貓莊人。

趙天武吩咐大家在田坎邊趴下，說：「我們就十顆子彈，每人合不上兩顆，一定要瞄準了打，打腦殼，打胸口，一槍打死一個，他們就不敢衝上來。記住，不要一下子都開槍，得等到後面拿火銃的人趕過來。」他又大喊一聲：「狗日的龍大榜，老子讓你嘗嘗貓莊毛瑟快槍的厲害！」瞄準龍大榜開了一槍。清脆的槍聲後，子彈呼嘯著朝龍大榜飛去，龍大榜聽到喊聲本能地偏了一下頭，子彈射中他身後一個嘍囉的腦殼，一股黑血飆起，噴在龍大榜的後腦勺和脖子上，那個嘍囉身子晃盪了兩下，一頭栽倒下地。

龍大榜見死了一個弟兄，舉起苗刀，喊道：「弟兄們，衝過去。到貓莊煮白米飯炒臘肉睡熱被窩去。」

吳三寶也喊：「弟兄們，貓莊的白米飯是整個那支溪峽谷最香的，貓莊的臘肉也是最肥的……」

土匪們呱呱大叫著往前衝來。

趙天武迅速推槍上膛。他把趙長發手裡已經上膛好的快槍抓過來遞給剛剛趕來的趙久林，吩咐久林伯和趙長根跟他一起開槍。三個人一排臥在田坎下，一齊對著衝過來的土匪開了槍。

三聲槍響，衝在最前面的三個土匪應聲倒地。

土匪們驚駭得紛紛後退。

龍大榜和吳三寶一下子被鎮住了！

雙方開始了對峙，都伏下身來躲在土坎和石頭後時不時地放幾火銃。龍大榜此時已經明白不可能攻下貓莊了，貓莊的毛瑟快槍太厲害了，一槍就要死一個人，他不能逼著兄弟們往前衝。吳三寶也感到事態嚴重，問龍大榜：「咋搞？狗日的什麼槍呀，一槍打得死一個人，比火繩槍還厲害。他們人越來越多了。」

龍大榜歎了口氣：「士別三日當刮目相看，更別說三年，現在的貓莊不是原來的貓莊，看來貓莊的白米飯吃不成了。」

吳三寶問：「寨主什麼意思？」

龍大榜說：「等天黑透了就撤。」

吳三寶說：「死了三四個弟兄，就這麼便宜了趙天國？」

龍大榜罵吳三寶：「你是豬耳朵，沒聽出來貓莊有好幾條毛瑟快槍。」

雙方整整對峙了一個多時辰，直到亥時掛在趙家包上的一鉤鐮刀似的黃月亮沉下山去，天才真正黑透。龍大榜命令嘍囉們悄悄地退出寨口。

出了寨口，龍大榜用手指敲打著地上的一堆石料，長歎一聲：「等貓莊的寨牆修起來，要打進來就更難了。」

土匪們是哪時退去的，貓莊人一點也沒覺察到。月亮一沉下山，天就黑得密不透風，伸手不見五指，趙天國等了很久，見對面一直沒有動靜，讓人點起火把，火把亮了也聽不到槍響。喊了幾句話，仍沒動靜，他拿過火把，向前面走去，這才發現土匪已經撤走了。趙天國對大家喊：「土匪走了，大家起來吧。」

大家紛紛爬起來，也有人在「哎喲哎喲」的呻吟，大叫起不來了，明顯是在土匪們打排槍時中了鐵砂。趙天國沒有聽到天武的聲音，按說以他年輕氣盛的性格，肯定要叫嚷著去追擊，就問大家：「天武呢？」大家打著火把去找天武，發現天武端著快槍蹲在田坎下，他的腳下 片紅，半個身子泡在血泊裡。

趙天國跑過去拉他，拉不到，又搖了他幾下，還是沒有反應。他已經死了。

趙天武是胸口被一粒火銃裡射出的長鐵釘擊中的。從趙天武蹲著的位置來看，他應該是在奔跑時就被擊中的。當時他帶的七八個人，有五個人都被鐵砂擊中，趙長發甚至腦門上中了五粒砂子，都打得不深，惟獨趙天武是被筷子頭粗的長鐵釘射穿進了胸口。趙天國沒有讓人挖出趙天武胸口裡的鐵釘，或許不是長鐵釘，而是一片火銃裡夾雜的火繩槍射來的子彈——火銃裡如若沒填過多的火藥，鐵釘射那麼遠不會還那麼有力，能夠洞穿趙天武的心臟。趙天武沒有當即撲地，還堅持了近一個時辰，射殺了兩名土匪，流盡了身上最後一滴血才死，簡直是一個奇蹟。趙天國抱著趙天武的身子大哭：「二弟，哥讓人給你刻一塊『貓莊第一勇士』的墓碑。」

抬走天武，執事趙久仁過來，輕聲地問趙天國：「天武剛走，明天是辦婚事還是辦喪事？」

趙天國想也沒想就說：「先辦婚事，再辦喪事。我的婚事可以取消，但長梅的婚事要辦，咱貓莊的姑娘不能嫁二茬啊。這樣吧，把天武在祠堂裡停三天，讓久林伯帶幾個人守靈，兩樁婚事照常辦，等三天回門後再辦喪事。告訴大家，今晚土匪進寨的事不准透一個字出去。」

第五章

皇帝沒了的消息是趙天文從西北縣城帶回貓莊的。

趙天文是這年四月一個大雨如注的傍晚回到貓莊的。他穿著灰布長衫，外套一件紫色馬褂，撐著一把洋紙傘，背上卻背著一個與他穿著不相稱的脹鼓鼓的黑布褡褳。貓莊的這場雨已經下了七七四十九天，從清明節前三天下起，一直過了小滿也沒停過，眼看就要下到芒種去了。貓莊人在清明節前播下的包穀種還沒長出幼苗就漚爛在地裡了，育在田裡的秧苗剛長出芽子就被一場又一場大雨打得七零八落，陷進泥水裡，此後連續幾十天的大雨把勉強長青了的秧苗淋得漆黑，最終連同母谷一同腐爛掉。眼看到了芒種，雨若再不停下來，這一年的陽春算是完了，只能等到秋後種冬麥。特別讓貓莊人心疼的是，山上地裡種的罌粟已經開花結果，只要再等十天半月就能割漿，就能變成白花花的銀子，誰會想到來了這麼一場經久不絕的長雨呢？只能眼睜睜地看著罌粟葉一天一天泛黃，粗壯的苗杆由青變紫最後發黑，直到果子脫落掉地。大雨下到半個月時，貓莊人發現了一個奇怪的現象。最先是趙久林發現的，他在趙家包上放牛，披著蓑衣戴著斗笠，天上的雨下得唏哩嘩啦的，整個貓莊上空黑雲壓頂，站在山頭上，他卻看到五里外的諾里湖上空青天朗朗，那邊木屋的瓦背上鋪滿了明晃晃的陽光。

一直好幾天，都是如此。趙久林就有些奇怪，第二天他又把牛趕到烏古湖，這一卜他更奇怪了，他看到那支溪對岸跟諾里湖一樣春光明媚，陽光照耀在對岸的樹葉上反射出晶晶點點的細碎的光芒，那支溪河水雖因連日的雨水暴漲起來了，但靠貓莊這邊渾黃不堪，靠老寨的另一半卻清澈如鏡。趙久林這才恍然大悟，原來這雨只在貓莊下！貓莊人知道只有貓莊才下雨後，紛紛跑到趙天國家裡去，詢問原因。貓莊人擔心觸怒了上天，天神是在懲罰貓莊。趙天國也感到奇怪，他沒有在夢裡收到神的任何旨意，他親自去了一趟那支溪河岸，又去了一趟諾里湖，還爬上了雞公山頂，證實趙久林所言不虛，除了貓莊陰雨連綿，貓莊地界之外全是陽光普照，春意盎然。趙天國在族人的請求下，測了一個吉日，公開打卦。卦還是在祠堂裡打的，當羊脛骨投入紅通通的火堆後發出滋滋的燃燒時，眾人都一眼不眨地盯著，慢慢地，法器中央出現了一個小黑點，黑點漸漸散開，擴大到一粒黃豆大小。等了一陣，黑點再沒有洇散開去，眾人這才噓了一口氣，知道貓莊不會有太大的災難。等趙天國從火堆裡取出法器，都迫不及待地問他貓莊將要出什麼禍事。趙天國說我們頭上的烏雲是由一個即將到貓莊來的生人帶來的，他來之後就會雲開日出。眾人又問這個人來後是給貓莊帶福還是帶禍？趙天國困惑地搖了搖頭，說：「卦意不明，看不出來。是福不是禍，是禍躲不過，盼著他早點來吧，屋裡石牆上哪時都水淋淋的，鋪蓋被子都長白毛了，再過幾天，身上也要長白毛了。」

趙天文回來時也感到奇怪，他從縣城沿無名河坐船下來，直到諾里湖時一路上還天色晴朗，陽光普照，剛走上貓莊地界就大雨如注，不得不撐開隨身攜帶的洋紙傘。他還很慶幸匆忙出城時帶了一把雨傘。走到了大水井坎上的寨牆時，趙天文碰到了在那裡砌門洞的周正龍周正虎兄弟。貓莊的兩道寨牆差不多要完工了，白水寨的土匪回來後，趙天國把先動工的西寨牆放下了，改為先砌靠那支溪河的東寨牆。現在，西寨牆也只剩一個門洞沒有完工。砌好門洞，裝寨門就是貓莊木匠的事了，若不是接連下了四十多天的大雨，他們兄弟這時該待在家鄉自家的堂屋或火坑邊喝酒了。一晃，他們在貓莊就待了將近十年了，從原來的青年人快要變成中年人了。當然，這些年他們兄弟在貓莊掙下的銀錢如果不給老娘治病抓藥，也夠回鄉修一座大院，買一二十畝上好水田做個小財東了。周正龍也知道貓莊上下兩寨都在等一個人到來，這個人會終結這場已經下得曠日持久讓人絕望的春雨。可是這些天來硬是沒有一個生人進過貓莊寨子。當他看到有人打著洋紙傘從諾里湖方向往貓莊走來時，立即讓啞巴弟弟去報告趙天國。周正虎興奮得一路咿咿呀呀地大叫著往趙天國家跑去。啞巴兄弟還沒跑出二十步遠，周正龍就認出了來人是趙天文，又叫回了啞巴。

趙天文進寨時很多人都從家裡出來，站在屋簷下觀望。趙天文禮貌地跟長輩和比自己年長的同輩打著招呼。他打招呼時都要稍微弓一下腰，像對待櫃檯外的顧客一樣。這是他在城裡做學徒和當掌櫃保留下來的習慣，每次回寨時都一樣。大家聽到啞巴嚷嚷，都以為是一個外鄉客進寨，看到是天文後，都失望地搖著頭回了屋，嘴裡嘀咕著這雨也不曉得什麼時候停呀，誰也沒有注意到洋紙傘下的趙天文頭上的長辮子沒了。

最先發現趙天文剪了辮子的是侄兒趙長春和趙長生兄弟倆。趙天文收傘進屋時小哥倆看到他背上空空蕩蕩的，覺得不對勁，趙長春先嚷起來：「三叔，你的辮子呢？」長生也跟著嚷：「三叔的辮子沒了，三叔的辮子沒了。」趙天國一看，真沒辮子了，趙天文後背空蕩蕩的，散亂的頭髮只披齊後頸窩，趙天國大吃一驚說：「你辮子呢，剪辮按大清律法是死罪，你不知道！」趙天文哇地一聲哭出聲來，對趙天國說：「哥，皇帝沒了啊！」

趙天國對趙天文一個二十來歲大小夥子動不動就哭很反感，訓斥他說：「皇帝死了就死了，你哭什麼哭，死了這個那個當，還不是滿人的天下，你把辮子剪了不要命了？」趙天文分辨說：「不是皇帝死了，是被革命黨人趕出皇宮了。天下沒有皇帝了。」屋裡的趙彭氏聽到這裡，「哎喲」了一聲，說：「沒皇帝這日子還咋過？有皇帝天天都是你打來我打去的，沒了皇帝，那還不打得四腳朝天。」趙天文說：「可不是嗎，幾個月前革命黨人剛打下了西北縣城，到處剪辮子，我的辮子就是被他們強行剪掉的，他們還殺了好多人，關了好多人，把我也關兩個月。他們還搗毀了曾伯的店鋪，把他一家人都抓了起來。我是前天半夜裡爬窗子偷偷跑出來的。」趙天文邊說邊脫下衣服，讓母親趙彭氏和趙天國看他背上的傷痕，說：「那些人比土匪還野蠻，到處打砸搶，他們說曾伯勾結朝廷，欺行霸市，開賭場煙館，禍害百姓，不但沒收了他的家產，把他一家老小都抓進了大牢裡。」趙天國聽後也大吃一驚，說：「曾伯開煙館和賭場，沒聽你提過呀。」趙天文說：「曾伯不讓說我也不敢說。曾伯說不讓你曉得更好。」趙彭氏嘟囔著說：「那個曾老闆看起來就不是一個好人，一看就是個奸商，不曉得他每年要從貓莊賺多少銀子。」

趙天國歎了一口氣說：「再怎麼說，曾伯也給貓莊人做了很多好事。沒曾伯，貓莊現在也不是這個樣子，不說龍大榜不會不敢再來，貓莊怕早改名成白水寨了。他是一個生意人，賺錢是他的宗旨，菩薩保佑他沒事吧，要是被殺了，今後貓莊很多事都難辦了。」他又對趙天文說：「你先在家裡住些日子吧，我這幾天進趟城，打探一下曾伯的消息，等曾伯有了消息，再做打算。」

趙天文說：「我不去城裡了，等時局穩定下來後我去白沙鎮上開鋪，我跟岳丈陳國勳早已經說好。」趙天國楞了一下，說：「你不能去白沙鎮，那裡誰都知道你是貓莊趙家的人，龍大榜隨時會殺了你。」趙天文胸有成竹地說：「我住在貓莊，請掌櫃打理生意，我來做東家。」趙彭氏說：「當初就不該讓曾老闆帶你進城去學什麼生意經，他沒幹什麼好事，我看你開鋪，也是跟他走一條路，幹不出來什麼好事的。」趙天國想了想說：「娘，天文要做生意也沒什麼不好，」又對天文說：「等時局穩定後再從長計議吧，這皇帝沒了，天下不知要亂成什麼樣子亂到什麼時候去。貓莊有槍有寨牆，擋得住土匪騷擾怕是擋不住大兵過境，傾巢之下焉有完卵，還是靜觀其變吧。」趙天文還想爭辯幾句，突然聽到門口趙長春和趙長生小哥倆興奮的大叫大喊：「雨停了，太陽出來了！」趙天文看到哥哥趙天國像挨了一槍似的渾身顫抖了一下，匆匆衝出堂屋，往門外跑去。

趙天國一出門，首先感覺到眼前一片亮晃晃的，刺得他眼淚差點流了出來。他趕忙閉上眼睛，再睜開時才確信眼前果然是一片黃昏時強烈的陽光，日頭黃黃紅紅地懸在趙家包上呢。不但大雨停了，頭上連一塊烏雲也沒了，貓莊上空是一片湛藍得讓人透不過氣來的天空，連西斜的日頭旁邊也沒有一塊灰白或鉛色的雲彩，充足的陽光照耀著貓莊許多人家的石屋當西的石牆反射出一縷縷紅色的光芒。趙天國聽到幾乎家家坪場上都有人在興奮地高叫：「雨停了，出太陽了，出大太陽了！噢噢噢——」人們的喊聲像是積鬱太久後的宣洩，有的高亢，有的激昂，有的蒼涼，還夾雜著小孩子的尖厲、稚嫩的童音，整個貓莊上寨下寨喊聲連成一片，到處都是一片歡呼聲。

趙天國大聲地喊：「別叫了，別叫了，誰看到陌生人進寨了嗎？」他的喊聲淹沒在一片歡呼聲裡，別人根本就聽不到。趙天國衝著他家坎下的趙長發夫婦招手，喊他們過來。他們過來後，他吩咐他們分頭去寨西問做工的周正龍和去寨東問負責看守東門的趙久林，看看有不有生人進寨，若有生人進寨，問問去了誰家，帶來見他。

一會兒，趙長發氣喘吁吁地跑來，說周正龍只看見趙天文進寨子，又過了一會兒，趙長發的媳婦向麼妹也跑來了，說久林爺說莫說生人就連熟人也沒一個人從東門進寨。趙天國心裡愣嚓了一下，看來卦上說的要來的那個人是天文無疑。當時他給族人們說卦意不明，禍福不清，是事實，但也是他有意遮掩，其實卦上面已經顯示一些跡象：此人來後要是一年內風調雨順，那是福祉，預示此後貓莊年年風調雨順，寨子歲歲平安吉祥；若是自此久晴不雨，那麼貓莊就會三年大旱，不除此人，貓莊將來還會禍事不斷，攪得族人們離心離德，相互殘害，直至分崩離析，使整個貓莊的趙氏種族成為一盤散沙。

籠罩貓莊上空的烏雲散去後，人人歡天喜地，趙天文卻成了趙天國心頭上的一片陰霾。一開始，趙天國心裡雖然有些打鼓，還不是太往心裡去，他還有些懷疑是不是這次打卦又是不靈的，自從他接任巫師以來，他就感覺法力越來越弱，卦也越來越不靈驗了。聽父親說，幾百年前的趙家巫師不僅可以占卜一個人的前生後世，一個山寨五百年後的景象和命運，甚至還可以把天上的炸雷當炸彈一樣甩來甩去的；山寨裡諸事，大到一個人壽辰，小到一頭豬崽走失，用法器打卦都能預測到。幾百年來，不僅巫師的法力越來越小，就連法器的功用也是越來越窄了，以致於在建祠堂時趙天國竟然把一個凶日測成了吉日。趙天國也一直覺得奇怪，卦上明明顯示的是一個外鄉客要來貓莊，怎麼就變成了三弟天文？難道天文在縣裡待了十年，跟貓莊離心離德了？這才是趙天國感到最可怕的。由於天文這些年一直在城裡，雖然每年都要回來至少兩次，在他的感覺裡隨著天文漸漸長大成人，他卻對他這個親兄弟越來越陌生了，不像天武，兄弟倆待在一起，手足之情深厚。前年天文回家成親，在家裡待了一個多月，趙天國仔細觀察過，覺得天文說話，舉手投足雖然看起來很謙和，但他的謙和後面卻掩飾不住那種商人的精明和勢利。趙天國覺得，這一點天文跟曾伯是沒法相比的，他甚至沒有學到曾伯的一點皮毛，至少曾伯是真心地在幫助貓莊，不管他是不是奸商，賺沒賺過貓莊人的銀子，開沒開過煙館和賭場，曾伯對於貓莊是有恩的，而天文恰恰相反，他在城裡待了近十年，從沒想過要為貓莊做過什麼，哪怕就是幾斤舂火藥的硫磺，他也沒有問過趙天國貓莊需不需要……

隨著貓莊上空每天都晴空無雲，日頭越來越紅火，光照越來越充足，趙天國心頭裡的陰霾也就越來越濃重。特別是在趙天文向母親趙彭氏提出分家之後，趙天國的心一下子吊了起來，七上八下，被折騰得寢食難安。

趙天國是從縣城裡回來後聽母親說天文提出要分家的，他去縣城是打聽曾昭雲的消息。真如趙天文所說，縣城裡亂糟糟的，學校停課，大多數店鋪客棧都關門歇業，到處都貼滿了告示，到處都是聚集著高聲喊口號的人群，拿著長槍跑來跑去的警察和軍人。那些人果然都剪了長辮子，有的是光頭，有的披肩短髮，有的髮式趙天國根本就叫不出來，兩鬢和後腦勺寸髮不留，只剩天靈蓋上的，像倒扣了一個撮瓢一樣。趙天國無心留意這些怪模怪樣、不倫不類的髮型，進城前，趙天文曾勸過他剪掉辮子，要不人一進城就會被革命黨人抓去推個大光頭，趙天國沒剪，只把辮子盤在腦殼頂上，頭上戴了一頂斗篷，他怕萬一要是大清朝沒垮，那可是欺上作亂的死罪啊。趙天國來到昔日繁華的坡子街，這裡卻冷冷清清的，街面上少有人跡，他看到曾伯的產業，那些鋪面——客棧、米店、布店都貼了封條。除了曾伯，趙天國在城裡也沒個熟人，問了一些街坊，也沒問出個所以然，有人說曾昭雲一家都被抓了，也有人說他們被押出去了，還有人說他們死在牢裡了。看來曾伯一家被抓確鑿無疑了。

在城裡住了一晚，第二天一早，趙天國又趕去曾昭雲老家七里坪打探消息。趙天國沒有見到曾家的任何一個家人，老管家也說他們沒有回來過，他也在託人四處打探，曾伯一家人就像鑽天遁地一樣，杳無音信。趙天國從老管家的神態裡看得出他是真不知道曾伯和他家人的下落，老管家焦慮的眼神什麼也掩飾不了。趙天國一直覺得蹊蹺，據天文說曾伯一家是跟他一同被革命黨人抓進牢裡的，後來他跑出來了，而曾伯一家卻音信杳無了，那麼天文是怎麼跑出來的？天文說曾伯既開煙館又開賭場是不是真的？趙天國是第一次來七里坪，老管家他以前也沒見過，想來他也不會清楚曾伯的生意，退一萬步說，他就是清楚，也未必肯跟趙天國如實透露。

回到家裡，屁股一落地，母親趙彭氏就告訴他，天文已經向她提出分家撒夥的事，趙天國只覺得心裡一震，問他娘趙彭氏：「是天文的主意還是他媳婦陳三妹的主意？」趙彭氏說：「肯定是天文的主意，陳三妹從過門就沒提過分家的事，說不分家她還少操心呢。當初我就不同意讓他進城學做生意，跟著曾昭雲這種人學不到什麼好的，這不，他一回來就鬧著要分家，咱們家可是好幾代人都從沒分過家了，你爹要是還在世的話，不氣死才怪。」在貓莊，兄弟分家撒夥也不是什麼稀罕事，一般來說，男人娶親之後都會分家，另立爐灶。但趙天國家不同，他家在貓莊雖不是大戶，也不是最富有，幾代人以來就是從沒分過家撒過夥。據說是曾祖趙青山臨死前的遺訓，他要求後代永不分家，究其由，趙青山那時已感到貓莊外敵強大，只有兄弟團結和睦才能抵禦外敵；再之他們這一房一直做族長和巫師，是族人們的表率和榜樣，兄弟散夥雖是常理，但箍緊在一起不僅更能體現「兄弟和睦」的祖訓，而且更能讓族人們信服，也就是帶個好頭樹個榜樣的意思，能更好地管束族人。打鐵需得自身硬，自家兄弟都散盤，怎麼能訓導別人呢？趙天國一聽到天文鬧分家，第一個警惕就是天文在有意挑戰他作為族長和家長的權威，故意破壞祖傳的家規，更是要攪亂貓莊的秩序。處理不好這件事，他作為一族之長顏面無光，今後也不好管束族人。

趙天國想必須盡快掐滅天文想分家這個念頭。

趙天文分家的決心已定，任憑趙彭氏怎麼開導，趙天國如何勸說，都無濟於事。趙天文說分家的事他已經吃了秤砣鐵了心，不但要分家，他還要另立門戶，說他已經買好了宅基地，留住了周氏兄弟，準備自己建房子。趙天文還說他本來是想建棟五柱八棟棋帶東西廂房的大木屋的，他才不喜歡冬天冰涼夏天悶熱一到陰雨天四壁濕淋淋水漬漬的石頭房子，但他想到既然他哥是族長，規定了寨子裡只能建石屋，也不好公然作對，只好委屈一下，等幾年之後如果土匪沒了或鬧得不凶了扒掉再建。趙天文是在堂屋裡趙天國找他訓話時說的，他完全是一副玩世不恭或不屑一顧的口吻。趙天國心裡很生氣，自他接任巫師和族長以來，還從來沒有人用這種口吻跟他說過話，特別是自從貓莊有了快槍，土匪們——包括白水寨的龍大榜，再也不敢來犯後的這幾年裡，他的威信越來越高，在族人們面前說話也是越來越有份量，不管老少長幼，富賤尊卑，見了他都格外恭敬，甚至有幾分懼怕，哪家要是有個家長裡短，吵架拌嘴，只要老遠聽到他的腳步聲或者哼哼聲，立即就會噤若寒蟬。趙天國覺得趙天文在他面前太放肆，太囂張，他有必要打壓一下他的戾氣，便說：「當初讓你去城裡做學徒，是希望你能長些見識，回到貓莊也有用處，沒想到你學的全是城裡人的壞。貓莊有貓莊的規矩，趙家有趙家的族訓，你若是硬要違抗，到時別怪大哥拿家法處置。」趙天文反駁說：「族訓裡從沒規定不准分家，更沒規定族人們不准開鋪做生意，你說翻天我也不違族規不犯家法。」嗆得趙天國有火發不出來，氣呼呼地走出了屋。

趙天文說幹說幹。

到了五月，他果真找好地基，留住周正龍兄弟，開始放信給附近村寨徵招採掘石料的短工。他家的地基沒有選在上寨，而是買下下寨趙天亮家的一塊菜地，跟趙天亮家做鄰居。此舉不言而喻，他是想離母親趙彭氏和大哥趙天國遠一些，少一些約束。聽到趙天文在下寨看好地基著手建房的消息，最傷心和震怒的還不是趙天國，而是他母親趙彭氏。趙彭氏不僅覺得她做為母親的權威受到了嚴重的打擊，而且覺得天文這樣做根本就沒把她這個母親放在眼裡，讓她在寨人們面前丟了大面子。她們家好幾代人從沒分過家，都是婆婆掌家，輪到她一做婆婆，卻要散夥，寨人們會笑話她沒能力籠不攏一家人。她一聽到這個消息就怒氣衝衝地去找老三天文，在寨子裡找了一圈，沒找著，一回屋，碰到陳三妹從樓上下來，把滿肚子氣就朝天文媳婦陳三妹撒。趙彭氏問陳三妹：「天文死哪去了？」陳三妹說：「他去鎮上了，說是要看店面。」趙彭氏說：「他真要開鋪？」陳三妹說：「店面都租了，哪還有假。」趙彭氏惡狠狠地給陳三妹丟了一句話：「你給他講，他不管是建房還是開鋪，休想從家裡拿走一文錢。要分家也行，光屁股出門，田地錢糧甭想半文，老娘不留他。」陳三妹小心翼翼地說：「我勸過他，他不聽。他說錢他自己籌，不要我多管閒事。」趙彭氏白了兒媳一眼，說：「你別假惺惺地唱高腔，就是搬出貓莊走到天下去我還是你婆婆。」

晚上，趙天國跟母親趙彭氏說起趙天文建房開鋪的事，趙彭氏還怒氣未消，說他愛折騰就讓他折騰去吧，反正他休想從家裡拿到一個子兒。趙天國說：「真要分家拆夥，他該得的那一份我一絲一毫也不占他的。可就咱家的那點錢糧，別說一半，就是全部給他也不夠建房開鋪。況且現在還沒分，他就張羅起來了。」

趙彭氏說：「他可能跟他岳父家借了。這孩子，一根筋，說幹就幹，這樣的性子別說做生意，做什麼也做不成。也不知道他在城裡學了些什麼，我看他不撞破腦殼是不回頭的。我也懶得管他了，他歡喜幹嘛幹嘛，愛去哪去哪，我就安安心心帶好幾個孫子吧，誰也別想把孩子從我身邊拉走。」

整整一夜，趙天國都在想天文的事。主要還是集中在想天文哪來那麼多錢？建石屋，開鋪店那得要一筆巨大的錢款的。天文的石屋不像原來貓莊建石屋那樣大多都是族人們相互幫工，不花很多工錢，他一呼啦就是幾十上百號短工，說什麼一個月內就要搬掃帚進屋；開店鋪那就更是費錢。趙天文自己不可能有多少錢，他在城裡頭三年給曾伯是做學徒，不拿工錢，後來幾年一月也只有幾個銅板的薪金。再說他岳父陳國勳一家在白沙鎮也只是個小財主，一大家人就靠幾十畝水田收租過日子，不可能攢有一份大家業。即便他家還有外水收入，拿得出這筆款子，但人稱陳三胖的陳國勳是白沙鎮有名的三大「吝嗇蟲」之一，他自己兒孫成群，死後不靠女婿趙天文抱靈牌，根本不可能傾家蕩產借天文那麼多錢。陳三胖老謀深算，他不會不知道生意如賭博，萬一趙天文店鋪開砸了，他豈不是本金也收不回了。那麼趙天文的錢是從哪來的呢？趙天國想到那個不祥的黑卦，現在看來不管他心裡承不承認，天文就是卦上那個外鄉客無疑。卦上顯示此人來後若風調雨順，是吉兆，否則會給貓莊帶來滅族之禍。趙天文來後近一個月，天天都是紅紅火火的大太陽，連端午節「龍船水」也滴雨未下，貓莊從未乾過的幾丘大水田都快開裂了，補種的包穀黃豆苗剛躥出土層就被晒成了乾豆芽。難道貓莊真的要連旱三年？難道天文真是貓莊的禍害？

趙天國想了一宿，還是想不透徹，但有一點他是想通了，趙天文要真給貓莊帶來害禍，那麼禍星肯定就是他開鋪建房的這筆鉅款。他的這筆款子只可能有兩種來源，要麼他是借了驢打滾的高利貸，要麼就是他在城裡那幾年騙來的，不管是哪一種，都可能給貓莊帶來災禍。

趙天國決定跟趙天文好好談一次，最好是弄清他那些錢的來路。一連幾天，他連趙天文的影子也沒見著，問陳三妹才知道，趙天文一直待在鎮上，他的布店和米行都開張了。陳三妹拿出一卷紫色洋布說：「這是天文讓我送給家裡的，說是給嫂子和娃娃們一人做一套新衣服。」陳三妹還說，天文說他的米行裡今後只賣貓莊的白米，貓莊的米曾是兩朝貢米，保準讓人搶破腦殼，也省得貓莊人年年吃存糧。

趙天國說：「你沒看見天天紅火大太陽，貓莊還有米賣的？」

陳三妹說：「總不可能天天旱下去吧。」

趙天國說：「難講，天文哪時回來？」

陳三妹說：「那邊剛開張，忙得很，他又去城裡進洋布去了，家裡建房的事都是找盯著。」

趙天國說：「過幾天他還不回來，我去鎮上找他談談。」

趙天國來到白沙鎮，很容易就打聽到了趙天文的店面。他的布店和米行都開在最熱鬧的下河街正中央，兩個店面隔壁，門前的炮竹炸過的紙屑還未掃除開淨，粘貼在石階的罅縫裡。趙天國知道再勸趙天文說什麼都晚了，他已經計畫好並且實施，木已成舟，不可能再回頭。趙天國主要是想弄清趙天文那麼一筆鉅款從何而來，萬一天文要是因錢遭禍，也好有個應對。趙天文一開始就對趙天國有敵意，把他帶進店鋪後院，連坐也沒讓茶也沒上，當趙天國問及他的本錢從何而來時，趙天文也只有冷冰冰的四個字：無可奉告。趙天國說：「我找過所有親戚寨鄰問過，誰也不曾給你借過一文錢，我就是想知道你的那些錢是從哪裡來的？你要是借了高利貸，還是乘早還掉，要不……」

趙天國話沒說完，趙天文就勃然大怒，指著他的鼻子說：「這裡是白沙鎮不是貓莊，你不是族長，無權過問我的錢款來源。你回去吧，別耽擱我做生意。」

趙天國看著弟弟趙天文冷酷的表情，說：「我是你哥，我們是一家人。」

趙天文說：「不出一月，我家房子建好後我就搬出去，分家撤夥，跟你就不是一家人了。不過你儘管放心，我的錢跟你沒關係，我就是生意做賠了，也賴不到你頭上的。」

兄弟倆不歡而散。出門前，趙天國回過頭去再次告誡趙天文說：「龍大榜常來白沙鎮，我看你還是少拋頭露面為好，當心被白水寨人打了冷槍。」

趙天文沒聲好氣地說：「我一個生意人，常年不在貓莊，不跟他爭強鬥勝，也沒跟白水寨刀槍往來，要打冷槍，也是打你的冷槍才對。」

四十天後，貓莊建造得最神速的一棟石屋竣工後，趙天文果然帶著老婆陳三妹和兒子趙長林搬進了新屋。在趙天文一家搬進新屋的前三天，趙天國和趙天文兄弟倆正式分家散夥，家產一人一半均分，包括家裡的現錢、牲畜、田地、山林，趙天文不要舊房子，趙天國則多拿出半畝水田搭二畝旱地給趙天文，作為補償。

當兄弟倆在契約上簽字畫押後，趙天國明白，今後他跟趙天文就是兩家人了。看到趙天文收好契約洋洋得意地出門，趙天國鼻子陡然一酸，差點落下淚來。

趙天文搬新屋辦酒宴的那天，是近十年來貓莊最熱鬧的一天。自從被一場天火燒盡之後，十年來貓莊就沒有辦過一場樹屋建房的酒宴，寨人們都是沒等房子建成完工，就搬進去住了。這些年來，貓莊娶親嫁女也是小心翼翼的，不敢大範圍傳播，更不敢肆無忌憚地喝酒取鬧，生怕因為大意被土匪偷襲，釀成像趙天國娶親趙長梅出嫁那天的慘劇。但是現在不同，一則現在是七月，土匪一般這時候不會出來搶劫；二則自從白水寨龍大榜嘗到貓莊毛瑟快槍的厲害後已經好幾年沒來過貓莊了；三則一直大旱不雨，莊稼都旱死了，既不要間苗也不要薅草，加上寨牆早已完工，再不要出工幹活，寨人們每天閒在家裡沒事做，手腳都不曉得往哪裡放，倒不如去趙天文家湊個熱鬧，一醉方休。貓莊人早就聽說趙天文從縣城請來了上等廚子，酒席準備了十二道涼熱大菜，還讓腳夫背來十多罈白沙鎮有名的黃家糯米酒。趙天文酒宴的排場搞得很大，貓莊趙家族人間的隨禮卻輕得很，一般就是撮瓢裡端兩升米，等於白吃白喝一頓。

這天照例是個日頭紅火、萬里無雲的大晴天，寨人們早早地就去了趙天文新屋，婦女們幫忙洗碗筷、洗菜，男人們擺好桌子後，聚在一起打上大人，[1]小孩子們則在坪上玩跳繩、跳房子遊戲，也有些孩子跑來跑去，自得其樂。到了日上三竿，趙天文屋裡屋外走了三圈，他發現整個貓莊只有兩個人沒來他家吃酒宴。

母親趙彭氏堅決不肯來趙天文是知道的。清早，趙天文就叫媳婦陳三妹請母親下來，沒請動。早飯前他自己又親自去上寨接了一趟，趙彭氏氣呼呼地說：「我腳痛，走不動。」趙天文說：「我背你下去。」趙彭氏毫不留情面地說：「你莫把我往天坑裡背就是好事，說一千道一萬也是空的，你都分家了，跟我不是一屋人，莫說背我，用轎子抬我我也不會去。」

1 上大人，一種紙牌。

還有一個沒來的是哥哥趙天國。

趙天國倒不是像母親那樣因為心裡有氣故意不去。他跟妻子趙田氏和孩子趙長春趙長生都走到半路上，跨過了「甬」中間水溝上的那座小石橋，已經到達了下寨，再往前走五六丈繞過一丘水田田坎，就能進入趙天文的新屋坪場了。趙天國也確實想去趙天文的新屋看看，自從他家的新屋動土，他就沒去過。只是遠遠地看著他的房子一天天長起來。前幾天他聽周正龍說趙天文還從鎮上弄來了一些白石灰，拌著稻草漿抹了牆壁，不僅能防潮，房子裡也亮堂堂，像城裡的洋教堂一樣。

事有湊巧，就在這時，他被從家裡匆匆跑來的趙天亮截住了。趙天亮把他拉到一邊，氣喘吁吁又面色難堪地說：「天國，你得跟我去一趟諾里湖。」

趙天國看了看日頭，說：「先到天文家吃餐飯吧，然後再過去不遲，反正也不遠。」

趙天亮說：「我這事比吃飯重要，剛才彭家人說讓我接長梅母子回來。」

趙天國一時未能明白過來，說：「回來她們自己回來就是了，這幾腳路，還要人接。」

趙天亮摸了一把頭上急出來的汗水，說：「彭家是要休了長梅，我不敢張聲，你是族長，你得跟我去彭家理論理論。」

趙天國這才大吃一驚，說：「有這事？彭學清回家來了嗎？」

趙天亮說：「我問過，說沒回來。剛才彭少華在吃完酒席後來我家裡，他要我今天勿必把長梅母子接回貓莊，他說過了今晚，明天他就敲鑼打鼓把她們母子送回來。」

趙天國氣憤地說：「他們彭家欺人太甚，我舅舅彭少華呢，還在天文家嗎？」

趙天亮說：「剛回去，我也剛要去你家，碰到你來了。」

趙天國把手裡的一大卷炮竹往妻子趙田氏手裡一塞，說：「你帶孩子去吧，到時找個年輕人放炮竹，我跟天亮哥去一趟諾里湖。」

趙田氏憂慮地說：「娘不肯來，你又半路上踅回去，不怕天文兩口子心裡不好想也怕寨鄰們說閒話啊。」

趙天國說：「顧不了那麼多，長梅的事比天文的酒席重要，喝酒吃肉也不少我一個人。」

趙天國和趙天亮匆匆趕到諾里湖。走上彭少華家坪場，趙天國看到趙長梅的兩個孩子彭武平和彭武芬在階沿下挖蚯蚓。這是一對長得特別可愛、人見人愛的龍鳳胎，舅舅彭少華一直把他們當兩個寶貝疙瘩，兩顆掌上明珠，怎麼會突然要休了長梅呢？而且連孩子也一起休。趙天國一路上都在想這個問題。趙長梅那年跟彭學清成親，不到半月，彭學清就外出求學，一走就是好幾年，至今沒有回來過一次。趙天國聽舅舅彭少華說過，彭學清出門後就來過一封家書，報告他考上了長沙講武堂，說他畢業後立志從軍，之後多年跟家裡斷了聯繫，連媳婦趙長梅生了一對龍鳳胎這麼大的喜訊彭少華寫信給他都沒有回音。彭家在這時候休趙長梅母子，趙天國第一個念頭就是趙長梅不守婦道，偷人養漢，被彭家人發現了，但他旋即又否定了這種推斷，若是這樣，彭家既沒有理由，更不合情理要把兩個孫子也趕出門？要不就是彭學清在外面又娶親生子了，是他來信讓父母休妻送子？這樣更不合情理，舅舅彭少華是個知曉事理的頭人，這樣的事他做不出來，更不會捨得下兩個孫子。何況，諾里湖是個小寨，他不會因此得罪人多勢眾的貓莊趙姓人。這樣草率地把趙長梅母子送回貓莊，外面不知會傳出怎樣的閒話，彭少華不會不知道貓莊人恰恰最在乎的就是趙家姑娘的名譽，找不到合理的理由，彭家休掉長梅等於是與趙家交惡，甚至是宣戰，這不僅僅是彭少華和趙天亮兩家的事了，而是整個諾里湖彭氏家族和貓莊的趙氏家族的大事，彭少華做出這個決定不會沒有經過慎重的考慮。

「彭少華到底有什麼重要的理由呢？」趙天國想。

兩個孩子看到外公來了，站起身來向他們跑來。彭武平跑了幾步，又轉身向堂屋跑去，邊跑邊叫：「帕普[2]，外公來了。」

彭武芬也喊：「娘，外公來了。」

彭少華也是剛剛回到家裡，在堂屋八仙桌旁坐下來點了一袋水壺煙，才吸了兩口，聽到孩子的叫聲，忙把煙袋平放在桌上，快步出門迎接。五十來歲的彭少華體壯如牛，紅光滿面，聲若洪鐘，看到一臉土灰的趙天亮，尷尬地笑了笑：「沒想到親家那麼快就到了，屋裡坐。」他又看了一眼趙天國，眼裡掠過一絲驚詫，但他馬上就恢復了平靜，說：「天國也來了啊！」

趙天國木著臉說：「今天我可不是走親戚的，我是來討公理的。貓莊的趙家不是隨便可以欺負的。」

彭少華還是笑：「言重了，言重了。都怪老漢在天文家喝了點貓尿，口無遮攔，不該跟天亮兄說那番生硬無禮的話，是老夫不是。還是進屋談吧，讓客人在門外站著可不是諾里湖人待客之道。」

坐定後，趙長梅來上茶。看得出來，趙長梅已經知道彭家休她的消息了，臉色憔悴，雙眼紅腫，顯然哭過許多次了。上完茶，彭少華讓她帶孩子們到後山的園圃裡摘菜，趙長梅知道是故意支開她，神色黯然地挎著菜籃領孩子們出了門。

---

[2] 帕普，畢茲卡語，即土家族語，爺爺的意思。

趙天國開門見山地問：「舅舅，休長梅是學清的意思，還是你的意思？你可得給我們，給貓莊趙家一個說法。」趙天亮附合著說：「我們趙家的女子上百年來嫁出門還沒有被退回來的，長梅在你們彭家到底是不守婦道，還是不孝敬公婆？」彭少華長歎了一口氣：「哎，長梅是個好兒媳，讓她帶孩子們回貓莊既是學清的主意也是我的意思，二位先別生氣，我和學清都是這樣想的，長梅和孩子們住在諾里湖不太安全，這年頭不太平，到處是土匪，你們也曉得今年正月諾里湖又被苦樹坪的土匪搶了，把寨子裡彭老三的新媳婦擄去，現在都沒贖回來。那次幸虧我讓長梅抹了鍋底灰，要不也被擄去了。你們貓莊大寨高牆，人多槍多，沒土匪敢來搶。像長梅這樣俏俊的女子，待在諾里湖很難保準哪天不被土匪擄去，到時我拿什麼給你們貓莊交差，寫信給學清說了，他也贊成把她們母子送回貓莊？」趙天國和趙天亮都明白這不是理由，只不過是彭少華不想明著得罪人的推諉之詞，趙天亮追問：「是不是學清在外面又娶妻生子了？他要學陳世美我可不答應。」彭少華顯得很無賴地說：「他在外面那麼多年，沒個書信回來，也沒個熟人碰著，具體情況我也不知道啊。半月前我才收到他這些年來的第二封信。」說完站起身來說：「天國，你隨我到房裡看信吧，看了信你就曉得並不是老漢我在做惡人，是我和學清都在為她們母子的安全考慮。」

趙天亮拍了桌子，罵道：「彭少華，你少來這套。你要是說不出個子丑寅卯，彭學清就休想休了長梅。」

彭少華沒看盛怒的趙天亮，再次衝趙天國說：「隨我來。」

趙天國覺得舅舅似有難言之隱，不便當著趙天亮說，使隨他進了房裡，小聲地說：「舅舅，你家做得不太厚道啊。」彭少華搖了搖頭，打開木箱，拿出一封信交給天國，說：「我也曉得趙家的姑娘不好休，看看學清的信，你自己說個公理吧。我剛才不說，是給趙天亮面子，給你們趙家面子，也是給我們彭家自己留個面子。」趙天國拿著信說：「學清不是好幾年沒聯繫了嗎？」彭少華說：「從他出去一直到去年才給家裡寫信，我把家裡的情況給他說了，他回信就讓休了長梅，他說一來他跟長梅沒有感情，二來……你自己看吧。長梅是一個好媳婦，賢慧知理，手腳勤快，吃苦耐勞，孝敬公婆，百裡挑一啊，這些年男人也不在家，她是吃了苦的，說實話學清這些年不在家，也不通音信，家裡早就當他死了，我把長梅是當女兒養的，要不是因為那事，我們哪捨得休她。」

趙天國看完信，也呆住了。彭學清在信上說，他看到家信知曉長梅生下的一對已經長到五歲的龍鳳胎，很是驚詫，說他跟長梅成親後雖然同床同枕了半個月，實則根本沒碰過長梅的身子，又何來一對兒女之說。還說事已至此，加之他本來就跟長梅毫無感情可言，不如讓她去尋找自己的幸福，云云。趙天國看完信，半晌後指著信紙，疑惑地說：「舅舅，學清說的都是真的？」

彭少華說：「天國呀，你跟學清一起長大的，他的人品難道你不曉得，你不至於認為他會下作到自己的親骨肉也不認吧。」

趙天國點點頭，把信遞給彭少華，又想起了什麼似的說：「不對呀，長梅跟我一天成親的，武平和彭武芬也跟我家長春前後只差幾天生的。我還記得他們兄妹只比我家趙長春大幾天呢。」

彭少華無奈地說：「這些天我也是這麼想的，長梅的孩子是九個月生的不假，其他的我們做公婆的也不好問她。她婆婆倒是把學清休她的意思給她說了，這孩子只是哭，什麼也不說。天國，你看要不這樣好不好，把她們母子先接回去，讓她親娘再套套她話。要是長梅一口咬定是學清的，我就是裝死也得讓學清回家一趟，再敲鑼打鼓接她們回諾里湖。現在我寧願相信自己的兒子，再怎麼講，家裡養著兩個外人，心裡疙瘩著實在不好受啊。」

趙天國想了想，說：「也只能如此了。舅舅你可記住了你自己的話，要真是學清這小子變心使壞，趙家可就不顧你們彭家的面子了。」

趙天亮看到趙天國臉色鐵青地從房裡出來，忙問：「學清在信上怎麼說的？」

趙天國說：「先讓長梅她們回去住一段時間吧，學清說他在川東一帶帶兵打仗，結下的梁子多，他是擔心長梅和孩子的安全，等他回來再來接他們回去。」

趙天亮急了，扯了扯天國的衣角，小聲說：「那小子人都不回來，咋接？」

趙天國還是木著臉，說：「先回去再說。」

一向精明但是溫吞性子的趙天亮執拗起來：「天國，你可不能向著你舅家，把長梅送回貓莊，最少也得敲鑼打鼓，他們彭家怎麼接的怎麼送。」

趙天國對趙天亮一字一頓地說：「我姓趙，是趙家人的族長，只會做有利於趙家的事，凡是不給趙家臉的人我也不會給他臉。」他又看了一眼彭少華，說：「舅舅說的話自己得記著，讓長梅收拾些衣物吧，我們走。」

從諾里湖出來時太陽就下山了，走到貓莊西牆洞時天色暗得差不多只剩下一些山頭、樹木的輪廓。五歲的彭武平和彭武芬看不出大人們臉上的愁容和沮喪，一出寨就嚷著要騎「馬」。他們已經有一兩個月沒有騎過「馬」了，彭武平和彭武芬都記得每次問帕普要「馬」騎，帕普都不再像以前那樣興高采烈地蹲下身去把頭伸進他們的襠前，而是不耐煩地說「去去去，一邊玩去」。現在有兩個外公，還有一段長長的路途，他們當然不想放過這個絕好的機會。這次是彭武芬先開口，她跑上去拉著趙天亮的手說：「外公，我要騎馬馬。」趙天亮想也沒想掙脫了她的小手，說：「趕快走。」彭武芬耍賴地說：「我走不快，騎馬馬不是走得更快嗎？」趙長梅哄彭武芬說：「別鬧！」彭武芬說：「外公是不是不高興，帕普好像也不高興，好久不讓我和哥哥騎馬馬了。」

趙天國聽彭武芬這麼說，心裡一酸，抱起身邊的彭武平，問他：「想不想騎馬？」武平使勁點了點頭。趙天國「嗨」地一聲把武平舉過頭頂，放在脖子上，說：「你喊駕，外公就跑，你叫吁，外公就停，好不好？」隨著武平一聲吆喝，他就小跑起來，顛得頭上的武平快樂地呵呵大笑。見趙天國馱起彭武平，趙天亮也抱起彭武芬，放在肩頭上馱著，他沒有像趙天國那樣跑動，任彭武芬拍他的頭喊「駕駕駕」，依然不緊不慢地走著。

看到貓莊的寨牆，彭武平問：「外公，貓莊怎麼跟別的寨子不同，修一道牆做什麼？」

趙天國說：「擋土匪用的。」

「土匪是壞人對嗎？」彭武平說：「等我長大後也幫著外公打土匪。」

趙天國哈哈大笑，點著武平的鼻子說：「你可要說話算話囉。」

彭武平一直騎在趙天國的脖子上穿過牆洞，走進夜幕四合的貓莊，直到進了趙天亮家的堂屋，他才戀戀不捨地從趙天國的脖子上溜下來。這是他整個童年時代騎馬騎得最久的一次，也是騎得最開心的一次，此後近十年的時間裡他都一直認為整個貓莊除了娘，趙天國外公就是他最親近的人，親近的程度遠遠超過了親外公趙天亮。很多年以後，他在判處趙天國死刑的報告上簽字時還能清晰地回憶起這一幕。

趙天國在趙天亮家裡吃了晚飯才出來，他看到趙天文新屋除了房裡亮著燈光，整棟屋靜無聲息。酒宴早就結束了。

趙天國問送他出門的趙天亮和趙胡氏：「城裡廚子的手藝如何？」

趙胡氏說：「肉燉得太爛，沒一點嚼頭，你肯定不喜歡。」

第六章

趙天文新屋酒宴的第二天，在妻子趙田氏的勸說下趙天國還去了他家一趟。他也覺得不去不好。特別是昨天臨時有事抽了身，聽趙田氏說趙天文心裡很不爽快，見人就說他哥到了他家大門口故意打轉身是給他難堪，還說母親不肯來是趙天國不准她來。畢竟是親兄弟，趙天國也不想跟趙天文鬧得太僵，甚至反目成仇，就極力勸說母親跟他一起看看天文的新屋。但母親趙彭氏卻堅決不肯去，趙天國也毫無辦法。

趙天國走進趙天文新屋時，趙天文正在裡屋房裡整理行頭，準備回白沙鎮。陳三妹把趙天國迎進堂屋，沏了茶水，她叫了好幾聲趙天文說哥來了，趙天文在裡頭說就來就來，卻一直不見他出來。

趙天國觀察了一下天文的房子，發現四壁都敷了一層淡黃色的什麼東西，看不到一點石頭，用手指關節敲起來空空地響，堂屋裡的地也夯得很平整緊實，新屋昨天一天人來人往，竟然不起一點土，只是有些發黑，不像是用泥巴夯的。屋子裡還有一陣陣沖鼻嗆喉嚨的味道。趙天國問陳三妹怎麼會有這麼大的味道，陳三妹說，牆壁是石灰拌斬碎的稻草敷的，地也是石灰拌炭屑夯的，天文講那樣防潮。石灰是請人從鎮上十個銅錢一個工[1]背來的，花了十多個工呢。

趙天國說：「真能防潮嗎，石灰可以自己燒呀。貓莊有的是石頭，只是不知道怎麼個燒法，得到外面請師傅。」

陳三妹說：「我也不曉得防不防潮，聽天文說城裡的磚房都是這樣的弄的，天文還說城裡人也是跟洋教士學的。」

正說著，趙天文兩歲的兒子長林在屋外哭了起來，陳三妹忙出去看孩子。趙天國坐下來又喝了半碗茶，趙天文才磨磨蹭蹭地出來。

看到趙天國，趙天文的臉木木的，語氣生硬地說：「你來了，有什麼事？」趙天國看出趙天文在跟他鬥氣，說：「沒什麼事，就是看看你的新屋。」兄弟倆不冷不熱地才聊了幾句，周正龍從外面進來，他沒像平時那樣跟趙天國打招呼，而像沒看到他一樣，徑直走到趙天文跟前，彎下腰，憋著嗓子細聲地對趙天文說：「老爺，都準備好了，啥時動身？」

趙天文說：「再等等，你們把擔子捆好，可別挑在路上時散架。」

周正龍看了一眼趙天國，弓著腰退下去，他一直退了五六步，快到堂屋大門口時，才直起身來，轉身出門。看著周正龍滑稽的樣子，趙天國把一口包在嘴裡的茶水差點噴了出來，周正龍剛跨出了大門檻，趙天國使勁嚥下那口茶水，叫住他：「正龍大哥，你等等，你剛才叫他什麼？」

趙天國指著趙天文，說：「你再叫一遍我聽聽。」

[1] 一個工：即一個勞工一天的勞動量。

周正龍面無表情地說：「老爺！」

趙天國指著屋外坪場上牽著長林的陳三妹說：「她呢，你叫她什麼？」

周正龍說：「叫她太太呀。」

趙天國笑了笑，又指著自己鼻子問：「那你叫我什麼？」

周正龍被趙天國繞來繞去問得有些暈頭轉向，想了半陣才說：「應該叫你大老爺吧。」

趙天國止住笑，說：「我是問你以前叫我什麼？」

周正龍看了看趙天文，趙天文的臉上也笑笑的，這才輕聲地說：「就叫你天國，叫了十來年了。」

趙天國說：「這不就對了。」他指著趙天文說：「他年紀輕輕的，比你小多了，是什麼爺，黃豆葉（爺）還是包穀葉（爺）。還有陳三妹，娃才幾歲大，就當太太了？你們兄弟來貓莊也有十來年了吧，貓莊的稱呼你還不清楚，太太是爺爺的老子，是曾孫子叫的，貓莊這麼多年來哪天拿你當個外人，你自己倒願意當孫子曾孫子起來。」說得周正龍近四十歲的一個壯漢臉上一陣白一陣紅的，囁囁著說：「是老爺，不，不，是天文讓改口的，再說，再說，外面的長工都是這樣叫東家的。」趙天國說：「外面是外面，貓莊是貓莊。貓莊從來就不興這個，幾十代人沒出一個老爺和太太，貓莊做工的人我們都是當兄弟待的，哪時候當過奴僕。」周正龍一個勁地點頭，趙天國又問：「你哪時成他家的長工了，你可是整個貓莊幾百年來的第一個長工啊？」

周正龍見趙天文給他打手勢讓他出去，一邊往後退一邊說：「前兩天講定的，前兩天才講定的。」一退到大門檻時絆了一下，差點摔倒。

隨著趙天國盤問周正龍的語氣越來越詼諧，趙天文的臉色卻越來越難看，整張臉皮都繃緊起來了，但他又不好發作，周正龍出去後，他耐著性子給趙天國解釋，說他現在忙於生意，收了周正龍和周正虎兄弟倆當長工，讓周正虎留在貓莊給他種田種地，周正龍給他當夥計，販運貨物也要勞力，周氏兄弟都有一身好力氣。趙天文還說，他本想在貓莊招一個本族窮人做長工的，但一族人不好使喚，周氏兄弟來貓莊十年，知根知底，跟半個貓莊人差不多，他跟他們兄弟倆一說，周正龍就說他們手藝人反正是在常年外找活幹，做短工還不如做長工划算，就爽快地答應了下來。

趙天國哈哈大笑，諷刺天文道：「我們貓莊終於出了第一家財主嘛，大好事啊！」

趙天文喝了一口茶，不悅地說：「哥，看你說的，這麼難聽。」

趙天國說：「就是嘛，財主家才請長工。不過，周家兩兄弟都是老實忠厚之人，你請長工也未嘗不可，但前提是不能壞了貓莊的規矩，周正龍不能帶家眷來貓莊，周正虎也不能媳婦娶進貓莊來。」

趙天文聽趙天國用族長的口氣跟他說話，比用詼諧和諷刺的口氣令他心裡更不舒服，嘴上應道：「這個跟周正龍說了，他說老家有老娘，常年多病，媳婦抽不開身，周正虎那個啞巴都快四十了，也討不上婆娘了。」

趙天國說：「他們兄弟原先一直住在祠堂的偏房，既然到你們家當長工了，讓他們搬到你家住吧，原先修房子修寨牆都是族裡的事，現在再住祠堂族人們就要有閒話講了。你家反正屋大房多，住得下。」

趙天文脫口而出：「那不行，下人怎麼能跟主人住一起呢，再說他們兩兄弟是男人，家裡就陳三妹一個女人，也不方便，讓他們住寨牆下吧，我在那裡給他們砌個土牆屋，他們還可以代著守一下寨門，反正周正龍大多跟我在鎮上，啞巴一個人也不要多大的地兒。」

趙天國說：「隨你，我們貓莊從沒招個長工，你是第一家，待好人家兄弟倆。這兩人都是忠厚本分之人，別搞主子奴僕那麼多規矩，讓人家心裡不舒服。貓莊人聽起來也不是個味道。」

趙天文不屑地說：「這有什麼，城裡人都這麼叫的，主子就是主子，僕人就是僕人，長工就是僕人嘛。」

趙天國嚴厲地訓斥天文說：「這是貓莊，不是城裡，我不管你在城裡在鎮上讓他怎麼叫你，在這裡就是不行，貓莊沒有這個規矩。我是族長，我不允許貓莊搞三六九等，今天長工叫你們老爺太太，以後族人給你打短工是不是也要叫你們老爺太太？貓莊從來就只有輩分大小，沒有高低貴賤。」

趙天文站起身來，氣得手使勁地按在桌子角上，壓住火氣說：「我懶得跟你爭，不錯，你是族長，貓莊你做主，我曉得你是看不慣我，我以後少回貓莊就是了。」

趙天國說：「不是看不慣你，是在給你教做人的道理。」

趙天文大聲地說：「笑話，我都二十多了，走過的地方比你多，見的世面比你廣，用得著你來教。」

兄弟倆不歡而散，趙天國出了門，過溝橋時，聽到趙天文家傳來一聲脆響，知道天文氣得摔碎了一隻茶碗。趙天國心裡歎了一口氣：天文已經不像是貓莊人了，當年讓他進城跟曾伯去做學徒，可能是他一生中最錯誤的決定。他知道，就是後悔，也已經晚了。

吃過午飯，趙天文和周正龍頂著烈日出寨去白沙鎮。周正龍挑著兩大籮筐行禮和雜物，趙天國打著洋紙傘搖著摺扇，一路無話。出了寨牆，周正龍突然想到天文天國兩兄弟的爭吵，就問：「我到底該怎麼叫你？」他也弄不清該叫天文呢，還是叫老爺，只好不加稱呼問大白話。

趙天文轉身看著他，足足看了好一陣子，說：「你自己講呢？」

周正龍看到趙天文臉色不好，青得發紫，陪著小心說：「我自己弄不清才問你呢。」

趙天文沒聲好氣地說：「趙天國給你付工錢你就聽他的。」

周正龍說：「是，我聽你的。」

趙天文不高興地說：「大聲點，我沒聽清。」

周正龍提高了聲音：「是，老爺！」

但他的聲音被突如其來的大滴大滴的劈劈啪啪的暴雨淹沒了。

一場突如其來的大雨結束了貓莊七十五天的大旱。這場大旱不僅僅貓莊，也使得那支溪兩岸方圓幾十里上百個村寨顆粒無收，七十多個紅彤彤的大太陽只差把貓莊從未斷流的大水井烘烤乾，往年即使冬天也有小腿粗的一股水流的大水井，乾涸得只剩人拇指一樣的涓涓細流；那支溪河更成了一條旱溝，河底的卵石、石板被晒得發白，老寨、諾里湖、芭茅寨等附近幾個村寨水井全部斷流，幾寨人都來貓莊大水井背水。貓莊這些天人來人往，絡繹不絕，像天天逢場一樣熱鬧。

望眼欲穿的一場大雨終於下來了，趙天國心裡大大地鬆了一口氣，再這樣乾旱下去，不說貓莊人要到二三十里外的酉水河裡去背水，他自己心裡的那根被趙天文綳緊的弦也要斷了。要真像卦上顯示的那樣，貓莊連旱三年，滴雨不下，那貓莊也就完了，雖說貓莊這些年來風調雨順，家家戶戶多少都有些存糧，族糧也存有上萬斤，可也抗不住全寨人吃三年啊。只毀一年的陽春對於貓莊來說並不可怕，下半年還可以種冬糧，貓莊的水田一經大旱，被晒得酥鬆鬆的，泥土像年糕一樣，捏一團粉，小麥油菜的產量也比別的地方高；再說，還能種一季鴉片。儘管現在種鴉片的山寨多了，沒有當初曾昭雲收購的那麼值錢，但鴉片永遠都是鴉片，種它還是相當於種銀子。

雨水是盼下來了，趙天國心裡的弦卻沒有徹底鬆馳下來。

從趙天文家回來，吃完午飯，趙天國剛走出屋，看到兩個人沿著「甬」中的小水溝出寨，一個挑著擔子，一個打著洋紙傘。不用細看，他知道那是兄弟趙天文和周正龍二人去白沙鎮。貓莊附近幾村幾寨都是用背籠背東西，從沒有挑擔子的習慣，貓莊的婦女閨女也沒有日頭下打傘的習慣——那會被人笑話很多年的。趙天國看著他們往西寨牆走去，陽光雖然十分強烈，但他還是注意到了跟在趙天文和周正龍身後大團大團的黑雲趕著他們步伐。黑雲是從東面老寨方向來的，貓莊有句看天的俗話：諾里湖來的雨，點點滴滴；老寨來的雨，賣兒賣女。意思是從諾里湖方向飄過來黑雲，就是下雨也打不濕灰塵，從老寨方向來的雨多是大暴雨，要衝毀屋基田地。果然，當趙天文和周正龍鑽進寨牆洞不見時，整個貓莊也像是進了山洞一樣，霎時一片漆黑，黑雲一下子湧滿了整個天空，不扯閃，不動雷，大雨嘩嘩啦啦劈頭蓋腦地下來了。

暴雨下得不長，不到半個時辰就停竭了。但雨量大，半個時辰比一整天下得還多。暴雨一落下地時，趙天國就驚了一下，天上不打雷，他的心裡卻像被炸雷震了似的砰嗵一響。他想，怎麼天文一出寨久旱的貓莊就毫無徵兆地下起了暴雨？難道天文要是一直待在貓莊，雨就一直不下來嗎？天文從縣城回來前的那場長雨跟他要回貓莊會不會有什麼關聯呢？這兩場大雨是不是給貓莊有什麼暗示？還有，那個卦到底是什麼神諭？按卦上說的，天文如果是那個外鄉人，他是貓莊的剋星，貓莊就要乾旱三年；他要是貓莊的福星，三年內必定風調雨順。那麼，今年能算風調雨順嗎？趙天國想，恐怕連腦殼裡長石頭的人也不會認為今年是一個好年成吧。

趙天文明明是一個貓莊人，怎麼卦上顯示他是一個外鄉人呢？難道他早跟貓莊人離心離德，不算是趙氏種族的人了？

關於趙天文，趙天國已經偷偷地打了不下十卦，但卦卦都卦意模糊，看不出所以然，這更加重了趙天國的困惑。有一點，趙天國已經漸漸明白，正是這些日子天文自己幫著他一步步印證出來的：天文越來越不像一個貓莊人了！

趙天國的這根弦還沒完全鬆馳下來，那根弦又綳緊起來了。

趙天亮沒有想到把趙長梅母子接來貓莊後她們就再也沒有回去了。半個月過去，一個月過去，諾里湖的彭家硬是沒有一點動靜。趙長梅母子回貓莊幾天後，趙天國找了一個適當的機會把彭學清信上說的委婉地給趙天亮的老婆趙胡氏說了，讓她套套趙長梅的話。這事關係到趙氏種族的顏面，也關係到趙天國作為族長的威信，他不能不過問。任憑趙胡氏怎麼追問，趙長梅一直對這事不開口，除了哭泣，她既不說孩子是彭學清的，也不說不是彭學清的。最後趙胡氏動了肝火，一次次逼問也無濟於事，趙長梅堅持說她自己也不知道是誰的。趙胡氏問她除了跟彭學清還跟哪個男人有過，趙長梅又矢口否認，弄得趙胡氏氣不過去笑不出來。

不開口不就等於默認了，趙天國心裡已經明白了八九分。他當然不會傻到相信孩子是誰的連長梅自己也不知道的程度。趙天亮卻是一直蒙在鼓裡的，這都已經幾個半月過去了，貓莊人一直在傳言他家長梅被彭家休了的閒話，趙天亮偏偏又是那種死要面子的人，他不知如何僻謠，就三天兩頭地往趙天國家跑，督促他去諾里湖與彭家磋商，讓彭家趕快接走趙長梅和彭武平、彭武芬兄妹。趙天亮如此急切不僅因為臉上無光，他還覺得長梅母子仨人白吃白住他家，讓他白平無故地多耗費三個人的口糧，太不划算，所以在家裡趙天亮對長梅母子也沒有什麼好臉色，動不動惡聲敗氣。趙胡氏心痛女兒，見長梅整天以淚洗面，又常常反過來跟趙天亮吵。現在，趙天亮家裡已經亂成了一團糟，大人吵，孩子哭，他只好一次一次去逼趙天國到諾里湖找彭少華磋商。

趙天國被趙天亮糾纏得煩不勝煩，心想藏著掖著倒不如給他明說了，轉念一想，這樣會更苦了趙長梅母子仨，他們回娘家本來就是寄人籬下，趙天亮知道真相後肯定對他們更加嫌棄，更沒好臉色對待他們。他更擔心的是保不準趙天亮會說漏嘴，把趙長梅的秘密洩漏出去，讓整個貓莊趙氏種族族人們全部臉上無光。趙天國壓制住了這個念頭。

是得著手解決趙長梅的問題了，趙天國想。

趙天國親自找趙長梅談過一次話，他把長梅叫到祠堂來談的，但這一次談話沒有任何成效，趙天國什麼也沒問出來，趙長梅很乾脆的、一副死豬不怕開水燙地說：「天國叔，隨便你怎麼處罰我，我都不會告訴你孩子是誰的。」

趙天國說：「你不說我也不逼你，現在你只有兩種選擇，一個是把你浸豬籠沉潭，一個是送你去尼姑庵。」

趙長梅哭著說：「我不想死。」

趙天國說：「那就去尼姑庵。」

趙長梅還是哭：「我不去那裡，去那裡和死不是一樣的？我只想扯大我的平兒和芬兒。我哪也不想去，天國叔你幫幫我好嗎？」

趙天國說：「你什麼也不肯說我怎麼幫你。」

趙長梅一下哭得更厲害了，哽咽著說：「我不能說，我說了我們母子仨都沒命了，大國叔，你要處罰就處罰我吧。」

趙天國感到這是他當族長以來處理貓莊最棘手的一件大事。其實這些天趙天國一直在思考怎樣發落趙長梅，按族規像她這樣偷人養漢生野種被婆家休回來給族人臉上抹黑的女子，重則沉潭，輕則送去庵裡當尼姑。處死趙長梅這一點他做不到，不說現在貓莊人除了他和趙胡氏沒有第三個人真正知道趙長梅給族人抹黑，便是都知道了，在族會上要他做決定，他也下不了這個手。趙天國相信就是父親趙久明在世，他肯定也做不到。原因很簡單，因為他們都不僅僅是族長，他們同時還是巫師，巫師的職責是驅魔、鎮妖、除邪、解穢，說到底是救人性命的神職，殺人有悖於巫師的使命。除非這個人是魔鬼，罪該萬死，否則巫師是不會開殺戒的。

趙天國曾動過把趙長梅送到三十里外青龍山的獅子庵，讓她做尼姑，但一想到她那兩個孩子又狠不心來，不說那兩個像四月的草莓一樣鮮嫩可愛的孩子如果沒有趙長梅，光靠趙天亮看管不知他會怎麼待他們，單就是長梅做了尼姑因為掛牽孩子也會日益枯萎，熬不住幾年就會鬱鬱而亡。趙長梅跟他一天成親的，想到自己一家團聚，而趙長梅卻母子分離，他又於心不忍了，不想拆散趙長梅一家人，孩子現在是趙長梅唯一的寄託，儘管他還不知道這兩個孩子是誰的種。

趙天國對趙長梅其實還有一種特殊的感情，小時候他們的關係就很親近，雖然長梅小他兩歲，卻比他聰明機靈，從七八歲開始他們就常常在一起放牛打柴，那時候人人都認為趙天國是一個傻子，是一個啞巴，一樣大的孩子們都不肯跟他玩耍，只有趙長梅經常從下寨跑到上寨來邀他玩，一起放牛時也常是她給他看牛、牽牛。趙長梅能爬樹，每次打柴也是她上樹砍樹椏。有一次，是他十二歲那年夏天，他們在烏古湖放牛時，跑到那支溪河裡洗澡，不會水的他不慎滑進了黑龍潭裡，差點被淹死，也是趙長梅救了他。聽到趙天國的呼救聲，趙長梅不顧一切地奔到潭邊，伸手拉他，把他拉上來了，自己卻又滑了進去，她也不會水，在水裡撲騰，撲了幾個圈才抓住一個露在外面的一塊大石頭突出的尖角爬上來。要不是趙長梅那次捨身相救，他早已到閻羅王殿下做了一名水鬼。

趙天國至今還記得小時候趙長梅對他說過的一句話：「天國叔，人家都說你是傻子，你以後要是娶不到老婆，我就嫁給你，給你做老婆。」雖說那是不懂事時說的，但趙長梅處處護他幫他的情景他是終身難忘的。

正因為不想為難長梅，趙天國還特意去了一趟舅舅家囑咐舅舅舅娘別說漏嘴。這種事只要族人們永遠不知道真相，僅僅捕風捉影猜測臆想，族人們是不會深究到底是怎麼回事的。同時，趙天國也知道趙長梅母子仨在娘家肯定住不長久，趙天亮這人生性吝嗇，又好面子，在家裡還是個婆婆嘴，趙長梅母子住不上半年他就會嫌棄他們是累贅，趙長梅的性格他也瞭若指掌，她是一個倔強的女子，是那種撞破南牆不回頭的死硬脾氣，做姑娘時就常常跟父母頂撞，很多次氣得趙天亮屋前屋後追打她，哪怕現在寄人籬下，跟父親趙天亮言語上的頂撞是少不了的。她住在趙天亮家一定不好受。還有，趙天亮家最小的兒子趙長洪已經定親，快要娶媳婦了。媳婦一進屋，一大家子，內外三代人，就更不好相處了。住處也成問題，趙天亮的石屋雖然也有五間，但遠遠不夠住到武平和彭武芬長大成人，因為長洪結婚後要添人加丁啊。

趙天國決定再幫趙長梅一把。

最初他打算說服族人們幫趙長梅建一棟不大的石屋，讓他們母子仨有個單獨的家，想了想此法卻行不通。因為不管彭武平和彭武芬到底是誰的種，姓什麼姓氏，哪怕就是彭學清的，趙長梅一家在貓莊也是外姓人。貓莊的規矩是不能讓外姓人定居，趙天國不能，更不敢壞了祖宗定下的這個規矩。想了好幾天，他決定等周正龍周正虎兄弟搬進趙天文給他砌的土牆屋後，讓他們母子仨搬到祠堂的偏房去住。祠堂的偏房本來就是供住親戚、朋友、族裡臨時請的短工的，想來族人們也是沒有什麼話說的，況且又不是讓他們母子住正屋。

八月初，不等趙天文的小土屋砌好，周氏兄弟搬出了祠堂。趙天亮天天來找趙天國訴苦，說他秋後要接兒媳婦，家裡房間不夠，又吵又擠，催他盡快把趙長梅母子送回諾里湖。趙天國明白趙天亮的心思，他是要攆趙長梅母子仨了。當晚，他找到趙長梅，讓她母子仨搬進祠堂偏房去住。趙天國明確告訴趙長梅必須遵守貓莊三個規矩：一，不得改嫁；二，恪守婦道，不得淫亂；三，兒子彭武平一旦長大成人，必須出寨謀生，不得在貓莊娶妻生子。

趙天國說：「這三條做得到你們就在祠堂裡住下去。至於你們娘兒仨的生活問題，我早就考慮過，三季三忙時，你幫著族人們打打短工，也能掙些錢，農閒時給你父母家守牛扯豬草，我讓你爹給你稱半年口糧，另半年我從族糧裡給你們接濟。過些日子，我準備再把周先生請來，長春武平他們到該念書的年紀了，到時祠堂裡收的孩子多，你幫著看管、打掃一下祠堂，每月從族銀裡給你開點工錢，就當是族裡請個長年看守。幾百年來我們貓莊還從未餓死過一個人，也不會餓著你們娘兒仨的。」

趙天國這樣寬容地對待她們母子，這是趙長梅沒有想到的。趙長梅說：「天國叔，為了孩子，我什麼都能做，我也不怕吃苦。」

趙天國說：「請來教書的這個周先生，你還記不記得？就是我們小時候在貓莊教書的那個周先生，他這個人學問好，人品也好，就是懶，邋遢，常常一個冬天內外衣褲都不換洗，放兩天拍幾下灰塵又穿上，陳藩似的一個人物，不屑於『安事一屋』，他給我和天文教書那時，老遠都能聞到一股酸味，你幫他打掃洗刷縫補一下，別讓他身上那股酸味再熏長春長生武平武芬他們這一輩了。」

趙天國詼諧的語氣說得趙長梅撲哧一聲笑了：「周先生我還記得，瘦瘦高高的，你說的陳藩是誰呀，也在貓莊教過書？天國叔，你張排人也不積點口德，你就不怕老先生來了我學給他聽。」

趙天國也笑：「我也不是無中生有嘛，還怕你學給他聽。」

趙長梅又問：「武芬也能進學堂嗎，她是個女娃呀？」

趙天國說：「反正你家都住這裡了，讓她聽聽，識字又沒有壞處。哪家的女娃想來聽學，我也不阻攔嘛。」

周先生在秋末的一個薄暮的黃昏踏進了貓莊寨子。據說周先生穿過諾里湖，走近貓莊時看到面前橫亙著一堵巍峨的高牆，牆上高聳著箭塔，以為走錯了地方，發出一聲文謅謅的感慨：「好大一座城池啊！」

他已經十二年沒來過貓莊了，只聽說貓莊遭過一場天火，全寨化為灰燼，卻沒有想到貓莊建成了一座高牆環繞頗具城池氣勢的山寨。

晚上在祠堂裡吃拜師宴時，周先生一直感慨不斷，歎韶華易逝，人生若夢，說他庚子年離開貓莊時正值壯年，滿頭青絲，如今再來卻佝腰皓首，惶惶恐恐，年老力衰，怕是要誤人子弟囉。趙天國說：「老先生你還不知道，貓莊人讀書歷來只求識字算帳，明理道知節氣，不重功名，既不趕考，更不做官，請老先生來教孩子們，看重的不光是你的學識，更看重的是你的人品道德。」周先生忙道：「老夫不才，天國你過譽了。貓莊高牆大寨，老夫剛來時以為走錯了地方，吃驚不已，現在方知沒走錯地方，貓莊的民風沒變，民心沒變，還是趙久明時期的貓莊。」

貓莊的規矩是男孩子白天念書，晚上習武。孩子一入學堂，也就入了武堂，不僅念書，更要習武，就是那些不願意把孩子送入學堂更願意讓孩子在家裡幹些雜活的人家，孩子到了七八歲，晚上練武的功課也不能缺。

念書由周先生教，習武多年來都是由貓莊的趙久林教。

趙久林不僅是一個老獵人，弓箭、火銃百步穿楊，箭（彈）無虛發，他也是貓莊武術根基最好的老把式，年輕時一身本事方圓百里內無人能及。三十年前，白沙鎮曾出過一個姓王的武秀才，十八般兵器樣樣來得，他還特地打造了一口關公的青龍偃月刀，重達六十三斤，舞得虎虎生風，潑水不進。有一年他在白沙鎮擺擂台，三十招內不敗賞銀二十兩，贏得了他賞銀百兩。結果，擺擂的第一天就被到白沙鎮趕場的趙久林輕鬆地拿走了那一百兩銀子。看熱鬧中有懂行的人數著，趙久林在第二十四招上一招連環腿把王秀才踢下了擂台，摔在地上半天爬不起來。

趙久林的名聲在白沙鎮一時大振。

趙天國曾聽父親趙久明說過，趙久林練的拳雜、苗家拳、畢茲卡拳、南拳，什麼拳法都練過，趙日升當族長時換過好幾個拳師，各門各派的都有，趙久林五歲習武，樁功硬，底子厚，他對武術又有悟性，十多歲就把各門各派的功夫揉雜著一起練，他的拳法刀法都不重花式重攻擊，招招致命。自從他十八歲那年打敗武秀才後，貓莊再沒請過拳師，大人孩子都由他來教。

貓莊的孩子們大多不喜歡上學，喜歡練武，晚上到晒穀坪練功時滿滿一坪場，但白天來祠堂裡上學的學生最多時也不上十個，除了趙長春趙長生兄弟和彭武平彭武芬兄妹，其他來的也是三天打漁兩天晒網，今天來了，明天又不見人影。到後來，彭武平和趙長春趙長生兄弟玩熟了，他們也偷偷地逃課，有時候周先生在台上埋首念課文，念完一大段，抬起頭來，只見彭武芬一個人老實實地坐在下面的長凳上，跟著他搖頭晃腦地念書。

周先生磕了磕手裡的戒尺，問：「人呢，人都哪去了？」

彭武芬膽怯地說：「我也不曉得哪去了，我剛才在跟著你念書呢。」

周先生的戒尺是一塊三寸寬一尺二寸長的山竹片，專打手板心用的。遲到、上課做鬼臉、玩小動作、打瞌睡，偷偷開溜被他逮著了，都要挨打；背不出先天教的書更要挨打。周先生打人從不走過場，他的心裡沒有高高舉起輕輕落下這個概念，只有不打不成材的古訓。他打手心先用自己左手握緊學生左手四個手指頭，然後往下壓學生的手指讓他把手心翹起來，山竹片實打實地落在手心裡，發出啪啪的脆響，十板子下來，打得學生呲牙裂嘴雙腳高跳，打得手心紅彤彤的幾天不能握拳頭。除了彭武芬，每個上過課的孩子都挨過打，其中挨打最多的就是趙長春和彭武平。那時剛開學沒多久，他倆都還不敢太調皮，他們挨打最多的原因是因為背不出書。開學的第一天，周先生教的是《三字經》，只教了四句：人之初，性本善。性相近，習相遠。第二天，趙長春和彭武平都背成了：人之初，性本惡。習相近，性相遠。各挨了兩板子。念是初次，這兩板子周先生手下留情，打得不是太痛。第三天，就應該是背八句，除彭武芬沒背錯，十來個孩子都挨了板子。趙長春跟彭武平還是錯在第二句，性本善他倆還是背成了性本惡。連錯了四天，氣得周先生動了真格，每人十板子打得他們兩人手心腫得像小饅頭一樣。但過了幾天，從頭再背，還是錯，像似他倆商量好一起錯似的，也像是故意跟周先生鬥氣似的。

《三字經》教了整個兩個月，令周先生感到驚奇的從頭到尾唯一沒挨一板子打的竟然是女弟子彭武芬。彭武芬每天都背得一字不差。周先生最初也想彭武芬晚上不要習武，固然有時間溫習功課，但他通過多日觀察，發現並非如此，彭武芬每晚都要幫母親趙長梅做事，她下學了要去扯豬草，晚上要剁一大鍋豬草，等他幫母親忙完活兒，也到了睡覺時間了。再說，沒活兒幹時，趙長梅節省得連桐油燈也捨不得點，彭武芬哪有燈溫習功課。

周先生知道了彭武芬那是過目不忘。

周先生欣喜得逢人便說自己教了一輩子書，沒收一個女弟子，這最後一個女弟子怕要成他一生中教過的最聰明的弟子囉。他驚歎彭武芬簡直就是班昭轉世，蔡琰再生。驚歎之餘總忍不住哀歎一聲：可惜彭武芬是個女子，要是貓莊哪個男伢崽有這份天賦，我也不枉為人作嫁衣一輩子，悉心培養，定會有個精彩的收山之作。

可惜彭武芬只念了兩年書就不念了，這個年紀她已經成了半個勞力，不僅能幫趙長梅做一些家務事，譬如洗衣做飯餵豬，上山背柴守牛也能幹了。

在周先生看來，貓莊的孩子，除了彭武芬，個個都不是讀書的料，尤其是趙長春和彭武平，這兩人簡直就是混世魔王投生轉世的，調皮、掏蛋，腦瓜子不笨，但就是想盡辦法都用不到讀書上來，他們的腦瓜子裡整天琢磨的是刀呀槍呀的，他注意觀察過，發現這兩人對刀槍有著天生的愛好和敏感，每晚練功，風雨不缺，刀槍棍棒已經耍得熟溜溜的，在趙久林那裡無疑是最好的學生。後來趙長生和趙長林也進了學堂，周先生發現趙長生這孩子老實、本分，但腦瓜子不那麼靈竅，他繼承了父親趙天國務實的秉性，念書也是一板一眼的，只要先生佈置交待的他都能完成，倒是趙天文家的長林填補了彭武芬退學後周先生沒發現好苗子的空白，這孩子聰明機靈，活脫脫就是趙天文小時候的翻版。十二年前，就是聽說天文已去縣城做學徒，周先生才一氣沒再來過貓莊，在他看來，讓趙天文經商那是大材小用，拿楠木樹做檁子，浪費好材料。他就應該好好讀書，進縣學，考秀才中舉人進士。儘管後來科舉廢黜，也還可以出國流洋，光宗耀祖。周先生從趙長林身上看到了一絲曙光。

自從搬到祠堂後，彭武平和趙長春很快就成了一對非常要好的夥伴，除了吃飯睡覺，兩人幾乎形影不離。不僅僅因為他們住的近，下學後能在一起玩。就是在學堂聽課時也常常一起捉弄周先生。這就需要默契，只有彭武平和趙長春才能達到這種默契：一個眼神，一個擺頭或搖頭的動作，或者是呶呶嘴角，就能彼此明白對方的用意。當然，兩人也打架，打得鼻青臉種頭破血流都不向家裡大人告狀。

有一次，一群小孩玩耍時，說到父母，大家都問彭武平爹是誰，說怎麼從沒見過他爹，彭武平支唔著說他不知道他爹是誰，他從沒見過他爹。趙長春快言快語，說：「寨上人都講你和彭武芬是野種。」見大夥兒不明白野種的涵義，趙長春又解釋道：「野種就是他娘偷人生的孩子！」趙長春話剛說完，夥伴們就看見彭武平像一頭發怒的獅子一樣衝過去，抱住趙長春的雙腿，把他拱翻倒地，騎在他身子亂擂。趙長春使了很大的勁才翻過身來和彭武平扭打，直打得兩人都滿頭滿臉血水，趙天國和趙長梅聞訊趕來才扯開。

趙長梅說：「多大的孩子，都下死手，像打冤家似的？」

趙天國提起趙長春照著屁股上就是幾傢夥，打完了才問打架原因。

彭武平指著趙長春說：「他講我娘偷人，誰敢講我娘壞話我就要打他，打得他滿地找牙。」

到了十來歲，趙長春和彭武平更野了。一到冬天，特別是下雪天，兩個人在學堂裡就見不到影子了，他們最喜歡跟著趙久林老人上山打獵趕肉。趙久林已經教會了他們打槍，而且他們的槍法都不錯，不說百步穿楊抬起槍打得落天上飛著的麻雀，打奔跑的野兔倒能八九不離十。每次上山，趙長春和彭武平都能打些野雞、斑鳩，野兔之類的飛禽走獸回來。彭武平和趙長春都是那種特別愛玩槍的小孩，火銃貓莊家家都有，趙久林家裡就掛有三四支，他們隨時可以找得到火銃去打獵。對於趙長春彭武平喜歡玩槍，趙天國不但不干涉反而大加讚賞，他巴不得貓莊人個個都練成神槍手，像他早逝的二弟天武一樣，長大後成為貓莊的勇士。至於書讀得怎麼樣，趙天國倒不是太關心。

所以，有時周先生告狀，他也就裝模作樣地訓斥他們幾句。

趙長春和彭武平跟著趙久林打獵，都是用火銃。貓莊的快槍趙天國管的很死，一般是拿不出來的，趙久林也不例外。有一次，是個雪天，趙長春和彭武平跟著趙久林在那支溪河坎上的大樑灣趕麂子，意外趕出一頭大野豬，估計重達二百斤以上，他們看到牠不僅身軀龐大，身上的毛都老成了棕紅色的。趙長春和彭武平守在麂子墈不遠的一塊大石頭後，看見那麼大一頭野豬過來，興奮得不得了，兩人也忘記了趙久林的囑咐，野豬不能亂打，打不到致命的地方，野豬一旦負痛發怒會攻擊人。趙長春先開了一槍，打在野豬的腰身上，野豬只是愣了一下，抖動幾下身上的毛，挨了一槍跟沒事似的，這裡嗅嗅那裡聞聞，彭武平又開了一槍，這一槍是灌的鐵碼子，打在野豬的頭上，而且是頭的正中央，野豬倒退了好幾步。趙長春和彭武平見兩槍都沒打翻牠，趕緊埋頭裝火藥和鐵碼子，突然聽到

「嗷嗷」兩聲嚎叫，抬頭一看，只見那頭野豬全身毛髮豎起，橫著頭翹著尾巴，像騷水牯一樣朝他倆衝過來。趙長春一看牠那樣子就是一副拚命的架式，忙拉起彭武平說：「快跑！」兩人邊跑邊往後看，壞了，野豬真是在找他們拚命，不顧一切地衝上來，速度之快，不亞於一頭騷水牯。眼看很快就要被牠追上了，趙長春知道一旦被追上，他和彭武平的小命就交給牠了。前一年冬天，趙長春跟著寨上人趕肉，曾親眼看到一頭幾十斤重的小野豬一嘴筒子把一條比牠還重的大獵狗拱上半天雲裡，摔下來後獵狗哼也沒哼一聲就死硬了。

「快上樹，爬一棵大樹！」

趙長春聽到趙久林在後面使勁喊，這才反應過來，和彭武平飛快地一人溜上一棵松樹。野豬突然一下子失去了目標，在地面上焦躁地轉了幾個圈，然後開始用嘴筒子刨彭武平抱在半腰上的那棵小松樹下的泥土和樹根，彭武平慌亂中爬的一棵只有大腿粗細的小松樹，老野豬的嘴筒子又長又尖，刨得又快又狠，頂好幾個壯漢用鋤頭掘，很快拱得翻起一堆黑土，樹蔸下形成了一個大坑，松樹就開始傾斜，樹上的彭武平已經搖搖晃晃起來。不要一杆煙功夫，樹就會因為沒有根和泥土傾倒下來。

樹上的彭武平嚇得要哭了，大喊：「我定死了，碰上野豬精了。」

趙長春說：「你別急，還有久林爺爺呢。」

趙久林當然不會見死不救，這會兒他在裝藥填彈，尋找射擊角度。他知道這麼老的野豬皮比一塊光洋還要厚幾倍，火銃沒打到要害上連給它撓癢都算不上，野豬是個報復心很強的野獸，不弄疼牠很難引開牠。趙久林準備打牠的眼睛或者耳朵，但他又不能離牠太近，一旦打中牠，牠又會反撲過來追趕他。

趙久林選在一條土坎前射擊，一旦野獵追趕他他可以爬坎逃跑，等牠繞上坎他可以跑得更遠些。

他一槍打中野豬的眼睛，成功地引開了牠。趙久林翻了幾條土坎才甩開那頭發怒的野豬。下山的時候，趙久林一個勁地歎氣，說今天要是有支毛瑟快槍，全寨人都有野豬肉吃，可惜那麼大一頭野豬，貓莊人年豬也沒有餵過那麼大一頭的。這麼大的傢夥打八十火銃也怕是打牠不死，毛瑟快槍打中要害一槍就放得翻牠。

趙長春和彭武平問，毛瑟快槍有那麼厲害嗎？

趙久林哈哈地笑，就是一頭大水牯，一快槍也打得死，你們講厲害不厲害。

第二天，趙長春從家裡偷了一隻快槍，和彭武平一起上山去找那頭野豬。他倆都沒玩過快槍，也沒看見別人打過，趙長春偷槍時根本就不知道它有專用的子彈，以為也是灌火藥和鐵碼子呢。一到山上，彭武平就迫不及待地往槍筒裡灌了火藥塞了碼子。摳了幾次扳機，不響。趙長春和彭武平研究和摸索了很久，最後才拉開槍栓，在槍膛裡貼上「火炮」，確信這樣就可以開槍射擊。他倆在大樑灣轉了大半天，野豬沒見著，連隻野兔也沒見著。槍偷來了，不放一槍又背回去趙長春和彭武平都不甘心，都想見識見識快槍的威力，於是兩人找了一個塊大石頭，看能否一槍打得粉碎，可是連扣了幾次板機，槍都不響，更糟糕的是，他倆在檢查槍機時，槍筒裡的火藥倒出來，但裡面的鐵珠卻怎麼也空不出來，在裡面「空洞空洞」地響。他們不知道快槍的槍筒是鏍旋型的，口子小，空心大，灌進去的東西很難空出來的。彭武平說：「搞卵啦，我們肯定把快槍搞壞了。」一下子把趙長春的臉嚇白了，他知道父親趙天國有兩樣東西不能碰，一樣是他的羊脛骨法器，另一樣就是毛瑟快槍。法器他隨時揣在胸口裡，大熱天也不例外，想偷也很難得手，快槍他每月都要擦一兩次，槍筒裡有個鐵珠空洞空洞響，查下來他少不了要挨一頓死揍。

果然沒幾天趙天國在擦槍時，一拿上手就發現這支槍不對勁，裡面有異物響，把槍筒倒過來，倒出一些黑色粉末，是火藥粉，他就知道是趙長春幹的好事。氣得他把趙長春吊在梯子上痛打了一頓。其實鐵珠和火藥都是武平裝的，但趙長春沒把他扯進來，自己一個人背了。趙天國以為這支槍就那麼報廢了，直到第二年春上，貓莊來了幾個打散的川軍逃兵，其中一個說他會修理槍械，趙天國把這支槍拿來讓他修，這傢夥只在手裡搖了搖，二話沒說拉開槍膛壓進一粒子彈，嘭地開了一槍，然後把槍交給趙天國，說：「好了，把裡面東西打出來就啥子都好了嘛。」

這一頓趙天國下手太狠，打得趙長春半個月下不了床。槍修好後，趙田氏埋怨趙天國：「槍又沒弄壞，下那麼重的手，槍比孩子還金貴。」趙天國說：「花了我一粒子彈，他那餐傢夥就沒打冤枉，你要曉得得到一粒子彈多難啊！」

第七章

一支穿著深灰色軍裝，頭戴大沿帽，背著小背包，腳上纏著白綁腿的軍隊從諾甲湖方面朝貓莊開來。這支隊伍約有三四十人，逶迤了半里多路，打頭的軍官看起來年輕英俊，騎著一匹高頭大馬。馬是紅色的，遠遠看去像一團火焰在燃燒、在跳躍。

最先看到這支隊伍的是趙長梅。

趙長梅最先看到的又是那匹紅馬。

這天是臘月初七，天氣陰晦，寒風刺骨。一進入臘月，貓莊家家戶戶殺年豬、打糍粑、推豆腐，只有趙長梅一家沒什麼事做，她沒田沒地，沒種糯穀，也沒種黃豆，雖然她也餵了年豬，但豬小，還沒殺，所以一到臘月，她天天都代人守牛，一守就是一大群。趙長梅把牛趕到趙家包頂上，這裡是一片很大的草坪，無樹無林，無遮無擋，但風也大，呼呼地吼叫，她找了一塊能擋風的人石頭，攏了一些乾草和樹枝，燒起一堆大火，等把地皮燒燙後，她又把火堆移了兩三尺遠，鋪上蓑衣，坐下來烤火。趙長梅坐地火堆邊，全身暖呼呼的，不知不覺就睡著了。她做了一個夢，一個她自己永遠都說不出口來的夢——她跟一個赤身裸體的男人在春天的草地裡做那種事，很高很茂密的青草在風中波動，她的身子起伏的波動比青草更洶湧，醒來後趙長梅發現面前的一堆大火熄燼了，但她的全身卻依然暖洋洋酥麻麻的，她知道兩腿間的那個地方已經濕漉漉了，她更知道她的臉頰肯定比一爐大火裡的火炭還要緋紅……趙長梅靠在大石頭上足足坐了半陣，直到感覺後背涼透了，身子裡的悸動褪得一絲一縷也不曾殘留才起身去砍柴。她要砍柴再燒一堆火，也要砍一捆背回家去。趙長梅站起身來，往草坪外坎走去，沒走幾步，她就看到了從山腳下諾里湖寨口一片光禿著枝椏的馬桑樹林裡鑽出一匹高頭大馬來。

趙長梅看得真真切切的，那是一匹紅馬！她感覺渾身一震，只差失聲尖叫起來。自從被諾里湖彭家休回貓莊後，趙長梅一看到紅色的東西都犯迷糊，總是不由自主地回想起那支溪河底的那一幕幕，特別是夜裡，就連大紅的被蓋她也是好幾年不用了，一律換成素白色的了。她睡紅被子老是做噩夢。恍惚了一陣，趙長梅才定下神來，這時，馬桑樹林裡的那些士兵們也走了出來，趙長梅看清了紅馬後面還跟著一支穿戴整齊，人人背著一支快槍的隊伍，足足不下好幾十人，落在後面的好些人還沒穿過樹林，還在諾里湖的田塍上呢。趙長梅驚駭呆了，癡癡地看著那些人朝貓莊走來——那條小路只能通往貓莊。趙長梅分不清那些人是匪是兵，她唯一清醒的是，他們不可能是龍大榜的土匪，龍大榜的嘍囉們不可能穿一樣的衣服，也不可能有那麼多支快槍。他要是有幾十上百條快槍，早把貓莊打下了。

一陣冷風吹來，趙長梅打了一串寒戰，她陡然意識到這麼多人槍來到貓莊意味著什麼，不管他們是匪是兵，她都應該報告給天國叔。這些年來，趙天國曾再三囑咐過寨人們，無論誰發現土匪、軍隊進寨，必須一刻不准耽擱，馬上向他報告。趙長梅連七八頭牛也顧不上了，手裡緊緊地握著柴刀，拔腿就往寨子裡跑去。那些人才剛剛出諾里湖，按他們那樣不緊不慢的架式，到貓莊還得小半個時辰。

趙長梅一口氣跑進西寨牆門洞，看到趙長春趙長生武平彭武芬一幫孩子在寨牆上玩耍。每到臘月初一周先生就要回家，過完正月十五元宵節才會回來，這期間學堂不開課，孩子們都喜歡在寨牆上玩耍。每到臘月，也是土匪最猖獗的時候——土匪們也要打「年貨」，他們都盯著那些富裕的村鎮搶，孩子們在寨牆上玩耍，順帶還能幫著望望風。孩子總是眼尖的，真有幾次土匪來了還是他們發現的。

趙長梅把幾個孩子叫下來，讓他們趕緊分頭去找趙天國。趙長生和彭武芬聽話，盡快地往寨子裡跑去，趙長春和彭武平一聽到有隊伍進寨，都異常興奮，反而往牆垛上爬，爭相觀望。趙長梅一手扯一個，兩人爬了幾次，爬不上去，這才溜下寨牆，撒腿往寨子裡跑，一邊跑一邊喊：「土匪進寨啦，土匪進寨啦！」

趙長梅也邊跑邊喊：「土匪進寨啦，土匪進寨啦！」

他們都分不清土匪和軍隊有什麼不同。

趙長梅和孩子們叫喊的聲音淹沒在貓莊家家戶戶磨吟舂響糍粑槌聲裡，幾乎沒有人聽到。

此時，趙天國正在趙長發家坪場上打糍粑。一蒸籠蒸熟的糯米剛剛放進木槽裡，趙天國和趙長發叔侄倆正打得起勁，把木槌砸得山響，劈啪劈啪的木槌聲砸得從後山的石壁上傳來嗡嗡的回音。打年粑需要全神貫注，每槌下去後，對打的雙方還要把暗勁使在槌上揉幾揉，才不會粘糟，提得起槌來。婦女們也在堂屋裡捏壓糍粑，沒有人聽到外面的叫喊聲。

彭武平氣喘吁吁地跑上坪場，大聲地叫了幾聲「外公」，趙天國充耳不聞，頭也沒轉一下，彭武平跑到趙天國身後，乘他一槌砸下去彎腰的時候，對著他的耳朵邊大喊：「土匪進寨啦！」

彭武平的聲音又大又脆，無異於在趙天國耳邊打了一個炸雷。趙天國一分神，一槌下去砸在石槽沿上，木槌彈起來好高，只差磕在他的額頭上。

趙天國把木槌一丟，問：「有多少人？」

彭武平說：「我娘講有好幾十人上百人呢。」

趙天國的第一個反應是龍大榜帶人殺來了貓莊。龍大榜已經好幾年沒來過貓莊了，聽人說他的白水寨現在已經有二三百人了，也有了幾十條快槍。皇帝沒了的這些年裡，土匪們更加如魚得水，都在快速地壯大。龍大榜更是乘此大好時機，在酉水北岸大肆搶劫，吞併其他小股土匪，充實自己實力。除了龍大榜，方圓百里其他土匪沒有攻打貓莊的膽量——現在的貓莊已經石牆石寨堅固無比，再不是當年那個四處敞開土匪們可以任意穿行的地方了。

趙天國忙問：「從哪個方向來的？」

彭武平說：「大水井那邊。」

大水井方向也就是諾里湖方向，趙天國有些犯楞，他知道龍大榜攻打貓莊只會從那支溪過河，不會多繞幾十里路走諾里湖來，龍大榜是個認「老路」的傢夥。再說，從二龍山到貓莊，多繞幾十里路，不應該是正午時到達，他們早上出發應該晚上才會到，先天半夜出發，就應該是早飯前後到達。不管是不是龍大榜匪眾，若真有上百人槍，那也不可小覷，硬碰硬必然是一場惡仗，趙天國讓趙長發趕緊吹三聲牛角號。貓莊幾代人約定的號角聲，三聲是土匪從諾里湖方向來的，兩聲是土匪從那支溪方向來的。三聲蒼涼雄渾的牛角號一響，貓莊上寨下寨的中青年男人都紛紛從屋裡拖槍出來，往西寨牆趕去。因為有幾年前龍大榜土匪進寨時的教訓，趙天國早就把槍支又分發給私人保管了——那次要不是他家正在做事，青壯年男人恰好都在他家幫忙，否則槍支統一保管在他家，再分發下去肯定來不及。為了不浪費子彈，趙天國給每人每槍只發兩粒子彈，可以臨時應急，並且規定誰要是私自亂放一槍，罰十粒子彈的錢。平時進山打獵也堅決不用快槍，只能用火銃。貓莊要弄到這些子彈太難了。這些子彈，還是今年春上，貓莊來了幾個打散了的川軍逃兵，趙天國從他們手裡賣了幾杆槍，幾｜粒子彈。

等趙天國跑回家提著一布袋子彈，急匆匆趕到西寨牆上，大多數青壯年男人也都到達了，已經就各位。近百十來人，二十多支快槍和幾十杆火銃也都架好在垛口上，加上兩門早已固定好的土炮，陣容蔚為壯觀。趙天國登上寨牆的時候，看到趴在牆後的趙姓男丁個個都像士兵，全神貫注地端著槍瞄準前方，他油然生出一種奇怪的感覺，他既不是一個巫師也不是一個族長，倒像一位將軍，在等待戰鬥打響的那一刻到來。

等趙天國飛跑上西寨牆上，看到那支真正的軍隊時，腦門上立即就冒出了一層層細密的汗珠，心裡不由地一陣陣發怵，他看到不僅僅那位騎在紅馬上的年青軍官英姿颯瘋，威武雄壯，那些士兵們也個個軍容整齊，精神抖擻，肩上背的一律都是快槍，槍管鋥亮鋥亮的，在冬日的陽光下反射出一道道鐵質的冷清的光芒，完全不像今年春上逃竄來貓莊的那幾個被打散的川東口音的逃兵那樣懶散和邋遢。那些穿黃布軍裝，帽沿歪戴，敞胸露乳的軍人更像是兵痞，他們從那支溪河對岸竄過來時就一路搶劫，沒進到貓莊被趙天國帶人圍住。當時趙天國完全可以下了他們的槍彈，但他還是讓他們進寨吃住了三天，那些兵都是川東秀山酉陽一帶人，說他們不願意打仗送命，只想回鄉，他們也不想搶劫，只想把手裡的槍賣掉，賣不掉才搶的，他們也知道，越是這樣搶下去越是回不了鄉，只會早晚有一天把命送掉。趙天國給了他們每人十塊光洋，那些人歡天喜地地走了。

趙天國聽那些逃兵們說，外面成天在打仗，今天你打我，明天我打你，後天我倆又聯合起來打他，大後天你和他又聯合起來打我，四川的打到湖南來，湖南的又打到湖北去，都打成一砣漿糊了。趙天國總以為那些發生在山外的事跟貓莊沒多大關係，他們打死打活，只要別打到貓莊來就行了。他萬萬沒有想到這一天那麼快就來了，看到那麼整齊威武的士兵，趙天國的額頭上頓時劈劈啪啪地掉落冷汗珠子了，他感到骨髓裡一陣陣發冷，全身打擺子一樣抖個不停。這樣一支精銳部隊要攻打貓莊，趙天國知道不要兩杆煙工夫就能破寨。

望著一條長龍似的士兵們踏著整齊堅實的步伐朝貓莊而來，貓莊人也一下子懵了。貓莊人多次見過土匪，卻跟趙天國一樣沒見過大兵壓境。他們憑感覺也知道這些大兵跟土匪流寇不可同時而語，一旦打起來絕對沒有好果子吃。趙長發從一個垛口跑過來，焦慮地說：「天國叔，咋辦，這麼多兵呀？打肯定打不過的。」

趙天亮也湊過身來說：「天國，你帶法器沒有，是福是禍，打一卦問問？」

趙天國本能地把手伸進懷裡，觸摸到法器時感到心裡頭一涼，一抬頭，看見那支軍隊已經走到了寨牆不遠的一條土坎下了。他看見那個騎馬的軍官打了一個手勢，那些士兵們呼啦一聲迅速地散開，匍伏在土坎下，接著趙天國清晰地聽到一片嘩啦嘩啦的拉槍栓推子彈的上膛聲。那個軍官肯定是發現了貓莊寨牆上晃動的人影和槍管。但他並沒有下馬，而且穩穩地坐在馬背上，慢悠悠的，神閒氣定地往寨牆下走來。

雙方已經對峙上了，趙天國知道戰事一觸即發，無論雙方誰開第一槍，貓莊都要完蛋。趙天國熟讀經史子集，歷史上的戰事知道不少，心裡明白軍隊遠比土匪可怕的多，土匪搶錢搶糧甚至搶女人，但他們不亂殺人，軍隊作起惡來屠城屠寨，一城一寨不留一個活口的，歷史上的例子太多了。趙天國把法器揣入懷裡，抹了一把額頭上的冷汗，給趙長發說：「傳話下去，誰也不准開槍，他們無非是要錢要糧，給他們就是，要多少給多少。」說完自己站起身來，下了寨牆，開打寨門。

看到寨門打開，青年軍官勒住紅馬，轉身向後打了個手勢，那些進入戰鬥狀態的士兵們紛紛起身。趙天國拱手問那軍官：「敢問長官率領大軍來敝寨是征糧還是路過？」

軍官冷冷地說：「我們要在貴寨駐防。」

趙天國不懂什麼叫駐防，小心地問：「長官的意思是？」

軍官說：「駐防就是借你們的地方駐紮部隊。」

趙天國的臉一下子青了。事況遠比他想像的嚴重多了，這麼多士兵駐進寨子裡，豈不成引狼入室？不說得供他們吃喝，貓莊的婦女姑娘的清白也怕難以保全，住久了，誰能保證不出更大的亂子。誰知道他們駐防一年半載還是三年五載。趙天國心裡悲歎了一聲：天滅貓莊啊！急得他說話都結巴了起來：「使不得呀，使不得，長官，貓莊是個小寨，哪裡供養得起這麼多人呀。再說，再說……」

青年軍官哈哈大笑起來。笑完，翻身躍下馬來，說：「天國老弟，你們貓莊啥時變得那麼小氣了，我們駐防也只是多則一個月，少則二十天。外面天天打仗，你們貓莊倒像個世外桃源，洞天福地，你就讓老哥安享幾天清福不行嗎？」

趙天國愣怔了一下，問：「長官您認得小民？」

軍官摘下帽子，說：「看看我是哪個？」見趙天國還是搖頭，一臉迷惑，軍官說：「我是學清啊，天國你小子當了族長修了高牆大寨連表哥也不記得了。」

趙天國再仔細一看，竟真是彭學清。算起來，趙天國已經有十一二年沒見過彭學清了。他記得最後一次見到彭學清應該是在他們成婚之前一個半月前的八月十五那天，彭學清來長梅家打中秋節。婚後，他就出門求學去了。趙天國記得彭學清那時瘦瘦弱弱的，一副白面書生樣子，長得一點也不壯實，跟眼前威武挺拔的樣子掛不上勾，這也是他一下子沒認出來他的原因。當然，他更沒有想到當年弱不禁風的白面書生如今搖身一變成了統兵打仗的軍官。

趙天國忙說：「真是學清哥啊！聽舅娘說你已經好幾年沒有書信，也沒有音訊了。舅舅過世時也找不到你，寫了好多書信都沒回音。沒想到你在外面都混成將軍了！」

趙天文也高興地跑過去，拉著彭學清的手說：「學清哥，你帶部隊回來，是給舅舅報仇來的吧？」

三年前的冬月，大青山的一夥土匪來諾里湖搶劫。匪首叫田大牙，此人心狠手辣，殺人不眨眼，在酉水兩岸作惡多端。據說田大牙有個習慣，三年不搶劫，搶劫一次吃三年。而且每次出來，田大牙刀必見血，不殺個人不回山寨。他的山寨不大，只有二三十人，但個個武藝高強，官府一去追剿，立即化整為零，逃循得無影無蹤。他一般只搶官府，搶大鎮子，或者綁大富人家票。但那次不知怎麼他就竄到了諾里湖，而且把諾里湖每家每戶都翻了個底朝天。本來那天土匪一來，諾里湖的人都跑來了貓莊，田大牙可能畏懼貓莊有十多支快槍，只追了一里多路就又返回了諾里湖，但他剛走出寨口，碰上趕著一頭大水牯的彭少華。這天彭少華是去白沙鎮收賬，他家的鴉片、山貨、藥材都是賣給趙天文，趙天文當時沒有那麼多現錢，讓他今天去取的。他拿了錢，又去牛市里買了一頭大水牯，一高興，就在和記酒館裡又喝了幾杯，進寨時頭還暈暈呼呼的，腳步走得搖搖晃晃，眼也花花的，看到那麼多人從寨子裡出來，遂高聲斷喝：「準備打劫去呀？」他以為是本寨的年輕人呢。打首的田大牙興致很高地問：「老人家，這牛不錯，膘肥體壯的。冬天難得見到這麼厚膘的水牯子。」彭少華得意地說：「我選了一天就選中了這頭騷水牯，花了我四塊袁大頭，這牛才四齒，年輕著呢。」田大牙笑笑地說：「管牠是老是年輕，都是吃肉的。」彭少華說：「誰說要吃肉，拿牠做陽春的，這麼好的牛誰捨得吃肉。」田大牙說：「我講要吃牠肉，牠就活不過今晚。」彭少華這才酒醒了一大半，一看，已經圍聚過來一二十條精壯漢子，個個都是生面孔，方知遇上了土匪。彭少華知道牛是要不得了，一甩韁索，拔腿就跑。他背上的搭褳裡還裝有幾十塊光洋，一跑就叮叮噹噹地響，一個小匪對田大牙說：「這老傢夥手上還有錢。」田大牙說：「有不有錢他都得死，今天出來老子刀上還沒沾過血呢。」說著，把手裡的長刀向彭少華擲去。三尺多長的馬刀從彭少華的後背進去前胸出來，釘了著透心穿。等天黑後諾里湖人回寨，在寨口的大路上找到彭少華，已經冷硬了。彭少華的靈柩停了整整一個冬天，等兒子彭學清接信後回來，直到第二年開春，實在等不來了才下葬。

彭學清說：「哪裡是將軍，小小的一個連長。」又對趙天文說：「至於家父的仇，學清現在是軍人，不得公報私仇，不過學清這次帶兵出來正是奉陳統領之命清鄉剿匪，給飽受戰亂匪患的湘西民眾創造一個清平世界。」

趙天國問：「連長帶多少兵？」

彭學清說：「一個連也就一百多人。」

趙天國驚叫起來：「我的天，那麼多人，比貓莊整寨青壯年還多，我想接待你們也沒地方住呀。」

彭學清說：「我只帶一個排來，另兩個排駐防在白沙鎮。天國老弟，你儘管放心，就是借住十天半月我也不會虧待你。」彭學清回頭喊了一聲：「曹排長。」一個紅臉膛的大個子中年士兵應聲

「到」，快步跑過來。彭學清從他肩上摘下斜挎在下腰的一個牛皮盒子，遞給趙天國，說：「我知道你們貓莊最想要的是這東西，這是德國造駁殼槍，送給你作見面禮。兄弟現在是軍人，除了槍，啥也沒有。」

趙天國擺手，說：「我是巫師，平時就不殺生，要槍有啥子用。再說，學清你是知道的，貓莊自古就不讓外姓人住，因為這規矩，當年還得罪了白水寨龍大榜的先人，引來百年仇殺。祖宗定的規矩，我也不敢擅自改變。望學清兄體諒！」

彭學清哈哈大笑：「天國你才是將軍呢，將軍都不帶槍的。」又說：「我知道你心裡的小九九，你是怕我的兵管束不嚴，沒規矩，禍害你們貓莊吧。當兵的都是百家姓，不會在你們貓莊娶親生子。這些兵大多數都是我從護國戰爭時帶起的，都是我的親信，也知道這裡是我的家鄉，誰敢在這裡給我丟人現眼不怕我扒了他的皮。這樣吧，你給我找幾幢房子住，管我這幾十號人馬的飯，我把剿匪得來的快槍都留給你們貓莊，外加五百發子彈，不足我添給你。你看看，你那寨牆上很多人都還扛的是火銃。」

趙天國心裡一陣驚喜，嘴上卻說：「你這不是讓我跟土匪們結仇嗎。鐵打的營盤流水的兵，你們走了貓莊人怎麼活，那不天天有土匪上門來尋仇。一個龍大榜就讓貓莊百年來沒過一天安穩日子。」

彭學清冷笑了一聲：「你趙天國要是個怕事的人就不會弄這麼多槍了。」

趙天文幫彭學清說話：「等有了幾十條上百條快槍，哪個土匪還敢來貓莊尋仇。」

趙天國說：「不怕土匪也怕官府呀，你前腳走他們後腳就來人收槍，我不白忙乎一場，還得感謝你學清老哥的恩賜。」

彭學清說：「陳統領準備搞湘西自治，搞保境息民，一方面大力剿匪，一方面還要在村鎮組建民團，我給縣知事打聲招呼在貓莊建個民團，你們貓莊的槍就合理合法了。」

趙天國連忙說：「沒這個必要，沒這個必要，你剛才不是在說貓莊是世外桃源，不足為外人道矣。」

趙天國只好讓趙長梅母子仨暫搬回下寨父母家去住，騰出祠堂來，把彭學清的部隊安排在那裡。他把彭學清本人接到家裡來住。起初，彭學清並不願意住趙天國家，趙彭氏親自接了兩次，彭學清才勉強搬進去。但只住了一個晚上，又搬回祠堂去住，他給姑姑說主要是處理軍務不方便，卻答應趙彭氏每天來家裡吃飯。他說姑姑炒的菜比炊事班長炒的好吃多了。其實彭學清不願意住天國家是因為他感覺到石屋太冷，姑媽雖然給他墊了兩床厚棉絮，蓋的估計也是十四斤重的大棉被，但他一夜也沒睡暖和，早上起來時雙腳都是木的，他是一個行軍打仗風餐露宿慣了的，尚且受不了，真不知道貓莊人住這樣的石屋是怎樣過冬的。

從彭學清和母親的談話中，趙天國知道他出門求學一開始就進的是長沙講武堂，這是一所學習軍事技術、統兵打仗本能的學堂。趙天國也看出來彭學清是個帶兵的料，他的那些兵進寨時隊形整齊，目不斜視，全然不像幾年前逃來貓莊的那幾個川兵，賊眉鼠眼，餓得眼冒金花，一邊扒飯，一邊還雙眼吱溜溜地盯著女人轉。這些兵們進了祠堂，迅速進房，一眨眼的工夫，他們就解下了背包，打好通鋪。在院子天井裡開大桌子吃飯，也是井然有序，不像貓莊人吃酒席那樣亂哄哄的。吃完午飯，彭學清吩咐曹排長在東西兩個寨牆口佈置了崗哨，並囑咐他安排夜裡的流動哨。彭學清給趙天國說：「你們貓莊人放心地睡幾晚安穩瞌睡吧。」

第二天吃飯時，彭學清問趙天國能不能再給他找一棟房子，要結實的，最好是騰出一戶人家的石屋。

趙天國說：「你們不是都住下了嗎，還要房子幹啥。」

彭學清說：「關人。」

趙天國問：「關什麼人？」

彭說清說：「我是剿匪來的，當然是關土匪，你以為我帶部隊是避難來的。我駐防白沙鎮的兩個排已經剿滅了黃南橋，鄭重陽兩支大土匪，我這個尖兵排也要行動了。抓來的土匪得有地方關呀。」

趙天國剛要開口，母親趙彭氏替他說話了：「學清，你把土匪關在貓莊，他們要是跑了，或者放了，貓莊就要遭報復，往後貓莊人門都出不了？」

彭學清笑嘻嘻地說：「姑姑你就放心，抓來的他們一個都活不成。」雖然是笑嘻嘻說的，趙天國感到彭學清的話裡透著一股凜冽的殺氣。

趙天國給彭學清找好了一棟石層，是上寨一戶人家趙久元家的，他家裡只有老倆口，趙天國讓老倆口到誰家借住一段時間，老倆口收拾了個小包袱，索性到芭茅寨女兒家去住了。石屋不大，三間，彭學清看了，關幾十個人沒問題，他叫人把窗戶封死。當天夜裡，他就派兵看守起來了，不准任何人接近。

彭學清說他的尖刀排要剿匪，卻絲毫沒見動靜。三天來，他的部隊還是靜悄悄的，除了早上在寨中的晒穀坪或幾丘空曠的旱田裡操練一個時辰，一日三餐，他們吃了飯就是睡覺。村寨裡雖然多了好幾十人，但跟平日並沒有什麼兩樣，寨人們沒有受到絲毫騷擾，當做什麼做什麼。寨子裡雞不飛狗不跳，寨人們反而因為有人站崗護寨睡得踏實，臉色紅潤，精氣實足。倒是那些兵們白天睡覺受到貓莊孩子們的騷擾，孩子們清早就起床看他們操練，散了操後也跟著他們去祠堂，不讓進去，他們就在外面嬉戲，唱歌跳舞，衛兵轟都轟不散。膽大調皮的孩子，像趙長春、彭武平還爬上牆頭朝裡面扔石塊。

趙天國自己也是天天清早起床，看那些兵們操練。他覺得這是一個很好的學習機會，有好幾次，他甚至都想跟彭學清說說，讓他教導、訓練一下貓莊的中青年人。但他不好意思開口，所以只好偷師。他把士兵們操練的每招每式都記在心裡，那些列隊、刺殺、格鬥、跌打滾爬的動作，回去後他都把它畫在紙上，以備以後訓練之用。趙天國也看出來了，這些動作基本上都是武術套路，只是更加實用於搏鬥，貓莊人都有武術根基，練起來不會太難。他主要是想看一下這些士兵們槍彈練習，貓莊人雖然大多是獵戶，從小就是玩火銃長大的，槍法個個都不賴，但畢竟對快槍不太熟悉，不說缺少正規訓練，就是實彈也沒放幾槍，子彈太少啊，趙天國捨不得讓人放空槍，萬一土匪來了沒子彈那就壞大事了。但士兵們偏偏就不操練槍械，幾天來一槍一彈也沒放過，他們顯然不是缺子彈，人人肩上斜挎著一條巴掌寬的布袋，一排排黃亮的子彈屁股露在外面。每個人最少也不下二百顆。可能是彭學清怕槍聲弄得貓莊雞飛狗跳，不得安寧吧，也可能是怕槍聲暴露他們的駐防位置。

那些士兵們天剛剛亮就開始操練，大冷的三九臘月天，直練到光膀子熱汗騰騰才散操。彭學清不操練，拿著他的馬鞭到處巡視，發現有動作不到位或偷奸耍滑的，一馬鞭下去，士兵赤裸的背上就是一道紅印。更令趙天國驚奇的是，散操後士兵們回去洗臉，他那一排人只有三個洗臉盆，排成三隊一個個地洗，先洗完的把水一潑，縱身一躍，把臉盆放在屋簷瓦背上，下一個自己跳躍去拿，祠堂是五柱八的大木屋，屋簷高達一丈。那些士兵拿臉盆卻輕鬆自如，面不紅氣不喘。這些士兵個個都會輕功，趙天國是聽他家趙長春說的。每次看完士兵操練他就回去了，但趙長春他們那些孩子們還不肯散去，跟著那些士兵去祠堂。第二天，趙天國跟著一瞧，果然如此。那些士兵們個個都身輕如燕，從屋簷上拿臉盆跟在臉盆架上拿一樣方便。趙天國這才明白彭學清為什麼把他的這支部隊叫做尖刀排，這樣的部隊打起仗來肯定比尖刀殺豬還要厲害，一下就能捅到敵人的心臟裡去，趙天國想，看來以後農閒時也得把貓莊的青壯年人好好操練操練，得下狠心去練，他自己也得準備一根像彭學清馬鞭那樣的皮鞭，玉不琢磨不成器，人不敲打不成材，一支軍隊如此，一個山寨亦如此。趙天國覺得這是他讓彭學清駐防貓莊得來的最大的收穫。

在趙天國感到收穫不小時，他還不知道因為彭學清的到來，趙天亮和趙長梅父女，甚至他們一家卻陷入了痛苦和難堪的境地。趙天亮在彭學清帶著部隊進寨時就知道了那個青年軍官是他的女婿彭學清，倒不是他一眼就認出來了，是趙天國對著寨牆上喊了一聲：是諾里湖彭學清的隊伍，要在貓莊駐防半個月。當時趙天亮身邊的幾個人都說，是你女婿回來了，他在外面當大官了，帶了一支部隊！直到彭學清牽著馬進了寨門洞，趙天亮還是不敢相信那個英俊威武的軍官是彭學清。彭學清微笑著和每一個他認識的貓莊人打招呼，趙天亮看到他走到自己面前時臉上的笑容一下僵硬了，趙天亮自己的心也像被一隻手猛然抓住提將起來，胸口一陣痙攣。幾年來長梅還是沒回諾里湖，特別是彭少華死時，他們彭家也沒來人接長梅母子回去，讓武平去抱靈牌，趙天亮就已經知道長梅被休已成事實，而且他開始懷疑起長梅的倆孩子不是彭家的種。因為按畢茲卡的規矩，一個人老（死）了，沒有兒子就得由孫子來抱靈牌，彭少華只有彭學清一個兒子，彭學清趕不回來，當然得由彭武平來抱。彭少華是諾里湖彭氏家族的頭人，他家在禮數上特別講究，據說諾里湖彭家也有人提議讓彭武平回去，但彭少華妻子彭胡氏非但不同意，反而讓一個堂侄抱的靈牌。這事非常令人不解，在諾里湖和貓莊兩個寨子傳出許多是非小話，各種猜測很難聽。趙天亮曾經多次問過趙天國，但趙天國只是勸他別多想。他甚至感到長梅的事實際上趙天國早就知道了，也許全貓莊人都知道了，只是瞞著他一個人而已。彭學清在趙天亮面前停了一下，看得出他也在猶豫要不要跟趙天亮打招呼，或者是在考慮到底怎麼稱呼他。趙天亮心裡更是打鼓，彭學清除了叫爹，其他任何一種叫法，或都不叫，都會令他更尷尬，令他無法自容，趙天亮甚至有了一種拔腿就跑的衝動。終於，他聽到彭學清叫他了，雖然聲音很輕，他還是聽清了彭學清叫他的是「叔」，他沒有叫「爹」，也沒有按娶趙長梅以前以天國的輩分叫他「老哥」。這種叫法既出乎趙天亮的意料，但也在情理中，不至於令他太難堪，顯然也是彭學清瞬間的靈感所致。

趙天亮回到家裡，看到趙長梅母子仨正搬被褥、箱子回來。顯然，趙天國已經提前派人通知了她祠堂裡要駐兵，避免她跟彭學清碰面。妻子趙胡氏也在幫忙。趙天亮有些氣不打一處，冷言冷語地對趙長梅說：「你們娘兒們也夠幸苦，搬來搬去的。好好的官太太沒福享受！」趙長梅和趙胡氏都不知道彭學清回來了，趙胡氏說：「你說誰呀？」趙天亮冷笑著說：「彭學清回來了，他現在是個軍官了，帶著幾百人的部隊，一身軍裝筆挺筆挺的。」趙胡氏和趙長梅同時驚顫了一下，趙天亮繼續說：「你們曉得他今天叫我什麼嗎？他叫我叔，當時我這把老臉只差找個地縫鑽進去。」趙胡氏說：「叫你叔已經是給你臉了。」趙天亮說：「你們早就瞞著我什麼吧？」氣哼哼地進了屋，拿起桌上的茶壺喝水，晃了幾晃沒有一滴水，氣得把茶壺摔碎在地上。

趙長梅是第二天早飯後碰見彭學清的。是在她去放牛的路上。趙天國為了保持寨子的乾淨，把牛欄統一建在了上寨最東邊的一條溝坎上。所以長梅去放牛必須要去上寨。趙長梅出門前就告誡過自己儘量避免和彭學清打照面，看到穿軍裝的她就繞開，卻不想還是碰了個正著。她走到趙天國家門前的巷子裡時，彭學清正好從趙天國家出來，兩人就這麼一頭撞上了。

趙長梅倒是一眼就知道那個穿軍裝的人是彭學清，從趙天國家出來的軍人，不是彭學清還能是誰呢？長梅猜也猜出來了。想躲，但來不及了。她只好硬著頭皮往前走，說實話，彭學清跟以前的變化還是很大的，他結實、槐梧多了，身上有一種以前沒有的英武之氣，若他不是從趙天國家出來，趙長梅還真不敢斷定就是他。趙長梅低著頭往前走，她想既然彭學清變化都這麼大，十多年了，自己的樣子也變了不少，他也不一定一眼就能認出她來。就是認出來，他會跟她打招呼嗎？趙長梅其實在心裡還是感覺對彭學清有一些愧疚，她想起新婚的那夜，什麼也不懂的彭學清想弄出點什麼動靜來，但她由於心裡害怕，衣褲也不肯脫，他的手伸過來，她面對板壁，弓著身子，雙腿夾得死死的，他試探了幾下，也就罷手了。後來的幾個夜晚，他也和衣而睡，只是像個孩子一樣在摟著她的腰，一動也不動，很快就睡著了。其實那時要真弄出個動靜來，孩子似的彭學清未必知道什麼？想到這裡，長梅感到臉上燙得慌，不由地加快腳步。恰恰這時，彭學清叫住了她。

彭學清遲疑地問道：「你是趙長梅吧？」顯然，他也有些把握不準。十多前年的趙長梅是一個姑娘，現在的趙長梅是一個婦人，神態、身段、打扮什麼都起了巨大的變化，十多年前的趙長梅是個清秀的女子，身體也清瘦，像一棵沒有發胖的豆芽菜，瓜子臉上笑起來有兩個淺淺的酒窩，現在的趙長梅已經成了一個豐腴成熟婦人了，但她畢竟不到三十歲，雖然比起十多年前有了一些憔悴一些滄桑，歲月還沒有把她打磨得面目全非，沒有消失少女時的一些特質，彭學清雖然拿不準，還是一眼就認定了她是趙長梅。

趙長梅一陣慌亂，本想矢口否認，說你認錯人了，但她脫口而出的卻是：「你回來了。這麼多年沒有你的音信，你到底還是回來了。」趙長梅被自己哀怨的語氣嚇了一跳，低頭不敢看彭學清。她感到自己的臉發燙，肯定紅得厲害。

彭學清說：「你這些年來一直住在貓莊，還是回來走親戚？」趙長梅低聲地說：「我不住貓莊能去哪裡？」彭學清愣了一下，說：「那年我寫信讓家裡人送你回來，是想讓你找個好人家，怕誤了你一生。我在外當兵打仗，今天吃夜飯不曉得明天還能不能有腦殼吃早飯，再說，就是活著回來，那兩個孩子我也在感情上接受不了，我們生活在一起也不會幸福！」趙長梅說：「我不怪你，都是我的命。」彭學清說：「你可以再找一個好人家，不必一個人硬撐。」趙長梅歎了一口氣：「你又不是不曉得，貓莊寡婦有改嫁的，趙家的女子何時有人改嫁過，族規上早就定死了趙家女子不准改嫁的規矩。再說，我也不想嫁，只想把兩個孩子養大成人。」彭學清說：「現在都什麼時代了，政府早就頒佈了婚姻自由的律法。婦女放足、自主選擇婚姻，離婚、再嫁都是婦女解放的重大標誌。趙天國還抱著那些老皇曆不放啊，我去給他說說！」趙長梅聽不懂彭學清滿嘴的新名詞，說：「你說的那是山外的事，山裡人有山裡人的活法，貓莊有貓莊的規矩。一個女人嫁來嫁去的多不好？天國叔對我們母子也很關照，不但讓我們住祠堂裡，每年還給我們分些族糧族銀，嫁人又能怎麼樣。」彭學清歎了一口氣：「現在到處都兵荒馬亂的，亂世中能保住性命就不錯了，貓莊真像是一塊世外桃源……」

趙長梅看到巷子那頭有人走過來，不等彭學清說完，就說：「我先走了，得放牛去。」匆匆地走了。彭學清愣了一下，目送著她出了巷子，然後往祠堂走去。

趙長梅快走到牛欄時，聽到後面彭武平和彭武芬叫她：「娘，等等我們。」她停下來，看到彭武平和彭武芬正蹦蹦跳跳地跑來。「這麼冷的天，你們怎麼不在屋裡烤火，還出來亂竄？」趙長梅呵斥彭武平和彭武芬。「外公的臉拉得像個爛茄子，我們才不想在他家烤火。」彭武平和彭武芬說：「娘，是不是我們搬到他家裡他不高興？」趙長梅說：「你外公不開心，少惹他就是了，等下跟娘去守牛，我們在山上燒堆大火烤。」彭武平說：「我不去，讓妹妹和你去，等下我要和長春去玩，他說曹排長答應今天帶他打連槍。」彭武芬也說：「我也不去守牛，沒伴玩。」趙長梅不高興地說：「你們就曉得玩，十一二歲了，也要幫娘做點事。平時就把你們慣壞了。娘不准你們去和當兵的鬧，先去扯豬草去，聽到沒有！」

彭武平說：「我們記得玩完扯一背籠豬草就是了。」「去吧，去吧。」趙長梅一邊開牛欄門，一邊還看見兩個孩子胳膊碰胳膊的，「你們還有什麼話說？」

彭武平碰彭武芬的胳膊，說：「妹妹你講？」

彭武芬說：「你講嘛你講嘛。」

趙長梅看到兄妹倆忸忸怩怩的，問到底怎麼啦？彭武平見妹妹往她身後躲，只好硬著頭皮說：「剛才我和妹妹看到你和那個人講話了。」趙長梅一下沒有反應過來，問：「剛才娘和哪個講話了？」彭武芬說：「就是那個腰上插著小手槍的軍官。」

彭武平突然問：「娘，那個人是不是我爹？」

趙長梅一下子紅了臉，說：「誰講他是你爹？」

彭武平彭武芬同時說：「寨上人都這麼講的。那個人姓彭，是諾里湖的，我們也姓彭，也是從諾里湖搬來的。」

以前彭武平彭武芬也曾多次追問過他們的爹是誰，都被趙長梅騙過去了。她有時說他們的爹出遠門了，要好多年才回來，有時又說他們的爹死了，永遠都回不來了。反正小孩不懂事，好騙。

趙長梅再次追問：「你們到底聽誰講的？」她的聲音很大，像在吼一樣。

彭武平說：「寨上人都說那個人是我爹，今早上外公也說他是我爹。」彭武芬補充道：「外公講我們要不是野種那人就是我們的爹，讓我們有本事去認爹，不要賴在他家裡。」

趙長梅被父親趙天亮的話氣得眼淚一下子流了出來，她一手摟住一個孩子，說：「他不是你們的爹，你們的爹死了，就是沒死，也不可能回貓莊來。你們記住，你們沒有爹，只有娘，記住了嗎？」

兩個孩子不知為什麼娘會突然流淚，都使勁地點頭。

十二三天過去了，彭學清的部隊依然沒有一點動靜。這天早上，趙天國在巷子裡看到趙長發。趙長發告訴他趙久元家裡好像關了人，今天早上他從大水井挑水回來，聽到裡面有叫喊聲。趙長發說好像還不止一個人，他是從趙久元家坪場下面的大田外坎路過，幾丈遠的距離聽到屋裡很嘈雜。趙天國說有這事，我不知道啊！難道那些兵抓著土匪了。

趙天國決定去看看。當他來到趙久元家坪場上往屋裡走時，兩個士兵把快槍一架，攔住了他的去路。趙天國說：「我是貓莊的族長，你們是不是關人了？」

一個士兵說：「你就是縣知事也沒用，我們只聽我們連長的。你去問他吧。」

趙天國站在坪場裡喊：「裡面有不有人，是什麼人？」

裡面立即就傳來一聲甕裡甕氣的聲音：「老子是大青山的田大牙，跟你們貓莊無冤無仇，你們請當兵的抓老子幹嘛？」

趙天國說：「不是貓莊人要抓你，是當兵的在剿匪，貓莊駐防部隊了。」

田大牙惡聲敗氣地說：「這兩天連水也不給老子一口喝，老子綁的票到山寨了也有酒有肉招待。」

士兵們趕趙天國離開：「走吧，走吧，這裡沒你的事。」

走到祠堂院門口趙天國碰到彭學清出來，彭學清說：「天國，來來來，我正要找你。」進了院子，彭學清指著大水缸旁呈三角支架架著的三支快槍說：「我們端了田大牙的老窩，剿了他們三支快槍，全歸你了。」他抓起一支，熟練地拉開槍栓，推空上膛，再又退膛，「嶄新的漢陽造啊，不但沒掉一塊漆皮，槍膛裡黃油都還沒乾，應該出廠還不過半年，曹排長還捨不得，想拿他手裡的舊槍換了再給你。」

趙天國接過槍，又把它架回去，說：「那我就笑納了。」他想起那些兵天天晚飯後他都見得著，每天天不亮都在操練，難怪他們白天睡大覺，原來他們都是晚上行動的。田大牙老窩在大青山雲霧嶺，距貓莊不下六十里，那些士兵一夜趕個來回就不得了，還要捉拿人，還要早上出操，真是神奇。趙天國關心的是彭學清怎麼處置這些土匪，問他：「你準備把他們送縣裡還是真接交陳統領處置。」

彭學清說：「剛接到上峰命令，小股土匪就地處決，大匪首才解押回縣裡公審。現在湘西處處清鄉剿匪，各縣牢獄人滿為患，已經沒地方關了。這五六天來，僅我駐防白沙鎮的兩個排就給縣裡押送一百多號人。送到縣裡也是審都沒審就砍了。」

趙天國問：「田大牙算大算小？」

彭學清說：「他那幾十號人當然算小的。沒必要送去縣裡，黃南橋鄭重陽龍大榜那些上百號人馬的主才算大匪首。」

趙天國一驚，追問：「你不會就在貓莊砍田大牙他們吧？這我可不幹，貓莊不能沾土匪的血，那是穢汙之物，會給山寨帶來不吉利。」

彭學清笑著說：「我還捨不得在你們貓莊砍他們，我到我爹的墳頭上去砍，那是諾里湖的地盤，穢汙之血流不到你們貓莊來。」

趙天國說：「那就好，那就好。」又說：「我聽田大牙在久元伯家裡嚷裏，說你們關他兩天兩夜了，連口水也沒給他們喝？」

彭學清不屑地說：「這幫惡匪，讓他們也嘗嘗當肉票的滋味。」

趙天國說：「田大牙可是說了，就是肉票到了他們山寨裡也有酒肉的。」

彭學清表情古怪地看著趙天國說：「天國你是啥子意思。」

趙天國說：「沒啥意思，我就是想給他們做頓飯吃，人都要死了，還不讓他們吃飽喝足，滿清朝廷處決犯人，也有幾餐斷頭飯嘛。」

趙天國起初以為彭學清說要在他爹墳頭上殺人是開玩笑的話，兩天後他真的在彭少華的墳頭上殺人時，趙天國才明白過來，他把一個排的士兵駐防貓莊，然後悄悄地緝拿田大牙一幫匪徒是蓄意已久，周密策劃的，什麼上峰有令，縣牢關押不下根本就是托詞，他拉來這一排人馬就是為他爹彭少華報仇的。他天天夜裡去拿人，不過是怕動靜太大上面知道他捉拿了田大牙會要他把人交去。那他就被動了，就不能實施計畫了。趙天國有一點一直不明白，就是捉拿田大牙的那幾十號人為什麼彭學清的士兵們忙了好多個晚上？也許是一次沒有捉拿完吧，田大牙或者他的嘍囉們漏網了一部分，而彭學清為父報仇又非得一個不漏。

兩天後的臘月二十三，畢茲卡人過小年的這一天，彭學清開始殺人了。這天同前些日子一樣是個異常冷冽的天氣，貓莊上空捂了多日的陰雲依然層層密集，天空昏暗，乾冷乾冷的。清早，趙天國正在吃早飯時，聽到巷子裡敲鑼聲，咣——咣——咣，每聲「咣」中間雜著一絲顫音，是貓莊趙久林保管的那面正中裂了一絲縫的大銅鑼發出的聲音。趙天國有些奇怪，貓莊只在發生大事，如族裡議事，收稅交糧什麼的才敲鑼，一般這鑼要有他的吩咐久林伯才會敲的。還好，鑼聲不是急促如雨點般傾瀉，若是，則是有土匪進寨的訊號。趙天國驟然提起的心放鬆下來。接著，他又聽到喊聲：「今天在諾里湖處決土匪田大牙及其匪眾，有空有閒的去看熱鬧啊。彭連長說了，歡迎大家去觀看，多多益善。」趙天國聽出不是趙久林的公鴨嗓聲音，也不是貓莊腔，像是一個上點年紀的老兵在喊話。

趙彭氏抬起頭來問趙田氏：「外面敲鑼做什麼？」

趙田氏答：「喊什麼聽不懂，外地腔，當兵的在喊什麼吧。」

趙長春和趙長生聽到鑼聲和喊聲對視了一眼，把手裡的碗筷往桌子上一擱，說：「吃飽了。」一眨眼哥倆就出了大門，跑得沒有蹤影。趙天國也趕緊放了碗筷，出門去看。

等他到了祠堂，發現那些士兵都不在了。連衛兵也沒有一個。趙天國站在院門口一望，發現彭學清已經帶著士兵們走到大水井坎上，快出西寨牆了。老遠望去，士兵前面押著一些人，自然是田大牙他們了，後面還跟著一些貓莊人，大多是孩子，也有大人。孩子們不知事，大人們也跟著去湊熱鬧，趙天國頓時很生氣。彭學清一次要殺那麼多人，那是多大的晦氣，大人小孩子都去看，他們會給貓莊帶來汙穢的，帶來不吉利。趙天國也在責怪自己，彭學清幾天前就說了要在諾里湖殺人，自己怎麼就忘了給寨人們交待呢？

趙天國跑到趙久元家屋坎下的田坎上時，碰見彭學清和兩個士兵一起從坪場上下來。今天的彭學清沒穿軍裝，穿的是一件麻布對襟小棉襖，頭上包著一條黑色陽冬帕，腳上也是一雙圓口布鞋。這身普通畢茲卡年輕人的裝扮讓趙天國一下子沒認出來，又因為他正好在兩個士兵的中間，趙天國還以為押的是土匪，彭學清叫喊他他才反應過來。

彭學清說：「天國，還早著呢，別跑得那麼急急忙忙的。」

趙天國沒聲好氣地說：「我不是去看你殺人。我是去追那些貓莊人回來的，我是一個巫師，我可以為死去的人招魂，但絕不會觀賞一個人怎麼樣死去。」

彭學清問：「你怕看到血？」

趙天國說：「學清，我還是想勸勸你，把這些土匪交到縣裡吧，冤冤相報何時了。再說，你們當兵的鐵打的營盤流水的兵，今日駐防這裡，明日駐防那裡，部隊一帶走，田大牙的殘匪餘孽還不要再殺回諾里湖，你們彭家那幾十口人還保得住嗎？遠近百里哪個不曉得田大牙雖然兇殘暴戾，但他對待弟兄們可是個講義氣的人，他一死，他的弟兄們能不給他報仇？」

彭學清折了折手裡的馬鞭，笑著說：「你是擔心你自己的貓莊吧，所以不敢讓貓莊人去看我殺那些土匪，怕他們遷怒於貓莊。天國你大可放心，田大牙的三十六個土匪被我一網打盡了，一個也不剩，除了那晚進攻他們山寨死了十八個，其餘十八個都捉來了。他們不可能還有殘孽。天國，我還可以告訴你，酉水兩岸十年內都不會再有土匪了，陳統領決心搞湘西自治，不會容忍半個土匪存在。這些土匪不殺，怎能威懾鄉民？」

趙天國說：「你把田大牙的土匪一個不剩都捉來了？」

彭學清說：「不都捉來我的一個排士兵要忙五個晚上嗎？他們可是天天晚上都在出去。到臘月底了，分了贓物，那些土匪大部分夜裡都憩在自己家裡，我可是一個寨子一個寨子地捉來的。」

趙天國問：「你不會全都殺了他們吧？」

彭學清嘿嘿笑：「我留著他們幹嘛？一個不留，你剛才不是說了，留下來倒是禍害啊！」

趙天國失聲驚叫：「我的天，一天就要殺一二十個人！這峽谷裡得有多少厲鬼。」

彭學清忍不住哈哈大笑：「天國啊，你是心裡有鬼才怕鬼吧。人我帶到諾里湖去殺，即使有鬼也不會來你們貓莊的。」

趙天國搖頭說：「這你就不懂了，他們是從貓莊出去的，成鬼後第一站也是回貓莊。哎，學清，怎麼久元伯家門前還有那麼多兵看守著。」

彭學清說：「今天就殺田大牙和他們二寨主胡二炮。其餘的人分幾天殺，這樣才有威懾力嘛。」

趙天國看到寨人們都出寨牆洞一陣子了，這會兒已經到了與諾里湖交界的趙家包下，再翻一個小坳就是舅舅彭少華的墳地了。這時候把他們追回來會讓彭學清難堪，趙天國只好轉身往回走。

彭學清見趙天國回去，說：「你真不去？我拿田大牙的人頭祭奠我爹，我爹也是你舅呀。」

趙天國說：「你不在家時，逢年過節我都給他燒紙掛清，禮是輕了一些，這會兒我去只怕他老人家也不會高興。你們彭家是土司王的後代，排場大，死後都得有人陪葬，自改土歸流後沒這個待遇了，這不又出了你，讓他老人家又能享受這個待遇。」走了幾步，他又回過頭來說，「學清哥，平時殺豬宰雞我都是不看的，抱歉，我給你捧不了這個場子。」

彭學清冷笑：「怕不僅如此吧。」

趙天國說：「你說的也對，我是巫師，心裡頭住的是神，不像你們軍人，心裡頭住的是魔鬼！」

噎得彭學清恨恨地站了好一陣子，趙天國背著手走遠了，他才醒過神來。

第八章

彭武平是最先聽到要在諾里湖殺人的鑼聲的。

鑼聲是一個老兵從下寨敲到上寨的。他從趙久林家一拿到大鑼就又敲又喊起來了。像趙長春趙長生一樣，彭武平也是一聽到鑼聲把碗往桌上一蹾就跑出去了，碗在桌上咣當咣當地打了好幾個旋，只差掉下桌摔碎。彭武平跑出了階沿，趙天亮還在生氣地用筷子敲他自己的碗沿罵趙長梅：「你看看，這孩子野的，一點規矩也沒有。」

彭武平沒理他娘趙長梅的喊聲，跟著老兵的鑼聲一口氣跑到上寨。到趙天國家那條巷子時，正好碰到趙長春趙長生跑出來，三人又跟著那些士兵，看他們押著田大牙和胡二炮出來，一直尾隨著這些士兵一起去了諾里湖。

他們來到彭少華的墳前時，看到那裡已經等著很多諾里湖人了。男人女人，老人孩子都有，看來是全寨人都來齊了。很可能是彭學清事先通知強行要他們寨子裡的人都來的。諾里湖的人一個個面目呆板，抱著膀子或者袖著雙手，一根根木樁似的釘在那裡，除了嘴巴裡呼著白氣，雙眼珠子都不轉動一下。貓莊來的人卻不多，加上他們幾個孩子，不上十個人，來的大多是二三十歲的年輕人。看來看殺人這種事上年紀的人都是不感興趣的，彭武平想。趙長生在來的路上就想打退堂鼓，是被哥哥趙長春硬拽來的，這會兒看到田大牙和胡二炮五花大綁在彭少華的墳前，看到他們身邊的兩個士兵抱著鬼頭大刀，寒光閃閃，他的腿一直在瑟瑟地發抖。他感到有些害怕了，一直在不停地問稍長春：「哥，他們真的要殺人嗎？」

趙長春說：「真殺人，這還有假。」

彭武平問他：「長生，你是不是要尿褲子了，你的手腳一直在抖呢？」

趙長生也不示弱地反問：「你就不怕，我看到你也在抖。」

彭武平說：「誰怕誰是孫子，天氣這麼冷，我穿少了點，只是跺跺腳。」看到趙長春也用懷疑的眼光看他，又說：「我們打賭，誰要是不敢看完殺人，以後就不和他在一起玩，好不好？」

趙長春說：「好，誰要是先跑誰就是王八蛋，不要他一起玩了。」

彭武平問趙長生：「你敢不敢賭？」

趙長生硬氣地說：「我哥不跑我就不跑，賭就賭。」

大約等了兩杆煙的功夫，彭學清來了。一身比畢茲卡漢子打扮的彭學清先在彭少華墳前擺上祭品，燒了香紙。畢茲卡人埋人跟漢人不同，也跟貓莊人不同，他們沒有固定的祖墳地，都是請陰陽先生看地，哪裡風水好就哪裡埋，彭少華的墳地面朝去白沙鎮的那個隘口，背靠趙家包北坡，方圓十多丈內是一片開闊的草地，只有這一座孤零零的墳頭。彭學清磕頭燒香後站起身來，讓士兵們把兩個用大杉木棒釘成的一人多高的十字架一左一右栽穩在彭少華墳前，等把田大牙和胡二炮捆綁上去後對士兵們說：「現在沒你們事了，你們給我在我爹墳頭兩旁一邊挖一個深坑，要五六尺深，埋得下去人的。」

那些士兵們分頭去挖坑，彭學清轉身對諾里湖人說：「剛才趙天國的話倒是提醒了我，我們彭家都是土司王的後代，自改土歸流以來，二百多年沒享受陪葬的待遇了，今天就讓我爹也享受一回。」然後走到田大牙面前，問他：「知道我是誰嗎？」田大牙搖了搖頭。不知是天氣太冷，還是田大牙害怕，他全身都在哆嗦，臉色也是一片青灰。彭學清又問：「那你總該曉得這是什麼地方吧？」田大牙還是搖頭，不說話。彭學清又問：「你不會忘記了三年前冬月初一你帶人搶過這個寨子吧，還殺了一個老頭兒？」田大牙又搖了搖頭，好像是想不起來的樣子。彭學清一揮手，一個年輕士兵托著一塊茶盤過來，盤裡裝著幾把鋒利的小刀，還有一把小錘。彭學清從口袋裡摸出一副白手套戴上，從盤裡拿起小錘子，掂了掂，突然猛地朝田大牙嘴上砸去。田大牙「哎喲」一聲慘叫，嘴上冒出了一股鮮血。他前面那兩顆又寬又長的門牙肯定是沒了。但也沒見它們掉下來，可能田大牙自己吞進肚子裡去了。

倒是那邊的胡二炮忍不住叫罵起來：「要殺要剮，囉唆些什麼？老子從做土匪那天起就沒想要落個全屍。」

彭學清走到胡二炮面前，說：「你比田大牙倒是有種，他一副死牛任剝的樣子，你的嘴倒真是名副其實，像個大炮筒子。」

胡二炮仰起頭顱說：「要不老子怎麼叫做胡二炮，老子要是寨主，那就是胡大炮了。你們當兵吃糧的也不比老子當土匪強多少，走到哪裡不殺人呢？老子早就想起來了，三年前冬月我們去白沙鎮走岔了路，在這個寨子裡殺了一個老頭，搶了他一頭牛，那老頭應該是你老爹吧。人是我殺的，與我的弟兄們無關，我這人有個習慣，每搶一個地方都要殺一個人，不殺人手就發癢，你就衝著我來吧。」

彭學清說：「看不出來你小子不僅嘴巴多還夠仗義的，把事都往自己身上攬。我喜歡夠義氣的人但討厭嘴巴多的人，特別是說假話的嘴巴多，酉水兩岸哪個不曉得大青山的田大牙每搶一個寨子都要殺一個人的習慣，胡二炮呀胡二炮，本來我想給你一個痛快的，但你嘴巴太多了，我只好先割了你的舌頭再給你來個痛快，你還記得那年冬月你們搶了我爹的牛，我爹人都走了，你給田大牙說過一句什麼？是你提醒他忘了殺個人的，對嗎？我們祖上做土司時對待下人就是手腳多就砍手腳嘴巴多就割舌頭，死牛任剝的就剝他的獸皮。」

胡二炮哈哈大笑：「請便吧，老子不怕。」

彭學清朝草坪裡的人群裡看了看，問彭氏家族的人：「哪個上來把胡二炮的舌頭割下來？」彭家人你看著我我看著你，都不由自主地往後退了幾步。「大家別躲呀！」彭學清說：「難道大家都不想給你們的太帕普報仇嗎？」他的眼睛在人群裡睃巡了幾下，最後盯在一個滿臉落腮鬍的中年漢子身上，「武雲，你是屠夫，你來吧。你老婆不是被土匪搶去過嗎？」

這個叫彭武雲的漢子也不客氣，緊了緊肚腰上的布帶，挽好雙袖，跨步上前，從盤裡拿起一把鋒利的牛角尖刀，走向胡二炮。胡二炮臉上毫無懼色，還在高聲叫罵：「日你娘的，別說割老子的舌頭，就是割老子的雞巴老子也不怕。來吧，來吧。」罵聲未完，已經被彭武雲一手掐住兩腮，他的嘴巴成了一條渴水的魚一樣，張得圓圓的。只見彭武雲左手掏進他的嘴裡，像平時殺豬時掏豬舌頭一樣，一使勁，從胡二炮的嘴裡傳來一串窸窣的撕裂聲，他的舌頭連同喉管都一下子扯了出來。所有的人還沒聽到胡二炮的喊叫聲，彭武雲已經手起刀落，把他的舌頭提在了自己的手裡。彭武雲轉過身來想讓大家看看手裡的舌頭，但這時那舌頭像一條魚一樣從他手裡滑脫，落下地劈啪劈啪地彈跳起來，彭武雲彎腰去捉，竟然好幾次都失手，硬是抓不著。

胡二炮嘴裡的血像泉水一樣往外冒，但嘴巴還是一張一合的，發出咿咿呀呀混沌不清的聲音。看得出來他還在叫罵不絕。他的一雙小眼睛已經睜得像牛卵子那麼大，臉也歪了，痛苦無比的樣子。彭學清走過去，對他說：「我還真佩服你是條漢子，我答應過給你一個痛快的，說話算話。」從腰上的牛皮盒裡取出駁殼槍，把槍筒垂直地頂在胡二炮的頭頂上摟了火。這叫點天燈。在巨大的槍聲中胡二炮渾身扭動起來，扭得杉木十字木架劇烈地晃動，只差倒下。只一小會兒，胡二炮就一動也不動了。

人們的眼睛這時都盯著胡二炮，突然聽到一個小孩子尖厲的喊聲：「田大牙賴尿了，田大牙嚇得尿褲襠了！」大家把目光轉向田大牙，果然看到他的兩條褲管上在冒白煙。大家頓時忘了剛才殺人的血腥和恐怖，一齊哈哈地哄笑起來。

是擠在人群最前面的彭武平最先發現田大牙賴尿的。早在胡二炮的舌頭被割下來時他就看見了田大牙的臉色一片死青，他也在渾身扭動，像全身鑽了螞蟻似的。接著，彭武平就看到他的褲襠濕了一小塊，後來濕的地方越來越大，彭武平知道他嚇得尿流出來。彭武平感到興奮起來，拉了拉趙長春和趙長生的衣角說：「你們看，田大牙尿嚇出來了，他是個慫貨。」趙長春和趙長生都沒有理他，趙長春正目不轉睛看得津津有味，趙長生則渾身瑟瑟發抖，他雙眼緊閉，自己的一泡尿都快憋不住了。沒人理他，彭武平這才大聲叫喊出來。

彭學清看到了是彭武平叫喊的，他只知這是貓莊的孩子，不認識他是誰家的，瞄了一眼就招呼田大牙去了。顯然，田大牙賴尿也出乎他的意外，這個殺人不眨眼的匪首怎麼這時就慫了？

看到彭學清走過來，一直不說話的田大牙哆嗦著說：「你、你、給我、給我一個痛快吧，給、我一槍。我不怕死。我真的不怕死。」彭學清笑了笑，開導他說：「我講過要剝你的皮，我怎麼會不剝呢，豈不講話不算數了。不過你也別急，你既然殺了諾里湖彭家的太帕普，彭家人總得在你身上洩洩氣吧，我讓他們每個人在你身上割一刀，諾里湖是個小寨，也就十來戶人家，幾十口人，除了六十歲以上的老人十六歲以下的孩子，真正拿刀下手也就二三十人。你就忍忍吧。我也不剝你全身的皮了，你這皮又不能蒙鼓，我就把你的頭皮剝下來，看看你的腦漿是不是黑的。現在外國的科學家證明控制人思維的是腦殼裡的腦漿而不是心臟，所以我挖你的心沒用，好人壞人的心都是紅的，看不出真相。」

彭學清說得田大牙頭上的冷汗刷刷地往外冒，他的眼睛裡充滿了驚恐，臉色已由青變白了。他只是一味地說：「軍爺，求求你，給我個痛快吧。」

彭學清火了，劈了他一耳巴子，說：「就你這慫樣也敢當匪首，你那幫弟兄也真是瞎了狗眼。你這慫樣天生就配凌遲處死。」他拿起一把小刀，一粒一粒地挑開田大牙胸衣的布鈕扣，然後用刀挑破田大牙的兩隻袖管，撕開，把他的衣服扯了下來。田大牙就赤裸著上身了。彭學清又伸手扯開田大牙褲腰上的活套，他的褲子也自動褪了下去。除了一條尿得濕淋淋短褲，田大牙完全赤身裸體了。彭學清看了看人群，說：「是彭家人都上來呀，每人一刀，隨便割，但一刀下去不得少於二兩肉呀。武雲，還是你先來吧。」

彭武雲剛拿起小刀，刀還沒下去，田大牙就像殺豬一樣地嚎叫起來。彭武雲一刀下去，把田大牙的鼻子削掉了。田大牙哎呀地慘叫起來，叫聲帶著哭腔。他是真哭了，他的眼睛閉著，但大滴大滴的眼淚滾滾而下，從腮幫骨上掉下來時已分不清是血水還是淚水。第二個上去的是個五六十歲的老人，他一刀割下的是耳朵，左耳。第三個人上去，二話沒說割了右耳。敢情是露在外面的好下手一些吧。從第四個人起就開始亂割起來，手臂上、胸脯上、大腿上，肚皮上。有些人下手畏畏縮縮的，一杆煙功夫還割不下來一塊肉。田大牙一直在慘叫，但聲音卻越來越嘶啞越來越微弱，到後來就叫不出聲了，有沒有人在動刀子他都全身劇烈地抽搐。

彭武平一直在數，他一共數出了二十二個人動了刀子。田大牙全身已經血淋淋的了。若是沒有血，他的全身也是坑坑窪窪的了，彭武平想。他看了看四周，周圍已經沒有幾個人了，原來諾里湖那些人動了刀後就走了。貓莊的人也早就走了。就連趙長生也不知什麼時候走了，草坪上除了彭學清的士兵只剩兩三個男人，小孩便只有他和趙長春了。

趙長春對彭武平說：「他已經死了，我們回去吧。」

彭武平說：「他沒死，我要等一下，看剝田大牙的腦殼皮子。你是不是不敢看？」

趙長春說：「人都走完了，我要回去了，我爹要是曉得我看殺人肯定會打斷我的腳的。」

彭學清走過來，指著彭武平問趙長春：「他是誰家的孩子？」趙長春說：「他是天亮伯伯家長梅姐姐的兒子，他叫彭武平。」彭學清「哦」了一聲，說：「她娘我認得。」趙長春突然說：「我們貓莊好多人都講他是你兒子。」彭武平踢了趙長春一腳，說：「我娘講了，我才不是他兒子呢。」

彭學清笑呵呵地說：「我看你就是個土匪種，小小年紀看殺人眼都不眨一下。長大後可別當土匪，跟老子當兵去咋樣？」

彭武平還嘴道：「你才是土匪種呢。」他還想罵幾句，被趙長春拉起跑開了。跑了幾步，彭武平掙脫趙長春的手說：「我還要看剝腦殼皮呢。」趙長春說：「不看了，田大牙已經死了。等下回去要挨打的。」

趙長春估計得沒錯，他倆來到寨牆下時，看到趙天國背著雙手正在牆洞裡轉圈圈，手裡還拿著一根細長的竹鞭。寨門外點著一排排香紙，香煙嫋嫋，燃燒過的黑色的紙灰隨風亂飛。趙天國剛剛在寨門外做過一場驅鬼的法事。

趙長春和彭武平膽怯地走過去。他們看到趙天國臉色鐵青，怒火在他頭頂上燃燒著。彭武平記得從他來貓莊那天起就沒見過天國外公像今天這麼生氣的樣子，他雖然總是板著臉，但很少對小孩們拉過臉。趙長春輕聲地說：「我講要挨打的，你不信呢？」說音未落，竹鞭就劈頭蓋腦地落了一下。不光是落在趙長春的頭上身上，彭武平也遭了打。趙天國的竹鞭是亂打的，邊打邊罵：「我讓你們亂竄，殺人是什麼好事呀，是能亂看的。屁大的孩子天大的膽子。以後當土匪去吧。」鞭子落在兩人頭上身上腳上，像刀絞一樣疼痛，特別是落在腳上，痛得人蹦起來老高。趙長春和彭武平既不叫也不哭，任趙天國打。

趙天國打累了，停手說：「上寨牆跪著去！」趙長春和彭武平瘸著腳爬上寨牆，發現上面已經跪了一排人，都是去諾里湖看殺人的年輕人，年紀最小的趙長生和年紀最大的趙長發也跪在那裡。人人都挨了鞭打，臉上手上青一杠紫一杠的。一跪就跪到天黑時趙天國才來放他們回家。

第二天，彭武平又看到那些士兵押著幾個土匪去諾里湖，他立即去邀趙長春，發現趙長春和趙長生兄弟倆已經被趙天國關了起來。而且趙天國就守在大門口。彭武平繞到他家後陽溝，隔著窗子跟趙長春說了幾句話。趙長春說：「長生昨晚老是做噩夢，今朝我又挨了打。爹說要關我三天呢。」

彭武平只好怏怏地回下寨，走了一段路，又不由自主地遠遠跟著那些士兵們去了諾里湖。彭武平覺得看殺人一點也不害怕。他還很遺憾昨天沒有看到剁田大牙腦殼皮。田大牙賴尿的那個慫樣也讓他瞧不起，倒是胡二炮讓他興奮，覺得看起來過癮。

這次彭少華墳前除了彭學清和那些士兵一個看熱鬧的人也沒有，彭武平不好意思走近去看。他怕跟彭學清打照面，他不喜歡這個人。彭武平已經是一個十一二歲的大孩子了，他知道娘跟這個人結過婚拜過堂，娘說這個人不是他爹，這個人也不承認是他爹，那麼自己跟這個人是什麼關係呢？彭武平想不明白，也不去想。他只是喜歡看殺人這個刺激的場面。

因為離得太遠了一些，彭武平站的土坎離殺人現場有十來丈距離，只看見那些人是被刀砍頭的。彭武平數了，一共砍了六個人，都是昨天抱著鬼頭大刀的那兩個士兵砍的，彭學清站在那裡，一雙白手套揮來揮去的並沒有親自動手。那兩個士兵手起刀落，利索得像切冬瓜一樣。遠遠看去，彭武平只見鬼頭刀亮光一閃，一片紅光就立即飆了起來。這片紅光呈扇面形的，好大一塊，飆得也高，越過了劊子手的頭頂才潑灑下來，像一片壯麗的晚霞。可奇怪的是，彭武平沒有聽到任何聲音，雙耳像塞了蠓蚝[1]一樣，靜悄悄的什麼也聽不見，他分明看到劊子手每次舉刀砍人時都在張大嘴巴吆喝，而低頭跪在那裡的土匪也不可能沒有聲音。但一切都是靜悄悄的，彭武平什麼也聽不到，只感覺到自己被巨大的興奮湮滅了。這種感覺直到幾年後他每次參加戰鬥時都有，周身槍子兒嗖嗖地亂飛，可他耳朵裡什麼聲音也沒有，只知道一個勁地往前衝。

彭學清整整折騰了四天，才把那十八個土匪收拾完，全部葬在彭少華墳墓兩旁，完成了給他父親陪葬的心願。第三天他自己也似乎失去了耐心，把拉來的六個土匪乾脆讓士兵們槍斃，第四天，他就更沒耐心了，剩下的四個不聲不響直接活埋了。

1 蠓蚝，附在牛身上的一種吸血的蟲子。

沒了看客，彭學清覺得再怎麼折騰也沒勁頭。

彭學清後來才知道彭武平一直在一條土坎上看著。他是唯一的看客。雖然看得不是很真切，但看得特別專心。有一天，彭武平在祠堂外大石頭上給趙長春複述槍斃和活埋土匪的情景時，口吐白沫地講那些土匪們中槍後如何在地上抽搐，滾爬，活埋時土蓋過頭頂了，他們的雙手如何倔強地伸出來，剛好被從祠堂院子裡出來的彭學清聽到，他才知道這個不知是哪個給長梅下種的孩子一直在觀看他的殺人表演。

彭學清心裡暗暗驚了一下，這孩子他娘的絕不是個好種。小小年紀看殺人竟然看得上癮，而且每個細節還記得清清楚楚說得明明白白，那是要怎樣的心理素質？他還記起了割胡二炮舌頭時，就是這個小孩喊出田大牙賴尿的。他記得當時彭武平喊這一聲的語氣很鄙夷，很瞧不起田大牙，小小年紀的他那是在把自己當英雄好漢呢。

晚上在趙天國家吃飯前，彭學清把趙天國叫出屋外，問他：「你們曉不曉得趙長梅的孩子是誰的，你們問過她沒有。」彭學清猛然提起這個事，讓趙天國措手不及，關於趙長梅，一直是他們雙方都在迴避談及的話題，就連趙天國母親彭學清的姑姑趙彭氏也一直隻字不提，避免傷了趙氏家族和彭氏家族兩方的臉面。

趙天國緊張地反問彭學清：「你怎麼突然問起這個，你問我，我還想問你呢。」

彭學清說：「你別誤會，我沒別的意思。」

「那你是什麼意思？趙長梅婚前除了在貓莊就是跟你去過一趟諾里湖。」趙天國說：「他跟你一成親就生孩子了，你說孩子不是你的讓我們貓莊接回來，我們也認了，你還想怎樣？你有興趣你去查查孩子是誰的，我看不是你的八成也是你們諾里湖的，孩子大了我還得送到你們諾里湖去，貓莊不留外姓人。」

「我原來跟你的想法差不多，現在看來不是那麼回事。」彭學清說：「我說天國你別生氣，我原想趙長梅的孩子可能是從貓莊帶過去的，也想可能是我求學出門後她跟寨上哪個青皮後生做下的，但現在我不這樣看了。」

趙天國生氣地說：「你們彭家在土司時代就是一鍋亂粥，小米黃豆一起煮，可別賴我們貓莊趙家人。」

「天國，我給你說正事，那孩子野的，根本就是一個土匪種。」彭學清說：「你沒看見剛才他跟趙長春講殺人的事，眉飛色舞，長大一定是個比秦武陽還狠的角兒。前天我還說這孩子長大後讓他跟我去當兵，現在看來我是不敢要，他長大後要是做了匪徒，你們貓莊怕是沒安寧日子了。」

趙天國不屑地說：「笑話，貓莊幾百年來你看到哪個走出去做了土匪，貓莊不出土匪，在貓莊待過一年半載的親戚寨鄰也成不了土匪。」

趙彭氏在屋裡喊：「你們吵什麼，兩老表就從沒好好說過幾句話，進來吃飯吧。」

彭學清進屋後坐下，對姑姑說：「我明天就不過來吃飯了，明天過大年，我回諾里湖跟我娘一起過年。」

趙天國說：「明天不是臘月二十九嗎？」

趙彭氏和趙田氏都說：「你又忘了，畢茲卡人都是提前一天過大年，你看學清在外那麼多年都沒忘記。」

趙天國說：「哦，我倒是忘記了。不過我還沒忘記明朝嘉靖年間土司王彭翼南領兵三千去東南沿海抗倭，讓士兵們在臘月二十三那天過了年，可朝廷的命令一直沒下來，一直又等到二十九過了一個年才出征，所以你們畢茲卡人有一個小年一個大年兩個年，到真正的大年三十你們反而不過了，看別人熱鬧。學清呀，我還硬是佩服你的那個老祖宗，三千士兵打敗了八千倭寇，爭了東南第一戰功，封了昭毅將軍。將門無犬子嘛，學清，你今後一定也會成為將軍的。」

趙彭氏說：「是呀，是呀，我們彭家好多年沒出將才了，窩在諾里湖就是條龍也被大山壓得翻不過身來。」趙氏彭又問：「剛才你們在屋外爭什麼，兩個人像要打架似的，你們還記不記得，小時候你們倆老表一碰面，不要一杆煙功夫不是吵起來就是打起來，扯都扯不開。」

說得趙天國和彭學清都呵呵地笑起來，趙田氏不好意思笑，扭過頭去，憋得只差噴飯。

彭學清止住笑，正經地給趙天國說：「天國呀，今年我給你拜個早年，三十晚上送給你一個大禮物。不，應該是送給你們貓莊人的一個大禮物。」

趙天國接口就說：「好呀，送我十來條快槍，五百發子彈吧。你那些兵已經吃了我們貓莊三頭肥豬，幾百斤糧食了，我可只得你三條快槍，幾乎沒得賺。我可聽人說，你們駐防白沙鎮的那兩個排沒少得槍支彈藥，收編的人數也有幾百了，趕得上一個營了。」

「你是聽曹東升那張大嘴說的吧！」彭學清說：「收編這類的新詞一般山民可說不出來。你放心，我們走的時候不少你十條快槍五百發子彈。」

「那你還送我們貓莊什麼禮物？」趙天國迷惑地問：「你不會把白水寨的龍大榜給送到貓莊來吧。」

彭學清說：「那也說不準喲。」

趙天國說：「我聽人說白水寨都二三百號人了，槍也有好幾十條，就憑你們這幾十號人說剿就剿了啊，哪有那麼容易。」

彭學清說：「兵貴在精不在於多。」

趙彭氏插話道：「看看，倆老表又爭起來了。大過年的還剿什麼匪打什麼仗，麻雀也有三十夜，咋能讓人年也不過了呢。」

大年三十這天，捂了半個冬天的雪終於落了下來。雪下得不是太大，但把山山嶺嶺全都蓋白了。貓莊家家戶戶的屋頂也是一片白亮。貓莊蓋石屋之前，要是下這麼不大的雪，也會壓壞幾家老朽的「人」字屋，趙天國記得他爹——前族長趙久明每次颳風下雨落大雪都要上下寨子查看一番，壓塌的房子立即叫族人來修整，再窮的也不能讓他沒個地兒待，實在不能及時修復，也得讓他一家人住祠堂裡去。特別是過年這天，族長都要在早上去每家每戶灶台邊看看，看看族人們過年有沒有年飯米，有沒有肉，殺沒殺雞宰沒宰鴨，特別是有沒有燉狗肉。貓莊人要是過年沒有狗肉，就是桌上擺了再多的山珍海味，那也不算是過了個好年。相傳趙家的先祖是羊變的，羊跟狼是天生的對頭，趙家先祖從羊變成人時，狼也搖身一變成了狗。趙家祖祖輩輩的規矩就是過年吃狗肉，別的村寨養狗是看家護院，貓莊人養狗是供過年上席的。

這天大清早趙天國就起了床，清掃了屋簷下、巷子裡的積雪，才披上大棉襖，戴上一頂油嘴帽挨家挨戶轉一趟。貓莊的石屋才蓋十多年不到二十年，瓦背下的檩子、木條都還結實著，趙天國倒是不擔心誰家房子會垮塌，也不擔心哪家哪戶沒米沒肉下鍋，貓莊家家戶戶都有田地，這幾年來還沒出現過到年關時就青黃不接的現象，至於肉，即使不餵豬的人家也不怕沒肉吃，貓莊人家家都是獵戶，冬天只要一下雪隨便往哪座山上一走，下個套子，或者是挖坑裝個壕，幾十斤肉就到手了。雪是從昨夜下起的，沒肉的人家半夜早就去了山上，這會兒也該滿載而歸了。

趙天國擔心的是家家有沒有狗肉。

趙天國先從上寨轉悠起，當然，他沒有必要家家都轉到，只揀家庭貧窮的人家走走。其實，趙天國也不要走進廚房，只要在屋簷下站一會兒，就知道那家人有沒有狗肉。貓莊人吃年飯都早，午時一過家家爆竹就響了。這會兒，肉都在鍋裡燉上了，香氣能溢滿外面的整個坪場。但為了表示族長的仁愛之心，他也要進門看看，聞聞狗肉的香味，說幾句祝福的好話，又弓著腰出來。他走到下寨趙久林家的屋簷下，站了好一陣子卻沒有聞到狗肉的清香，跨進門就問：「久林伯，怎麼還沒準備狗肉過年呢？」

趙久林正在灶屋裡剁一支麂子大腿，斧頭弄得啪啪響，看到趙天國進屋，說：「這不正要辦年飯嗎？」

「我是問你怎麼今年沒狗肉呢？」趙天國說。

「這不剁的就是狗腿嗎？」趙久林大聲地說。

「我以為是你打的麂子呢。」趙天國說：「我咋就沒聞出來呢。這些年來聞狗肉我的鼻子比狗還靈，今天失靈了。」

「天國你咋忘了，前幾天你不是讓長生給我送來了一腿臘狗肉，昨天夜裡天文又送來一大塊腰方。」趙久林指著火坑上鐵鉤掛著的一塊肉說：「喏，還掛在那裡呢。聽天文說他從鎮上挑來了一兩百斤狗肉，送了十幾家人呢。」

趙天文這些年在鎮上做生意，從沒聽說他給寨上人賒過一寸布，這次出手大方地給每家每戶送狗肉，這倒是個新鮮事。趙天國出了趙久林家就往趙天文家走去。其他的人家他沒必要看了。

從趙久林家出來，過了趙天亮家階沿，趙天國看到穿了一身簇新的藍色鍛面長袍新衣，戴著一頂新瓜皮帽的趙天文站在大門外張望。看到趙天國過來，連忙哈著腰快步迎過來。

「哥，我看見你過來了。」趙天文臉上堆著商人式的微笑，「剛才我去接娘下來過年，她不肯來。」

「她不來就算了，你心到就是。」趙天國自分家以後，還是第一次看到兄弟天文滿臉堆笑地跟他說話，但他不喜歡天文的這種笑，很假的樣子，臉上的皮肉是扯在一起的，趙天國想，天文做生意每天都這樣假笑，也真夠累人的。

「我過來是代表族人們向你表示感謝。」趙天國向趙天文說。

「那幾斤狗肉不值一提。」趙天文知道他代表族人感謝他什麼，又說：「哥，我有個事給你說說。白沙鄉鄉長和議長都保舉兄弟出任貓莊保董，出了十五就要去縣城集訓學習，聽說陳統領要親自講課。」

趙天國吃了一驚，說：「兄弟要做官了，恭喜恭喜。保董是個什麼官，以前咋沒聽說個這個官階？」

趙天文沒聽出趙天國是在諷刺他，說：「大概就是以前的保長，做做收皇糧國稅、管理造冊戶籍之類的吧，聽說還要貫徹實施什麼自治條例，反正我也不太清楚。」

趙天國明白了一向吝嗇的趙天文已經開始攏絡人心，說：「你生意不做了去做官？聽你這麼說保董也不是個什麼多大的官，不就是以前的保長嘛，比做生意還划算？還賺得多？」

趙天文叫苦地說：「哪有什麼俸祿，這不是陳鄉長和向議長抬舉兄弟嘛，不能不給面子，他們說做這個保董也不要天天辦公什麼的，不耽誤做生意，兄弟才應承下來的。」

從趙天文家出來，趙天國再也沒心情挨家挨戶噓寒問暖了，趙天文的話讓他心裡不踏實起來，倒不是他妒忌天文做了官，再說這個保董也不是什麼官，而是這個資訊讓他感到貓莊今後再不會那麼好過了。貓莊的黃金時代即將過去了！事實在，自從沒了皇帝後，雖然外面打得要死要活，當官的變來換去，但貓莊就像是一個被人遺忘也沒有管束的孩子，自由自在，自給自足，什麼稅丁賦役一律沒人來徵，趙天國都不記得貓莊最後一次戶口登記是大清朝的哪一年，貓莊人最少也有二十年沒服役出丁了，最後一次交皇糧怕也有十多年了，從貓莊種鴉片時起就沒人來收過稅款。彭學清來的那天說貓莊是世外桃源這倒是一點不假。貓莊人平時一年也難得去一趟白沙鎮趕場，因為他們覺得沒有必要，針頭線腦有走鄉串寨的貨郎，農具打造修理貓莊有自己的鐵匠，身上穿的也是自己紡麻結線。貓莊人就是三年不出門，也不會影響生存。趙天國想，白沙鄉任命了趙天文當保董，不是明擺著又要開始在貓莊按大清朝的那一套來嗎？看來彭學清說的那個陳統領已經坐穩江山統領湘西了。

回到上寨，趙天國先去了祠堂，想找彭學清叨嘮叨嘮這是咋回事，也想讓他說道道眼下的時局，進了祠堂，聞到後院飄來陣陣肉香，看來士兵們也要開年飯了。但院子裡卻沒有一個人，趙天國到裡屋一瞧，被子都疊得整整齊齊的，也沒一個人。趙天國喊：「彭學清，人呢？」跑來一個圍著白布的老兵廚子說：「彭連長帶人去剿匪了？」

「哎呀，這個彭連長，連年也不讓士兵好好過。」趙天國說：「去哪剿匪了？」

老兵說：「不知道，這是軍事秘密。」

趙天國自言自語說：「他們去得挺早的呀，半夜裡出發的吧，我早早起來就沒看見個人影了。」

吃完年夜飯，天色還早，趙天國讓趙長春趙長生出去玩，自己坐下來陪母親趙彭氏說話。沒一小會兒，趙天國就聽到外面長春和長生的尖叫聲：「當兵的把龍大榜捉來了！當兵的把龍大榜捉進寨了！」

趙天國跑出門，只聽到全寨上下男女老少都在興奮地大喊：

龍大榜被捉來了——

吳三寶被捉來了——

第九章

龍大榜的白水寨是午時三刻被彭學清偷襲攻破的。

彭學清帶兵摸進山寨時龍大榜吳三寶和眾匪徒們正在吃年飯，白虎堂裡一片喧譁，匪徒們喝五吆六，舉杯划拳，喝醉了的吳三寶一個勁地要和龍大榜對唱苗家情歌，龍大榜扮男，嗓音豪放，吳三寶裝女，細嗓尖聲，引得弟兄們哄堂大笑。整個白虎堂熱鬧非凡，歡聲笑語，喜慶沖天。

白水寨的規矩是過年都是午時吃年飯，這叫過兄弟年。吃飯後有家有室的回去再跟家人一起過年。兄弟家人兩不誤。白水寨跟別的土匪山寨不同，別的山寨兄弟們都是一人吃飽全家不餓的角兒，但白水寨是個有近百年歷史的土匪窩子，從它建山門的那天起就是半年種地半年搶劫半民半匪，雖然有幾年被清兵趕到百里外的七里魂峽谷裡，但龍大榜遷回來後祖宗的規矩還是沒改，只要是入夥的苗家兄弟在白水寨都可以娶妻生子開荒種地。十多年來，白水寨很快又恢復了以前的一大寨人。自從皇帝沒了，朝廷散了，沒人管了，別的地方的土匪都是越過越風光，人槍越來越多，今天袁大頭北軍來剿就投北軍，搞了槍支彈藥看準時機又反他娘的水上山，明天護國軍護法軍打過來，管它是湘軍川軍還是黔軍鄂軍，二話不說接受改編，改編一次人馬多一倍槍支換然一新。二龍山雖然既沒來過北軍進剿，也沒來過護國軍護法軍攻寨，可勸降的說服改編的北軍護國軍書信倒是不少，但龍大榜卻一直走不開，弟兄們有家有室的不願意背井離鄉。白水寨號稱二三百人槍，這是龍大榜放的煙幕彈，實際上能拉出去的不到一百人，他就是接受改編最多也就是當個連長，連個縣城也駐紮不上，就是駐縣城也得受人節制，想反他娘的水也不成，自己的人沒帶出來就被人家就地解決了。再說，就是給他個團長，龍大榜也走不開，他把弟兄們一帶走，他的家眷弟兄們的家眷都得遭殃。

對面大龍山陳家順虎視眈眈地盯著他呢。

只要他一走，白水寨就要被陳家順攻佔。

這也是龍大榜這些年不敢輕意攻打貓莊的原因。

陳家順是民國三年在大龍山落草為寇的。據說反正的時候，革命軍攻佔縣城時殺了他一家人，他只帶著幾個手下的弟兄逃出城。之後，他召攏一些失散的舊部，先是在離西北城不遠的斗篷山上落草，第二年伺機進城刺殺了縣知事和警備隊長等一干官員，被追剿後逃到大龍山。陳家順到大龍山時也就是十來條人槍，龍大榜一開始不知道那是陳家順在那裡安營紮寨，錯過報仇雪恨的最好時機。

大龍山和二龍山隔溝相望，兩個山寨眼力好的人都能看清對面人影，走起路來一上一下卻有十多里，要小半天工夫。陳家順安營紮寨伐木生火的當天龍大榜就發現對面的動靜，派人打探，探子回報說是十多個放排佬在那裡砍樹紮排，他們只有斧頭和繩索，沒看見刀槍梭標。龍大榜也就不再多管，大龍山山高林密，古木參天，方圓幾十里荒無人煙，常有放排佬上山伐木，這些放排佬進山時都是人一個卵一條，口袋裡的銀元銅板沒在碼頭上的吊腳樓裡的妓女身上花光是不會進山來的，這個時候是砸不出他們一文油水的。半年後，龍大榜知道那是陳家順時已經為時晚矣，僅僅只有幾個月時間陳家順已經有了百十號人二三十條槍了，不僅足以與龍大榜抗衡，而且嚴重威脅到白水寨的存亡。

陳家順上大龍山時是春夏之交，行伍出身的他既然為匪就不管一般土匪的規矩，用的還是朝廷的那些手段，一上山就在附近村寨大肆搶劫。春夏季節外出搶劫非常容易得手，這時農人們一心種田種地，毫無防備，一進寨耕牛就在田地裡，家裡的錢糧也沒有收藏，只要下山就收益不小。陳家順不僅搶豬牛錢糧，連人也搶。只要是壯年男人一律擄掠上山，能拿高額贖金的放回去，拿不出錢的就要跟他為匪。陳家順笑稱他這是抓「匪丁」。他深知他的人馬不趕緊壯大起來，隨時都會被對面的龍大榜一口吃掉。他跟白水寨可是有好幾十條人命的梁子，可謂是深仇大恨，只要龍大榜知道他陳家順在大龍山，立馬就會率人攻上山來。當初他來大龍山時就考慮到了這一點，天天裝著伐木紮排掩蔽龍大榜耳目。他把搶來的物資也都盡快地換成錢購賣槍支彈藥，以壯大自己的隊伍。

等龍大榜聽到附近村寨詛咒白水寨不講規矩四處亂搶的消息時，已到了八月末，派人一打探，才知大龍山那幫人竟然不是什麼放排佬而是嘯聚而來的土匪。再派人去大龍山打探，回報說那是陳家順的山寨，已有了上百人幾十條槍的規模了。龍大榜和吳三寶偷偷地摸上大龍山偵察，看到寨門前豎的是一面黃緞龍鳳旗，旗中央是個大大的「陳」字，來回走動的大多數匪徒們後腦勺上也都拖著條豬尾馬似的辮子。

龍大榜也不跟陳家順講什麼規矩下什麼帖子先拜會拜會，第二天就攻打大龍山，為幾年前死難弟兄們報仇。無奈大龍山易守難攻，加之陳家順早有防備，雙方對打了三天三夜，死傷了無數弟兄後才偃旗息鼓。之後，就一直對峙著，誰也不敢輕意招惹對方。

到了這年年底，陳家順突然撤出大龍山，消失得無影無蹤了。龍大榜這才鬆了一口氣，可是到了第二年秋天，陳家順突然又竄回了大龍山。他這次回來更是今非昔比，足足不少於二百人槍，清一色的黃軍裝漢陽造快槍。原來陳家順一年前投了北軍的馬繼海部，半年時間從連長升到了營長。一個月前，馬繼海部和川軍王文華部交戰，讓他的一個營穿插包圍王部一個團，他自知那是以卵擊石，不想拼光血本，乾脆把這一營人馬拉回了大龍山。陳家順這一回大龍山可就苦了二龍山，陳家順雖然沒有直接攻打白水寨，但也把白水寨圍得透不過氣來。白水寨出二龍山只有一條道，要經過大龍山下的峽谷，陳家順在那裡設了哨卡，用一個連重兵防守，封了白水寨出山之路。

陳家順放話給龍大榜：老子捨不得拿弟兄們的命換白水寨人的命，老子不費一槍一彈就能困死你狗日的龍大榜。

這一困就被陳家順困了整整三年，也讓龍大榜提心吊膽了三年，夜夜都睜著一隻眼睛睡覺，擔心稍不留神就會讓陳家順有隙可乘摸進白水寨。也幸虧白水寨儲藏了大量的食鹽、茶油，以及寨中有上百畝水田旱地，可以播種糧食，才不至於真讓陳家順困死。但三年來，別說沒外出做成一單「生意」，就連弟兄們衣服除了家織布也沒換一套新的。而從對面的大龍山吹過來的山風裡都飽含著酒肉的濃香。

陳家順在大龍山的動靜鬧得太大了，搶劫、綁票、抓「匪丁」、搶女人，鬧得民怨四起，人神共憤。他竟然還組織了一次人馬攻打西北縣城，沿途殺人無數，擄掠了大批財物和幾十個女人。據說告他的狀紙在鎮守使的案頭上壓了足有半人高。有一天，龍大榜半夜裡被炮聲驚醒，爬起來一看，只見大龍山火光沖天，炮聲隆隆，槍聲像爆豆子似的響成一片。第二天，龍大榜看到峽谷裡撤退的軍人逶迤好幾里路，足足有一千多人上大龍山剿匪。連四個人抬的迫擊炮和重機槍都用上了。但這支隊伍對二龍山不聞不問，徑直地出了峽谷。

三天後，龍大榜才知道湘西巡防軍統領部派了一個團進大龍山剿匪。他們先是在幾十里外的高梁坪伏擊了搶劫回山的陳家順，當夜又突襲了大龍山山寨。陳家順的人頭掛在西北城小西門城牆上，龍大榜和吳三寶特意進城去看，確認後他給吳三寶說了一句話：「現在老子可以放心地閉上雙眼睡覺了。」又說：「這也是個教訓，咱們做土匪的還真別把動靜鬧得太大，動靜越大墓坑就越挖得早掘得快。」

龍大榜已經敏銳地感覺到了為匪為盜的好日子快到頭了。看來湘西的新政府已經坐穩了屁股，不會對匪盜坐視不管了。

龍大榜算得不錯，陳家順掛在縣城小西門的人頭上的皮肉還沒有腐爛完，他的霉運接著就到了。

陳家順剛被圍剿不久，龍大榜的威脅解除後他也沒有輕舉妄動，弟兄們一再要求出去幹幾票，補補這幾年的損失，但都被龍大榜壓住了。他知道困了幾年的弟兄這時候一旦下山就是餓虎出籠，到時他自己也怕是收不住韁繩。派出去打探消息的弟兄不斷回報，酉水兩岸到處都在剿匪，很多山寨一夜之間就被蕩平，這種時候還是別往槍口撞的好。儘量讓官府忘記二龍山的存在為好。

龍大榜也相信這幾年來陳家順確實在幫他讓縣衙忘記二龍山，不僅官府，只怕是附近村寨裡的人也忘記了二龍山白水寨的存在了。龍大榜給弟兄們說今年無論如何也不出去了，得觀望一下形勢。年關到了，他從山寨裡拿出銀錢讓人去附近村寨集鎮買豬買牛，還派人去城裡打稀罕些的年貨，譬如酒水、布匹。

白水寨自建寨那天起就沒自己掏錢打過年貨，這足以說明龍大榜的小心謹慎。

禍事就出在進城打年貨回來的路上。龍大榜讓吳三寶帶著五個弟兄去西北城打年貨，買好年貨回到白沙鎮時一路平安無事。他們到達白沙鎮時天色已晚，就住進了鎮上最大的東升客店。睡到半夜，被院子裡的嘈雜聲吵醒，來了一幫馬隊，三匹馬，五六個人。從馬上卸下來一些物資堆在院子裡，留下兩個人看守，其餘的人進了客房去睡。吳三寶帶的五個人裡有一個人是龍大榜的侄子龍澤輝的兒子，叫龍占標，今年十六歲，異常機靈。他注意到那幾個進店的其中兩個人提著一個大布袋，很沉，還聽到布袋裡發出清脆的撞擊聲，就給吳三寶說：「三叔，那袋子裡一定是光洋，沒有一萬也有好幾千塊。要不要幹一票？」見吳三寶猶豫不決，又說：「山寨裡這幾年沒進賬，缺錢花。我叔一直想把山寨幹大起來，買槍買子彈也要錢呀。」吳三寶訓斥他說：「你別打歪主意，出門時寨主一再交等，非常時期，不要惹事生非！」龍占標說：「這樣好不好，我們不搶，今晚上把它偷了行不行？」吳三寶也知道山寨缺錢，想了想就同意了。他們連忙起床把年貨悄悄送出鎮外，趕回客店，留三人在店外接應，吳三寶和龍占標潛進去偷錢。

龍占標用刀撥開門閂，兩人進了房間。這是一個大間，估計是通鋪，黑漆漆的，什麼也看不見。龍占標輕腳輕手地摸索，什麼也摸不到，只聽到一片忽高忽低的鼾聲，光洋放在哪一時半會肯定找不到，到處亂摸他也怕撞醒那幾個人。龍占標摸到一張桌子角時，想那些人趕路奔波了一天，都睡得死，索性拿起桌上的火摺子點亮油燈。油燈一亮，房間裡一切盡收眼底，果然是個通鋪，睡了四個人，那個布袋被一個落腮鬍壓在腦殼下當枕頭。龍占標躡腳躡手走過去，伸手掐了一下布袋裡的東西，硬硬的，長筒狀，果然是包裹成一筒筒的光洋。龍占標左手持刀，右手抱起落腮鬍的腦殼，讓吳三寶去拿布袋。吳三寶抽出布袋，但沒想到那只布袋口子紮得鬆，當他慢慢抽出袋子脫離床板時，袋裡的光洋滑向另一頭，布袋雖然還在他手裡提著，但一部分光洋卻咣當一聲掉在地上。半夜裡這一聲咣當聲異常清脆響亮，一下把落腮鬍驚醒了。他人還未完全醒來，本能地一手就抓住了龍占標的右手腕，大叫：「有賊！」龍占標早就看清了落腮鬍是個彪形大漢，不等他躍身起來，想也沒想左手反過來一刀紮進他的心窩。其他三個人也被驚醒，紛紛從枕頭下抽出傢夥撲向吳三寶和龍占標。龍占標把短刀擲向撲上吳三寶的一個大漢，從背上拔出長刀，一腳踢翻桌子，顧不上那些光洋，拉起吳三寶就跑。他知道客店裡的人都醒了他們就跑不出去了。

回了白水寨，龍占標和吳三寶不敢把白沙鎮偷錢不成反倒殺了人的事說給龍大榜。只說是一路順利，安分守己，弟兄們連縣城的春月樓也沒去逛。他們不知道在白沙鎮客店裡殺死的那人是縣城最大商號青雲軒的收賬夥計，青雲軒的老闆朱青雲是老同盟會員，反正時曾資助過革命，在酉北縣城名望很高，他一狀告到縣知事那裡，縣警察局第二天就派人去白沙鎮徹查。那個被龍占標擲了一刀的夥計沒死，龍占標踢翻桌子油燈熄滅前他看清了兩個竊賊的長相，他告訴警察是一個少年和一個中年人，模樣他記不太清楚，但那少年是個左撇子，他看清了他是左手使刀。警察在鎮上一調查，又發現有人當天傍晚看到一個酷似二龍山白水寨吳三寶的漢子帶著四五個人住進東升客店。案子正是這一夥人做下的。警察局給縣知事彙報了是二龍山土匪所為。縣知事考慮到二龍山有幾百匪眾，警察無能圍剿，請求統領部調派離二龍山最近駐防白沙鎮的彭學清部圍剿。於是彭學清在臘月二十八這天收到了上峰「勿必於年前剿滅二龍山土匪」的命令。

臘月三十這天龍大榜也起了個早床。天剛濛濛亮時他就醒了過來。他是從一個噩夢中驚醒過來的。他夢見自己一個人在一片白茫茫的雪地上跋涉，走著走著，突然掉進了一個深坑裡，坑不大，但很深，他怎麼也爬不出去。他想大聲地呼救，胸口像壓了一塊大石頭，喉嚨裡像塞了一把乾稻草，又悶又癢，怎麼也喊不出聲。他感到全身出奇地冷，凍得他簌簌發抖。突然，他看見吳三寶從洞坑旁經過，閃一下又不見了。他使勁地喊，終於喊出了聲，但喊聲卻把自己驚醒了。醒過來，看到窗櫺外特別的白亮，這些天都是陰沉沉的，他才知道外面確實下雪了。夢到大雪不是個好兆頭，看到外面真的下雪了，龍大榜的心情反倒輕鬆了許多。

出了屋，龍大榜來到外面空地裡，這場雪下得不小，地上足足蓋了半尺厚，腳踩上去沒有半點聲音。信步走到山寨口，龍大榜發現哨亭裡沒一個人。可能半夜裡開始下雪時放哨的人就回去睡覺了。龍大榜有些生氣，他望了望被雪掩埋的山路，聽到山下峽谷裡嗚嗚吼叫的狂風，心裡釋然了。大雪封山了，這個時候鬼也不會進山來，何況是人。再說，今天是大年三十，官兵們也得過年，哪有長官這麼折騰士兵的呢？

龍大榜回到白虎堂，自己燒水喝了一壺熱茶暖和了身子，又去左廂房裡查看過年的飯菜。未到廚房他就聞到了乾竹筍燉豬腳的香味，石老大石老二兩兄弟一個正在忙著切菜，一個正在煎魚，燒火的麻小五守在灶門口臉龐被火光映得通紅，龍大榜用筷子插了一下燉在大鍋裡的豬蹄膀，已經軟乎乎的了，估計他們四更天就開始上灶台了。他問了一下石老大過年準備了多少個菜，石老大一口氣就報了一長串菜名，說整整十五個菜，都是兄弟倆最拿手的，到時就怕酒不夠，菜管夠。龍大榜說酒也管夠，山洞裡還埋著整整五十罈包穀燒，少講也有七八年了，到時就怕弟兄們喝不完呢。

他從廚房裡出來，弟兄們也都起來了，在吳三寶的指揮下正清掃積雪。龍占標和幾個同齡的小匪在打雪仗，雪彈滿天飛，開心得又喊又叫。看到龍大榜過來，幾個孩子一努嘴，雪球一齊朝他飛去，打在身上散開，滿頭臉一身子的碎雪屑。龍大榜也抓起雪球跟幾個孩子對打起來。

到中午開年飯時龍大榜已經忘記了昨夜的噩夢，也忘記了心裡的不愉快，他甚至連山門的哨亭也沒有佈置，讓所有的弟兄們都上座入席，以至於鑄成了大錯。上山只有一條獨路，寨門那個一丈多高的哨亭可以把山下一切盡收眼底，當時只要派一個人去哨亭，發現敵情後鳴槍示警，別說彭學清就一個連，就是帶一個團人來，一時半會兒休想攻破山寨。

當龍大榜和吳三寶對歌正起勁時，當弟兄們正開懷大飲醉眼朦朧時，彭學清摸上山寨來了。彭學清帶人衝進白虎堂時，龍大榜和吳三寶還沉浸在情歌纏綿悱惻的氛圍裡一唱一答，直到彭學清對著屋樑開了三槍，所有的人才醒過神來，看到一下子像是從白虎堂地底下冒出來的幾十支黑洞洞的槍口，呆了。只有機靈的龍占標隨勢一個後翻，滾過去抓住一支靠在壁板上的快槍，槍剛一到手，曹東升排長手裡的短火也響了，一槍打中龍占標的左肩膀，龍占標一個趔趄撲倒在地。

槍聲一響，把所有人都震住了。

彭學清大吼道：「誰也別動！」

龍大榜猛地灌了一大碗酒，把酒碗摔碎在地上，大聲說：「日你娘的，還讓人過不過年。我講你們這些當兵吃糧的莫就不要過年了。難道你們都是畢茲卡人，昨天就過大年了？」

彭學清笑道：「打擾兄弟們過年的雅興了。上峰有令，勿必年前剿滅二龍山匪徒，軍令如山倒，過了今天就是年後，彭某人的腦殼就不保了。」

龍大榜說：「果然是諾里湖的彭學清，田大牙也是你剿的，拿到你爹墳前開膛破肚的吧。我們白水寨跟你無冤無仇，犯得著年也不讓人過嗎？」

彭學清還是笑：「你不是最想到貓莊過年嗎？現在還早，我們回去走快點還趕得上趙天國家的年夜飯。至於弟兄們，你放心，人人都能再過一次年，我讓留在白沙鎮的炊事班準備了十八個菜，等弟兄們都回去才會開年飯。」他又指了指中槍倒地的龍占標，「就連他我也會抬回去讓軍醫療傷的。」彭學清命令士兵們收繳了土匪們的槍支，然後大聲地對土匪們說：「弟兄們，剛才龍大榜說得對，白水寨跟諾里湖近日無仇遠日無冤，我上山前就給手下的弟兄講了不許殺一個人。現在我只帶走龍大榜和吳三寶二人，這是對上峰要有個交代，至於弟兄們，想回家的回家，想跟我彭某人吃糧的，就回白沙鎮再吃一次年夜飯！」

士兵們收繳了山寨裡所有刀槍（梭標）之類武器就地銷毀，把銀錢和快槍全部帶走，老弱病殘以及不願當兵吃糧者每人發五塊大洋回家，願意跟他們當兵的七八十人跟另兩個排回白沙鎮改編，彭學清自己帶著曹排長的尖刀排，挑了十二支半新半舊的快槍，押著龍大榜和吳三寶原路返回貓莊。

龍大榜和吳三寶被押到貓莊的消息一傳開，幾乎家家戶戶傾巢而出，人人爭相目睹龍大榜和吳三寶長得什麼樣子。龍大榜雖然多次攻打過貓莊，但貓莊人這麼近距離目睹他的面目還是第一次，以前他不是夜裡來的，就是隔得太遠，鼻子眼睛都看不真切。這次是面對面，可以真真切切地瞧瞧，貓莊人發現龍大榜並不像傳聞中說的那樣惡煞惡神，相反，他長得壯實魁梧，虎腰熊背，足足七尺長身，英氣逼人，雖然被士兵們將手反剪捆綁著，但他的頭顱卻一直昂揚，臉上也毫無懼色，頗有其先祖苗人「戰神」的遺風。倒是軍師吳三寶不像個苗人，長得個頭矮小，賊眉鼠眼，一副陽戲裡丑角的滑稽的模樣。面對圍觀的貓莊人，吳三寶還故意擠擠眼睛歪歪嘴角，死到臨頭還是一副俏皮的老頑童相，惹得一些人朝他和龍大榜擲石塊，邊擲邊喊：「挖你的眼，割你的舌，掏你的心，餵野狗……」

也有大人們朝他們吼：「殺了這兩個混蛋！」

外面喊聲此起彼伏時趙天國正跟母親趙彭氏說話，龍大榜被捉進寨來雖然趙天國心裡有底但還是大吃一驚，只差把手裡的茶碗失手打碎。趙天國對母親說了一句話：「娘啊，你這個侄兒太不厚道了，還是你們做土司王時的搞法。年也不讓人好好過。」[1]

趙天國出來後大聲吆喝，驅散圍觀的貓莊人，讓他們都回家待著去。他和趙天文隨彭學清押著龍大榜和吳三寶往祠堂走去。趙天文跟彭學清是第二次見面，他昨天回貓莊後找過彭學清，彭學清回了諾里湖，沒碰上。

到了祠堂，彭學清讓士兵先把龍大榜和吳三寶綁上堂屋的木柱上，說吃完年飯再送到趙久旺的石屋好好關押，把收繳來的十二支快槍交給趙天國，說：「龍大榜這幾年被陳家順困死在二龍山，家底薄得很，就這十幾條破槍，全歸你了，至於五百發子彈，我開拔時給你，一粒不少你的。」

趙天國問：「你打算怎麼處置龍大榜和吳三寶？」

彭學清爽快地說：「你們貓莊要就把他們給你，你想拿來祭祖也行，凌遲、腰斬都隨你，到時我給上面報告說這兩個人被亂槍打死了。」

1 湘西民間傳說，彭氏白鼻子土司統治湘西時荒淫無道，人民四處流離，棄家躲進深山，他專在大年三十這天派兵出去抓回家過年的人們。

趙天文說：「把這兩個人在貓莊處決算了，省得押縣裡還要審判，說不定龍家人使錢還放出來呢，或是被那幫土匪劫了法場，學清哥你不就白忙一場了。在貓莊處決也是為民除害，也是安定一方。」

趙天國訓斥趙天文說：「你以為殺人就像殺豬殺狗那麼容易。」

趙天文爭辯道：「龍大榜是貓莊的仇人，貓莊的多少人死在他手裡，你忘了二哥天武是怎麼死的？寨子是誰燒的？我看就應該拿這兩個人的頭來祭祖，明天就殺了他們。殺了他們，我以後做保董也會輕鬆些。」

趙天國白了一眼義憤填膺的趙天文，轉身對彭學清說：「你真捨得給我，我就把他們放回去。貓莊跟白水寨的百年恩仇不是靠外人可以了結了斷的。殺了龍大榜，他還有後人，剿了白水寨，他們還可以另立山頭，冤冤相報何時了？」

沒等趙天國說完，趙天文就跳起來說：「哥你瘋了，萬萬不能放他們回去。」

彭學清睜大眼睛，不相信自己耳朵似地說：「天國你說什麼，我沒聽錯吧，放他們回去？你不殺他們。」

趙天國哈哈大笑：「跟你開玩笑的，放他們回去你也跟上面交不了差，你還是把他們送縣衙吧。」說完，抱起槍支，撇開彭學清和趙天文，徑直地出了堂屋，邊走邊說：「學清呀，我還是那句話，我是個巫師，心裡住的是神，只有魔鬼才時時掂記著殺人。我在貓莊是不會殺人的。」走出院門又折回來，對彭學清說：「如果你不介意的話，我明天想請他們二位去家裡吃個新年飯。」

彭學清為難地說：「這恐怕不行，我接到了明天清早開拔白沙鎮，明晚上回防西北縣城的命令，陳統領要調我們所屬的一個團扼守八面山，防止川軍北上，確保湘西自治和保境息民政策不受外界干擾。」

趙天國又對龍大榜和吳三寶說：「望二位能給趙某一個薄面，到貓莊來的都是客，聽說二位最想吃的就是貓莊的白米飯，叨念了許多年，先委屈委屈二位，等下就回去讓內人拿新碾的米煮餐飯，滿足二位的願望，天黑後給二位送宵夜過來。」

龍大榜氣呼呼地說：「不麻煩你了，老子在山寨裡吃得酒足飯飽，現在都還在打嗝呢。老子要是到了縣牢，諒那幫牢獄也不敢給老子送存米飯吃。」吳三寶卻笑嘻嘻地說：「要得嘛，別忘了燙壺好酒，我們這次出門都忘了穿皮袍，聽說你們貓莊的石頭房子一到冬天那個冷呀，浸到骨頭裡去了。當初我真不該出那個餿主意，讓人一把火燒了貓莊，嘖嘖，這不搬起石頭砸自己的腳，今晚自己得挨冷受凍了。」

龍大榜踢了吳三寶一腳，說：「就你囉嗦！」

趙天國笑了笑說：「到了貓莊就不要客氣，我這就讓內人去準備。」

一個時辰後，天完全黑了下來，彭學清和士兵們吃完了年夜晚，把龍大榜和吳三寶送到趙久元的石屋裡關押。他留下兩個士兵看押。兩個士兵都是白天留下來辦年飯的大廚，其他的士兵在雪地裡奔波了一天，太累，明天又得早早地開拔，得讓他們好好休息一晚。彭學清連東西寨牆的兩個崗哨也撤了。反正方圓百里內的土匪已經剿完肅清，不會再有武裝人員摸進寨來。

從聽到龍大榜被捉進寨來的消息那一刻起趙長梅就坐臥不寧了。一開始，她也跑出去跟隨著大家去看被押著的龍大榜和吳三寶。趙長梅雖然這些年來無時不在回想龍大榜的模樣和那天在那支溪河底的情景，但那些回憶既模糊又不真實，像傍晚天邊的雲霞那樣變幻不定。趙長梅從來沒想念過彭學清，哪怕就是住在他家的那幾年裡，她不知道自己為什麼會那樣想著龍大榜，她想她應該痛恨他才對。如果不是因為他，她就不會害怕新婚之夜跟彭學清同房，也就不會有現在寄人籬下的困境和受人指指戳戳的屈辱。但奇怪的是，趙長梅卻怎麼也恨他不起來。每次想他的時候，甚至連他的相貌都沒有，有的僅僅只是龍大榜這個名字。趙長梅記不清是那天沒看清他的相貌還是她已經遺忘了，直到今天傍晚再次遠遠地看到他，一剎那間所有的記憶都復活過來了。趙長梅沒有擠進人群裡去，但她還是看清楚了那個被五花大綁的漢子就是龍大榜。十多年前的龍大榜的面目這時就清晰地浮現在她腦海裡了。他跟十多年前沒有什麼多大變化，還是那副桀驁不馴的樣子。

趙長梅的心裡刺痛了一下。

他知道龍大榜被捉來也就活到頭了，彭學清不殺他，貓莊人也不會放過他。退一萬步講，就是送到縣衙去，他也還是一個死。趙長梅的心裡又痛了一下。說實話，她不想讓他死，不為別的，她想他死了她的一對兒女就沒有爹了。彭武平和彭武芬不能沒有父親，雖然他這個父親有沒有對於他們來說都是一樣的，她不可能讓他們相認，更不可能告訴任何一個孩子跟他的關係。但他畢竟是她的孩子們的父親。

趙長梅看著士兵們把龍大榜和吳三寶押進祠堂後，她一直守在暗處，又看著他們被押進趙久元的石屋裡。她一直在趙久元石屋不遠的一棵樹下蹲到亥時，看到趙天國給龍大榜和吳三寶送宵夜。兩個老兵背著槍一直在不停地走動，趙長梅想等他們睏了打盹了再想辦法救出龍大榜，但那兩個老兵精神似乎很好，也可能是天氣太冷逼著他倆來回不停地走動暖和身子。

趙長梅蹲了一個多時辰，毫無辦法，身上手上腳上都冷得麻木了。她也不敢跺跺腳哈哈手取暖，大年夜裡小孩子都不睡，打著火把或提著燈籠到處旋家，她怕被人發現。趙長梅覺得等下去也不是辦法，只好先了回家。

彭武平從上寨趙天國家玩回來時看到妹妹已經睡了，娘還沒睡，手裡抱著一段給武芬做新衣的花洋布，在油燈下癡癡地出神。他連叫了幾聲娘，娘都沒有反應。這時，趙長梅突然想到趙久元屋後土坎上有一棵大梨樹，枝椏伸到了正屋瓦背上，只要攀著這棵樹椏就能到達屋頂，然後可以揭開瓦片吊根繩索進去。趙長梅馬上去灶屋裡找來一圈抬石頭用的粗麻繩，準備出屋，彭武平趕過來問她：「娘，你去做什麼。」

趙長梅囑咐武平：「你好好在屋裡待著。」

趙長梅走出了門，想了想，自己雖然會攀樹，但瓦背卻很陡，她怕自己笨手笨腳的會讓瓦片滑動下來，弄出聲響，又踅回來問彭武平：「你願不願意幫娘去做一件事，這件事對誰也不能講。」趙長梅知道兒子武平攀枝上房手腳麻利，這事讓他去做可能更保險，再說他一個孩子，當兵的發現了也不會把他怎麼樣。聽彭學清說他們天不亮就要開拔，再不去就晚了。她想，貓莊人也不會想到彭武平會去救龍大榜吧。

娘要他去辦的事，彭武平當然願意去，說：「要我做什麼事？」趙長梅說：「你帶著繩索攀樹爬到趙久元家屋頂上，揭開瓦看哪間房裡有人就把繩索捆在檁子上吊進去。如果裡面的人睡著了，就用瓦片砸醒他。」武平聽明白了，大聲說：「我不去，你是讓我救龍大榜和吳三寶。他倆是土匪，該殺，我不救土匪。」

趙長梅趕緊捂住彭武平的嘴，父親趙天亮還坐在正屋火炕邊守年，偏房裡大聲說話他聽得見。趙長梅哄彭武平：「你怎麼連娘的話都不聽，你給娘講，你跟誰最親？你是娘的兒子，娘讓你做事你也不願意。」

彭武平想了想說：「好吧，那我等一下去。」

趙長梅著急地說：「現在就去，瓦背上有雪，滑，你當心一些。」

彭武平說：「沒雪了，天國外公讓我們給外老太家熱火坑了，我和趙長春趙長生在他家燒了兩大捆生柴，屋背上的雪都化了。娘，我等搶年時就爬上屋頂，那時全寨的爆竹一響，看守的兵就聽不到屋頂上的動靜，每年搶年全寨的炮竹要響半個時辰呢。」

趙長梅摸了一下彭武平的頭顱，驚喜地說：「我怎麼沒想到呢，我家武平真是聰明。你記住，把繩索綁緊吊下去，把人砸醒你就趕緊回來，一刻也不要停。」

子夜時分，彭武不來到趙久元屋後，蹲在梨樹下，大約只等了兩杆煙的工夫他就聽到了貓莊第一聲搶年的鐵炮聲，這是趙天國在祠堂門口放的，告訴貓莊全寨人新年到了。這是七眼炮，要響七聲。炮聲之後就是鋪天蓋地唏哩嘩啦的炮竹聲。炮聲一響，武平就縱身溜上梨樹，順著橫逸出去的樹丫上了屋頂。他大約估計了一下龍大榜和吳三寶關押的位置，然後揭開瓦片，把一片整瓦頂在膝蓋上撇碎，向屋裡使勁擲去。外面因為山上還有積雪，顯得亮堂，但屋裡的窗子早已封死，屋內一片漆黑，彭武平什麼也看不見。他才不管瓦片會不會砸傷那兩個土匪呢。

這時，七眼炮才剛剛響完，炮竹聲早就接了上來。

彭武平聽到裡面傳來哎呀的負痛聲，瓦片擲在了某個人的頭上了，心裡想笑，但他忍住了，迅速地揭出一個大孔，把繩索在檁子上綁好。彭武平想了想，蓋瓦的木條很密，不夠一個身軀鑽出來，他又使勁蹬斷了幾根裸露出來的木條，好在趙久元家的木條是又薄又脆的杉木，沒弄出什麼大響動來。然後彭武平就一溜煙地下了房，跑回了家。

瓦片是砸在吳三寶臉上的。但吳三寶喝多了，睡得像頭死豬一樣，只在負痛哼了一聲就又睡過去了。趙天國送來的那一罈竹葉青龍大榜只喝了兩碗暖身子，剩下的都被吳三寶喝乾了。他直到現在還是爛醉如泥。龍大榜剛才也睡著，被外面的七聲炮響驚醒了，醒來後眼前一片漆黑——那支趙天國帶來的紅蠟早已燃完，索性又閉上了眼。他在想明天彭學清或者是趙天國怎麼處置他們，他不怕死，什麼死法也無所謂。這時，他聽到吳三寶哎呀的叫聲，猛然睜開眼睛，他一下子看到屋裡不再是那麼漆黑，亮堂了許多，他抬起頭，看到屋頂上透出了一根光柱。隨後，那柱光越來越大，屋頂上已經開出一個三尺見方的天窗了，能夠看到一個模糊的人影在那裡晃動。

龍大榜立即去推吳三寶，把他弄醒，推了幾下，吳三寶只打了兩個翻身，龍大榜掐他的鼻子，吳三寶這才醒過來，但人還是迷迷糊糊的，龍大榜附在他耳朵上說：「有人來救我們了！」吳三寶說：「那就走啊。」猛地站起身來，但他只搖晃幾下又倒下了地。龍大榜抓住從屋樑上吊下來的繩索，讓吳三寶先走。吳三寶這才徹底清醒過來，但他感覺渾身無力，「狗日的壞了，我沒力氣爬上去。」他說：「寨主你走吧。」龍大榜說：「我背你，要走一起走。我龍大榜哪時落下過兄弟。」

吳三寶張牙舞爪搖搖晃晃地跪下去，說：「寨主你快走吧，等炮竹聲一停就走不掉了，那個天窗口子不大，爬出去要掉瓦片下地的。你快走，我吳三寶要是有下輩子，還給你當軍師行了吧。」

他一邊推龍大榜快走，一邊說：「我下輩子再不貪酒了，他娘的趙天國真是個仁義人，這罈竹葉青起碼是二十年以上的存貨，後勁還這麼大，真是好酒。」說完就倒下地扯起了呼嚕。

五更天時，趙天國睡得正香，聽到屋外啪啪的敲門聲。趙田氏說：「小孩子拜年的，來得這麼早。」趙天國去開門，見是彭學清。他一身筆挺戎裝，軍容整齊，身後的士兵們已整裝待發。彭學清說：「我給姑姑拜個早年，然後就此作別，戎馬倥傯，今日一別，不知何年回鄉。天國，我把五百發子彈放在祠堂的八仙桌上，你到時收一收。」

彭學清拜別趙彭氏後出門，趙彭氏囑咐趙天國送他們出寨。他們來到趙久元家，那兩個老兵還很精神地站在屋簷下。彭學清問：「有情況嗎？」一個老兵答：「那兩個人睡得像死豬一樣，鼾聲打得比雷還響。」眾人一聽，果然裡面轟轟隆隆的。

打開門一看，彭學清和趙天國都傻眼了。他們都一眼看到屋頂開了天窗，屋角只睡著一個人，是吳三寶。門開了他的鼾聲也沒斷，睡得正香著呢。

龍大榜跑了！

彭學清氣急敗壞地出了屋，一馬鞭朝那個老兵的身上抽去：「你們是怎麼看守的，人跑了也不知道。」趙天國忙勸他：「跑了就跑了吧。」彭說清說：「你倒說得輕巧，人死了倒好交差，跑了我在上峰那裡怎麼說，天國，我看你們貓莊有內鬼，我現在沒時間跟你扯，我要歸防，你自己慢慢查吧。這事不可能是外人幹的。」

趙天國從看到那個天窗時就已經大致猜到是誰幹的了。他知道這屋後有棵梨樹，人是攀樹上房頂的。但他沒有做聲。

出了寨牆，彭學清跨上馬，回頭說：「天國，我喜歡你們家趙長春，那小子是塊扛槍的好料，再過幾年等我當了團長把他送來給我當勤務兵吧，讓我好好鍛打鍛打。」

趙天國愣了一下，隨即脫口而出：「這個沒商量，我們貓莊不出土匪，也不出當兵吃糧的，你死了這心吧。」

第十章

不知從什麼時候起，峽谷裡開始傳佈貓莊的流言。流言的版本很多，其中最荒誕不經的傳言說貓莊是一座鬼城。據說傳言最先是從一個貨郎的口裡出來的，他說有一個月夜裡從貓莊出來，走了整整大半夜，也不知道走到哪裡了，突然看見前面是一片亂葬崗，數不清的高大的墓碑和墳塚，墓碑都是七廂碑九廂碑，墳塚全是條石堆砌，陰氣彌漫，鬼氣森森，他當時就嚇壞暈了。等他醒來時天已大亮，發現自己睡在貓莊的寨牆洞裡。原來他整整一夜都沒有走出貓莊。還有一種說法是老寨的一個亮眼睛[1]苗婆傳出來的，她告訴人們別看貓莊白天人氣旺盛，其實一到晚上它就是個鬼市，方圓百里的鬼們都來這裡趕場，買賣貨物，鬼來鬼往，熙熙攘攘的。神婆說得有眼有板，上寨是個豬牛集市，下寨是糧油集市，兩寨之間的那一壩水田則全是房屋，開著店鋪客棧，中間的水溝是一條騾馬大街，是陰府貓莊最繁華熱鬧的地段。聯想到貓莊的石頭房子都是周正龍和周正虎兄弟建的，而這兩兄弟恰恰就是打碑砌墓的，因此貨郎和苗婆的兩種傳言人們都深信不疑，認為貓莊就是一座陰寨。就連貓莊的趙

1 亮眼睛，湘西農村傳說能看見鬼的人。

久林也說有一個白天他在雞公山打獵追逐一隻野物時突然看到山下陽光照耀的寨子裡閃閃發光，定睛一看，嚇得他七魂出竅，他看到整座貓莊那些石頭房子都不是房子了，是一座座高聳的墓碑。趙久林找到趙天國說：「天國，這是真的，我可給誰也不敢說，我真看到一座座房子都是墓碑。」

趙天國當然知道這是無稽之談，是周邊村寨裡的人在貶損貓莊。他是巫師，他還不知道貓莊是不是鬼城嗎？說白了，是他們在妒忌和貶損貓莊。他第一次用訓斥的語氣說：「久林伯，你老了，眼睛花，別跟外面人瞎起鬨！」

但趙天國心裡也很清楚，這些年來，峽谷裡的陰氣和汙穢越來越重了。他已經做過好幾場法事，卻絲毫不能驅除貓莊上空的陰氣和汙穢。作為一個巫師，趙天國明顯地感到他的能力卻越來越小，他幾乎已經喪失與天神對話、與鬼魂相鬥的法力。他的卦越來越不靈驗就很能說明法力在不斷地萎縮。峽谷裡的陰氣和汙穢仍在不斷地增加，貓莊趙氏種族面臨的危機也在不斷加重，陰氣壓得貓莊婦女孕育的男丁不是在肚子裡流產就是在月子裡夭折，更嚴重的是許多婦女不到三十就乾經絕育了。現在能滿寨子跑的十歲以下的男孩幾乎數不出來十個。就連天天跟巫師一個被窩睡的老婆趙田氏自從生下長生後，每懷上一胎都流掉一次，三胎沒一個成人的。再這樣下去，不出五十年，貓莊趙氏種族就要絕跡了。但趙天國卻感到自己毫無能力改變，他這時才深深體會父親趙久明當初那種無力回天的悲涼的心境。

彭學清把部隊拉走後，沉積多年的關於貓莊的流言又死灰復燃，越傳越凶起來。人們還傳說被彭學清砍頭了的田大牙等匪徒們都變成了厲鬼，夜夜在貓莊遊蕩；從貓莊逃脫的龍大榜在西北縣城劫了法場，雖然沒救出吳三寶，但他肯定會在近期血洗貓莊，把貓莊變成一座真正的墓地。峽谷裡的人都深信不疑貓莊的末日快到了。

趙天國對這些傳言都置之一笑，不去理會，更不像多年前那樣去努力消除這些流言。這些流言並不讓他感到可怕，讓他感到可怕的是貓莊內部的隱患。明顯的兩個隱患已經折騰得他寢室難安了。第一個就是彭學清所說的內奸，他已經知道是誰了。趙天國可以確認龍大榜是趙長梅指使彭武平放走的，他查看過趙久元屋後的雪地，留下的是一些半尺長短十一二歲小孩的腳印。這也讓他確認了彭武平和彭武芬兄妹的身分，他們是龍大榜的種！其實早在趙長梅帶孩子回貓莊時，趙天國看到那兩個孩子都是左撇子時心裡就有所懷疑，因為人人都在傳說二龍山白水寨龍氏家族都是左撇子，左手拿筷子吃飯，左手拿刀子殺人，趙天國一直將信將疑，大年三十夜裡他給龍大榜和吳三寶送宵夜後，才知此言不虛，他親眼所見龍大榜就是個貨真價實的左撇子。

只是趙天國一直想不明白，趙長梅是怎麼跟龍大榜扯上關係的？這太不可思議了，看來這個謎只有趙長梅本人才知道謎底。

趙長梅母子在趙天國看來還不是貓莊最讓他最頭痛的隱患，因為這一切都在他的意料之中，也在他的掌控之中。他們不會危及到趙氏種族的生死存亡。放走龍大榜在趙天國看來本身就並非多大的事件，如果當初彭學清真把龍大榜和吳三寶交由他處置，他也是那一個字：放。這倒不是僅僅因為他是巫師，不殺人，他記得父親趙久明在世時曾反覆給他說過：生於憂患，死於安樂。白水寨有龍大榜存在就是貓莊的憂患，若沒了，說不準倒是壞事了。畢竟，酉水兩岸土匪多如牛毛，哪個山寨不對水美田肥的貓莊覬覦已久，一旦沒了二龍山土匪，貓莊的神經鬆弛下來後，反而離亡寨滅族的日子不遠了。從這個意義上講，就是以後彭武平知道他是龍大榜的兒子，投奔白水寨，與貓莊為敵，也不是真正意義上的壞事。

真正折騰趙天國寢室難安的反倒是他的兄弟趙天文。趙天國已經清晰地感覺到真正能毀滅貓莊的也只有趙天文。這個已經完全不像貓莊人，而是像個城裡人的他的親弟弟，只要回貓莊，每次帶給貓莊和族人們的都不是福祉，而是災難。

這次更不例外。

趙天文在酉北縣集訓了一個半月後，回到白沙鄉公所開了三天會，就回了貓莊。他把白沙鎮的生意全部交給聘請的一位老掌櫃打理，自己搬回來常住貓莊，專心於他的保董工作。他帶著周正龍和周正虎兄弟走村串寨，宣傳陳統領親自制定的《湘西十縣鄉聯合自治條例》、《保境息民綱要書》以及各種他在集訓班學習過的文件。由於鄉公所把距白沙鎮最遠的西北角七個寨子全都劃歸貓莊保管轄，這七個寨子總人口不上五百，除了貓莊是個大寨，有三百多口人，其餘的像諾里湖、麻洞、芭茅寨等都是只有十來戶人家的小寨子，甚至最遠的車拉湖只有三戶人家。每個寨子之間的路程也遠近不等，距離貓莊十里二十里的都有，除了諾里湖、青石寨和芭茅寨，其他寨子他收山貨時也沒到過。趙天文花了整整五天才走訪完他的「轄區」。

趙天文覺得寨子與寨子之間太遙遠，而且窮山惡水，野獸出沒，路途更不太平。更重要的是，趙天文的保董事務就是收稅催糧，這一帶的山民們不受教化，一貫剽悍刁蠻，而且自大清朝後多年來沒有官府管理，現在收稅催糧難免會得罪人，跟人結仇，他跟趙天國提出借族裡的兩支快槍讓周氏兄弟背著壯膽，遭到了趙天國拒絕。幾天後，他自己掏錢從鄉公所裡買了兩支快槍，說是鄉公所配發給他的，天天大搖大擺地走村串寨，周氏兄弟儼然成了他的跟班或者馬弁。貓莊人人都背底裡都說他官樣實足。人們都不太明白，他所說的保董不就是滿清時的保長嗎？保長從來都屁官不是，甚至連俸祿都沒有。把保長當個官來當，貓莊百年來還真只出了個趙天文。

趙天文也確實把保董當做官來當的。為此，他專門進了一趟西北縣城，製作了一塊白底黑字的「白沙鄉公所貓莊聯保辦公處」的大牌子掛在自己家大門左側，請木匠打了一個三屜的大辦公桌，專闢了一間正屋作為保董辦公室。在個人形象上，他也換掉了商人的長袍馬褂，定做了一灰一黑兩套中山裝，梳了一個小分頭。他的上衣左口兜上永遠都插著兩支自來水筆，頭髮也是天天早上都摸二兩茶油，油光光的。他的這套行頭在開全鄉保董會時受到了陳鄉長和向議長的高度讚揚，誇他是全鄉九個保董裡最精神的一個，並號召保董們向他學習，跟上時代步伐，為湘西自治，為湘西人民的富裕努力工作，發光發熱。陳鄉長還當著其他八個保董的面拍著趙天文的肩膀說他當初沒選錯人，趙天文不僅是全鄉最年輕的保董，今後也必然會是建樹最大的保董，會有更大的發展前途。

趙天文能出任貓莊保董一職是鄉長陳致公力薦的結果。最初鄉公所選定的貓莊保董一職是貓莊族長趙天國。趙天文提前知道了消息，活動了陳鄉長和向議長，把保董爭到了自己名下。趙天文結識陳鄉長是在他上任第二天白沙鎮商會宴請他時，那天酒過三巡後，陳鄉長談起他上任伊始，百廢待興，正為各保保董的人選發愁。陳鄉長是說者無意，但天文卻聽到心裡去了。第二天，他就封了兩份五百大洋的厚禮拜訪了陳鄉長和向議長，表達了想回貓莊當保董的意思。沒過幾天，他就收到去縣城集訓的正式公函。趙天文深知他要在白沙鎮立足，不單要靠生意上賺錢，更得跟鄉裡的一干官員、警察搞好關係。否則，你就是有再多的錢，他們也能夠讓你的店鋪一夜倒閉，甚至死於非命。他在西北縣跟著曾伯做了十年學徒，當了兩年大櫃，聽到曾伯說的最多的一句話就是：做商人只有做胡雪巖那樣的紅頂商人才有搞頭。趙天文現在還沒有足夠的資本進城發展，結識縣裡更大的官員，他知道現最重要的是在白沙鎮這個水陸大碼頭立穩足跟，跟鄉公所、稅警等官員綁在一條船上，當保董就是他最好的選擇。在城裡集訓時，縣知事訓話時還說了如果保董工作出色，可以擢升鄉長、議長，前途無量。趙天文已經邁出踏進了官場門檻的第一步，他別無退路。

但貓莊人不知道趙天文的用心和野心，他的這身打扮背地裡受到寨人們的嘲笑，特別是他的四兜露在外面的中山裝和油光水滑的小分頭，更讓貓莊人看不慣，人人私下裡稱他為「小官人」。這意思是小人得志，不是官充官等等，語義含有鄙夷和不屑。當然，「小官人」這樣的話趙天文不可能聽得到，更不會想到這話最先是從哥哥趙天國口裡出來的。

趙天國是在趙天文按鄉公所要求請來技術人員在貓莊勘查山林，丈量田地，跟在後面忙下忙上屁顛屁顛時說的這話。他給趙長發說：「我看天文那樣子也就是一個小官人嘛。」趙長發愣了一下，咂摸出話裡的含義後看到趙天國已經走遠了。

在此之前，趙天文已經完成了貓莊保的人口登記造冊工作。也正因為戶口造冊，趙天文與趙天國發生了自他當保董以來的第一次正面衝突。那時趙天文的戶口造冊已經做好了，每家每戶每個人的名字都填上了縣署民政科發放下來的戶口登記冊，趙天國才知道有這回事。趙天文登記戶口時沒有通知他，也沒跟他說過，貓莊有多少戶，每戶有幾口人他自己也清楚，不太清楚的上門一問就知道了。趙天國知道這事還是趙長發說的，他一聽就急了，忙去找趙天文。趙天文提著公事包正出門，被趙天國攔住，說：「讓我看看你包裡的東西。」

趙天文說：「這是交到鄉公所去的，你不能看。」

趙天國說：「不就是戶口登記嗎？有什麼不能看的。」

趙天國拿過戶口登記本，翻起來，他不得不佩服天文是做生意的，做賬能力強，一保七寨每家每戶人數登記得清清楚楚的。趙天國特別仔細地查看了一下貓莊的，一口人也不落。連昨夜剛出生的趙長發的女兒都登記上去了。因為趙長發還沒有給女兒取名，這個女兒在他家行三，天文填的名字就是「趙三妹」。趙天國看完後，合上本子，拍了拍封皮，用商量的語氣說：「天文，你看能不能改一改這個。」

趙天文警惕地說：「你想怎麼改？」

趙天國說：「你把哪家有三個以上男丁的勻一下，勻到只有一個或者一個男丁也沒有的人家的名下，每家都別超過三個男丁。這樣，貓莊的總人口不變，萬一來查也查不出名堂。」

趙天文明白趙天國的意思，他這樣是想逃丁，按自治軍政府規定，戰事吃緊時需要兵源補充是三丁抽一丁，趙天國這樣偷樑換柱，貓莊人永遠都輪不上抽丁了。趙天文說：「這不行，這是逃丁，統領部知道我吃不了兜著走。」說完抽身就走。

趙天國一把抓住他衣袖，扯了趙天文一個趔趄：「你還是不是貓莊人，你還姓不姓趙？」

趙天文轉身過來，紅著眼睛吼道：「你想把我送進牢房啊，這是欺瞞政府的事。」

趙天國說：「你是怕丟了芝麻官吧？」

趙天文說：「我這是秉公上報，對得起良心，國家興亡，匹夫有責，貓莊人憑什麼就不能出丁報效國家。趙天國，我警告你，再攔我當心我不認你是哥，告你防礙公務，讓鄉警來收拾你。」

趙天國後來才知道，比起以後趙天文帶人重新勘查地界丈量田地和組建民團給貓莊帶來的震盪，戶口登記修不修改不改根本算不上什麼。事實上，那些戶口登記冊交到縣裡存檔後再沒人翻看過，至少是好幾年沒人看過。但勘界丈田對貓莊就非同一般了。幾百年來，貓莊的田地都是由族裡統一分配到戶，除了十畝上好的族田不動，每十年重新按人頭分配一次，其間不允許買賣和轉租，若有絕戶的人家，就按出生先後來調配，整個貓莊的田地實際上都是族裡的。所以，貓莊百年來從沒有財主和佃戶，每家每戶都有田地。丈量田地前趙天文宣傳的土地法是田地歸自治政府公有，私人代種，貓莊人理解也就是要交皇糧國稅，歷朝歷代交皇糧國稅天經地義。何況田地丈量之後每家每戶拿到的契約田產地畝都沒有變，誰也沒想到天文在這上面做了手腳，把那十畝族田劃歸了保公所公產，實際上也就成他自己的私產。

這年四月，貓莊人發現趙天文家長工周正龍和周正虎育了幾丘大田的秧苗，把他自己家所有的水田都育了，還借了別人的兩畝水田，人們心裡都在嘀咕他家怎麼要育那麼多秧苗，插到哪去，那得插多少水田。沒過幾天，人們就看到周氏兄弟扛著犁耙下到族田整田，那些族田都是從未乾旱過的冬水田，一犁一耙就能插秧。人們都感到很奇怪，今年的族田可沒輪到趙天文家耕種，前幾天夜裡，趙天國跟族人們議事時才定下今年輪到他自己、趙長發家和趙長根三家人整田、插秧和打穀同往年一樣，各戶出一個勞力。這十畝族田主要是用來救濟族人和防備災年用的，所以年年勞力都是合出。

那天，趙天國早飯後扛著犁頭牽著水牛去整族田，他遠遠地就看到田裡已經有兩頭牛在龍騰虎躍，還以為是趙長發和趙長根已經下田了。待走到田塍邊，一看，正在犁田的卻是周氏兄弟。二人正埋頭犁得起勁，趙天國叫了十多聲，等他們打牛過來時才叫應周正龍。趙天國問是誰讓他們來犁田的，周正龍說是趙天文。他說：「我們家老爺說了，族田已經收為公有，由保裡代種。」趙天國說：

「什麼保裡，這不分明成他私人的田產了？你們犁吧，我去找他問問。」

趙天國來到趙天文家裡，儘量壓住火氣問他族田是怎麼回事？趙天文正在他的「辦公室」裡整理文件，抽出一張契約給趙天國看，說：「這是我代簽的契約，那十畝族田收歸公有，屬於保裡的，其實跟族田也一樣，也是用來救貧濟困賑災的，還是免租的。若是以族田名譽簽契約收三成屯租。只不過是以前收成放在祠堂由族長你保管，今後放在保裡由保董我代管。」

趙天國氣憤地說：「怕是都成你自己的吧。」

趙天文笑了笑：「怎麼可能成我自己的，那不成了貪汙。放心吧，哥，跟族田一樣的，秋收後我把糧食還是挑到祠堂裡去，我家裡也沒那麼大的倉。」

趙天國從趙天文家出來時，外面上已經圍了很多族人，大家議論紛紛，趙天國把趙天文的話對大家說了，人們七嘴八舌地質疑：真是那樣他會私人出勞力嗎？趙天文也不是省油的燈，十畝水田犁耙田至少要十張牛[2]，栽秧打穀少講也要五六十個工，無利不起早，他這個生意人會白幹嗎？趙天國這樣一想，覺族人們說得也對。他說：「我得去一趟鄉公所，把這個搞明白。」

趙天國進了白沙鄉自治公所，臨街的一幢民房改建的木屋。這是趙天國第一次走進鄉公所，也是他一生中第一次走衙門裡。接待他的是位年輕官員，大約三十來歲，自稱姓向，叫向任橋，是白沙鄉議長。議長是個什麼官趙天國直到出了鄉公所也沒有弄清楚。向議長很耐心地跟他交談了半個多時

[2] 一張牛：一人一牛一天的勞動量稱為一張牛。

辰，關於族田的說法大體跟趙天文說的相同。向議長還特別強調一切都得按照自治條例和相關章程辦事，保證鄉裡保裡都不會欺詐老百姓。

趙天國心裡還是嘀咕，但事已至此，他也毫無辦法，只能靜觀其變。

到了秋收後，趙天文自己雇短工收了穀子，但他並沒有挑到祠堂的穀倉，而是挑進了自己家裡了。幾天後，貓莊人又看到他請了十多個腳夫，把糧食從家裡背去了白沙鎮。趙天文給族人的解釋是他拿這些糧食給族人們交了三年來的屯租。因為貓莊已經好多年沒交屯租了，鄉公所要貓莊補交三年的屯租。趙天國心裡一直在疑惑，貓莊不是苗區，滿清時就只交田賦不交屯租，怎麼趙天文開口閉口都是屯租，莫非把貓莊又劃為屯區了，要劃也得把整個西北縣都劃進去吧！

十月的一天，趙天國從山裡砍柴回來，在屋側的空地上碼柴時，回頭一看，看到對面下寨趙天文家門前栽了一根旗杆，旗杆上一面白旗飄揚。貓莊只有死人才升白幡。趙天國大聲叫長春和長生，說：「快去看看你三叔家掛白旗是怎麼回事。」

一會兒，趙長春趙長生哥倆氣喘吁吁地跑回來說：「那是一面白旗，上面有一行黑字。」

趙天國問：「什麼字，認不認得？你三叔又在玩什麼花樣。」

趙長春說：「好像是，是什麼『貓莊民團』四個字。」

趙天國歎息一聲：「這兵都還沒招，就打白旗投降了，瞎搞一氣。」

趙天國再往趙天文家看，發現那裡已經圍了很多人，大家都在看稀奇。等他碼完柴，準備再去山裡時，看到那些人正三三兩兩地在往上寨走來。趙天國駐足站了一會兒，也沒看出什麼名堂來，進屋灌了一大瓢涼水，背上背簍、斧頭往山裡去砍柴。走了沒多遠，聽到屋坪場上有人喊：「趙天國，趙天國。」是趙天文的喊聲。他還聽到母親趙彭氏罵趙天文的聲音：「他是你哥，沒大沒小的，天國也是你喊的！」

趙天文說：「我這是要跟他談公事，娘你就少瞎摻和。」

趙天國回來，看到天文還帶來兩個黑帽黑衣的警察，其中一個腰上掛著個大牛皮盒子，裝的就是彭學清要送他的那種駁殼槍，這人看來是個官，另一個手裡提的是條快槍。趙天國對趙天文說：「跟我有什麼公事談的？我又不是你們這個所那個所的人。」趙天文怎麼帶警察來？趙天國知道肯定不會有什麼好事等著他。

趙天文說：「我是奉縣公署的命令收繳貓莊的快槍來的，也不能說是收繳，是貓莊成立了民團，槍支和人員都歸我這個保董指揮。我也是受鄉公所陳鄉長指揮。」

趙天國吃了一驚，頭皮轟地一響，感覺就像被人打了一悶棍。幾十支槍那可是貓莊人多少血汗換來的，貓莊若是沒槍了，那再高再結實的寨牆就成了竹籬笆，誰想進來不就輕鬆地進來。趙天國覺得一下子很虛弱，他顫聲地說：「都要收繳到哪去，那可是貓莊的命根子啊，不能說拿走就拿走！」

「槍我們不拿走，還是留在你們貓莊。」那個掛駁殼槍的胖警察甕聲甕氣地說：「我們來是負責登記槍支數目呈報縣公署，民團其他事宜你跟趙保董商議就行了。」

他遞給趙天國一本小冊子：「具體章程都在這上面，參照執行就行了。」趙天國接過小冊子，看到白封皮上有一行黑字：西北縣民團試行章程。在趙天文和警察進屋點槍時，他飛快地看了一下章程。

西北縣民團試行章程

第一章　總則。

第一條　本民團系湘西巡防軍統領部要求，以全縣人民資力，抽集壯丁組織之。

第二條　舉辦民團，為團結人民自衛之能力，發揚守望相助之精神，以輔助軍警，保衛公共安寧為宗旨。

第三條　民團依鄉劃分。西北縣境共為二十一鄉，於縣城設立民團事務所一處，總埋全縣民團事宜。每鄉駐地所設立民團分所一處，專理本鄉民團事宜……

第五條　民團歸巡防駐軍長官指揮，縣知事監督，同屯務軍。平時防匪，戰時殺敵……

趙天國唯讀到第五條，頭上的冷汗就冒了出來，他明白了所謂的民團就是屯務軍，打起仗來是要送上戰場的，心裡長歎一聲：完了，完了，貓莊要完了！

趙天文和兩個警察出來時，看到趙天國還木呆呆地站在那裡，手裡拿著民團章程，像著鬼打了似的，嘴裡叨嘮著含糊不清的話。胖警察一出來就說：「想不到你們貓莊有這麼多槍，比鄉公所還多，完全可以組建一個民團小隊。怎麼沒見一發子彈呢？」

趙天國沒反應過來，木然地看著他們。趙天文扯了一下趙天國的衣角，說：「楊所長問你子彈呢？」

趙天國沉吟了一陣，說：「沒有子彈，都是空槍，那年白水寨土匪進寨，打了一仗，一百多發子彈全打光了。」

趙天文有些不信，追問他：「學清表哥給你留了那麼多槍，沒留子彈嗎？」

趙天國反問他：「你不是看到了，給槍時他沒給子彈，天不亮他就走了，我追了幾里路也沒追上他。」

胖警察對有沒有子彈倒不在乎也不追究，說訓練時補發就是了。他感興趣的是貓莊的房子和寨牆，說他走了那麼多村寨，石頭房子只在這裡見過。還說貓莊有這幾十杆槍，彈藥充足的話就是全縣警察半個月也攻不下來。

胖警察似乎很健談的樣子，趙天國卻沒心情跟他閒扯，拍著他給的那個章程問：「老總，是不是每個保都要建民團，不建不行嗎？」

胖警察說：「你沒看那個章程，是試行嘛。」見趙天國不懂什麼叫試行，胖警察解釋說：「試行就是不是正式實行，只是暫時這樣，以後還會改變章程的。試行的都是自己保裡報上去的，不是上峰要求的。保保都建民團，縣公署也沒那麼多槍發，現在也就是有槍的保才有民團。」

趙天國彷彿抓住了一絲希望，問胖警察：「貓莊可不可以不建民團，這個民團也太麻煩鄉裡縣裡了。」

胖警察不明白趙天國的意思，驚訝地說：「有人發槍發彈的還不好嗎？」趙天文馬上就明白了，大聲地說：「民團在統領部註冊了，不是兒戲，想撤就撤嗎？」

趙天國已經明白了貓莊民團是怎麼來的，它是趙天文主動呈報上去的。他想，趙天文無非想把幾十杆槍抓在自己手裡，把他這個族長架空。說白了，天文是在借外力打壓他在貓莊的權力。他以為這樣一來，貓莊就是大事小事都他說了算。他這個族長就是管管族人分家散夥，鄰裡糾紛，婚喪嫁娶。另一方面，他是拿貓莊這麼多槍在鄉公所裡邀功，讓人家高看他一眼，同時又能震懾保裡其他山寨，以防他們不服。讓趙天國生氣的是，趙天文這是為了自己的私心竟然不顧族人的生死性命，這是他最不能容忍的。當著外人那兩個警察他又不好發作，客氣地把那些槍讓讓周氏兄弟扛走，拿到趙天文家去了。

幾十支槍周氏兩兄弟一次沒有搬完，趙天文把兩個警察送出寨後又讓周正龍和周正虎叫了下寨的兩個青年跟他倆一起去搬。他們到了趙天國家，只見他坐在大門外，鐵青著臉，在讀那本《西北縣民團試行章程》。幾個人縮著腦殼看了一陣，猶猶豫豫，不敢去惹趙天國。那些槍他花了多少心血弄來的，不僅貓莊人，就連啞巴周正虎也知道它們在趙天國的眼裡比他兒子還金貴。最後，那兩個下寨青年悄悄地溜走了。周氏兄弟硬著頭皮走過去，趙天國頭也不抬地說：「讓天文自己來拿！」

周正龍還想說句什麼，被啞巴弟弟扯住。

趙天文興沖沖地再一次來到趙天國家。他想，槍都拿來了一批，趙天國不會不給拿完，他已經是貓莊民團隊長了，也不怕趙天國不給。他走近趙天國家的時候，才感覺到有點不對勁，他看到趙天國坐在屋簷下，臉色鐵青，差不多是黑煞著臉，他還從沒看到過趙天國那麼生氣的樣子。趙天文心裡一下子緊張了起來，他怯怯地叫了一聲：「哥！」

趙天國站起身來，他沒有答應天文，而是突然問他。聲音很嚴厲：

「你姓什麼！」

趙天文感到有些莫名其妙，答：「姓趙呀。」

「你是哪裡人？」趙天國又問。

「貓莊的呀。」趙天文答。

「你還知道你是貓莊趙姓人！」趙天國劈手一巴掌向趙天文的臉上摑去。這一巴掌既來得突然，又下手忒重，落在天文的臉上像放炮仗一聲炸響，趙天文一個踉蹌就撲倒在地了。他捂著流出的鼻血叫道：「你為什麼打我？」

趙天國氣憤地說：「我為什麼不能打你，你是貓莊的趙姓人我就有權力打你。別以為你當了個什麼狗屁保董就是官了。我問你，是不是你讓鄉公所報縣裡要貓莊搞什麼民團的？」

趙天文委屈地說：「縣公署給貓莊搞槍搞子彈有什麼不好？」

趙天國摸出《酉北縣民團試行章程》砸在天文的臉上：「你好好看看，這個狗屁民團就是屯務軍，打起仗來了就是兵，是要全部上戰場的，比抽壯丁還厲害！你這是把貓莊的青壯年性命都賣了！貓莊人幾百年都不當兵你不知道嗎？爺爺在世時父親在世時哪一年抽丁貓莊不是拿族銀買丁？幾百年趙家沒一個像你這樣的忤逆子！」趙天國越說越氣憤，要不是母親趙彭氏聽到屋外的動靜出來，趙天國還要踹他兩腳。

趙彭氏驚訝地問：「咋拉，兩兄弟咋打起來了？」

趙天國說：「你問問老三，他一句話就賣了貓莊幾十條性命。我要不是看在他是兄弟的情分上，真想兩腳踹死他。」

趙天文分辯著說：「有那麼嚴重嗎？現在天下太平，哪有什麼仗打。我還不是為了貓莊好，貓莊有了民團，白水寨的龍大榜還敢來嗎？」

趙天國說：「你不是為貓莊，你是為你自己。」

趙彭氏也說：「天文呀，不是娘說你，快三十歲的人，還不懂事。做生意你哥哪時管過你，貓莊族人們的大事你應該跟他商量，他是族長。」

趙天文心裡想，什麼事都問他我還當什麼保董，嘴上卻說：「娘，保裡的事我自己有分寸的，你們都別管，我是給政府辦差。」

趙彭氏說：「你做生意就做生意，這樣一做那樣一做的，官不官商不商的，當心兩頭不討好，兩頭得罪人。」

有了槍支，趙天文開始正式組建貓莊民團。按《民團試行章程》，十八歲以上三十歲以下的男丁都可以報名，自願參加。趙天文民團旗幟掛上了三天，卻沒一個人來他的保公所報名。他不知道，趙天國當夜就開了族會，嚴禁任何族人參加民團。趙天文已經向鄉公所保證過貓莊有三十條槍，貓莊民團一定會有三十個團丁。三天了，就是把超齡了的周正龍周正虎算上，他的民團也才有兩個團丁。鄉公所要是來人檢查，那他就有欺瞞上級的嫌疑。趙天文決定放下架子，一家一家去「請」人。他上寨下寨轉了整整一天，貓莊的年輕人個個不是說這裡痛就那裡出了毛病，有的見他來了乾脆就從後門出去了，不跟他碰面。

整整五天過去了，貓莊沒有一個青壯年報名參加民團。趙天文又找不到什麼原因，那些青年男人見了他就避開了。憑直覺，他知道肯定與趙天國有關。他也曾試圖從一些未成年的青年那裡打開缺口，可是就連上寨的十七歲的腦殼不大好使的大憨，也套不出任何話來。

這天早上，趙天文看到大憨背著一個爛背簍從上寨下來撿糞。大憨一年四季只要有空閒，他就在寨子裡撿糞，牛糞、羊糞、狗糞、豬糞都撿，往他家田裡倒，一則可以肥田，二來可以清潔寨子的巷道。他小時候發燒，幾天不退，腦子燒壞了，這麼些年來一直只長個子和力氣，就是不長心智，腦殼裡沒有一個彎彎繞，說什麼話都是直來直去。趙天文一開始並沒有想把他弄進民團裡來，陳鄉長說過，民團的人要挑那些精壯強幹的，老弱病殘，心智不明者不要，魚龍混雜影響戰鬥力。

趙天文走過去問他：「大憨，撿糞呀？」

大憨走路從來只看地面，聽到叫聲，抬起頭來給趙天文問安：「三爺爺早呀。」按輩分大憨比趙天文低了兩輩。

趙天文故意神秘地說：「大憨，你想不想玩快槍，就是天國爺爺家的那種快槍。」

大憨快言快語：「我曉得，那都是空槍，有什麼好玩的。」

趙天文說：「你報名參加民團，就會給你發槍發子彈。」

大憨說：「我才不去呢？」

趙天文問他：「為什麼不去，是不是你天國爺爺不准去？」

大憨說：「大牛二牛長平長洪他們都不去，你幹嘛要我去，我只會種田、撿糞，不會打仗。」

趙天文生氣地問：「誰給你講的民團要打仗，天國爺爺講的？」

大憨說：「我猜的。」

大憨的話倒是提醒了趙天文。光有槍沒有子彈對那些年輕人來說沒有吸引力，為此，他跑了幾次鄉公所，催問什麼時候能發子彈下來。得到的答覆是先把團丁招齊，子彈由縣公署統一調配。

趙天文決定把先把團丁招齊，實在招不齊只有讓鄉公所強行抽丁，但他現在還不想那樣，那樣會顯得自己沒有能力，不僅會讓鄉公所的陳鄉長、向議長瞧不起，就連各保保董也會笑話他。他可是鄉張誇過多次全鄉最年輕、最有前途的保董。

趙天文決定先放棄貓莊，在保裡其他山寨招募團丁。這一招很見成效，很快就有十多個人報名參加了民團。他又放寬了年齡限制，幾天之內，三十個人就招齊了。那些山寨裡的山民大多數是獵人，對快槍都由衷地喜愛，卻又沒錢也沒有機會買快槍，以為入了民團就可以把槍和子彈帶回家，冬天到了，他們可以用它打野豬等大的獵物。等到貓莊一集合，才知都是空槍，沒子彈，槍也要統一保管，不准隨便帶回家，很多人就洩了一大半氣。民團要求農閒時每天要操練一次，趙天文在縣城保董集訓時學過正規的軍事操練，民團的操練他自己當教官。但這些人完全沒有基礎，操練了半個月連前後左右也分不清，喊口令的時候經常腳碰腳身子撞向身子，有時候一撞一大片。就是這樣一群在趙天文眼裡的烏合之眾也越來越湊不齊。幾天後，這些團丁們來的就像屙羊屎一樣，三三兩兩，拖拖拉拉，他們中除了諾里湖和芭茅寨，其他人路途太遠，一二十里，清早出門，日上三竿還趕不到貓莊，太陽還沒偏西就得回去，不然天黑前趕不回家。這樣過了不到一個禮拜，天天來貓莊訓練的團丁從最初的三十人削減到了不足十人。

就這十人，也訓練不出什麼樣子來。冬天日子短，真正訓練的時間還不到一個時辰。這樣下去，就是兩年也操練不出一支像模像樣的民團來。趙天文想，還是得由貓莊人充當團丁才行。這些青年人趙天國已經訓練了很多年，個個都能頂正規軍的兵，只要接手過來，就是一支真正的民團。

趙天文覺得，現在趙天國才是他真正的敵手，怎麼樣把貓莊人的心從他那裡收攏到自己這裡來才是最關鍵。趙天文明白，打敗趙天國最好的辦法就是讓貓莊人都聽他的，只有這樣，他才會是貓莊真正的保董。否則，別說組建一支真正的民團，就是在貓莊傳達一條政令，都無從談起。

第十一章

民國十三年對於大多數貓莊人來說跟往年並沒有什麼不同。這一年春天來得特別早，大年初一立春後，天氣開始轉暖，積雪消融，到二月雨水過後，那支溪峽谷裡的風越來越大，頭頂上的日頭也越來越有勁起來，風吹樹木上漿發芽，日頭晒得人懶洋洋的，渾身無力卻又通體舒爽，一直到三月初二清明節也沒有出現倒春寒。清明前後，下了三四天不大不小的雨，地層透濕，旱田灌滿了水，貓莊人開始修理農具，準備犁地播種、整田育秧。一年的忙碌季節也就到了。而且前個冬天只下了三場小雪，開春後又日照充足，雨水均勻，今年貓莊的罌粟長勢喜人，花骨朵開得特別豔麗，到了四月必定比往年多有幾成收成，雖然現在自治軍政府統領部對鴉片徵收了特別重的「特稅」，但一季鴉片還是能頂兩三年糧食的收入。貓莊人口袋裡噹噹作響的銀元和銅板都得靠它。

這一年對於趙天國來說就格外不同於往年。

這一年，他滿三十六歲。

貓莊人都沒想到他們的巫師和族長趙天國這一年已經三十六歲了。清明節後第三天，也就是三月初五那日，貓莊人看到青石寨的羅木匠背著斧頭鋸子走進趙天國家門時，還莫名其妙沒有反應過來，紛紛打聽羅木匠去趙天國家做什麼活。羅木匠作為一個木匠遠近百里的人都知道他一不樹屋二不打傢俱，他是專門打棺材的木匠。打棺材在貓莊稱為合木。趙天國的母親趙彭氏還不滿六十歲，身體健康，無病無恙，貓莊的規矩是滿六十歲才準備棺材，除非是眼看著不行了，要落氣了，才會提前找木匠合木。貓莊人誰也想不到羅木匠是趙天國請來給自己合木的。這幾年，貓莊人已經差不多忘記趙天國是個巫師了，就是他的族長身分也不大顯赫了，正在慢慢地被人淡忘。自從趙天文當了保董，特別是自從趙天國前年冬天鬆口讓貓莊青年人加入民團後，族裡的大事小事他就不大管了，除了逢年過節祭祀拜神，他也從未召開過族會，好像是有意識地在把族人們交給趙天文管理。

貓莊人都認為，趙天國之所以不大熱心族裡的事，是因為這幾年太平無事，自從彭學清在白沙鎮和貓莊剿匪後，已經再沒有聽說過那裡還有土匪，二龍山白水寨已經匪散寨空，沒有了一戶人家，就連那些半匪半民的住戶也都搬遷了，據說好多房子都朽塌垮掉，老寨就曾有人去那裡拆過板壁背過磚瓦，龍大榜更是不知去向，生死未卜。趙天文說過，陳統領兩年前就坐鎮在距貓莊不足百里的保靖縣城，他在酉水兩岸駐防了兩三萬士兵，剿滅了所有山頭的土匪，就像用篦子梳過，不可能有一個漏網的，龍大榜不是死了就是逃去了貴州四川，酉水兩岸再沒有他生存的地盤。那年龍大榜在酉北縣城劫法場想救出吳三寶未遂之後，通緝他的佈告曾經貼滿了酉水兩岸所有的城鎮和碼頭。他就是不死，十年八年也不敢回白水寨了。

沒有了土匪，貓莊平靜得就像風都吹不進去的屋簷下瓦缸裡的水，貓莊人感覺不到巫師和族長的重要了，特別是年輕人，自從加入民團後，農閒訓練時天天跟趙天文泡在一起，大家跟他熱絡起來後都覺得他倒是比趙天國更隨和可親，至少他從不像趙天國那樣整天板著臉，就像每個族人都欠他八百吊錢似的。

貓莊的年輕人都喜歡跟趙天文在一起，也都不覺得他在擺保董架子了。他只是要求在操練時必須叫他隊長，其他時候都是以輩分稱呼。

趙天文即使是在操練時也是嘻嘻哈哈的，葷話一大堆，甚至還跟大家講他在縣城做學徒時曾跟著曾伯去春月樓的花花事，惹得大家哈哈大笑。至於他說的是不是真的誰也不會去考證，更不會傳到趙天國的耳裡去。甚至連小他一輩的侄子都敢跟他開玩笑，問他在白沙鎮或保裡哪個寨子有不有相好的？趙天文不但不氣不惱，反而跟大家一起亂說一通。操練完了，大家都去他保董辦公室打麻將牌，陳三妹好煙好茶地侍候。趙天文為了收攏貓莊年輕人的心是動了一些心思的，他要在全鄉九個保董中出類拔萃，必須要把民團帶好，全鄉現在只有白沙保和貓莊保兩個民團，白沙保是三家大戶出錢購買的槍支，他們有六十多條人槍，數量上比貓莊佔優勢，趙天文要想獨佔鰲頭，只有在團丁素質上取勝。白沙保民團團丁主要是陳楊李三大家族組成，保董陳子民的兒子陳耀平任民團隊長，但陳楊李這三個家族歷來面和心不和，曾經為保董一職相互攻訐過，隊長陳子民除了能管好民團裡的陳家子弟，楊李二姓根本就不買他的賬，反而處處牽制他，有時甚至跟他刀槍相向，時不時的要鄉公所出面調解。

趙天文自從前年冬天從縣公署領了一千發子彈吸引來一些貓莊青年加入民團後，趙天國就鬆口讓貓莊青年都加入了民團。他親自上門跟趙天文談的，條件是趙天文把其他山寨的青年人退出民團，民團團丁只能是貓莊人。這是趙天文求之不得的，那些山寨路途太遠，操練團丁不方便。趙天文不知趙天國為什麼突然鬆口，納悶了好多天。其實趙天國的想法很簡單，他是擔心趙天文訓練出來的這些山寨的青年，若是時局一變，拖槍上山為匪，到時反倒來攻打貓莊，那貓莊可就慘了。這一帶人，不管是苗民還是畢茲卡，都驍勇剽悍，萬一民團譁變，不僅那麼多槍沒了，貓莊更會有滅寨之災。因為貓莊的地勢是土匪們作山寨的百裡挑一的好地方，更況且現在還有寨牆和石屋。趙天國不能讓貓莊有稍微一點點的閃失。那些日子，趙天國一直在反覆閱讀《西北縣民團試行章程》，發現第一章編制第八條有「各鄉（保）團丁，分常備、臨時丁。常備丁頂壯丁……呈由鄉公所考核，並轉縣公署備案。」也就是說加入民團丁就不抽丁了。不管是哪個朝廷或者政府，一旦坐穩了江山，抓夫抽丁都是免不了的。只要酉水兩岸再無戰事，貓莊人建了民團就再不用抽丁入伍，到外面去打仗送死。他也想好了，至於以後萬一有戰事，那就另想辦法吧。先把眼前糊弄過去，以後船到橋頭自然直。

趙天文也不會放過這個機會，他不僅要訓練好民團，更要跟貓莊年輕人相處好，讓他們親近他，信任他，聽他的，而不是聽趙天國的。年輕人是貓莊的未來，他收服了貓莊年輕人的心，不用多久，整個貓莊也就是他的了。

趙天國一直保持著早睡早起的習慣，遵照族訓「黎明即起，灑掃庭除，要內外整潔；既昏便息，關鎖門戶，必親自檢點」。既使羅木匠進屋也不例外。

貓莊的青年都加入民團後，趙天國看到趙天文操練得有板有眼，盡心盡力，民團既然趙天文是隊長，他也懶得去過問。他知道趙天文更是不希望他去過問。族裡也沒有什麼大事，整個貓莊這幾年風平浪靜，整個峽谷乃至酉水兩岸也都風平浪靜。據說湘西十縣自治後，陳統領的治下政通人和，百廢俱興，夜不閉戶，路不拾遺，整個湘西安定團結，一片祥和。二龍山白水寨垮了，龍大榜跑了，再沒土匪，貓莊人鬆了一口氣，趙天國心裡的那口氣自然也舒緩了下來。但是作為一個農人，趙天國還是如同以往一樣，夜裡收工回來，吃完晚飯就洗腳睡覺，最多躺在床上翻幾頁古書，他再不像以前那樣，不管幹活回來再晚再累也要在寨子裡轉一圈，巡視查看東西寨牆上的崗哨執班有無鬆懈，或是竊聽有沒有夫妻吵架，兒孫不孝，鄰里不睦的事發生。這幾年來，貓莊連家常糾紛這類事都很少發生過，族人們都和和睦睦的，家家也都安安靜靜，吵架扯皮似乎已經絕種，幾乎沒人來找趙天國告狀調解。趙天國也就懶得轉了，但早起一直是他的習慣，每天天不亮他就要起床挑水，先把堂屋裡的一口大水缸灌滿，然後打掃階沿、坪場和門前的那條巷子。趙長梅沒住祠堂偏房前，祠堂的裡裡外外他也要每天打掃一遍，現在趙長梅也是天不亮就打掃乾淨了，不用他去了。忙完這些，趙天國才去上工。冬天不做農活，也要上山砍一捆柴，背回來時剛好趙田氏把早飯煮熟。

羅木匠來合木後，趙天國同樣也是早睡早起，晚上陪羅木匠喝點小酒，聊半歇春秋古今，就上床休息。春天的氣候不冷不熱，格外好睡，一倒頭就到了天麻麻亮才醒。其實從正月初一以來，趙天國就睡不好覺了，不知為什麼，羅木匠一來反而睡得踏實起來。趙天國不是感到死期將至而寢食難安，他不怕死，巫師的命只有三十六歲，怕死也得死，為終歸會到來的死煩惱不值得，他每晚輾轉反側想的是他死了誰接任巫師和族長，新的巫師和族長能管理好貓莊帶領好族人嗎？這才是他最擔心的。雖然要等到他得到神諭後才能知曉下任的巫師是誰，按以前的慣例，巫師會在他的兩個兒子趙長春和趙長生之間產生，趙天國對兩個兒子觀察已久，老大趙長春性格剛強，膽大心粗，老二趙長生比起老大要柔弱一些，但他心思縝密，雖比他哥小兩歲，看起來卻比他懂事多了。趙天國希望神諭的指示是老二趙長生接任巫師，這樣他死後老大趙長春就能接任族長，兩兄弟聯手，不但可以性格互補，還能讓貓莊人少些挑釁和不服。他自己當年既做巫師又做族長就深感這方面的壓力不小，現在更是人心不古，特別是趙天文，巫師和族長的話他未必服從。不管誰接任巫師和族長，要制服趙天文收攏貓莊人的心都要費一番大力氣，也需要大智慧。

這天早上，趙天國醒來之後，照例早早地起床，他從堂屋角裡拿起掃帚清掃階沿，掃完階沿又去掃坪場和巷子。掃完了巷子，天才麻麻亮，整個貓莊還被濃霧包裹著，一片朦朧。趙天國收起掃帚，準備回屋去拿桶挑水，這時他看到一個人影搖搖晃晃地朝巷子裡走來，隨便問了聲：「誰呀，這麼早就上工了？」那人聽到他的聲音，不僅沒回答，反而噔噔地跑開了。趙天國以為是小偷，扛起掃帚追上去，喊道：「你站住！」

人影不敢跑了，站下來。趙天國追近一看，是上寨的趙二牛。趙二牛大名趙大雲，今天十九歲，他是趙長彬家的老二，也是貓莊民團的團丁。

趙天國問他：「你跑什麼？」

趙二牛說：「我沒跑，我回家。」

趙天國說：「你家在那邊那條巷子，我一喊，你為什麼往這邊跑？你是不是偷誰家東西？」

趙二牛搖晃著腦殼說：「我沒有，我手腳乾淨，天國爺爺你又不是不曉得，我哪時偷過東西。」

趙天國看到他站在那裡晃晃蕩蕩的，像犯了鴉片癮一樣，哈欠連連，厲聲說：「那你幹嘛跑，我看你一副鴉片鬼的樣子，你是不是吃鴉片了？」

趙二牛連連擺手：「我沒有，我沒有，我是在看他們打牌，看了一個通宵，犯睏的。」

趙天國早在去年冬天就知道貓莊人喜歡聚在趙天文家打牌，但他想不到現在都農忙了竟然還有人通宵打牌，他問二牛：「他們是不是在賭博？」二牛說：「我沒賭，我就是看！」趙天國揚手扇了趙二牛一巴掌：「你一看一個通宵，工夫不要做了？」趙二牛捂著臉還想分辯，趙天國罵了一聲：「滾！」

趙天國決定去趙天文家看看。當他走過小溝橋就看見濃霧裡的趙天文家透著光亮，到了他家屋簷下，不僅屋裡的燈光很強烈，還有喧譁聲爭吵聲，趙天國推了推門。門是虛掩的，可能是剛才二牛出去後沒人來閂。趙天國走進堂屋，屋堂一片漆黑，人都在裡屋趙天文的「保董辦公室」裡。他躡手躡腳走過去，猛地推開門，趙天國自己倒先怔住了。他看到裡面整整兩張麻將桌，八個人，一桌一副麻將，兩張桌上都堆滿了光洋和銅板，果然是在賭博！裡面的人聽到開門聲，其中趙大牛和趙長洪抬起頭來，一看是趙天國，愣怔了。他倆都在跟趙天文一桌打麻將，趙天文背對著門，沒看到趙天國來，催對面的趙大牛出牌：

「你磨蹭啥，趕快出牌。」

大牛卻像被蛇咬了一口，大叫一聲：「天國爺來了。」

這一叫駭得很多人跳將起來，他們跳起來的時候沒忘記抓桌上的錢，誰都知道賭博是犯族規的，處罰起來是二十鞭。他們以為趙天國還在屋外，抓錢不過是想掩蓋賭博的事實，豈知趙天國比他們出手更快，一手就掀翻了麻將桌，光洋、銅板和麻將牌嘩嘩啦啦地傾瀉下地。

趙天國面無表情地說：「吃了早飯到祠堂裡來。」

大家你看著我，我盯著你，都不敢做聲，看著趙天國背著雙手出去。走到了堂屋，他還對著裡面大聲說了一句：「天文也來！」

大家仍呆呆地，沒有反應過來。一陣後，他們灰溜溜地走出趙天文家門時，已經聽到了趙天國從趙久林家拿出了那面破鑼，一邊敲鑼一邊在喊話：「今天都不要上工了，早飯後到祠堂集合議事！」

他們聽到他的聲音雖然低沉，但卻有一股狠勁，鑼也敲得兇狠，每一聲都短促，破音格外重。這些打牌賭博的青年心裡一沉，涼到半腰，他們知道等一下就是族訓族規伺候，熬了一夜的瞌睡被鑼聲驚得無影無蹤了。

早飯後，族人們陸續來到了祠堂，趙天國清點十六歲以上的成年人人數，發現七個打牌賭博的青年人都來了，唯獨趙天文沒有來。趙天國讓趙大牛和趙長洪再去叫，一會兒，趙大牛和趙長洪氣喘吁吁地跑來，趙長洪說天文叔講了他保上有公務要處理，馬上要去白沙鎮，沒空來。所有的人都知道這次幾年來才開的族會是要處罰那些不守族規的賭博者，而趙天文是賭博的組織者和發起者，按族規更應該重罰，他要是不來，族長僅處罰其他人無論如何也說不過去。

一兩百雙眼睛一齊盯著趙天國。趙天國的臉色仍然平靜，好像趙天文不來早在他的意料之中。大家只見他不慌不忙走上神龕下的八仙桌，拉開板壁上的抽屜，從裡面拿出一圈大拇指粗的上了桐油烏黑發亮的麻繩，遞給族會的執事趙久仁，說：「久仁叔，你和久林伯再走一趟天文家，問問他，姓不姓趙，若他還姓趙，綁來祠堂，他要是敢講不姓趙，今天就把他逐出貓莊。」

一會兒，趙天文乖乖地跟著趙久仁和趙久林來了祠堂。

趙天文昂首闊步地走進大廳時，趙天國剛剛宣讀完關於聚眾賭博處罰的條文，給「每個參與賭博者鞭打二十，組織者趙天文加倍處罰，鞭打四十」的決議，趙大牛趙長洪他們正在翹起屁股挨鞭刑，慘叫聲此起彼伏。趙天文一見這架式，心裡就打鼓了，但他死鴨子嘴硬，對趙天國說：「有什麼事嘛，不能在我保董辦公室說，非要來祠堂議？」

趙天國一聲斷喝：「捆起來，吊上！」

旁邊的趙久林一手就抓住了趙天文的兩隻手腕，麻利地捆好趙天文，把麻繩往上一拋，準確地越過屋樑，然後接住繩頭一拉，就把趙天文吊好了。

趙天文號叫著說：「我是保董，是政府的官員，我看誰敢給我動刑，誰動刑誰就是犯法！」

趙天國打開八仙桌上一個精緻的木盒，取出祖傳的專門用來鞭刑的羊筋鞭。這條鞭子只有小拇指粗細，據說是用七七四十九條羊後腿筋編織而成，打下去能鞭鞭見血，奇痛無比，但傷口不發炎不感染，當天就能結痂，只傷皮肉不傷筋骨。一般處罰族人趙天國從不親自動身，他把鞭子遞給趙久仁，讓他用刑，趙久仁猶豫著不接，趙天國明白他的意思，說：「進了這個祠堂就只有族人，沒有保董，也沒有團丁。」

趙久仁還是支支吾吾說：「這個，這個……」

趙天國說：「那就我自己來吧。」說完掀開天文的後背，撩起後襟搭在他的頭上。趙天文頓時感到後背一陣冰涼，號叫著說：「真敢呀。趙天國你要是真敢下手我跟你沒完，看看誰搞死誰。」

罵聲未落，他感到臉上挨了重重一耳巴。趙天文的頭被衣服蒙住了，看不清是誰，罵道：「誰打的，看我日後怎麼收拾你！」

趙彭氏說：「老子是你娘，你這個忤逆子！」又一耳巴扇過去。她從趙天國手裡奪過鞭子，對族人們說：「是我養兒沒教好，這鞭子應該由我來打。早就該打了，一族年輕人都被你教壞了。」說完，舉鞭狠狠地向天文赤裸的背上抽去。一鞭下去就是一條血痕。趙彭氏越抽越快，越抽越狠，直到趙久仁數到四十才停手。趙天文的背上皮開肉綻、血肉模糊，邊挨鞭子邊號叫：「娘啊，你，下那麼重的手，真心狠手辣！」

打完趙天文，趙天國用一塊白布擦乾淨羊筋鞭上的肉跡，放入盒內，說：「貓莊從上任族長時起賭博就已絕跡，幾十年沒動過鞭刑，今後若有人再犯一律加倍處罰，一鞭不饒。」

趙天國沒想到，他也就是一兩年沒經管族裡的事，年輕人就被天文帶壞成這個樣了了。看著天趙文天那副囂張拔扈的樣子，他真想鞭他一百下。他決定在他死前好好整治整治，貓莊要是成了一盤散沙，下任族長想箍攏只怕也無能為力，趙天國更怕的是他死後趙天文排擠打壓新族長，掌管整個貓莊，那樣他會把族人們往邪路上引。趙天國現在真正看出了貓莊最大的禍害是他的兄弟趙天文，他自私、貪婪、邪性，此人不除，貓莊必將禍患無窮，遲早有一天貓莊會被他毀掉。

趙天國又恢復了以前晚上睡覺前在上下寨巡視一番的習慣。從那天他抓賭的情況看，那些人的賭資不小，照這樣賭下去，很多人要賣田賣地，妻離子散。賭得家破人亡的例子在那支溪峽谷的其他村寨裡屢見不鮮。趙天國絕不允許這樣的事情在貓莊發生。還有就是抽鴉片他也得注意，晚上他走在巷子裡的時候鼻子格外要使勁多嗅幾下。

羅木匠合完木，上好黑漆，結算工錢後忍不住問趙天國：「這副木是給誰準備的？」

趙天國呵呵地笑，說：「都講你羅木匠合木能看出主人家裡的人要多久才走？」

羅木匠自負地說：「能看個大概吧。我也正奇怪，你家二十年內都不會有人走，怎麼這麼早就合木？」

趙天國還是笑：「這次你要看走眼了？」

羅木匠睜大眼睛看著趙天國，說：「我還沒看走眼過，不信你我打個賭，你家要是二十年內走了一個人，我在酉水兩岸就不合木了，把斧頭鋸子鉋子交給你們貓莊趙三鐵匠打犁耙。」

趙天國不跟羅木匠開玩笑了，正經地說：「實話給你老哥說，這木是給我自己準備的。」

羅木匠更是驚訝，說：「天國你真會開玩笑，你年輕力壯的，我看你至少還能活幾十年，這麼早早地把木準備了也不怕生蟲子鑽黃蜂進去。」

趙天國說：「天有不測風雲，人有旦夕禍福嘛。」

羅木匠還是不大相信趙天國的話，搖頭說：「這樣吧，你報一下生辰八字，我給你算一下，我就是再眼拙，其實進屋一支木馬就看出了這木不是給你合的，你睡不了這副好杉木棺材。你最少還有二十七八年的活頭，這副木一定是你們家另一個人睡的。」羅木匠說到這裡「呸」了一口，「瞧我這張破嘴！不多說了，不多說了。」背起背籠行頭出了門。

趙天國看著羅木匠匆匆地出門，愣怔在大門口。整整二十年後他才知道，羅木匠說的一點不假，這副上好的杉木棺材讓他家趙長春睡了。

到了六月，暑氣上升，天氣漸漸炎熱起來。趙天國一直在等待神諭，但奇怪的是幾個月來他連夢都不做一個，他也沒聽到長春長生倆個孩子哪個發出過一聲他們種族消失已久的古老的詞語發音。這種等待不啻是一種煎熬，不僅對他，對他的家人更是一種折磨，自從羅木匠進屋後，趙田氏就一直在偷偷地抹眼淚，她還接受不了趙天國幾個月內就要死去的事實。畢竟，趙天國才三十六歲！更傷心的是趙彭氏，他已經沒了丈夫，很快又要沒有兒子了。有時，婆媳說話，說著說著，就都哭泣起來。

隨著日子一天一天過去，神諭卻一直沒來，一點預兆也沒有。在最炎熱的三伏天裡，趙天國等來了一場暴雨也等來了一樁貓莊最大的醜聞。

事情的起因是趙長發去祠堂後面的茅廁坑挑糞引起的。今年春天，趙長發家糞坑漏水，沒蓄到多少糞水，育秧時全都挑乾了，這幾天下了一場大暴雨後他家裡栽紅苕苗，栽完後他就想倒一茬糞水，讓苕藤長得旺一些。趙長發問了幾家鄰居，家家糞水都不多了，他就想到了祠堂的茅廁，趙長梅餵有兩頭豬，她又沒田沒地，糞坑應該是滿的，於是他就挑著糞桶去了那裡。果然是滿滿的一坑糞水，但由於剛下了暴雨，糞坑裡灌了雨水，上面泛黃，是泥巴水的顏色，趙長發只好把糞勺伸進坑底裡去撈硬糞。一糞勺子下去，趙長發萬萬沒有想到他竟然會撈出一具嬰兒上來。一開始他只是覺得糞勺有些沉，心裡還很高興這坑糞從沒人掏過，全是泡爛的豬屎，當糞勺浮出水面時，他看到是一個光滑紅潤的東西，這時他還沒有往壞處想，糞坑上面是豬圈，他還以為是從豬槽裡漏下去的一個大紅苕呢。他把糞勺平端出來後，再偏一下，想潑掉那個大紅苕。這時趙長發才發現它不是一個紅苕，而是一具有鼻子有眼的小小的嬰兒。嬰兒皮膚紅亮，全身光滑，他估計最少也是有七八個月大的嬰兒。因為他的小小的腦殼上有一圈稀疏的黃毛。這時的趙長發都還不大驚訝，貓莊的女人把沒成人的孩子灌糞坑直接漚成肥料的多的是，趙長發四十來歲人了，不會少見多怪，他還仔細地看了幾眼那個孩子，是個男孩子，襠下有一個小小的像一截小孩子的小指頭一樣的小雞雞，再仔細一瞧，趙長發禁不住驚叫起來了，他看到同樣是在那個小孩子的襠下還有一截中指一樣長的東西，是尾巴。貓莊人都知道，只有近親亂倫才會生出豬尾巴的孩子，趙長發覺得今天自己特別晦氣，丟下糞桶就飛跑回去了。

趙天國知道豬尾巴孩子時，祠堂後面的茅廁外已圍滿了人。多是婦女，唧唧喳喳地議論著。她們無一例外地猜測這孩子是趙長梅的，小聲地討論著這幾月來看到的趙長梅身上的一些疑點，譬如入夏以來還穿著冬天的滿襟外衣，譬如她的肚子開春以來好像圓了不少，還以為她是胖了起來呢，等等。趙天國走過去，咳嗽了一聲，那些人一齊轉過臉來看到黑煞著臉的族長，這才噤聲。趙天國走到那具小孩前，看到果然如趙長發說的，是個長尾巴的嬰兒，從小孩紅亮的沒有腐爛的皮膚來看，孩子還像剛從娘肚子鑽出不久似的，丟進糞坑應該不超過三五天，趙天國知道雖然外面的天氣爆熱，但糞坑裡卻是冰涼的，所以小孩子的屍體看來還像活人似的。趙天國在眾目睽睽下拿出一條從家裡帶來的新毯子，把小孩裹了，抱到祠堂不遠的一棵李樹下挖坑埋好。

自始至終，沒一個人聽到趙天國說一句話。

趙天國已經從那些婦女的議論中大概猜出是誰的孩子了，除了趙長梅，誰會把死嬰丟進祠堂的糞坑？聽那些婦女議論說好幾天沒看見趙長梅出過門了，趙天國在埋孩子時就想到了昨天看見趙長梅時就覺得她有些怪異，那時是他去祠堂裡給神龕上的燈盞灌桐油，幾天後就是七月十三鬼節，要祭祀祖先。趙天國發現神龕下的八仙桌上有一層厚厚的灰塵，顯然是好些天沒人擦拭了，但地上和院子裡卻乾乾淨淨的，顯然不是趙長梅打掃而是彭武芬或彭武平打掃的，因為趙長梅打掃她會擦桌子凳子和一些器皿的，趙天國忙完了出屋時趙長梅正好開門出來，大聲喊彭武芬，他看到趙長梅一手扶著偏房的門框，臉色極其蒼白，身子也虛弱得很，就問她是不是病了？他看到趙長梅一聽到他的聲音，渾身一震，只差癱軟下地，趙天國走過去想看看她到底病得怎樣，但趙長梅卻掙扎著回屋，嘭地一聲關了門。

現在想來，她那是剛早產後的身子，不虛弱才怪。

趙長梅生孩子讓趙天國感到震驚無比，讓他更加氣憤的是趙長梅生的是一個長豬尾巴的嬰兒，這無疑表明了貓莊存在最令人不恥的亂倫。若在峽谷裡傳開，那將比說貓莊是一座鬼城更讓趙氏種族丟人現眼，人家也不會叫貓莊鬼城了，背地裡會直接叫「趙家牛欄」。

這天黃昏，貓莊人家家戶戶都早早吃了晚飯，等著趙天國敲鑼召集大家到祠堂議事，公佈和處理豬尾巴嬰兒事件。人們能猜測到那個棄嬰的母親是誰，這個毫無懸念，但他們更感興趣的是那個做下忤逆事的男人是誰？他真是貓莊人嗎？他們好奇地等待著到祠堂開族會議事，公開處罰棄嬰母親的時候也就是揭開棄嬰父親的謎底是誰，真相大白的時候。人們估計這次趙長梅肯定凶多吉少了，趙天國再要是包庇她就說不過去了，是沉潭還是送她去尼姑庵恐怕趙天國都沒有選擇的餘地了。

人們等了大半夜都沒有聽到鑼聲，這才失望地去睡。

這夜，吃完晚飯後趙天國就讓趙長春和趙長生找彭武平和彭武芬來家裡玩，天黑後，他去了趙長梅的住處，找她查問死嬰的事情。趙天國敲門時，趙長梅就在屋裡說：「是天國叔吧，我曉得你要來找我的。」推門進了屋，趙長梅搬了張竹椅讓趙天國坐下，撥亮燈芯，自己也坐下來，不等趙天國開口，就說：「天國叔，你是為那個死嬰來的吧。那是我丟的。」趙天國沒想到趙長梅這麼爽快地認了，一時倒顯得手足無措。趙長梅又說：「你怎麼處罰我都行，沉潭，亂棍打死，我只想說我是被人欺負的，我來貓莊這麼多年一直恪守婦道，沒有給族長丟臉，我只求你我死後善待我的兩個孩子，武平和武芬都是好孩子，你給他們一口飯吃，讓他們給你家當長工做丫環都行，你知道我爹是靠不住的，這兩個孩子就靠你了，你給武平成個家，讓武芬嫁個好人家，天國叔，行嗎？」

趙天國沉吟了一陣，答應趙長梅說：「兩個孩子你放心，我會經管好的，你能告訴我是誰欺負你的嗎？是族裡的人嗎？」其實趙天國感到問她那個男人是否是族人是多餘的，趙長梅長年在貓莊沒出過一次遠門，她連白沙鎮趕場都沒去過一次，最多也就是在附近山上守牛砍柴，貓莊的婦女姑娘遠近寨子裡的流氓地痞也不敢欺負，自己的寨子裡只有兩個外人周氏兄弟。這麼多年那兩兄弟都是老實本分，規行矩步，一言一行也從未招人嫌過。

趙長梅點了點頭。趙天國看到她臉上流淚了。他記得十多年前把她從諾里湖接來後如何盤問彭武平和彭武芬是誰的孩子她也沒流過一滴淚。趙天國又問了一遍：「你能告訴我是哪個畜牲欺負你的？我會處置他的，這種人本來就不應該留在貓莊。」

趙長梅還是哭泣，抽搐著說：「我不會說的，天國叔，我只求你待好武平和武芬兄妹，我就是死也能死得瞑目了。」

趙天國木著臉說：「你不說，事情總有一天也會水落石出的，我是怕你明天在族會上要是還不肯說是要挨棍子的，少不了一頓皮肉之苦。」

趙長梅還是只搖頭說：「讓我去死吧。」

趙天國知道趙長梅的個性，她不願意說就是雙手上竹夾子也沒用，只能開導她：「你想一想吧，長梅，你不說出那個畜牲他還會禍害貓莊的其他女人和姑娘，這跟當年你不說武平武芬是誰的孩子不是一碼事。事實不也證明，彭武平和彭武芬是誰的孩子我早就知道了。」

趙長梅緊張地問：「你真知道了？」

趙天國說：「我還知道龍大榜是誰放走的。不過你放心，我答應你的一定會做到，不管他們是誰的孩子，都是你的孩子，等將來我會給武平娶一門親事，讓武芬嫁個好人家。若是我死了，我會交代長春他娘辦到的。」趙天國說這話的時候喉頭有點硬，他知道最多幾個月他自己就要死了，這樣答應趙長梅好像是在欺騙她似的。

趙天國又說：「你說出那個人來，才能證明你是被人欺負的，我才能救你一命，但貓莊你是不能待了，最多也只能送你去獅子庵。」

趙長梅搖搖頭，半晌才說：「我丟人丟到這份上了，我不想活了。我也不想說是誰欺負我，說出來對誰都不好。」

從趙長梅那裡出來時，夜已經黑得像漆一樣，由於剛剛下過一場暴雨，貓莊上空還有一層厚厚的浮雲，看不見月亮和一粒星星。趙天國沒有直接回到家裡，在外面一個勁地踱步，轉圈圈，他想了又想，明天怎麼處決趙長梅的事還是請族裡的幾個年長的老者商議一下，他這才回屋，吩咐玩回家來的長春和長生一家一家地叫人，自己又回到祠堂大廳裡點燈等他們。一會兒，趙久仁、趙久林、趙久旺，包括特意讓趙長春叫來的趙天亮也提著馬燈來了。趙天亮一進祠堂就大聲嚷嚷起來：「羞先人啦，羞先人啦！那個丟糞坑的豬尾巴孩子是長梅那貨生的吧，我看把她沉潭算了，其實十年前就該沉了，省得今天再丟人現眼。」

趙天國招呼他說：「坐下，坐下，慢慢講。」

趙天亮坐下來，仍氣呼呼地說：「我看沒什麼好講的，沉潭！」

趙天國轉過身問趙久仁趙久林趙久旺說：「你們看呢，應該怎麼處罰？人命關天，不能說沉潭就沉潭吧，族訓族規立了幾百年，也沒聽說真正處死了幾個人？」

趙久仁說：「無規矩不成方圓，有族訓族規還是得按規矩處置，處置這類姦夫淫婦敗壞道德搞亂貓莊名聲者不能手軟，只是……只是這姦夫得找出來一同處置，天國啊，是不是審問審問長梅，總不會沒有男人女人就生私生子了吧？」

趙天國說：「長梅死不開口啊。」

趙久仁問：「你審問過了？」

趙天國說：「她不說是誰，只說是貓莊人，她是被人欺負的。我琢磨來琢磨去也琢磨不出來是誰。」

趙天亮衝動地說：「要不要我再去扇她幾耳光，看她說不說。」

趙久旺懲了一陣，這時才說話：「天亮呀，你自己的女娃脾氣你不曉得嗎？我看還是明天族會上再說吧，要是長梅不說，又沒有人自願承認的話，到時再議，我看先定下來怎麼處置長梅吧？」

最後大家一致贊同把趙長梅沉潭，認為她這是敗壞風俗，罪不可恕，非處死不可以正貓莊風氣。趙天國對這個結果早有預料，但他還是不忍心處死趙長梅，就說：「也許她真是被人欺負了，我是一個巫師，也不忍心殺人，我看要不把她送尼姑庵吧？」

趙久仁反駁說：「她若真是被人欺負倒還情有可原，但她不肯說出欺負她的人是誰，恰恰證明她不是被人欺負，而是她自己不守婦道。」

最後在趙天國力爭下議定，趙長梅要是在明天的族會上指出是誰欺負她就從輕發落，送青龍山獅子庵，她要是死不開口，就浸豬籠沉那支溪的黑龍潭。

第二天的族會是早飯後開的，全族的男女老少都召集攏來了。連趙天文也不例外。族人們看到祠堂的大廳裡放著一個巨大的豬籠子，但他們望來望去，卻沒有看到趙長梅。也許趙長梅已經被綁起來關在屋裡了吧。婦女們的目光還朝著一些成年男人的臉上睃來睃去的，趙長梅的命運已經關進了豬籠裡，她們更想知道到底趙天國查出了是哪個男人做的壞事，怎樣處罰那個男人？是按老規矩棍仗五十，逐出貓莊，還是一同裝豬籠沉潭？

大家等了差不多半個時辰，一點動靜也沒有，趙天國讓人去帶趙長梅來大廳，去了兩撥人都說她不在屋裡，問了彭武平和彭武芬，他們也不知道娘去哪裡了，彭武芬還說她早上醒來就沒看見她娘了。趙天國又讓人去找，但十來個人找遍了整個貓莊也沒找到長梅，連一點蛛絲馬跡也沒找到。

這場懲處姦夫淫婦的族會就這樣無頭無尾地散了。人們都以為長梅畏罪逃跑了，她再也不會回來了。

趙天國相信趙長梅不會跑，跑她也沒地方去，更不會丟下兩個孩子。他預感趙長梅出事了，猜測她一定是在哪個地方上吊自縊了，派出全寨人上山到樹林裡找。直到三天後，那支溪河裡的洪水消退和清澈後，彭武平才在河底發現他娘的屍體。彭武平是先看到河底裡有一片隱隱約約的紅色波光晃動，想起娘失蹤的前一個晚上一直抱著一件大紅的緞面衣服摸眼淚，心裡一驚，便不顧一切地跳入半人深的河水中，奔向那片浮動的紅光。近了一些，他還看到水中有黑頭發晃動，彭武平大喊了一聲：「娘啊！」他看到娘果然沉在那個深潭裡。娘的屍體沒有隨水漂走，是因為她的頭髮跟河岸的一棵樹蔸根絞在了一起。

等趙天國從山上回來，聽說在河裡找到趙長梅後，趕到那支溪河邊，趙長梅已經被打撈上岸，彭武平和彭武芬伏在她身邊哭。趙長梅在水裡泡了三天，但頭上臉上都很乾淨，耳朵嘴巴鼻孔裡既沒有淤泥也沒有沙子，估計她是抱著石頭投河的，很快就隨洪水沉入了黑龍潭裡。趙天國看到趙長梅穿的那一身紅衣是十多年她出嫁那天的新娘裝，這麼多年來再沒見她穿過一次。趙天國不知道十六年前長梅就是穿著這一身新衣在乾枯的那支溪河底，在黑龍潭邊遭遇龍大榜的，但當他聽說趙長梅是從黑龍潭撈出來時，鼻子不由地一酸，他不禁想起了多年前趙長梅在黑龍潭裡為了救他自己卻滑進了深潭的那一幕。

趙天國讓人在河岸上砍了幾根小杉木，綁了一副擔架，把長梅抬回貓莊。他拉開哭泣的彭武芬，再拉彭武平時，彭武平突然發瘋似的推開他，接著又一頭撞向他，頂得趙天國連退了三步，差點跌入河裡。

彭武平大聲地說：「是你逼死了我娘，你們前幾晚就在祠堂裡商量怎麼害死我娘，我都聽到了。」站在彭武平後面的趙天文一把拉住他的胳膊，又一耳巴打在他的臉上，罵道：「你個小兔崽子，反了你了！」

彭武平蹲在地上仍然叫喊：「就是你們害死了我娘，你們都不是好東西，有一天我會殺了你們！」

第十二章

把趙長梅抬回貓莊後，趙天國從族銀裡拿出兩塊光洋，讓趙長發去白沙鎮扯裡外兩套新衣布料，到「徐記」壽衣店縫製好，再買一雙壽鞋和壽襪，回來讓人給趙長梅換上。他特意交待趙長發壽衣壽褲都要大紅緞面的，鞋襪也要紅色的，說趙長梅做姑娘時就喜歡穿紅衣服，後來拖兒帶女，多年都沒穿過了，這次讓她穿著走吧。他自己親自跑了一趟青石寨，請羅木匠合一副白木。趙長梅不滿六十，又是溺水死的，按峽谷裡的說法是「猖亡」死，木不能上黑漆，而羅木匠一般是不合白木的，只有他自己親自去請，羅木匠才會來貓莊。

趙長梅屍體在祠堂外停了一夜，第二天下午，白木一趕製出來就入殮下葬了。除了抬棺木八個人，送葬的只有趙天國和披麻戴孝的彭武平彭武芬兄妹。趙胡氏哭哭啼啼地跟著棺木走了十來步，被趙天亮拉扯了回去。他大聲訓斥趙胡氏：「有什麼好哭的，你嫌她丟人丟得還不夠！」趙胡氏不敢違拗趙天亮，只好跟他回去。由於人手太少，找石頭壘墳頭花了兩三個時辰，天快黑時幾個人才忙完，給趙長梅砌了一個高高大大的墓堆。

趙天國從趙長梅的墳頭回來，天已經黑透了，他累得腰酸背痛，頭昏胸悶，全身乏力，像是要害病的前兆，飯也不想吃，洗了腳就上床躺下。趙田氏進房摸了一下他額頭、手和腳，說：「你全身冰涼的，是不是病了，拿棉被捂捂，發發汗。」就去給他抱被子。趙天國說：「七月的三伏天蓋棉被，沒病也要捂出病來，我就是太累，想睡一睡。」剛躺下不久，有點迷糊，似夢非夢，趙天國正感覺他要去一個什麼地方時，被一陣急促的銅鑼聲吵醒。鑼聲很響，「哐咣哐咣」，已經敲到他家門口來了。趙天國仔細一聽，聽出是放在久林伯家的那口大鑼，鑼中央破了一條細縫，敲得太響，顫音亂撞。

「沒事誰敲鑼，」趙天國嘟噥了一句。

說不準又有什麼事了，趙天國知道貓莊沒有大事久林伯是不會敲那口鑼的，他趕緊從床上爬起來，邊穿衣邊叫趙田氏：「長春娘，看看誰在敲鑼，出什麼事了？」不等趙田氏反應過來，就聽到外面「嘭嘭」的拍門聲：「大哥，你睡了嗎？」

是趙天文的聲音。

趙天文很少來過趙天國家，更是很久沒叫過趙天國大哥了，趙田氏聽出是趙天文的聲音，去給他開門。打開門，趙天國正從房裡出來，看趙天文手裡提著銅鑼，沒聲好氣地問他：「你敲鑼做什麼，嫌貓莊還不夠亂嗎？」

趙天文笑嘻嘻地說：「大哥，你看我給你帶來了什麼？」

趙天國往趙天文身後看，門外的坪場上站著幾個貓莊民團的人，他們背上都背著快槍，屋外天黑，認不清那幾個年輕人是誰，但趙天國聽到啞巴周正虎嗷嗷的叫喚聲，他似乎在掙扎，又似乎是像在想說什麼話，聲間低沉、憤懣，他問趙天文：「啞巴怎麼啦？」

趙天文說：「我把周正虎綁來了。」

趙天國詫異地說：「你綁啞巴做什麼？」

趙天文說：「就是他欺負侄女長梅，害死她的。」

趙天國大吃一驚：「怎麼會是他？他是個老實人呀，會不會弄錯？你逼他了，打他了？」

趙天文說：「人心不可貌相，海水不可斗量。我去年就看出了他對長梅有壞心，他常常盯著長梅的背影呆看，做工時，只要長梅老遠走來，他就像呆了傻了一樣，手上的活兒都忘記了。今天下午，我到他土牆屋裡去找他，讓他去挑水，看到他拿著長梅出殯時撒下的冥錢摸眼淚，我一進屋，他就嗷嗷大哭，指著長梅墳頭方向給我打手勢，說長梅怎麼怎麼對他好。我一詐就詐出來了他跟長梅……詐出是他欺負長梅的。我已經讓人綁了他，準備帶到祠堂去。大哥，你是族長，你看怎麼處置他？」

趙天國對趙天文說的打心底裡不相信，周正龍周正虎兄弟在貓莊待了二十多年，他從沒懷疑過這兩兄弟的人品道德，啞巴周正虎這麼一個老實本分的人，他怎麼可能會做出欺負長梅的事來，更別說他們之間存在通姦——要是真有這種事，早些年就有了，不會等到現在才生出豬尾巴孩子。他想趙長梅的死讓啞巴傷心落淚倒在情理之中——畢竟，他們一起在祠堂裡住過，趙長梅勤快，有時也幫他們兄弟做做針線活兒，啞巴可能受趙天文一嚇唬，加上手勢交流方面的障礙，糊裡糊塗地就讓趙天文認定是他欺負了趙長梅。

趙天國剛想訓斥趙天文幾句，讓他放了啞巴周正虎，轉念一想，說出的卻是問趙天文：「他是你家長工，你說怎麼處置？」

趙天國想到了讓啞巴頂罪，這樣不僅能消除族人們心裡的猜疑，也能消除外面人的傳聞，給貓莊趙氏種族挽回一點微薄的面子。從豬尾巴孩子從糞坑裡撈出來那天起，族人們早就猜疑來猜凝去，也越傳越荒唐，因為貓莊人固執地認為只有同族亂倫才會生長尾巴的嬰兒。

趙天文說：「亂棒打死算了，這種人留在貓莊是個禍害。啞巴做絕事，當初看起來很老實的，要不我也不會收他做長工。」

趙天國想了想說：「那就棍仗二十吧，連夜逐出貓莊！記住，別打出人命來。」

趙天文驚訝地說：「這麼輕，還不如把他綁去送官。送到縣裡，最輕要也判他十年八年。」

趙天國生氣地訓斥天文：「這種醜事你還想讓全縣皆知是不是？」見趙天文不作聲，又說：「我就不去了，吩咐族人打吧。記住，別打出人命，他是你家的長工，打死人了你面子上也過不去，你家以後怕是請個短工也難請到喲。」

說完，啪地一聲關了大門，徑直回房睡下了。不久，他就聽到從祠堂傳來的啪啪的棍仗聲和啞巴周正虎嗷嗷的哀嚎聲，周正虎的嚎聲高吭，一聲一聲地傳入趙天國的耳朵裡，許多年後，趙天國回想起這種哀嚎聲時，內心仍然一陣陣的愧疚，當初棍仗周正虎，把他們兄弟連夜趕出貓莊，也許是他一生中做下的最大一個錯誤的決定。

一連幾天，趙天文發現彭武平一直在他家附近轉來轉去，他一會兒在屋左側竹林裡，一會兒爬上屋右側的老梨樹樹椏上，一會兒又潛伏在門前不遠的水溝裡，時不時地探出頭往他家門口張望，探頭探腦，鬼鬼祟祟，像個隨時準備進屋偷竊的賊。趙天文一出來，他馬上就縮回腦殼，或者轉過身去，假裝在尋找什麼東西的樣子，低著頭，一逼煞有介事的樣子。

彭武平這年十五歲多，長得黑黑壯壯，已經成半個大人了，整個夏天他都不穿上衣，只穿一條短褲衩，晒得像一隻泥鰍一樣，全身黢黑溜光。趙天文一眼看上去就知道他想偷他家什麼東西，可笑的是，他一直那樣躲躲閃閃，卻不知他頭上包著一條白孝帕，很扎眼，他在哪裡一探頭趙天文就能及時地一眼瞅見他的頭顱。

最初，趙天文不明白彭武平怎麼天天在他家門口打轉，他到底想偷他家什麼東西？後來，彭武平沒來的時候，他跑到彭武平經常探頭探腦的地方朝他家裡望，想從彭武平的視角看看能不能有什麼發現。這一望他就恍然大悟：原來彭武平是想搞槍！從那幾個地方望過去，都能看到他的保董辦公室的窗口，民團的幾十支快槍都掛在裡面的牆壁上。趙天文明白彭武平是想乘他不在家時用木鉤鉤走快槍，說不定彭武平乘他不在家時已經試過幾次了。那間房的窗戶雖然開得低，但因為存放著槍支，趙天文用粗鐵條做了柵欄，手伸得進去，人不可能爬進去，而且這間房的進深很大，就是用木鉤鉤，木鉤一長不受力，鉤到了槍彭武平也沒法提出去，所以他只能乘白天他不在家，或者家人不注意時溜進屋裡偷。彭武平不知道，快槍和子彈是分開的，子彈都在趙天文的臥室裡，他拿到了槍也沒用。趙天文在槍支和子彈上管理得很嚴，這一點跟趙天國有得一比，那些團丁們不可能私藏一粒子彈，他拿到了槍跟誰也討不到子彈。

彭武平要搞槍做什麼？這才是趙天文最想知道的。

回到家裡，趙天文檢查了一下窗戶，果然發現窗台下有攀爬過的痕跡，窗外的石牆下塗滿了泥印，窗紙也被捅破鉢頭大一個大洞，紙洞呈不規則狀，是彭武平用木鉤鉤槍時被木鉤掛爛的。趙天文沒急著重新封窗紙，坐在堂屋裡沖了一碗茶，邊喝茶邊想彭武平搞槍的目的，他想彭武平顯然不會偷槍去打野物——貓莊家家戶戶都有火銃，偷快槍打獵不可能不被人曉得，那得挨一頓死揍。不打野物只有打人，彭武平是想殺人！趙天國猛然一下子想起了幾天前趙長梅死的那天，彭武平叫囂著「我要殺了你」，差點一掌把趙天國推入河裡的情景，那天他就看得出彭武平眼睛裡閃爍著仇恨的光芒，那是殺機！趙天文一下子明白了彭武平搞槍的目的，臉上閃過一絲興奮，但他很快就把這絲興奮壓抑了下去，他幾乎是哆嗦著雙手從牆上摘下一支嶄新的快槍，找了一顆鐵釘釘在靠窗的石縫裡，掛好槍，然後一路小跑著穿過堂屋進了臥室，拉開床下的抽屜，取出一粒黃亮的子彈。關上抽屜後，他想了想，又拉開抽屜，再取了一粒出來。趙天文早知道彭武平打獵是一把好手，他和趙長春都有百步穿楊的本事，但他想保險一些更好，他要是萬一一槍失手了呢？回到保董辦公室，趙天文從牆上摘下那支剛掛上去的快槍，拉開槍栓，把兩粒子彈壓進槍膛裡，關好保險，再次掛上去，他發現自己的手更哆嗦了，胸腔裡的心臟嘭嘭亂跳，都跳到嗓子眼裡來了，掛了好幾次，背帶就是對不準鐵釘。

掛好槍，趙天文往窗戶外一瞧，看到彭武平的白腦殼在水溝那邊閃了一下。今天是彭武平第一次在他家附近露面。趙天文在辦公桌前坐下來，按住胸口，喘了一陣粗氣，然後去了灶屋，挑起一副木桶，假裝去大水井挑水。他要看看彭武平會不會來偷槍。今天家裡只有他一個人，陳三妹吃完中飯帶孩子長林回了白沙鎮娘家，想必彭武平是看到他們娘倆出門了，才這個時候來他家轉悠。現在是下午，日頭不烈，寨子裡的大人小孩子都去坡地裡收包穀、黃豆等農作物，上下兩寨靜悄悄的，很難碰上一個人，彭武平在這時候來趙天文家偷槍和在半夜裡偷沒什麼區別。趙天文走到趙天亮家屋簷下，把水桶放下，轉身跑到趙天亮家一塊菜地邊蹲下，隔著竹籬笆一眼不眨地觀察彭武平的動靜。

果然，彭武平看到趙天文鎖了門，挑著水桶去大水井，飛快地躍出水溝，向趙天文家跑去。到窗戶下，他踮起腳，透過紙洞往裡面看了一陣，發現一支槍就掛在窗邊不到兩尺的地方，他把身子伏在窗台上，腦殼貼著鐵條，伸手撈了幾下，夠不著，他縮回手，取出別在腰上的一根三尺來長的大拇指粗的雜木鉤，伸進屋裡鉤在槍帶上。很快，他就把槍提了出來。

趙天文看著彭武平小心翼翼地把槍從鐵柵欄裡平移出來後，警惕地四下望了望，發現沒人，這才半蹲下去，把槍身擱在膝頭上，拉開槍栓檢查槍膛裡有沒有子彈。從彭武平動作熟練的程度看，他應該不止一次玩過快槍。趙天文看到彭武平檢查完槍後，取下圍在腰間一條腰帕一樣的東西，待他抖開後，趙天文看清了那是半塊舊被單。彭武平迅速地用舊被單把快槍包裹好，抱在懷裡，貓著腰向屋左側的小竹林跑去，他是要鑽進竹林後，往寨西繞著回上寨祠堂他住的偏屋裡去。

從彭武平帶了舊被單來看，他今天對快槍志在必得，趙天文心裡罵了一句：「這個小雜種真是鬼精鬼精的，難怪寨子裡的人背地裡都說他是長梅偷來的土匪種。」

趙天文在焦躁不安中等待了幾天，貓莊一直平靜如初，沒有像他期待的那樣很快就響起兩聲槍響。

趙天文不知道，早在彭武平偷槍那天，他摸到窗戶下看到一支槍從對面牆壁掛到靠窗這邊時，他心裡就清楚這槍是趙天文故意讓他偷走的，當他拉開槍膛看到裡面有兩粒子彈，更堅定了他的判斷。彭武平猜測到了，趙天文故意給他槍，是想讓他殺死趙天國。趙天文是怕他一槍打不死趙天國，還多給了他一粒子彈。彭武平多少聽說過一些趙天文暗地裡在跟哥哥趙天國較勁，爭奪誰在貓莊主事的權力，為什麼趙天文恨趙天國恨到想要借他之手想殺死趙天國，他沒去深想，他覺得這不是他考慮的事。所以，彭武平拿到槍後一點也不急，他要等機會，選一個合適的時間合適的地點再動手，他知道趙天文暫時不會追查這支快槍的下落，在槍聲響起之後，他也會說槍哪時被偷走的他也不曉得。彭武平的心裡一直在冷笑，他想，趙天文猜測他要殺趙天國一點也沒猜錯，但他永遠都想不到，其實他最想殺的第一個人不是趙天國而是他趙天文！

趙天文比趙天國更該死！

整個貓莊，至今只有彭武平一個人知道他娘趙長梅的死跟趙天文有著直接的關係，也可以說他娘就是趙天文直接害死的。但彭武平答應過娘永遠都不說出這個秘密。那是去年冬月的一天，彭武平和彭武芬替娘在山上守外公趙天亮家的四頭黃牛，午時太陽當頂時彭武平和彭武芬都感覺又餓又渴，彭武芬要哥哥彭武平回家拿午飯，於是彭武平就回了趟家。當彭武平一路小跑，高高興興地回到家裡時，門卻推不開，彭武平就大聲地喊娘，娘也不答應他。門不是從外面上鎖，而是從裡面閂死的，彭武平明明聽到屋裡像在推磨似的吱吱嘎嘎地響，娘在屋裡，可娘就是不應聲。祠堂的偏屋是兩間房，連通的，外屋一間作他們家火塘兼彭武平的睡處，裡面一間是娘和彭武芬的臥室，她們睡一張床，整個偏房修建時是作為備用穀倉的，沒有窗戶，板壁也是大柏樹的，一寸多厚，沒有一絲裂縫，彭武平看不到裡面的娘在做什麼，他拍了很久板壁才聽到娘說：「就來就來。」彭武平當時感覺娘的聲音有些不對勁，她的嘴裡好像含著什麼東西一樣含糊不清，不像平時那樣乾脆，反而像彭武芬撒嬌時那樣哼出來的，軟綿綿、嬌滴滴的——彭武平長到十四歲，從沒聽到過娘這種他說不清是什麼感覺的聲音。又等了好一陣子，門才打開，彭武平看到開門的不是娘，卻是趙天文。趙天文一身酒氣，門一打開，薰得彭武平倒退了兩步，他正在扣敞開著的上衣，面無表情地睃了一眼彭武平，搶先出了偏房屋，搖搖晃晃地走遠了。彭武平進了屋，聞到滿屋散發著酒氣噁心的臭味，他再次打開剛剛進屋時關上的門，通風，娘沒在外屋，他推開裡屋的門，看到娘正背對著他整理頭髮，娘的肩膀一聳一聳的，彭武平還看到娘的床上很亂，被子都像剛剛睡覺起床時一樣捲在一起；疊在床頭邊小櫃子上的衣服和被套也被蹬了下地，散落得到處都是；床單上有一些濕痕。彭武平問娘是不是哭過了，娘轉過身來，果然是哭過，臉上還掛著淚水，彭武平說：「娘，你是不是跟三外公睡覺了！」

其實，彭武平這種年紀的小男孩，對男女一起睡覺的內涵並不十分清晰，他只是隨口說的，彭武平沒料到他的臉上登時挨了「啪」的一聲脆響，像放了一粒炮竹似的，娘重重地給了他一耳巴。這一耳巴幾乎是趙長梅的本能反應，她想也沒想就扇了過去。彭武平從記事以來第一次挨娘這麼重的耳巴，打得他一個趔趄，後退了兩步，不僅臉上火辣辣的痛，耳朵裡也群蜂亂舞，嗡嗡轟鳴。

打過他，娘埋頭伏在床上哭了起來。

彭武平捂著臉問娘：「是不是他欺負你了？」

娘哭得更厲害，一邊哭一邊點頭。

彭武平跑到外屋砧板拿了一把菜刀，勁鼓鼓地握在手裡，對娘說：「我去宰了狗日的趙天文，看以後誰還敢欺負娘。」說完就要往外奔去，趙長梅撲過來，一把拉住他，說：「傻孩子，你自己不要命了。娘生就命賤，讓人欺負一下沒什麼。」

彭武平說：「娘，你別攔我！」

娘說：「趙天文是保董，又是民團隊長，有權有勢，有人有槍，你沒動到他一根汗毛他倒先抓了你。平兒，記住，今天的事對誰也不准說，娘只盼你長大有出息，你和妹妹不受別人的欺負。」

彭武平點點頭，說：「娘，我記住了。」

娘說：「不管是誰，就是你妹妹武芬，今天的事也不能說，你記住了嗎？打死也不能說，說了娘就沒命了。」

彭武平這才知道這是件很嚴重的事，是關係到娘的命的事。

娘後來果然就死在這事上。那晚，彭武平和趙長春從外面玩回來時，偷聽了趙天國和趙久仁趙久林他們關於怎樣處置娘的談話，當他聽到趙天國說趙長梅只要不開口說出是誰欺負她時就把她沉潭，他就想到了那個人是趙天文，想到了那天他看到情景，想到了娘說的話。幾天來，彭武平不止聽到一兩個貓莊人，而是很貓莊人都在背底裡談論娘因為生了個豬尾巴的孩子，才要被趙天國處死，他也知道了男人跟女人睡覺女人才會生孩子這個道理，馬上就想到了是趙天文害死娘的。只有趙天文欺負過娘，跟娘睡過覺。彭武平看到娘沉在潭底死了的那一刻，他就決定要殺了趙天文和趙天國。娘的死是趙天文害的，也是趙天國逼的。

他在心底裡發誓，他要用他們的命給娘抵命，用他們的人頭給娘祭墳，就像幾年前彭學清用土匪們的人頭給他爹祭墳一樣。

彭武平這幾天一直在等下手的機會。有了快槍，還有兩粒子彈，他隨時可以槍殺趙天文和趙天國兄弟中的一人，但他沒有把握把兩個人同時殺死，更沒有把握殺死他們後自己能安全脫身。趙天文和趙天國兩家相隔太遠，響了一槍之後，再跑去殺第二個人，全寨人都曉得了，根本殺不了第二個人，他自己也脫不了身。彭武平還不想死，他必須等待一個絕好的時機，等到他們兄弟倆湊在一起，而這兩兄弟面和心不合，很難湊在一起，就是開族會，趙天文多半都會藉故不來。彭武平知道現在是考驗他耐心的時候，他現在就是一個獵人，等待兩隻大野物湊在一起，他要一併射殺他們，他聽趙久林老人說過，沒有耐心永遠都獵殺不到大獵物。彭武平覺得殺人比打獵不僅更需要耐心，還需要智慧。

到了八月收割稻穀時，彭武平終於等來了時機，一個絕好的天衣無縫的時機。

進入八月，神諭還是毫無動靜，趙天國心裡有些著急。以往趙氏種族的巫師多是在七八月就會得到禪讓的神諭。神諭當然只能通過夢境傳達，可讓趙天國奇怪的是，這大半年來他愣是一個夢也沒做，噩夢、美夢，很平常的夢，都沒有。他只記得有一次，就是趙長梅下葬那晚，他剛躺下去，似乎就要進入什麼地方了，但馬上被趙天文敲鑼聲驚醒了，等他回去再睡，卻一夜都沒有睡著，兩眼鼓輪輪地睜到天明。趙天國有時竟不禁悲哀地想：法器越來越不靈了，是不是巫師的法力越來越小，小到他已經無法和天神對話，天神的意願也就不能夠順利地傳達給他？也就是說，他跟天神之間溝通的橋樑已經斷了。

如果真是這樣，他們這個種族就有滅亡的危險了！

趙天國寧願自己早死，也不願意他們這個種族沒有巫師，不能跟神對話，失去神的眷顧和護佑。他不能想像他們這個種族要是沒有巫師，那會是一種怎樣的情形，混混沌沌，暗無天日，沒有過去，也看不到未來？沒有巫師，他們這個種族必將一盤散沙，你爭我鬥，要是人的心裡沒有了神，家法族規和國家律令還不是廢紙一張，能起多大的威懾力呢？

這天早上，趙天國剛醒來還睡在床上時就感覺到右眼皮跳得厲害。貓莊老話：左眼跳財，右眼跳災。吃早飯時，坐在飯桌邊的趙彭氏和趙田氏都看得見趙天國的左眼皮撲簌撲簌地跳動，趙彭氏說：「天國，你的右眼皮跳得厲害。」趙田氏也對他說：「你今天就別出門了吧？」

趙天國不相信一個已經在等死的人還會有什麼災禍，但這樣的話他對母親和妻子都說不出口，就說：「今天都去收稻子，趁天氣好，現在不收等下雨再收嗎？」

趙天國帶著一家人上工前，母親趙彭氏讓他在右眼皮上粘了一截稻草梗。稻草梗是粘著口水貼上去的，不等他走到四方田，撲簌撲簌跳動的左眼皮就把它震落下，粘貼在眼眶下的眼袋上。這次，它牢牢地粘貼住了，一直到趙天國挨了彭武平一槍，屍體抬回屋後，都沒有脫落。

趙天國家的田不多，也就五六畝，年年一家人都是自己收割。趙天國把木桶扛到田裡時，看到趙天文家請的短工已經下田收割了，稻穗已經割倒一大片。這丘四方四正的三畝多的大田，貓莊人都叫它四方田，趙天國和趙天文分家時被一分為二，兄弟倆各得一半，中間搭了一條窄窄的田塍。趙天文請的短工有五六個人，男女都有，是從老寨過來的，這些人都是常年給人打短工的，幹活麻利，他們清早已經收了一丘大田稻子，剛剛轉到這丘田來的。

彭武平這些天一直在尋找下手的時機。這天，妹妹彭武芬爭著去守牛，讓他去給外公趙天亮家收稻穀，彭武芬已經連續給趙天亮家割了三天稻穗，一雙小手掌勒得紅通通的，連拳頭都握不攏。彭武平在外公家吃完早飯，趙胡氏說水缸空了，讓他去大水井挑水。去大水井時，彭武平看到四方田裡趙天文家那邊有人在割稻子，挑水回來的路上，他又迎面碰上趙天國扛著木桶去四方田。彭武平心裡一動，他知道趙天文自己不會下田打穀的，但他是一個疑心重的人，請人做短工老是怕人家偷懶耍滑，一天要到工場上轉幾次。特別是收稻穀和摘油茶，他更是擔心短工們趕工，故意不弄乾淨，浪費他家的糧食，有時整天都會守在工廠旁邊。趙天文一來四方田督工，他倆兄弟不就湊到一丘田裡了？彭武平挑著水一口氣跑回趙天亮家，扁擔一樹，水也來不及倒進缸裡，就往上寨跑去。趙天亮從灶屋裡攆出來，喊他：「你往哪跑，馬上要上工了！」他也充耳不聞。

他不想放過這次趙天文和趙天國兩兄弟湊在一起的難得的機會。

彭武平一口氣跑回上寨，鑽進祠堂偏房的家裡，從床底下取出用床單包裹著的快槍。他檢查了一遍槍彈，又進到裡屋，從彭武芬睡的那張床的墊被下摸出兩塊光洋。這兩塊光洋是娘攢的，也是他們家的全部家產，一年前他就看到娘放在這裡，娘一直沒捨得花掉，他聽娘說過，是給他攢娶媳婦的錢。他掂了掂兩塊光洋，把其中的一塊又放了回去。他不能把錢都帶走，得給妹妹彭武芬留一塊。他早就想好了，殺了趙天國和趙天文兄弟，馬上就跑路，哪怕是去當土匪，他也不留在貓莊了。彭武平一腳踏出房門時，又踅了回去，拿起剛放下的那塊光洋，他想俗話說在家千日好出門一時難，多帶點錢防備才對，至於妹妹彭武芬，有外公趙天亮經管，餓不著她的。

彭武平把伏擊趙天國趙天文兄弟的地點選在趙久旺屋後右側的雜樹林裡。這裡離貓莊出口西寨牆洞不到五百步遠，便於他開槍後逃生，離四方田更近，它就在趙久旺家坎下。趙久旺家是上寨最靠西的一戶人家，右側是大水井，水井上有一小片雜木林和幾棵大柏樹，鬱鬱蔥蔥，從下面路過的人很難看清上面動靜，更沒人會特意注意那裡。彭武平鑽進樹林裡，隱蔽起來，見趙天文還沒來，扯開被單，拿出快槍試著瞄準了幾次。他很滿意這個地方，地勢高，四方田任何動靜一覽無餘，盡收眼底，三四百步的距離，他甚至可以看清趙天國眼睛和鼻孔，手裡拿的是快槍，不是火銃，這個距離一槍致命，他有絕對的把握。現在，他只要耐心地等待趙天文的出現，趙天國已經開始打穀了，他可以隨時開槍擊中他，不管是在他彎腰使勁往木桶上刷穀子時，還是他走著去撿趙田氏和趙長春趙長生割好的穀穗時，他都有把握一槍打中他的腦殼，讓他的黑血飆出老高老遠。

趙天文一直沒有出現。趙天國也沒有一點人之將死的預感，打穀、抱穀穗。彭武平不斷地聽到他吼趙長春趙長生，嫌他們動作慢，耽擱工。

整整等了一個多時辰，太陽已經當頂，雖然小樹林裡陰涼，陽光直射不到他身上，彭武平還是感覺他全身躁熱，腦門上全是汗珠，大滴大滴往下掉落，特別是手掌心裡，汗涔涔的，又濕又滑，他要不停地在衣服上蹭汗，以免開槍的時候因為手滑而瞄準失誤。就在彭武平等得不耐煩，差不多要失去信心，以為趙天文不會來了，趙天文終於搖搖擺擺地出現在他的視野裡了。彭武平的心一下子緊了起來，喉嚨像被一雙大手卡住，出氣很困難，他深吸了一口氣，調整了一下槍口，瞇起左眼，瞄準走動著的趙天文。趙天文是從家裡出來的，他穿著一身灰色制服，雙手背著，在田塍上像公鴨一樣邁著方步，不緊不慢，一副悠悠閑閑的土老財的架勢。當趙天文在彭武平的視野裡越來越清晰時，他反倒覺得他的心裡越來越平靜起來，呼吸也越來越順暢。彭武平早就決定先射擊趙天文，如果先射擊趙天國，他怕趙天文聽到槍聲後跑掉或者臥倒在田塍下，畢竟趙天文是民團隊長，據說他還在縣城受過專門的軍事訓練，趙天國從沒玩過槍，他的反應不會那麼快，況且他是在田中央，就是他聽到槍聲想跑，不等他跑出田，第二聲槍就會響起。彭武平還知道，趙天文是絕對不會下田的，因為那是丘水田。

彭武平瞄準趙天文開了第一槍，他既沒聽到槍響也沒有時間看趙天文倒沒倒下，迅速推彈上膛，瞄準趙天國開了第二槍。巨大的槍聲中，他看到趙天國應聲倒地，他是向後翻倒的，他甚至看到了趙天國倒在水田裡濺了一片白亮的水花。他瞄準趙天國腦殼開槍的，當時他正在低頭刷稻子，估計開槍時他剛好抬起頭來，這一槍正好打中了他的胸脯。若是打中腦殼，彭武平想他應該看到他的血飆出來了，因為他射殺麂子時要是正好打中腦門，血都要飆出好高好遠。看到趙天國倒地後，彭武平這才再去看趙天文，他驚訝地發現趙天文仍呆呆地站立在田塍上，左手捂著半邊頭顱，他沒有倒下去。彭武平明白他失手了，沒有打中趙天文的腦殼，氣得扔掉快槍，爬起身來使勁蹬了一腳身邊的大岩雜樹。這時，他聽到了趙天文驚恐地叫喊聲：「我的耳朵，我的耳朵啊！來人呀，殺人了！快去抓彭武平那個狗雜種！他在大水井的樹林裡，來人呀！」

彭武平看到趙天文站在田塍上手舞足蹈地叫喊，他看到很多人了跑過來，他們肯定也聽到了槍聲，聽趙天文一喊，才醒過神來。彭武平也對著趙天文喊了兩聲：「狗日的趙天文，老子哪天回來還要殺你的；狗子的貓莊，老子哪天回來炸平了你。」

罵完，他就撒開雙腿向西寨牆洞跑去，一口氣跑到諾里湖，見沒人追上來，他才敢歇下來喘口氣。

趙天國的那一槍確實打在胸口上，趙田氏和趙長春趙長生聽到他「哎呀」一聲叫喊，一抬頭就看到他仰面翻倒下去，摔得很重，濺起嘩啦一片水聲。他們娘兒仨驚叫著跑過去，發現趙天國已經面色蒼白，牙關緊咬，從胸口滲出的鮮血泅紅了一大片田水。趙田氏和趙長生一個抱頭顱一個抱身子，豎起後，發現他已經沒有氣息了。趙田氏和趙長春低頭割稻子時都聽到了兩聲清脆的槍響，等到趙天文大喊大叫起來，才明白是彭武平開的槍。趙長春拔腿就去追趕，才跑出水田，被趙田氏叫了回來，趙田氏說：「追不上了，先叫人來把你爹抬回去，快去請郎中，救人要緊。」

把趙天國抬回家後，眾人一看，他已經死了，去請郎中的趙長發走出西寨門時被人追回來，讓他改走東寨門去請老寨楊道士來做法事。

傍晚前，楊道士帶著一幫弟子來到了趙天國家，敲鑼打鼓起來。寨人們也都聚集攏來，幫忙行事，舂米的舂米，殺豬的殺豬，寫挽幛的執筆，紮花圈的剖篾裁紙，各司其職。趙彭氏和趙田氏兩個女人則守著趙天國的遺體嚎啕大哭。

趙天國的喪事在有序地進行著，誰也沒有想到他半夜裡會詐屍起來。

趙天國突然醒來是在人們準備給他裝木，正換壽衣之時。那時已經是後半夜了，靈堂已經佈置好了，請來做法事的老寨的道士先生楊和生和弟子們敲打起了鑼鼓。趙天國也被抬上了「柳」床，楊道士看的時辰是子時三刻裝木入殮。快到子時時，趙彭氏和趙田氏準備給趙天國淨身換壽衣，趙田氏打來熱水，先洗淨他臉上手上腳上的血痂和髒泥，再解開他的上衣扣子，擦洗胸口上的血跡。趙田氏把趙天國上衣五粒布鈕扣都解完了，看到用紅布包裹的巫師法器還在他胸口上，伸手去拿，胸口全是血痂，不拿開法器洗不著，她的手剛一觸摸到紅布，趙天國的手突然一下子搭過來，抓起她的手甩開了。趙田氏知道趙天國活著時任何人都不能碰他的法器，說：「天國，你就讓我先拿開吧，等會兒給你換了新衣再還給你。」她再一次把手伸過去拿法器，不想又被趙天國抓起她的手拿甩開了。趙田氏和趙彭氏一下子呆了，趙田氏心裡有些害怕，她對趙彭氏說：「娘，你去拿。」趙彭氏的手一伸過去，同樣被趙天國抓起甩開。道士們都圍著柳床念《送亡人》，他們搖頭晃腦地一邊念一邊轉圈，誰的眼睛也沒朝真正的亡人身上看，一個道士聽到趙田氏和趙彭氏說話聲，他朝柳床上看去，剛好看到趙天國的手把趙彭氏的手甩開，駭得驚叫了一聲：「詐屍了！」奪路就往外跑，被他的師傅老道士楊和生一把抓住。小道士指著趙天國屍體驚恐萬分結結巴巴地說：「我看到他的手在動。」

老道士楊和生訓斥他說：「胡說，專心念經。」

老道士楊和生看到小道士兩隻小眼睛一個小嘴巴都張得又大又圓，小道士指著柳床說：「你看你看，又動了。」六個道士的眼睛都朝柳床看去，他們都清楚地看到了趙天國的手舉起來往胸口搭去，然後看到趙天國忽地挺身坐了起來，道士們幾乎是齊聲喊了一聲：「不得了，詐屍啊！」驚恐萬狀地往屋外跑去，把在堂屋幫忙張羅喪事的趙天文和趙長發，以及那些桌子凳子都撞翻倒地。

趙天文聽到道士們喊詐屍了，也駭得顧不得哪裡撞痛了沒有，趕快爬起來一頭往屋外紮去。他一口氣從上寨跑回下寨自己屋裡，在放滿槍支的保董室裡坐了一杆煙工夫，才喘過氣定下心來。他發現腿上腳上都是青的，痛得比被彭武平一槍打掉一塊耳垂的耳朵還火辣。

趙天國衝著爭先恐後亂作一團的道士們喊：「別跑，我沒死，剛才去趟閻羅殿，過奈何橋就被牛頭馬面叉回來了。」

老道士楊和生膽大一些，聽到喊聲回頭道：「天國，你真沒死？」

趙天國說：「沒死，沒死。」

老道士楊和生一跺腳，歎道：「哎呀，天國呀，你這不是砸我們飯碗嗎？我楊和生做了大半輩子道士，今晚算是栽在你手裡了，從此吃不成這行飯了。」一扭頭出屋，招呼弟子們收拾家什行頭，連夜回去。

趙天國從懷裡取出法器時才知道是法器幫他擋了子彈，救了他一命。那粒子彈穿透法器後擊中他的胸膛，但並沒有完全鑽進他的心臟，有小半截還露在皮肉之外。趙天國用手一摳，彈頭就掉出來了。

趙天國摳出彈頭，讓趙田氏擂了一些刀瘡藥，給他敷上。趙田氏給他胸口敷上藥膏，包紮好後，趙天國才去看他的法器。其實趙天國一醒來時就看到了包法器的紅布中央有一個燒焦的小小的圓洞，他估計法器肯定有所損壞，他的心裡一陣陣痙攣，不敢去看法器到底損壞到什麼程度，是被打缺了一隻角，還是被打穿了一個洞？他讓趙彭氏趙田氏和孩子們出了房，這才小心翼翼地把法器放在床上，然後一層層地揭開紅布。整個法器都露出來了，趙天國欣喜地看到法器竟然完好無損，原模原樣，它既沒有缺一隻角，也沒有被穿一個洞，它還是完完整整的一塊羊脛骨。趙天國甚至還能聞到一絲淡淡的若有若無的羊膻味。趙天國的眼淚一下流了出來，他跪伏下地，雙手捧起法器，高高舉起，可就在他把法器舉到胸前時，奇怪的事情發生了，他聽到一陣嗞嗞的細碎的破裂聲從法器上傳來，定睛一看，法器上面剎那間佈滿了裂痕。這些裂痕就像一張迅速擴大的蜘蛛網一樣，越來越大越來越密，羊膻味也越來越濃，只一瞬間工夫，趙天國眼睜睜地看著法器碎成了一片灰。趙天國還在驚愕中沒回過神來，突然，從後窗颳來一股大風，風力格外強勁，像一隻無形的手一樣把羊骨灰連同他手裡的紅布一起奪走，趙天國趕忙撲過去抓，但他撲了個空，紅布和羊骨灰落到了地上，那股風也變成了旋渦風，從房裡攪著羊骨灰一路飛旋出去，趙天國追到堂屋裡，它已經帶著羊骨灰到了大門外，一路衝上了天。

趙天國明白是天神收走了法器，雙腿一軟，「砰」地一聲跪在大門口，嚎啕大哭起來，哭聲像打雷一樣，驚天動地。趙彭氏趙田氏聞聲趕來，隔壁鄰居們也聞聲趕來，全貓莊的人都聞聲趕來了。趙天國足足哭了兩個時辰，誰也勸不住他，人們只聽到他反覆叨念著一句話：

「貓莊再沒有巫師了！」

第十三章

趙天文瘋了！

貓莊人都說他是被彭武平打了一槍嚇瘋的，也有人說他是被趙天國詐屍嚇瘋的，更有人背底裡猜測是被趙天國作法弄瘋的。反正在趙天國詐屍的第二天趙天文就瘋了。最先發現趙天文瘋了的還不是他老婆陳三妹，而是趙久林老人。這天清早，趙久林出門收稻子時，看到趙天文坐在大門檻上，低著頭，在認真地數手裡的穀粒。那是他家昨天新收的，穀子都堆在階沿上，還沒有攤到坪場上去。趙天文一邊數，嘴裡一邊念念有詞，趙久林走過去，說：「天文，今天天氣好，不晒穀子呀！」趙天文還是低著頭，不答理趙久林。

趙久林知道貓莊派頭最大的人就是趙天文，見他不答理自己，知趣地走開了。走了幾步，聽到趙天文叫他：「久林伯，我哥真的死了嗎？」

趙久林回頭說：「昨晚你自己不是去看了，他又活過來了啊。」

趙久林覺得有些奇怪，趙天文的聲音有些異樣，聽他的叫聲格外親熱，而且讓趙久林更不解的是，趙天文已經好多年沒叫趙天國哥了，當面背地都是叫他趙天國。趙久林仔細看了一眼趙天文。天文的頭一直低著，說話時也沒抬起過，當趙久林看到他的眼睛時，突然發現天文的眼神不大對勁，他的眼光是斜的，很呆滯，沒有一點精氣似的。趙久林吃了一驚，問他：「天文，你怎麼啦？」

趙天文還是沒抬頭，說：「他真的沒死嗎？沒死就好。」

趙久林說：「你自己昨晚到過他家兩次，他醒過來後，你們哥倆不是還說了幾句話？」趙久林搖了搖頭，心想趙天文不是昨晚被趙天國詐屍嚇脫了魂了就是大清早撞鬼了，就不想答理他了，剛邁了一步，又聽到趙天文叫他：「久林伯！我對不住我哥，對不住族人們，我不該讓彭武平拿槍去打他，都是我渾，我想殺了我哥。」

趙久林被趙天文的話嚇了一跳，吃驚地看著他，半晌，他還不相信自己的耳朵聽到了些什麼，說：「天文你在講些什麼，你說的是真的？」

趙天文卻不再說話了，專注地去數他手裡的穀粒，數完後，張著嘴一粒一粒地往嘴裡丟，一邊丟一邊咀嚼，連殼都沒吐出來，都嚼完了，拍拍手，站起來說：「新糧就是新糧，真香！」

趙久林一直呆呆地看著趙天文，直到他站起身來。趙久林看到趙天文起身後，好像一下子又變了一個人似的，準確地說是又變回到以前的那個趙天文了，他走過去利索地掀開蓋穀堆的麻布，準備攤晒穀子。見趙久林還站在他家坪場上，趙天文說：「久林伯，你扛著桶不去下田老站在這裡有人幫你收穀子啊？」趙久林這才如夢方醒，噢噢了幾聲，把木桶往天文家坪場外的路上一放，快步去上寨找趙天國。

趙久林來到趙天國家時，趙天國也正準備出門去甬裡昨天耽擱了的那丘田裡收稻子。剛到門口，見趙久林風風火火地跑來，他讓家人先去田裡，把趙久林迎進屋裡。趙久林把聽到趙天文說的給趙天國複述了一遍，他看到趙天國的臉色很平靜，沒有一點波瀾，好像沒聽到他說什麼似的。良久，才聽到趙天國說：「今早上我還在想這個事，他自己不說我也猜到了。彭武平哪來的快槍和子彈，我就想到是天文給他的。我現在想不明白的是為什麼天文自己也挨了一槍，這倒不像是有意安排的，那一槍打在他的耳朵上，要是偏一點他也沒命了。武平想殺我那是因為他認為是我逼死了他娘，他為什麼也要殺天文，這裡面怕是有更大的隱情。」

趙久林猜測說：「即使是他做的他也不會這麼快自己承認，我看天文的眼神動作都不大對勁，他是不是瘋了？」

正說著話，趙天亮氣喘吁吁地跑進來，邊跑邊喊：「天國，天國，不得了，不得了呀？」

趙天國和趙久林忙問：「什麼事，值得那麼大驚小怪地吆喝？」

趙天亮用衣袖擦了一把額頭上的汗，語氣驚訝地說：「你們不曉得，我剛才從天文家坪場上路過，他正在晒穀子，看到我走過來，抓住我一個勁地說對不住貓莊對不住族人，聽他講，貓莊這麼些年來其實一直不是交屯租只交田賦，是因為貓莊田好收成多，他和陳鄉長向議長合謀欺騙貓莊人的。他們把多收的糧食都賣掉分光洋了。他還說那十畝族田的糧食也一樣，都在他米鋪裡賣掉了，錢進了他私人口袋。」趙天亮心痛地歎氣：「老天爺呀，他這些年騙了多少族人的錢財，光我家起碼都多交了幾十擔糧食。」

趙天國問他：「他還說了些什麼？」

趙天亮想了想，說：「再不說什麼了，他講完了又去攤穀子。我看到他時就感到奇怪，趙天文從不做家務活的，他今天怎麼攤穀子晒了，年年都是陳三妹晒的。哦哦哦，天國，你可得給族人們做主呀，幫我們把天文多收的那些糧食要回來。」

趙久林說：「看來天文真瘋了，沒瘋他怎麼會說這些。」

趙天國說：「也許是他良心發現，想做回一個貓莊人唄。走，我們去看看他，看他還能說出一些什麼來，聽聽他對貓莊還做了哪些壞事，估計他會竹筒倒豆子，全說的。」

過了水溝上的小石橋，三人就看到趙天文在坪場上晒穀子。走到他家坪場，他們也沒看出趙天文有什麼異樣，他在專心致志地幹活，連趙天國他們三人來到他的背後也沒注意到。趙天國看著趙天文幹活，驚奇不已，他發現從沒幹過一天農活的趙天文幹得有板有眼的，他一遍一遍地用竹耙從稻穀裡抓禾葉、稻梗和穗頭，發現沒有脫離掉的穀粒，他便把那些穗頭團起來搓揉，陽光下一粒粒閃亮的稻穀從他的手指縫間漏下去，然後他又用大竹掃帚輕輕地在攤開的穀面上掃細小的穀穗渣。幹完這些，他又把平攤的穀子打成一行行的，等太陽晒乾石板上的水氣後，又把堆行的穀子推開。趙天國他們三人站了很久，趙天文忙來忙去的，幾次丟穀葉穀渣從他們面前走過，都對他們視若無睹，自顧自地幹活。

趙天國幾乎是用欣賞的語氣對著趙久林和趙天亮評價趙天文：「這才像個貓莊人嘛，不像是城裡人，更不像是那個什麼狗屁官都不算的保董嘛。」

趙天國忍不住叫一聲：「天文！」

趙天文轉過頭來，很客氣地說：「哎喲，哥你來了，先進屋坐坐，我正在忙。這麼好的太陽，不晒穀子真是可惜了。」

趙天國看著趙天文硬是覺得哪裡不大對勁，可他又說不出來到底是哪裡，總之覺得很彆扭似的。

趙天文既不像是瘋了，但也不像是很正常，趙天國對趙久林和趙天亮說：「都去上工吧，我看他好好的，至於那些事，先別傳出去。」

剛說完，趙天文突然丟下手裡的掃帚，跑著來抓過趙天國的衣領，說：「哥，你沒死吧！哥啊，兄弟對不住你，你原諒兄弟我吧！我不是人，我是畜牲。我對不住你對不住族人們……」他一邊說一邊痛哭涕流，身子也直往下溜，要跪下給趙天國磕頭。

趙天國扶著他的身子說：「天文，你這是做什麼，你瘋了嗎？」

三天後，趙天文徹底地瘋了。

從這天開始，他不再是抓著誰就對誰說對不起族人之類的話，而是整晚不停地叫喊著兩個人的名字。他們一個是曾伯曾昭雲，一個是趙長梅。據後來陳三妹說，這天半夜裡，她睡著時突然被趙天文的叫喊聲驚醒。她聽到天文叫：「曾伯，我錯了，我錯了！長梅，我對不住你，是我欺負你了！」當時他們都在床上，陳三妹感覺到趙天文手舞足蹈地叫喊著，但聲音很含糊，聽不太清楚，只當是趙天文做了噩夢，她下床點了燈，這才看到趙天文坐在床上手腳亂舞，他的表情特別古怪，整張臉顯得很痛苦的樣子，已經扭曲了，但他的眼睛卻泛著綠光，嘴角飛快地翕動，念念有詞。陳三妹走過去問他怎麼了？趙天文突然從床上跳起來，推開她，叫道：「長梅，你別過來。你別過來。」一會兒又叫：「曾伯，你別過來。」趙天文從床上跳下來，跑到牆角裡，用一個簸箕擋著身子，全身篩糠似地哆嗦著。陳三妹這才知道他是撞邪了。她自己的心裡也非常害怕，管不了趙天文了，拉著被爹爹嚇哭的兒子長林出了屋，去趙天國家求救。

趙天國和母親趙彭氏趕到趙天文家時已經快四更天了，他進屋時看到趙天文還躲在臥室的牆角裡。真如陳三妹所說，趙天文用一隻簸箕擋著身子，面對牆角勾著頭，他的臉幾乎貼進了兩面牆形成的夾角裡，身子卻在簌簌地抖動。趙天國聽到他的嘴角嘟噥著什麼，含含糊糊的。趙天國一手把他提起來，看到他的臉不僅是扭曲的，鼻子嘴角都歪了，眼睛更是綠瑩瑩的，典型的傳說中被鬼打了的樣子。趙天文一見到趙天國，臉上立即驚恐萬狀，扭頭想跑，但被趙天國死死地鉗住胳膊。趙天文大叫著：「你是曾伯，曾伯，我不該貪那十二塊金磚，我錯了，我就還給你。」趙天國搖著趙天文的雙肩說：「你好好看看，我是你哥。」趙天文仍然不信，死勁地掙扎，「你就是曾伯，我錯了，我不該貪那十塊金磚，更不該拿兩塊金磚買通監獄長黃小三殺了你，我還你錢，你饒了我吧，曾伯。」

趙天國聽了趙天文的叫喊，這才如夢初醒，明白當初天文為什麼一回家就要跟他分家，為什麼他有那麼多銀錢一口氣在白沙鎮開了三家店鋪。趙天國提著趙天文的衣領，問他：「你說說，你是怎麼害死曾伯的？你還做了多少害人的壞事？」

趙天文一下子軟了，趙天國放開他，他就癱在牆角裡呼呼地喘氣，眼睛裡的綠光也漸漸暗淡下去。他說：「好好，我說，我全說。反正那年，革命軍打下縣城，曾伯被抓了進去，革命軍的一個統領說他曾勾結滿清朝廷的張知縣，在縣城裡開煙館和妓院，荼毒老百姓。其實那些煙館和妓院曾伯只是占了一部分股份，主要是張知縣手下胡師爺的舅舅開的。他們把曾伯投進牢裡後，也只是想訛詐他一筆錢財，曾伯從牢裡傳話，託我送了三千多兩銀子後，本來是要放出來的，突然又聽說清雲軒的老闆劉清雲揭發曾伯曾在宣統三年密報給張知縣長住他家悅來客棧的三個聯繫巡防軍起義的同盟會員，致使那三個人被縣衙捕殺，造成整個西北巡防軍起義擱淺，導致後來攻城的革命軍重大傷亡。其實西北城裡人都知道，那三個同盟會員是巡防營守備陳家順告的密，他們曾找過他勸說他起義事宜，劉青雲只是仗著他老同盟會員的資格想剷除生意上的對手，那時陳家順剛剛逃出縣城，抓不到他對質。這下，曾伯一家五口都被抓了，一起投入了牢裡。有一次我去探監，曾伯告訴我他家後院夾竹桃下埋有十二塊金磚，要我挖出來上下打點，他說他估計這十二塊金磚出手後他就能出來。千不該萬不該，我見財失義，當我挖出那麼多金磚後，我一下子就呆了，我捨不得送出去。想了整整一夜，我狠下心，第二天找到監獄長黃小三家裡，給他拋了兩塊金磚，只說了一句話，把曾昭雲全家都做掉……」

趙天文話沒說完，站在旁邊的趙彭氏驚叫了一聲：「我的天呀，他們一家五口都被你害死了？你還是不是人。」她氣憤地一耳巴扇過去，罵道：「我怎麼會養了你這麼個畜牲！趙家人世代善良，怎麼就出了你這個見利忘恩傷天害理的孽種！」

趙天文挨了一耳巴，又聽到娘說話聲，一張平靜下來的臉立即就又扭曲起來，復又顯現出驚恐萬狀的表情，兩手撐著地面往後退，對著趙彭氏大叫：「長梅，你是長梅，你別過來。不是我存心想欺負你，長梅，我那天喝醉了，把你當成芭茅寨向老五的媳婦了，長梅，是趙天國要害死你的，我已經讓你兒子彭武平給你報仇了。長梅，你別過來！」趙天文張牙舞爪地邊躲邊往後退。趙彭氏正在氣頭上，抓起他劈頭蓋腦地打，說：「你看看我是哪個，你個忤逆子，你倒說說你到底幹了多少壞事，害死了多少人。」

趙天文折騰了整整一個通宵，到天色大亮時才安靜下來，躺在牆角裡睡著了。他半夜裡大喊大叫聲，早就把下寨人吵醒了，族人們紛紛起來看到底出了什麼事，但都被趙天國讓陳三妹堵在門外，一個也不讓進來，人們圍在趙天文的屋外也不散去，議論紛紛，猜測趙天文到底是瘋了還是著鬼打了，天亮後趙天國從屋裡出來才驅散這些人。

趙天國跟母親趙彭氏商量要不要給趙天文請個法師做做解析[1]，趙彭氏心狠地說：「他死他的，這種人留在世上也是多餘，反倒害人！」趙天國知道母親說這話的份量，他相信要是父親趙久明在世也是這個態度，趙天文是死有餘辜，就是按族規處治他也是死罪難逃，可是他已經瘋了。他說：「任由他這麼嚷嚷倒是更加丟人，族人們到時亂傳，整個趙家人都沒臉走出去了。」趙彭氏說：「你自己不就是巫師嗎？不是能驅鬼除魔鎮邪，我看天文是鬼上身。」趙天國說：「我現在不是巫師了，法器沒了，可能要等六百年後貓莊才會再有新的巫師，沒有法器，我除不了邪。」陳三妹插嘴說：「那就請老寨的楊和生吧，近一些。」

趙彭氏冷笑一聲，說：「就他那個假道士，天國那晚醒過來只差沒把他嚇死，要是他來，那兩個厲鬼只怕纏得他自己脫不了身。」

趙天國說：「我看還得請雷老二才行，他道行深。陳三妹，你到上寨去，讓趙長發跑一趟白沙鎮，把雷老二請來。」

陳三妹急忙往上寨去找趙長發，走了沒多遠，趙天國又叫住她說：「另外你讓趙長發順帶跑一趟鄉公所，給陳致公他們說一下天文瘋了，讓他們有空來貓莊看看，怎麼說天文也是鄉公所任命的官，他出了事貓莊可擔當不起。」

太陽偏西時，趙長發從白沙鎮回來，給趙天國說：「雷老二講了，明天傍晚到貓莊，讓你準備剛開叫的公雞仔和香紙，來了就做解析。我到鄉公所，見到陳鄉長了，嘖嘖，他娘的架子真大，我在外

1 解析，即驅鬼儀式。湘西農村的一種迷信活動。

面足足等了一個時辰才有人讓我進去，要不也不會這麼晚才回來。他只是鼻子哼了幾聲，說有空過來看望慰問一下趙天文。看他那樣子是嫌路遠，不會來的。」

整個白天，趙天文都安安靜靜的。他足足睡了三個時辰，醒來後精神還不錯，眼睛裡沒有綠光，臉也不歪不扭，跟正常人沒什麼區別。他一醒就喊餓，吃了兩碗白米飯。吃完飯，他自己攏了張竹椅坐在屋簷下的階沿上，拿著響帚[2]，說是怕雞豬糟蹋晒在坪場裡的穀子。他像似忘記了昨晚的一切，和每一個從他們前路過的族人打著招呼，無論大人小孩子，語氣很親熱地叫他們來他家坐坐，弄得人人都很奇怪，感覺折騰了一夜的趙天文像變了個人似的，變回到多年前他在城裡做學徒每次回來時那樣彬彬有禮，跟誰說話都要半彎著腰作揖似的。但只要仔細地看，還是可以看得出來趙天文跟以前的不同，他整個人是虛的，走路時身子發飄，說話聲也是嗲聲嗲氣的，中氣不足，像大病初愈後還沒調理過來一樣。

一到晚上，天文又發瘋了，或者說是鬼上身了。他一見到或聽到男人的說話聲就叫曾伯，一見女人或聽到女人的說話聲就叫長梅。這晚，陳三妹收穀子晚了，天快黑時才煮晚飯，到吃飯時天已黑盡，趙天文端碗時她也沒看到他有什麼異樣，剛扒了幾口飯，突然聽到屋外趙天亮喊彭武芬的聲音。自從趙長梅死了彭武平跑了後，彭武芬不敢一個人在祠堂的偏屋睡，被外婆趙胡氏接回下寨自己家裡住。趙天亮只喊了兩聲彭武芬，趙天文突然大叫一聲：「曾伯來了！」把碗往桌上一扔就往房裡跑去。陳三妹追過去看到趙天文跟昨晚一樣，驚恐萬狀地把身子縮成一團躲在牆角裡。陳三妹去拉他，說：「那是天亮哥的聲音。」趙天文突然轉過身來一邊叫一邊推她：「長梅，你是長梅，你別過

[2] 響帚，一頭破裂的竹竿，用來嚇唬雞狗的工具。

來！」陳三妹又看到他的臉扭曲著，五官變形得比昨晚還厲害，鼻子都扯到耳朵那裡去了，嘴巴歪得大部分牙床都露出來，眼睛綠瑩瑩的，像狼眼一樣。說實話，趙天文叫曾伯時她還不那麼害怕，畢竟她沒見過曾昭雲，他也死了那麼多年，但他一叫趙長梅，陳三妹的心裡就直哆嗦，趙長梅才剛死兩個月，她的眼前立即浮現出趙長梅的影子。陳三妹驚叫了一聲，就往外跑，到了堂屋，拉起趙長林跑出了屋，往上寨趙天國家裡跑來。

趙天國也沒有其他辦法，只好把趙天文綁在床架上，為防止他亂喊亂叫，還在他嘴裡塞了一團棉絮。他也守了他一整夜。

第二天黃昏，雷老二準時地趕來了貓莊。趙天國記得他十三歲那年見過一次雷老二，那年白水寨的龍澤輝帶人攻打貓莊戰死在趙家包下，父親趙久明請他把龍澤輝送回白水寨。這次是他第二次見到他。趙天國記得那年見到的雷老二就是頭髮枯槁，面色蒼白，瘦得像一根麻稈，這麼些年來他還是一點沒有變樣，裝束還是身穿那件黑色道袍，肩上挎著一隻黑色褡褳，背上斜插一柄桃木劍，還是頭髮蓬亂，面若核桃殼似的，看不出他有多大年紀了，感覺歲月好像沒從他身上流過一樣，他一點也沒變樣。唯一不同的是那年他手裡提著一面銅鑼，這次換成了一個白葫蘆。雷老二走上趙天文家坪場，接過趙天國手裡的公雞，也不說話，做了個讓眾人留步的手勢，大步流星地往趙天文堂屋走去。奇怪的是，剛才公雞在趙天國手裡時還咯咯亂叫，雷老二一接手，牠立即就蔫了，安靜下來。到了趙天文家的神龕下，他點了三柱香，插入進香爐罐裡。

雷老二進屋裡時趙天文就在灶房裡吃飯，灶房的門對著坪場，外面的人都看到雷老二一腳踏進堂屋，趙天文仍然在津津有味地扒飯。傳說雷老二驅鬼，只要一進屋，鬼魂就要嚇得吱吱嘎嘎地亂叫，叫聲當然是從被它附身的那個人口裡喊出來。是男鬼就是男人的聲音，是女鬼就是女人的聲音，而且與那個人生前的聲音一模一樣。人們推測趙天文同時被曾昭雲和趙長梅兩個鬼魂附身了，兩個鬼的法力肯定要大一些，一定會跟雷老二有一場大戰。但雷老二進了堂屋，趙天文一點反應也沒有。

雷老二上好香，把肩上的褡褳取下來在神龕下的八仙桌邊放好，然後提起公雞，把牠的脖子反擰過來，從背上抽出桃木劍，吹了一口氣，把劍往雞冠子上抹去，讓雞血滴在木劍兩面各滴三滴。滴完後就把公雞放了。公雞並沒死，但伏在地上一動也不動。雷老二也不管牠，拿了葫蘆，擰開蓋塞，端正地放在桌子上。

忙完這些過場，人們看到雷老二舞起劍唱道：

天地有正氣，雜然賦流形。下則為河嶽，上則為日星。於人曰浩然，沛乎塞蒼冥。皇路當清夷，含和吐明庭。時窮節乃見，一一垂丹青……

趙天國一聽，果然是文天祥的《正氣歌》。據說雷老二做法事、驅鬼、鎮魔、趕屍，口訣都是《正氣歌》。趙天國聽父親趙久明說過，正氣為唯一正大光明之氣，辟易群邪，宇宙若無此氣，則陰霾而不生，人間若無此氣，則邪枉橫行，鬼蜮畢見，用《正氣歌》鎮魔驅鬼除邪再正常不過。小時候，在他成為巫師之前，每次走夜路時，父親趙久明也是要他邊走邊大聲背誦《正氣歌》，這樣鬼魔邪氣都要退避三舍。趙天國努力去回想他做巫師時的驅鬼降魔詞，腦子裡卻一片空白，自從法器被毀後，關於巫師的一切資訊都突然從他的腦殼裡消失怠盡了，那天晚上醒過來之後，他就像從沒做過一天巫師一樣，對巫師的一切沒有一絲一毫的記憶了。

雷老二才唱了幾句，就聽到趙天文啪地摔了碗，蹲下在去捂著胸口，十分痛苦地呻吟起來。同時，雷老二面前的葫蘆也開始晃動起來。《正氣歌》越往下唱，趙天文的表情越痛苦呻吟聲越大，雷老二面前的葫蘆也越來越晃動得厲害，不僅左右搖擺，還上下跳動起來，有如舞蹈。快唱完時，只見趙天文哇地吐了一口黑血，伏在地上一動也不動了。那葫蘆也啪地一聲，再不跳動了。雷老二收了劍，斜插在背上，不慌不忙地蓋好葫蘆塞子。他走出來對趙天國說：「抬進房休息吧。他要休息幾日，不要驚擾他。」

趙天國讓人抬趙天文進房，又問雷老二：「道長，看樣子他不是鬼上身？」小時候，趙天國也看到過別的法師驅鬼的儀式，都是能從被鬼上身的人的口裡聽到早已死去的人的聲音，以他之想，剛才雷老二收鬼時也應該從趙天文的口裡呼到曾伯曾昭雲或者趙長梅的聲音。要是有鬼，趙天文無疑應該是被他倆哪一個附身了。

雷老二眼皮也不抬一下，說：「哪來的鬼，他是心魔附身。所謂惡鬼易除，心魔難降，他這個人已經是廢了。你們還是早準備後事吧。」

趙天國再想問得具體些，只見雷老二並不答理他，收拾完行頭，快步出屋，徑直回白沙鎮去了。他掛在腰上的葫蘆像裝了半壺水似的，撲通撲通地響。

趙天文經過解析後，睡了兩天兩夜才醒，果然神智清醒多了。晚上也不再大喊大叫。但白天還是懨懨的，老像沒睡醒似的。又過了幾天，精神漸漸地養起來了些，他除了天天在家晒穀子，有時也到處走動走動。這次貓莊人發現趙天文真的變了，他面目變得和善和單純了，看上去是那種老實憨厚的神態，甚至有點愚，跟寨子裡的大憨的神態差不多。他從誰家門前路過，看到雞刨豬拱堆在屋簷下或晒在竹墊上的穀子都要趕快跑過去趕走，他還會把撒掉的穀子一粒一粒地撿回去，看到誰家掛在外壁上的紅辣椒掉了，也會重新幫人家掛好。他見到每一個族人老遠就笑盈盈的，還像十多年前他每次從城裡回來時，或者就像前幾天發瘋時那樣客客氣氣彬彬有禮，但這種客氣跟禮貌卻明顯跟以前不同，既不像十多年前時那樣刻意做作，也不像幾天前那樣令人莫名其妙。貓莊人能夠感覺到，這種客氣和禮貌他是發自內心的，就像是一個人經過大苦大難大富大貴後的曠達和澄明，但貓莊人的感覺更強烈的是，趙天文就像是一下子變小了，變回到他七八歲時的那種逗人喜歡的乖巧。趙天文也真的像一個小孩似的，上下兩寨走上走下的，像他七八歲那時，到了誰家的門口，都要好奇地往裡面張望，人家一叫他，他就跑開了。他似乎已經忘記了他是貓莊的保董，到了九月，秋收都已經完成了，也不見他催租收糧，更忘記了他在白沙鎮開有店鋪生意，貓莊人也再沒聽他提起過關於外面的一句話。

十月的一天，鄉公所派人來貓莊，讓趙天文去開保董會議。那人顯然從沒來過貓莊，一路問人才打聽到趙天文家。這個二十多歲的年輕人自稱姓鄭，說他是鄉公所的文書。趙天文不在家，他找了大半個寨子，最後才在上寨的晒穀坪上見到趙天文。看到趙天文在跟趙長春下豬婆棋，他老遠就喊：「趙保董，趙保董，鄉裡通知你後天開會，一定得到。」喊了他幾聲，趙天文頭也不抬，專心下棋，好像根本不是喊他。鄭文書沒辦法，只好走過去拿掉棋子，說：「叫你呢。」趙天文這才抬頭，說：「你是誰？」趙文書說：「你不認得我了，我是鄭文書。我們喝過好多次酒的。」趙天文一臉茫然地說：「我不認得你，我只認識陳致公和向任橋，他倆收了我起碼五千大洋。」鄭文書第一眼看到趙天文就覺得不對勁，他也聽說趙天文瘋了的事，趙天文聲音表情都像一個孩童似的，說：「你別亂說，小心陳鄉長和向議長找你麻煩，說你汙陷他們。」趙天文嘻嘻地笑：「你回去告訴他們好了，我才不怕他們。」

鄭文書回去第二天，鄉長陳致公帶著鄭文書和兩個鄉警親自來了趟貓莊。這是他第一次來貓莊，也是貓莊大多數人第一次見到他們的父母官。陳致公三十五六的年紀，個子不高，頭戴一頂灰色禮帽，面容清臒，眼睛上架著貓莊人第一次見到的兩塊玻璃片，嘴巴四周沒有一根鬍鬚，穿一套黑色的四兜服。陳鄉長給貓莊人的面相特別不好，貓莊有句相面的俗話：臉上無肉，做事歹毒；嘴巴沒毛，做事很拐[3]。陳鄉長兩樣占全了。陳鄉長來貓莊不是慰民的，也不是來看望趙天文的，更不是讓貓莊人相面的，他來是找趙天國接任趙天文貓莊保董一職的，他已經從鄭文書口裡證實趙天文瘋了，貓莊是白沙鄉一個大保，一日不能沒有保董，更況且現在到了催租徵糧課稅的關鍵時期。

陳致公鄉長一進貓莊直接就奔趙天國家去，他根本就沒打算去探望一下趙天文。鄭文書向他彙報過瘋了的趙天文口無遮攔，胡言亂語，他怕見到趙天文他又信口雌黃。沒想到一進趙天國家那條巷子，他就碰上了趙天文。看到趙天文蹦蹦跳跳地從巷子那頭過來，陳鄉長趕快避讓，他把頭扭過去面對著一棟石屋的牆壁，趙天文看到鄭文書和兩個鄉警，一側身就過去了。但他走出巷子時卻突然手舞足蹈地大聲叫喊起來：「陳鄉長來了，陳致公鄉長來視察貓莊了。」

陳鄉長正奇怪，趙天文並沒有看到自己，怎麼知道他來了？忽又聽到他大叫：「就是陳鄉長讓我把貓莊田賦換成屯租的，把族田變成私田的。」

3 拐，湘西土話，內心歹毒的意思。

陳鄉長的臉一下子氣白了，給兩個鄉警打手勢，意思是讓他倆上去抓趙天文，堵住他的嘴，但這時顯然遲了。上寨的大人小孩都跑出來了，趙天文已經唱唱跳跳地跑遠了。陳鄉長看到趙天文跑到晒穀坪上跟幾個小孩玩起了跳房子，始信他是真瘋了，不是裝的，故意讓他難堪。心裡惋惜地歎了一句：這個趙天文這麼聰明，一點就通的一個人，怎麼說瘋就瘋了！

陳鄉長到了趙天國家，趙天國早就等在大門口了。他也是聽到趙天文的喊聲才知道鄉長來了，站在門口時心裡就在猜測他的來意。當陳鄉長在屋裡坐下後，喝了茶，抱怨完從白沙鎮到貓莊山高路遠走得他腰杆發軟兩腿抽筋後才向趙天國說明鄉公所任命他為貓莊保董的來意。他說：「我們想來想去，貓莊保董一職只有你合適。你是天文的哥哥，又是貓莊的族長，你來當，鄉公所放心，貓莊人也服你。至於其他幾個小寨，相信你只要秉公辦事，他們也不敢當刁民。保重的職責也就是催租收糧，徵丁派役，事務也不多。我回去後就把你的資料報縣公署備案。你明天就來鄉公所開保董會議。」

趙天國其實早幾天就想到了陳鄉長的來意，趙天文瘋了，他們不可能不抓一個人頂保董這個差。這個差事在他們看來是非他趙天國莫屬。今天看來當初他分析的半毫不差。他也認真地想過，他要是不頂上去的話，族人們誰也不會去做這個差事，那麼鄉公所就會在其他的幾個寨子裡物色人選。而一旦別的寨子裡的人做了保董，那麼民團也要歸他管，貓莊的那些槍就要落入外人手裡去了。在趙天國看來，那些槍才是貓莊的最大財富，別看這幾年太平盛世，誰敢保證過幾年就不會天下大亂。沒有槍，天下一亂，貓莊必然遭殃。趙天國說：「我當保董可以，但我有一個要求，不知陳鄉長能否答應？」

陳鄉長斯文地用手推了推鼻樑上的玻璃片，說：「請講。」

趙天國說：「貓莊從今年起交田賦不交屯租，我聽天文說貓莊不是屯區，整個酉北縣都不是屯區，是嗎？」

陳鄉長的臉一下子紅到脖子根上了，不顧斯文地大聲說：「誰說貓莊是屯區，我可以明白地告訴你，白沙鎮沒一個保是屯區，趙天文那是說瘋話。你能信一個瘋子的話？」

趙天國說：「那好，我過幾天就催糧交糧。」

陳鄉長聽到外面趙天文又在叫喊，就說時間不早了，他得趕回鄉裡去了，趙天國留他吃了晚飯再走，他連忙說算了算了，現在不餓，到半路的新寨坪吳保董家去吃，他把禮帽壓得低低地出了門，避免再讓趙天文看見。

陳鄉長根本想不到，趙天文在巷子裡大叫，包括昨天故意裝瘋不認得鄭文書，都是趙天國教他的。趙天文自從解析之後，人雖然弱下去了，看起來也是有些瘋相，但人還是認得很清楚的。不知為什麼，他這一時期特別聽趙天國的話，叫他去做什麼就去做什麼，教他怎麼說他就怎麼說，他不像是趙天國的兄弟，倒像是他家的小孩。

進入冬月後，趙天文看上去又不大對勁了，他的體質越來越弱，穿上厚厚的大棉襖還喊冷，走路也像春對似的，半邊身了一拐一拐的。他也就不再上下寨走動，常常到一個什麼地方坐下來就瞌睡，有時還會在地上睡著。耳朵也像是聾了，別人大聲叫他沒有一點反應。有一次，趙天國碰到他，注意到他的眼睛裡的光已經散了，空洞洞的，趙天國心裡一沉，猛然想起雷老二的話，心想壞了，趙天文怕是沒幾天活頭了。第二天就派人去青石寨找羅木匠來給趙天文合木。

羅木匠合完木走後的那天下午，趙天文一拐一拐地到了趙天國家。趙天文進屋時就讓趙天國吃了一驚，趙天文除了看上去身子弱外，這天他的精神特別好，紅光滿面的。這是典型的迴光返照，趙天國心裡一沉，更堅信自己的判斷：天文活不了幾天了！

那天趙彭氏也在家裡，趙天文進了屋直奔趙彭氏面前，「撲通」一聲在趙彭氏面前跪了下來，慟聲大哭：「娘啊，文兒不孝！文兒對不住你的養育之恩，文兒這麼些年來從沒有孝敬過你老人家。文兒不是人，文兒的心被魔鬼吃了，專做壞事不做好事。」

趙彭氏很驚訝地看著趙天文，說：「你今天又發什麼瘋癲？」趙彭氏自從聽到趙天文親口交代害死了曾昭雲一家五口，害死了趙長梅後，她對趙天文已經徹底死心了。趙天文的情況她也不聞不問，她自己也說就當是他早已死了，她已經沒這個兒子了。趙天文見母親不理她，跪著不起來，抱著她的大腿搖：「娘，你原諒文兒吧。文兒知錯了。」

半晌，趙彭氏嘴裡哼了一聲：「嗯，你起來吧。你要是有什麼事跟你哥去說。」

趙天文站起來，走到趙天國身邊說：「哥，我死了想進楠木坪祖墳，別把我埋在荒山野嶺裡好不好？」趙天國想也沒想，斷然拒絕：「不行，你罪孽深重，讓你進祖墳那是羞辱祖先，族人們都不會答應的。」趙天文一下子呆了，木木的，良久他才說：「那把我埋在楠木坪大水溝那頭吧，讓我睡在離祖墳近一些的地方。」趙天國說：「這個可以答應你。」趙天文又說：「哥，我死了，白沙鎮的那三間鋪子的生意你打理吧，要不就乾脆轉手，店面和貨物值三四千大洋，掌櫃李大錢是個忠厚之人，他會把每筆賬給你結交清楚的，你記得多付給他一年的薪水，這幾千大洋留給陳三妹和長林他們生活吧，另外我在屋側的對坑下埋有十塊金磚，聽說曾伯還有一個小兒子在世，若找得到他你代我還給他，找不到就留著當族金吧，以後興許有用的。」

趙天國聽得一愣一愣的，知道趙天文這是交代後事，他還沒回過神來，又聽到趙天文說：「哥，我回去了。」趙天文一拐一拐走出了屋，走下了階沿，想起來什麼似的又轉過身來，對著堂屋的神龕跪下，恭恭敬敬地磕了一個頭。

這天夜裡，趙天國已準備上床睡覺，正在洗腳，聽到外面的拍門聲，陳三妹在喊：「娘啊，哥啊，天文死了！他今天下午從你們家回去後倒頭就睡，剛才我去叫他起來吃晚飯，掀開被子發現他已經僵硬了。」

第十四章

趙長春這年已經十八歲，長成一個高高大大儀表堂堂的美男子了。他體格健壯，粗膊長腰，像趙天國一樣國字臉，高鼻樑，厚嘴唇，一雙眼睛不大，卻異常明亮，炯炯有神。趙長生也十六歲了，比他哥矮不了半個腦殼，雖然瘦弱一些，但也像一株長起勢了的包穀稈。早在幾年前，趙長春和趙長生都不念書了，自治軍政府頒佈了取締私塾和禁種鴉片的條令，周先生也回家種田去了。周先生走的時候還調侃著說，不准教私塾我就回家種鴉片，這比教書更賺錢。沒想到不過半個月，禁煙的條令也下來了。周先生走後，趙長春和趙長生都曾想去白沙鎮或者酉北縣城的聯合中學上學，但被趙天國斷然否決了。趙天國打發他們哥倆有只有一句話：只有鼎罐煮芒芒[1]，哪有鼎罐煮文章。讓你們念書只要能識字會算賬就行了。就這樣，趙長春和趙長生打起了牛屁股。但過了幾個月，趙天文死後趙天國卻把趙長林送去了白沙鎮小學。幾年下來，趙長春犁地耙田栽秧打穀都成了一把好手，足以頂一個好勞力。在民團裡，趙長春也是貓莊最棒的小夥子，他體力好，槍法準，列隊時站得標直，像一個直正的

1　芒芒，湘西北農村方言，意為米飯。音譯。

軍人那樣。趙長春和趙長生兄弟也都到了情竇初開的年紀，在山中放牛時，在坡地裡幹活時看到對面山路上走過年輕的女子，常常也吼幾句山歌。趙長春說話中氣實足，喊山也嗓音嘹亮，但他山歌卻唱得不好，他的音域寬廣但音質卻渾濁，在音調應該婉轉的時候就顯得僵硬，一點表達不出溫柔的個性。趙長春每次看到年輕女子，把歌子放過去，幾乎從沒回音。姑娘們聽他的聲音就能感覺到他是一個五大三粗的蠻漢，絕對想不到那是一個儀表堂堂的美男。這一點上，他跟弟弟趙長生有著天壤之別，真是一個天上一個地下。趙長生的山歌唱得如同行雲流水，只要他一開口，那聲音就比磁鐵還靈，姑娘們一下子就被吸過去了，不由得她不開口對歌。每次兩兄弟一同開口，對面的姑娘答的也是長生的茬，對趙長春的歌子充耳不聞。趙長生小小年紀，褲襠裡的毛還沒長齊，他的歌聲早就飛進了無數山寨裡姑娘們的閨夢了。

兩兄弟一個到了成親的年紀一個到了說親的年紀了。

令趙天國頭痛無比的是，從前年開始，不知給趙長春請了多少個媒人帶他到附近村寨裡相親過多少人家的姑娘，不是人家姑娘瞧不上趙長春，也不是人家家長看不上他趙天國家，愣是哪一次回來趙長春都是沒精沒采的，再不願意去第二次。問他，他也屁都不放一個，好像那些姑娘沒一個入他的法眼。趙長春的眼框子高在貓莊甚至四村八寨不脛而走，弄到最後，趙天國連媒人也請不動了，附近的媒婆一見趙天國來了，趕緊吱嘎一聲關門，躲在門後喊：「天國你不要來了，你們家的豬頭肉硬邦邦的，沒長獠牙啃不動它。」弄得趙天國好不尷尬。

趙長春的親事定不下來，眼看著趙長生的年紀越來越大，也被他耽擱在那裡。趙天國讓母親趙彭氏和妻子趙田氏多次套過趙長春的口氣，看他是不是看上了哪家姑娘，心裡有數，卻怕家長阻攔，也套不出一絲口風，長春只是搖頭說「沒有沒有，不急不急」地搪塞婆婆和母親。唱戲的不急看戲的急呀，趙長春要是趙長生的話，趙天國早就自作主張把他的親事訂下來了，但趙天國深知趙長春卻不是趙長生那樣軟性子的乖孩子，這孩子性子烈，弄不好就會像硬趕下田的沒訓服好的牛犢子那樣撂翻犁輥。多年前彭學清結婚幾天就跑掉，把趙長梅一個人留在家裡，導致趙長梅一生淒苦無助，最後落得個投水自盡的悲慘結局趙天國還記憶猶新，他不想也這樣逼趙長春，讓家裡留下一個活寡婦，不說招惹是是非非，至少他面子上也過不去。以趙長春的性子，他知道只要一逼，他立馬就會跑路。趙長春對山外的世界已經嚮往很久了，他常掛在嘴上的一句話說是天腳下是空的，意思是哪裡都可以活人。也正因此，趙天國更需要盡快地給他訂親成家，讓一個女人來拴住他那顆桀驁不馴的心。趙天國近來越來越強烈地感覺到，總有一天趙長春是要跑掉的。也許他會連招呼也不打一聲就在某個夜晚從貓莊消失得無影無蹤。他至今不肯定親成家已經暴露了他的想法。

無獨有偶。趙天亮這兩年來也被彭武芬的親事折騰得頭痛無比，他雖沒有趙天國那種焦慮，但比趙天國更加痛心。十八歲的彭武芬已經出落成一個亭亭玉立的大姑娘了，早就到了待嫁的年紀。女大十八變，彭武芬已經不是原來那個又乾又瘦的黃毛丫頭了，長得豐腴水靈，端莊美麗，瓜子臉，柳葉眉，她繼承了母親趙長梅的清秀，卻又有著母親沒有的高挑身材和白嫩的皮膚。自從母親趙長梅去世，哥哥彭武平跑了，她搬到下寨外公趙天亮家住之後，她就變得沉默寡言起來，不大說話，只是專心做事。在寨子裡，趙天亮發現他除了跟趙長春經常在一起，有說有笑的，她跟其他任何人都像是一個啞巴似的。她扯秧栽秧割稻子都利索無比，尤其栽秧格外風快，曾一天栽過一丘兩畝的大田，日落前就早早收工了。

從彭武芬十六歲起，趙天亮家的門檻上就開始留下四村八寨媒婆的腳印，也常常白天有別寨的小夥子莫名其妙地來家裡討水喝，或者晚上在寨牆外唱山歌，一唱大半夜，有時甚至唱通宵。不用說，這些小夥子都是衝著彭武芬來的。

起初，趙天亮對彭武芬的婚事並不著急，彭武芬是一個好勞力，多住他家一年可以幫家裡做許多事情，他自已就不會那麼苦累，自從上了年紀之後，他和趙胡氏的身體也大不如前了，他的兒子趙長洪犁耙活倒是說的過去，但他做手頭活就不行，笨腳笨手，媳婦被兒子慣得好吃懶做，三季三忙也只做一些煮飯晒穀子之類的零碎活兒。彭武芬在他家農活上要算半截頂樑柱。再說，前來提親的都是附近村寨裡的窮苦人家，想得到他們也出不起多少彩禮，彭武芬長得這麼美若天仙，趙天亮當然想給他嫁一戶好人家，不說是大戶人家，至少也要是家境富裕不愁吃穿的人家，這樣他也能多收一些彩禮錢。他認為他收養了彭武芬這麼多年，收一筆數目可觀的彩禮也是理所應該的補償。所以，雖然媒人踩破了他家門檻，很多次都在趙天亮這裡就被攔下了。直到去年老寨呂老六家請媒人過河來提親，趙天亮才動了心思。呂老六是老寨的大戶人家，在那支溪河對岸有好幾壩上千畝水田，建有高宅大院，長工丫環不算，養有看家護院的武師和槍手就不下七八人。看上彭武芬的是他的小兒子，這孩子人也長得過得去，老寨呂家的種都個頭小，腦瓜子靈，唯獨這個小兒子還長得高大英俊。他還是個洋學生，據老寨的人說他在上海灘那裡的大學堂念教會大學，會講好幾國洋話。他是這年春上在那支溪河裡划船時看到對岸的彭武芬的，只看了一眼就丟了魂兒，第二天就請老寨媒婆黃苗婆來了貓莊。

這麼好的人家打著燈籠也難找，趙天亮熱情地款待了黃苗婆，並滿口允許下來，等傍晚彭武芬放牛回來，忍不住興奮地給彭武芬說：「從今天起不要你放牛也不要你做工夫了，你就坐在家裡有空學學女紅吧。」彭武芬平淡地說：「我又不嫁人，學什麼女紅，我幹粗活還行，做不來細活。」趙胡氏說：「河對岸的呂老六家提親了，你外公應承了下來，人家是大戶人家，規矩多，你嫁過去那就是財主太太，他們家長工多的是，總不能你自己上山守牛下田栽秧吧。」彭武芬驚恐地說：「哪個要嫁人呀，我不要嫁人的。要我嫁人還不如讓我去死。」

黃苗婆第二次來趙天亮家談聘禮事宜時，彭武芬拿了把大剪刀從房裡衝出來，她披頭散髮的，把剪刀尖對準心窩，給趙天亮，也是給媒婆黃苗婆說：「我不要嫁人，誰要我嫁人我就死給誰看！」

弄得趙天亮目瞪口呆，尷尬不已。

嚇得黃苗婆半天都說不出話來。

這樁婚事就這樣黃了。趙天國到現在還不明白這麼好的人家彭武芬為什麼看不上眼。後來又有幾戶殷實的人家前來提親，彭武芬也是寧死不嫁，一副抱定當老姑娘的決心。

趙天國和趙天亮都沒把趙長春不娶和彭武芬不嫁聯繫起來，他們就更不會想到趙長春和彭武芬早在一年前就已經私定了終身。他們，包括所有的貓莊人，看到他倆經常在一起，說說笑笑的，只覺得很正常，絕對想不到他們背底裡早就開始了一段戀情。畢竟，趙長春比彭武芬長一輩，他是她的舅舅。

趙長春不記得自己是什麼時候開始喜歡上彭武芬的，應該說自打很小時他就跟她玩得來，大概就是一起上學那時就喜歡上她了吧。總之，他們愛情的種子就是在那時種下的，以後生根發芽是個漫長的過程。十多年時間他們一同長大，彼此從要好到愛慕的過程也是水到渠成自然而然的事情。這過程同樣也適合彭武芬對於趙長春的感覺。彭武芬對趙長春有特別的好感就是在娘死後的那段時間裡，她心裡特別難受，整天除了哭就是想跟一個人說說話，可是哥哥彭武平卻一整天都不回來，神神秘秘的不知道他在做什麼。那段時間，只要她一走出門，彭武芬就能感到整個貓莊人看她的眼神全是怪怪的，同齡的男孩女孩見了她就躲，那時彭武芬已經十五六歲了，什麼事都懂了，那些人眼光裡的厭惡和冷漠她完全能夠讀得懂。只有趙長春常常到祠堂來陪她說話。特別是彭武平打了他爹一槍後，趙長春依然像以前一樣，絲毫沒有把對彭武平的怨恨帶到她身上來，反而怕她一個人夜裡睡覺害怕，自己搬到彭武平的鋪上來睡，給她做伴。她要是夜裡做了噩夢驚醒，趙長春立馬翻身起床問她怎麼了。有一個晚上，她在噩夢裡尖叫，趙長春就拍門喊醒了她，他們就坐在她的床上說話，說著說著都睡著了，半夜裡醒來，她見到趙長春睡在床上，就靜靜在躺在他身邊，想，以後嫁人就嫁這樣的男人好了。

趙長春和彭武芬第一次談到終生大事的話題是十六歲那年冬天，有一次他們一同在雞公山上放牛。那時彭武芬還沒人來提過親，趙長春卻已經在父親趙天國的催促下相過兩次親了。其中第二次相親的是青石寨一戶胡姓人家的姑娘，彭武芬認得那個姑娘，她叫胡小菊，是外婆家的親戚，前不久彭武芬還跟外婆去過一次青石寨，夜裡就睡在她家的。那個姑娘也是十六歲，鵝蛋臉紅撲撲的，是一個美麗又健壯的姑娘。那天在山上放牛就他們倆人，彭武芬就問趙長春：「長春，你相親相得怎麼樣，看上胡小菊沒有？」

人前彭武芬都叫趙長春大舅，但沒人時只叫他長春。

趙長春靦腆地說：「我沒怎麼看她。」

彭武芬笑他說：「你講瞎話，胡小菊那麼漂亮，我不信你看不上她。」

趙長春說：「信不信由你，反正我沒看上她。我看她沒你漂亮。」

彭武芬冷笑一聲，說：「怕是人家看不上你吧，你還說看不上人家，羞不羞呀！」

趙長春認真地說：「反正就是我沒看上她，隨你怎麼說好了。我就是認為娶老婆就要娶你這麼漂亮的。」

彭武芬把臉湊到趙長春的面前，說：「我真比胡小菊漂亮嗎，你哄人的吧？」

趙長春說：「我哪時哄過你？」

彭武芬嘻嘻地笑著說：「你要是真認為我漂亮那你娶我好了。可是不行，你是我舅，我是你外甥，輩分對不上，我們要是老表那還說得過去。你娶我你爹和我外公都不會同意的。」

趙長春說：「我聽人家都說亂親不亂族，我也不曉得行不行。」

那天看似隨意的對話，其實趙長春是用了心機的，是在試探彭武芬。趙長春早就發現他已經愛上了彭武芬，已經離不開她了，只要一天看不到彭武芬，他的心裡就像貓爪在抓，撓得他癢癢的，很難受，除了她，他對峽谷裡的任何一個姑娘都提不起興趣。趙長春更知道父母包括婆婆，甚至整個貓莊人都不會同意他娶彭武芬做老婆的。原因很簡單，因為他是彭武芬的舅舅！貓莊人特別重視五倫常理，但趙長春心裡更清楚，他跟彭武芬成親根本算不上亂倫，因為彭武芬的外公趙天亮跟他爹趙天國是同高曾祖的，他們兄弟間就早已經出了五服。他只是彭武芬輩分上的舅舅而已。趙長春知道自己現在還不能跟家人提他喜歡彭武芬，非彭武芬不娶，他要等一個合適的時機，具體地說，他要等到他把父母認為的峽谷裡合適的姑娘都相親完了後，父母對他的婚事焦急萬分而又無可奈何之時，這時候再提把握就要大得多，所以父親每次讓他去相親，不管是哪一家姑娘，他認識的不認識長得乖長得醜的，他都高高興興地陪同媒人去，但回來時都裝得垂頭喪氣的，一副乘興而去敗興而歸的表情。他們追問起來，他就揀人家姑娘的敗處說，什麼張三家的姑娘額頭太窄不像長命的樣子，李四家的姑娘嘴角邊有粒黑痣一看就是好吃懶做，等等。弄得婆婆趙彭氏、母親趙田氏哭笑不得，罵他不知要挑剔到什麼時候挑剔出來個什麼樣的妙人兒做媳婦。趙長春還開始跟寨子裡的人講怪話，作出一副隨時都想要出去闖蕩的架式，這也是他的另一種策略，他知道父親趙天國的脾氣，他可沒有那麼好的耐心等待他年復一年地在峽谷裡相親選媳婦，說不定哪天他就會自作主張地給他訂一門親事，幾耳巴就逼著他去叫另一個老漢作爹了，又幾耳巴讓他戴上大紅花做了新郎，再幾耳巴把他扇進洞房跟一個陌生的女子睡在一張床上了。他必須讓父親趙天國明白不能強迫他，其實他才不想離開貓莊呢，哪怕天底下再空再大，他捨不下彭武芬！

自從有媒人開始上趙天亮家給彭武芬提親後，趙長春就開始急了。她不知道彭武芬的心裡是怎麼想的，更不知道彭武芬是不是喜歡他，會不會願意嫁給他。特別是聽到老寨呂老六家給小兒子提親後，趙長春再也按捺不住了，他要向彭武芬表明心跡，問問彭武芬到底是想嫁給他還是要嫁呂家那小子？趙長春決定當夜就去找彭武芬，去之前他感到心裡忐忑不安，從家裡偷偷拿了兩塊光洋，他想要是彭武芬一口回絕了他，他就不在貓莊待了，真的出去闖蕩。既然彭武芬不願意跟他在一起，貓莊也就沒有什麼留念的了，還不如去跟表叔彭學清去當兵。他記得彭學清曾經說過等他長大了要是他願意就找他去當兵。

趙長春是半夜裡偷偷起床去找彭武芬的。他知道彭武芬一個人睡在趙天亮家廂房屋裡，這個廂房是後來接的木板屋，前面做灶房，後面隔了一個小間做彭武芬的睡處。趙長春來到廂房外，躊躇了很久，但不敢大聲地叫，甚至也不敢拍板壁，怕驚醒趙天亮一家人，這一段房屋密集，他更怕驚醒更多的人。雖然他跟彭武芬白天再怎麼嘻嘻哈哈也不會引人說閒話，但半夜三更的就不能不讓人生疑。趙長春之所以要選擇半夜裡找彭武芬，是因為現在是農忙，白天根本沒有單獨相處的時間。趙長春張了好幾次嘴都沒有喊出聲來，他聽得到房裡的彭武芬好像也沒睡著，一直在打翻身，床板隔一會兒就要吱嘎地響幾聲。突然，趙長春想起小時候每次去祠堂偏屋找彭武芬玩，為了不讓趙長梅姑姑發現，他都是在屋外學幾聲貓叫。趙長春學貓叫的聲音唯妙唯肖，簡直比真貓還像，常常讓彭武芬弄混淆，真貓叫時她出來卻沒見趙長春，趙長春叫時她又以為是真貓不出來。後來他們就約定趙長春先叫一聲，然後停頓一會兒叫兩聲，彭武芬再沒出來就三聲四聲地叫下去。這個遊戲已經有五六年沒玩過了，趙長春也沒有把握，但他還是決定試一試，「咪——嗚」地叫起來。

趙長春像小時一樣，先叫了一聲，然後兩聲，當他準備連叫三聲時，吱嘎一聲聽到了開門聲，彭武芬從後門探出了頭。趙長春上前就抓住她的手，拉著她往東寨牆那邊走。他們的位置雖然離西寨牆近些，到那邊要穿過幾條房子密集的小巷子，往東過了趙天文家就沒房屋了，而趙天文家是空的，不住人了。彭武芬既不掙脫趙長春握著的手也不說話，跟著趙長春走。這是一個毛月亮的夜晚，不黑也不太亮，一路上靜悄悄的，雞鳴狗吠也沒有一聲。到了寨牆下，趙長春才鬆開彭武芬的手，先爬上寨牆。彭武芬跟著爬上去。兩人靜靜地站在牆垛邊，互相對望著，誰也沒有開口。趙長春看到彭武芬的胸脯在急劇地起伏，彭武芬也聽到趙長春在呼呼地喘氣。

他們在寨牆上整整歇了小半個時辰，毛月亮鑽進了鉛灰色雲層裡，四周一片黑漆漆了，彭武芬這才先開口說話。她雙手按著還在起伏不定的胸脯說：「長春，你半夜三更地把我拉到這裡來做什麼？」

趙長春望著她不說話，彭武芬能看到趙長春眼睛亮亮的，在癡癡地在看她，就故意刺他說：「你不說話我就回去了。」轉身作出要走的樣子，趙長春這才悶頭悶腦地說：「武芬，你是不是要嫁人？」彭武芬咬著辮子說：「我不嫁人我當老姑娘呀？」趙長春急得有些口吃地問：「你你喜喜歡呂家那小子？」彭武芬搖頭說：「我有病我喜歡他，他長什麼樣子我都沒見過。你會喜歡一個沒見過樣子的姑娘嗎？」趙長春衝動地一把拉住彭武芬的胳膊，把她擁入懷裡，緊緊地摟著他說：「武芬，我喜歡你，我要你嫁給我。你願意嫁給我嗎？」

彭武芬把頭靜靜地埋在趙長春的胸脯裡，她感覺到眼淚慢慢地流了出來，越流越洶湧，止不住抽泣出聲。趙長春搖著他的雙肩說：「你哭了，武芬你怎麼哭了？」

彭武芬仰起頭來，說：「長春，你真的願意娶我。」

趙長春說：「我非你不娶，我要是騙你天打五雷轟，上山滾崖澗摔死走夜路遭毒蛇咬死！」

彭武芬忙用手堵住趙長春的口，說：「不許你胡說。」她又把頭埋在趙長春的懷裡說：「我也非你不嫁，長春，我們說定了，生生死死都在一起，不管兩家大人同不同意我們都不分開。」

趙長春說：「生生死死都在一起。」

他們就那樣相擁著，直到月亮鑽出那一大塊鉛灰色的雲層，又落入趙家包後面的深谷裡去，直到貓莊所有的公雞開始了這夜的第三次啼鳴，直到黎明前的大霧從那支溪峽谷裡彌漫而來厚厚實實地包裹了整個貓莊他們才離開。

趙長春說：「天快亮了。」

彭武芬說：「我們該回去了。」

趙長春笑嘻嘻地說：「那你叫我一聲哥，我們就回去。」

彭武芬說：「我比你大，你應該叫我姐才對。」

趙長春說：「你沒見女人都管自己的男人叫哥，叫我一聲哥好不好。」

彭武芬跑到出口處，回頭說：「你先叫我姐我就叫你哥。」

下寨牆的時候，彭武芬聽到趙長春的衣兜裡哐哐作響，抓住他從他的口袋裡掏出兩塊銀元，驚訝地問：「晚上你帶這麼多錢出來幹什麼呀？」

趙長春嘻嘻地笑著說：「你的衣袋裡不也是揣了把剪刀。」

彭武芬說：「誰要是敢逼我嫁人我就死給誰看，要是嫁給你我就不死，我就樂意。你帶兩塊銀元是不是準備今晚跑路。」

趙長春老實承認：「今晚要是你不答應嫁我，我就跑路去當兵。」

彭武芬說：「你傻不傻呀！」一扭頭，跑回家去了。趙長春摸著後腦勺想了半天也沒想明白彭武芬為啥要罵他傻。

趙長春和彭武芬的戀情最先是他母親趙田氏發現的。這時已到第二年的夏天了。一天半夜裡，趙田氏起來小解，剛蹲下去就聽到趙長春趙長生睡的那間房側門開了，她以為哪一個孩子也要上茅廁，趕快完事紮褲子。她走到豬圈和屋側的那條通道時看到趙長春往外面的巷子裡走去。趙田氏吃一驚，深更半夜還往外跑，長春這不是發睡行症嗎？便悄悄地跟了上去，看看趙長春到底要做什麼，是不是真的發睡行症。

趙田氏跟著趙長春到下寨，看著他輕飄飄地走到趙天亮家的廂房外。趙長春絕不可能有小偷小摸的劣跡，他這是要做什麼？趙田氏驚得目瞪口呆，要不是她知道一個人發睡行症時是不能叫醒他的，否則早就驚得叫出聲了，或者跑上去拉他回家。這時她聽到了幾聲貓叫。是趙長春在學貓叫。一會兒，她看見彭武芬從後門出來，趙長春上前拉著她的手，兩個人邁著輕輕的腳步歡快地往寨東方向跑去。趙田氏一直跟到寨牆下，看著他們爬上寨牆，擁抱在一起，輕聲地說著悄悄話。

現在趙田氏明白了趙長春不是發睡行症，而是小貓叫春哩。她的這顆心放下了地那顆心又提升起來了。此時她才明白這兩年來長春誰家姑娘也看不上彭武芬誰家兒郎也不肯嫁不是巧合，而是他們早就私定終身了。趙田氏躲在離寨牆不遠的一條土坎上，想看清他們是不是有什麼出格的舉動，是不是生米煮成了熟飯，觀察了大半個時辰，發現他們除了擁抱在一起外，並沒到她想像的那一步，這才鬆了一口氣，悄悄地回屋去了。

趙田氏回屋裡看到堂屋裡亮著燈，趙天國坐在大桌子邊在等她。趙天國說：「我睡醒了一覺也不見你回來，以為你掉茅廁坑裡了，只差用糞勺去掏。」趙田氏回來的路上一直在思考要不要把今晚見到的告訴給趙天國，被他這麼一問，倒一時慌了神，支支吾吾地不知怎麼開口。趙天國又問：「長春呢，他沒跟你一起出去？」趙田氏說：「長春也出去了嗎？」趙天國很驚訝地說：「怎麼他沒跟你一起出去，我找你時看到他房間的門沒關緊，推開一看，就長生一個人睡在鋪上。」趙田氏知道再瞞不住趙天國，就把晚上跟蹤趙長春出去看到的都跟他說了，末了問趙天國：「你看這是個什麼事，他怎麼偏偏看上的是彭武芬。」趙天國用不相信自己耳朵聽到的聲音說：「你講的都是真的，親眼看到的？他們到什麼程度了？」

趙田氏說：「什麼什麼程度？」

趙天國說：「還有什麼程度，摟摟抱抱，摸摸掐掐，還是……還是在寨牆上打地鋪了？」最後那一項他自己也覺得說不出口，情急之下換了「打地鋪」這個形象的比擬。

趙田氏說：「看你腦子裡想的些什麼，沒到那程度。」

夜裡趙長春回家時沒發現什麼異樣，進房時趙長生打了個翻身迷迷糊糊問他剛才去哪了，他說蹲茅坑，趙長生就又睡過去了。趙長春和彭武芬在那天夜裡約定每個月月圓的那晚他們相聚一次，這晚已經是第十次了。他想不到這晚恰恰被母親跟蹤了。第二天吃完早飯，趙天國交待讓趙長生去放牛，趙長春嘴裡還包著一團飯，問爹：「我是去薅包穀草還是去田裡扯稗子？」趙天國說：「你今天休息，不要上工了。等下我和你婆你娘要跟你談談你的婚事？」趙長春驚訝地問：「你們是不是又訪上了哪家姑娘，我又要去相親嗎？」

趙長生出門守牛去後，趙天國吩咐趙田氏把大門插了木門，趙長春看到婆婆、父親和母親的臉色都很凝重，才知道要談很嚴重的事情了。趙天國等趙彭氏坐下後，單刀直入地問趙長春：「你是不是看上彭武芬了？」

趙長春被趙天國問得猝不及防，本能地搖搖頭。

趙天國突然勃然大怒，厲聲喝道：「給老子跪下，小小年紀就學得不誠實！」趙長春不明白爹為什麼突然發火，只好乖乖地跪下，趙天國氣憤地問：「昨晚半夜裡你做什麼去了，是不是跑到東寨牆去了？你不要不承認，你娘都看到了。」趙長春只覺得頭皮嗡地一聲炸響，一下子懵了。過了一陣，趙長春的頭腦才清醒過來，轉念一想，他們知道了也不是壞事，他總不能跟彭武芬偷偷摸摸一輩子吧。於是趙長春老實地說：「我就是喜歡彭武芬，我要娶他，不管你們同不同意，我都要娶她。」

趙天國一跺腳，大叫一聲：「你個小兔崽子，你不曉得你是武芬的舅舅啊，這世上哪有舅舅娶外甥做老婆的。」一脫下鞋子起身拿起鞋底板就過去打趙長春嘴巴，趙田氏慌忙抱住他。那千層底布鞋板一打過去，趙長春的一口牙齒怕是要掉光。這時趙彭氏發了話：「長春，你自己跪到堂屋去，腦殼上頂盆水，你爹正在氣頭上，別惹他。」

趙長春往堂屋走時趙天國還踹了他一腳，說：「老子不死，你休想把彭武芬娶上門來。」

關於趙長春和彭武芬的事情，趙天國家庭內部討論時就發生了重大分歧，不過還是最後殊途同歸，一致不贊成這門婚事。趙天國的理由是倫理上的，他堅持認為趙長春是彭武芬的舅舅，在一起就是亂倫，若他們是老表倒好了，他還可以成全他們。趙彭氏和趙田氏婆媳倒都不看重這個，她們的觀念一致：作為親戚，趙長春和彭武芬早就是遠親了，這不存在亂不亂倫的問題，自古男娶女嫁就是亂親不亂族，彭武芬又不姓趙。婆媳倆看重的是女德，彭武芬是趙長梅不明不白生下的孩子，至今她爹是誰誰也說不清，趙長梅還跟趙天文有過那麼一檔子事，足以證明她是個水性揚花的女人，女隨娘，彭武芬常常半夜三更跟趙長春跑出去，也足以證明她的確隨了長梅的性子。彭武芬作為一個姑娘雖然有許多優點，譬如漂亮、勤快、儉樸等等，但僅這一點就堅決不能讓她進趙家門了。他們最後的討論結果是，拆散這對冤家唯一的辦法就是讓趙長春趕快成親，或者讓彭武芬趕快嫁人。

趙天國想了兩天兩夜，第三天清早去了趙天亮家，再次請趙胡氏做媒給趙長春訂下她娘家親戚胡小菊那門親事。他已經打聽過了那姑娘至今還沒訂親。他沒有跟趙天亮也沒有跟趙胡氏說趙長春和彭武芬的私情，他不想讓他們責罵彭武芬。趙天國其實打心底裡也認為彭武芬是一個好孩子，要不是輩分不符他就會說服母親趙彭氏和妻子趙田氏讓她作他們家媳婦，但輩分是無法改變的，雖說峽谷裡有亂親不亂族的說法，但那是苗人和畢茲卡人的提法。趙天國選擇逼長春而不逼彭武芬還有另一層原因，他知道彭武芬隨了趙長梅的烈性子，他答應過趙長梅照看好她兩個孩子的，現在彭武平跑路了，他讓人打聽過，也不知他去了哪裡，是死是活沒個音信，要是彭武芬再喝藥上吊有個三長兩短，他對不住死去的趙長梅。他知道趙長春反正是不會死的，最多他也就是跑路，不管他跑到哪裡都是他趙天國的兒子。當然，他會對趙長春嚴加看管，至少讓他在成婚之前跑不成路，乖乖地娶親，男人一旦成親，多半也就捨不得跑路了。趙天國可是把貓莊的興旺寄託在趙長春的身上，他死後，趙長春就是族長。趙長春一旦成親，彭武芬也就死了心，就會另嫁別人。

這一切都是瞞著趙長春悄悄進行的。當青石寨胡家回話同意這門親事後，趙天國才告訴趙長春。趙天國本想在成親前一天「過禮」那天再告訴趙長春的，這樣他的把握就大一些，只要看守他一天，第二天他就成了新郎，生米煮成了熟飯，但趙天國反覆權衡好些天，後來突然頓悟，趙長春若要跑路的話他遲早都是要跑的，遲跑不如早跑，若是在成親的路上跑了，不但他家鬧了一個天大的笑話，把人家的閨女也害了，不嫁吧，已經成親了，嫁吧，也是守活寡。他趙天國既丟不起親戚朋友都來喝喜酒新郎官卻跑路了的人，更不能禍害人家好端端的一個黃花閨女嫁到他們家來當活寡婦。父子倆是在堂屋裡談的話。這是兩個男人的談話，趙天國支開了母親趙彭氏和妻子趙田氏。趙天國明確告訴趙長春，他想要跟彭武芬成親門兒都沒有，他已經給他訂了青石寨胡家的親事，擺在他面前的只有兩條路，一條是乖乖地跟胡小菊成親，另一條是不同意這門親事，後果就是自己跑路，成龍成蛇，咎由自取，永不得再回貓莊，兩條路任由自己選擇。

趙長春想都沒想，說：「我跑路。」

趙天國木然地說：「想好了？」

趙長春說：「想好了。」

趙天國說：「想好了今天就走，我送你兩塊光洋，別等你婆和你娘回來，走得像個男人，哭哭啼啼的前程也不好。你走了，我就讓長生頂這門親事，趙家不能戲弄胡家，這就是做人的『理』。」

趙長春說：「我想帶武芬一起走。」

趙天國說：「這不行。」

趙長春說：「為什麼？」

趙天國說：「因為你是他舅舅。」

趙長春說：「那我改姓。改姓豬（朱）牛馬羊（楊）還不行嗎？」

趙長春一落音，臉上就「啪」的挨了趙天國一耳巴。趙天國說：「你就是成了豬牛馬羊也還是她舅舅。兔崽子，你走到哪裡都給老子記住你是貓莊趙家的後人，記不住這一點我寧願明天族裡議事時在祠堂裡打死你這個忤逆子。」

趙長春老老實實地說：「爹，我記住了。」

趙天國說：「記住，從明天起我就不是你爹了。你是不是準備動身了？」

趙長春說：「我想跟武芬說句話。」

趙天國開明地說：「說光明正大的話我不攔你。武芬在四方田下面的那丘小彎田裡扯稗穗。」

趙長春來到小彎田，看到彭武芬真在田裡，向她打手勢。彭武芬預感到了一定有什麼重大事情發生，慌忙跑上岸來。自從他們私定終身後，為避免惹人嫌疑，白天裡他們已經很少說話了，彭武芬看到趙長春的肩上背著黑色的褡褳，他的眼睛紅紅的，問趙長春是不是要出遠門。趙長春看了看四周，除了父親隔著幾條田塍望著他，幾十丈內都沒有人，輕聲地說：「武芬，我要跑路了。」彭武芬吃驚地說：「你被你爹趕出貓莊了，為什麼呀？」趙長春說：「他要我娶胡小菊。」彭武芬有些興奮地說：「那我跟你一起跑路吧。」趙長春搖了搖頭：「我答應他不帶你走的，我現在不能帶你走。我得走得像個男人。」彭武芬想了想，說：「那你晚上西寨牆上等我，我半夜裡出來，跟你一起走。」趙長春說：「你等我吧，我現在出門是闖天下，等我混出頭了就來接你。」

彭武芬哇的一聲哭了，但她只哭了一聲，又忍住了，抿著嘴抽泣著說：「你走了我一個人怎麼活呀？他們會逼我嫁人的。長春哥，我們不如死了吧，陽間裡容不下我們，我們到陰間做夫妻去吧。」

趙長春也不管父親是否在看著他們，一把摟住彭武芬，哄她說：「武芬，我們不准說死，我們又不是白河對岸的那些人，他們才殉情呢。你記住我們都不能死，一定要記住，活著等我回來。」

彭武芬還是哭，抽泣著說：「長春哥，我活不下去咋辦，他們逼我嫁人咋辦？」

趙長春想了想，說：「晚上我在西寨牆下等你，帶你一起走。生生死死都在一起。」說完，推開彭武芬，說：「我得走了。」

彭武芬看到趙長春眼淚也刷刷地流了出來，他一轉身，邁開大步往諾里湖方向走去。

趙長春一連在寨牆下等了三個通宵，連彭武芬的影子也沒見著。他白天睡在趙家包背後的一個山洞裡，晚上出來到寨牆外一條土坎上坐著，第四夜是個伸手不見五指的黑夜，等到子夜時，趙長春聽到遠處傳來腳步聲，站起身來準備跑下土坎，卻看那人刮起火鐮石在牆洞裡點了一堆火。火光照映出趙天國修長的身影，趙長春知道那是爹來告訴他彭武芬已經被看管起來了，他點起一堆火就走，是不願意跟他說話，暗示他違背了自己的承諾。趙長春對著貓莊雙腿跪下，磕了一個頭，然後毅然起身往黑夜裡走去。

這年冬天，彭武芬被外公趙天亮許配給芭茅寨一戶不大不小的財東家的二兒子作兒媳。這家財東姓吳，女婿叫吳家承。他們家裡雖無萬貫，但出手闊綽大方，趙天亮收了一份厚重的彩禮，不管彭武芬鬧死鬧活都給塞進了花轎。成親那天，花轎剛剛抬出家門，走到小溝橋時，花轎底板脫落，新娘子漏了出來，給這樁喜慶的婚事埋下了不祥的徵兆。

到了芭茅寨，拜堂成親送入洞房後，晚上行房時新郎才發現新娘子懷揣了一把磨得鋒利的大剪刀。第一夜，新郎苦口婆心好話歹話講盡新娘也沒有放下剪刀，第二夜，慾火燒身的新郎再也無法忍耐，劈手奪下新娘對準他而不是她自己的剪刀，把她按在大紅牙床上霸王硬上弓，當他奮力剝開她外面的大紅新娘裝時才發現她穿了整整七條內衣內褲，撕扯掉她的四件上衣三件內褲時，他那赤條條晃蕩的下身遭到了新娘的致命一擊。新娘削尖的繡花鞋尖狠狠地踢在了他雄起的陽物上，也踢破了他充氣的脹鼓鼓的兩顆卵蛋的皮囊，他哎呀大叫一聲順著床沿溜了下去。整整半個月裡，他不僅一事無成，甚至連那事想都不能想。吳財東是個很要面子的鄉紳，知道兒子馴服不了彭武芬，又怕弄出人命不好向貓莊交待，雖然彭武芬不姓趙，但她也是貓莊趙家嫁出來的人，乾脆讓兒子一紙休書打發彭武芬回了貓莊。休妻總得有個理由，彭武芬不肯同房說出去傷了吳家的臉面，吳財東一家絞盡腦汁，在休書上落下彭武芬「乃一石女」這個理直氣壯又暫時無人能夠驗證的理由。

彭武芬回到趙天亮家時，一腳踏進門檻，聽到趙天亮長歎了一聲：「你呀，跟你娘一個命！」聽了這話，彭武芬扭頭就走，到了趙天國家對他說：「大外公，我還是住祠堂偏房行嗎？」趙天國愣了一下，說：「閨女，天底下千條路萬條路，你怎麼單單只走獨木橋啊？」

彭武芬說：「我要等長春回來。」

彭武芬沒有想到的是：如果當夜她還睡在趙天亮家厢房的話，她就等來了趙長春。當天夜裡貓莊響了三聲槍聲，第二天中午彭武芬聽人說在寨牆上撿到三粒彈殼，她跑上寨牆看見一塊石壁上留有趙長春寫下的一行歪歪斜斜的字。彭武芬頓時失聲痛哭起來。此後，他們要隔好多年才能再見上一面。

第十五章

那夜趙長春離開貓莊後直奔西北縣城，他走了整整一天，第二天傍晚才到達縣城。趙長春這是第一次來縣城，一入城，他就摸不清東南西北了。他的第一個念頭就是找到兵營，只有找到兵營他才能打聽到彭學清的部隊駐紮在那裡。趙長春在城裡轉悠了兩天，問了無數人，既沒有找到兵營，更無人知道彭學清的部隊在哪裡，人家只是告訴他西北城確實駐紮過一支部隊，可半個月前已經開拔，不清楚是撤防還是換防。

在縣城裡待了三天，趙長春吃飯睡覺就花了一塊光洋。他的兜裡只有一塊光洋了。這天早上，他終於在一個小麵館裡吃麵時從一個上年紀的警察那裡打聽到了彭學清的部隊駐紮在鄰縣與湖北交界的一個小鎮上。這個老警察說他的兄弟就在彭團長的手下幹連長。但那個地方比較遠，距西北城有二三百里地，它在澧水邊上，跟酉水所屬的沅水已經不是一個水系了。趙長春問：「你說的是好多年前在白沙鎮剿匪的那個彭學清嗎？他不是連長嗎，怎麼是團長了？」

老警察拿筷子敲擊桌沿，訓斥趙長春說：「整天把腦殼掖在褲腰帶上，不升官誰還去當個鳥兵，他早升團長啦，他當連長時我兄弟還沒入伍呢。」老警察又問：「你小子是不是想投軍？想投軍投彭學清沒錯，聽我兄弟說他打仗厲害，愛兵如子，跟著他有前程，我要是再年輕二十歲，脫了這身黑皮也投他的軍了。」

趙長春站起身，往桌子撂了幾個銅板，替老警察的麵錢一起結了，抓起放在小凳子上的褡褳，往北門走去。老警察說的彭學清駐防的那個縣要從北門走。他出了坡子街，來到北門，看到左面靠山那邊一條土路盡頭的那個巨大院子的門口標直地站著兩個荷槍的哨兵，還有幾個背著槍的士兵正在掛一塊大牌子。趙長春昨天還到過這裡，聽人說過這裡曾是兵營，他還進去到了裡面，但人去樓空。趙長春看清了士兵們掛的那塊白底黑字的牌子：國民革命軍第十九獨立師第二團團部。

趙長春躊躇一陣，心想會不會是彭學清換防回了這裡。他決定去問問那些兵，以免多跑冤枉路。到了院門口，趙長春上前問那幾個已經掛好牌子正偏著腦殼細瞧掛得正不正的士兵，趙長春叫了幾聲老總，沒人理他，他抓住一個年紀跟他差不多大兵的肩頭，說：「老總，問你個事行嗎？」趙長春下手不知輕重，抓得那個士兵「哎呀」的叫喚起來，其他兩個士兵如臨大敵，迅速從肩上摘下快槍對準趙長春，厲聲喝問：「幹什麼？」

趙長春擺擺手說：「就問你們個事嘛，幹嘛拿槍對著我。」

一個士兵說：「我看你娘的就不像個好人，先抓起來。有什麼話到警訊室說去。」

趙長春說：「不就是問問你們是不是彭學清的部隊，犯得著抓人嗎？」

那個被趙長春抓痛了的士兵說：「彭團長的名字是你喊的，我看你小子就是想吃槍藥？」

這時從院門裡走出一個腰上掛著盒子槍手裡提馬鞭的黑臉軍官，見這邊幾個兵圍著一個年輕人，過來問：「發生什麼事了？」剛才說要抓趙長春的那個士兵收槍並併腿，「啪」地一個立正：「報告營長，這小子剛才闖營防大門。」

趙長春看了一眼那個軍官，覺得挺眼熟，問他：「你是曹排長曹東升嗎？」

軍官不高興地說：「老子是曹營長，你是哪個，怎麼認識老子老子不認識你？」

趙長春說：「曹叔叔，我是貓莊趙天國的兒子趙長春啊，你還記不記得，小時候你還教過我打槍，彭學清是我表叔。」

曹營長用馬鞭磕了一下腦殼，一邊「哦」了幾聲，想起來了，說：「記得，記得，那時團長還說過要你跟他當兵吃糧的，呵呵，你爹不同意，嗆了團長一鼻子灰。」他親熱地拍了拍趙長春的頭，說：「走，跟我去團部，今晚團長肯定會高興得請我喝酒。」

看著他們走了，那個要抓趙長春的士兵嘟囔著說：「今天剛換防就來人認親戚，還表叔，團長還是我爺爺呢？」

曹營長回頭問那個兵：「你嚷嚷什麼，過來在我耳邊上來嚷。」那個士兵跑過來，收槍併腿立正：「報告營長，我剛才說團長還是我爺爺呢，他也不給我弄個班長幹幹，我都當三年大兵了。」

曹營長一馬鞭打在他頭上，把帽子打飛了，說：「沒仗打你小子別想升官，我是你爺爺也沒用。回營房搞內務去。」那個兵撿起帽子，又嘟囔了一句：「我是你爺爺還差不多，他娘的彭學清若不是比老子大兩個輩分，誰認他爺爺。不是說要跟北邊的賀鬍子打仗嗎，怎麼突然就撤防了。」

另一個士兵說：「你不曉得陳師長跟賀鬍子是拜把子兄弟，打什麼仗？我看是給他讓路才對。」

曹營長生氣地回頭吼他們：「再嚼舌頭老子把你們送警訊室鬆牙齒。」

趙長春跟著曹營長進了院子，院子裡亂哄哄的，到處都是背著槍的士兵，他們穿過一個大土坪，進入一片小樹林裡一座普通的平房前。這是團部作戰室，曹營長帶著趙長春進去時，彭學清正在和劉副官掛防區地圖。曹營長報告也不喊就跨進去，喊：「團長，你看我給你帶誰來了？」彭學清轉過身來，看到曹營長身邊帶了一個身體健壯的青年山民。他只瞄了一眼趙長春，對曹營長說：「曹東升，你不去督察士兵內務，跑到團部搗什麼亂。這人是誰，要徵兵也得等接完防安定下來吧。」

曹營長說：「你仔細看看他是誰？他是趙天國的兒子趙長春，那年離開貓莊，你不是念叨了好幾個月嗎？」

趙長春上前叫了一聲：「表叔。」

彭學清「咦」了一聲，這才認真看趙長春，親熱地說：「長高長大了，我都認不出來了。怎麼跑到縣城裡來了，娶媳婦生孩子了吧？」

趙長春說：「我給你當兵來的。」

彭學清擺了擺手說：「不行，你爹不是不讓你當兵，他哪天找我扯皮絆來說我拐了你，我跟他扯不清楚。」

趙長春央求道：「表叔你就收下我吧，我沒地方去。我被我爹趕出貓莊了，他讓我跑路，跑哪都行，就是不能跑回去。我也沒臉回去了。」

彭學清說：「你成家生子了嗎？」

趙長春說：「沒有。」

彭學清哈哈大笑：「我曉得你爹為什麼要趕你了，一定是因為愛情吧。他看上的姑娘你看不上，你看上的他又不同意，是嗎？你爹他就是個封建老頑固，我們國民革命軍現在革的就是他們這種人的命。」

趙長春不想跟彭學清扯這事，甕聲甕氣地問他：「你到底要是不要我給你當兵，你不要，我去別的地方投軍，這天下又不是只有你一支部隊。」

彭學清哈哈大笑：「這孩子脾氣還挺衝的喲！」對曹營長說：「你先帶他到新兵營訓練兩個月，然後讓他給我當勤務兵。那個小王跟了我三年了，也該換他下去幹個排長了。」

除了晚上想著彭武芬睡得不好外，趙長春很快就適應並且喜歡上了兵營的生活。湘西巡防軍改編成國民革命軍後，各部隊都在大肆招兵買馬，彭學清的二團天天都有新兵入伍。趙長春一到新兵營就是鶴立雞群，出類拔萃。這些新兵們大都跟趙長春差不多年紀，十八九歲，當然也有十六七歲的娃娃，甚至二十四五歲的成年人。他們大多跟趙長春一樣來自鄉下，面黃肌瘦，體質都不強壯，訓練時常常有人昏倒。但是強度再大的操練對於健壯的趙長春來說都不是問題，就是那些高難度的刺殺動作，躍壕塹、爬石壁等等訓練項目，他都能輕鬆地完成，常常受到教官的誇讚。這個教官是特務連的一個連長，叫龍占標。趙長春聽老兵們說他原是個土匪，十多歲就敢殺人放火，武藝高強，為人豪爽，但體罰士兵也心狠手辣，常常打得新兵肚青腿腫，幾天下不了床，所以他帶出來的兵個個都驍勇，打起仗來每次衝在最前面。老兵們說訓練時他要是看上了誰，直接就要去特務連。到了後期的射擊訓練，趙長春更是讓龍教官吃驚不小。最初，新兵是五十米的射擊距離，每個人前方紮一個稻草人，蒙上白布，頭上描有鼻子眼睛，胸脯上畫了一圈一圈的圓圈，第一次實彈射擊時，龍教官給大家講解了射擊要領後讓大家瞄著草人的胸脯開槍，說第一次射擊只要不脫靶就算合格。趙長春嫌胸脯太大，瞄著草人的頭顱開了一槍，正好打在描畫的眼眶位置上。驗完靶，龍占標賞了脫靶新兵每人一鞭後，問趙長春：「你瞄哪裡打的？」

趙長春從地上爬起來，立正，挺著胸脯說：「報告教官，眼睛。」

龍占標一鞭子抽在趙長春的背上：「瞎說，你知道你打哪裡了？」

趙長春說：「報告教官，我就是瞄眼睛打的。」

龍占標從口袋裡摸出一粒子彈，遞給趙長春：「你給老子再打一槍看看，打右邊那隻眼睛，要是沒打中老子罰你三天不准吃飯。」

趙長春接過子彈，上膛後也沒伏下地，就站著端槍瞄準，開槍後龍占標自己跑過去驗靶。果然打在右眼眶上。龍占標跑回來時驚訝得叫起來：「他媽的神了，比老子的槍法不差，你家以前是獵戶？」

趙長春說：「報告教官，這麼近的距離就是一頭發飆的野豬我也能打中牠的眼睛。」

龍占標又是一鞭下來，說：「訓練結束後到老子特務連來，讓你當個班長。新兵蛋子一下來就當班長的全團還沒有過，老子給你破個例！」

兩個月訓練結束後，趙長春回了團部給彭學清當勤務兵，腰上掛了一個大牛皮盒子，裝著一支十連發駁殼槍。槍是他從原來的勤務兵小王手裡接過來的，小王是去連隊裡當排長，按規定他只能扛漢陽造，連長才有資格配連槍。好幾年之後趙長春下到由特務連升級成的警衛營，跟龍占標成了哥們，一起喝酒時才聽他說起當年新兵訓練結束後他曾跟團長大吵了一架，為的就是想把他弄到特務連去。不過，那時候他們早就不在湘西了，而是在東南沿海邊的一個小城。也就是在那晚，他才知道龍占標是白水寨龍大榜的親侄子。他們喝完了那頓酒的第二天，部隊就開赴了前線，從此再沒有機會一起喝酒了。

從訓練場上下來給團長當勤務兵，就更輕鬆自由了。彭學清是一個真正的軍人，軍容整潔，軍裝任何時候都穿得筆挺，什麼事都身體力行，自己的內務也不要趙長春和另一個勤務兵小劉染指。他至今沒有家室，趙長春除了知道他跟長梅姐成過親外，當了勤務兵後還聽曹營長說他早年在川東護國軍時又娶過一房妻子，但後來由於戰亂妻、子都失散了，生死不明，找了好多年都沒有下落，他也索性不再娶妻生子了，成了獨立師唯一的一個光棍團長。趙長春這個勤務兵也就是開會時給各位軍官倒倒茶水，騎馬到防區的營連下發通知或者文件，其他的時間自己打發。趙長春在縣城裡既沒有朋友也沒有親戚，多數時候他都是在營房前的土坪裡練騎術，他什麼都行，就是從小沒騎過馬，勤務兵送文件傳通知都是要騎馬的。

練了幾個月，他騎馬也會了。

這時候他入伍快半年了，每月能領四塊銀元的餉，有空時也有閒心去城裡轉轉。臘月裡，縣城也比平日熱鬧起來。趙長春去城裡逛得最多的卻是坡子街，他喜歡在那些花布店，首飾店前停留，但卻又不敢問價。他很想給彭武芬買一段花布或者一副玉鐲子捎回去，自從他們好上後，他還沒送過她一樣定情物呢，可是，別說在縣城裡幾乎不可能碰上貓莊人，就是碰上了，他也不敢讓人捎回去。出來整整半年了，他不知道彭武芬現在怎麼樣，趙天亮有沒有逼他嫁人？很多次，他半夜裡醒來都想偷偷地騎馬跑回貓莊，把彭武芬接出來，可是想到馬只能跑到白沙鎮，從白沙鎮到貓莊的山路許多地方太陡太窄，要牽著才能過去，他一晚上趕不了個來回。被查出來違反軍規可不是小事！

此時，趙長春還不知道，彭武芬在幾天前就嫁了人，她誓死不從，半個月後又被休回了貓莊，住進了她以前跟母親哥哥一家人住過的祠堂偏房。以至於有一天夜裡他忍不住跑回貓莊，竟然沒有找到彭武芬。

趙長春是在臘月十三這天回貓莊的。

這次他是去貓莊接彭武芬出來的，他每個月有四塊銀元，完全可以租個民房讓彭武芬住下來。雖然他現在還沒有軍銜，不能結婚，他想他現在已經是團長的勤務兵，要不了兩年彭學清再長一級到了旅長，只要把他一放下去，他就是上尉連長了，就可以跟彭武芬成親了。這天中午，趙長春到坡子街的劉記玉鋪裡選了一副翡翠鐲子，用紅布包好，揣進懷裡，回兵營時剛好碰上彭學清，讓他去駐白沙鎮的二營送文件。彭學清說：「本來是想讓通訊兵去送的，他們都臨時有事，你要是想回家看看就住一晚吧。」趙長春牽了一匹大黑馬，一路狂奔，天黑前就趕到白沙鎮。一進營房，滾下馬來，招呼一個士兵去餵馬，把文件塞進二營長手裡，立即就往貓莊奔去。

幸好這是一個有著冷清月輝的大月夜，但趙長春一路奔波，又沒吃晚飯，已經又累又乏，疲憊不堪，三十里的山路走了兩個多時辰，到貓莊時已經快三更天了。穿過西寨牆洞的時候他就聽到了從貓莊傳來了第一聲雞鳴聲。趙長春熟手熟腳地摸到趙天亮家的廂房外，稍稍平靜了一下過於激動的心情，然後開始學貓叫。一連叫了十幾聲，廂房裡沒有一點動靜，他想是不是彭武芬睡得太死了，又叫了十幾聲，這次他不僅沒有叫醒彭武芬，反而倒把在屋裡睡的趙胡氏叫醒了。他聽到趙胡氏對趙天亮的說話聲：「老頭子，外面哪家的貓叫得那麼凶？」趙天亮的聲音也傳來了：「貓兒叫春你也管得著。」趙胡氏說：「你糊塗了不是，貓兒叫春那也是春天叫呀，我得看看去，是不是在哪夾著腳了，叫得人睡不著。」趙長春看到正屋裡亮了燈，知道趙胡氏要出來了，趕忙躲到不遠的一棵李樹下去。

趙長春看到趙胡氏出來後，趙久林爺爺家也亮起了燈。他已經吵醒了下寨好多人的夢了，看來彭武芬是不在廂房裡睡。彭武芬去哪裡了呢？她一無親二無故，沒地方去，難道是嫁人了嗎？趙長春真想衝進屋去拿槍頂著趙天亮的頭問問他。但他還是忍住了，慢慢地退出了巷子，往寨西走去。他就是沒有想到去祠堂的偏屋去看看。這夜剛好是彭武芬被芭茅寨吳家休回貓莊，受外公趙天亮氣彭武芬一氣之下搬到祠堂偏房裡去住。

趙長春走到寨牆下，想了想，爬上寨牆，在他和彭武芬常常相擁而坐的地方坐了半個時辰。臨走時，他用一塊紅石塊在牆垛上寫下「我會來接你的」幾個字。寫完幾個字的時候，趙長春還以為他很快就會有機會再回貓莊的，但第二年三月，他的部隊就開拔了。據情報湖北洪湖的賀鬍子紅軍大部隊正準備回師湘西，部隊要開始打仗了。仗終於還是沒有打成，紅軍虛槍一晃，大隊人馬很快就又退回了湖北。一年後，他們部隊調去酉水南岸跟王家烈的黔軍作戰，一度差點打下貴陽城，離貓莊越來越遠了，直到幾年後才回防酉北縣城。

寫完字後，趙長春掏出駁殼槍，對著貓莊上空連發三槍。

趙長春那晚沒有見到彭武芬，第二天回城時卻意外地撞上了彭武平。

趙長春是騎馬回城時在小西門橋上撞上彭武平的。當時他正快快的信馬由轠地穿過小西門橋，小西門橋是縣城的主要通道，橋上人來人往，突然一個推板車的橫在大黑馬前頭，大黑馬受驚後嘶鳴一聲揚起前蹄，險些把趙長春掀下馬，趙長春忙去拉轠繩。這時他看到前面橋欄上的一個年輕人聽到馬嗚聲回過頭來看了他一眼，趙長春幾乎一眼就認出了他是彭武平。彭武平除了個子長高了些，身材魁梧些了，他的臉型、神態一點也沒有改變。趙長春看到彭武平沒有認出他，又轉過身跟一個戴禮帽的中年人說話。趙長春下了馬，牽著馬過去，走到彭武平的身後，拍著他的肩說：「你怎麼在這裡喲？」彭武平扭過頭來，像受了很大的驚駭似的，聲音都抖了，問：「老總，你叫有我麼子事？」趙長春說：「彭武平，你不認得我了。」彭武平也認出了趙長春，臉上的蒼白緩和了一些，說：「你嚇我一跳，你怎麼穿這身皮子了。」趙長春說：「我在第十九獨立師二團當勤務兵？你這些年都在哪裡，口音有點變，我們西北人不興說『麼子』的。」

那個跟彭武平說話的戴著一副黑框眼鏡文質彬彬的中年人對彭武平說：「武師傅，立碑的日子你別忘了，你跟這位老總聊吧，我下午有課，先回校了。」說完，撩起長衫下擺，匆匆地走了。

彭武平跟那人說：「你也別忘記準備好工錢，我立碑是炮竹一響就要工錢的。」

趙長春拉了拉彭武平，問他：「你這些年來在哪裡，做些什麼？」

彭武平說：「我在做石匠，你剛才沒聽到我在跟楊老師談給他父親立碑的事。我這幾年都在跟周正龍做徒弟，今年剛剛出師，自己揀活兒。」

趙長春說：「你跟他學手藝，不錯，他是好手藝人。」

彭武平看了看頭上的日頭，說：「我要走了。明天我要給南頭村一家人立碑，還得趕六十里路呢。」趙長春說：「到吃午飯時候了，我請你吃飯怎麼樣，吃完飯再走。哎，說說嘛，他怎麼叫你武師傅，你不是姓彭嗎？」

彭武平臉上有些慌亂，說：「人家都叫我武平，他以為我就姓武，在貓莊你們不也是叫我武平，哪時叫過我的姓。」彭武平想起什麼似的又問：「長春，那年我打了你爹一槍，你不恨我嗎？」

趙長春快言快語：「不是沒打死嗎？傷都沒傷著他。倒是貓莊人都說我三叔被你那一槍嚇瘋了，沒幾個月就死了。」

彭武平詫異地說：「趙天文死了？」

趙長春說：「真死了，你以為我咒他死。」

兩人在一家飯館裡坐下後，趙長春發現彭武平的神情一直不大對，他的眼睛一直盯著他腳下的麻布褡褳，時不時地還用手往自己的腳下挪挪。來的路上趙長春就聽到那裡面嘰哩嘩啦地響，是鐵器碰擊的聲音。趙長春好奇地說：「你那裡面是不是裝的一袋子光洋。」彭武平說：「我哪裡搶來那麼多光洋。」趙長春調侃他說：「那就是給龍鳳山上的人弄的這個？」他做了一個短槍的手勢。彭武平頓時臉色煞白，聲音緊張地說：「你別亂講，那是要殺頭的，都是些石匠的工具，錘子鋼釺和鏨子。」趙長春笑了笑，說：「那你緊張什麼，飯都餵鼻孔裡去了。」

吃完飯，兩人一同往北門走。趙長春一直把他送出北門外，才打馬回營。其實在小西門橋頭上趙長春就看出了彭武平是龍鳳山游擊隊的人，他那褡褳裡至少裝了四支駁殼槍，兩百發子彈。褡褳撐起來的地方都綳出來幾個小小的圓孔狀圖形，若是鋼釺鏨子綳出來的應該是尖狀形。彭武平說他是周正龍的徒弟，趙長春小時候不知聽周正龍說起過多少次，他的家鄉正是與湖北交界這兩年工農革命鬧得最凶的地方。趙長春可以斷定彭武平進西北城來是給游擊隊搞武器彈藥的，而那個跟他談生意的中年教師就是他的接頭人。

趙長春猜測得沒錯，武平現在已經是龍鳳山游擊區大隊的小隊長。早在一年前他就參加了工農紅軍，改了名字，去掉彭姓，就叫武平。他也是整個龍鳳山游擊隊大隊中唯一一個不滿二十歲的最年輕的小隊長。來西北縣城執行任務前三天，他剛剛加入黨組織。當他莊嚴地舉起右手在一面鐵錘加鐮刀的紅旗下宣誓完畢，游擊隊政委周正國緊緊地握住他的手說：「武平同志，感謝你在革命最困難時期加入中國共產黨，加入工農革命隊伍。你以前是一個給富人土豪修墓立碑的手藝人，從今天起你就是給他們掘墓的布爾什維克戰士了。」武平嘿嘿地傻笑。他記得那年加入紅四軍時那位賀鬍子軍長也是這麼給他說的。那時候不是在龍鳳山，是在一百多里外的當時紅四軍的陣地上。那是一次戰鬥的間隙，賀軍長來他們陣地視察，一上來就大聲嚷嚷：「我聽說你們一個剛參加革命的小兄弟三槍就打死了三個保安團的崽子，要得嘛，要得嘛。」周正國把他拉到賀軍長面前說：「就是他，他是個石匠，從小沒爹沒娘，前天剛入伍，我堂哥周石匠的徒弟。今天第一次開槍，三槍就撂倒三個白狗子，嚇得那些瘟神崽夾著褲襠裡的稀屎就跑。」賀軍長握著彭武平的手說：「小夥子有精神，現在是工農革命最困難時期，聽說何健和陳渠珍調了十二個團來圍剿我們，歡迎你加入我們窮人自己的隊伍。你是個石匠，以前只能給有錢的富人鄉紳修墓立碑，窮人飯都吃不上，哪有錢修碑囉，今後就不給他們修碑了，給他們掘墓。只有他們死了，我們窮人才有好日子過。」賀軍長又親切地問他：「小夥子，叫什麼名字？」武平想了一陣，不好意思地說：「我叫彭武平。不過，不過我從小不曉得我爹是誰，所以人家就都喊我武平。」賀軍長沉吟一下，爽朗地哈哈大笑起來：「我看武平這個名字就比彭武平好，我給你改個名字，就叫武平，用武力武裝蕩平富人官紳，讓天下窮人們翻身做主，哈哈，這也就是毛委員常說的槍桿子裡出政權嘛。」

許多年後，武平已經是西北縣委書記時回想起來，他走上工農革命的道路得益於那年他從貓莊跑路出來時巧遇周正龍周正虎兄弟。那年他開槍射擊趙天文趙天國後並沒像後來趙長春跑路時一心要投軍就往縣城裡奔，他走到白沙鎮時心裡就茫然了，沒有目標，他只能四處亂撞。有一天，他走到白沙鎮二十里外的一個寨子，問有沒有人家需要請長工或短工，正好有一戶財東家要請短工，彭武平和他議好工錢就跟他一起上工。他們去一座山腰上的坡地裡收包穀。到了包穀地裡，彭武平聽到後坎上有人在敲石頭，等到他掰包穀棒子掰到後坎，才看到那裡有一座坍塌了的墳墓，一個石匠在那裡敲石頭修整碑面。彭武平不由地驚叫起來：「你不是周大叔嗎？」周正龍抬起頭來也驚詫地問：「彭武平你怎麼來這裡？」

原來他倆的活計是同一家財東。

晚上坐在坪場裡歇伏乘涼時彭武平才知道，周正虎被趙天文冤枉，在祠堂裡打了五十棍後，被打得皮開肉綻，周正龍把他一口氣背到白沙鎮，住店請郎中，花光了身上所有的錢，啞巴哥哥還是沒好徹底，只能勉強拄著拐棍走路。周正龍這二十多年一直就待在貓莊，他在白沙鎮上沒一個熟人朋友，借不到一文錢，只好攙著啞巴哥哥往回走。才走了不到二十里，啞巴身上的傷口崩開了，不能動，周正龍只好在附近村寨裡尋下活計，一邊做工一邊給哥哥治傷。

彭武平看過睡在財東家牛欄上的周正虎，他的全身已經潰爛，再不治只怕要沒命了，他把口袋裡的兩塊光洋拍在周正龍手裡，讓他給他兄弟去抓藥。彭武平出來十來天，兩塊光洋一分也沒花掉，現在是糧食成熟的季節，他出來後每天都是在地裡掰包穀棒子、刨紅苕，然後攏一堆火，就是一頓香噴噴的大餐。

周正龍不肯接彭武平的銀元，他知道這兩塊錢對彭武平的重要。彭武平說：「周大叔，治好啞巴叔叔的傷才最要緊，我曉得我娘是趙天文那個狗雜種害死的，不關啞巴叔叔事。大叔，我想求你一件事，你看我現在沒爹沒娘，沒家沒室的，我想跟你學門手藝，我不想一輩子給人家幹長工。」

周正龍說：「石匠是門苦手藝，你真想學？」

彭武平說：「想學，有門手藝一輩子不挨餓。」

周正龍說：「孩子，衝著你小小年紀就這麼俠義，我收下你這個徒弟。」

彭武平在這戶財東家一直幹完秋收。期間的下雨天去了兩次白沙鎮，他聽說了趙天國沒死，但趙天文卻被他那一槍嚇瘋了。他一直不明白，明明看到了那一槍打中了趙天國胸脯，怎麼他就死沒呢？

這時啞巴周正虎的傷也痊癒了，周正龍修碑的活也完工了。領了工錢，彭武平跟著他們兄弟回鄉。周正龍家鄉在西北縣西北邊，屬鄰縣桑植縣管轄，叫做周家寨，是個不大的寨子，只有幾十戶人家，坐落在一個山灣裡，但是個雜姓寨子。這個寨子離他們縣城不遠，三十里不到，有一條驛馬大道通往縣城，也有一壩好田，但沒一丘田是寨子裡的人的。聽周正龍說這些田都是縣城外朱家寨一個叫朱光甫大地主的。寨子裡的人多半是石匠，也有少數幾戶是篾匠，手藝人大多是走鄉串寨尋活兒，一年半載甚至兩年三年不回家，寨子裡常常看不到壯年男人。周正龍家有一棟不大的木屋，六口人，但彭武平他們回到他家時只有四口人在家，他老婆兒媳和兩個孫子，他兒子也是石匠，外出半年多，還沒回來。這次回家周正龍沒掙到錢，所以他在家裡只待了三天，就帶著啞巴哥哥和徒弟彭武平又出了門。這一次，他們去了湖北龍鳳山，當他們兩年後再回來時，周正龍的家鄉已經如火如荼地鬧起了農會，組建了農民赤衛軍，他們打下了縣城，批鬥劣紳槍斃土豪。早先半年回家的周正龍的兒子周小龍也扛著梭標參加了攻打縣城的戰鬥。

彭武平跟師父周正龍回到周家寨的當天，剛好是紅四軍和農民赤衛隊打下縣城的第二天，他目睹了農民赤衛隊懲處惡霸地主朱光甫的全過程。還未進寨，他們就聽到寨子裡鑼鼓喧天，到了寨口就看到寨子裡搭起了戲台。一群人圍在那裡，還有一些人扛著梭標，馬葉子大刀走來走去。周正龍說：「寨子裡是不是進部隊了？」進了寨子，湊過去瞧熱鬧時彭武平發現寨中央搭的那個不是戲台，而是刑台。臨時搭建起來的木台中央還豎了一根木杆，綁著一個肥頭大耳年過五旬穿著綢緞長袍的體面的鄉紳。鄉紳面如死灰，頭上冒著血，臉上血乎乎的，手臂上也紅一杠青一塊紫一坨的，耷拉著肥碩的腦殼，一副死牛任剁的樣子，鼻孔徐徐地翕動，證明他還沒死。周正龍對彭武平說：「那個人就是朱光甫。我們縣最大的地主，據說他家有幾萬畝好田，幾十萬畝山林，一匹馬三天三夜跑不出他家的地盤。」他擔心地說：「出什麼亂子了，誰敢把他綁在這裡。我去問問人。」過了一會兒，彭武平看到一個四十來歲胯上掛著一支駁殼槍的中年漢子走上台，對圍觀的人群說：「農民兄弟們姐妹們，大家都聽了剛才的很多人的控訴，你們說怎麼處治這個欺男霸女強搶惡要罪惡累累的大惡霸？」

台下的幾十個男女瘋狂地高叫：「燒死他，燒死他。」

台上的中年漢子說：「那就燒死他。大家搬柴禾來吧，燒死這頭大肥豬（朱）。」很快木台下就塞滿了柴禾，四周也堆起高高的一圈，中年漢子還站在台上，問：「誰來點火。」

台下一片高叫：「我來，我來！」

中年漢子喊：「別爭別爭，誰打縣城衝在最前面就讓誰點好不好？」

台下人叫：「那就讓小龍點。」

中年人跳下台，把洋火遞給一個二十多歲的青年男人。彭武平聽名字時還沒反應過來這個小龍就是師傅的兒子周小龍。彭武平從沒見過周小龍，但小龍一上台，他就曉得了他是師傅的兒子周小龍，這個青年就跟師傅周正龍一個模子鑄出來似的，像極了。這時圍觀的人群都自覺地後退了好幾大步，騰出一塊很大的地方出來，他們是怕火燃起來炙烤得受不了。周小龍接過一隻綁了布片醮了桐油的火把，劃了一根洋火點燃。火勢燒旺後他就把火把塞進了木台下的乾竹枝上，一會兒，火就劈劈啪啪地燒了起來。

火勢燃燒起來後，綁在台上的朱光甫開始掙扎和叫喚起來，他扭動的身子把木柱搖得劇烈地晃動，啊啊啊地，他叫喊的是什麼字音，彭武平根本聽不清楚。火勢更大一些後，圍觀的人退得更遠了，彭武平已退到了三丈開外，也感到火勢很燙人。朱光甫的喊聲像狼嚎一樣嗷嗷地瘮人。這時他看到台上的全身著火的朱光甫把綁他的柱子搖倒了，轟地一聲，木台子接著也塌了，朱光甫蜷曲在火中渾身扭動，他是想站起身往外衝，但手臂被反綁在木柱上，起不來。一會兒，朱光甫突然嚎叫了一聲，站起身來，把所的圍觀的人嚇了一大跳，他要是這樣一身火地跑出來抱住誰，誰就要跟他一起被燒死。但他一站起來，旋即就撲倒下地了。接著火堆裡傳來一連串巨大的「嘭嘭嘭」的像放鐵炮的聲響，隨著響聲從火堆裡彈跳出一小團一小團的火焰，那是因為他太胖，外面溫度太高，肚子炸開後，裡面的水油板油也發生了連環爆炸。

彭武平在火勢大起來之後就退出了圍觀。一開始，彭武平看得很興奮很投入，但不久就覺得無聊了，沒有他小時看彭學清殺人那麼過癮。彭武平從小在貓莊長大，他的腦子裡對惡霸地主這個詞沒什麼概念，反而覺得這個可憐的鄉紳已經被折騰得只剩一口氣了，幹嘛不一刀結果了他？

燒死朱光甫後，赤衛隊員們又押來了好幾個女人遊行，她們有五十多歲的老太太，也有十七八到三十多歲的中年和青年女子，聽人群裡的人說她們是朱光甫的老婆小妾和女兒們，遊行過後要把她們分給窮苦的農民兄弟做老婆，讓他們領回家去。

夜裡吃晚飯時周小龍才回家來，他剛在桌邊坐下，周正龍一耳巴扇過去，打得周小龍一個後仰，從小馬紮上翻倒下去。周正龍說：「老子每年回家給你講的是什麼，是做一個本分的石匠，做本分的事情，誰讓你跟那些人瞎摻和的？」

周小龍一邊捂著臉一邊說：「參加赤衛隊有什麼不好，正國伯伯都能參加，我為什麼不能參加，他可是讀過書的人，他說這是咱們窮人的隊伍。爹，你想想，你在外面辛苦了半輩子，掙到了什麼錢嗎？地主老財在家裡一動不動就家財萬貫，他們憑什麼，憑的就是榨我們的血汗，我們為什麼不能革他們的命。」

周正龍氣得又想扇他，被老婆和兒媳拉住了，啞巴周正虎也伊伊呀呀地打手勢，向著侄子周小龍說情。

晚上，彭武平才聽周小龍講起農民赤衛隊打下了桑植縣城，他也知道了白天台子上說話的那個中年漢子叫周正國，據小龍說他以前是個教書先生，後來又當過兵，在外面打過很多年仗，是他們周家寨赤衛隊隊長。

在師傅家待了十來天，周家寨天天鬧哄哄的，白天鬥土豪劣紳，晚上農會、赤衛隊開會，周小龍就沒好好地回過一次家。周小龍是赤衛隊的宣傳委員，他上過幾年學堂，識得字，嗓子又好，天天晚上由他教赤衛隊員們唱歌。空閒時，他就硬纏著彭武平，教他唱農會歌：

農民兄弟，聯合起來啊！

黑地又昏天，壓迫數千年，

耐勞苦，忍饑寒，生產供人間。
手胼復足抵，終歲不空閒，
歷經難中難，才到打穀關。
「四六」「三七」租上盡，衣食不周全。
想來好傷悲，農民真吃虧。
要吃飯，要穿衣，大家打主意。
快快團結起來，加入赤衛隊，
打倒土豪與劣紳，才得享安逸！

彭武平知道周小龍是有意教他，想拉他入夥，加入赤衛隊。這些日子，赤衛隊隊長周正國已經來過師傅家幾次，動員彭武平參加赤衛隊，他都沒有答應。這次回周家寨，彭武平是給師傅家砌坪場外石坎的，跟了師傅兩年，他已經出師了，為報答師恩，他主動提出回來給師傅義務幫忙。完工後，他準備還是去湖北大山界上找活做。

一開始，彭武平還真沒看上這支農民赤衛隊，在他的眼裡他們就是田大牙龍大榜那樣的土匪，他曾不止一次親眼看到他們批鬥鄉紳時反覆盤問他們把銀元藏在哪裡了，並恐嚇他們要是不說就殺了他全家。他們每晚開會爭吵得面赤耳紅，也是為白天打土豪鬥劣紳時是不是私藏、隱瞞了錢財和地契，甚至檢舉誰誰誰脫了哪個地主小老婆的褲子誰誰誰又摸了哪個劣紳大女兒的奶子等等一些瑣碎無聊的事情。彭武平從心底裡瞧不起這支隊伍，心想他們不過是一群烏合之眾，所以任憑周正國如何給他宣傳他們的赤衛隊是一支受中國共產黨領導、湘西北特委指揮的中國工農紅軍的一部分，是咱們窮人自己的武裝，彭武平都堅決拒絕。他不知道什麼是共產黨，逼急了就說：「我不會參加你們這種土匪隊伍！我從小就給我娘發過誓做過保證，一不當土匪，二不投軍隊。我要投軍早就投了，他們還發快槍呢。」氣得周正國臉都歪了，大罵道：「我要不是看你也是個窮苦孩子，今晚上就批鬥你！」

其實彭武平說的是實話，赤衛隊對他沒有吸引力正是在於他們沒有幾條快槍。如果能發給他一支快槍的話，回周家寨的當天他可能就主動加入了。彭武平知道他就是加入了，也只會給他發杆梭標或發片馬葉子刀。他喜歡的是快槍，可是他們七八個人還合不上一支快槍，怎麼可能有他這個後加入者的份呢。彭武平也不喜歡他們現在這樣像玩龍燈舞獅子似的整天批來鬥去的，鬥得人家一家人大的叫小的哭，男的瘋女的癲，真是罪大惡極的一槍崩掉算毬，簡單省事。當然，能轟轟烈烈地打幾仗就更不錯。

彭武平沒想到，不出幾天仗就打起來了，他也就糊裡糊塗地被逼上了梁山。

那是四月的一個豔陽天，吃完午飯後彭武平和周正龍周正虎正在屋坎下砌石頭抹灰漿，看到從寨口跑來一群赤衛隊員，他們慌慌張張的，邊跑邊喊：「保安團上來了，保安團上來了！」稀稀嘩嘩地從周正龍屋坎下跑過去。周小龍從下面竹林裡縱身上來，喊周正龍：「爹，爹，快帶著家人跟著赤衛隊往山上跑。不要帶東西，他們上來了。」周正龍灰漿桶一丟就溜上了坎，去叫家裡人。他家裡有赤衛隊員，想到了讓保安團抓住沒好日子過，所以動作很迅速。彭武平沒想那麼多，他正在校正一塊大石頭，捨不得放手，磨蹭了一陣，啞巴周正虎是個聾子，根本就聽不到聲音。周正龍一急，也把哥哥忘了，他也可能想到有彭武平招呼他。等彭武平對正石頭角後，就聽到了啪啪的槍聲。槍子從耳邊颼颼地飛過，打得竹杆「嘭嘭」炸響，打到剛砌的石坎上濺出一朵朵細碎的火花。

彭武平大聲叫喊：「我不是赤衛隊，我是個外鄉石匠，你們朝我這邊打槍做什麼呀？」保安團的人殺紅了眼，哪管你是本鄉的還是外鄉的，彭武平的喊聲招來了更密集的槍聲。彭武平趕快伏下身去。槍聲打得這麼厲害，啞巴周正虎還在專心地抹灰漿——他聽不到槍聲。彭武平又爬起來去拉他，但遲了一步，他剛起身周正虎就哎呀叫了一聲栽倒下地。他的背上遭了一槍。武平看到對面跑出來的幾個周家寨的年輕人都被亂槍打倒了，知道保安團的兵殺紅了眼，不能再待下去，他一把扶起周正虎往背上一背，就往山裡跑，那些保安團的兵越來越近了，再不跑他就要成他們的活靶子。

彭武平在前面跑，那些兵在後面追，他只聽到耳邊的槍子颼颼的，跑了兩里多路才甩掉他們。他不敢停，一口氣又翻了一個山坳，趕上赤衛隊才停下。放下周正虎後才發現自己全身都被血染紅了，周正虎的後背也被子彈打成了篩眼，早斷了氣。

彭武平和周家寨的人隨著赤衛隊在大山裡轉了一天，第二天下午，在一個叫崖頭寨的寨子裡找到紅四軍一個營的主力部隊。彭武平這才知道到這時候紅四軍都被敵人圍困在山裡了，馬上就要打大仗了。一聽說有大仗打彭武平就興奮起來，他再看這支隊伍也不像是土匪，他們人人一支快槍，也穿著軍裝打著綁腿，像支正兒八經的部隊的模樣。彭武平當時根本不知道紅四軍的軍部也遷到崖頭寨，賀軍長就住在他對面一棟木屋裡。反正現在也出不去，他跟周正國說：「周隊長，你幫我跟他們說說，我想當兵。」

周正國高興地說：「你終於覺悟了，看清了國民黨反動派和地方軍閥殘害老百姓的本來面目？要當兵沒問題，我們隨時歡迎你。」

彭武平指著對面木屋門口兩個穿灰色軍裝的士兵說：「我不是當你們那個赤衛隊，我是要當他們那種兵。我就是想打仗嘛。」

周正國寬厚地笑了笑，說：「你這孩子還分我們他們，我們和他們本來就是一家人啊。」

彭武平說：「不分也行，但我有個條件，得發我一支快槍。」

周正國生氣地說：「革命不許講條件，你想參軍明天就到寨口的陣地上去，敵人來了自己弄槍去，哪個紅軍戰士和赤衛隊員手裡的槍不是從敵人手來搶來的。」

第二天，彭武平去了陣地。傍晚時敵人的一支偵察小隊摸了上來，有十多個人，雙方隔著半里地就交上了火，那支小隊只有十多人，既不往前衝也不撤退，一個勁朝這邊打槍，打了一陣，連長連忙讓大家停火，說那是敵人在偵察火力，要大家節藥子彈。彭武平看到那些人的頭不時地從一個石崖下露出來，問一個老兵要槍，說：「讓我試試，看狗日的還敢不敢猖狂。」老兵不肯給他槍，反而鄙夷地說：「老子都打不準，你一個沒摸過槍的嚷什麼，以為打仗好玩？」彭武平央求他：「讓我試試嘛。」老兵拗不過，把槍給了他，遞過一粒子彈，說：「就試一槍，讓你浪費一發子彈。」

彭武平接過子彈，裝好，拉栓上膛，老兵在旁邊說：「小屁孩子還蠻理手的。」他看著彭武平瞄準，彭武平逗那老兵說：「你看我幹嘛，你看下前面的人倒不倒。」一聲槍響後，老兵就叫起來：「真倒了，打腦殼上了。」彭武平自己也看到了，那個剛露頭的士兵挨了一槍後往前猛地一跳，然後才撲倒下地。跟幾年前打趙天國那一槍不同，他是向後翻倒的。老兵又遞過來兩粒子彈，說：「瞎貓撞死老鼠，再試試，老子不相信你槍槍準。」

彭武平又開了兩槍，那邊傳來兩聲哎呀聲，隨後劈劈啪啪地一陣亂槍射過來。他們已經邊開槍邊撤退了。連長跑過來吼道：「誰開的槍，好像槍槍都打中了，宋大個，過去看看，是不是都死了。」

叫宋大個的老兵躍出戰壕，向前面崖口摸去。一會兒，他提了三支快槍過來，對著連長喊：「他娘的神了，真的三個都死了，一個打在腦門上，兩個打在胸口上。」連長指著彭武平，對宋大個說：「是他打的吧？你給他一支新槍，勻二百發子彈出來。有這一條槍就能守住這個陣地。看不出來，周正國的赤衛隊裡還有神槍手。」

賀軍長給彭武平改名武平的第二天，崖頭寨就遭到了保安團一個團兵力圍攻。為了掩護軍部和群眾安全轉移，紅軍只留下來一個連戰士和八十多名赤衛隊員阻敵。戰鬥打得異常激烈和殘酷，但也讓武平打得十分過癮。一天時間，武平就打完了連長批給他的二百發子彈，死在他槍下的敵人開始他還數數，數到一百零八後他忙得根本就數不下去了，拉槍栓都忙不迭，一天下來他的右手臂就酸痛得抬不起來。敵人像馬蜂一樣從四面八方成群地擁來，兩天裡，紅軍被猛烈的攻擊打得退守了三道防線，武平的身邊每天都不斷地有人倒下，死去，最後撤出崖頭寨時只剩二十多個人，其中一半是傷患，連排級幹部一個都不剩，全犧牲了。周正國帶著他們趕到預先約定匯合的寨子時，發現那裡已經被敵人佔領，至此，他們跟軍部失去了聯繫。前面過不去，後面又有追兵，周正國一咬牙，帶著這些人往龍風山上撤退……

武平這次進西北城就是找地下黨給游擊隊搞槍支彈藥。游擊隊已經擴大到二三百人了，成立了三個小隊，但武器裝備還像赤衛隊時那樣簡陋，梭標大刀占多數。他們一直被山下的獨立十九師第二團圍困著，直到半年前二團換防，他們才敢出來襲擊山下的鄉公所和民團，搞到了一些槍支彈藥等物資。但這些小打小鬧只是杯水車薪，直到三個月前跟湘西特委聯繫上後，才有了基本穩定的供給渠道。這些地下工作人員總是有辦法搞到游擊隊的急需物資。

武平回到龍鳳山，政委周正國在隊部門口已經等了他兩天。武平解下肩上的褡褳給政委交貨時，周正國嚴厲地批評了他。周正國問他：「你就一直這樣扛出來的。」

武平大大咧咧地說：「是呀，一路上一點麻煩也沒遇到，就跟上西北城趕一趟場一樣。」

周正國說：「你在西北城裡也是這樣扛的。你自己看看，我的同志哥，只要是當兵的一眼就能看得出你裡面是槍，槍筒都鼓出來了。」

武平一看，果直如此，摸了摸腦殼嘿嘿地笑著說：「政委批評得對，我大意了。」

周正國嚴肅地說：「武平同志，你是一名老戰士了，怎麼還缺乏鬥爭經驗？你知道不知道馬日事變後現在的鬥爭環境有多麼嚴酷和惡劣，你的大意不僅會害死你自己，也會連累許多地下工作的同志，甚至破壞整個湘西特委地下組織網，導致很多同志犧牲。」

武平想起趙長春在飯館裡說的話，頓時全身直冒冷汗，心裡想：幸虧是遇上趙長春呀，要是別個，他的人頭現在已經掛上西北縣城城門了。

第十六章

平靜了十多年的那支溪峽谷又要開始動亂了。

趙天國強烈地感覺到這次一定是大亂，從這年春天開始，他就聽人說酉水河上天天在過兵船，滿船滿船的軍用物資往上游的各個縣運送。大河邊上村寨裡的人去灘頭拉纖一月都能掙到一兩塊銀元。這麼多軍用物資不可能僅僅只是用來剿匪。是要打大仗了！

到了農曆七月，趙天國在鄉公所開保長（幾年前就把保董改稱保長了）會議時才聽陳致公鄉長在會上說國民政府在蔣委員長指揮下調集大量的軍隊在湖南江西交界的地方圍剿紅軍，已經卓有成效，朱毛紅軍有從南線突破封鎖跟賀龍蕭克紅軍實現「湘西合股」之意圖，為堵截，消滅紅軍，湘西行署要求各保加緊訓練民團，五百人以上的村寨必須修建碉樓，一旦紅軍來犯，家家戶戶有責防共，村村寨寨都是戰場。正是秋收忙碌時節，趙天國內心裡雖然極度不安，但還是慶幸貓莊已有寨牆，不要再勞命傷財修碉樓，半月後，陳致公又派人送信到貓莊，信上說酉水南岸幾個縣的屯務軍已經歸建到正規軍，西北縣政府按行署要求組建西北民團獨立大隊，歸屬國民革命軍第三十四師獨立旅指揮，命令他八月初五這天把貓莊三十名團丁帶到白沙鄉公所集合。那天有人來接他們上縣城軍訓，一旦戰事展開，直接參戰作戰。

趙天國送走跑腿的送信人，拆開信，不等看完，只覺得一股黑血從胸口往頭頂沖去，雙眼一黑，從大桌子旁的太師椅上翻倒下來。趙田氏和長生媳婦胡小菊正在坪場晾衣服，聽到響動後胡小菊跑進屋，只見公公趙天國癱在地上，口吐白沫，人事不省，嚇得大聲喊娘。趙田氏抱起他，使勁掐了一陣人中，趙天國才慢慢醒來。醒來後說的第一句話是：「大事不好了！」

趙田氏說：「大白天的你驚咋個啥？」

趙天國說：「大事不好了，我得去一趟鄉公所。」

趙彭氏阻攔他說：「你這是惡血攻心，這麼毒的日頭趴在路上了怎麼辦，明天清早涼快時去吧。」

第二天，趙天國趕到鄉公所，一進院子，看到九個保長不約而同地都來了。他們正聚集在走廊上唧唧喳喳地議論。有的人臉上喜形於色，大多數人像他一樣吊著苦瓜臉，愁容滿面。趙天國聽他們在抱怨現在秋收大忙，本來就抽不出更多的人力修碉樓，現在一下子保裡又要抽去民團幾十人，糧食只有爛在山上和田裡了。發牢騷的這些保長大多是像貓莊那樣的偏遠的窮保，但靠近白沙鎮的那幾個富保保長卻一點也不愁苦，反而一臉喜形於色，他們正好可以借此機會大撈其財，民團的一些富家子弟根本就不想打仗，已經開始賄賂他們找人頂替了。等到下午，陳致公鄉長才從縣城開會回來，他給眾保長們只有一句話：「兄弟我只是負責督辦，到時誰掉鏈子，哪個保沒建好碉樓，哪個保沒湊足三十個團丁，上面追查下來，弟兄我也不手軟，非常時期非常手段，上面要兄弟的命之前兄弟只好先要了你們的命。」

陳致公的樣子十分疲倦，像幾天幾夜沒睡過一次好覺，他也沒有像平時說話那樣邊說邊扶扶鼻子上的眼鏡，他的語氣非常嚴厲，臉上皮肉繃得很緊，呈現出一片殺氣。眾保長不僅面面相覷，也被震懾得他走後一陣既不敢說話也不敢走開，都呆住了。趙天國的心一下子涼透了，他做了十年的保長（董），還是第一次聽到一向溫文爾雅的陳致公一臉殺氣地說要誰的命。趙天國想，看來貓莊年輕人的命真是保不住了，陳致公就是要了他的命也還會要貓莊的團丁去參戰。趙天國想，實在沒辦法，他也只好湊足人數，但他不會全部讓貓莊的年輕人去，最多只能出十個人，那二十個得由其他六個寨子分攤。那幾個寨子的人口加起來不足貓莊的一半，讓他們三股出二股，已經違背了趙天國的良心。回貓莊的路上趙天國一直在考慮那二十個名額怎麼分配，想來想去已經想不出來那幾個寨子湊得出二十個十八歲到三十五歲的年輕人。這些年抽丁，趙天國以民團團丁頂丁為由，篡改和瞞報貓莊年輕人性別、年紀等等，沒讓貓莊一個年輕人出過丁，保裡的丁都是那幾個寨子出的，他們寨子裡已經沒有多少年輕人了。別說二十個，十個都難找到。

在劫難逃。趙天國感到這一次貓莊真要在劫難逃了。一下子送走二三十個年輕人，貓莊還不像一個人被抽掉脊椎骨那樣癱瘓下去。聽說外逃多年的龍大榜去年就回了二龍山白水寨，開始了打家劫舍。這次他動靜鬧的不大，可能人馬不多，趙天國知道大仗之後必有大亂，他很快就會做人起來，就會攻佔貓莊。他不會外逃幾年就忘記了他們龍趙兩家幾代人的世仇吧。

趙天國這天夜裡睡在床上唉聲歎氣時猛然想起在鄉公所裡好像聽到白沙保的保長陳耀東提到駐酉北縣城的三十四師獨立旅長官姓彭。他想會不會是彭學清呢？早些年他就聽說他當了團長，這麼些年他也應該升到旅長了吧。趙天國立即下床，去衣櫃裡找褡褳，趙田氏迷糊中問他：「你半夜裡翻箱倒櫃，嘴饞呀？」

趙天國說：「你睡你的，我要進趟縣城。」

趙彭氏一下子驚醒了，忽地坐起來說：「半路碰上老虎和狼怎麼辦？」

趙天國說：「你別咒我死。我要是死在了半路上，你讓長生趕緊去找長春，讓長春去找學清，讓學清去找縣長，總之，貓莊年輕人不能參加那個送死的縣獨立大隊。記住，我要是明晚沒回來，你一天都不能耽擱，讓長生馬上進城！」

趙田氏懵懵懂懂地問：「讓誰找誰誰又找誰，哎呀呀，你這會兒想到了長春。當年趕他出門時怎麼沒想過要找他回家？」

趙長春是這年西曆九月初，也就是農曆七月下旬回到西北縣城的。新編三十四師獨立旅三個團早在六月下旬就接受完西北縣的防務，旅部也遷到西北縣城。部隊換防時他正在鳳凰城裡接受為期三個月的下級軍官培訓，培訓期滿才日夜兼程地趕往旅部報到。

現在趙長春已經是警衛營一連上尉連長了。

警衛營是由特務連升級的旅部直屬營。

一回西北，趙長春首先想到的是彭武芬，五六年在別人看來一眨眼就過去了，沒有誰知道他夜夜思念彭武芬的痛苦。誰也不曾見過他夜夜對著異鄉的明月暗自垂淚，但他自己心裡清楚他是怎麼熬過來的，甚至是在戰鬥時，在激烈的槍聲中，在突擊奔跑的路上，他也無法扼制思念彭武芬的念頭。一次，在貴州銅仁跟王家烈部作戰負傷後，在戰地醫院醒來時他緊緊地抓住一個年輕護士的手直叫彭武芬的名字。當然，這是他後來聽那個護士說的。聽說部隊要換防西北，趙長春激動了整整幾個通宵，可旅部臨時決定讓他參加軍官培訓，趙長春知道這是旅長想把他從排長升為連長，可他不想去，他只想回西北縣。六年前的那個晚上他沒有在趙天亮家廂房找到彭武芬，她是不是嫁人了這個念頭就像一個陰影一樣佔據著他的心靈，他迫切地想去證實但又害怕真正地證實。當時部隊就在鳳凰城裡休整，沒辦法，學校的通知已經下到他手裡了，彭學清也批評了他一通，督促他去學校報到受訓。

回旅部報到的第二天，趙長春就向營長龍占標請假回趟家，得到允許後，趙長春牽了一匹大紅馬，往營房門口走去。

剛出兵營，就碰上了父親趙天國。

這一耽擱，又是一個多月回不了貓莊。

像許多年前趙長春第一次進這座兵營時一樣，趙天國也遭到了哨兵的阻攔。這次哨兵阻攔得更加無禮，他們直接就把他用刺刀頂開了。趙天國說：「我是你們彭旅長的親戚，老表。我找他有十萬火急的事。」一個溫和些的哨兵說：「你是他爺爺也不管用，他不在，上鳳凰城開軍事會議去了。」另一個士兵更粗魯，上前一步就把刺刀頂上了他的胸膛，罵道：「死老頭，誰曉得你是不是紅腦殼的奸細，再嚷就抓起來關你十天半月。」趙天國不死心，就在營房外等，他已經打聽清楚新編三十四師就是原來的獨立十九師，獨立旅旅長正是彭學清。他想彭學清總會出來吧，不出院子也會到院門內他看得見的操坪上來。他已抱定了守株待兔的決心。

趙長春牽馬往院門口走來，兩個士兵都是他的部下，給他敬禮後說：「趙連長，剛才有個老頭說是旅長親戚，被我們攔住了。」

趙長春問：「人呢？」

哨兵指了指不遠土路上蹲著的一個戴著棕笠的中年人說：「就是他。」

趙長春牽著馬朝那人走過去。趙天國看到迎面走來一位青年軍官，趕忙起身，小跑著迎上去，想跟他打聽彭學清。憑經驗，趙天國知道當官的比當兵的要好說話些。

隔了一丈多遠，趙天國和趙長春一照面，都怔住了。趙長春停下腳步，大聲地叫了一聲：「爹！你怎麼來這裡了？」

趙天國也是脫口而出：「春兒！」

他叫的是趙長春的小名。趙天國早把他們父子斷交幾年沒說話這檔子事忘記了，他甚至來不及答應趙長春的叫聲，馬上就說：「趕快帶我去找你學清表叔。」

趙長春告訴父親彭學清不在旅部，說他今早上剛剛去了鳳凰城。趙天國一跺腳，著急上火地說：「十萬火急呀，那可怎麼辦？」趙長春也不管父親多急，把他拉回營房，外面的日頭毒辣辣的，他說：「進去再說吧，外面太陽大，我看你身體不大好，再晒要中暑的。」穿過操坪，到了宿舍外，碰到龍占標，他詫異地說：「長春你沒走呀，下午有緊急會議，我剛準備派人去追你回來。」

趙天國給趙長春說了陳致公要把貓莊的團丁全部拉到縣裡去參戰的事，趙長春分析說這事你找旅長也沒用，民團歸縣政府節制，縣長是對行署負責，跟軍隊是脫節的，互不相干。他還說這個縣長不說跟旅長不熟，就是再熟也沒用，他要是答應豁免貓莊民團不參戰，其他鄉保都不會幹，他要是不答應別說旅長，就是我們師長出面也沒辦法。趙天國說：「我不能看著貓莊的年輕人送死呀，長春你趕緊給爹想想辦法。」趙長春生氣地說：「真要打起大仗來了，正規軍一作戰，死起人來遍山遍野。民團那些人根本不堪一擊，只有送死的份，打仗本來就是軍人們的事，要他們瞎摻乎什麼呀，政府那邊只會做些作孽的事。」

趙長春這麼一說，更嚇得趙天國臉都青了，一個勁地說：「我的兒，你快想法子呀。」

趙長春在屋裡轉了幾個圈，直轉得趙天國頭昏眼花，說：「你坐著，你坐著，越轉越心煩。」

趙長春坐下來。突然，一拍大腿，說：「有了，有了。」

趙天國說：「快說呀，快說呀！」

趙長春說：「我想起我們在貴州銅仁作戰時碰到的……」

趙長春如此這般地向趙天國交代了半個時辰，說：「如此一來，不僅沒人敢要貓莊的壯丁團丁，也沒人敢進貓莊寨子。到時我再幫你配合一下，就天衣無縫，萬無一失。你趕緊回去準備吧，交丁的日子沒幾天了。不過這樣只能騙一時騙不了一世。」

趙天國說：「能騙一時是一時，先躲過這一劫，其他的後果以後再講。」

趙天國走出了門，趙長春又叫住了他：「爹，你進屋來我問你個事？」趙天國看著兒子說：「你是想問彭武芬吧？你就死了心吧，彭武芬他嫁人了。」趙長春衝著趙天國說：「你騙我！」趙天國說：「爹一輩子哪時騙過人，她是嫁人，又被休了，現在住在祠堂裡。爹也不怕沒臉沒臊，實話給你講了，都傳說她是一個石女，春兒，你就死了心吧。」

趙長春愣了一下，說：「我不信。哪怕他真是石女我也要娶她。等你們那個交丁的日子過了，我就去貓莊接他。這次你攔不住我。」

趙天國也愣了一下，說：「你個犟牛脾氣！你又忘了是她舅舅了。」氣得往外就走，走了幾腳，突然轉過身來問長春：「你有不有彭武平的消息，說起彭武芬我就想到了彭武平？」

趙長春說：「你別惦念他，他在湖北那邊山裡當紅腦殼……」

趙天國回家後立即實施趙長春給他說的那個能拯救貓莊的計畫。他連夜召集攏族人，宣佈從明天起兩個寨牆開始站崗放哨，族人們嚴禁走親戚和外出打短工，更不准上山下田收割糧食。寨子裡發生的任何事情不准亂說，該輪到誰家哭喪時就得使勁地哭，旁人也可以幫著哭，哭得越響亮越好。趙天國說得族人們雲裡霧裡，他們問不死人哭什麼喪？更是對不准收割糧食大惑不解，不收糧食吃什麼？不容族人們分辯，趙天國一錘定音：「從明天開始，我家先辦喪事，然後一家家辦。哪個要是壞了貓莊的大事，亂棍打死，不留活命。大家先救自己的命，我才能救全族人的命，從今晚開始，我讓趙長發叫你們做什麼你們照做就是，不要追根究底。」族人們見族長說得如此嚴重，都不敢多嘴了，只在心裡嘀咕。族會散後，趙天國留下趙長發，兩個人研究了大半夜，使這個計畫更加周密，毫無紕漏。

當夜，趙天國把母親趙彭氏送到雞公山燕子洞。第二天清早，趙長發就帶人去白沙鎮採買白布、香紙、白燭、鞭炮，趙天亮和兒子趙長洪渡河去老寨請楊和生那班道士。等楊道士來後趙彭氏已經蓋棺釘釘了，趙天國給那班道士說他母親上吐下瀉，家裡臭氣熏天，他們已給她淨身封喪了，楊道士進屋時就聞到了糞便的臭味，樂得省了一些過場。

天氣熱，趙天國只要求三朝上山。第一天，楊和生就看到好幾個貓莊幫忙的人噁心嘔吐，提著褲子跑茅廁，趙久林和趙天亮一天陪著他點香燒紙，隔一會兒就要跑出去嘔吐一次。第二天早上他倆都倒床沒來了。到了中午，楊和生正做著道場，趙長洪哭喊著跑來叫趙天國說他爹趙天亮死了。趙天國趕緊讓楊道士跟他一起去看一下，給趙天亮測一下裝木的時辰。楊和生做完一場道場後，跟趙天國去趙天亮家，走到半路上時，碰到趙長發匆匆從下寨跑來，看到趙天國，老遠就喊：「天國叔，不好啦，我剛才去看看久林爺怎麼沒來幫忙，進到屋裡，臭氣熏天，我進到房裡叫他，一看，他過世了。」

趙天國驚訝地說：「天亮哥剛死沒一個時辰，久林伯也死了。」

趙長發說：「我也到了天亮叔家裡，嬸子也病的起不來了，好像也過不了多久了。」

趙天國問：「她的病什麼症狀？」

趙長發說：「跟久林伯天亮叔一樣的，上吐下瀉。」

楊和生聞言大驚失色，對趙天國說：「你們貓莊八成是發人瘟，看症狀是兩頭開花的大瘟。」

趙天國說：「楊道士你別嚇我呀，我們貓莊幾百口人呀。」

楊和生慌張地說：「天國，我得走了。」

趙天國問：「你去哪裡，我們去看看趙久林和趙天亮啊，要辦喪事呀，還得靠你呀。」

楊和生說：「我得叫徒弟們趕緊回老寨呀，我們要是再待下去老寨一寨人都保不住。天國呀，你別嫌我說的不好聽，你們貓莊肯定發人瘟了，這種瘟傳開了幾百里遠近的村寨都死得絕戶。」

趙天國抓住楊和生的手臂不放：「楊道士你給我娘的道場還沒做完呢。」

楊道士一擺手，掙脫趙天國說：「人都死了，念再多的經也是遮陽世上人的眼睛。」

楊和生道士一路跑飛跑去趙天國家，讓徒弟們趕快收拾行頭，回老寨去。

趙天國又派趙長發去白沙鎮採買壽衣壽帽香紙白燭。

不到三天，那支溪峽谷裡就傳開了貓莊人在發瘟死了好多人。到第五天，很多村寨裡已經傳說貓莊人死得差不多絕戶了。附近寨子在山上守牛的人天天看到貓莊在出殯，一天要出來好幾副棺木往楠木坪抬去。一時間峽谷裡關於貓莊是鬼城，是外鄉打碑客修建的墓地的傳聞又沉渣泛起，似乎貓莊能有今日並不讓人感到特別意外。開頭兩天，白沙鎮壽衣店潘老闆粗略算了一下貓莊已經死了五個老人三個年輕人兩個小孩子了，三天後他就再沒見貓莊來人採買東西了。聽說那個經常帶人來買貨的趙長發也死了。從貓莊到白沙鎮沿途的村寨都設了卡，不讓去採買喪事用品的貓莊人進寨，也阻斷了從貓莊到白沙鎮的道路。

陳致公早幾天就聽了貓莊發生了瘟疫，死了幾個老頭，也沒放在心上。這一段時間他忙得屁股沒落地，隔天要上縣裡開一次會，據說紅軍已經打進湘西，離西北城不足二百里了，縣府各個機關人心惶惶。八月初五交丁的這天，其他八個保長早早地就把人帶來了鄉公所。一直等到日上三竿，縣兵役科黃幹事等得不耐煩了，陳致公也沒見趙天國帶人來。保長們都說貓莊在發人瘟，不曉得趙天國死沒死呢。陳致公一直對貓莊的瘟疫將信將疑，全鄉九個保長他對趙天國是最不放心的，他總覺得十年來他一直沒看透趙天國，只看穿了一點，他的小心思太多，是個不好糊弄難以對付的人，特別是有關他的族人的利益的事，他會維護得死死的。他想到貓莊十多年來沒出一個丁，這次一下子要出那麼多，就預想到了趙天國一定會跟他玩花花腸子的。陳致公央求黃科長先帶走已到的二百四十名團丁，貓莊保的三十名團丁緩他一天，明天他一定親自交到縣裡。黃科長一走，陳致公立即讓鄭文書騎馬去縣裡疫情科，請他們來白沙鎮，明天一早去貓莊檢驗疫情。

陳致公等了整整一夜，第二天鄭文書才回來，說縣疫情科的人被獨立旅警衛營叫去了，好像他們那裡也發生了疫情。他等了整整一夜，今天又去了他們營房，疫情科的人沒出來，他們哨兵也不讓進。陳致公摘下眼鏡，提了幾下鼻樑骨，對鄭文書說：「你叫上鄉警，稅警，都帶上傢夥，跟我去貓莊。」

鄭文書擔心地說：「從峽谷裡的人傳說貓莊人死的症狀上看，很像是霍亂的症狀。這可是一種傳染性極強的瘟疫，現在正是高發期。」

陳致公說：「我就奇怪，怎麼就貓莊死人，其他寨子就不死人了。」

鄭文書說：「聽說諾里湖和芭茅寨也死了人。」

陳致公說：「我聽說了，都是七老八十的，這麼熱的天熱也熱死幾個人。」

到了貓莊，他們也不敢貿然進寨，選了趙家包的一個高地觀望。整個貓莊靜悄悄的，別說沒有一個人出來，連豬狗的影子都見不著，趙致公及所有的人只覺到寨子裡彌漫著一股濃重的陰氣，微風偶爾傳送過來幾聲嚶嚶的哭泣聲，更加重了死亡的氣息。一會兒，他們看到從下寨一戶人家抬出了一副白木匣子，兩個人抬的，後面跟著一個女人在呼天搶地地哭。沒人送葬，沒人戴孝，木匣子也小，死的應該是個半大的孩子。

一個鄉警討好地對陳致公說：「陳鄉長，你要是懷疑他們裝死，找座新墳一刨就曉得了。」

鄭文書連連擺手，說：「搞不得，腐爛的屍體傳染得更快。真是霍亂，我們第二天都要上吐下瀉起來。」

陳致公說：「你們看得出什麼名堂？只要看看貓莊的那壩田和山坡上的包穀就什麼都曉得了。趙天國是個吝嗇鬼，寨子裡不是真死人他會收完包穀稻子再裝，你們看那壩田的稻子一丘沒割，穀粒都該掉得差不多了吧，這片坡上的包穀棒子也沒掰完，全長新芽了。」

他貌似深重地歎一口氣：「貓莊完了，再死下去貓莊要絕戶了。」

彭武芬大清醒來，聽到屋外椿樹上傳來喜鵲唧唧喳喳的叫喚。起床後，她從祠堂裡走出來時，喜鵲還在椿樹上叫。趙長生的媳婦胡小菊站在坪場外叫她：「武芬姐，喜鵲在你頭上叫，你今天肯定有喜事。」彭武芬說：「你才有喜呢。」彭武芬知道胡小菊是在逗她，她沒親沒故的，怎麼會有喜事？那支溪峽谷裡人人都知道她是石女，自從被芭茅寨吳家休回來後，連個上門提親的人也沒有。這些年來她就安心地等趙長春，可趙長春連個音訊也沒有，彭武芬只是聽人說他投軍了，是死是活根本無從知道。她估計趙天國也不會知道，趙長春那個脾氣是不會給他寫信的，也不會給她寫。因為給她寫也是趙天國收到，只有他常常去白沙鎮，郵差是不會送信到貓莊來的。寨子裡這一陣天天「死人」，別說有喜，連一個生人也不來了。彭武芬天天聽著那些虛情假意的哭聲或乾嚎聲，感覺自己倒像是真死了，那些哭嚎聲是他們對她的嘲笑。雖然至今貓莊只有趙長春的婆婆和父母知道她跟趙長春的戀情，但彭武芬能感覺到貓莊人對她無處不在的輕蔑和白眼，就像很多前年他們看她母親趙長梅那樣。

彭武芬跟胡小菊逗完嘴，看她表情癡呆地看著坪場外，順著她目光看去。彭武芬也呆了。她看到一個一身戎裝的英俊青年軍官正向她走來。彭武芬立即就想到了他是趙長春！現在整個峽谷傳遍了貓莊人在發瘟，不是趙長春誰會來貓莊？彭武芬感覺到全身陡然一陣震動，激動得脫口叫起來：「長春哥！」

趙長春也笑盈盈地喊了她一聲：「武芬。」

彭武芬迎上去，拉著趙長春的手說：「進屋去吧，進屋去吧。」趙長春見他家坪場上的那個婦女跑進了屋，他猜到了那個應該是長生媳婦，但沒看清她就是原本給他訂親的胡小菊。他拉著彭武芬的手進了祠堂。兩人一進偏房，關上門，就擁抱在一起。直到聽到趙天國在門外乾咳聲，他們還抱在一起。

胡小菊跑進屋驚訝地叫喊著：「剛才來了個軍官，我聽彭武芬叫他長春哥，真是咱們家長春嗎？彭武芬應該叫他舅舅才對。」趙彭氏拉著臉說：「你不大喊大叫沒人把你當啞巴。我孫兒去哪了，怎麼沒進屋來？」胡小菊吐了吐舌頭，欲言又止的樣子，趙天國和趙田氏都催她：「快說呀。」

趙長春和彭武芬聽到外面咳嗽聲才鬆開，打開門，看到婆婆，父親母親都站在門外邊。彭武芬羞得跑進了裡屋，趙長春尷尬地搓著手說：「今天我要帶武芬走，你們誰也攔不住。」

趙彭氏說：「那也要吃了早飯再走吧。」

趙長春說：「我必須馬上就走，吃不成飯了。」

趙長春告訴婆婆，他是昨晚剛移防白沙鎮今早上偷偷跑來貓莊的，所以他必需盡快回去，據可靠情報賀鬍子的紅軍大部隊已經攻佔了酉水上游的一座縣城，他們隨時會順水而下攻佔「蜀楚通津」的戰略要地白沙鎮。大戰在即，連旅部都搬來白沙鎮督戰，開戰時他這個警衛營連長要是不在，那是要軍法從事腦殼搬家的。

趙天國說：「真要走了。」

趙長春說：「真走。」

趙長春見彭武芬收拾好了包袱，說：「我帶彭武芬走了，婆婆，爹娘，你們保重吧。你們放心，有我們獨立旅在，共軍就休想攻佔白沙鎮，打不到貓莊來的。」他附在父親的耳朵邊說：「只要族人們別出寨，國軍共軍半年內都不會來貓莊的。除非下過一場大雪。」

趙天國說：「但願如此吧。」

趙長春帶彭武芬一到白沙鎮，得到了一個驚天的消息：紅軍已經打下了酉北縣城。部隊正在緊急集合，準備連夜反攻縣城。趙長春吃了一驚，說：「我的娘呀，他們那麼快！」彭武芬給趙長春說：「你們要打仗了，我先回貓莊吧，你不在身邊，我住貓莊心裡踏實，你打仗時小心些，槍子兒不長眼睛，我在貓莊等你打完仗回來。」

趙長春已經聽到從軍營傳來的集結號。他本來的想法是接彭武芬出來後，把他送到縣城，租一棟民房住，等白沙鎮的戰事一完，他普跟他成親。現在紅軍已經打下了縣城，完全打亂了他的計畫。他想了想，從懷裡掏出他積攢的幾十塊銀元，全部交到彭武芬的手裡，說：「你住貓莊我也放心，那你回去吧，天黑前能趕到家嗎？你記著，無論如何等著我回來。」彭武芬推辭說她不要錢，趙長春硬塞給她：「你一個人沒田沒地，扯身新衣也得花錢。我在部隊裡有人管吃管喝，才是錢沒處花呢。」彭武芬接了錢，說：「長春哥，我沒死就在等你！」趙長春目送彭武芬回去，她轉拐不見後，才跑步去集結。

趙長春沒有想到，他們這一分手，竟成了永訣。

原來紅三軍打下白沙鎮上游那座縣城後，本來是打算順水而下攻打白沙鎮的。前天晚上得了西北地下黨快馬送來的彭學清獨立旅主力兩個團移防白沙鎮，西北縣城只有一個保安團和臨時組織的縣民團防守的情報，他們立即研究決定放棄白沙鎮攻打防守薄弱的西北縣城，留下幾十人繼續徵收船隻，迷惑敵軍的情報人員，大部隊突擊行軍了一整夜，趕了一百五十里路清早趕到西北城下，輕鬆地拿下了這座城池。

武平是這次攻打西北縣城第一個登上北門城樓的。他現在已經是紅三軍的一名連長了，一年前紅軍回師湘鄂邊區時龍鳳山游擊隊就編入了正規軍。幾天前他還是排長，攻打西水邊上的那座縣城時，連長一頭從城牆上栽下後他火線提了一級，升為連長。部隊是把北門作為主攻的，先遣的一個連黎明時偷偷摸上北門外鄭家坡的陣地，拿下這個制高點，用兩挺重機槍封鎖北門的敵人出城，武平他們二團三營開始攻城，保安團和縣民團一開始還進行了頑強的抵抗，造成攻城部隊的傷亡，可不久他們聽到城內地下黨組織的民眾故意高喊縣長、保安團長、警察局長等達官貴人們從小西門往白沙鎮跑後，抵抗的決心就動搖了，許多連排長也從城樓的陣地上偷偷溜了，紅軍戰士一鼓作氣，架起雲梯就登上了城樓……

紅三軍入城後，賀軍長就來了二團三營，慰問攻城戰士們詢問傷亡情況。營長向賀軍長彙報了情況，拉著武平說：「武連長第一個登上城樓的……」賀軍長哈哈大笑說：「老熟人了，你只知道他登城樓厲害，我還知道他是個神槍手，你問問他嘛，他這個名字還是我給改的……」

獨立旅和打散後重新聚集起來的保安團、縣民團反攻西北城已經是第二天下午了。這次他們是從小西門開始主攻的，由於前一天紅軍就炸毀了小西門橋，城牆外的無名河成了一道天然屏障，雖然現在是枯水季節，但河水還是流淌得嘩嘩啦啦的，並沒有斷流，給獨立旅攻城帶來極大的不便。彭學清之所以選擇從小西門攻城那是他別無選擇，西北城四面大山，從白沙鎮進城只有小西門這一處城門。下面南門在河西這邊形成一道絕壁，東門北門在河那邊，沒兩天時間繞不過去。他只能選擇強攻。

整整攻打了兩天，獨立旅傷亡近一個連兵力，保安團和縣民團的人更是死傷無數，終於於第三天上午攻下西北城。紅軍主力棄城從北門轉向賀鬍子老家那個縣。收復西北縣城後，彭學清命令部隊休整了兩天，既不等三十四師的兄弟旅也不等已經沿酉水到達白沙鎮的中央軍兩個旅的友軍，率部追擊。彭學清萬萬沒有想到，他一出西北城就鑽進了賀鬍子還沒打下西北城就給他設計好的圈套裡，幾乎全軍覆沒，造成他軍旅生涯唯一的一次奇恥大辱。當彭學清被紅軍圍困在西北城一百二十里外的山谷時，漫山遍野都是紅軍戰士吶喊著衝鋒時才幡然醒悟他當初的判斷是多麼地幼稚可笑。他以為所謂的賀鬍子的主力不過就是攻打西北城的那兩個團兵力，當他看到上萬的紅軍戰士衝殺而來，堵截，分割，包圍，一股一股吃掉他的部隊時，他想不明白他們一下子從哪裡鑽出來了那麼多人，一輩子都沒想明白。後來國共第二次內戰時，彭學清回到貓莊還跟趙天國談起過他軍旅生涯這一最大敗筆，他一連說了三遍：想不透他們一下子怎麼搞了那麼多人？他的另一層含義當然也包括想不透抗戰結束短短幾年共產黨怎麼一下子就搞出了幾百萬人的軍隊。

紅軍邊打邊撤，獨立旅邊打邊追。兩天後，追擊紅軍主力的曹東升一團不知不覺就追進了一條大山谷裡。這條山谷叫七里坪，長七里，進去時口子很小，兩座小山夾峙成一扇幾丈寬的獨門，中間是村落和大坪大壩的田疇，另一頭是一座高峻的大山。一團長曹東升是員猛將，追到這裡，想也沒想要給旅部請示，一頭就紮了進去。走了五里，發現自己打錯了山勢[1]。前面橫亙了一座大山，沒有出口，情知大勢不妙，連忙命令部隊向後轉，退出山谷。可是已經遲了，兩邊的山坡上響起了衝鋒的雷鳴般的吶喊聲，曹東升把帽子一捋，說：「搞卵，今天老子要死在這裡了。」一掏出槍，大喊：「弟兄們，衝出去！」

他的話還沒說完，山上衝下來的人群密密麻麻的，最少也有兩三千人。而且都是山民模樣的便裝，他們手拿著大刀和梭標，一團的士兵在田坎上架好機槍，一掃就是一大片在倒下去。前面的倒下了，後一拔又衝上來了。曹東升看到那些人像是喝了藥水的神兵一樣，全然不顧性命了。那些機槍手一下子嚇怵了，他們不敢開槍了，扭著頭對曹東升喊：

「團長，打不下手呀！」

「團長，咋辦？」

---

[1] 打山勢，即根據山脈的走勢判斷山谷的出口。

「團長，我們撤吧！」

曹東升也懵了，他知道那些人完全就是山民，從他們奔跑、跳躍的姿勢一看就知道他們完全沒有受過任何的訓練。

士兵們呆呆地看著他們，手裡的槍都舉不起來了。

機槍一啞，第三拔人又衝了過來。這時他們很快就衝到了山腳的一條土溝裡，曹東升和士兵們還在楞著時，那些山民們突然扔掉手裡的大刀和梭標，從溝裡拿出了步槍和輕機槍，對著三十步之外一臉懵懂的一團士兵開了火。曹東升大喊：「狗日的，我們上當了。」他的喊聲剛完，就一頭栽倒了下去。溝裡一個穿畢滋卡衣服的漢子一槍打中了他的胸脯。曹東升搖搖晃晃地倒下去時，他看清了那個從土溝躍出來的山民模樣的青年人，他覺得那個人的面孔似曾相識，他一定是許多年前在哪裡見過他，但他已經沒有時間去回想了。他馬上就要死去了。

彭學清得到一團被圍的消息，忙命二團馳援，沒兩個時辰，又得到二團在增援的途中被包圍在李家寨。獨立旅的三團因彭學清怕賀鬍子聲東擊西，迂迴回去再次攻打西北城，留守在了縣城裡，遠水不解近渴，於是他親率警衛營增援二團。他知道一團已經沒救了，七里坪就是一個麻布口袋，人家現在紮死了，他們能衝出來幾個是幾個，警衛營再去那裡等於讓人家紮二次口袋。一路上，彭學清百思不得其解，一團是主力團，一千多號人，裝備優良，賀鬍子的那些老掉牙的漢陽造、邊區造哪怕是伏擊，沒三四千人圍不住一團，他們又哪來的兵力包圍二團呢？警衛營趕往李家寨的半路上，碰上突圍出來的二團長李亞民，他只帶出來二三百人，二團被打散了。彭學清一見李亞民就訓斥：「你一個整團就被人家幾百號人打垮了，一對一也打不贏，給你們團配置的輕重機槍都當爆竹放了？丟獨立旅更丟我彭學清的臉。」命人把他拉出去斃了。李亞民委屈地說：「旅座，他們沒一萬也有好幾千人，一對一他們分割不了我們團。旅座，我要是講一句假話你現在就槍斃我。我們一天就突圍了三次，弟兄們個個都不要命，那些紅腦殼更不要命，做死地堵著不放。」

當晚，部隊宿營杉木河邊的李家坳。

第二天天不亮，彭學清就被槍聲吵醒，發現警衛營也被包圍了。從聽到一團被圍那一刻起，彭學清就感覺像是掉進了一個迷魂陣裡，現在連警衛營也繞了進去。警衛營和二團堅守到天亮，發現李家坳已經被團團圍住了。警衛營長龍占標和二團團長李亞民商量決定他們堅守到天黑再尋機突圍，讓二連長趙長春帶一個連兵力護送旅長先撤，從村後的小路返回縣城。彭學清不肯走，說他倒要看看紅腦殼到底有多少人馬。趙長春幾乎是讓士兵們把彭學清綁走的，他們出村不久就遭遇了大股紅軍，沒走二十里地一連人就不到一半了。

趙長春跟武平再一次撞上是第二天中午。那時他們剛剛擺脫一個連的紅軍的追趕。早上他們從一個寨子裡出來時就碰上了這股紅軍，他們邊打邊跑。要不是有護送彭學清的任務，趙長春真想跟他們好好幹幹，但這股紅軍追了他們十多里還是咬住不放，二排長彭大承一句話點醒了趙長春。他指著彭學清的軍官服說：「他們認准了我們這裡有大官，還是讓旅座換身衣服吧，不然打得只剩旅座一個人了他們還不會放手。」

彭大承一語成讖，中午時趙長春的半個連真的只剩他和彭學清了，那股紅軍幾十個人也只剩七八個人了，但他們還是咬著不放。翻了一個山坳，躲進一片樹林裡，趙長春看著那幾個人走岔了路，和彭學清又歇了一陣，才起身趕路。剛走出樹林，拐過一道石壁，兩人迎頭撞上了指過來的一排人十多杆快槍。

趙長春趕忙把槍指向一個腰上掛著駁殼槍的翻子拉楂的軍官模樣的人。

那個軍官愣了一下，打了個手勢，十幾個紅軍戰士收了槍。趙長春和彭學清都愣了。趙長春聽到那人喊他：「舅舅，怎麼是你？」

是彭武平的聲音。趙長春記得打小到大，彭武平就沒正兒八經地叫過他一聲舅舅。旋即他明白了武平喊他舅舅的玄機。他拉著彭學清走遠後，聽到武平對著他喊：「舅舅，以後別給國民黨反動派賣命了。舅舅，那年我在酉北城做石匠欠你的賬今天還你了！」

第十七章

冬月末一個北風呼嘯的日子，趙天國一家圍在屋裡烤火，聽到外面有貨郎的叫賣聲：「針頭線腦，棒棒糖嘍——」長生媳婦胡小菊一聽貨郎的叫聲就去房裡頭拿錢，她六歲的兒子大明和四歲的女兒大秀聽到貨郎的聲音也興奮地叫起來：「娘，棒棒糖，棒棒糖。」胡小菊出去一陣不回來，貓莊已經有小半年沒人去過白沙鎮，也沒貨郎進過寨子，她要買的小物品特別多，討價還價的一時半會兒不會進屋來，小孫女等不及，拉著爺爺趙天國的手往外牽，趙天國只好一手牽孫女一手牽孫兒出門。貨郎是個外鄉口音的中年人，趙天國以前沒見過他，肯定是第一次來貓莊。趙天國給大明和大秀買了幾隻棒棒糖，胡小菊也選好了一堆小物什，帶著兒女回屋。外面太冷，風吹在臉上像刀割似的，趙天國看中了貨櫃裡的一副銅煙袋，一邊把玩一邊跟他說話：「大哥第一次來貓莊吧，兵荒馬亂的，一路上還太平吧？」貨郎瞅了趙天國一眼說：「現在太平了，國民政府的軍隊都退回了酉水南岸，整個酉水北岸都成蘇區了。」趙天國不懂地問：「什麼輸區贏區？」貨郎也一知半解地說：「就是他們說的什麼蘇維埃政府，我也不太懂，反正現在這裡是紅腦殼的天下了。」趙天國說：「你的意思是改朝換代了？三十四師獨立旅被打敗了，他們不是駐防在白沙鎮嗎？」貨郎「噓」了一聲：「別提獨立旅，整個三十四師，加上十二個團的中央軍省軍都被紅腦殼打垮了。」趙天國驚歎了幾聲「哎呀呀」：「我兒子還在獨立旅裡呀，不曉得咋樣了。我說陳致公怎麼沒來貓莊找麻煩，原來改朝換代了呀。」貨郎說：「你說的是白沙鄉長陳致公吧，我前天在白沙鎮，看到他被紅腦殼槍斃了。」

趙天國大叫了一聲「啊」，追問貨郎：「你講真的還是假的，陳致公死了？」

貨郎說：「千真萬確，不僅陳致公死了，向任橋也死了，他倆一起被紅腦殼槍斃的。」

趙天國再無心思跟貨郎說話了，他買下銅煙袋，又買了一袋切絲的旱煙，假裝客氣地邀貨郎進屋喝碗熱茶，烤烤火熱和下身子。貨郎謝過趙天國，說他還要走幾個村寨，彎腰去擔櫃子。擔起後，他回過頭來好心地對趙天國說：「老哥哥，我看你是一個體面的鄉紳，勸你一句話，趕快帶家裡人跑路吧。」趙天國問：「此話怎麼講？」貨郎說：「紅腦殼打土豪鬥劣紳分田地還共產共妻，白沙鎮上天天遊街鬥人，天天有富紳被槍斃。總之家裡有錢的人就是不死也要被他們扒掉一層皮。」趙天國呵呵地笑，說：「這個我倒不怕，我家就一幢石屋幾畝薄田，他們要分就分了唄。既然是政府，不管哪朝哪代總得讓老百姓活命吧。」

貨郎帶來的消息讓趙天國又驚又喜又憂，驚的是一覺睡來已經改朝換代了，喜的是白沙鄉公所成了白沙鄉輸什麼哀（蘇維埃）政府，鄉長陳致公死了，他們找不上貓莊裝瘟逃避丁役的責任了，憂的是不知他家趙長春是死是活？但他的憂很快就被巨大的驚喜沖淡了，當他走進屋裡後幾乎是用激動的聲音給家裡人說：「貓莊保住了！」

趙彭氏問：「什麼保住了？」

趙天國說：「白沙鄉鄉長陳致公和議長向任橋都被紅腦殼處死了，他們再也找不上貓底的麻煩了。」

趙長生問：「他死了，貓莊再也不要裝瘟了吧，這幾月，把人都憋壞了。」

趙天國想了想，說：「現在時局不明，家裡人誰也不要亂說，瘟還得裝下去。」

第二天，趙天國出了一趟貓莊，貨郎的話就得到了證實。

趙天國一進白沙鎮就碰到了壽衣店的潘萬成。潘老闆在跟他的家人坐在店門口紮花圈，老遠看到趙天國走來，吃驚不小，喊他：「你不是貓莊的趙天國嗎？我的爺呀你還活著。」趙天國說：「活著呀，活著呀。」說完了他才想起貓莊裝瘟死人時都是趙長發在潘老闆這裡採買用品的。潘老闆拉趙天國進屋，說：「都傳你們貓莊是裝瘟逃丁，不假吧。」趙天國說：「哎呀呀我的老哥，死人誰還裝呀，貓莊真死了不少人，也不曉得造了什麼孽。」潘老闆高深莫測一笑：「陳致公都死了，鄉公所也沒了，還不跟老哥講實話。」

趙天國聽潘老闆說不僅陳致公和向任橋被槍斃了，白沙鄉九個保長被槍斃了四個。陳致公是在西北縣城第二次被紅腦殼攻破時在縣城抓住解押回鄉裡公審處決的。同他一起公審處決除了原鄉公所的議長向任橋，還有白沙保保長陳耀東，新寨保保長吳百林等幾個大保的保長和一些被紅腦殼定為土豪惡霸的鄉紳。他們把這些人的家產也全部充公。趙天國不由地想起九個保長最後一次不約而同地聚齊鄉公所的那天，因為碉樓和丁源有人歡喜有人愁苦，幾乎所有一臉歡欣的都被紅腦殼處決了。潘老闆說陳致公他們是同一天在白沙鎮外的土地廟前公審後處決的，陳致公打了三槍才死，他死時眼鏡還戴得端端正正的。潘老闆說：「陳致公他不該死！」趙天國吃驚地問他怎麼就不該死？潘老闆說陳致公並不像紅腦殼公審時說的那樣欺男霸女，他們白沙鎮人人都曉得陳致公跟太太白滿玉非常恩愛，他的太太是個大城市的女學生，跟他私奔來的，他們成親這麼多年，他連個二房都不肯娶，他平日一臉嚴肅，跟鎮上的婦女痞話都不說一句的，至於貪汙腐敗，聽參加抄陳致公家的隔壁向鐵匠說他家抄出來的財產連向任橋和陳耀東的十分之一也沒有，除了書籍和傢俱，搜到的現大洋不足一百塊。跟向任橋上萬大洋十多塊黃貨好幾處房子不能比。據說紅腦殼查了他在縣城裡也沒有一處房產，審訊他時問他受賄的財錢都藏到哪裡去了，他說他的確是受了一些賄，也勒索了白沙鄉一些商人和大戶人家的錢財，他說你們只要去看看鎮上的初級小學和聯合中學的校舍和師資，就知道他把那些錢用到哪裡去了。白沙鎮小學和聯中都在茅草街，趙天國送侄兒長林上學時去過這兩所學校，確實，兩所學校的校舍煥然一新，都是磚木結構的二層小樓房，聽說裡面的老師還有從長沙高薪聘請過來的。陳致公是個讀書人，他興師重教在白沙鎮上是有口皆碑的。

從潘老闆店子出來，走在白沙鎮街上，趙天國不勝唏噓。他看到原鄉公所的院子裡，小學和聯中的操場上，到處都排著長龍似的人群，他的耳朵也充斥著鐵喇叭喊話聲。整個白沙鎮亂糟糟的一片，他問過路人，才知道那些吵嚷的地方是紅腦殼在徵兵。趙天國從沒看到過紅腦殼長得什麼樣子，不禁好奇地湊過去瞧瞧熱鬧。這是他第一次看到紅腦殼的軍人，這一看，趙天國明白了人們為什麼叫他們紅軍或者紅腦殼了，原來他們的帽檐上綴著一顆紅五角星，他們衣領上也綴著兩片紅布。趙長春他們國軍頭上是顆青天白日帽徽，所以峽谷裡的人也把他們叫做白軍或者白腦殼。這一紅一白本來就犯沖，竟真成了刀槍相向的一對生死冤家。

趙天國回到貓莊，一進家門，水都沒喝一口，做的第一件事就是立即悄悄地把那三十多條快槍和近千發子彈埋掉，只留下那十二條老毛瑟槍，這槍幾十年了，老掉了牙，早就買不到子彈，據說好多年前就不生產了，等於一堆破銅爛鐵。快槍卻都是七八成新的，四年前才換下來的新槍。這些槍，不管白腦殼紅腦殼哪個來他都不上交，留下來防備土匪的。

晚上，他敲鑼通知族人們來祠堂議事，表揚了前幾個月族人們遵規守矩，同心同德，共渡危難，把一場歷時兩個多月的裝發人瘟演得假的比真的還像，不僅騙過了陳致公和鄉公所所有人，也騙過了紅腦殼，他們至今還不敢到貓莊來，成功地救下了貓莊幾十條年輕人的性命。他說，他到白沙鎮打聽了，那九個保送上去的團丁活著回家的不到三成，就是這三成人裡腿腳胳膊完好無損的不到十人。唬得貓莊的年輕人後背一陣陣發冷。說完，他又宣佈擬定的幾條族令：一，從明天開始，任何人沒得到他的允許不准出寨；二，不准參加紅腦殼軍隊；三，不管今後紅腦殼的人來了還是白腦殼的人來了，都不准亂說話，不當講的不要講。趙天國說：「現在是戰亂時期，族人必須服從管理，一個人搗亂就有可能害死全族人。」

臘月初，貓莊下了一場大雪，大雪封山，蓋了整整五六天。雪融化後的第二天，趙天國去大水井挑水，看到趙長洪慌慌張張地跑來，一邊跑一邊喊：「天國叔，那邊，那邊來隊伍了。」趙天國放下水桶，問：「有多少人？」趙長洪說：「二三十個人吧。」趙天國說：「我去看看，紅腦殼終於來了。」

趙天國到寨牆時那支紅軍已經穿過牆洞進寨了，趙天國迎上去，恭恭敬敬說：「敢問貴軍到貓莊有何貴幹？」一個比趙天國年紀還在五六歲的軍官模樣的人問他：「我們找貓莊的保長趙天國。」趙天國說：「鄙人正是趙天國。」那個軍官說：「幸會，幸會。我是湘鄂川黔邊區省蘇維埃政府郭亮縣白沙蘇維埃鄉長周正國。我們聽說貓莊發生瘟疫一直沒來，剛才看到你們寨子雞鳴狗吠，不像是死了好多人呢。」趙天國心裡撲通撲通地打鼓：連省名縣名都改了，這次紅腦殼鬧得大呀。嘴上卻哈哈一笑，爽快地說：「瘟疫是假的，我只是不想讓寨子裡的年輕人參加縣民團去打你們紅軍。周鄉長，有什麼事你儘管吩咐。」趙天國把他們帶到祠堂，坐下後，周正國有些不好意思地說：「沒想到趙保長有那麼高的覺悟，這次帶著這麼多人來寨多有打攏。」趙天國說：「周鄉長言重了，你本來就是帶兵打仗的將軍，有事請吩咐，貓莊盡力去辦。」周鄉長說：「那我就直說了，這次我們來貓莊先辦『一收三徵一革命』，一收就是沒收槍支，三徵就是徵糧徵稅徵兵另搭六百雙軍鞋，要布鞋，我們還要在你們貓莊進行土地革命，沒收地主田地分給窮苦老百姓。」

趙天國怕什麼又來什麼，一聽到徵兵，心裡戰戰兢兢的，問：「你們也要抽丁？」周正國說：「我們紅軍不抽丁，都是自願參軍的，自願保衛革命勝利果實。抽壯丁抓壯丁那是國民黨反動政府殘害窮人老百姓。」

趙天國聽後鬆了一口氣，連說了三聲：「那就好，那就好，那就好！」又說：「至於糧食嘛，雖然貓莊今年田裡地裡沒收下多少，還是交得出來的，貓莊人自己節衣縮食也要交，只是要交多少糧食，多少雙軍鞋？」周正國說：「三十擔糧食三十塊大洋，六百雙布鞋，一個月內都送到白沙鎮。槍呢，先把槍交了吧。」他最關心的是槍。趙天國說：「就在神龕後小屋裡，你隨我來拿吧。」看到是十二枝老毛瑟槍，周正國不高興地說：「怎麼全是這種老掉牙的毛瑟槍，這種槍子彈都不生產了的，鄉公所給你們貓莊民團發的是這個？」趙天國說：「他們發的早就收上去了，收上去兩年了。白沙鄉九個保長陳致公最防我，他給我三十條快槍每夜都要做噩夢，他不會那麼傻的。」

周正國讓士兵們收了槍，說把它送邊區兵工廠去改造，然後讓趙天國招集貓莊人到曬穀坪上開大會，他要在貓莊進行一場轟轟烈烈的土地改革，給窮人們分田分地。只有他們分到了田地，才會有人踴躍報名參軍。他今天帶了一個排來，是因為貓莊有民團，若是他們膽敢反對，他就要用武裝進行土地革命。周正國早就聽人說了貓莊是個富裕寨子，若能揪出一兩個惡霸地主，他們要毫不心慈手軟地鎮壓，這樣才能激發窮苦百姓的情緒高漲起來，這樣才會有革命成果需要他們保護，他們也就會踴躍參軍了。趙天國起身去招集人，周正國意味深長地給他說：「趙保長，別忘了讓地主們帶上地契，省得我們上門抄家。」趙天國說回頭說：「我們貓莊人沒有地契，地契不過就是一張紙，貓莊人的契約都在心裡裝著。」

貓莊人都聚集攏後，周正國讓他的士兵去各家各戶石壁上刷宣傳標語，自己站在土台上宣傳了一通紅軍的政策和革命的意義，然後又念了湘鄂川黔邊區省革命委員會頒佈的《沒收和分配土地的條例》和《優待紅軍家屬條例》。他想把土地革命和徵兵擴紅一起抓，革命工作太多，忙得他暈頭轉向，他只想一天完成預計的工作，然後還要去芭茅寨、青石寨開展工作。周正國看到貓莊人縮著脖子袖起雙手，一個個表情木木的，每個人，無論男女老少都是一副事不關已高高掛起的冷淡和漠然，完全沒有他預想的那麼熱情和激動，更沒有人像其他寨子的人那樣跟著他振臂高呼。憑他七八年豐富的工農革命鬥爭的經驗，他決定放棄這些冗長的宣傳講話，先製造出一個個高潮來。他對著貓莊人說：「你們貓莊有沒有地主？窮苦兄弟們，就是地主土豪劣紳讓我們吃不飽穿不暖，讓我們給他們當牛當馬，他們卻大酒大肉，妻妾成群。」

貓莊人在下面懶洋洋地說：「貓莊沒有地主。」

周正國愣了一下，說：「沒有地主，你們都有田種嗎？」

貓莊人答：「有。」

周正國問：「都有田種，都有飯吃，有衣穿？」

貓莊人嘻嘻地笑起來：「不都穿著衣服出來的嗎？」

周正國說：「保長沒有欺壓你們嗎？」

貓莊人答：「我們都是一族人，誰都不興欺負誰。」

周正國說：「那好，你們說說你們每家有多少田多少地？貓莊誰家的田地最多？我來查查。」

這時趙天國走上前對他說：「貓莊的田地都是按人分的，每人一畝六分水田二畝六分旱田，五畝四分坡地。」他遞給周正國一本賬冊，「貓莊每十年重新分一次田地，這是民國二十一年剛分的，人口和田畝都記在上面，你查一查，看對不對得上，每家每戶都簽字畫押按了手印的。」

周正國翻看了一下，發現貓莊田地最多的還不是趙天國家，因為他家人口不是最多的，他來貓莊之前雖然早已找人調查過，這個趙天國在白沙鎮沒有什麼十惡不赦的罪行，但他既是保長，又是族長，總會是貓莊的地主，總會有一些欺男霸女騙田騙地催租逼稅的惡行吧，只要有民憤，他就能狠狠地批鬥他，就不怕貓莊窮人們的情緒不高漲起來……周正國無奈地合上賬冊，說：「貓莊提前土地革命了啊，全國都像貓莊這樣分配土地，我們就不要鬧革命了，我也可以在家裡抱孫子嘍。」

接下來是報名參軍，周正國擺了一張桌子，親自登記，結果他自己也預料到了，貓莊人問還要不要再站在這裡聽他講話，周正國剛說完自願參軍的留下來，貓莊人就轟地一下全散了，各自回家。周正國氣得鼻子都歪了，雙拳嗵嗵地擂桌子。

送周正國出寨時，趙天國真誠地說：「都說你們是共匪，除了有一點，我看還是不像匪嘛。」

周正國警惕地問：「哪一點像匪了？」

趙天國指著趙長發家牆壁上一條剛剛用灰將刷完的標語說：「那條標語還是蠻像的嘛。」周正國看過去，那條標語赫然寫的是：老鄉，你想有飯吃嗎？你想種地不交租嗎？你想睡地主老財的小老婆嗎？趕快參加紅軍。

晚上，趙天國一家一家上門去那些有青年男子的族人家裡，反覆叮囑若是發現兒子丈夫想跟紅腦殼走的，抱胳膊箍大腿尋死覓活想盡一切辦法也得留住人。趙天國預感到這個周鄉長不會那麼輕意就放過貓莊，他還會再來的。

由於傳說貓莊霍亂瘟疫而耽擱下來的蘇維埃土地革命，第一場大雪後在那支溪峽谷裡轟轟烈烈地開展起來了。

周正國在諾里湖、芭茅寨、青石寨把分田分地的土地革命和擴紅運動搞得如火如荼。他們鎮壓了芭茅寨的吳家承，原因是芭茅寨人控訴他曾經欺負過幾戶佃農家的媳婦和一戶貧農家的女兒，民憤極大。青石寨胡大順也被綁起來批鬥遊寨，家產分盡，一家人被趕到牛欄裡住。吳家承和胡大順兩人同一天被拉到貓莊一起批鬥過，都被綁成一個粽子，背上還插了一塊大木牌，吳家承背上寫的是惡霸地主，胡大順寫的是土豪劣紳。胡大順是胡小菊的爹，胡小菊以為他爹要被處決，哭了一天一夜。吳家承和胡大順的田地和家產都分給了窮人，連不是一個寨子的諾里湖和麻洞寨的人都分到了。一時間，這些寨子的年輕人都踴躍參軍。趙天國聽說，僅原來的貓莊保六個寨子就有二三十人參了軍，紅腦殼對參軍的條件要求不高，只要是自願，男女不限，年齡也不限，身體能扛得動槍的，上至四五十下至十五六歲，他們都收。諾里湖年近五十的彭屠戶跟他的三個兒子一家四口都參了軍。這也難怪，農民們靠田吃飯，誰給他們分了田他們自然要擁護誰，讓趙天國想不明白的是，像彭屠夫這樣，一家人都當兵去了，那麼那些剛分到的田誰去做呢？趙天國還聽說，那支溪對岸的老寨也駐紮了一個連的紅軍，呂老六家一口氣被鎮壓了三口人，他們家的女人們也被分給寨子裡的窮人兄弟做老婆，河那邊的窮人兄弟天天敲鑼打鼓舞獅子慶祝，吸引得貓莊人偷偷地跑到烏古湖河岸邊觀望，以為他們天天唱陽戲呢。

過完新年，趙天國帶人去白沙鎮如數地交了錢糧和布鞋。布鞋是貓莊婦女姑娘們趕做出來的，三十擔糧食是族糧，幾乎挑空了幾年族裡的存糧。去年貓莊莊稼長勢特別好，但絕大多數都毀在田裡沒收，族人們五荒六月裡肯定要挖野葛充饑了。錢是各家各戶攤派的。趙天國對待蘇維埃政府的原則就是你只要不抓人，要錢要糧什麼的不打折扣如數上交，讓他們找不到在貓莊革命的藉口。

到了陽春三月，貓莊像往年一樣呈現出一片農忙景象時，武平來到了貓莊。武平所在的紅二師本來駐紮在原西北縣城現在的郭亮縣城。據情報國民黨已經在西水南岸完成了中央軍四個師的集結，加上陳統領的三十四師及各縣保安團和地方武裝，酉水南岸集結了近十萬敵軍，隨時有可能大舉進犯蘇區。湘鄂川黔邊區省革命委員會決定把三、四月定為擴紅月，爭取兩個月內再徵召二萬二千名新戰士入伍，同時調整蘇區紅軍的防區。這樣，武平所在的二師調防到白沙鎮，與白沙鎮一河之隔的石耳鎮已經駐紮了整整兩個師的中央軍，兵力太薄弱的話，他們一夜就會突破白沙鎮防線，直插郭亮縣城。周正國是在武平來白沙鎮後才知道他是貓莊人的，他在陪同他訓練新兵時看到他同諾里湖的彭屠戶說話，一問，才知武平是諾里湖出生貓莊長大的。周正國說：「我都忘了你姓彭了，叫武平同志叫慣了。」

武平這次來貓莊就是幫周正國做擴紅工作的，出發前，他拍著胸脯給周正國保證：「請老首長放心，就是綁我也要從貓莊帶十個人來參軍。」周正國拍著他的肩說：「武平同志，記住工作策略。紅軍不搞國民黨抓壯丁那一套。」武平呵呵地笑：「我給你騙十個人來行了吧。」

趙天國這天出門上工時碰上去年冬月見到的那個貨郎，兩人在巷子裡說了一陣話。趙天國先找他搭訕的，他和族人們已經兩個月沒出過寨子，想問問他外面是個什麼樣子，太不太平。貨郎說：「村村寨寨都在參軍，蘇區裡太平著呢。我要不是有家有小的，也參軍了。」趙天國笑了笑，問他：「老哥哥沒聽說要打仗？」貨郎說：「打呀，這年頭哪有不打仗的，不打，紅軍也不要老百姓參軍了是不是？不過打仗的地方遠著呢。」趙天國羨慕地說：「你們走村串寨做生意真好，家產挑在擔子上，哪裡不打仗往哪裡走。」

貨郎輕聲問趙天國：「你們寨子裡好像沒人參加紅軍呢？」趙天國說：「老哥是怎麼看出來的，有什麼門道？」貨郎笑笑說：「走的村寨多嘛，看多了就明白了，紅軍家屬的大門上都掛了一個紅燈籠。」趙天國好奇說：「貓莊人也掛紅燈籠，不是剛過年嘛，家家戶戶都掛。」貨郎說：「門道就在這裡，一般人家掛的燈籠寫的是喜慶的話，紅屬家的燈籠都貼有紅五角星，這就是為什麼我一眼就能看出你們寨子沒人參軍。」看來貨郎已經在寨子裡叫賣一圈了，趙天國說：「耽擱了你好一陣子，買你一袋旱煙吧。你這煙絲比貓莊的有勁。」

武平走到趙家包下時，趙天國一家人都在路坎上的坡地裡下種。這天是個陰霾天，怕天氣有變，胡小菊叫了彭武芬來地裡幫忙。趙天國趙長生父子在前面壟溝，彭武芬和胡小菊在後面丟種。彭武芬一抬頭，看到路上走來個紅腦殼。只有一個人。彭武芬又低下頭丟種。丟了幾下，又抬起頭來看那人。那人走路屁股一磨一磨的，很像他哥彭武平走路的樣子。彭武芬禁不住喊了一聲：「哥！」

趙天國和趙長生都抬起頭來，看著彭武芬。父子倆都在專心壟溝，只聽到彭武芬的叫聲，沒聽明白叫的什麼。或者說他們也沒想到彭武芬叫哥，自從彭武平跑路後，彭武芬就沒有機會在貓莊叫哥這個字了。她在貓莊輩分低，跟他平輩的老表們沒一個比她年紀大。胡小菊聽清了，拉了拉他的胳膊，輕聲問她：「長春哥回來了？」

武平聽到喊聲也扭過頭來，四處尋找聲音的來源。彭武芬在坎上，他看不到。剛轉過頭去，又聽到了一聲叫哥的聲音。武平看到從土坎缺口跑來一個三十來歲的女人，認出是彭武芬，興奮地喊道：「武芬！你是武芬妹妹吧？」

武平見到趙天國時有些尷尬，猶豫著不好開口，倒是趙天國先叫他：「你回來了，這些年在外面沒少吃苦吧，哦，對了，該叫你武平呢還是叫你彭長官。」他看到了武平的屁股上吊著一支駁殼槍，知道他已經做了軍官。武平說：「外公，你就叫我武平好了。」趙天國高興地說：「那年你跑路後我派人找過你，沒找著，回來就好。今天不下種了，回去給你宰隻旱鴨子。記得小時候趙長春沒少給你們兄妹從籬笆縫裡遞鴨翅膀吧。」說完，又歎了一口氣：「不知長春是死是活，你們兩舅甥要是都回來就好。」

武平脫口而出：「他沒事。」

彭武芬急忙追問：「他沒事還是沒死？」

趙天國笑起來，責備彭武芬說：「這孩子，沒事不就是沒死，沒死不就是沒事，對不對？」

武平知道妹妹從小就跟趙長春親近，為討彭武芬歡喜，附在她耳邊說：「我本來抓到他了，又把他放了。」

彭武芬睜大眼睛說：「真的呀，我不信，是他抓到你放了吧。」

晚上武平還像小時候一樣跟彭武芬住在祠堂偏屋裡。得知妹妹舊仍沒嫁人單身一個，武平決定先從她身上打開缺口，動員她參軍，然後帶動貓莊人積極參軍。武平深知貓莊人被趙天國管束得嚴厲，潑水難進，不打開一個缺口，很難帶動起人來。從趙天國家吃完晚飯回來，一進屋武平就問彭武芬願不願意跟他走？彭武芬驚訝地問他：「去哪裡？」

武平說：「當然是參軍。」

彭武芬說：「你們部隊女的也要？」

武平說：「紅軍裡女兵很多，有當戰士的，有當文藝兵，有當護士的，也有在宣傳隊、被服廠工作的。」

彭武芬搖搖頭說：「我不去。」

武平不解地說：「你一個待在貓莊不如跟哥走，兄妹在一起無牽無掛的。」

彭武芬堅決地說：「你不要勸我了，我不會跟你走，我在貓莊要等人。跟你一走我永遠都見不著他了。」

武平問她：「你等長春是不是？我就猜得到你跟長春好上了。」

彭武芬說：「你別管我等誰，反正我不會跟你走的。」

武平生氣地，幾乎是咆哮著說：「你連哥也不要了，我是你哥，你不跟哥走，誰來照顧你。」

跟趙天國的親熱不同，幾乎絕大多數貓莊人對突然出現的武平表現出刻意的冷漠，包括他的親外公趙天亮一家人。在貓莊人看來，武平是一個恩將仇報的人，貓莊人養了他們母子仨那麼多年，他卻不聲不響地用一粒子彈報答了他們的巫師和族長。他去外公家時，趙天亮見到他的第一句話就是：「你還有臉回貓莊？你咋就沒死在外面呢。」

武平在貓莊找年輕人宣傳發動了三天。他跟不下三十個人談過心，吹過牛，最後只有三個人答應跟他走，一個是去年夏天死了老婆的大牛，他無兒無女，無父無母，在貓莊只有一畝二分田，娶那個媳婦他借了一身賬還沒還完，現在再也沒錢娶一房媳婦；一個是趙長發的小兒子趙大平，他聽武平說紅軍裡有文藝隊，天天有女兵晚上唱戲，他喜歡拉二胡吹笛子，武平說他可以給首長說說讓他當文藝兵；還有一個是大憨，他從小跟武平的關係很好，主動要求武平帶他，他說待在貓莊他一輩子也娶不上媳婦，當兵打仗升官發財才會有姑娘肯嫁他。大憨憨憨的，武平本不想帶他的，想到他們連的炊事員老王一個人弄全連人的飯菜太辛苦，大憨手腳勤快，正好可以給他搭把手。

武平是晚上趁著夜色帶著這三個人走的，他想到了大平和大憨的父母可能會阻止，但沒想到一到西寨牆看見趙天國跪在牆洞口。趙天國跪在地上痛哭流涕，一口一聲地喊他：「彭長官，你饒了貓莊吧。貓莊人自古就不投軍不當土匪。」

武平看到趙天國的哭聲引來了貓莊無數隻火把，一跺腳，自己走了。走到諾里湖，心裡還在氣憤地想：要是沒有革命政策，他就先把趙天國抓起來，然後炸爛貓莊的石頭房子，看看他們無路可走後到底投不投軍當不當土匪。

趙天國回去後立即讓族人連夜到祠堂議事，重責了大牛、大平和大憨三人。趙天國讓執棍的人狠狠地打，要打得兩個月起不了床才著數。

沒過半個月，武平又回了貓莊。這次他是被周正國和一個紅軍戰士抬回來的。武平在一次戰鬥中被一粒子彈打穿了肺葉，昏迷三天才醒。國民黨軍隊已經開始大規模地反攻蘇區，蘇維埃軍區已經決定放棄白沙鎮，把部隊收縮到郭亮縣城。戰地醫院負責同志和區委的同志研究決定把重傷患分散轉移到附近村寨裡，由革命意識強思想覺悟高的群眾保護和護理。周正國一直認為貓莊人革命意識落後思想覺悟更低，本不打算給貓莊分配傷患的，他怕白軍一來傷患會被出賣，是武平自己要求去貓莊養傷的，說他有個親妹妹，叫彭武芬，住在趙家祠堂的偏房裡。傷患們都是夜裡送進各個村寨的，武平也不例外。周正國特別不放心趙天國，他把武平先放在趙家包的一片樹林裡，安排好其他傷患後，等到後半夜才把武平抬進貓莊，敲開彭武芬的門。走時，還反覆叮囑彭武芬注意保密。

武平因為一路顛簸，又昏迷過去了。彭武芬看到哥哥迷昏不醒，胸口一直在滲血，嚇得抹了半夜眼淚，一時沒了主意。天亮後，彭武芬就去找趙天國，她知道趙天國懂醫術，有刀槍藥偏方。趙天國進屋查看了武平的傷口，什麼話也沒說就進山採藥去了。採藥時，趙天國在想周鄉長半夜裡把武平抬到貓莊，除了彭武芬誰也不讓知道，說明他怕武平有危險，武平有危險一定也會給貓莊人帶來危險。當晚，趙天國和彭武芬把還在昏迷的武平抬到雞公山燕子洞裡藏起來。幾天後，趙天國慶幸自己這一舉措是多麼地及時，哪怕是當初心軟一下等到武平勉強能動再抬上山，就大錯鑄成，悔之不及。

一天半夜裡，趙天國被從老寨方向傳來的炒豆子似的槍聲驚醒。一早晨起來，貓莊又改朝換代到回到了從前的西北縣白沙鄉。

趙天國一家正在吃早飯時，趙長發慌慌張張地來喊：「有好幾百軍人湧進寨了。」趙天國大吃一驚，放下碗，問：「是紅軍還是國軍。」趙長發說：「是國軍。」趙天國心想，昨晚半夜裡才在老寨打，這幾天那支溪在發「四月八」洪水，過不了河的，他們應該是從白沙鎮來的。

趙天國還沒走出屋，國軍士兵已衝進來，一家人都被刺刀頂在胸脯上。隨後，全寨人都被趕到晒穀坪上集中，被上百名士兵用刺刀團團圍住。一個騎在馬上戴著白手套的軍官揚起右手，吐了一個字：「搜！」其他的士兵立即湧向各家各戶，頓時上下兩寨雞飛狗跳，豬嚎羊叫。一會兒，各路士兵跑回來，紛紛報告沒發現共軍傷患。

那個騎在馬上的軍官說：「再搜，我就不信這個莊子裡沒有窩藏紅軍。」

趙天國正在揣摩這是哪一支國軍，聽長官和士兵的話南腔北調，他們把寨子叫「莊子」或者「村子」，看來不是陳統領的三十四師，而是蔣委員長的中央軍或者何鍵的省軍。但趙天國有一點是聽明白了，他們是搜查紅軍傷患來的，他的腦門上開始冒汗了，雖說武平被藏在山洞裡，沒人點水他們不可能找到，但他家堂屋的背簍裡裝著昨天剛上山扯回來的刀槍藥，其中的枯白枝、田七葉、忍冬藤稍有中草藥常識的人都知道那是刀傷藥。趙天國努力地回想貓莊有誰受傷，但這幾天他沒出去，想不出有誰哪怕是腳被瓦碴劃傷過，二十天前上過棍刑的大牛大平他們身上的傷早就結痂脫疤了。萬一他們問起來要能應對，否則，看這架勢一族人都保不住了。突然，趙天國靈機一動，一隻腳蹭掉草鞋，用腳趾在地上摳了一粒尖石子出來，然後赤足使勁頂進腳底板肉裡，直到傳來一陣鑽心的疼痛，整顆小石子陷進了肉裡他才彎下腰用手摳出石子，把流血的腳底板來回在地上蹭。土能止血，晒穀坪裡的土都是黑灰塵，粘在傷口上很像剛要結痂一樣。他被趕來時是擠在人群中的，外面拿刺刀的士兵注意不到他。

一會兒，趙天國看到一個腰上掛著短槍的下級軍官把他放在堂屋背簍裡的藥草都提來了。那個軍官對馬上的軍官說：「營長，這是傷藥。」那個馬上的營長點了點頭，用馬鞭敲擊著背簍問：「這是誰家的？」

那個下級軍官舉著藥草喊：「誰家的，自己站出來，有人檢舉出來後，殺全家，沒人檢舉也沒人承認，殺全莊人。」

趙天國一拐一拐地鑽出人群，說：「是我家的。我前兩天做工夫在田裡簽傷了腳，讓我兒子採的，這些都是散熱，解毒的傷藥。」

下級軍官很吃驚地說：「怎麼會是你家的？」

趙天國定睛一看，原來這個軍官是那個貨郎，說：「長官，你不記得了，你到過我家門口，我跟你買了一副銅煙嘴，還有一包煙絲。第二次碰上你又買了一包，這還不出一個月呢。」

這個化裝過貨郎的軍官想起來了，說：「是的，是的。」馬上又變了臉，嚴肅地問：「你傷哪裡了？」

趙天國脫了草鞋，盤起腳板讓他看，說：「讓竹籤簽了！」

這個軍官的態度溫和了一些，拉過趙天國問：「你們寨子裡真的沒有窩藏紅軍？」趙天國被他一拉，痛得哎喲一聲叫喊起來，他說：「老總，你自己不是說了我們貓莊沒有一個人參紅腦殼的軍，他們怎麼會把傷患送我們這裡來。」

那個騎在馬上的營長叫下級軍官：「孫連長，把他帶過去，讓他指認哪些是紅屬。」趙天國又一拐一拐地過去給營長作揖，說：「長官，我們貓莊沒有一個紅軍，真的沒一個。不信你問那個，那個孫連長，他來過貓莊多次，他清楚。」營長說：「我看你就像紅軍家屬。」趙天國賠著笑臉說：「長官真會開玩笑，我是國民政府鄉公所的保長，紅腦殼一來就把我在那棵油棘樹上吊了兩天兩夜，我給他們當家屬他們也不要。我倒是國軍的家屬，我大兒子趙長春是三十四師獨立旅警衛營二連連長，不信你們可以查一查，我要是說了半句假話你們用刺刀捅死我好了。」

營長問：「你真是保長？給我背背從省主席、行署主任到縣長鄉長的名子。」

趙天國從何健一直背到陳致公，這個營長還是疑心重重，說：「把莊子裡人的名冊拿來，我點點你們莊子裡的人。」趙天國又一拐一拐地回家拿來花名冊，交給孫連長，孫連長大聲地點名，他主要挑名冊上的青壯年男人點。當點到大牛大平大憨時，士兵們看到他們一拐一拐地走上來，湧上去一人一腳就踢翻了他們，營長彈了彈花名冊，冷笑著說：「趙保長，你們不是在玩偷樑換柱的把戲吧？」趙天國說：「他們是我們貓莊的，前些日子小偷小摸犯族規挨打的。」孫連長讓士兵們扒光了他們的衣褲，看到背上一條條長疤都是棍痕才放了他們。

拿刺刀頂著貓莊人的士兵們收槍列隊，趙天國這才鬆了一口氣。營長都已經勒轉馬頭，突然又回過身來問孫連長：「我記得你不是說過有個叫武什麼的共匪連長是貓莊的。」

趙天國說：「貓莊沒有外姓人，孫連長看名冊應該知道。」

孫連長想了想，不確定地說：「那就是他的妹妹在貓莊。」他又逐個逐個地在名冊上找名字，這次他專揀年輕媳婦找，終於在最後一頁找到了彭武芬的名子，問趙天國：「這個彭武芬是誰，她一個人的名字跟誰家也不在一起？」趙天國平靜地答：「他是我兒媳婦。」孫連長詫異地說：「是你兒媳婦怎麼不跟你家在一起？」趙天國答：「我大兒子趙長春是被我趕出家門的，我把他在貓莊除了名，所以她既算是我家的人又不算是，鄉公所要的是貓莊的人頭數，我就把她的名字放在最後　頁。」看到孫連長將信將疑，又說：「你可以問問大家，彭武芬是不是我大兒媳婦。孫連長你記不記得我在寨口時跟你說過貓莊人都是不當兵的，大兒子不被我趕出門他也不會投三十四師。」孫連長哦哦了幾聲，說可能是我記錯了，那個共匪連長的妹妹在別個寨子吧。

幾百士兵出了寨子，趙天國回到家一看，家裡一片狼藉，鍋碗瓢缽扔得滿屋都是，房裡更是翻箱倒櫃，連被子都被刺刀捅得稀爛，他壓在枕頭下的十八塊銀元也不見了。趙長生也跑過來說他房裡的錢都沒了。

一會兒，族人們紛紛跑來反映，說回家一看，就跟躲土匪回來一樣，家裡的錢沒了，鍋被砸，連豬羊也被牽走了。趙天國看著族人們哭哭啼啼的，勸族人們說：「能保住命就不錯了。」但有一個人還是沒有保住命，一會兒，有人來報，趙天亮被活活地氣死了。他回家看到箱子被砸開了，箱子裡沒來得及埋藏的六塊銀元沒了，登時氣血攻心，雙目翻白倒下了地，妻子趙胡氏和兒子趙長洪怎樣掐人中也掐不醒了。

國軍殺回來後對紅腦殼的蘇區進行了瘋狂的報復。峽谷裡許多村寨十室九空，中央軍省軍的那些外鄉客個個殺人不眨眼，凡是紅屬的一家一口不留地殺盡，凡是收留過紅軍傷患的人家幾乎絕戶。峽谷裡傳言那個曾化裝成貨郎走鄉串寨過的中央軍的一個孫姓連長成了殺人魔王，誰家是紅屬誰家收留過傷患他記得清清楚楚，一認一個准，他一指認，一家人都被拖出來槍斃。半個月後，趙天國再次當上白沙鄉公所貓莊保保長後調查了保內的人口，除貓莊外，其他六個寨子死亡超百人，銳減了一半，房屋燒毀二十一棟。其中諾里湖和麻洞一戶不剩一屋不存，不是跟紅腦殼走了，就是被殺，或者跑路了。芭茅寨只剩三戶，吳家承的兩個哥哥各一戶，還有一戶是個孤寡老倆口，青石寨要好一些，胡大順那個家族的人沒一人被殺，其他雜姓的也死了二三十多人。這些村寨裡到處都是死屍，或被擊斃於寨頭巷尾，或被吊掛在樹上，或被燒死在屋裡，沒人敢掩埋，任憑自己腐爛。直到第二年，這些屍體只剩下一具骨架，旁邊的辣蓼草卻長得格外茂盛，一根根比刀把還粗。

趙天國發現，凡跟紅腦殼來往的不是跑了就被殺了，凡被紅腦殼斃過的鬥過的整治過的家族都完好無損保全了下來。

武平在貓莊休養了兩個月，傷好後在一個月黑風高的夜裡不辭而別去找部隊，自始至終，武平都不知道趙天國曾經採草藥救治和護理過他。他昏迷時沒見過趙天國，醒來後彭武芬沒說過。

武平走後，趙天國這才真正鬆了一口氣。夜裡，他獨自一人跪在祠堂的神龕前對著祖先的牌位喜極而泣，高聲喊叫了一句：「先祖顯靈啊，族人們毫髮無損，貓莊終於保全下來了！」

第十八章

鬧騰了一年多的圍剿紅腦殼的戰爭到這年冬天賀鬍子率軍離開湘西境內才結束，但真正塵埃落定下來已經是第二年春天了。趙天國猜測得不錯，大仗之後必有大亂，紅軍走了，土匪又起勢了。很多找不到部隊的紅軍傷患和躲藏的紅屬都上山為匪，當土匪總比讓國軍抓住砍腦殼強；連年的戰爭還造成大量的槍支流落民間，再加上國軍官兵的倒賣，一時間，幾乎所有的土匪山寨都鳥槍換炮，用上了漢陽造、七九式，據說那些匪首們個個都在肚子上插兩支快慢機呢。好幾年前，趙天國就聽說龍大榜回了二龍山白水寨，但一直沒有他的消息，只聽人說紅腦殼來後又剿了他一次，也有人說他被紅腦殼收編，跟隨賀鬍子轉移到貴州了。因為二龍山那邊不跟貓莊一個鄉，在鄉公所開保長會也打聽不到。不管龍大榜在哪裡，土匪一起勢，峽谷裡就不會再有太平日子過了，好在貓莊人槍俱在，沒跟貓莊有大仇大恨的小股土匪也不敢隨便來滋擾。貓莊恢復了多年前的老習慣，一到農閒又開始訓練，到了冬季寨牆上白天黑夜設崗，趙天國相信小心無大錯。

這一年，趙天國四十八歲。他算了算，龍大榜也應該五十多了，想來他也鬧騰不出什麼名堂來了。貓莊人認為一個人每到本命年都是一個凶年，都有一個「坎兒」。趙天國記得他十二歲那年掉進黑龍潭裡差點淹死，是趙長梅救了他，二十四歲那年修完寨牆時一塊大條石滑下來差點砸斷了他的腳，三十六歲那年更不用說，彭武平打了他一槍，若不是被法器所擋，他就死了。現在想來，法器被毀，那是上天冥冥中要他拯救族人，若他三十六歲那年死掉，很多次貓莊怕是在劫難逃。趙天國不知他四十八歲這年又將怎麼過去，會有什麼災難？趙天國在這一年已經明顯地感覺到他已經老了，不只是體力明顯沒有年輕時那麼好了，精力也沒有以前旺盛了，心也累了，從紅軍來後到國軍撤走的這一年時間裡，他的心智消耗太大，腦殼裡的弦繃得太緊，時時刻刻如履薄冰，生怕走錯一步就毀了整個貓莊。現在，一鬆馳下來，反而整個人就垮了，連母親趙彭氏有時都忍不住問他，怎麼整天無精打采的，一坐下去就打瞌睡，像沒睡足覺的小孩子一樣？妻子趙田氏說得更難聽，不僅說他一坐就睡，還描繪了他的坐相和睡相：歪咧著嘴，涎水吊得一尺多長。趙天國這才恍然大悟，為什麼他經常發現自己的前襟總是濕的。

跟趙天國截然不同的是彭武芬，她的精神越來越好，勁頭越來越足。人也顯得年輕漂亮起來。嘴巴也格外甜，逢人就笑盈盈的，老遠就開口叫人了。自從一年前趙天國當著族人們的面親口承認她是長春媳婦後，不久又讓趙田氏出面，把她從祠堂偏屋裡接出來，讓她住進了自己家廂房樓上。這樣，等於趙天國不僅承認彭武芬是他的兒媳婦，更是讓她跟他們家成了一家人，他還讓母親趙彭氏告訴她，只等長春回來，就給他們辦喜事。因此，彭武芬住進家裡後就改了口，趙彭氏從外老太太成了婆婆，趙天國趙田氏從外公外婆成了爹娘，舅舅長生和舅娘胡小菊也成了平輩的兄弟弟媳了。武芬一升級，趙天國一家人統統降了一個輩分。趙彭氏、趙天國和趙田氏都還是親切地叫她武芬，但趙長生和胡小菊則隨著她的改口也改口叫她「姐」。姐這個稱呼是趙天國授意的，彭武芬畢竟還沒跟趙長春正式拜堂成親，也就是說沒有真正地過門，叫「嫂子」不合常理，只好選了這個折中的稱呼，趙天國給趙彭氏和趙田氏解釋這個稱呼時說：「長春回家前就把武芬當女兒養吧，等他一回來就讓他們成親圓房。」

趙天國已經想通了，既然兩個年輕人不肯分開就成全他們吧。趙長春是救下過貓莊全族人性命的大功臣，就當是把彭武芬獎勵給他也不為過。至於他原來擔心的輩分，族人們背後也沒什麼議論。他在跟母親趙彭氏商量接彭武芬過來住，趙彭氏更沒有表示什麼異議，甚至爽快地說：「武芬要真是個石女，長春也還可以娶二房，他們做軍官的哪個沒有二房？他這頭房不娶，哪來二房呢？」

貓莊人發現彭武芬自從搬進趙天國家後比以前更喜歡打扮起來，她從貨郎那裡扯布做了幾身新衣，都是水紅色、米黃色、淺藍色的顯眼的洋布，彭武芬做的雖然都是滿襟衣，但穿在身上胸脯鼓得格外高腰身又束得特別緊，使她看上去還像十八九歲時的樣子。貓莊的婦女經常看到彭武芬拿出一整塊銀元讓貨郎找零，也不知道她從哪來的那麼多錢？

到了冬天，彭武芬竟然越來越美豔起來。這個季節，那支溪峽谷裡不僅冷，風也大，整天嗚嗚地颳西北風，人人都躲在屋裡烤柴火，大風和火舌舔乾了人身上的水分，大人們臉上像蛇蛻殼一樣紛紛揚揚地掉皮屑，小孩子們則長凍瘡和裂血口子，整個貓莊只有彭武芬的臉色紅潤得像六月裡掛在枝頭上的鮮漿果，不起一塊皮屑，她的手也細皮嫩肉，乾淨白皙。貓莊婦女們更驚奇的是，彭武芬臉上的那些從小就有的細小的黑點，日曬的斑痕，以及因長年勞作過早爬上眼角的皺紋、額頭上的抬頭紋都去哪裡了？她的臉不僅白裡透紅，而且光潔得像春天時十四五歲的小女孩一樣；她的眼睛也清亮得像一潭秋水，更像夜裡的星辰，黑白分明，沒有一絲雜質。彭武芬整個人年輕美豔得就像塵世風霜人間煩惱從沒有在她身上或者心裡駐足過一樣。

彭武芬的變化大太了，不僅僅是在身體上的，她更是變得越來勤快，整個冬天，家裡的雜活幾乎都被她包攬了。事事樣樣她都搶著幹，不讓別人插手，洗衣、做飯、挑水、劈柴，就像是刻薄財主家的丫環，生怕一停手就遭到東家訓斥和打罵。誰都勸不住她。趙天國在家裡是每天起得最早的，但入冬以來，每天早上起床出房後，他都會看到家裡的堂屋、灶房，屋外的階沿，坪場都已被收拾和打掃得乾乾淨淨，桌子、椅子、凳子也擦得一塵不染，漆皮鋥亮得能照出人影兒；火坑裡也燃起了熊熊大火，熱和得像溫暖的春日的午後時辰。很多次，趙天國叫她歇歇，不要起得那麼早，彭武芬只是笑笑，並不說話。趙天國感覺彭武芬自從到他家住下後話越來越少了，誰跟她說話，她從來只是笑笑。

突然有一天，彭武芬主動和他說話了。說了一句讓趙天國赤頭紅臉不敢應答的話。那是第二年新年後的一天清早，趙天國天麻麻亮時起了床，看到彭武分已經把堂屋打掃乾淨了，正在使勁地抹桌子，彭武芬還沒有生火，趙天國準備出去搬柴生火，母親趙彭氏年紀大了，晚上睡得太久背痛，每天要早早起床。她起來前要生好一堆大火，讓屋子裡先暖和起來。

趙天國剛走出門，彭武芬在後面叫住了他。

彭武芬說：「爹，我跟你說件事。」

趙天國說：「你說，什麼事？」

彭武芬羞澀而且忸怩地看著趙天國，沉吟了一陣，好像難開口。

趙天國說：「你這孩子，吞吞吐吐的，什麼事說嘛。」

彭武芬說：「爹，我告訴你，我早就想告訴你了，我是個正常的女人，不是石女。那是吳家人誣賴我的。」

趙天國一下子愣了。他根本沒意識到這是好事還是壞事，臉臊得一下子紅到脖子根了，拔腿就走。搬柴回來見彭武芬還愣在桌子邊，手裡舉著抹布，趙天國溫和地對彭武芬說：「這事應該跟你娘去說。」

趙彭氏和趙田氏對彭武芬的變化是由衷的欣喜，特別是知道她不是石女後，婆媳倆不止一次地拿她跟趙長生媳婦胡小菊對比。趙田氏夜裡睡在被窩裡跟趙天國說過：「要是早讓長春把彭武芬娶進門，孩子都好大了，能到白沙鎮去上學了。看這孩子來咱們家那個高興的，勤快得一天到晚手不停腳不憩，哪像長生媳婦那麼懶。」

趙天國說：「早娶進門興許跟長生媳婦一個樣邋遢，頭上的黃毛也不常梳理。」

到了二月桃花天，趙天國覺察出了彭武芬有些不對勁。這時，彭武芬的臉色變得比開得最紅豔的山上的野桃花還要紅潤，她的眼睛明亮得跟夜空裡的星星一樣光彩奪目，熠熠生輝，聲音清脆婉轉，猶如搖晃銀鈴，她已經不再讓人覺得她是一個年輕女子，簡直就是一個七八歲的女童。彭武芬一如既往地搶著洗衣做飯抹桌擦凳。讓趙天國覺得奇怪的是，每天清早起來他都能聞到堂屋、火場屋裡有一股沁人心脾的淡淡的馨香，這種香味清爽誘人，比這一個季節開的桃花李花淡，有點像五月的百合花的香味。香味是從哪裡來的？除了彭武芬每天比他起得早，堂屋和火場屋不曾來過任何一個人。哪怕就是來人了，家裡也沒有人用雪花膏，或者用桃花李花身自製香料。

有一天早上，趙天國搬柴回屋，彭武芬從他身邊擦身而過，一味濃烈的馨香襲來，薰得他鼻子一陣酥麻，只差打出一個大噴嚏。趙天國心裡一驚，進了火場屋，把柴禾往火坑一丟，跑進房裡從被窩裡拉出趙田氏，來到火場屋，輕聲說：「你聞聞，什麼味兒。」

趙田氏趕緊把他拉進房，罵道：「你越老越沒臉沒臊了，這是彭武芬身上的體味。她房裡還香呢。」

趙天國追問：「怎麼香？」

趙田氏說：「香就是香，我才懶得跟你講，越老越沒名堂了是不？」

趙天國大叫一聲「不好」，說：「武芬這是落洞，這孩子怕是沒救了。」

趙田氏不以為然地說：「苗家女子才會落洞呢。」

趙天國說：「武芬就是苗家女。」

趙田氏摸了摸趙天國的額頭，說：「你沒病吧，一大清早就說糊話。」

趙天國說：「你才有病，武芬是龍大榜的女兒。」

趙田氏驚得「哎喲」一地叫起來，說：「那彭武平不也是龍大榜的兒子？你還救他？」

趙天國說：「那兩孩子都不知道誰是他們的親爹，龍大榜更不知道他有兩孩子在貓莊。都不知道的事不就等於不是嗎？先不扯這個。武芬怕是活不長了。」

趙田氏說：「我也只聽人說女子落洞必死無疑，不知有沒有法解析。」

趙天國說：「救命的法子倒是有，女子落洞說白了就是發淫癲。只是發淫癲的女子隨時會大喊大叫，淫言穢語，不知羞臊脫光衣褲四處亂跑，落洞女子卻美豔如桃花，眼睛亮得像星子，身子裡發出香味，她們不喊不叫，不奔不跑，反而寡言少語，人也勤快，苗家人傳說凡落洞女子必是那些聰明美麗的，醜的笨的女子才發淫癲。治落洞的法子倒是有一個。」

趙田氏催促說：「你倒是快說呀？」

趙天國說：「只有成親圓房才會好。」

趙田氏著急地說：「長春不在家，她上哪去圓房，你倒是去找找長春呀？」

趙天國說：「我正為此發愁，去年他來信就說三十師調防醴陵，後來信上又說到了長沙，這半年沒信來，也不知他到哪裡了。」

趙田氏說：「不管到哪裡，你得去找找。」

趙天國吃完早飯，背上那個黑色的褡褳，出門去打聽三十四師的駐地。臨走前他給趙田氏說若是趙長春還在湘西，哪怕一兩個月路程他也要找回他。他說趙長春要是回來沒了彭武芬還不拿槍頂他的腦殼。他還給趙長生安排好了陽春，哪塊地種包穀那塊地種黃豆，哪塊地給他種自己抽的草煙，一副下決心出遠門不尋回到趙長春不回來的架式。

三天後，趙天國疲憊不堪地回到家裡，一進堂屋就癱軟在太師椅上，說：「武芬沒救了，三十四師調到了安徽。」趙田氏問：「安徽在哪裡？」趙天國說：「我不知道，聽人說那個省跟我們湖南隔了好幾個省，有幾千里路程。」喝了一口水，他又說：「安徽在哪裡我不曉得不打緊，可以連路打聽，問題是三十四師也沒了，我聽人說，三十四師改編，連那個什麼番號也沒有了，安徽好歹也是一個省，那麼大，我上哪去找呀……」

彭武芬是在這年秋天死去的。死前她已經進入了癡迷狀態，幾個月不吃不喝，也不下樓。不管誰上樓去看她，她都要問一句話：「長春回來了嗎？」問完，又默默地倚在窗前，望著東南方向。直到她死後一年，趙長春回來後，趙天國才知道那時長春正是駐防在東南方向的浙江沿海。

彭武芬去的那晚，趙田氏半夜裡醒來，聽到彭武芬樓上傳來唧唧的說話聲，她撐著燈過去看，打開房門，走到堂屋裡，聽到一聲響動，舉燈一照，只見嗖的一聲從後門竄出一隻龐然大物，那大物沒有撲向她，徑直地跳上神龕下的大桌子上。那是一隻大老虎！趙田氏一下子嚇呆了，嚇得連舉在手裡的燈都沒敢甩出去，趙田氏與牠足足對視了一杆煙工夫，見牠無意傷害自己，才慢慢地退回房裡，閂上門。到了快天亮時，她才推醒趙天國，給他說堂屋的桌子上蹲著隻大老虎，不知走了沒有。趙天國開了房門一道縫往外瞧，堂屋裡什麼也沒有，打開門一看，後門果然是開著的，八仙桌的一隻角被抓了幾道爪痕，方知趙田氏所說不假。

兩人來到廂房樓上，趙田氏叫了幾聲彭武芬沒人應，推開門進去，見彭武芬睡在床上，一動不動。她穿了一身大紅新衣，連紅壽鞋都穿好了。她已經死了。趙天國聽到趙田氏的驚叫聲走過去，看到彭武芬整個人萎縮得狀如孩童，但她的臉像剛煮熟剝開的蛋青一樣晶瑩剔透，帶著微笑，異常平靜、幸福，滿足的樣子。

趙天國流著淚對趙田氏說：「是我害死了這孩子，我要是不接她來家裡住她是不會死的。」

趙田氏說：「給她合一副白木吧。」

下午，裝木後就把彭武芬抬上山了。趙天國把她埋進了趙家祖墳地。一家人都去了山上，只留下腿腳不便的趙彭氏在家。彭武芬抬出屋沒多久，坐在大桌子旁的趙彭氏一抬頭，看到一身戎裝的趙長春走進堂屋，問她：「武芬呢？你們把彭武芬藏哪去了？」

趙彭氏定睛一看，堂屋裡空空蕩蕩的，才知是長春飄魂了，氣得大罵彭武芬：「這個死孩子，自己走了還想把我孫兒也接走，沒門兒，得找個法師治治你。」

彭武芬死去的這天，趙長春正在千里之外的戰爭上拚殺。他們的部隊正在浙江嘉善與日本侵略軍作戰。這場打了七天七夜的慘烈的戰役就是後來史稱的「嘉善血戰」。自從前年六月部隊因「剿共不力」撤出湘西整編後，趙長春記得他們先到醴陵，後到長沙，然後又駐防安徽寧國，離家越來越遠了。七七事變後，國民政府組織淞滬會戰，又把他們從安徽調到浙江沿海前線。一年多時間，行程兩萬公里以上，在任何一個地方屁股沒坐熱部隊又開拔了。到浙江時三十四師的番號就被撤了，改成一二八師，逮屬劉建緒的第十集團軍，但槍支還是兩年前剿共時的，沒有更換，全是老掉牙的七九式和漢陽造，很多槍連準星、甚至撞針也不見了。唯一沒換的是將官和士兵，從師長到伙頭軍都是清一色的湘西子弟，不摻雜一絲一毫南腔北調口音。趙長春他們獨立旅駐防在寧波定海。旅長還是彭學清，這個旅只有兩個團一個警衛營了，那年剿共獨立旅整整損失了一個團的兵力，後來也沒有多少兵源補充進來。

十一月初的一個傍晚，趙長春吃完晚飯在營房的宿舍裡給家裡寫信。他已經兩個月沒給家裡寫信了。部隊調來調去的，他也不知道寄出的郵件家裡收到沒有，甚至是寄出去沒有。信才寫到一半，聽到營長龍占標用馬鞭敲門，喊：「趙連長，陪兄弟喝杯酒去怎麼樣？」趙長春收好信，蓋好自來水筆筆帽，給龍占標開門。

這是趙長春在警衛營當了四年連長第一次跟龍占標單獨喝酒。三杯酒下肚，趙長春問龍占標今日怎麼有閒心請他喝酒。龍占標說：「我估計不出明日部隊就要開拔。」趙長春吃了一驚，問他何以如此肯定，龍占標說：「上海已經失守，老蔣不會就讓我們待在海邊天天吃海鮮吧？據情報日軍的兩個師團已在金山衛登陸，正向金山、青浦一帶進犯，若我沒料錯的話，部隊要去嘉興一線禦敵。」

趙長春灌了一口酒，赤紅著臉說：「也好，我們也該好好打一仗了。前年打紅腦殼兄弟們下不了狠手，都是一方人，一喊話，親兄弟都有，這次要真打小日本，下死手打，讓他們嘗嘗咱們湘西蠻子的厲害。」

龍占標說：「我也正是這個想法，到時警衛營要一仗血洗杉木河被圍之恥。」龍占標猛地灌了一口酒，「這小日本也不是善茬，老蔣的幾個兵團七十個師不出兩個月都被打散了，這次上戰場凶多吉少，怕是要命硬得閻王爺都不敢收的才能活下來。」

趙長春從營長傷感的話語中聞到了不祥的徵兆，他可不想死呢。他要是死了彭武芬怎麼辦，她一輩子就那樣等待和守望下去嗎？他必須活著回去。趙長春喝了一口酒，又聽到龍占標說：「你是貓莊趙天國的兒子吧？」趙長春說：「是的，營長怎麼知道的？」

龍占標說：「我是二龍山白水寨龍大榜的侄子，那年旅長攻佔白水寨，我負了傷，他們把我抬回白沙鎮，傷好後我就當了兵。其實從你當兵那天起看你槍打得那麼準我就知道你是貓莊的，後來聽你叫旅長表叔就知道你就是趙天國的兒子了。」

趙長春聽說過龍大榜的哥哥龍澤輝是在貓莊被土炮炸死的，那場仗正是他爺爺趙久明指揮的，炮的引繩也正是他爺爺趙久明點燃的。趙長春爽朗一笑，舉起酒碗說：「感謝營長不記上輩人的恩怨，我敬營長一個。」龍占標喝了酒，說：「趙連長，我拜託兄弟一個事，我要是掛在了前線，你想辦法把兄弟的骨灰帶回去。我不想埋在這地方天天吹魚腥味的海風。」龍占標語氣更傷感了，「你把它帶給我叔，我是遺腹子，從小跟著叔叔長大，差不多二十年沒見他，我回過幾次白水寨，都沒找到他，我想他啊……」龍占標七尺多的漢子哽咽有聲，雙眼裡亮亮的，眼淚出來了。

趙長春的喉頭也硬了，想說句安慰他的話，卻聽到從不遠的軍營裡傳來了集結號。龍占標忽地站起來，拿起馬鞭，說：「兄弟記住了。」趙長春也啪地站起來，雙腿一併，給龍占標敬了個軍禮，大聲說：「請營座放心，卑職保證完成任務。」龍占標一馬鞭打在趙長春的肩上，轉身出了酒館。

龍占標猜測的沒錯，獨立旅集結後作為先頭部隊火速趕往了嘉善禦敵。他們到了嘉興，才知道嘉善城的周邊陣地全部丟失。師部命令獨立旅奪回周邊陣地，彭學清親自率領戰鬥力最強的警衛營突襲王涇江，其他兩個團攻佔楓涇鎮和南頭橋，奪回全部友軍丟失的陣地。出發前，彭學清做前戰動員：「弟兄們，小日本侵犯我們中國國土，殺我們中國百姓，姦淫我們中國女人，你們講該不該打？」

士兵們答：「該打，下死勁地打。」

彭學清又說：「兄弟們，你們講講打起仗來哪裡人最狠？」

士兵們答：「當然是我們湖南人最狠，無湘不成軍嘛。」

彭學清說：「大家講得對，古時就有楚雖三戶，亡秦必楚，清朝以來更有無湘不成軍的說法，弟兄這次打小日本我們不能丟湖南軍人的臉，更不能丟我祖宗的臉。弟兄們知道我為什麼要親自帶隊去王江涇，我可以告訴弟兄們三百多年前我祖宗彭翼南就是在王涇江一役殲滅倭寇一千九百餘人，獲東南第一戰功，那年他才十八歲，跟弟兄們中最年輕的年紀差不多。我今年四十九歲，要是在這裡打了敗仗弟兄們講講我有臉回去見祖宗嗎？兄弟我拜託大家給湘西軍人爭口氣，給獨立旅爭口氣，給我彭學清爭口氣，別讓我在老祖宗面前丟人！」

士兵大吼道：「請旅座放心！」

天黑後警衛營到達了王涇江鎮外的預定位置，好在龍占標從潰退的友軍團長那裡搞到了王涇江的軍事地圖和日軍兵力部署，摸清了鎮上駐紮了大約六百左右日軍，他們分散在鎮上的原鄉公所、學校和幾戶大富人家的宅院裡。彭學清決定後半夜偷襲，先幹掉小北橋上日軍哨卡，然後分割日軍的幾處營房，同時發動進攻。成敗與否關鍵在於不發一槍一彈解決掉橋頭的哨卡，龍占標把這個任務交給了趙長春，同時反覆叮囑摸進日軍駐地時要注意屋頂上的暗哨，他說據友軍介紹日軍有在屋頂上架設機關槍的習慣。

趙長春挑了十個精壯的會水的兄弟，配備了大刀和匕首，從小北橋上游一里的地方泅水過河，然後悄無聲息地繞到橋後，出其不意地把守橋的五個日軍抹了脖子。全營士兵迅速過小北橋衝進鎮裡。趙長春帶著全連士兵來到一座學校外，幹掉哨兵後，全連人一湧而入，睡在教室裡的日軍大多數在熟睡中就被解決掉了，驚醒過來的根本來不及拿武器就被我方士兵捅了個透心穿。出來後聽到鄉公所那邊來了槍聲，趙長春帶人過去增援，原來三連在偷襲鄉公所時被日軍哨兵發現，樓頂上的重機槍壓得他們抬不起頭，趙長春帶人繞到後門，爬上一幢民房選了一個射擊點，要過士兵手裡的　支快槍，一槍打掉那個重機槍手。另一個日軍趕忙撲上去填補，趙長春又一搶打翻了他。樓上的兩個重機槍手沒弄清子彈是從哪個方向射來的就斃命了。兩個連前後夾擊，很快就端掉了這個日軍據點。

到天亮時，沒死的日軍往東南逃竄而去。警衛營收復了前沿陣地。天亮後另兩個團來報，楓涇鎮和南橋鎮的陣地經過一夜激戰也已經收復。彭學清把旅部設在王涇江，讓一團二團各留一個營據守陣地，其他兵力收縮到楓涇鎮，他估計楓涇鎮是日軍的主攻陣地。士兵們都看出了旅長彭學清已經孤注一擲，整個旅部只留了警衛營的一個排兵力擔任警戒，其餘的全部派上了前沿陣地。

當天上午，日軍就進行了大規模的瘋狂反撲。他們先後出動了十多架飛機對王涇江陣地施行地毯式轟炸。當時官兵們都在工事外吃早飯，從東邊傳來隆隆的轟鳴聲，士兵們鬧不清是什麼聲音，抬頭好奇地打望，直到看清那些黑大的鐵傢夥朝他們俯衝過來。趙長春只聽到一片震得發麻的嗡嗡聲，感覺耳朵裡有無數支針扎。聲音太大了，房頂上瓦片被震得雪花般飛舞。大多數士兵們都懵了。趙長春接著看到這些巨大的鐵老鷹似的東西屙蛋了，一枚枚炸彈傾瀉而下。這時，趙長春向營長龍占標大喊：「快趴下！快進工事！」喊音未落，炸彈在地上和屋頂上開了花。趙長春看到不遠處的幾個士兵隨著炸起來的塵土和濃煙飛上了天，像一隻隻黑蝴蝶一樣翩翩飛舞。一條血淋淋的大腿落在趙長春的身邊。

輪番俯衝的飛機幾乎炸平了陣地上所有的簡易工事和鎮上全部房屋。陣地上一片哀號聲。不等傷兵包紮完畢，上千名頭戴瓦藍鋼盔的鬼子在飛機和火炮掩護下跟在鐵甲車後面撲過來了。成千日軍的優質鋼盔在深秋的陽光下反射出一片片清冷的光芒。

半天裡打退了日軍三次衝鋒，斃敵百餘人，但獨立旅的傷亡卻近三百人，這些士兵主要是被飛機轟炸和火炮射擊炸死炸傷的。日軍的火炮太猛了，頭上盤旋的飛機，壓得士兵們根本抬不起頭來。第十集團軍給一二八師是死守嘉善城四天的軍令狀，師部給獨立旅是守住楓涇鎮三天的死命令，這樣下去陣地很快就會失守。彭學清到前沿陣地觀察之後，說：「嘉善一戰關係到整個浙江，甚至是國都南京的安危，我們只有捨生取義，用湘西人的熱血報效國家和黨國。」他回旅部召集軍官們研究後，決定改變打法：等鬼子們衝到陣地前，士兵們再突然躍出戰壕和工事，進行白刃格殺。這樣打法還真的很奏效，雙方攪在一起，日軍的火炮不敢轟炸，鐵甲車也不敢掃射。

日軍一上來，士兵們突然從戰壕和工事裡躍出來，他們猝不及防，一時間懵頭轉向，亂作一團。前面一排排弟兄倒下去，後面一排排弟兄接著躍出戰壕，高聲呼叫著衝進敵陣。槍支碰撞的哢嚓聲和刺刀捅進皮肉的撲哧聲不絕於耳。每次衝殺出去，趙長春的腦子裡一片空白，都是機械式拚殺。他幾乎分不清誰是誰，看到穿黃軍裝端三八大蓋的就捅。

整整三天，日軍發動了數十次衝鋒。看得出，他們對於楓涇鎮志在必得，但每一次都被迫丟下無數具屍體撤退。

三天後，撤回嘉善城內時，全旅二千二百餘人，死傷過半。警衛營除了趙長春完好無損，幾乎沒一個官兵沒有負傷。旅長彭學清也掛了彩，他在撤退時肩上中了一槍，營長龍占標和他的戰馬一同戰死，是趙長春把他背回嘉善城裡的。

龍占標是在撤退回嘉善城後返回來接應二連時犧牲的。警衛營護送旅部回城途經一個村莊時被上百日軍追趕上了，當時龍占標讓趙長春跟旅部走，他留下來阻敵，他沒爭贏趙長春，原因是三年前杉木河被圍時是他留下來的，這次趙長春死活不走，讓他先突圍，仗打到這份上已經沒有上下級之分，講的是情分。龍占標走後，趙長春把日軍引開到另一個小村莊裡，進村不久就被這股日軍包圍了。龍占標把旅部人員護送到城門外，馬上帶著一連連長和十幾個士兵去接應二連。龍占標和趙長春裡應外合打退了這股日軍，剛走出村口，一發迫擊炮彈落在走在最前頭的龍占標的馬肚子下，把馬炸了幾個翻滾，馬上的人被炸飛了幾丈遠。趙長春跑過去抱起渾身是血的龍占標，他只說了一句：「記住，帶我回去……我想我叔……」就咽氣了。

回到嘉善城的當夜，趙長春找來兩桶氣油，幾百斤黃豆把龍占標火化了。火熄後，他把龍占標的骨頭一根一根地敲成灰，裝進了一個小鐵匣子裡，隨身拴在腰上。

彭武芬死去的時候趙長春沒有任何感應，或者說他根本沒有時間去感應。撤回嘉善城後，他整天都在作戰，腦子裡除了迴響著日軍炸彈的嗡嗡聲，空空蕩蕩的，什麼也沒有。一二八師死守嘉善城四天裡，日軍每天都在瘋狂地攻城，飛機大炮輪番轟炸，主攻的東門幾番易手，戰鬥打得比楓涇鎮陣地更為慘烈。三天下來，全師七千多人只剩不到三千人了。傷亡最嚴重的獨立旅幾乎全旅覆滅，只剩不到二三百名傷患。最後，能拄著拐杖走路的傷兵也爬上了城牆阻擊敵人。第四天凌晨，一二八師浴血奮戰了七天七夜後，師部接到撤退命令，從各旅抽調一批精壯的士兵組織一支七百人的「湘西敢死大隊」，一旦日軍破城，由敢死隊進行巷戰，掩護全師安全轉移。敢死隊員是從各連排抽出來的，也有自願報名的，彭學清任大隊長，趙長春也加入了敢死隊，任二中隊隊長。

日軍是這天黎明前從東門攻入城內的。一入城就遭遇了敢死隊的阻擊，展開了巷戰，整個城裡到處都是槍聲、喊殺聲、手榴彈和手雷的爆炸聲。從黎明的最黑暗時刻到天色大亮的一個多時辰裡，趙長春都不記得他捅死砍殺了多少個日本兵，只記得他先後換過三支帶刺刀的快槍，一支是捅進日本兵的肋骨間拔不出來，一抽把整個人都提起來了，一支是拚殺時刺刀脫落，他把整支槍筒頂進了一個日本兵的胸腔裡，還有一支是七九式步槍，被日軍的一個少佐用軍刀砍成了兩截，幸虧彭學清及時趕來，一槍結果了這個少佐，否則趙長清會被他第二刀下來劈成兩半。一直戰至天亮，這股近千人的日軍損失過半，退出城外，竟然整整一個上午沒有發動攻擊。彭學清清點了一下人數，七百名敢死隊員剩下來的不足百人。

到了中午，彭學清看到城外沒有動靜，日本兵安營紮寨，在生火做飯，他對敢死隊員們說：「日軍可能誤以為城裡還有大量作戰人員，一時不敢輕舉妄動，他們在等援軍。全師已經安全地轉移出去了，我們也撤。」領著南門和北門的兩個機槍班士兵，從西門撤出嘉善城。出城時，彭學清爬上城牆對著楓涇鎮方向跪下，喊道：「祖宗呀，不肖子孫沒給先人丟臉！終於痛痛快快地跟日寇幹了一仗。」

彭學清帶著一百多名弟兄追趕了一天一夜，第二天下午才趕上退守臨平城外休整的部隊。當他一腳踏進設在一座大宅院的師部裡，把帽子往桌上一摔，對師長和副師長說：「兄弟活著回來了。」副師長和師長都沒做聲，臉色鐵青，既陰沉又顯得尷尬，彭學清開玩笑說：「二位長官不會是嫌兄弟沒取義成仁吧？」師長和副師長更是尷尬地搓著手，兩人同時張嘴，卻都沒說出一句話來，互相對望著，不敢看彭學清。

這時大廳裡坐著的一位陌生軍官站起身來，問：「想必你就是獨立旅彭學清旅長吧？」

彭學清問：「你是？」

軍官給彭學清敬了個軍禮，說：「兄弟是第十集團軍軍法處楊處長，奉第三戰區長官司令的命令前來逮捕你，請跟我走一趟吧。」

彭學清詫異地問：「什麼罪名？」

楊處長說：「抗戰不力，貽誤戰機。」遞給彭學清一份文件，說：「這是你的逮捕令。」

彭學清沒接那張紙，撿起桌子上的帽子，「啪啪」地拍打著桌子說：「放他娘的狗屁！總司令部讓堅守嘉善四天，一二八師死守了七天七夜。老子一個旅都打光了，前天剛收到國防部的嘉獎令和青天白日勳章，今天就抗戰不力了。老子跟你到劉建緒龜兒子那裡去，讓他看看老子身上腿上的槍傷和刺刀洞……」

第十九章

這年春天，五十歲的趙天國辭掉了貓莊保長一職，他跟剛改為白沙鎮上任不久的伍鎮長說他年紀大了，疾病纏身，特別是腿腳常犯風濕，天氣一變就錐心地疼痛，拄拐棍都難以站穩，再也跑不動從貓莊到白沙鎮三十里山路了。伍鎮長雖不是本地人，剛一上任就聽保長們反應趙天國老奸巨滑，裝瘟騙過前鄉長陳致公，也日弄過蘇維埃的紅腦殼幹部。這個伍鎮長叫伍開國，軍人出生，以前是酉南縣保安團的一個連長，跟酉北縣長有七拐八翹的親戚關係，花了五根黃貨才謀到了白沙鎮鎮長這個肥差。跟陳致公表面斯文可掬溫文爾雅正好相反，此人肥頭大耳，粗魯暴躁，三句話不對就跳起腳來罵娘。當他聽到趙天國撂擔子不幹時，拍著桌子罵道：「老子一來你就不幹，給老子下馬威是不是？老子還沒追究你裝瘟逃丁的事呢。」裝瘟逃丁已經成了貓莊在鎮（鄉）公所的一個把柄，自蘇維埃政府跨台後，先後兩任白沙鄉長最先跟他提的就是這檔子事。趙天國也早有準備，他先後已經送出去兩塊趙天文留下來的金磚了，讓鄉長們在上面給他美言幾句。趙天文留下金磚時交待過若找不到曾伯的後人就給族人有難時解危，趙天國收下這些金磚後壓根兒就沒打算去找曾伯的後人，曾伯也是貓莊的趙氏種族後人，他即使還有後人，那一家總歸沒有貓莊百家重要吧。伍鎮長這裡是他送出的第三塊金磚。伍鎮長收了金磚，用手掂了掂，又用牙咬了咬，笑顏逐開地說：「現在政府要求一切以抗戰為主，國共兩黨精誠合作，所有的舊賬都不翻了。我看你真老了，腰都佝了，也是跑不動路，給我舉薦個新保長吧。」趙天國舉薦的是比他大兩歲身體還很硬朗的趙長發，隔了幾天，鎮公所的任命卻是他的兒子趙長生。

自從趙天亮死後，一年多貓莊寨子又死掉了很多人，趙久仁死了，趙久旺夫婦先後幾天也死了，他們都是過了六十大壽，是老死的。壯年的大憨也死了。他是一天半夜裡聽到山上麂子叫，從不打獵的他扛了支火銃出去，第二天人們在雞公山的一處懸崖上發現他倒掛在一根刀把粗的葛藤上，舌頭伸得一尺來長。還死了兩個半大的孩子，一個是七歲的男孩，一個是九歲的女孩，都是病死的。現在寨子裡的「仁字」輩只剩趙久林一位老人了，趙天國也成了「天」字輩的老大哥了。趙久林七十多歲，比趙彭氏還大兩歲，他身體健壯得跟年輕人一樣，還能上山打獵，趙彭氏的身體卻一天不如一天，全身骨架就像一架磨損過度的紡車，不是這裡嘎嘎響就是那裡脫了隼，趙天國每天早上起來都要給她擂背揉腿。

沒想到的是，這年秋天趙久林老人也死了。他是被他救下的一個外鄉客殺死的。他死得很壯烈，把那個殺他的人也掐死了。

趙久林這天早上出門時是奔著一頭大野豬去的。先一天傍晚他去烏古湖收包穀時看到地裡一片狼藉，包穀被糟蹋了大半，從蹄跡他認出是野豬來過，而且是一頭大野豬，至少重達百斤以上。他順著蹄跡追查了一兩里路，發現這頭野豬進了貓莊下寨背後那片原始森林。這是一片綿延百里的大森林，裡面陰霾蔽日，溝壑縱橫，虎豹出沒，既像一個迷魂陣，又像一個死亡谷，無人敢進。夜裡他到趙天國家裡向他借一支快槍，說是去打哪頭野豬，打來了給全寨人打牙祭，趙天國一想，野豬是糟蹋莊稼最厲害的野物，寨子裡開始秋收了，除了牠，會少糟蹋一些糧食，又可以給全寨人打餐牙祭補補體力不是更好，就爽快地給了他一支快槍兩粒子彈。

趙久林順著昨天查看的蹄跡走進了大森林，他知道野豬不會去森林深處，那裡面是虎豹的地盤，沒有牠們生存的空間，牠們常常出沒的是村寨邊緣種有莊稼的山坡。找了半天，日頭已經當頂了，他沒有找到那頭野豬，牠的蹄跡也不見了，森林裡到處是厚厚的落葉，加上好些天沒有下雨，野豬就是踩上去也不會留下腳印。找不到野豬，趙久林也不想回寨，他已經給趙天國誇口說要給寨子裡的人打牙祭，空手回去豈不遭人笑話。他決定進森林裡打一頭大的野物回去，麂子獐子什麼的都行。大森林年輕時他沒少進過，不怕迷路，手裡有快槍，更不怕虎豹。

趙久林一口氣往森林裡走了十來里路，一路上他連一隻野物也沒碰到。來到一條嘩嘩流水的小溪邊，趙久林洗了一把臉，準備原路返回，他想與其這樣瞎找不如晚上去烏古湖坡地裡守那頭野豬。剛掬起一捧水喝，聽到不遠處有人呼喊，聲音很尖厲，接著他還聽到一聲震天動地的虎嘯聲。趙久林趕緊拿槍跑過去。

順著溪坎轉過一道石壁，趙久林一下子也驚呆了，他看到一隻大扁擔花老虎在追一個中年漢子。趙久林打了幾十年獵還沒看見過這麼大的老虎，足足有幾百斤重吧。毛色光滑，在從樹縫裡漏瀉下來的斑斑駁駁陽光照耀下泛著紅光。中年漢子邊跑邊咿咿呀呀地叫喊，叫的什麼趙久林聽不懂，大概是喊救命吧。他跑得踉踉蹌蹌的，已經沒多少力氣了。趙久林想也沒想，對著天空放了一槍，巨大的槍聲一響，扁擔花大老虎一下子怔住了，停下腳步。趙久林看到那個中年漢子也一頭栽倒下去。好像是那一槍打在了他的身上。

趙久林之所以那一槍對著天空放，是因為他曉得這時候的老虎是歸山虎，不比早上空腹出來覓食的出山虎，牠已經吃飽了，一般是不傷人的，只能震懾，不能一槍打過去倒把牠弄痛了，惹得牠獸性大發。要是餓虎的話，那個中年漢子早沒命了，牠是在逗他玩耍呢。

果然，老虎與趙久林對峙了大約一杆煙功夫，轉身走了。那個漢子也從地上爬起來。趙久林看到他是一個白面無鬚的中年人。臉上保養得很好，身上穿的也是長衫，不是對襟衣，一看就不是這一帶的山裡人。果然他一開口就是外鄉客的口音。他彎腰給趙久林鞠了一個躬，說：「感謝老人家救了我。」

「莫客氣，莫客氣。」趙久林說：「摸摸你的褲襠吧？」

那人警覺地說：「你是什麼意思？」

趙久林大笑著說：「看看你的屎尿嚇出來沒？」

那人不解地望著趙久林，一頭霧水，以為趙久林在捉弄他，目光變得兇狠起來。趙久林看到他的褲襠外乾乾爽爽的，也沒聞到屎尿味，心裡還有點佩服這個外鄉客，拍著他的肩膀說：「你有種，沒被老虎嚇出屎尿來。」外鄉客聽懂了，說：「我不怕的。」又翹了一個大拇指誇趙久林：「你是老英雄！」趙久林最看不慣吹牛的人，不屑地說：「不怕你趴在地上裝死做什麼，不過你還有點狩獵經驗，知道我這一槍要是沒打死老虎它肯定要傷人的。」「條件反射，條件反射。」外鄉客指著趙久林的槍說：「這是漢陽造，軍隊用的，你是怎麼有？」趙久林大大咧咧地說：「貓莊多的是，用來打土匪的。」

趙久林不懂什麼叫條件反射，也看不出那人聽到槍響臥倒有什麼玄機，就問他是哪裡人，做什麼營生的，怎麼轉到無人敢進的大森林裡了。那人告訴趙久林說他叫安倍毅，是常德城裡的皮貨商人，跟著夥計沿著沅水一直走到酉水北岸來收皮貨，前天跟夥計們走散了。昨天他從河邊的一個村寨往東走進了這片森林，整整走了一天一夜也沒走出去。

趙久林把這個皮貨商帶出了大森林，帶回貓莊自己家裡。他們回到家時天都黑透了。當晚，趙久林招待外鄉客不僅炒了掛在灶鉤上的一隻野兔，還抱出了一罈包穀酒，喝酒陪客人說了半夜閒話。這個叫安倍毅的皮貨商好像並不關心皮貨生意，他問的都是酉水航道的深淺，灘頭暗礁的分佈，周邊村鎮的人口和駐軍，邊問還邊在一個小本子上記下來。

第二天，趙久林早早地起床劈柴，燒火做飯，他答應給安陪毅做一天嚮導，帶他去白沙鎮。安倍毅被趙久林譃譃的劈柴聲吵醒，也起了床，衣著整齊的來到灶屋裡。安倍毅蹲下來專注地看趙久林劈柴，他昨晚已經知道了趙久林是一個七十多歲的老人，很驚異這位老人的驚人的體力。突然，他的眼睛定了，死死地盯著趙久林手裡的刀。趙久林看到安倍毅古怪的樣子，他的小眼睛睜得快有兩顆牛卵子大小，停下手，問他：「你著鬼打癡了？」趙久林聽到安倍毅低聲地嚷了一句「八格牙魯」，問：「這刀你的哪裡來的？」

安倍毅只有氣極了才會嚷日本話。這話趙久林還聽不懂，也不明白這是哪裡話，聽到安倍毅問他刀從哪裡來的，晃了晃手裡的刀說：「一把破刀，劈柴用的。」

「你的，死啦死啦的幹活。」安倍毅又咆哮了一句趙久林沒聽明白的話。

趙久林看到安倍毅的目光凶狠起來，見他晃動刀子，迅速地跳到灶屋門口，右手伸進腰上摸索。

趙久林說：「莫怕，莫怕，這刀是劈柴的，不是砍人的。」見趙久林無意砍人，安倍毅的手才從腰裡抽出來，但他仍然高度警覺，趙久林看到他臉上有一股很重的殺氣彌漫，想不通這個皮貨商人怎麼說翻臉就翻臉了。

安倍毅再次問他，語氣凶巴巴的：「老東西，你的天皇陛下御賜的軍刀，哪來的？」

趙久林還是聽不懂，一頭霧水地問：「天王（皇）米蝦是個什麼東西？是天王爺水缸裡養的蝦米，還是烏龜王八？」

安倍毅氣急道：「你的，對天皇大大的不敬，死啦死啦的。」

趙久林這次聽明白了安倍毅在罵他「死啦」，他也火了，回罵道：「狗日的，又罵人是不是？老子不曉得天王（皇）是個什麼卵東西，問問不成啊？」

安倍毅說：「你的，老實老實的說，軍刀的，哪裡來的？」

趙久林說：「你是說這把破刀呀？它是祖上傳下來的。」

安倍毅說：「你的祖先怎麼會有天皇御賜的聖物？」

趙久林給他解釋：「我的婆婆是諾里湖彭家的，這刀是我爺爺成親後從他們家拿過來的，說是他們家傳下來的繳獲倭寇的戰利品。你不知道吧，諾里湖彭家是土司王的後代，他們祖上的名頭可就大了，叫彭翼南，不僅是湘西土司王，還做過朝廷的昭毅大將軍，明朝嘉靖年間，他從湘西老司城行署點兵三千到浙江，嘿嘿，一仗下來，倭寇就哭爹喊娘屁滾尿流地滾回琉球島了。他們聽到彭翼南的名字就像看到扁擔花大老虎一樣，滿褲襠屎尿。」趙久林看了一眼安倍毅，發現他聽得很入神，雙眼都要鼓出來了，他又揚了揚刀，說：「我聽天國說，現在打我們中國的小日本就是當年彭翼南打的倭寇。你別說，他娘的小日本的東西就是做得結實，這刀幾代人拿來劈柴，硬是沒捲過口子。」說完，又轉身去劈柴。

安倍毅突然大吼道：「你和你的祖先，還有那個彭翼南，統統的該死！你的死啦死啦的。」

趙久林俯身舉起刀子剛劈下去，聽到身後傳來安倍毅的怒吼聲，這已經是安倍毅第三次罵他了，氣得鬍子抖了起來，直起腰說：「日你娘的，在貓莊還沒人敢罵我呢？好酒好肉的把你脹苕了啊！」這時，他看到安倍毅的雙目赤紅，充滿殺機。同時，他還看到了一支黑洞洞的槍口，像安倍毅的第三隻眼睛一樣死盯著他的胸口。趙久林一下子有些懵，說：「狗日的，你這是搞什麼把戲？你想殺人呀？」

安倍毅說：「你和你的祖先褻瀆天皇和天皇的聖物，死一千次都不足以洩恨。大日本的皇軍來了，一定要殺死你家族的所有人，鏟平你家祖墳。」

趙久林明白了，說：「你是狗日的是小日本喲。我救的是一隻比扁擔花還要歹毒的白眼狼，貓莊人都說我老了，我不承認，這次是真老了囉，有眼無珠。」

安倍毅驕傲地說：「老東西，你已經死到臨頭了，告訴你也無妨，我不是什麼商人，我是大日本帝國的特工，皇軍已經攻佔了武漢，你們支那人完蛋啦。我安倍一郎是來這裡勘查大日本皇軍進攻重慶的路線的……」

趙久林不等安倍一郎說完，突然哈哈大笑起來：「來了好，來了好呀……」看到安倍一郎不解地望著他，趙久林笑得更厲害了，「以前彭翼南打倭寇還得跑幾千里路，你們狗日的來了在家門口就可以打……」

安倍一郎又低低地咆哮了一聲「死啦死啦的」，把槍口再次盯住趙久林的胸脯。趙久林提著刀，向前走了一步，拍了拍胸膛，說：「小日本，有種打死老子啊。」安倍一郎不由自主地後退了一步。趙久林曉得安倍一郎不敢開槍。下寨房子挨得緊密，槍聲一響，家家都聽得到，開槍他自己也跑不掉。

果然，安倍一郎轉變了策略，把槍插進腰裡，偷偷地從腰上抽出軍刺捏在手裡。他知道這時候正是寨子裡的人吃早飯時候，外面的巷子裡沒有一個人，他完全可以殺掉趙久林。他也必須殺掉這個老頭子，然後溜出寨子，不會被人發現。他的聲音軟了下來，說：「老東西，把天皇陛下的聖物交給我帶走，我饒你不死。」

趙久林說：「一把破刀有什麼了不起的，你到堂屋裡對著我祖先的牌位磕三個響頭我就給你。」趙久林看到受了羞辱的安倍發瘋似的向他撲來，一邊往前衝一邊輕聲地嗷嗷叫喚。趙久林說：「爺爺今天先劈了你，像劈你們那個什麼天王（皇）米蝦一樣。」也舉刀迎了上去。

趙久大林一刀斜劈下去，被安倍一郎躲過了，他乘機撲上來緊緊地抱住了他的下腰。發瘋了的安倍一郎死勁地把他往牆壁上頂，趙久林畢竟上了年紀，而安倍一郎卻是受過特種訓練的正當壯年的漢子，很快他就被頂到了牆壁上了。安倍一郎把一把早已偷偷捏在了手裡的軍刺插進了趙久林的肚子裡。趙久林也沒有手軟，他收縮五指用力地向安倍一郎的喉嚨上抓去，當安倍一郎第二次把軍刺捅進趙久林的肚子裡，抬起頭來獰笑著看趙久林時，他的笑在一瞬間就凝固了，因為他整個喉嚨裡的那些氣管和血管已經提在趙久林的手裡了。

安倍一郎轟然一聲倒下地後，趙久林還看到他的一對小眼珠子動了動，射出了最後的兩縷亮光。他的目光是落在那把刀上的。趙久林也站立不穩，全身搖搖晃晃的，走了兩步，眼前一黑，就一頭栽倒下去……

趙久林和貓莊誰也不認識的一個人一起死在屋裡，中午才被從他家門口路過的趙長洪看到。趙長洪挑水回來，看到他家灶屋門檻上一片紅，好像是血水，他放下水桶走過去仔細一瞧，灶屋裡死了兩個人！趙久林家灶屋門檻是用石塊砌的，血流不出來，裡面汪了一屋的血水，要不，會更早被過路的小孩發現。趙天國來到趙久林家的時候，很多人都圍在灶屋門外，還沒人進去過，他是第一個踏進沒有完全乾硬但已經發紫的血塘進屋的，趙久林的肚子上插著刀子，外鄉客的喉嚨也被趙久林抓破了。趙天國可以肯定是外鄉客先動手的，趙久林是在中刀後反擊的，就憑那一爪子力氣，趙久林要是先動手外鄉客是傷不了他的。

趙長生趕來後，查看了一下，要去鎮公所和警察分所報案，被趙天國阻止了。他已經檢查過外鄉客屍體，發現這個人身上不僅帶了本子、刀子，還有槍支。槍是一把趙天國從未見過的小巧漂亮的手槍。很短，只有一巴掌大。趙天國想拿此槍的人肯定不是一個善類，很可能是軍人，更可能是個軍官，若傳了出去，不知會給貓莊惹來什麼禍事。他讓人把外鄉客屍體抬到烏古湖的山坡上挖坑埋了，把他的東西收好，讓族人們不能外傳。他還拔了一筆族銀給趙久林合了一合好木，請道士做了三天道場，吹吹打打地把他送進了楠木坪祖墳地裡。

安葬完趙久林，趙天國好幾天沒有出門，天天待在祠堂裡研究那個外鄉客留下來的東西：一把軍刺，一把手槍和一本硬皮本子。這些死人的東西他沒有帶回家裡去。軍刺和手槍趙天國以前都見過，本子上畫滿了彎彎曲曲的線條和符號，如同天書，他完全看不懂。憑直覺他知道死者應該是個軍人，不可能是土匪，他看過死者的面相，中年人臉上還細皮嫩肉，哪怕就是匪首也不可能保養得那麼好，可怎麼會有一個軍人跑來貓莊殺趙久林呢？從現場來看兩人還進行過搏鬥。若此人真是一個軍人，那貓莊又要大禍臨頭了。

這天，趙天國又坐在祠堂裡研究那個硬皮本子，突然聽到外面有人大聲地叫：「武芬，武芬，我回來了！」趙天國心裡一驚，聽那嘶啞的聲音又不像是趙長春的。跑出去一看，只見一個蓬頭垢面，鬍子拉碴，衣服破爛骯髒得分不出年紀的人搖搖晃晃地往祠堂走來。趙天國走出去，本能地問：「你是春兒吧？」

趙長春叫了一聲：「爹，武芬呢？」

趙天國看了又看，確認是兒子趙長春，不過他已經瘦得脫了形，說：「兒呀，你回來晚了，武芬走了！」

趙長春哇地一聲吐出一口黑血，撲嗵一聲倒下了地。

趙田氏正坐在屋裡搓麻繩，聽到外面有人喊彭武芬，丟了麻團就往祠堂這邊跑過來，邊跑邊問趙天國是不是趙長春回來了？當她看到躺在地上的趙長春時放聲大哭，抱著他又抖又搯，趙天國說：「放在地下讓他沾沾地氣，他這是餓的，你趕緊給他去做飯吧。」趙田氏噔噔地往回跑，趙天國在後面喊：「一說做飯你肯定要殺雞熬湯，他不能吃好的，先熬兩碗白米稀飯吧。」

趙長春是在臨平趕上部隊的第三天聽到彭學清被送進了軍法處消息後脫離部隊的。他一覺睡了兩天兩夜，第三天醒來才知道彭學清被押送武漢了。仗打成了這樣，彭學清是最後一個領著弟兄們撤出嘉善城的，最後還落得個「抗戰不力、貽誤戰機」的罪名，嘉善城裡城外那些不等接防就跑了的部隊長官怎麼沒進軍法處，淞滬會戰中央軍七十三個師大多數一觸即潰，望風而逃怎麼沒抗戰不力貽誤戰機？誰都知道，這不過是司令部的欲加之罪，用來替罪他們自己抗戰不力，貽誤戰機。彭學清就是一頭替罪羊而已。

趙長春酣睡時獨立旅倖存下來的弟兄們已經到師部鬧過一趟，師部回話說：彭旅長親臨火線，喋血奮戰，一二八師四天守城之責死守了七晝夜，這樣矢忠為國，不僅無功反而有罪，天理難容。師部已派趙參謀長跟彭旅長一同去搬遷到武漢的戰區軍事法庭為彭學清辯護。趙長春醒來後聽到弟兄們說彭旅長被押走了，怒氣衝衝地衝進師部，對師長副師長發脾氣說：「你們連幾十年的老部下都保不住，讓弟兄們寒心啊，你們還有臉面對活著的弟兄們嗎？能告慰那麼死去的弟兄們嗎？」

十年前師長當旅長副師長當團長時就認得趙長春是彭學清的勤務兵。師長炮筒子脾氣一下子也發了，罵道：「你以為我願意讓他們帶走你們旅長？我和副師長跟他們據理力爭過，人家是戰區司令部的逮捕令，要是在嘉善城裡老子就以動搖軍心立馬槍斃了姓楊的那小子，可現在部隊是在休整期間……」

趙長春說：「我要去武漢。」

師長壓住火氣說：「師部已讓趙參謀跟彭旅長一起去了，以便審判時幫他辯護。也好讓全國人民知道一二八師是如何抗戰的，你去做得了什麼？」

趙長春想了想，說：「我在法庭外等他們宣判，他們要是敢判旅長有罪，我舉著敢死隊兄弟們寫在我們七彩龍圖鍛面軍旗上的血書，舉著龍營長的骨灰匣子，讓中外記者們看看聽聽到底是誰在抗戰，是誰真正抗戰不力貽誤戰機。」

師長和副師長連聲叫：「好，好，你這個想法好！」師長又說：「你盡快趕去武漢吧，讓軍需處給你拔五十塊銀元作路費。若事情辦成，記得跟彭旅長一起歸隊。」

趙長春「啪」地立正，給師長保證：「只要一二八師番號還在，不管駐防在哪裡，上尉連長趙長春一定歸隊。」

趙長春快馬趕往杭州，他想從那裡乘車去南京，再坐船到武漢。一進杭州城，他就看到到處是打散的士兵和逃難的百姓，亂哄哄的，城牆上的廣播裡在反覆播放著國民政府前幾天發表的棄守南京遷都重慶的聲明。據說大批日軍正在南京周邊作戰，很快就會攻佔南京城。趙長春在城裡轉了兩天，杭州去南京的所有交通已經癱瘓，每天卻有大量的從南京方向湧入杭州的士兵和百姓。第三天趙長春才搭乘上一支駐防安徽銅陵的後勤供給部隊的便車，幾百里的路程走走停停竟然走了七天。一出杭州城，還未到康橋鎮車隊就遭遇了日機的轟炸，五輛軍車當場炸毀了一輛，炸壞了一輛。此後車隊白天就不敢行走了，車上裝的都是彈藥，一旦被全部炸毀部隊補給就沒了。要命的是這幾天來秋高氣爽，後半夜月明星稀，日機晚上也出來轟炸，車子夜裡行進時也是走走停停，坐在帆布遮蓋的車箱裡的士兵時時要探出頭去張大耳朵傾聽，一聽到飛機的聲音車隊趕緊隱蔽。

到了銅陵，那個駐軍團長聽說趙長春是從前線下來的，要把他當逃兵處置，關了一夜，直到第二天趙長春給他看了七彩龍圖鍛面旗上密密麻麻的敢死隊員們用血寫下的名字後才信。這個團長是個山東大漢，性情豪爽，讓士兵拿了一罈酒，敬趙長春說：「兄弟安心去武漢救你的長官吧，接下來看我們的。」喝完酒，竟然親自駕車送趙長春到長江的碼頭上，攔了一艘開往武漢的小貨輪，送他上船，等船走遠後才回去。

到了武漢，打聽了兩天，才知道彭學清被押到陪都重慶去了。半個月後，他又趕到重慶，剛住進旅館就從一張放在桌上的十天前的《中央日報》上看到彭學清無罪釋放的消息。第二天，又從《大公報》上看到《抗戰名將彭學清心灰意懶，已於前日辭去剛剛擢升「榮譽師」副師長一職離渝返湘》的報導。報導裡還援引了一句記者採訪時彭學清說的話：一二八師都沒了，我還回去個啥？我要帶兵只帶湘西人的兵。既然一二八師沒了，彭學清已回湘西，趙長春給師長的保證是一二八師的番號還在他就歸隊，成了「榮譽師」他就有些動搖起來。後來他一打聽榮譽師果然是一二八師改編的，但師長和副長都已易人，他們跟彭學清一樣都辭職回了湘西。趙長春徹底打消了歸隊的念頭，決心回家。他已經三年沒見到彭武芬了。他想回家先成親吧，成親後再去找彭學清。

從重慶到湘西趙長春走了九個多月，這期間他在從宜昌到五峰的途中大病了一場，耽擱了幾個月，也花光了身上所有的錢。大病初癒後，從五峰走鶴峰、來鳳進入湘西又走了三個多月，到家這天從他自浙江臨平師部出發的那天算，剛好整整一年。

趙長春回來讓趙天國感到無比的欣喜，他總嫌趙長生太軟弱，萬一有一天他死了由趙長生來當族長，恐怕貓莊在他的手上經不住大風大浪，從趙長生這兩年當保長的表現趙天國就看出來了，這孩子沒壞心，但也沒主意，成不了大事。趙長春回來，族長的繼承者就是他，趙天國覺得把貓莊交到趙長春的手裡他死時雙眼都能緊緊地閉上。

趙長春醒來後幾天都沒有說話。他除了每天去一次彭武芬的墳頭外，整天都待在彭武芬住過的廂房樓上。趙彭氏讓趙田氏每天給趙長春熬一隻雞，除了兩隻雞腿留給長生的兩個孩子大明和大秀外，其餘的全給長春端上了樓。趙長春的身子慢慢地復原過來了，精氣兒卻越來越委頓下去。像一年前的彭武芬一樣，他的臉色越來越白皙紅潤，人卻癡癡呆呆的，也沉默寡言，跟誰都不說話。趙田氏晚上睡醒過來還能聽到廂房樓上有嚶嚶的哭聲，擔心地跟趙天國說：「長春會不會落洞啊？」趙天國呵斥她說：「你見過男人落洞的？不要理他，他這樣子讓我失望，不像一個男人的樣了。」趙田氏說：「我看還是給他娶一房媳婦才是正經事。」趙天國在黑暗中說：「我這幾天也在思謀誰家有合適的姑娘，娶妻生子後他自然就會忘了彭武芬，也就能拴住他留在貓莊安心過日子的心，這事不急，天下沒有真男人過不了的坎，他要是過不去就不是一個真男人，也沒什麼惋惜的。」

趙田氏從被窩裡爬起來，生氣地說：「你這老鬼說的什麼話，他是不是真男人都是我的兒呀！」

就在趙長春感到心如死灰，萎靡不振的時候，趙天國無意中把他拉出了泥淖。這天，他捧著那個殺死趙久林的外鄉客留下的軍刺、手槍和硬皮本子去廂房樓上找趙長春鑑定。進房的時候，趙天國看到趙長春正對著一個鐵皮匣子發呆，問他那裡面裝的是什麼？趙長春白了他一眼，把鐵皮匣子收進了床底裡，問他：「爹，你知道龍大榜還在二龍山嗎？」

趙天國詫異地看著趙長春說：「聽人說他早幾年就回了二龍山，今年春上被縣保安團剿了一次，應該還在二龍山，你問這做什麼？」

趙長春木然地說：「沒事，我哪天要去會會他。我想他應該老了吧，聽說他年紀比你還大幾歲。」

趙天國也沒把趙長春的話聽進心裡去，這些天他一直被那個突然出現在貓莊殺死趙久林也被趙久林掐死了的外鄉客擾得心神不寧。趙天國把裝東西的木匣子放到盤腳坐在樓板上的趙長春面前說：「爹給你看樣東西，你能不能看得出門道來，幫爹分析分析。」趙長春打開匣子蓋看到一把長軍刺和一把漂亮的勃朗寧手槍驚問道：「你哪弄來這些好東西的？」

趙天國把趙久林之死給趙長春說了，趙長春說他看一眼就能肯定那個外鄉客死者是個軍人，而且是個軍官，在他們國軍部隊裡只有中央軍上校一級的軍官才能配有這樣勃朗寧小手槍，他雙拿起那把軍刺仔細地看，發現很像日軍三八大蓋上的刺刀，比漢陽造和七九式的刺刀要長得多，血槽也要深一些，當他拿起硬皮本子翻了幾頁後就完全明白了。他看到本子上密密麻麻的小圓圈和線條都是酉水兩岸的河道、城鎮、村寨的路線圖，比他們獨立旅當年的軍事地圖還要詳盡，連河道的深淺、灘頭、暗礁、城鎮的駐軍、人口，甚至一個個小村寨的道路、人口都作了標識，趙長春心裡大驚，他曾聽說過日軍早在幾十年前就往中國派遣了數不清的間諜，他們在中國作戰的軍事地圖比國軍自己的還要準確，想不到連貓莊這麼偏遠的山寨也來了間諜。這太可怕了！趙長春想如果以攻佔上海、南京一直到武漢的速度，估計不出一兩年他們就要打到湘西來，然後從湘西進攻大西南，攻佔陪都重慶。趙長春給趙天國說：「這是日本人的東西，久林爺爺死得值，他殺死了一個日本間諜，為抗戰作出了貢獻。」

趙天國吃驚地問：「日本人怎麼會到貓莊來？」

趙長春解釋說：「日本人已經攻佔了武漢，很快會進攻長沙，然後很可能選擇從湘西進攻大西南的陪都重慶。這個日軍間諜就是負責收集情報提供給他們的作戰部隊，他們既然來了肯定不止這一個人，應該趕快報告縣裡。」他又想了想，「這麼好的一把槍交上去太可惜，算了，還是自己留著用，我給縣長寫封匿名信吧，就說白沙鎮一帶發現敵特活動。」

趙天國看到趙長春的雙眼亮亮的，他的精氣兒一下全上來了，但他還是驚訝地說：「這是死人的東西，你也要嗎？不吉利的。」

趙長春哈哈大笑著說：「我殺死的小日本不說有一個排，起碼不下兩個班，我還怕死人的東西。」他站起來把槍往腰上一插，對趙天國說：「爹，我明天要出門了。我是個軍人，現在是民族危難國家存亡之際，我不能再待在這個樓上兒女情長了。我估計日本人不出兩年就要打到我們這裡來，若國軍還像現在這樣抗戰的話，是非不清，黑白顛倒，有功不賞，有過不罰，還不如我自己拉支隊伍抗日呢？」

趙天國說：「你真要走呀？我還想把貓莊交給你，我死了只有你當族長才能給我們這個種族帶來興旺。」

趙長春說：「我從貓莊跑路那天起就沒想過要當這個族長了，我現在是個軍人，我不能躲在這個山旮旯裡等著日本人來殺我，日本人真要是來了貓莊也保不住，他們不光殺降兵，連一村一莊一城一池的老百姓也不放過，南京失陷，他們一口氣殺了幾十萬人，我從杭州到銅陵，看到他們的飛機不知轟炸了多少村莊，炸死了多少無辜百姓！」

第二天，吃過早飯，趙長春找出他從浙江帶回來的洗得發白的一二八師上尉軍裝，用瓷瓶裝上滾燙的開水燙得伸伸展展的，又把一雙開了口子像一對鱷魚嘴巴的舊皮靴也擦得乾乾淨淨，用大頭針縫好。當他一身戎裝、肩上挎著龍占標的骨灰匣走下樓時，趙天國知道兒子去意已決，說媳婦，讓他當族長，是留不住他了。趙天國送兒子出了門，看到趙長春穿過巷子往東寨牆那支溪河方向走去，去縣城應該走西寨牆洞，趙天國有些納悶，送他到了西寨牆洞下，忍不住指著趙長春肩上的包袱問：「你那鐵匣裡到底是什麼東西，要送到哪去？」

趙長春說：「現在告訴你也無妨，裡面裝的是龍占標龍營長的骨灰，是我從浙江帶回來的，我答應過交給他叔叔的。」

趙天國不知道龍占標是誰，說：「幾根死人骨頭你帶在身上整整一年，我真服了你們這些當兵的，什麼沒學得，就學了一個『義』字！」他想了想，又問：「他是哪個寨子的？」

趙長春說：「他是龍大榜的侄子，龍澤輝的兒子。他說很多前他爹死在我們貓莊的。」

趙天國大吃一驚，趕緊阻攔兒子說：「你去白水寨不是自投羅網嗎？龍大榜雖說好多年沒帶人攻打過貓莊了，幾代人的仇他能忘了嗎？」

趙長春對著父親自信地笑了笑，徑直地出了寨牆，快步往哪支溪河岸走去，任憑趙天國喊破了嗓子也沒回一下頭。

兩年之後，農曆七月十三貓莊月半節這天黃昏，趙天國一個人在祠堂裡擺祭品祭祖，因為不是什麼大節，趙天國也就沒叫上族裡的任何人。擺好祭品，上完香，他一個人跪在神龕前默默地跟祖先們說話，給他們報告貓莊族人們的事，誰誰誰已經離世了，問他們在那邊見到他了嗎？誰誰誰家又添新丁了，讓他家的祖宗保佑一下。誰誰誰家的兒子要娶親了女兒要出了嫁了，等等。正當他說到自己家兩年沒有音訊了的長春回來後又出門打日本人去了時，突然，祠堂的大門「嘭」地一聲被撞開了，趙天國很不悅地回頭一看，只見長生慌慌張張地闖了進來，手裡舉著一張大宣紙，迎風嘩嘩啦啦地響。趙天國生氣地站起身來訓斥長生：「什麼事驚驚咋咋的，你都三十好幾的人了，就不能沉靜穩重些！」

趙長生喘著氣著：「我哥，我哥他當土匪了，在二龍山當了大土匪！國民政府正在懸賞三十萬大洋，到處抓他哩！」

趙天國說：「胡說，二龍山不是龍大榜的地盤嗎？長春是個軍人，怎麼會當土匪，他上二龍山剿匪還差不多。」

趙長生把那張大宣紙遞給趙天國，說：「爹，你看看畫像，就是長春哥，他真是二龍山匪首『叫驢子』，前幾天剛在西水河上劫了幾船軍火。保安團近期要進山圍剿了，他的畫像已經散發到全縣各保張貼，誰見到他都要報告保安團和縣警署的清剿隊，否則以通匪論處。」

趙天國接過畫像，一看，還真是長春的模樣，國字臉、高鼻樑、寬嘴巴，畫像師傅畫像時似乎就坐在長春的面前，畫得準確傳神，唯妙唯肖。趙天國想起了兩年前長春說過他要自己拉隊伍，頓時明白他真的是當了土匪。他把畫像舉在胸前，讓神龕上的先人們能看到，然後跪下去，說：「祖宗呀，都是我的罪孽，我沒管教好這個忤逆子，這兵呀匪呀的他都當了……還和龍大榜攪在了一起……我不知道他這是要幹什麼……是貓莊的福還是禍！」

說完，頭一歪，栽倒下地。

第二十章

趙長春確實成了二龍山的匪首，綽號「叫驢子」。他上二龍山為匪表面是跟龍大榜打賭引起的，實際上是他深思熟慮的結果。

趙長春去二龍山白水寨送龍占標的骨灰時，正是龍大榜最煩悶的時候。

龍大榜覺得自己是酉水兩岸最走霉運的土匪頭子，自從那年大年三十由於大意被彭學清活捉到貓莊之後，他就霉運不斷，從貓莊逃脫之後，糾集了一二十個被彭學清遣散的年紀大的弟兄去酉北城外石灰窯劫法場救吳三寶，人未救得，倒被縣警打死了三個弟兄，他也不敢再回二龍山，帶著弟兄們渡過酉水河到南岸的七里魂峽谷準備東山再起，屁股沒落地，那個縣的清剿隊又來剿了，龍大榜這才知道湘西自治軍政府已經容不下土匪了，從七里魂突圍後他們只好一頭鑽進了貴州的老山林裡躲藏。這一躲就躲了七八年，等他第二次重回二龍山時白水寨成了一片樅樹林，樹幹比大腿還粗。他的家人——母親、妻子和一對兒女也失散了，找了幾年都找不著。在白水寨重新安營紮寨時，只有一二十個兄弟，他也不敢把動靜鬧得太大，甚至不敢在周邊的村寨裡搶劫，他們太勢單力薄，縣府只要派保安團一個排的兵力或者一個警察小隊就能解決掉他們。龍大榜好不容易等到酉水北岸發生大戰爭這個千年不遇的好時機，他的人馬迅速壯大到近百人，起先他沒答應縣保安團的招安，後來卻不知怎麼就鬼使神差地答應了跟紅腦殼一起幹。保安團送信來招安時是在西北縣城被紅腦殼攻佔的前兩天，他們開出的條件是給他一個連長當，不拆散他的弟兄們，次日到白沙鎮駐防整編，那些天四處紛紛傳言紅腦殼要攻打白沙鎮，龍大榜才不會傻到剛一招安就給保安團擋槍子兒，當即一口回絕了。後來的「投共」則完全是弟兄們的慫恿和他自己的鬼使神差所致，那是第二年春天，國軍已經退守酉水南岸，紅腦殼也開始四處剿匪了，郭亮縣境內的幾股大土匪都被剿了，匪首們都在縣城的萬人大會上被公開處決的，這對龍大榜震動很大，讓他明白了一個簡單和樸素的道理，無論歷朝歷代，無論什麼政黨，只要是坐穩了江山都是要剿匪的，江山坐得越穩越容不下土匪，所以當紅腦殼的一個叫武平的連長上山勸說他們參加紅軍時，龍大榜的意志就不堅定了。特別是那個叫武平的連長說他的兵已經到了山下，隨時可以剿滅他，軍區首長說二龍山的土匪都是窮苦兄弟出身，沒作過大惡，也沒大的民憤，要他先招後剿，他給他兩天時間考慮。龍大榜跟弟兄們商議，不想弟兄們都積極贊成投共，他們早就聽家裡人說過紅腦殼給他們家裡分田分地，還鎮壓和處決了以前欺負過他們的財主惡霸，龍大榜不僅看到了紅腦殼們分田分地，而且他們還成立或新設了縣區鄉，以為他們已經坐穩了江山，一咬牙就接受了紅腦殼的改編（不接受難道讓他們打？），把部隊拉到了西北城，編成一個連。龍大榜跟弟兄們在郭亮縣城裡開始三天有酒有肉，換上紅軍軍裝，調離出城補充到十八師後就天天喝南瓜湯了。全連一百二十個大南瓜沒吃完，國軍已打了過來。他又帶著兄弟們上前線了。龍大榜不怕打仗，就怕打仗時也天天喝南瓜湯，他大魚大肉慣了，加上已經五十多歲了，身體受不了。這時他又想帶弟兄們反水跑路，當這個勞什字的紅軍連長還不如當土匪逍遙自在，要吃沒吃要喝沒喝的，可是他想跑路也沒得機會了，十八師只讓他們連打陣地戰，陣地上不能跑，不說後面有督戰隊盯著，一跑國軍殺過來自己也活不成，戰鬥間隙又被其他連隊監視著，他不願意一個人跑，想把弟兄們都帶走，至少也要帶幾十個人走，再上二龍山他才有本錢。後來仗越打越大，越打越殘酷，兄弟們越打越少，連隊補充進來大量的其他連隊的士兵和新兵，他更找不到機會逃走了。

直到這年年底紅軍撤退到貴州沿江，龍大榜聽說部隊要北上幾千里，再一次下決心跑路，一個人也要跑回去，再不跑他這把老骨實就得丟在異鄉了。這天，部隊駐紮在一個叫抬頭寨的小寨子，半夜裡龍大榜叫醒了白天商量好的七個二龍山的兄弟，偷偷地溜出了屋，走出寨口時兩個哨兵從樹林裡跳出來，攔住了他，問：「誰，幹什麼的？」龍大榜大大咧咧地說：「老子是龍連長，出去執行任務。」哨兵說：「是想跑吧，早就聽說你在煽動弟兄們逃跑。回去，團長有令，夜裡誰都准出去就是不准你帶人出去。」龍大榜這才知道自己早已被監視，今夜不跑以後更難跑了，手一揮給弟兄們說：「回去就回去！」轉過身，雙手插進腰裡摸出兩把飛刀，再猛轉過來，兩把飛刀就釘進了兩個哨兵的咽喉……

等龍大榜回到二龍山時，酉水北岸的戰爭早已結束，甚至國民政府的保安團，警察署清查、搜捕紅腦殼傷患和家屬也塵埃落定了，他錯過了土匪們壯大隊伍，購買槍支，擴充地盤的最好時機。這時，那些曾被國軍或紅軍打散的土匪已經發展到了少則百十號，多則幾百號人了，更氣人的是紅腦殼來之前被國軍招安的那些匪首們大多做到了營長團長一級，駐防城裡或城外四五里地，吃香的喝辣的了……龍大榜重上二龍山後，隊伍沒沒壯大到三十個人，湘西各縣政府開始綏靖地方，保安團又對土匪展開了新一輪的圍剿，聽說現在日本人已經打下武漢準備要打長沙了，湘西一下子成了抗戰大後方，大批外省的學校、機關和難民湧入酉水兩岸城鎮。特別是白沙鎮，一下子就湧進了好幾萬人，熱鬧無比，被人們稱之為「小南京」。

趙長春來二龍山前龍大榜剛剛被保安團清剿了一次，幸虧發現得早，他帶著弟兄們溜了出去，躲藏在十里外的一個座叫斗篷山的山洞裡。這個山洞是他去年無意中發現的，很隱蔽，裡面有水源，下面是一個叫金雞坡的小寨子，那個寨子裡沒一個人知道這個山洞，龍大榜決定好好利用這個洞，他在洞裡儲藏了可供兄弟半個月生活的糧食，以備萬一無處可逃時可以先來這裡躲避。龍大榜在洞裡躲了兩天，這天夜裡夢到侄兒龍占標回白水寨找他，標兒渾身血淋淋的，還少了一條腿，一見他就跪下來說：「叔，我回來了，回白水寨了……」龍大榜知道龍占標那年被抬到白沙鎮治好傷後就在彭學清手下當了兵，他回二龍山後派人打聽家人下落，老婆兒女杳無消息，倒是打聽到駐防西水南岸靠近貴州的一個縣城的三十四師獨立旅有個連長叫龍占標。他才知道標兒還活著，標兒也就成了唯一一個他知道下落的親人。他從夢裡醒來後，回想到夢裡的情景就再也睡不著了，叫醒弟兄們連夜返回白水寨。

從清早到上午，龍大榜一直坐在白虎堂前土坪外一個能看到下面山路的大石頭上等著，他預感到了標兒要是還活著的話今天一定會回白水寨，按說夢到頭破血流是要發財的徵兆，可他感覺充盈在他心裡的卻是一種揮之不去的濃重不祥的陰影。中午時分，他終於看到山路上走來一個穿灰白色舊軍裝的身材高大的年輕人，他突然感到嗓子眼裡一陣陣發緊出不過氣來，當那個人再走近來後他就失望了，從走路的架勢到身型和相貌，這個人都不可能是他的標兒，這人是國字臉，矮鼻樑，大鼻孔。龍大榜雖然五十多了，他手腳麻利反應也敏捷，警惕性一下子就上來了，伸手去掏槍。趙長春見龍大榜掏槍，大聲說：「慢著！你掏槍沒有我快。」見龍大榜住了手，又說：「你是民國十七年十一月才玩這種你們土匪稱快慢機，我們國軍叫盒子炮，紅腦殼那邊叫駁殼槍的玩意兒的，我比你早玩兩個月，你不知道我給彭學清當勤務兵時每天要練一百二十次掏槍打開槍機的動作，練了整整兩年，你出手還有我快嗎？」

龍大榜聽年輕人說他是彭學清的兵，立即驚喜地問道：「你真是彭學清的兵，你們部隊不是調出湘西了嗎？那你一定認得我們家標兒龍占標吧？」

趙長春點點頭說：「龍占標是我的營長，我是他的連長趙長春。」

龍林榜說：「是標兒讓你來白水寨的吧？」

趙長春又點點頭，說：「是的，是營長讓我來的。」

龍大標有些哀怨地說：「他自己怎麼不回來看我，看他叔呢？二十年沒見他了呀，昨晚只在夢裡見過他……」

趙長春看到半生為匪的龍大榜此時淚水漣漣，不停地抹眼淚，完全就是一個可憐的無助的老頭兒。他甚至有些不忍心告訴他龍占標的死訊，但他還是硬起心腸說了，不說他永遠都完成不了營長臨死前交給的囑託。趙長春說：「龍營長回來了！」

龍大榜四處望瞭望，說：「在哪裡，沒見人啊，標兒是在跟我躲古兒[1]嗎？」

趙長春取下背上的包袱，雙手捧著鐵匣子遞給龍大榜說：「龍營長在浙江嘉善城外對日作戰時壯烈殉國，臨死前他讓我把他的骨灰交給你，你老人家節哀吧！」

---

1 躲古兒，湘西方言，即捉迷藏。

龍大榜神情古怪地盯著趙長春，不接鐵匣子，嘴裡叨念著：「殉國不就是死了嗎？我的標兒死了！你們就把他裝在這麼小的一個鐵匣子裡，他能伸展開身子骨嗎？」

趙長春給他解釋：「浙江距湘西有上萬里的路程，我走了整整一年才回家，把整個人運回來那是不可能的，就是雷老二也沒那本事讓遺體不腐爛。」

龍大榜沒聽趙長春的解釋，問他：「標兒死時是不是少了一條腿？」

趙長春說：「是的，營長是被日本人的炮彈炸死的，一條腿炸飛了。」

龍大榜抱著裝龍占標的骨灰匣子嗷嗷地哭起來，哭得雄渾有勁，整個山谷裡迴蕩起他的蒼老的哭聲。

趙長春在白水寨住了三天，一直等安葬完龍占標才下二龍山。下山時，龍大榜挽留他，說：「趙連長，你的部隊也散了，不如留在白水寨，我嘛也老了，你給我做個幫手，把隊伍搞大起來，等哪天日本人來了跟他們打，為標兒報仇。」趙長春說：「你要是知道我是誰了你就不會留我了，不過你這個想法我也有，也想搞一支隊伍，哪天去打日本人。」龍大榜說：「那就留下來吧。你姓趙，不會是貓莊趙天國的兒子吧？」

趙長春說：「我正是貓莊趙天國的兒子趙長春，你感到意外吧？」

龍大榜哈哈大笑，說：「三天前第一眼看到你時我就猜到了，你們貓莊人大多數長得都是矮鼻樑，寬嘴巴，你們貓莊人沒說過你跟你爹趙天國長得很像嗎？」

這次倒輪到趙長春吃驚了，就像是在浙江定海那個小酒館裡聽到龍占標早知道他是趙天國的兒子時一樣，有些尷尬地望著龍大榜。龍大榜快人快語地說：「我都這一把年紀了，家人散了，標兒死了，還記著跟貓莊的那些仇幹什麼，連個傳下去的子孫也沒有了。十多年前彭學清抓我到貓莊，你爹趙天國本可以殺了我的，他還讓人放了我，從那時起我就沒有心勁再攻打貓莊了。現在白水寨的仇人只有狗日的小日本。」

趙長春聽得出龍大榜的話是真誠的，就說：「我既然上山就要當老大，不想當老二，我要帶就帶一支像獨立旅那樣能打仗的隊伍，日本人要是打來湘西了要個個都能衝上去的，不能像保安團的那些慫包，一聽到機關槍響就往後退。」龍大榜說：「誰不想帶一支能打仗的隊伍，所以我才想留下你跟我一起幹，把白水寨做大，老子還真想跟日本人哪天好好地幹一仗。你是真想打小日本？」

趙長春說：「當然，我們警衛營幾百弟兄死在了日本兵手下，我要是不想打小日本不就成了逃兵了。」

龍大榜說：「好，我一生就佩服硬漢子。我不能白把山頭和弟兄們送給你來做老大，這樣吧，只要你哪一天來入夥帶來的人比我多，我就讓你當老大，我來當老二。」龍大榜指著白虎堂茅屋前的一杆在風中獵獵飄揚的旗幟說：「白水寨這杆大旗不能倒。」

趙長春來山寨後還沒認真地看過那杆旗，順著龍大榜的手一看，這才發現那也是一面七彩龍圖鍛面旗，竟然跟他們以前的軍旗一模一樣，那條用黃絲線繡的飛龍張牙舞爪，騰空而起。後來一想，龍大榜是苗民後代，他們一二八師七成也是苗民子弟，軍旗本來就是苗家神兵的旗幟。他從懷裡掏出那面敢死隊大旗，抖開，說：「龍寨主，說定了，半年內我就打著這面旗來上二龍山。」

趙長春這幾天來仔細觀察過二龍山的地形，發現這裡是一個極好的駐軍的地方，大龍山和二龍山兩山對峙形成一條縱深七八里長卻只有兩三丈寬的山谷，只要在大龍山和二龍山腳下設一南一北兩個哨卡，各擺上兩挺機關機，別說一個保安團，就是一個正規團不死兩個連的人也衝不進來，萬一頂不住還可以退守貓莊。而且二龍山的白水寨還可以開墾已經荒廢的水田和坡地，種田收糧供二三百人生活不成問題。趙長春決定要搞一支隊伍上山來。

龍大榜爽快地說：「說定了。你那面旗不跟我這面旗一樣嘛，只是多了幾百個人的名字，那也是我們苗家人的血。」

趙長春說：「真說定了？」

龍大榜說：「就當是打賭，願賭服輸。」

趙長春下了二龍山就進了西北縣城，打聽到彭學清在湘西綏靖公署當參議員，他又趕去沅州城見彭學清，讓他舉薦到哪個部隊當個連長幹幹。彭學清見到趙長春又驚又喜，說：「我聽師長和副師長說過，你到武漢找過我？」趙長春給他說他不僅到了武漢，還趕到了重慶，可惜遲了幾天，到重慶時他已經回湘西了。彭學清說：「你到新六軍去吧，老統領任軍長，原來的師長是副軍長，我給他們說說，讓你當個營長沒問題。」趙長春反問彭學清：「他們讓你當師長你怎麼不去？其實你知道新六軍還是要被薛岳拉出湘西的，新六軍最終逃不脫一二八師的命運。我不去！我只想在離家不遠的哪個保安團幹個連長就行。」彭學清用欣賞的語氣說：「趙長春你也長大了，看得很透徹，我不帶湘西子弟給薛岳那龜兒子當炮灰。湖南省主席和戰區長官要還是張文白我也就當了那個師長，重返戰場，馬革裹屍。」後來事實證明新六軍果然整編出了湘西，跟一二八師的下場一樣，先後轉戰湘贛參加了南昌會戰和三次長沙會戰，最後拼光了血本。

彭學清舉薦趙長春到西南縣保安團當營長。趙長春報到後官職卻被團長劉慶明打了折扣。他看完彭學清的舉薦信說：「先幹半年連長，幹得好升營長，幹得不好滾蛋。」劉慶明人稱劉疤子，五十來歲了，護國軍時曾在彭學清手下當過班長，一次作戰時槍子兒從左臉頰飛過，留下一道很深的疤槽。後來趙長春才知道這個保安團的三個營長都是他家親戚，一營長是他親兄弟，二營長是他大老婆的小舅子，三營長是他小婆的大舅子，外人根本插不進去。也就是說除非這個保安團升格為保安旅趙長春才有可能當營長，但據趙長春所知，全國也沒有哪一個縣有過設保安旅的先例。劉團長大手一揮：「就去二營三連吧，那可是個爛攤子，你先給我收拾好起來。」

二營三連果然是個爛攤子，全連一百七十多號人都是剛剛從鴨腳岩歸順來的土匪，才來不到兩個月，現在正在鬧事。十天前他們的匪首，也就是三連連長謝承中帶著三個弟兄進城嫖娼，跟警察署的糾察大隊長向家發爭春月樓的頭牌花旦水芙蓉打了起來，雖沒動槍，但也打爛了幾條長凳，雙方都有人頭頂開花。謝承中自己頭上就挨了一板凳。警察署的人告到縣長那裡，縣長責令雙方長官自行處置，劉團長不問青紅皂白就賞了謝承中二十大板，執法隊的兩個彪形大漢下手太重，把謝承中打得皮開肉綻氣息奄奄，沒抬到醫院就死了。這下那些土匪們不幹了，謝承中屍體抬回來時，三連的人一擁而上就把那兩個執法隊的士兵打得遍體鱗傷，要不是二營長早有準備，先派了全副武裝的一連二連繳了三連的槍械，不僅那兩個執法隊的士兵要被打死，整個三連只怕早已反水，營房成了戰場了。劉團長曾想把那些兵分散到各連去，但他又怕他們一個個屙羊屎似的跑掉，他的保安團每個營士兵都不足編，沒別的縣保安團人多說話也沒有別的團長氣粗。他從軍幾十年，誰兵多誰就腰杆硬的道理年輕時就深有體會。

趙長春去這個連時他們已經被軟禁在營房裡七八天了，整個三連的營房就像是一座監獄，牆頭上架了機關槍，士兵們都被分散成十人一組關在屋裡。趙長春去後三天，這些士兵被才放出來集合整隊，半個月後，劉團長和二營長三連巡查，看到這些兵在他手下服服貼貼按時作息和操練，才解除了包圍三連的武裝。三個月後才再給他們發槍，五個月後才給他們配發彈藥。

劉團長和二營長開始時追問過趙長春跟那些土匪們說了什麼，他們三天就服服貼貼了。趙長春笑笑說：「也沒講什麼大道理，我只是悄悄地給他們每一個人說我是十多年前酉北縣那個十六歲就上山為匪的大土匪叫驢子，後來投了彭學清的獨立旅，部隊被打散了才來保安團的，我要他們現在安心操練，等劉團長給我們發了槍彈，反了他娘的水再上山當土匪去。」

劉團長聽了哈哈大笑，笑得兩隻小眼睛瞇成了一條縫，說：「當年剿酉北縣的叫驢子時你現在這個年紀的人還不足十二歲，他們也信。」

趙長春說：「他們都信，他們只曉得叫驢子是個編成了兒歌的大土匪，誰曉得他到底有多大歲數了。先哄住他們，然後一步步改造好他們，改編土匪我有經驗，一句話，心急吃不了熱豆腐。」

劉團長開玩笑說：「我說趙連長呀，別到時候你真把我這個連拐跑了！」

趙長春淡淡一笑：「劉團長真會開玩笑，那些兵們再睡兩個月墊棉絮的木板床他們就曉得了比待在山洞裡強一百倍，別說我拐跑他們，到時你趕都趕不走他們。」

事實上趙長春沒有騙劉團長和二營長，他跟三連的人真是那樣說的。他告訴他們他是很多年前酉北縣的「叫驢子」，後來投了彭學清的獨立旅，再後來在浙江一帶打小日本，部隊被打散了。他還告訴那些弟兄們說，他來保安團就是想拉一支隊伍去打日本人，只要兄弟們跟他一條心，等劉疤子給他們一發槍彈就反水上山，建立一支抗日救國義勇軍，等小日本打到湘西來時，好好跟他個狗日的幹幾仗。三連的副連長叫李老三，也就是鴨腳岩山寨中的二當家的，此人識文斷字，知事明理，當初就是他極力慫恿謝承中投保安團的。他從報上知道日本人打下了上海和南京，正在攻打武漢，也看到了湘西一下子成了大後方，不僅國民政府的機關和學校都往湘西遷移，兵力也在往這裡轉移，土匪們不可能再有好日過了。政府必然會大力剿匪，才能保障大後方的安定。但此時他又在深深地後悔當初和謝承中選錯了投誠的對象，他沒想到劉疤子那麼心狠，不僅打死了謝承中，而且把他們弟兄們像犯人一樣待。他想帶著弟兄們反水上山，無奈被二營看管得太嚴了，無從實施。當趙長春跟他說他是以前西水縣的「叫驢子」想拉一支抗日隊伍時，馬上就得到了李老三的響應，而且他傳下了話，讓弟兄們都聽趙長春的。這就是趙長春三天就馴服了三連弟兄們的秘密。

接下來相處的日子，趙長春跟李老三以及弟兄們的感情進一步加深，三連的弟兄們不僅看出了趙長春是一個從戰場上滾爬出來的正式軍人而更加服他，他們更是無一不想脫離劉疤子的保安團，自從歸順以來他們受夠了劉疤子和二營長的虐待，一心只盼趕快領到槍彈跟著趙長春去上山扯大旗去。

幾個月後，給三連配發槍支彈藥後的第二天，劉疤子一早醒來，覺得心裡不大舒爽，立即給二營長打電話讓他去三連查看動靜，二營長跑去三連駐地一看，人去樓空，這連人馬真被趙長春給拐跑了！劉疤子派人四處搜尋了十多天，那一百多人就像鑽地縫一樣，無影無蹤了。直到第二年夏天，西水河上的七船軍火被劫，他才知道他們上了西北縣二龍山。

領了槍支彈藥後，趙長春當夜就帶三連的兄弟們渡過西水河上了二龍山。龍大榜倒真願賭服輸，爽快地讓出白水寨寨主位置給趙長春坐。最初他看到一支全副武裝的部隊浩浩蕩蕩開上山來，他還以為是保安團來剿，直到看清打的旗幟是那面七彩龍圖緞面旗，才知道是趙長春帶人上山了，這天跟他倆打賭的半年時間剛好只差三天。看到趙長春還帶來了兩挺鋥亮的機關槍，龍大榜興奮地說：「我的天喲，一下子就搞了一個連的人來，白水寨這一傢夥被你搞大了。寨主的位置就讓給你了，把他交給你我也放心。」趙長春笑著說：「我可不是來當土匪的，早就跟弟兄們商量好了，我們要扯起一杆抗日大旗，就叫湘西抗日救國義勇軍，總司令還是由你來當，我當副總司令吧。」龍大榜搖頭擺手地說：「哎喲喲，軍隊的事我又不懂，我當個副總司令就行了，你管軍事，我給弟兄們搞好生活。」趙長春想了想說：「就這麼定了，你正我副，我負責訓練士兵，你負責生活，我們先屯田種糧，你派弟兄們打探一下，搞些大戶大商號弄些錢糧，等人再擴展一些，我們也搞個軍政府，把鄉公所鎮公所搞走，方圓幾十里村寨的租稅我們自己來收。」龍大榜說：「不行不行，還是你當總司令，哪見過管生活的倒成老大了，我當副總司令，搞綁票、敲詐勒索這一套我比你理手，弟兄們的生活我負責了。」

趙長春給龍大榜說：「現在這點人馬和彈藥還不能搞得聲勢太大，不能引來保安團清剿，我們應該儘量在遠一點鎮子或碼頭做『活』，而且要在晚上做，不暴露二龍山白水寨為好，更不要在附近村寨裡搶劫。但要給附近的土匪們放信，就說我們義勇軍有好幾百人槍，他們願意合夥的儘管來，不願意來的去別的地方，我們就要清匪剿匪了。」

第二天，趙長春和龍大榜在白虎堂前樹起了「抗日救國義勇軍」的大旗，樹完旗，他把弟兄們招集攏來，開始訓話：「現在抗日義勇軍的旗幟樹起來了，我們的目的只有一個，等日本人來了打日本人，保衛我們湘西，護佑我們的父老鄉親兄弟姐妹，弟兄們記住我們不是土匪，是軍人，現在我頒佈三條軍紀：第一，不准搶劫老百姓財物；第二，不准強佔民女；第三，每天按作息時間出勤。軍紀從今天開始執行。紀不嚴則軍不正，我醜話講在前頭，若有違犯，輕輒重罰，重輒槍斃，決不輕饒！

若有不願意留在義勇軍裡的，每人發十塊大洋，現在就可以回家，願意種田去種田，願意經商去經商。」

弟兄們看著趙長春都沒有動。趙長春說：「沒一個人願意回家是吧，都是好兄弟，現在我宣佈義勇軍軍官名單：總司令趙長春，副總司令龍大榜，參謀長李老三，第一大隊長麻萬民，第二大隊長石吉林。下面我們請副總司令講話。」

龍大榜著急地搖著手說：「我沒什麼好講的，大家都聽總司令的，我也聽他的，我只有一個願望，那就是把白水寨做大，大到保安團不敢來，日本人也不敢來，要我們自己去找他們打，大家說好不好？」

弟兄們邊笑邊說：「好！」

趙長春先把這兩百人分成兩支大隊，一支快槍隊，挑那些槍法好的編成一隊，強化訓練，要求人人都得練成神槍手；一支刺殺隊，挑那些身強力壯，有武術根基的年輕人，主要操練梯隊式刺殺。他們白天屯田和訓練，晚上由龍大榜挑一二十個弟兄們出去做「活」。直到第二年農曆七月初，他們幹了一單大單之後，才完全不再需要這種做「活」了。這一單他們搶劫了七船軍火，還有大量的他們已經懶得去數的銀元。

軍火的情報來源於趙長春安插在酉水下游沅州城下河街碼頭上的一家飯莊裡的夥計廖六指提供的。他是無意中發現這七船軍火的。當時那些押船的士兵們上岸來飯莊裡吃飯，廖六指招呼他們進店時一陣大風掀起一條木船蓋著的帆布，他看到船倉裡壘的都是四方四正的綠漆木箱，他還看到這幾十個押運的士兵吃飯也是分成兩拔，一拔進店後另一拔荷槍實彈地守在船上，前後兩條船上還各架了兩挺機關槍，碼頭上的行人離船還有幾十步就被大聲地喝斥，不准靠近。廖六指數了一下護船押運士兵人數，足足有一個排。上菜時廖六指跟押運的長官套近乎說：「老總，叫船上的弟兄們都下來喝酒吃飯吧，都挺辛苦的。」軍官豹眼一睜，說：「先上十八個人的。他們等下換崗後再下來。」廖六指跟他開玩笑說：「老總，你們是押送軍火還是大洋？碼上頭雖然人來人往，從來就沒出過事，沅州城是行署嘛。」軍官拿起桌上的筷子猛地敲了一下廖六指的頭，說：「你他媽的再多嘴老子一槍砰了你信不信？」廖六指趕緊退開，心裡嘀咕了一句：誰砰誰還說不定呢，走著瞧吧。

押運的士兵們吃完午飯，一上船，廖六指就去後院裡牽了一匹馬趕往二龍山。一百多里路三個多時辰就趕到了。到二龍山山腳時，那匹四齒的壯馬累得一頭栽倒下去，死了。他必須上半夜趕到二龍山，那批船最遲明天下午就能到達上游的縣城，二龍山義勇軍就沒有機會下手了。

趙長春得到情報後想都沒想就決定下手幹，他連夜叫起龍大榜和兩個隊長研究在哪下手為好。最後他們選定了在白沙鎮上游十五里的鯉魚灘下手。這一段剛好出了陡峭的西水河峽谷，北岸是一片長滿蘆葦的開闊地，趙長春的方案是先把人埋伏在那裡，押運的士兵一出峽谷必然放鬆警惕，到時打他們一個措手不及。龍大榜對搶軍火有些猶豫，說：「真要搞這一傢夥就搞大了，保安團肯定是要來剿的，說不定正規軍都會開進二龍山來。」一年來趙長春跟龍大榜已經配合得很默契了，默契得像是父子倆的感覺，龍大榜每次外出做活回來都要在懷裡給趙長春揣一些好吃的東西，一隻燒雞呀，一包酥糖呀，他每次外出，趙長春也總是在白虎堂裡等他，有時一等就是一個通宵。趙長春說他年紀大了，不讓他出去要自己出去他總是不幹，說幹這活是辱沒趙長春軍人的身分。

趙長春對龍大榜說：「有了這幾船軍火就是天兵天將來剿都不怕了。」

趙長春和龍大榜連夜帶近三百人趕去鯉魚灘，天亮前先埋伏在河邊蘆葦地外的樹林裡。天色大亮後趙長春觀察了一下地形，發現這些天沒下雨，河水消退了不少，鯉魚灘的河水看上去只有齊腿深淺，流得很急，嘩嘩地響，那七船軍火是重載，估計他們不徵集縴夫也得自己拉纖才能上灘。趙長春的心裡大喜，這樣就更容易得手了。到了早飯後，河灘上陸陸續續來了二三十個山民，坐在河灘的石頭上抽煙等人，看樣子是前一天就預先徵集來的縴夫，趙長春馬上改變了作戰計畫，決定先把這些縴夫控制起來，然後自己人喬裝成縴夫，這樣更容易得手，弄不好可以不費一槍一彈就能大功告成。

控制了這些山民後，一審果然是來拉纖的，其中一個五十來歲年紀的小老頭說他是保長，今天早上才接到鄉公所派夫的通知，讓他們來拉幾船棉紗。趙長春讓幾個弟兄把這些人押到坡上的樹林裡看管起來，挑了三十個年齡不一的弟兄裝成縴夫，其餘的埋伏進蘆葦叢裡，自己則躲在河岸不遠的一棵大柏樹上，他要打掉那兩個機槍手。

中午時分，日光最烈的時候那七條木船終於逶迤而來。押運的士兵們看到縴夫站在河灘上，劈劈啪啪拉開槍栓，一個軍官喊話：「過來，過來，叫你們保長過來說話。」

龍大榜走過去說：「老總，我就是楊樹寨的保長楊五成，是伍鎮長讓我帶人來拉纖的。」

軍官說：「把纖索甩過來。」

綁好纖索，漢子們把纖索也套上肩膀嗨喲嗨喲地拉起纖來，領頭的那條機械船也加大馬力，突突突突地吼叫起來。鯉魚灘不長，只有二三十米，過了灘又是平水，趙長春早就交代過，機船一上灘就使勁往河岸蘆葦蕩這邊拉。乘機船加大馬力吼叫時趙長春選準時機已經一槍打掉了最後那條木船上的機槍手，等機船上了平水軍官大叫「停下，停下」時，又一槍打掉了他身邊的那個機槍手。沒有拉纖的一直跟著機船不到一丈遠的龍大榜早已悄悄掏出快慢機，看到船頭的機槍手一頭栽下河去，立即抬手一槍打栽了那個軍官。一直埋伏在蘆葦地裡的弟兄們嘩啦一下子吶喊著竄出來，嚇得那些押運的士兵們紛紛丟下手裡的槍跳進河水裡逃跑。很多不會水的後來還是趙長春讓人撈起來的。

把船拉到河灘上來，掀開帆布，趙長春一口氣撬開了十多隻木箱，果然是辰溪兵工廠出產的漢陽造和中正式步槍。全部撬開後才發現竟然有幾百支步槍，十餘挺仿捷克輕機槍和兩挺二四式重機槍、上百箱幾千枚手榴彈，子彈多得數不清，少說也有幾十萬發。最後搜查機船底倉時還發現了兩麻袋光洋。

收穫豐厚得比趙長春想像的大得多。龍大榜看到這麼多槍支彈藥高興壞了，說：「這一個排的兵力你硬要把三百兄弟都拉來，當時我還想不明白，現在才明白原來是要扛東西。」

趙長春說：「三百人來每個人身子最少也有兩百斤擔子。我們得趕快撤回去，準備跟保安團打仗。」龍大榜拍著子彈箱說：「我當紅腦殼打仗時每次只發十發子彈，打完了還得自己到白軍死屍身上去找，這次保安團來了，我給弟兄們一個人發一百發子彈，二十個手榴彈，打個痛快。」

趙長春把那些俘虜叫過來，對他們說：「願意跟我們抗日的一起上山，不願意的回去給你們長官報告就說這批軍火被駐紮二龍山的湘西抗日救國義勇軍徵收了。」

第二十一章

這年農曆七月下旬，一向被趙天國認為膽小懦弱的趙長生做了一樁讓父親十分瞧得起也讓貓莊人刮目相看的大事情。他領著貓莊保的六個壯丁從縣城的兵營裡逃了出來。

趙長生告訴父親趙長春當土匪的那天，沒有告訴他鎮公所院子的大門口又掛了一塊新牌子：白沙鎮壯丁徵集處。據說是中央軍一個師駐紮在西北縣城，他們在宜昌會戰中損失慘重，一路上到處補充兵源。坐鎮白沙鎮的是一個連長，說是徵集，其實就是用槍頂著伍開國鎮長的腦殼限他三天交送一百五十名壯丁。伍鎮長第二天把各保保長召集攏來，劃拔名額，人口五百以上的大保二十丁，五百以下的小保十丁，限保長們兩天內如數交丁。貓莊算小保，十個名額。佈置完壯丁任務後，他才給保長們散發縣政府府通緝二龍山劫軍火的匪首「叫驢子」的告示和畫像，讓他們張貼在村寨裡，一旦發現此人行蹤務必報告。在伍鎮長看來，用槍頂著他腦殼的中央軍連長要的一百五十名壯丁遠比幾十里外的二龍山土匪重要多了。

趙長生一看畫像就愣了，那不是他哥趙長春嗎？保長們都起身離開鎮公所了，趙長生還捏著他哥的畫像發愣，伍鎮長走過來說：「這次十個丁一個也不能少，趙保長你別像你爹那年跟陳致公那樣跟我玩什麼裝神弄鬼的花樣。」趙長生這才醒過神來，愁苦著臉說：「這幾年年年徵丁拉丁抓丁，青年人都躲進山裡了，上哪去找十個丁。」

伍鎮長冷著臉說：「找不到年輕的五十歲的你也得給我湊足數！」

趙長生回到家後，先給父親說了趙長春當土匪的事，父親一急就暈倒過去，派丁的事他就再不敢提了。他想了整整一夜也想不出什麼好主意，像當年爹讓貓莊人裝瘟那樣的險招肯定只能玩一次玩不了二次。第二天他就去了芭茅寨青石寨和麻洞等保內的寨子派丁，按民國兵役法「三抽一和五抽二孤獨子緩徵」派出了五個壯丁，剩下的五個只能由貓莊出。趙長生在交丁前就想好了，他得帶著貓莊人從兵營裡逃出來，現在父親躺在床上可以瞞得住他，他醒來後要是知道他一下子交出了貓莊五個年輕人一定會把他按族法處置，不打死他也得打斷兩條腿。所以第三天他只領了貓莊四個年輕人，加上其他寨子的一共九個人去交丁。那時候他把他自己就算上了。

到了鎮公所，伍鎮長看到貓莊的人來了，跑上來叫：「哎喲，趙保長你終於來了，沈連長的槍都頂到我後腦勺上了。」沈連長一揮手，幾個士兵就把貓莊的壯丁拉到了院子中央用槍頂著他們跟其他保交上來的壯丁一樣雙手抱頭蹲在一起。人進來的時候沈連長數了是十個，士兵們聽伍鎮長叫趙長生保長就沒把他押進去。沈連長發現少了一個，罵罵咧咧地對伍鎮長說：「娘賣皮的，你還差一個人呢，只有一百四十九個。」

伍鎮長著急地說：「趙保長，你怎麼只帶了九個人來。」

趙長生為難地說：「貓莊那麼小的一個保，我實在湊不齊十個人啊。很多人一聽說要派丁都跑上山了。要不，把我也算上吧。」

伍鎮長說：「你開什麼玩笑。」

這時沈連長一雙綠豆眼盯著趙長生骨骨碌碌地轉了幾下，揮舞了一下手裡的盒子炮，說：「就是他了！給老子把他押進去。」幾個士兵一湧而上就把趙長生按住了。伍鎮長大驚失色，忙跑到沈連長那邊求情：「我的連長大人呀他是我的保長喲，是國民政府的基層幹部。」沈連長把盒子炮對著伍鎮長的臉說：「老子的隊伍明天就要開拔，你龜兒子今天給老子把人數湊齊了，要是沒湊齊老子把你也頂進去，抗日守土，人人有責。」

上路的時候，沈連長讓士兵們用繩子把這一百五十個壯丁捆了手腕，十個人一組像串魚兒一樣串連起來。從白沙鎮到縣城九十里整整走了五個時辰，到後半夜才進城。中間只在一個鎮子裡吃過一餐飯。士兵們吃飯嘩哩嘩啦幾口就扒完了，然後用他們的碗給每個壯丁灌了半碗稀飯。到了兵營，連綁都不鬆，水也不給一口喝，依然是被串在一起十個一組地趕進一間黑房子裡。趙長生進了黑房子，自己用嘴巴解開了繩子，活動了一陣麻木的手腕，用左手套了一下右腕右手套了一下左碗，發現兩隻手腕被捆得腫大了一倍。趙長生讓大家悄悄地解開手上的繩子，進來時他就看到了門外不僅有人看守，還有大汽燈照著，汽燈下還架著機關槍，從前門是跑不掉的。房子沒有窗子，從後面跑可能沒有人看守。趙長生當保長後進過幾次縣城，知道城裡的兵營都是火磚砌的，他早就想到了從兵營裡逃跑，所以身上藏了一把一尺來長的扁鐵釺，士兵們把他們串魚兒時他也給貓莊人使過眼色，大家都被串在一起。拿出鐵釺後他就開始撬磚，當他撬掉內裡第一塊後磚又撤下了幾塊磚把最外面那層的第一塊磚撬開後，立即就透出一片光亮來，趙長生以為也是汽燈照的，趕緊又堵上，心裡一下子涼了半截。過了一陣，他忍不住再又撤了磚偷偷地往外看，才發現外面是一片朦朦朧朧的暑色，天都快要大亮了。趙長生和壯丁們輕聲地商量了一下，決定冒一次險，聽說這支部隊今天就要開拔了，跟著大部隊一起走逃跑起來更難。先撤出一個小孔，趙長生探出頭觀察了一下，外面正下大霧，十來步遠近沒發現巡邏的士兵，也沒發現崗亭，他就迅速地鑽出去，對著前面跑，只跑一兩丈遠，發現外面並不是圍牆，而是河坎，下面是嘩嘩流動的河水，趙長生一陣欣喜，他知道了這裡是縣聯合中學的後院，河坎是一條兩三人高的高坎，所以沒有砌圍牆的必要。但這個時候縣城的無名河沒有多少水量，河坎下都是淤積的泥沙，青年人完全可以跳下去，連腳脖子都崴不著。

趙長生馬上返回去讓屋裡的人趕快撤磚，一次兩個往外跑，到了河坎就往下跳。屋裡的九個人很快就都出來了，並且順利地跳了下去而沒有鬧出一點動靜出來。大家很快就乘著大霧涉水過了河。一直進到山裡，大家才感到又困又餓，找到一塊包穀地一口氣啃了十多根包穀杆、生包穀棒子，又睡了一覺才起身回家。

醒來後，趙長生的第一句話是給貓莊人說的：「幸虧你們看懂了我的眼神，串魚兒時被串在一起，要是少了一個人，這次回去我爹都要活活打死我。」由於串魚兒時貓莊保的另外三個人被分散了，這次逃出來的十人中貓莊保帶趙長生自己只有七人，還有三人一個是白沙保的，另兩個是新寨保的。

這件事是貓莊的壯丁回寨一個月後趙長發去看趙天國時給他說的，趙長發把聽貓莊壯丁們說趙長生勇敢機智的話添油加醋地在趙天國的床前學了一遍。趙天國驚訝得有點不相信是真的，說：「長生是保長，連他都被抓了？」趙長發說：「我聽長生說這一向來天天有中央軍、省軍路過，他們才不管你是保長還是甲長，只要是壯丁都抓。聽說外面跟日本人的仗打得很厲害，死的人多。這些外面來的軍隊橫行無忌，不僅抓丁，還派捐逼糧，敲詐勒索，比土匪還不如，土匪搶劫還分季節，他們天天都搶。」

趙天國一骨碌從床上爬起來，說：「哎喲喲，他們這到底是抗戰衛國還是禍害百姓！你趕緊通知族人們來祠堂議事，貓莊要在諾里湖和烏古湖設哨，像當年沒修寨牆時躲土匪那樣躲這些比土匪還匪的軍隊。」

趙長發忙扶著趙天國說：「天國叔你躺下好好休息吧，郎中說你虛火太盛，要好好靜休幾個月。」

趙天國甩開趙長發的手說：「我靜養得下去嗎，長春要是在家就好了，長生太年輕，經過的世事少，我不放心他。」

搶劫軍火之後趙長春和龍大榜兩人都大大的出了一次名。據說第二天兩人的名字都上了重慶的《中央日報》、《大公報》和《新華日報》的頭版頭條，只是名字前冠以的是湘西匪首的稱謂，隻字沒提「湘西抗日救國義勇軍」的旗號，更沒提二人總司令和副總司令的職務。稍後一天剛遷來沅州城不久的《抗戰日報》報導二龍山土匪搶劫一案的報紙趙長春和龍大榜都看到了，他們用了整整一個版，還配發了兩張趙長春的照片，一張是他在三十四師二團給彭學清當勤務兵時在營房門口照的，腰間吊著盒子炮，另一張是他在嘉善時扛著敢死隊隊旗照的。第一張照片趙長春自己保留著一張，第二張是什麼時候照下來的他都不知道，趙長春想這兩張照片一定都是彭學清提供給報社的。這篇報導顯然把龍大榜撇開了，把趙長春作為策劃這次搶劫的主角來描寫的，趙長春看後還比較滿意，文章中不僅提到了他血戰嘉善的功績，還提到了二龍山「抗日救國義勇軍」的旗號，記者甚至還隱約地推測趙長春搞軍火是為了擴展義勇軍實力以便將來對日作戰。趙長春仔細地看了三遍文章，回過頭來又看了三遍那兩個記者的名字：陳北定和陸家祭，感覺他倆就像他肚子裡的蛔蟲一樣。他甚至懷疑其中一個作者就是彭學清的化名。

搶劫那批軍火的第三天西北縣周矮子的保安團和西南縣劉疤子的保安團聯合來二龍山清剿，趙長春在山谷外設伏打散了先頭進攻的劉疤子的一個連後再放他們進來，在山谷裡打了兩天兩夜。把兩個保安團打得丟盔棄甲，潰不成軍。到了第五天，趙長春以為他必然還會反撲，或者會有從其他縣城趕來援軍，但兩個團卻突然撤走了。仗正打在興頭上，趙長春又拉走過劉疤子的一個連打散了他至少一個營，他不可能輕易甘休罷手，更況且趙長春還聽弟兄們說過保安團作戰時就喊過抓住龍大榜和趙長生哪一個最高統帥部都賞大洋三十萬，兩個一起抓住賞大洋五十萬。怎麼說撤就撤了呢？這兩個團一走，二龍山從此太平無事，各地的暗探再也沒有報告哪支保安團出城往二龍山來的消息。

事實上趙長春猜測的一點也不錯，《抗戰日報》的陸家祭正是彭學清的化名。二龍山山谷裡第一聲槍響時彭學清就走進了他辦公室隔壁的綏靖公署主任室，給老統領說：「給湘西人留點本錢吧，萬一哪一天日本人打來了，那些中央軍、省軍是靠不住的！當年我們搞自治軍政府，保境息民，湘西河清海晏，夜不閉戶，路不拾遺，哪來那麼多匪呀軍呀的，現在這個匪那個軍都是官逼民反，他們都還不都是湘西人，湘西人不能自己打湘西人啊！」老統領正在看剛出版的報導二龍山土匪搶軍火的《抗戰日報》，聽彭學清說完話，摘下老花鏡，放好報紙，說：「這個趙長春曾是你的兵對不對？」彭學清說：「是我的兵還不是你的兵，你老可是三十四師的首任師長。」老統領哈哈地笑起來：「學清你說的有理，讓劉疤子和周矮子的兩個團撤了吧。我看這個趙長春拉隊伍是真心抗日的，哪一天日本人真來了中央軍和省軍還不全跑了，說不定真指望得上他呢。」

保安團一走義勇軍頓時聲名大震，附近的小股土匪，逃壯丁的年輕人，以及被苛捐雜稅逼得家破人亡的人紛紛上二龍山來投靠義勇軍，義勇軍不到一年時間就空前壯大起來，發展到了七八百號人，比一個不足編的保安團人還多。趙長春把義勇軍編成四支大隊，在原來的快槍大隊和刺殺大隊基礎上增加了一支機槍班和一支後勤大隊，快槍大隊和刺殺大隊各二百人，下設兩個支隊，機槍班七十人一個大隊，後勤大隊一百多人，都是些年紀大和體質弱的，平時不參加訓練，主要負責後勤供給，墾田種糧，收租抽稅，以保證其他大隊正常訓練。趙長春制定的軍事訓練都是針對日本人作戰的，自己親自擔任總教官，給弟兄們詳細地講解日本人的作戰方式。

幾百號人聚集在二龍山上，場地太小，只好往大龍山分住了一個大隊，後勤供給這時成了最大的難題。後勤隊一百多人自己墾田種糧遠遠供應不上這麼多人的吃喝，趙長春和龍大榜商量後決定在附幾十里的村寨徵糧收稅，但又不能讓附近的老百姓既交鄉公所又交二龍山，國民政府這幾年來苛捐雜稅已經弄得民不聊生，二龍山再插一手還不讓村寨裡的農民逃光。趙長春決定在二龍山和那支溪峽谷裡保境安民，保證這些村寨既只給二龍山交糧交稅，又可以免去他們被抓丁拉夫的煩惱，安心生產。趙長春指著西北地圖說：「我們以二龍山為中心，把從金雞坡到貓莊東西四十里控制起來，不讓鄉（鎮）公所染指，裡面大小有上百個寨子，義勇軍吃飯的問題就解決了。至於稅款，我早想好了，讓每個村寨裡都種鴉片，他們交煙土我們銷售，五五分成，我們有錢收，他們也有錢收。」

龍大榜想了想，說：「這麼弄也行，但見效慢，不如乾脆打下白沙鎮，光抄伍開國一家就夠兄弟們吃喝半年了。這狗日的這幾年沒少發國難財。」趙長春笑著說：「收拾他還不容易嗎，關鍵還是我們不能把動靜鬧得太大，你沒見我劃的這個圈是三四個鄉鎮的交界的地方嗎？若搞掉一個鄉公所或鎮公所，又要打幾仗了。」龍大榜點點頭，說：「你說的也有理，那就這樣吧。」趙長春說：「我們要把兵力分散開，在金雞坡和貓莊外的諾里湖各駐紮一支快槍小隊，另撥兩挺機關槍，這樣鄉大隊和民團就不敢來峽谷裡的村寨收租抽稅，抓丁派捐了。」

龍大榜對駐紮諾里湖提出異議，說：「駐紮在諾里湖有些不合常理吧，諾里湖的隘口兩山夾峙確實一夫當關萬戶莫開，可萬一要是被攻下又遇上那支溪發洪水那就沒有退路了，從二龍山去增援都沒辦法，不如駐紮在老寨可靠。」

趙長春說：「我也是反覆權衡了很久，駐紮在那裡有三個理由，第一，諾里湖現在沒人，但還有房子，稍加修葺可以住人；二，那裡的田地拋荒還沒幾年，可以讓後勤大隊開墾重新種糧；三，可以把貓莊納入我們的控制範圍，貓莊水美田肥，旱澇保收，再加上貓莊的雞公山種鴉片成色特別好，無論錢糧對我們都是一筆不菲的收入。至於你擔心打起來沒退路更不是問題，我們在白沙鎮有暗探，大隊人馬開去貓莊會有情報，萬一諾里湖守不住還可以退守貓莊，貓莊有寨牆，哪怕是中央軍一個團一兩天也打不下貓莊，那支溪河水最多也只暴漲過一兩天就退，來得快去得快。」

趙長春派後勤隊長李老三帶了幾十人先去諾里湖修營房和墾田，房子修好後派快槍隊隊長麻萬民帶兩挺重機槍一百個兄弟駐紮那裡。麻萬民整隊出發前，趙長春給弟兄們訓話說貓莊一寨全是我的族人，弟兄們去了那裡不准擾民，誰要是敢胡作非為軍法從事，別怪本司令不客氣，大家記住了，我們不是土匪，我們是軍人！

趙長生發現有人在諾里湖砍樹建房，李老三已經修整和建好了一大排房子了。

正是秋季大忙時節，貓莊人都在「甬」裡收稻子，沒有人出寨，天天在城牆上放哨的人沒有發現諾里湖的動靜也在情理中，畢竟西寨牆離諾里湖有好幾里地。趙長生是這天去青石寨請老婆胡小菊的娘家哥哥胡萬龍幫家裡收稻子路過諾里湖時發現的，準確地說是他還沒走到諾里湖就發現了。他出門的時候是清早，山山嶺嶺被乳白色的大霧籠罩著，出了寨牆洞，走到趙家包下時就聽到諾里湖有「哐哐」的像是斧子的伐木聲又像是石匠的打岩聲，又走了一段路聲音更大更清晰起來，但大霧裡影影綽綽，他什麼也看不到。這麼清早巴晨，諾里湖又沒有住戶，上山砍柴的沒這麼早，再說哪個寨子都是在山林裡，又何必跑來諾里湖呢？趙長生有些畏縮起來，自從紅腦殼走後關於諾里湖鬧鬼的傳聞就很多，傳得有鼻子有眼的。但趙長生又不好意思打轉身回去，怕家裡人笑話他，天色都大亮他還怕鬼，傳出去自己都覺得沒臉見人，只好麻著頭皮往前走。再走了一段，霧也漸漸消散了，呈現在他眼前的諾里湖突然多了一排長長的房子，房子還是新樹起來的，遠遠看去，還有幾十人上百人在做工。趙長生感到頭皮一麻，趕忙往回跑，不管那些房子是真是假，那些他看到的人是人是鬼，他都得趕緊回去給爹說。諾里湖突然出現的奇異的景象他一下子就意識到了對貓莊必然會有很大的影響。

趙天國聽趙長生說諾里湖有人在建房子，他最初覺得趙長生也像十多年前趙久林說他看到貓莊的石屋都是墓碑一樣荒唐滑稽，趙長生再三聲言他沒有看走眼，趙天國才跟他去諾里湖看。他們出了寨牆洞走上不到一里路就能聽到「哐哐」的斧頭聲，走到趙家包下時大霧已經完全消散了，再往前走了一段路，居高臨下就能看到諾里湖隘口內的山腳下真的樹了一排新屋，而且原來那些沒有人住的快要淋爛的房子也修葺一新，蓋上了茅草。趙長生對父親趙天國說：「住家戶誰也不會修那麼長的房子，看起來像是修兵營，你看，那邊站著沒做工的人好像背著槍！」

趙天國的心裡也在犯嘀咕，說：「誰會在這裡修兵營？」

趙長生說：「那就是土匪在修山寨。」

不管是兵還是匪在諾里湖駐紮下來對貓莊都是巨大的威脅，甚至是滅頂之災。趙天國用衣袖擦了一把腦門上沁出的大滴大滴的汗水，對趙長生說：「我下去看看，你待在這裡別動，省得他們要是兵又綁了你這個貓莊的大保長。」

進了諾里湖寨子，趙天國看到至少有七八十人在那一排新房前和屋頂上做工，鋸木料，抬木柱，屋頂上的人在釘木條，出寨的隘口上有十多個人背著槍來回走動，那些做工的人身邊也都支架著快槍。沒有一個穿軍裝的，趙天國估計他們不是兵，兵們建房子也不會自己動手，看來無疑是匪了。既然是匪，也沒見他們來貓莊搶劫，難道他們是自己帶糧食來這裡建山寨，還是他們估計現在這點人槍沒把握打進貓莊？趙天國看到一個跟自己差不多大年紀的老漢坐在屋前的一支木馬上抽煙鍋，估計此人不是匪首也是老二老三的角色，走上去作揖道：「敢問老英雄是哪個山寨的大王，是要在這裡安營紮寨？」

李老三磕了一下煙鍋，站起來說：「我們是湘西抗日救國義勇軍，你老人家是貓莊的吧？」趙天國指著房子問：「你們這是？」李老三說：「我們要在這裡駐一支隊伍，今後這峽谷裡村寨裡的錢糧就不要交給白沙鎮公所了，我們來收。」趙天國諷刺說：「你們抗日救國不去外面跟日本人打來這裡修什麼兵營？派糧派捐抓丁拉夫？」李老三答：「我們既不派糧派捐也不抓丁拉夫，我們義勇軍有嚴密的紀律，兄弟們大多也是這條峽谷裡的人，怎麼會像中央軍省軍那樣強搶惡要，你老人家可能還不知道我們義勇軍吧？」趙天國疑惑地看著李老三說：「沒聽說過？」李老三用自豪的語氣說：「一個月前鯉魚灘劫軍火的事你該聽說過吧，那就是我們義勇軍幹的。」

趙天國「哦哦」了幾聲，說：「聽說了，聽說了，你們的匪首叫『叫驢子』！」說完就轉身走了。李老三嗑了兩下煙鍋才醒悟過來，衝著趙天國的背影喊：「你這老把式，給你說了我們是義勇軍，趙長春是我們的總司令，怎麼成了匪首！」

趙長生看到爹木著臉走過來，迎上去問：「他們是匪是兵？」趙天國惡聲敗氣地回答趙長生：「是長春那個瘟神的人！」趙長生看到爹的臉色和語氣都不好，不敢再多問。父子倆默默地回了貓莊。這時趙天國和趙長生父子怎麼也不會想不到這是趙長春有意派出一隊人馬駐紮諾里湖的，保住此後三年時間貓莊一直平靜無事，不受外界的一點騷擾。直到他死後，父子倆才真正明白趙長春的苦心。

趙長春是這年農曆十月再一次回貓莊的。義勇軍參謀長兼後勤隊長李老三收不到貓莊的錢糧。李老三帶人到貓莊收錢收糧，趙天國給他說貓莊人從不給土匪交糧交錢，只給政府交，錢和糧他要帶人交到白沙鎮公所去。這當然是氣話，他真給鎮公所交也過不去了，一個月前快槍隊長麻萬民已經帶人扼守了諾里湖隘口，別說貓莊人送不過去錢糧，伍開國早就派人來催了幾次錢糧，那些人只過了新寨就打回轉了。伍開國仗著軍人出身的底氣，帶了二十多個鄉警五十多個民團團丁往諾里湖來清剿轄區內的土匪，那些警察和團丁剛一在隘口下露頭就被一梭子重機槍的子彈打掉了幾頂帽子，嚇得屁滾尿流地回去了。

李老三知道趙天國是總司令趙長春的父親，貓莊人都是他的族人，不敢硬來，只好回二龍山給龍大榜彙報。問他收不到貓莊的錢糧咋辦？龍大榜沉吟了一陣，說：「趙天國是個倔犟脾氣，他沒跟你槍對槍刀對刀著幹就算客氣了，這事還是讓總司令親自去解決吧。我不宜出面，白水寨跟貓莊打了一百年仗，結怨深著呢，我去更是火上澆油。」

麻萬民帶快槍隊駐紮諾里湖的一個月時間裡趙長春已經到這裡檢查過兩次他們的訓練情況，但兩次他都是多繞了幾十里路過來的，沒有進貓莊寨子。他這是避免和族人，特別是父親趙天國打照面。他知道和龍大榜攪在一起父親一定會把他認作土匪的，這不擔心什麼來什麼，這次他知道繞不過去了，他不能讓弟兄們心裡猜疑他偏袒貓莊族人，更不能壞了義勇軍的規矩，當初選一支快槍隊在諾里湖駐紮就是衝著貓莊的錢糧去的。貓莊的錢糧一定要分文不差地徵到！

趙長春帶了二十個快槍隊員和後勤的弟兄進了貓莊，都沒帶槍，每個人挑了一副籮筐，他帶人先到下寨收糧和錢，糧當場就從那些人家穀倉撮進籮筐裡，錢一時湊不足的可以寬限些時日，下寨的族人倒沒有什麼異議，紛紛交錢交糧。不說是長春帶人來收要給他面子，義勇軍收的錢糧也不比往年交鎮公所的多，只是他們擔心這些人收了一趟鎮公所會不會又來收一趟？但都沒有說出口。

收完下寨收上寨，趙長春和李老三走過小溝橋時就看到父親趙天國拄著拐棍站在晒穀坪外等著他，他的身後沒有人，許多人都躲在巷子裡探頭探腦地張望著。趙長春看到爹板著臉，鼻子不是鼻子嘴巴不是嘴巴的，走上去叫了一聲「爹」，趙天國木著臉大聲地質問長春：「進寨搶糧呀！」

趙長春聽到這句話怔住了，感到臉上比被爹扇了一耳巴還火辣，嚅囁著說：「我們是抗日義勇軍，不是土匪。」趙天國不屑地說：「二龍山什麼時候駐過軍，白水寨一百多年來就是個匪窩！」他蹴了蹴拐棍，拐棍尖上的鐵箍砸在石板上咵咵作響，趙天國還扭過頭去對著巷子族人們大喊：「大家都出來看看二龍山土匪長的什麼樣子！」趙長春拉了拉自己的衣角，挺起胸脯，也對著巷子裡大聲說：「你們都出來吧，聽我講講，我趙長春怎麼就成土匪了，我們是抗日義勇軍，是要打日本人抗戰救國的軍隊。」

看到上寨人陸續從巷子裡出來，趙長春對趙天國說：「爹，你讓人在那支溪峽谷上百個村寨打聽一下，我們義勇軍有沒有強搶惡要過，有沒有催糧逼錢過，有沒有拉丁派夫過，有沒有敲詐勒索過？」趙長春越說越激動，「老統領曾在三十四師訓話時說過，有良心的人拿槍就是軍人，沒良心的人拿槍才是土匪，現在酉水兩岸的那些中央軍省軍他們都有正式番號，他們橫行無忌，到處抓丁拉夫，敲詐勒索，你說他們是軍人還是我們義勇軍是軍人？」

趙長春看到爹臉上綳緊的皮肉鬆弛了下來，又對族人們說：「我知道你們同我爹一樣認為我是貓莊趙家的忤逆子，先是從軍，後又上二龍山跟龍大榜做土匪，可你們想過沒有，現在是國難時期，日本人已經打到長沙了，他們打下長沙很可能從常德進攻湘西，如果全國人都像我們貓莊人不從軍，躲在這大山旮旯裡，誰來抗戰？傾巢之下焉有完卵，你們想想國家亡了還會有貓莊嗎？義勇軍不要你們出一個壯丁，今天這錢糧收定了，一分一粒不能少。我在諾里湖擺了兩挺重機槍，就是讓你們安心種田，這裡的糧一粒都不能流出去，有吃不完願意賣糧的我們按白沙鎮的市價用銀元收購。」

趙天國給上寨的族人們揮了揮手，說：「去吧，去吧，給他們交錢交糧吧！人家的機關槍都架到寨門口了，讓長生給每家每戶記個數，不然到時又是一筆糊塗賬。」他轉過身來對趙長春說：「別以為你爹老糊塗了，國家興亡匹夫有責的道理我懂，但打日本人不光是嘴上練的，不管是軍人還是土匪吃了百姓的糧就別反過來禍害百姓。」

趙長生拉了拉趙天國的衣襟，央求他說：「爹你就少說幾句。」

趙天國用手掌打了一下趙長生的手背說：「我老了身體不好，你年輕人眼明腳快的，幫我盯著一下，那年武平沒拐走一個人，這次別讓這個貨拐走一槽人啊！」

趙長生說：「爹！」

趙天國說：「晚上通知族人們到祠堂議事，不管這個軍那個軍都不准投，要真是哪一天日本人打到貓莊來了我們在寨牆上打仗也要人啊！」

民國三十二年初冬的一個細雨淅瀝的早上，趙天國給母親趙彭氏去白沙鎮請郎中，趙彭氏已經病了差不多一年，臥床不起也有小半年了。換了附近寨子的幾個郎中，吃了上百副藥也不見好轉。現在只要一進他家門前的那條巷子就能聞到刺鼻的中草藥味。趙天國換了一雙膠鞋，拿了一把洋傘，剛走出門前的巷子，就見剛剛上工去摘油茶的趙長生氣喘吁吁地跑過來，趙天國以為兒子不放心自己雨天路滑去白沙鎮是來替換自己的，就說：「上你的工去吧，油茶再不下樹要爛掉了。」

趙長生粗著氣說：「爹，諾里湖長春的那些兵撤走了。」

趙天國忙問：「什麼時候撤退走的？我前天傍晚從青石寨回來他們都還在。」

趙長生答：「不曉得什麼時候撤走的，應該是前天晚就走了，昨天清早我挑水時碰到長洪聽他說前晚聽到諾里湖放了一陣槍，還以為是義勇軍跟保安團打起來了。昨天我在趙家包摘油茶諾里湖就靜悄悄的，今天又看到他們那棟作伙房的茅屋也沒冒煙，我越想越不對勁，就跑去那裡看了，人真的都走光了，連被子都帶走了。只有板壁上寫著一些歪歪斜斜的字。寫的是『我們抗日去了』或者是『我們打鬼子去了。』」

半個月前，日本人的飛機就轟炸過西北縣城和白沙鎮，他們在西北縣城投了七枚炸彈，全是投在人口密集的坡子街裡，據說炸塌了十多棟房子，死了二三十口人，在白沙鎮投了兩枚，一枚落在鎮東陳小虎家的牛欄裡，炸死了一頭大水牯，把牛欄後面的豬圈也震塌下，兩頭肥豬掉在糞坑裡淹死了，另一枚炸彈落在鎮公所後院伍開國家的堂屋裡，把他家的房子炸得稀巴爛，白沙鎮人都說從他家飛出來的銀元撒了半條街，每個銀元都七彎八翹扭曲得像個麻花似的。那天伍開國在鎮公所辦公室，他兩個姨太太在對面街上的鄭文書家打麻將，都躲過了，兩個護家看院的家丁卻一死一傷。

那天日本人的飛機貓莊人也看到了。當時是正午，大人孩子聽到頭頂上有嗡嗡的巨大的轟鳴聲傳來，紛紛跑出屋觀望，大人們看到一隻巨大無比的黑鳥飛來，驚奇得合不攏嘴，孩子們則在晒穀坪上又唱又跳的。突然那只「大鳥」俯衝下來，轟鳴聲震得人的雙耳發麻，孩子們一邊捂著耳朵一邊興奮地跳起來喊：「『大鳥』屙蛋了，屙了好大一個蛋！」人們都看到「大鳥」飛過去的時候真的屙了一個大蛋下來，落上晒穀坪坎下的水田裡，「嘭嗵」一聲濺起一片白亮的水花。

「大鳥」屙蛋時趙長生剛從家裡跑出來，他雖然沒見過飛機但聽趙長春說過這個能飛的鐵東西是專門投炸彈的，飛機俯衝下來時他大喊：「趴下，趴下！」他的聲音淹沒在巨大的轟鳴聲中，根本就沒人聽得到。他心裡想完了完了，這一傢夥不知要炸死多少人了，等他跑到晒穀坪時，那個插在水田裡的傢夥還沒響，他才鬆了一口氣。他讓爹守著禁止任何人接近那個鐵蛋，自己跑去諾里湖找麻萬民。麻萬民也看到了「大鳥」從頭上飛過，知道那是日本人的飛機，機身上有膏藥旗的標識，這個總司令講解過。他帶人跑到貓莊一看，驚得連聲大叫：「我的娘喲，幸虧是個啞彈，不然一晒穀坪的人都沒命了。」

趙天國拿拐棍指著那枚四個人小心翼翼抬出來的鐵彈說：「真有那麼厲害？」麻萬民說：「你老人家要是不相信我們找個天坑試試，保准能幾十丈深的天坑炸得塌。這個鐵蛋殼一炸碎外面的鐵殼到處亂飛，不知要傷好多人。」後來麻萬民真讓人把它丟進天坑裡，趙天國沒去看，聽回來的人說把諾里湖的一個天坑給炸塌了，那響聲悶在裡面比大土炮還響。

第二天長春趕來貓莊，對爹說：「你現在知道國家保不住貓莊也別想保住的道理了吧。日本人把殺中國人就當好玩的遊戲，你自己想想那枚炸彈要不是啞彈貓莊要死多少孩子。」

……趙天國想諾里湖的義勇軍都撤走了，長春是帶人上戰場了吧。他對長生說：「看來日本人已經打進湘西了，你去白沙鎮跑一趟給你婆買藥，我清查一下貓莊有沒有人跟麻萬民一起走，我估計大牛和大平跟他們走了，這兩孩子天天跟麻萬民纏在一起，我前晚從青石寨回來還碰見他倆去諾里湖玩。」

趙天國挨家一問，果然趙大牛和趙大平不見人了。

第二十二章

此時，趙長春帶著湘西抗日救國義勇軍急行軍一天一夜，已進駐沅州城裡。他是前天接到彭學清十萬火急的信件趕往沅州城的。彭學清在信上說日軍正準備大規模進攻常德，湘西北石門慈利一線戰況十分危急，一旦失守，整個湘西就會門戶大開，他叮囑趙長春務必帶人三天內趕到防守沅州城，現在整個駐紮湘西北的國軍已經膠著在石門慈利一線，沅州城裡只有一個保安團防守，兵力薄弱，沅州城若是不保，日軍一天就可以打下西北城，不出三日整個西水北岸將淪陷於日寇鐵蹄之下。趙長春接到信後立即一面派人去金雞坡和諾里湖通知兩個快槍小隊回二龍山，一面拿著信去找龍大榜。

龍大榜正在屋裡擦拭他的那支快慢機，見趙長春匆匆地朝他這邊走來，就說：「總司令，是不是有仗要打了？」趙長春奇怪地說：「你怎麼知道的？」龍大榜把快慢機和紅絨布放好在桌上，左手掐住右手腕活動了幾下，齜牙咧嘴地說：「我這幾天手癢得很，昨夜裡睡醒時聽到掛在牆壁上牛皮盒子裡的快慢機槍筒裡嗚嗚地嗚叫，就知道有大仗要打了。」趙長春把彭學清的信遞給龍大榜，看完信，龍大榜一拳砸在桌子上說：「龜兒子，等了好幾年終於來了！總司令，趕快集合隊伍，上沅州城去。」

趙長春說：「不急，等麻萬民他們回來後，先把二龍山安排好。把後勤大隊留在二龍山你看怎麼樣？」

龍大榜盯著銅鈴眼說：「有什麼安排的，全部出發，一個不剩地拉出去！」

趙長春說：「我也正是這個意思，沅州城兵力薄弱，多一個人多一分力量，後勤隊年紀大的還可以往城牆上搬彈藥。不過，你可要想好喲我的副總司令，隊伍這一拉出去有可能誰也回不來，你們龍家白水寨百年基業那可就沒了喲。」

龍大榜說：「從你把標兒的骨灰帶回二龍山那天起就想好了。」

第二天上午，趙長春和龍大榜把所有的義勇軍兄弟都集合在白虎堂前的大土坪上。弟兄們領了槍支彈藥，剛列好隊，陰沉沉的天空突然嘩嘩嘩嘩地下起了大雨，從大龍山那邊還傳來了隆隆的沉悶的雷聲。龍大榜聽到雷聲心裡一沉，今日是十月十四，初八立冬已經過去好幾天了，那支溪峽谷裡看年景有一句很準的俗語：「入冬聽雷聲，黃土壘成堆」，意思是冬至以後打雷是個凶兆，要死很多人的，民國二十三年就是冬至那天打了炸雷，一場戰爭下來整個酉水北岸死了幾萬人。

趙長春站上土台時，全身被雨水澆得透濕，他給弟兄們敬了一個標準的軍禮，身上的冷意刺激得他連打了兩聲噴嚏，清理了一下嗓子後大聲地說：「弟兄們，天天操練手癢不癢，想不想打仗？我們的副司令說他的手都癢得不得了。」

弟兄們哈哈地笑成一片，懶洋洋地答：「想。」

龍大榜板著臉大聲地說：「嚴肅些，總司令這是訓話，不是跟你們逗樂子。」

趙長春又說：「想不想打日本人？」

弟兄們精氣實足地答道：「想，做夢都想。不打日本人我們還叫什麼抗日救國義勇軍。」

趙長春說：「那好，現在日本人已經到了距二龍山不足二百里的石門慈利一線，國軍七十三軍正跟他們作戰，沅州城危在旦夕，湘西的大門就要被狗日的小日本打開了，弟兄們，我們是不是應該把狗日的趕出我們的家園，是不是應該用我們的鮮血捍衛我們民族的尊嚴保護我們的父親母親弟兄姐妹不受凌辱！」

弟兄們士氣高昂地答：「把小日本趕出湘西，跟狗日的拼了！」

趙長春看了一眼龍大榜，站在雨中的他也渾身精濕，鬚髮花白的他站得標直，一臉肅穆，他又說：「跟日本人打仗不比跟保安團，他們全是重槍重炮，還會有飛機轟炸，我和副總司令把弟兄們拉出去就沒想回來了，要是有怕死的弟兄乘早滾蛋，沒有是吧，下面讓副總司令訓話。」

龍大榜神情悲壯地走上土台。就在趙長春訓話時他看到一道明亮的閃電撕開臃塞在大龍山上的黑雲，一聲炸雷在山後炸響，他的心裡一陣驚悸，為匪作歹大半輩子，多少次死裡逃生，甚至是跟著紅腦殼天天打大仗時他都沒有過像今天這麼強烈的不祥的預感。龍大榜看了一眼冷得嘴唇發烏全身哆嗦的弟兄們，學著趙長春的樣子敬了一個軍禮，說：「我龍大榜活了大半輩子，以前滿清朝廷和國民政府都罵我是匪，我認賬，打起義勇軍旗號他們再罵我是匪我就不認了，今天我跟弟兄們是以軍人的身分上戰場的，我們要讓他們看看二龍山的人到底是土匪還是軍人。老子醜話講在前頭，戰場上要是哪個弟兄慫了，丟了軍人的榮譽別怪老子不講情面，一律就地槍決！」說完，拔出快慢機對著天空放了三槍。

趙長春也對著天空放了三槍，拔出土台上的七彩龍圖鍛面旗，雙手交給列隊最前面的旗手，大聲說：「弟兄們，整隊出發！」

龍大榜也說：「跑步出發，兄弟們，跑起來後就不冷了。」

隊伍進沅州城時是第二天中午，沅州的天空烏雲密佈，冷冽的空氣中充斥著趙長春熟悉的那種大戰在即的硝煙味。彭學清親自帶著保安團長和一些官吏、紳士在城門口迎接，湘西行署大部分機關、學校、工廠都轉移出去了，彭學清堅持留了下來。他現在是湘西行署臨時任命的沅州城防司令，保安團歸他指揮，這幾天他正在一邊組織人力加固城牆，一邊四處派人聯絡民間武裝趕來沅州守城。趙長春進城後看到城裡井然有序，都在緊張忙碌地備戰。隊伍安頓下來後，他和龍大榜在彭學清的陪同下在城牆上轉了一圈，發現城牆上除了保安團的國民黨青天白日軍旗，還插滿了各種形形色色的旗幟，有青龍旗、白虎旗、萬字旗、飛鳳旗，彎鉤旗等等，前幾天還被國民政府和湘西綏靖公署認定為匪的各個山頭的義勇軍、神兵、苗兵都趕來沅州守城了。彭學清說：「現在沅州城有保安團　千五百人，加上陸續趕來的各路人馬，總數不到三千人，日軍在石門慈利一線集中了橫山勇的兩個精銳旅團好幾萬人，七十三軍和七十四軍正在跟他們血戰，打得比我們在嘉善時還要殘酷。七十三軍汪之斌軍長就是酉水北岸人，護國軍時我們同在一個團，前天的戰報上說他的軍部被日軍包圍，生死不明，石門已經失守，日軍正在向慈利縣城運動。守城的是七十三軍暫五師，一個雜牌師，估計他們撐不了兩天，彭師長是我在長沙講武堂的同學和家門，從前天開始他就每天三匹快馬求我發兵救援，我是沅州的城防司令，我的責任是守衛沅州城，保安團也不是正規軍，總不能棄沅州城帶著保安團跑到慈利去抗日吧。慈利失守，沅州城只怕也是保不住囉！我估計要不了幾天日軍就能打到這裡。」

趙長春問：「日軍大舉進攻湘西北，他們的戰略意圖是什麼？」

彭學清說：「現在還不清楚，最高統帥部和戰區司令部都認為日軍是發動西南攻勢，直取重慶。

我認為日本現在沒有發動西南攻勢的實力，戰爭打這麼些年日軍的消耗比我們更大，他們是小國，物力人力都跟不上來了。」他攤開隨身攜帶的地圖，擺在城牆垛上，攤平，手指在洞庭湖區劃了一個圈說：「我估計日軍很可能是要佔領這個大糧倉，達到他們以戰養戰的目的，所以他們的戰略目標應該是奪取常德，控制洞庭湖區。」

趙長春看著地圖，沉思了一下說：「若真如你所說他們攻下慈利城後很可能放棄沅州南下桃源，然後合圍常德。」

彭學清點頭：「這種可能性很大。但我不能冒這個險去救援慈利城，我的責任是與沅州共存亡。」

彭學清和趙長春談論戰略意圖龍大榜聽得不大懂，但他們分析日軍有可能不會進攻沅州城他聽明白了，眼珠子骨骨碌碌地轉了幾下，說：「彭司令，你的兵不能去慈利，我們義勇軍可以去增援。反正我們又不要聽到他娘的國民政府的調令，哪裡能打日本人就到哪裡去打唄。日本人萬一要是不來沅州城這仗不就打不成了，弟兄們不就白跑一趟了。」

彭學清望著趙長春和龍大榜說：「你們真想去慈利城？現在的慈利已經成了一座煉獄，日軍天天在轟炸，他們的地面部隊應該已經攻城了，不知彭師長還能堅持多久，你們去也是……」

趙長春打斷彭學清說：「軍中無戲言，我們休整一下，晚上就出發。不過，我們需要一些彈藥槍支補充。」

彭學清說：「槍和彈藥我可以給你們多補充一些，這幾天沅州城每天有好幾船軍火從辰溪兵工廠運抵，給你們兩百支槍，二十萬發子彈一萬枚手榴彈都沒問題。長春，你記住，萬一慈利失守你們就撤回到沅州城外的紫金山，日軍攻打沅州時側擊他們的左翼，這樣可以減輕一些城內的壓力。」

湘西抗日救國義勇軍是第二天中午在一個叫楊樹鋪的集鎮外遭遇日軍的。楊樹鋪是一個大集鎮，有兩三千口人，此處從地圖上看離沅州城八十里，離慈利城三十里，是從慈利去沅州和桃源的分岔處。鎮中有一條簡易公路和一條叫楊樹河的小溪河，鎮外是一片開闊的田疇，乍一看上去像一個小平原，東西平鋪了好幾里才有低矮的山巒，從沒出過大山的弟兄們一看到那壩平整的水田，紛紛驚呼：「是不是走到洞庭湖區了？」湘西人都知道「洞庭湖垮坎，就聽到人講」，弟兄們還以為那些低矮的山巒是洞庭湖湖坎，只要爬上去就能看到一片浩淼的大水呢。

在鎮子裡休整一個時辰，吃了午飯，趙長春讓人去找他們的鎮長，一會兒，來了兩個鄉紳模樣的老年人說他們鎮長帶著家眷早跑了。趙長春問你們怎麼不跑，日本人就要打過來了。一個鄉紳說：「我們的家產，房子、田地都在這裡往哪跑呀？當官的金銀細軟一包袱就捲得走，我們的產業搬不動呀。」龍大榜問：「今天有沒有從縣城過來人，慈利城怎麼樣了？」另一個鄉紳答：「不清楚，縣城的人早就跑完了，那些守城的兵前幾天還有快馬來來去去的，這兩天也沒見了。城裡這幾天天天都是炮聲和槍聲，我們在對面山上派人觀望，一旦日本人來了就往山裡躲。」趙長春目測了一下四面大山跟鎮子的距離，說：「日本人要是來了，不等你們觀察的人跑下山，他們的車隊就進鎮了。把你們保長或其他什麼能做主的人趕緊找來，讓他疏散鎮子裡的人去山裡躲吧。」

那個年長一些的鄉紳說：「鄙人就是保長，只是，只是……你們……我們要疏散到什麼時候才能回來？」麻萬民往他屁股上踹了一腳，說：「你哪那麼囉嗦，我們總司令讓你疏散你就趕快去疏散，敲大鑼去喊鄉親們快跑。」

保長和那個鄉紳唯唯諾諾地退去。

趙長春也招呼弟兄們起身趕路，盡快趕去慈利城。

走出鎮子還不到兩里，前頭探路的弟兄跑回來報告說前面發現了兩輛打著膏藥旗的日軍卡車正朝這邊開來。龍大榜興奮地問：「有多少人？」探路的一個弟兄說：「看不清楚有多少人。」另一個弟兄嘻嘻地笑道：「那個長輪子的傢夥跑得好快。」龍大榜扇了一下他的頭說：「那是卡車，總司令講課時沒說過嗎？」趙長春拉了他一把，把他的臉轉過來，驚訝地說：「你不是大牛嗎？你怎麼跑來了。」趙大牛低著頭說：「叔，我聽麻隊長說要打仗，就偷偷跟來了。叔，你別罵我呀，我是木匠墨線彈得好，槍也打得準，麻隊長早就說過，我不打仗太浪費了。」他比趙長春還大五歲，一口一個叔地叫。趙長春問：「貓莊還有誰來了？」趙大牛說：「還有大平也來了，我倆一起跟來的。」

龍大榜問趙長春：「打吧？」

趙長春問清了只有兩輛卡車，估計是日軍的搶糧隊，他看了一下附近的地形，這一段的地勢平坦，但距公路四五百米遠的地方有一大道土坎，長約幾百米，長著一篷篷低矮的灌木，地勢也比公路高出半人多，是個天然的打伏擊的地方。趙長春給弟兄一揮手，喊：「快上那道坎，都隱蔽好！」弟兄們一下子都散開，紛紛往坎上跑去，到了坎上，才知道這一道坎是楊樹鋪人歷年挑河裡淤積的泥沙堆積而成的，後面還是一壩開闊的田疇，坎下不遠就是乾枯了的楊樹河。

趙長春對這個地形也不在意，反正就兩車日軍兵，最多不過五六十個人，小菜一碟。一會兒，那兩輛卡車就開過來了。引擎聲也由嗡嗡聲變成了轟轟聲。趙長春看到兩輛車的車頂上都架著機關槍，從一個弟兄手裡要過一支漢陽造，給身邊的麻萬民說：「你找一個槍法準的來，一人一槍，我先打掉車頂上的機槍手，他打駕駛室裡的司機。後面那輛車也這樣打。」麻萬民說：「叫趙大牛來吧，他槍法準。」大牛的槍法準趙長春知道，點了點頭，說：「你給他講，要一齊打。」

趙長春槍聲一響，那個伏在車篷上的機槍手頭就歪了，這時趙大牛的槍也響了，只見汽車在公路上顛起了屁股，一頭栽進了田裡。車上的日軍紛紛往田裡跳，趙長春喊了一聲打，快槍隊的槍劈劈啪啪地響了起來。許多沒跳下車的日軍就掛在了車攔板上。這時第二輛車駛了過來，車頂上的機槍瘋狂地掃射過來，子彈打在沙土上噗噗作響，濺起的細沙打在臉上生疼生疼的。趙長春換了個位置，直到車停後連開了三槍才打中這個機槍手。義勇軍的兩挺重機槍猛烈地往汽車底下掃射，直把這輛汽車的油箱打得爆炸。

初戰告捷。義勇軍只輕傷了兩個弟兄。那兩個弟兄都是重機槍掃射時手臂掛彩的，卻全殲了日軍三十七人，剿獲了兩挺歪把子重機槍。趙長春讓弟兄們趕緊清理戰場，他估計日軍已經攻佔了慈利縣城。龍大榜踢著一個日本兵的屍體，罵道：「他娘的，老子用這個短火也沒看見打死沒打死一個，弟兄們，這個龜兒了是不是老子打死的？」

弟兄們哈哈大笑，都不說是他打死的也不說不是他打死的。

剛剛打掃完戰場，大股日軍就到了。趙長春估計的不錯，昨天晚上慈利縣城已經失守，守城的七十三軍暫編第五師全師覆滅，師長彭士量在傍晚突圍時被日軍飛機掃射，身中五彈，壯烈殉國。城內的國軍弟兄全部陣亡。日軍以兩個精銳旅團的兵力不到五天迅速拿下石門、慈利一線，正如彭學清分析的那樣，他們並非是要進攻沅州，而是不惜一切代價趕去桃源會合，參加幾天後的常德會戰。趙長春當然更不知道，他們在楊樹鋪遭遇的是日軍第十三師團一個建制完整還有五六千兵力的旅團。義勇軍解決的那兩車日本兵不過是先頭出發探路的。

日軍的幾十上百輛軍車出現得太突然了，像是從前方的小山坳裡冒出來而不是開過來的。這些軍車看起來開的很緩慢，他們好像並沒有聽到一刻鐘前剛剛發生在這裡的槍聲，但只要看看車身後的滾滾煙塵，就知道那些軍車其實是風馳電掣地趕來的。義勇軍根本來不及轉移。撤也沒地方撤，到處一馬平川，無遮無攔，這個時候往對面的山上跑，幾百號人會成為日軍的活靶子。趙長春命令弟兄們按梯隊迅速退回到剛才的沙堤上去，堤坎太短，容不下那麼多人，他把快槍隊集中在堤上，機槍隊分散到堤坎外兩端的田塍上，加大周邊的火力，防止日軍從兩翼包抄過來，堤坎上只留兩挺剛剛繳獲的重機槍，把刺殺隊和後勤隊放在後面的河溝裡作梯隊。

日軍旅團長佐佐玲少將從山坳上下來時就在望遠鏡裡看到了這是一支衣衫不整的隊伍，他也看到了這一帶沒有防禦工事，甚至沒有天然掩體和有利的作戰地形。一開始，他並沒有把這支隊伍放在眼裡，認定他們不過是一支地方武裝或者游擊隊之類的，但他更傾向於這是一支山區土匪隊伍，進攻湘西前他研究過湘西的社會狀況，知道這一帶盛產土匪，如果他的兩車士兵不被他們伏擊，他甚至不想在這裡停車耽誤時間，他們旅團還有更加重要的作戰任務。所以當車隊在那兩輛被伏擊的汽車殘骸不遠處停下時，他向前來請示作戰的聯隊長山本一夫大佐只伸了三根手指頭，意思是用三百名士兵去解決掉他們。

三百名日軍端著明晃晃的上了槍刺的三八大蓋，慢慢騰騰，也是漫不經心地往堤坎搜索而來。趙長春給弟兄們傳話，機槍先不要開火，以免提前暴露火力遭到日軍的炮擊。他讓快槍隊的兄弟們等日軍再走近一些瞄準了打。龍大榜也說不要節約子彈，今天有幾十萬子彈上萬枚手榴彈，一輩子都難得碰上打這麼闊綽的仗。他嫌快慢槍射程太近，打中了也打不死小日本，已經從一個弟兄手裡要了一支漢陽造，準備好了大開殺戒。三百米，二百米，一百五十米，日軍越來越近了，龍大榜說：「哪個也不要和我爭，我打那個手裡拿刀的鬼子。」一槍過去，日軍的少佐頭上就飆血了，他竟然沒有立即栽倒，舉起刀「咿咿呀呀」地喊了一串東洋話，踉踉蹌蹌地往前跑了幾步才倒地。二百多支快槍「劈劈啪啪」地響成了一片，日軍紛紛栽倒下地，沒有栽倒的也趕緊伏下地。快槍隊這幾年沒有白練，一陣槍響，最少也撂倒了近百名日軍。

佐佐玲木少將一直站在後面的鐵甲車上觀戰，心裡在暗暗地吃驚，不到幾分鐘他的士兵就倒下了近百人。他對站在車外的山本一夫說：「山本君，那支武裝很不簡單，他們訓練有素，不是一般的游雜部隊或者土匪武裝。」山本一夫正用望遠鏡觀看堤坎上插著的那面義勇軍的七彩龍圖鍛面軍旗，收下望遠鏡指著那面旗回答佐佐玲木說：「將軍閣下，你看那面旗幟就知道他們不是支那人的正規軍隊，而是湘西神兵。昭和十二年，我哥哥山本太郎曾在支那的浙江沿海一帶作戰，在皇軍進入嘉善城後跟支那人拚殺時身負重傷，他回國養傷時曾跟我說過那面可怕的神兵旗。當年，防禦嘉善城的正是湘西竿兵一二八師。」

佐佐玲木猜測說：「這支武裝會不會是一二八師的殘部？」山本一夫肯定地回答道：「將軍閣下，就像我哥哥山本太郎回日本後最終為天皇盡忠了一樣，這支部隊早在昭和十五年就為他們的蔣委員長殉葬了！」佐佐玲木「哦」了一聲，命令道：「先用炮轟，把那面旗幟轟倒，把那條土堤轟平。」

一聲聲小鋼炮炮彈出膛的尖銳刺耳的嘯音傳來，義勇軍的弟兄們還沒反應過來是怎麼回事陣地上就炸開了花，炮彈落在田裡泥花濺起來足足有幾丈高，許多弟兄被炮炸得飛起來，落下來時腦殼、手腳已經分家，肚子開花的更慘，一截截散落下來的腸子在地上蠕動，像一隻隻腫得發脹的蚯蚓一樣。沒炸死的弟兄們一部分也被彈片擊中。龍大榜的左手臂鑲嵌了一片三指寬的彈片，他一咬牙拔了出來，彈片出來時飆了他一臉血。這一陣炮轟起碼有一百枚以上炮彈，炸死炸傷了近百名弟兄。趙長春讓後勤隊的人把傷患抬去河溝裡包紮，讓刺殺隊的人替補上來。他知道，日本人炮轟之後馬上就要步兵攻擊了。

龍大榜沒有下堤溝，眼睛注視著公路上。他看到源源不斷的軍車從幾里外的那個山坳裡下來，這時的陣地上異常安靜，他甚至聽得到車輪摩挲地面的沙沙聲，還有日軍從車上跳下來大頭皮鞋發出的踏踏的腳步聲。龍大榜貓著腰來到趙長春身邊，說：「總司令，搞卵囉，怕是惡蛇箍棒，脫不了身了。」趙長春說：「堅持到天黑就可以脫身。天黑後，我們就可以往後面的山裡跑。」龍大榜說：「現在我們也可以順著河溝往鎮子裡悄悄地撤。」趙長春想了想：「這樣不行，我們一撤回鎮子，那一鎮人都得死光。出鎮的時候你沒聽到鑼聲吧，那些人肯定是聽到槍炮聲才會跑，他們還得收拾好東西，套好牛車，裝上家裡的糧食，這才多大一會兒，他們出沒出門都未可知。農民逃難就是這樣，恨不能把自家的房子也背上。」龍大榜說：「那就守到天黑突圍吧，你們年輕人不怕死，我老頭一個爛命一條，今天就送給楊樹鋪人了。」

這時，成千的日軍已經成大扇面合圍過來了。正面的人倒不多，兵力明顯側重於兩翼，那正是義勇軍沒有暴露的機槍火力控制的範圍。趙長春知道，機槍位置一暴露，日軍的小鋼炮馬上就會轟掉這些火力點。沒有機槍封鎖，這種地形勢日軍不要一刻鐘變能完成合圍衝過來。他早給機槍隊交代過，一旦暴露位置打退日軍後立即變換位置，退回到河溝裡去。後勤隊的人已經在河溝壘好了一道土堤。

日軍的第二次衝鋒依然被打退了，而且傷亡比前一次更大。這次失敗是佐佐玲木沒想到土堤兩側隱藏著十多挺輕重機槍。無論是游擊隊、神兵還是土匪，佐佐玲木都沒有想到這支武裝竟然攜帶有大量的輕重武器，有充足的彈藥。當然，他更沒想到一陣炮轟之後這些人竟然沒有驚惶失措地往他們身後幾里外的大山裡逃竄，從而可以讓皇軍像射殺四處亂竄的公雞一樣一一射殺掉他們。佐佐玲木心裡想，看來他先得改變輕視這支武裝的態度然後才能盡快地吃掉它，從而按時到達司令部指定的桃源縣城，去完成更為重要的合圍常德的使命。

山本一夫看到土堤上被砲轟倒下後又豎起來的七彩龍圖鍛面旗，請示旅團長佐佐玲木：「將軍閣下，還用炮轟嗎？」佐佐玲木說：「這些支那人大大的狡猾，他們把機槍隱蔽起來，用炮炸掉他們的魔鬼槍陣！」山本一夫皺著眉頭說：「可是，我們的炮彈已經不多了，旅團還有更重要的桃源作戰和常德作戰任務，都是攻城戰。而我們的後勤供給在三百里外的醴縣已經被支那的正規軍切斷……」佐佐木暴怒地打斷山本一夫的說話：「你要讓這群支那土著部隊牽制整個旅團到天黑，浪費整整六個小時的寶貴時間嗎？你要因為區區幾十發炮彈讓更多的大日本皇軍倒下嗎？」

山本一夫走開時嘀咕了一句：「幸虧旅團的作戰任務不是沅州城！」

第二次炮襲前足足有半個小時的平靜，弟兄們臥在土堤上、田塍下、河溝裡靜靜地等待著日軍的進攻，沒有人說話，也沒有人呻吟，許多弟兄因為太閒了忍不住抽出插在腰間的旱煙鍋巴滋巴滋津津有味地抽起來。別人都從腰間裡抽煙鍋時趙大平從腰間抽出來的是笛子，他吹的是一首西北畢茲卡民歌，一首幾百年前彭翼南率兵去東南沿海抗倭時就在酉水北岸廣泛傳唱的憂傷的民歌：

馬桑樹兒搭燈檯
寫封書信與姐帶
郎去當兵姐在家
我三五兩年不得來
你個兒移花別處栽

馬桑樹兒搭燈檯
寫封書信與郎帶
你一年不來我一年等
你兩年不來我兩年挨
鑰匙不到鎖不開

多少年後，活下來的弟兄們的耳邊還迴蕩著那天聽到的從趙大平笛孔裡流淌出來的這支他們熟悉得只要一聽到曲調就知道它是一支生離死別的歌子的旋律；多少年後，他們還能清晰地回憶起尖銳的炮彈出膛的嘯音是如何強硬地掐斷這支憂傷如水的民歌的，爆炸的炮彈是如何把聽得癡迷而忘記躲避的他們的總司令掀上天的；多少年後，每當他們聽到從遙遠的山坳上傳來這支歌子時還會像戀愛中的小夥子一樣淚水漣漣。

趙長春被炮彈炸成重傷後還堅持到了天黑突圍前才死。天黑前，義勇軍打退了日軍無數次的衝鋒，幾乎扔完了所有的手榴彈，陣地曾經幾度易手，快槍隊刺殺隊一次一次地跟衝上來的日軍白刃戰，最後後勤隊的人也衝了上去。土堤上累積的死屍讓它的高度翻了一倍。快槍隊刺殺隊幾乎傷亡殆盡，兩個隊長麻萬民和周吉林都是白刃戰時死的，兩個人死後都沒有倒地，一直拄著槍站立在田裡，他倆的距離不到一尺遠，臉面側向對方，好像正在交談著什麼。機槍班被炸得沒有一個活下來。趙大牛也死了，他在第二次炮擊時被炸掉了一條手臂，日軍衝上來後他還痛得在地上打滾，被兩個日軍活活地戳死。只有副總司令龍大榜除了手臂上的那塊彈傷外再沒增加新傷算是一個奇蹟，其他活下來的人人都是重傷。龍大榜給了趙大平兩支快慢機，讓他在河溝裡守著趙長春，不准離開半步，撤退時他倒是毫髮無傷。

撤退前，趙長春就咽氣死了。

趙長春臨死時躺在趙大平的懷裡，定定的雙眼望著楊樹鋪陰霾的天空上層層流動的陰雲和越越來濃重的暮靄，蠕動著嘴唇艱難地說：「貓莊，貓莊……我冷……」

趙大平俯下頭問：「叔，你說什麼？你是說要回貓莊嗎？」

趙長春吐字不清地說：「貓莊……好冷啊……帶我回……貓莊……」

趙大平感到趙長春的頭顱和身子猛然往上一挺，口裡噴出一股黑血，他大叫了一聲：「叔！」發現趙長春的雙眼已經定了，他抹了一下他的眼皮，又抹了一下他的眼皮，怎麼也摸不閉，趙長春的眼睛就那麼鼓輪輪地睜著。

久病不起已經準備了後事的趙彭氏這天傍晚突然從昏迷中清醒過來。她一醒過來就喊口乾，一直守在床邊的趙田氏一邊給她衝紅糖水一邊大聲地喊趙天國：「天國，娘醒了！」趙天國、趙長生和媳婦胡小菊聞言都跑進趙彭氏房裡來，趙天國從趙田氏手裡接過碗，一勺一勺給母親餵紅糖水，餵了幾勺，趙彭氏竟然等不及，搶過碗咕咕嚕嚕幾口就喝乾了。喝罷，把碗遞到趙天國手裡，一抹嘴巴，平靜地對兒子說：「讓長生去請雷老二來貓莊。」趙天國一直在觀察母親的神態，認為她這是迴光返照，母親已經挨不過今明兩天了，就順著趙彭氏說：「我就讓長生去，娘，你得說說，請他做什麼呢，驅鬼除邪，還是……」

趙彭氏說：「讓他去接長春呀！」

趙天國正把手裡的碗遞給妻子趙田氏，聞言後兩人同時渾身一震，手裡的碗哐當一下掉在地上，碎了。趙天國和趙田氏幾乎同時開口說：「娘，你說糊話吧，長春好好的怎麼要雷老二去接？」

趙彭氏語氣肯定地說：「長春死了！他剛剛才死，我醒來時看到他上樓去彭武芬的房裡，六年前彭武芬死的那天他飄魂就一直沒收回來，今天他是真的走了。你們聽聽，他正在樓上和彭武芬說話呢，他給彭武芬說大牛也死了，只有大平還活著……」

趙彭氏說得人人毛骨悚然，頭皮麻麻的，又忍不住回頭往廂房樓上瞄一眼。趙田氏已經嚶嚶地哭泣起來，趙天國站起身來往往廂房上走去，只走了幾腳就停下來，他決定親自去白沙鎮問問雷老二。

趙彭氏看到趙天國走出了房，對趙長生說：「你怎麼還不去請雷老二，快去呀！就說請他老人家無論如何也把我家長春接回來，長春說他要回貓莊。」

趙天國父子打著火把子夜時才趕到白沙鎮西北角的土坡上，敲響雷老二住的土地廟大門。敲門時趙天國從破舊的門縫裡看到土地廟裡亮著油燈，雷老二沒睡。果然，只敲了兩聲，木門吱嘎一聲就打開了，雷老二舉著油燈把他們父子讓進廟裡。進了屋，趙天國看到桌案上擺著銅鑼、桃木劍和雷老二出門時背的那個黑色的褡褳，驚訝地問：「雷師傅半夜裡要出門呀？」雷老二蒼老聲音像是從地底裡滲透出來的一樣：「在等該來的人。」趙天國心頭一驚，知道了母親趙彭氏說的不是糊話，長春真的死了。當他報了趙長春的生辰八字後，雷老二根本沒有掐算脫口就說：「你家大公子三個時辰前剛剛才走，他就是我要接的人。三日後夜裡在貓莊的晒穀坪上燒一堆大火等我們。你可以回去準備喪事了！」趙天國又報了大牛的生辰八字，雷老二仍然是木著臉沒有表情地說：「一起辦吧。」趙天國也不多說，把裝有八十塊銀元的小布裝放在桌案上，看到雷老二正在往肩上披褡褳，插桃木劍，知道他馬上就要起程，拉了一把趙長生，轉身就走。沒出屋，身後又傳來雷老二蒼老的聲音：「把錢帶回去，我已經無福享用這些錢了。」趙天國聽他的語氣不容置疑，只好收起了錢。雷老二提起銅鑼，拔腿就走，搶先趙天國父子倆出了土地廟，走進黑沉沉的夜色裡。

這是趙天國第三次趙長生第二次見到雷老二。父子倆都驚奇地發現雷老二除了聲音聽起來蒼老些外，他仍然沒有什麼明顯的變化，仍舊臉皮皺若桃核殼，身子枯瘦如柴，他走出門時腰板挺直，腿腳矯健。雷老二出門很久，完全看不到他的影子了，趙長生還怔著，他想不明白雷老二就這樣什麼也不問去接趙長春，他能找得到他嗎？

趙天國父子回到貓莊天色已經大亮，趙長春和趙大牛死亡的消息即已證實，剩下的也只是等到雷老二把他們接來後辦喪事。趙天國回到家時突然想起二十年前羅木匠給他合木時說過，那口棺材睡的會是他家的一個年輕人，他決定把這口上好的杉木棺材給趙長春睡。趙大牛沒有父母也沒有妻兒，趙天國讓趙長生通知他兄弟趙二牛給他哥準備喪事。他又讓人去白沙鎮扯了二十匹白布，五十卷白紙，家家戶戶紮白燈籠、花圈、白鶴，凡「長」字輩的平輩人不論男女一律戴短孝，「長」字輩以下的戴長孝，他要貓莊族人們像當年給趙天武舉行「貓莊第一勇士」葬禮那樣的規格給趙長春和趙大牛舉行葬禮。趙天國說當年趙天武是為了保衛貓莊和族人戰死的，今天的趙長春和趙大牛同樣是為保衛貓莊族人戰死的，他給他倆也要刻一塊貓莊勇士的墓碑。現在整個那支溪峽谷裡的人都知道了日本人快要打進離峽谷不足百里的沅州城了。

整個貓莊人都沒有想到的是，三天他們等來的不僅是長春和大牛的屍體，還多了兩具死在日軍槍口下的屍體。

雷老二出門後健步如飛，第二天中午就趕到了沅州城外二十里的五常村，他在村口的一個茶棚前打尖歇腳。茶棚的老闆一看他的裝束和手裡的銅鑼就知道他是趕屍匠，搬了一張小桌一條長凳把他的位置單獨安排在茶棚外邊靠近大路的地方，雷老二也不計較，要了兩碗白米飯，吃完飯又喝了兩碗茶。抬頭看了看天色，天上看不到日頭但看得到日頭的位置，他把一塊銀元壓在碗底裡，坐在凳子上閉目養神起來。一會兒，龍大榜帶著昨晚突圍出來的二十多個弟兄們來到茶棚。他們個個衣衫襤褸，蓬頭垢面，渾身血跡斑斑，很多人拄著拐杖一瘸一瘸的。一看到茶棚，弟兄們興奮地往這邊奔來，走在最前面的龍大榜跨進茶棚一腳踩在一條凳子上對老闆高喊：「給老子和弟兄們趕快搞飯，多弄幾個好菜。」老闆一看這麼多挎槍的血淋淋的人擁進來，從他們的髒汙得看不出顏色的衣服分不出是這些人是傷兵還是土匪，嚇地簌簌發抖，愣在那裡不敢動。龍大榜說：「你他娘的篩什麼糠，快去搞吃的，老子是打日本人剛從火線上下來的，老子吃完了你這個攤子也趕快撤了，日本人就要打過來了。」龍大榜看到他唯唯諾諾去了後面竹棚的廚房，一屁股坐在凳子上呼呼喘氣。

龍大榜坐下後看到坐在外面路邊的那個老者有些面熟，他聽那人問：「你可是二龍山義勇軍的副總司令龍大榜？」龍大榜一拍腦門，想起來了：「你是白沙鎮的雷師傅，我四十年前見過你一面，四十年後你還是老樣子。」雷老二說：「我來接你們總司令回貓莊，哪位弟兄能帶我去找到他？」龍大榜說：「我正想回了西北縣就去請雷師傅的，沒想到雷師傅先到了。讓趙大平跟你去，撤退前總司令是他挖坑埋的，只有他找得到。」趙大平也說：「是我埋的，我把他和大牛哥埋在一起的，吃了飯就跟你去。」雷老二說：「不急，天黑後能趕到那裡就成，你慢慢吃飯，吃完飯在凳子上睏一覺。」

趙大平實太在睏了，真的就睡了一覺，直到日頭偏西雷老二才叫醒他。二人趕到楊樹鋪鎮剛好天色煞黑，整個楊樹鋪黑沉沉的，沒有一絲亮光。趙天平估計日軍已經走了，逃走的揚樹鋪居們又沒有回來。為安全起見，他帶著雷老二繞過鎮子，從鎮外的田裡摸索過去。這條路線剛好是他們昨晚撤退時的路線。下到河溝裡，又走了一陣，趙大平確定了一下方位，爬上河坎，對雷老二說：「我把我叔和大牛哥埋在一個炮彈坑裡，副司令說這樣免得日本人割他的頭拿去梟首示眾。」說完開始雙手刨土。埋的不深，一會兒，兩具屍體都刨出來了，趙大平把他倆一個個半豎起來，拍掉他們頭上、脖子裡的土，還想給他倆擦擦臉，他聽到雷老二說：「行了，等他們一走，身上的土自然會掉的。你走開幾步，退到後面去一些，頭別往這邊看。」

趙大平走了幾步，別過頭去，聽到雷老二念了一串咒語，敲了兩聲大鑼，高聲叫道：「起來，起來，上路囉——」

鑼聲一停，趙大平轉過身來，看到前面的趙長春和趙大牛已經動身了。他剛要問雷老二這就是上路嗎，突然感到後背受了重重一擊，他聽到身後傳來一陣「噠噠噠」的機關槍聲，聽到子彈打進自己後背噗噗噗的聲音，大叫了一聲：「狗日的日本人沒走啊，雷師傅你快……快跑……跑吧……」話沒說完就撲倒下地了。雷老二退回去抱起趙大平發現他已經斷氣了，二話沒說又敲了一聲大鑼，大叫道：「起來，一起上路囉——」

原來山本一夫發現義勇軍趁著夜色突圍出去後，留下了一輛軍車和一小隊人馬在這裡守候，他猜測那些突圍出去的土著部隊還會前來收屍的。這隊日本兵白天把車隱藏在鎮子裡，在河堤邊守候了一天沒有絲毫動靜，準備夜裡十點以後出發追趕大部隊，剛準備回鎮子時聽到了河溝裡傳來鑼聲，偷偷地摸上去，看到前面晃動著三四個人影，一陣機關槍掃射後，又打了一顆照明彈，霎時把田野和河溝照耀得如同白晝，二十多個日軍清清楚楚到看到不足五十步遠的河溝上四個人還在走動，他們既然不隱藏，也不驚慌，氣定神閑地一步一步向前走。照明彈熄滅前，二十多支三八步槍和一挺歪把子機槍幾乎同時又開了一陣火。當第二顆照明彈升起後他們更加目瞪口呆，那四個人還穩穩當當地在河坎上行走著，這次他們看清楚了，其中走在最前面的一個人還缺了一條腿。突然「哐」地響起一聲大鑼響起，幾十個日軍哇哇大叫著轉身就跑，許多人起身太急相互撞翻在地……

趙天國遵照雷老二的話這晚天剛煞黑就在上寨的晒穀坪上燒了一大堆篝火，全寨男女老少披麻戴孝地坐在火堆旁等著雷老二到來。到了亥時，夜空裡下起細細密密的小雨，人們都靜靜地等在那裡，連抱在婦女們懷裡的孩子也沒哭喊一聲。快到子時時，從諾里湖方向的大水井坎上傳來了清晰的三聲鑼聲，雷老二進寨牆洞了。不到一杆煙工夫，鑼聲哐當一聲在晒穀坪坎下響起，人們紛紛別過臉去，大人們也蒙住小孩子的眼睛。只有幾個年紀大的老人沒動，雙眼鼓輪輪地朝著晒穀坪的盡頭看著，一會兒，趙大牛就從那個缺口處現身了，他少了一長腿，走起來有點滑稽，好像重心不穩，身子是往有腿那邊傾斜的，第二個是趙長春，他除了蓬頭垢面，倒跟平時沒什麼不同。第三個是一身血污的趙大平，最後一個才是提著大鑼的雷老二。令趙天國驚奇的是趙大平和雷老二竟然不僅一聲血污，火光映在他倆臉上，竟也跟長春和趙大牛一樣浸白浸白的。趙天國看到四個人走近火堆旁邊，轉身面朝東南西北四個方向，他剛起身迎上去，雷老二手裡的大鑼哐地一聲掉在地上，哐當哐當一陣亂響，這時四個人分別向四個不同的方向仰面倒下。

先是趙長發一聲驚叫，撲向兒子趙大平，他聽趙天國說大平還活著，他看到趙大平走上來時就覺得不對勁，大平一倒地，他才知趙大平也死了。趙天國走向雷老二身邊，抱起他，看到他整張胸脯上洞穿的槍眼比粗篩孔還密，摸了一下他的胸口，比冰還涼。趙天國從雷老二身上的紫黑色的血痂判斷，他至少死了十二個時辰以上。趙天國對著雷老二的屍體跪下，猛然大喊一聲：「族人們，都過來給雷師傅來磕個頭吧。峽谷裡最後一個趕屍匠走了，他硬是在自己死後還把貓莊的三個人接回了寨，他是我們貓莊的恩人吶！」

趙天國話音剛落，紅亮的火堆上空細細密密的小雨點變成了紛紛揚揚的大片大片的雪花。

這年入冬以來的第一場大雪下了整整半個月，七天後貓莊四副棺材出殯後山山嶺嶺還白了七天七夜。

第二十三章

母親趙彭氏竟然又奇蹟般地捱過了三年，直到抗戰勝利後第二年臘月才去世。她臨死之前叨念最多的是孫兒趙長林。趙長林自從他爹趙天文死後趙天國就把他送到白沙鎮新式學堂讀書，他從鎮上讀到縣城，後來又從縣城讀到北平的大學堂。民國三十六年春，趙天國接到侄兒趙長林的最後一封信，信上說他不日就要起程去美利堅國讀博士，從那以後他再沒有收到趙長林的書信了。給母親趙彭氏念這封書信時趙彭氏還一直追問他美利堅國在哪裡，趙天國也解釋不清，就說長林這是出國留洋，總之很遠很遠吧。自那之後趙彭氏就再沒有提起過長林。就是他的母親陳三妹因為想念兒子成疾，最後吞鴉片自殺時也沒提起過，彷彿從來就沒有過這個孫兒似的。趙天國一直覺得老了後的母親趙彭氏像個巫婆一樣，說什麼靈什麼。這次他反反覆覆地提起長林，要不是長林在哪裡有病有災，要不就是他快回來了。

母親趙彭氏死在一片喜氣洋洋的鑼鼓和嗩吶聲裡。這一年貓莊的喜事特別多，一入冬，貓莊天天都有鑼鼓和嗩吶聲，不是迎親就是嫁女。自從抗戰後峽谷裡開始抓壯丁，躲來躲去的，峽谷裡當時十五六歲的小孩子都躲成了二十多歲的成年男人了，日本人投降後峽谷裡開始大規模的說親、訂親，一年後正好接親。貓莊人也不例外。這一年，貓莊娶親和嫁女的就特別多。趙天國粗略地計算了一下，從十月到臘月，定了日子的就有二十多樁喜事，其中娶親十五樁，嫁女十一樁。無論嫁娶都有三天忙，說貓莊天天有喜事一點也不過。這天，趙天國正在下寨給趙長勇的兒子寫新婚對聯，兒媳胡小菊跑來叫他，說婆婆趙彭氏從坐著的椅子上跌下來，已經不行了，趙天國跑回家時，趙彭氏已經在孫兒趙長生的懷裡落氣了。趙天國問趙長生婆婆臨終前說了什麼，長生說她念叨的是長林。她最後一句話是喊長林你給我端碗水來。「我估摸著長林興許要回來了。」趙長生說。

趙彭氏死後不到三個月，趙長林果然在第二年清明節前幾天回貓莊了。他還帶了個深眼窩高鼻樑的「雜種」兒子一起回來的。

第二年春天，已滿六十歲的趙天國身體已經大不如前，現在他不僅腰弓得更厲害了，常年住在陰冷潮濕的石屋裡使得他腿腳上的風濕症愈來愈嚴重，每到天氣有變就錐心地疼痛，拄著拐棍站起來都很困難。像趙天國這樣患上嚴重風濕症的，貓莊上點年紀的幾乎人人如此，春種秋收出行等等需要瞭解天氣的直接問寨子裡的老人，賊準的。趙天國早幾年就把田地以及家裡的大小事務全部交給兒子趙長生和媳婦胡小菊打理，孫子大明和孫女大秀都長到了十七八歲到了說親論嫁的年紀，能幫父母種田種地了，他和妻子趙田氏對田地裡農活已經完全撒手不管了。現在家裡也沒多少田地，一年前正月十五趙天國剛剛召集族人們重新分配了貓莊的田地，他們家只有祖孫三代六口人不到十畝田地。——這次貓莊分田剛好也管了十年，六年後一九五二年湘西大土改貓莊的田土都沒有動，直到一九五六年搞農村合作社時貓莊人才把十年前族裡分的田地交到公社裡去。同時，貓莊也是湘西唯一一個沒有地主卻有百分之五十以上人家被劃為富農的村莊。

開春後趙天國天天坐在祠堂裡編修族譜。他打算編修完族譜後冬天裡再修葺祠堂，祠堂已經好些年沒有整修了，自從彭武芬搬到他家後沒有人煙的祠堂很快就破敗下去，屋背上的瓦片走動大，櫄子、櫞子都淋朽爛了。貓莊趙氏種族的族譜歷來簡明扼要，說是編撰其實也就是把新添的族人們的名字添加上去，對死者的事蹟作幾句或褒或貶的蓋棺定論的簡述。趙氏族譜每隔十年修編一次，所有死者的功蹟和罪過都由修編者作定論。趙天國在修編族譜時歷來都是認真仔細，力求做到公正。如他給趙久林、趙長春、趙大牛和趙大平的批語都是四個字：抗倭英雄，對趙天亮的批語也是四個字：生性吝嗇。死者為大，他編修時也是先編死者再添加新人。這天，他添加完「大」字輩的沒進族譜的所有人，在趙長林這一頁紙前發呆，他想長林也該娶妻生子了吧。他幾次提起筆想寫下「不祥」二字，正在躊躇，聽到外面趙田氏喊他：「天國，你猜誰回來了。」不等趙天國回答，她進了門就說：「長林回來了，正在家裡坐著，他還帶有一個人不像人猴子不像猴子的黃毛兒子呢。」

趙天國從祠堂出來後果然看到他家坪場上站著一個七八歲的長相古怪的小孩。這個小孩子不僅深眼窩，高鼻樑，一頭黃色的卷毛，他的眼珠子是藍的，皮膚卻又比雪還白，趙天國看到他家坪場外的巷子裡很多人伸著腦殼往這邊瞧，人人的表情都很驚詫。趙天國自己也一樣，這是在白天，要是在夜裡猛然碰上這個孩子，說不定他也會嚇得失聲尖叫，以為是閻羅殿裡的索命小鬼來了呢。

黃毛小孩子見趙天國來了，跑到階沿上對著堂屋喊：「Dad, go out, hurry up! My grandpa is coming back. That man is my grandpa, isn't he?」[1]

---

[1] 英語：爸爸，快出來看，爺爺來了。那個人是我的爺爺嗎？

說的什麼鳥語趙天國一句也聽不懂。

趙長林聞聲出來，見到趙天國，深深地鞠了個躬，說：「伯伯，林兒回來看您了。」他西裝革履，還打著一條藍底白格子的領帶，說的竟然是一口沒變味的貓莊話。

這套衣服的樣式很多年前趙天國見陳致公穿過，領帶他既沒見過也不認得，就說：「回來就好，你脖子上拴塊布片，像掛條銀環蛇似的，舒服嗎？」

趙長林知道跟伯父說不清楚，招呼兒子上前給爺爺行禮。他摸著兒子的黃毛腦殼說：「這是我兒子趙大民，剛才跟長生哥一說，才知道跟他家大明同音不同字。」又對趙大民說：「這是你爺爺，你說國語，給爺爺問個好。」趙大民給趙天國鞠了躬，脆生生地叫了一聲「爺爺好」就跑去坪場上了。這時巷子裡已有三四個跟他差不多年紀的小孩子怯生生地走上來，小孩子的天性就是喜歡找伴玩，不管他長成什麼樣子，是黃毛還是黑毛，聚到了一起他們很快就瘋玩去了。趙長林看到伯父一直用驚愕的眼神看著趙大民，說：「他媽媽是個美國人，純種的白人，大民是個混血兒，所以長得格外漂亮。」

趙天國打心底裡沒覺得趙大民長得漂亮，心裡反而在哀歎：這哪裡還是我們貓莊趙氏家族的種啊！

趙長林這次回國省親是來接他母親陳三妹去美國的，他告訴趙天國他來貓莊前已經在舅舅家住了兩天，知道了母親的死訊。陳三妹自從那年趙長林到白沙鎮去念書就回了娘家住，後來趙長林去了縣城念書她也沒回來，她一個人怕住下寨那棟鬧鬼的石屋。她家的田地一直由趙天國一家代種，所有的收成換成銀元後再交給她，一直到死，她死時還存有好幾十塊錢。多年來她一直鬱鬱不樂，死前兩年據說還有輕微的癔症，常常黃昏時跑出去喊長林的名字。前年死時，聽長林的舅舅陳光中說她是吞了一砣鴉片死的，她哪時跟誰買的鴉片誰也不知曉。喪事陳光中說要在陳家辦，趙天國不同意，入殮後貓莊去了幾十個人，把她連棺木一起抬回貓莊，在下寨她自己家裡做了三天道場，出殯葬在楠木坪溝坎外趙天文的墓旁。趙長林還給趙天國說他民國三十六年去美國後不久抗戰就爆發了，他給母親寫過很多封信，但舅舅說一封也沒收到，還說給伯父也寫過幾封信。趙天國說：「沒收到呀，我收到你最後一封信是你在北平時說要出國留洋了。」

趙長林歎息了一聲：「戰爭，都是可惡的戰爭！」接著又介紹他在美國讀書和娶妻生子的事，說他的妻子是他讀博士時租住的房東家的女兒，她的父親是位將軍，在歐洲戰場上殉國了。趙天國突然對侄兒媳婦感起興趣，他不敢想像給他生了一個黃毛侄孫的侄媳醜成了什麼樣子，問趙長林怎麼沒把媳婦帶回貓莊。趙長林說：「艾麗絲本來打算跟我一起回貓莊的，她還給族人們準備了一些小禮物，到了上海突然有事去了南京，我們約好四十天後從上海一起回國。」

趙天國說：「你現在不是就在你的國家嗎，你還要回哪個國？」

趙長林有些尷尬，說：「伯父，我忘記告訴你了，我已經加入美國籍了。」

這天傍晚，趙長林在趙天國家吃了晚飯，執意要搬回到下寨自己家裡去住，此後大半個月裡，他就像當年彭學清帶兵住在祠堂一樣住在自己家裡，一日三餐來趙天國家吃。清明節那天，他領著兒子趙大民給太太太婆爺爺奶奶一一掛清。如此一來，趙天國對這個從小就出去念書喝過洋墨水娶了洋老婆的侄子十分滿意起來，趙長林除穿了一身洋皮子外，他的貓莊口音都沒多大的改變，跟他爹趙天文一樣，他對每一個族人也是彬彬有禮，但趙天國看得出來他的這種卑謙純粹是出於他的學識和教養，而不是像他爹趙天文當年那樣「裝」的。

一天，趙天國正在祠堂裡抄錄剛剛編修完的族譜，趙長林牽著大民的手走進來。每次編修完族譜趙天國都要抄錄五份分發給五房最年長者保存，以防鼠咬蟲噬、水浸火燒，今年他要抄錄六份，準備讓趙長林帶一份去美國，趙長林在那裡安家立身也就成了趙氏種族的另一房人了。趙長林進來後在桌子對面坐下來，看著趙天國忙，趙天國抄完了一張紙後才抬起頭來，趙長林從懷裡拿出一個盒子說：「伯父，這是我給你從美國帶來的一副老花鏡，這些天竟然忘記了。你喜歡看書寫字，這個用得著。」

趙天國戴上後，紙面上的蠅頭小楷就清晰多了，說：「這個東西還真管用，以前見賬房先生都戴這個，像四隻眼一樣。有這個我早日抄完一份，你走時帶去，當年長春去投軍時我跟他說無論到哪裡了都別忘記自己是貓莊人，是趙氏種族的後人，樹有根，人也有根呀，趙家人的根在貓莊。」趙長林點著頭說：「伯伯，我一定帶上，有本家譜就可以傳給兒子，兒子又傳給兒子，代代相傳，不管多少代人都知道這個根在哪裡。」趙天國放下筆，用贊許的目光打量著趙長林，說：「我們這一房人丁不旺，長春一直未婚，他死了也就絕後了，長生也就兩個兒子，你也看到了，那個還抱在懷裡的，胡小菊多年沒有生育，算是出了個夜太陽，你們多生幾個兒子吧，在國外也成一大房人。」

趙長林避開這個話題，突然問：「伯父，你以前是貓莊的巫師對嗎？你一定知道我們這個種族的一些秘密吧？」這是法器被毀後多年來第一次有人跟他提及巫師的事，趙天國感覺渾身一震，除了巫師這個身分，有關巫師的一切就像一場夢一樣肯定在他身上發生過，但趙天國又什麼也回想不起來了。看到趙天國像中暑似地「啊呀啊呀」了幾聲，趙長林問：「伯父，你怎麼啦？」趙天國定了定神，說：「沒怎麼，巫師的事我一點也想不起來了。」

趙長林看著伯父一臉茫然的樣子，失望地說：「我在北平燕京大學學的是歷史，到美國後才改學法律，我只是對湘西的儺巫文化比較感興趣，曾經想做這方面的研究，如果不改行的話，我還想寫一本這方面的著作。就拿貓莊來說，我們貓莊人都認為我們是一個跟漢人不同，也跟苗族和畢茲卡不同的種族，我們確實跟這三個種族都有很多不同，但我還是認為貓莊的趙氏種族是漢人的一個分支，我們有太多跟漢人相同的習俗，貓莊這一帶古代時屬於五溪蠻，是楚國的屬地……伯父，這是一個非常大的學術問題，跟你一時半會兒說不清，你也聽不懂，我要是不早點回美國的話，真想做點田野考察。我只想問你一個問題，小時候我就聽寨人們說我爹是被你用陰法殺死的，是這樣的嗎？」

趙天國平靜地說：「我只知道你爺爺是龍大榜請苗地的巫師用陰箭射死的，你去問一問貓莊人，貓莊歷代有殺過人的巫師嗎？你知道你爹是不是我殺的，你爹死時你也記事了，他死前比一個小孩子還討人喜歡，誰會忍心殺死一個天真無邪的小孩？」

趙長林說：「我只是小時候聽人這樣說，我也不信能陰法殺人，這沒有科學根據，我現在是個律師，什麼事有證據才會相信，所以關於爺爺的死因我也持懷疑態度，除非那天龍大榜派來了真正的殺手，否則爺爺不可能不明不白地中箭從屋樑上掉下來。」

幾天後的一個清早，趙長林帶著兒子大民離開了貓莊。他們父子從下寨家裡出發時天才剛剛亮明，整個貓莊白霧濛濛的，兩丈內不見人影。到了寨牆口時，趙長林才看到那裡站滿了密密麻麻的人，族人們都等在那裡給他送別。幾個老者站在牆洞口裡，大人小孩子在他們身後，伯父趙天國和伯母趙田氏也在。趙長林看到足足有上百人在那裡等他，他不知道他們什麼時候來這裡的，等多久了，他的眼淚一下子就出來了，雙膝著地給族人們跪下。趙長林說：「叔叔伯伯們，兄弟姐妹們，長林今後不管走到哪裡都會記得這裡有我的親人！」他又把趙大民按跪下來，說：「兒子，給貓莊磕個頭吧。你長了一頭黃頭髮一雙藍眼睛，但你也是貓莊的人，這裡埋著你的祖先！」

趙大民跪下後，不解地問父親：「爸爸，什麼是祖先？」

這次他沒說英語，說的是國語。

趙長林說：「生你爸爸的那個人死後就是祖先了。」

趙長林跪著時就從地上摳起一捧黑土，從上衣兜掏出一塊絲帕，包好，揣進懷裡。趙天國扶起趙長林父子，說：「想親人了就回來吧！」

趙長林淚水漣漣地說：「伯父，我這一去只怕十年八年也回不來了，北邊已經打起來了。這一打不知道又要打多少年，打多大範圍，我的苦難深重的祖國啊！」

趙天國忙問：「誰跟誰打起來了？」

趙長林說：「還有誰，還不是好些年前在酉水南岸和北岸就打過架的那兩兄弟，這外人剛走不久，自家兄弟就爭房子搶地盤翻臉反目了唄！」

趙天國聽懂了長林的意思，自抗戰以來兩兄弟合夥打外人，民間都是這樣說法，峽谷裡三歲小孩子都知道這兩兄弟誰是誰，北邊隔貓莊十萬八千里的用不著他著急上火，說：「自古如此，親戚只盼親戚好，兄弟只盼籬笆倒。兄弟只能同苦，哪能共甘，貓莊人也一樣，自家鬥勁頭更足嘛！」

趙長林突然說了一句莫名其妙的貓莊人誰也聽不懂的話：「Give therefore to the emperor the things that are the emperor's; and to God the things that are God's.」[2]

這是他在貓莊住了大半個月說的唯一一句英語。

[2] 英語，意為凱撒的歸凱撒，上帝的歸上帝。見《聖經•馬太福音》。

龍大榜最終等到了峽谷裡最為動亂的時候，也等到了他擴展隊伍的黃金時期。楊樹鋪一役後，幾百名弟兄一下子灰飛煙滅，說沒就沒了，龍大榜已經心灰意懶，那年從沅州城帶著倖存下來的二十多個弟兄回到二龍山白水寨後，他已經沒有雄心壯志了，只想跟弟兄們在白水寨種田種地，了此餘生。他還曾經一度動過把白水寨交給李老三的念頭，打算去幾十里外的斷魂嶺再生寺出家，但被弟兄們死死攔住了。

龍大榜做夢都沒想僅僅一兩年時間內，他的隊伍就像獅子滾雪球一樣越滾越大起來，到了民國三十七年，人馬已經超過了二龍山最鼎盛時的「湘西抗日救國義勇軍」，竟達千餘眾。這些人絕大多數都是自願跑上山來的，趕都趕不走。他們口口聲聲說峽谷裡已經活不下去了，下山也是被抓丁去外面當炮灰，不如在山上當土匪跟國民政府幹，反正都是一死，死在本鄉本土還能壘個墳頭。到後來，龍大榜意識到這是他發展隊伍的絕好時機，來者無論老幼一律照單全收。他已經錯過了民國二十四年，再錯過民國三十七年他龍大榜就不是一個合格的土匪了，死後也無顏去見老祖宗。

從國民三十六年開始那支溪峽谷已經成了一口燒紅的大鐵鍋，峽谷裡的人像鍋裡爬行的螞蟻煎熬不住了，有口力氣的男人都紛紛上山，只要聽說哪裡有土匪就往那座山上鑽。現在整個峽谷裡到處都是抓丁的，催糧的，收捐的鄉（鎮）大隊，縣警察局、戡建大隊，連縣總自衛隊也常常出動。他們通常晚上行動，出其不意地包圍一個寨子，很多人在夢裡就被赤條條地抓走，送到很遠的地方去打仗。據從戰場上逃跑回來的壯丁說北方的仗已經打得很大了，共軍常常是用大炮一轟就是一兩個月，一炮下來幾十人上百個人就像蝴蝶一樣飛上天，死的人屍積如山。誰被抓了丁那就等於是成了共軍炮彈下的一隻蝴蝶。僅僅就是抓丁也不至於逼得人人為匪，現在的田賦稅捐不僅高得嚇人，而且一收就是十年，也就是說民國三十七年他們要提前收到民國四十六年，但到了第二年這些人又同樣會來收取民國四十七年到五十七年的糧捐。峽谷裡的人都說再這樣收卜去不知還有不有民國四十七五十七年。通貨膨脹造成國民政府發行的金元券和銀元券成了「今晚轉」和「明天變」，一張法幣沒一粒米值錢，所有的紙幣在峽谷裡已經停止了流通，官商都只認銀元，峽谷裡很多人家辛辛苦苦積攢了半輩子的一捆捆紙幣一夜就成了廢紙。現在峽谷裡的窮人們清早起來一見面不是問「吃了嗎？」而是問「哪時跑路？」或者問「哪時上二龍山呀？」

人馬一多，龍大榜的雄心又起來了，他按照原來義勇軍時的搞法扯起了「湘西反壓迫自衛軍」的大旗，自任總司令，封李老三為副總司令，軍旗仍然用那面義勇軍時用的七彩龍圖鍛面旗，把人馬編成三支大隊，一支快槍隊，一支火銃隊，一支梭標隊，沒有設後勤隊，他知道現在的匪眾們雖然比起義勇軍時人是多了不少，但裝備和戰鬥力都遠遠趕不上趙長春在時的義勇軍，近千號人也就是一兩百支漢陽造和七九式，還有兩三百支火銃，更多的人手裡是梭標和大刀，甚至很多人是帶著自家的梭標柴刀上山入夥的，這麼多人靠打家劫舍遠遠解決不了吃喝拉撒，他又沒有能力像趙長春在時那樣在那支溪峽谷裡封鎖近百個村寨進行生產自救。

龍大榜決定攻打富裕的西水北岸的錢倉和糧倉白沙鎮。其實不打白沙鎮弟兄們也活不下去了，山寨裡沒有糧食了，就是把整個那支溪峽谷村寨裡每家人的穀倉和米桶空完，弟兄們也熬不過一個冬天。峽谷裡的人秋收一完就過起了稀飯煮野菜的日子，他們的新糧都進了白沙鎮和西北城。龍大榜和二當家李老三商量後把攻打白沙鎮的日子選在三天後黃曆上標識「宜出行」的冬月十六。說幹就幹，這天黃昏時就整隊出發，出發前龍大榜站在土台上只說了兩句話：「兄弟們，打下白沙鎮後我們就有吃有穿有錢用了。白沙鎮都是熟人熟臉，除了搶錢搶糧搶布，其他的不准亂來，若搞到了多的槍我帶弟兄們去打西北城，那裡全是年輕水靈的女人！」兩個辰時後的子夜時分，七八百人悄無聲息地包圍了白沙鎮公所、警察分所、稅務局等有槍桿子的所有院子。各處準備就緒後，龍大榜讓人告訴各隊隊長，鎮公所的槍聲一響大家就行動。他一揮手，兩個嘍囉摸進鎮公所的院子裡，把兩個看院的守衛抹了脖子，打開大門。龍大榜帶人大搖大擺地走進院子裡，不動一槍把鎮大隊的二十個人堵在了熱被窩裡。

解決了鎮大隊，龍大榜帶人來到後院。後院是一棟獨立的平房，住著鎮長伍開國一家人，龍大榜見伍開國的家裡亮著燈，在外面叫他：「伍開國，出來一下！」

伍開國剛剛從貓莊抓壯丁回來沒多大一會兒，洗完澡正摟著最小的姨太太親熱。他這次帶著鎮大隊二十杆槍抓了五個壯丁回來，但他並不打算把這些貓莊的壯丁立即交上去，其中一個還是貓莊族長趙天國的孫子保長趙長生的兒子趙大明，他在等著趙長生給他送金磚來呢。聽到外面有老頭的聲音叫他，他以為是趙天國親自上門來了，喜滋滋地對姨太太說：「我就曉得趙天國這老不死的家裡還藏有金磚！」一連忙一邊穿衣一邊回答道：「等等，就來開門。」

沒等伍開國下床，龍大榜一腳就蹬開了大門，帶人闖了進屋。伍開國在屋裡聽到大門「嘭」一地一響，說：「送磚頭也別那麼急著，老子在辦事呢。就來，就來了。」一正彎腰提褲子，看到姨太太「啊」一地一聲尖叫拿被子蒙住赤裸的身子。不等伍開國回過頭來，龍大榜的槍筒已經頂住了他的後腦勺。伍開國嚇的渾身哆嗦，不敢回頭，顫聲說：「你們是貓莊的人吧，我是做得太過份了，收了你們五六塊磚……。」

龍大榜說：「好好看看老子是誰！」

伍開國轉過身來，一見龍大榜，嚇得撲通跪下去，失聲大喊：「你是新寨的賀老貴，你不是死了嗎？抓你兒子丁是你們新寨保長賀麻子和鎮大隊的王大鼻子，你怎麼找到我頭上來了？」

關於伍開國逼死賀老貴一家那支溪峽谷人人都有耳聞。賀老貴家有二子，大兒子十六歲，小兒子兩歲。賀老貴家窮，老婆討得遲，四十歲才結婚生子，頭胎就是一個兒子，以後又生了四五胎，個個長到七八歲就夭折了。他聽到保長賀麻子派丁後，老倆口商量了一晚上，都覺得大兒子已經長大成人，一拉丁也就等於沒了，小兒子能不能成人還說不準，要是成不了人不就兩個兒子都沒了，倆口子下決心把小兒子弄死，那樣他家就是獨子免徵。這老倆口都是死心眼，當夜就用棉絮把小兒子悶死了，小屍體就擺在堂屋裡。第二天，伍開國、王大鼻子和賀麻子來領人也沒讓大兒子上山去躲，伍開國和賀麻子一看小孩子嘴是烏的，就知道是悶死了，不是他們大婦說的急症死的，賀麻子一把抓住賀老貴的胸口說：「老貴呀，你倒是捨得孩子套得住狼，小的死了大的跑不跑得脫還得伍鎮長說了算！」伍開國既不說抓也不說不抓，只是問賀麻子：「賀保長今年多大了？」賀麻子說：「四十二嘛，你未必連我多大也不記得了？」伍開國說：「現在的民國兵法規定十六歲以上四十五歲以下一律算壯丁，老子今天來新寨只認領十個人。民國二十九年抓丁時貓莊保長趙長生也被綁了丁，賀保長還記得吧，當然到了縣兵役局你有本事跑出來不管老子卵事。」鎮大隊長王大鼻子說：「少跟他們囉嗦，捆人！」

小兒子死了，大兒子沒了，賀老貴兩口子晚上都掛在了屋樑上。

龍大榜踢了一腳伍開國：「老子是二龍山的龍大榜，聽說你他媽的是個軍人出身，怎麼這麼慫包。」這時，碼頭上傳來了激烈的槍聲，二龍山的人跟警稅打了起來。知道來者不是鬼魂，伍開國的腰杆頓時硬了許多，站起來說：「龍大榜，你好大的膽子，帶人搶村寨商戶也就罷了，竟然襲擊國民政府機關，威脅國民政府官員。」龍大榜哈哈大笑：「老子搶的就是你這種搜刮民脂民膏的貪官汙吏！不但要搶你的『磚頭』，連你的女人也要帶上山讓弟兄們玩個夠。」

一個跟在龍大榜身後的叫楊小武的剛入夥不到半年的小匪對龍大榜說：「大當家的，上半年我躲壯丁時我爹就是被這個狗日的吊在樹椿上想引我出來活活晒死的，我要報仇！」楊小武把火銃頂在伍開國的眼眶裡，問：「狗日的，你認得老子吧？」既不等龍大榜開口同意，也不等伍開國回答就摟了火，槍筒裡的半捧鐵砂從伍開國的眼眶裡進去後腦勺呈放射狀出來，劈劈啪啪地釘在牆面上，伍開國臥室裡新粉刷的淡黃的石粉牆像一下貼滿了無數隻噁心的蒼蠅。

龍大榜也沒訓斥小匪楊小武，讓人把屋裡的女人捆了，同時另一個屋子裡也捆出來一個女人。大家開始在伍開國家裡翻箱倒櫃地找銀元和金磚，找來找去，只在抽屜裡和床腳下找到十幾筒封好的光洋，大約不到五百塊，龍大榜罵了一句：「狗日的，老子不信他伍開國是個清官，把剛才那個女人給我弄來！」伍開國的小姨太剛才看到伍開國一槍腦殼就被開了瓢，押來時身子還在篩糠似地抖，龍大榜扳開快慢機槍把槍筒頂上她的腦門，問：「屋裡有沒有夾層或者地窖，伍開國的銀元藏那去了。」女人連聲說：「我講，我講，只要不殺我我什麼都講。」

原來伍開國的地窖口在灶房的火坑裡，搜查時弟兄們誰也沒有注意那口剛換了新灰的冷火坑。扒掉一尺多厚的灰，地窖口就出來了，揭開木板，龍大榜把火把往裡一伸，裡面黃燦燦的閃光，他縮回腦殼說：「日他娘的，難怪人人願意當國民政府的官，一個小小的鎮長也比老子二龍山最闊綽時多幾十倍財產，一個縣長一個省主席家裡不曉得會有多少，要用船裝吧！看來當官還是比當土匪強，老子哪天也要弄個官當當。」

龍大榜在伍開國家搜尋錢財時，李老三帶人打開了鎮公所後院的地牢，看到裡面關了幾十個壯丁和一些老頭、婦女，用斧頭劈了圓木柵欄上的鐵鏈鎖，把所有的人都放了。當他看到　個穿著簇新醬褐色馬夾的十八九歲的青年從裡面出來時，驚訝地問：「你不是我們總司令的侄子趙大明嗎？當壯丁了還穿得這麼新，像個新朗倌似的。」

趙大明很佩服李老三的鷂子眼，他們只在五年前見過一面，那時他還是個十四五歲的少年呢，李老三一眼就能認出他。他苦著臉說：「我今天本來就是新郎倌，昨天晚上被伍開國那個狗日的抓了丁，貓莊一下子抓了五個。我得趕緊回去，爺爺和我爹肯定急死了！」

李老三衝著跑遠了的趙大明說：「你們貓莊不是年年拿錢買壯丁嗎，敢情也有買空了沒錢的時候？」

弟兄們打了半夜，繳獲了近百支快槍，每個人口袋裡面的銀元都裝得脹鼓鼓的，走起路來叮叮噹噹地響，相互一見面就指著對方一身新衣哈哈大笑，原來他們同時都想到了不必遵照大當家吩咐的那樣從店裡搬布匹回二龍山做新衣，從那些大戶人家身上扒下來不更簡便直接嗎？也有很多兄弟真聽大當家的話，肩扛身提的，除了金銀細軟，更多是扛著布店的棉布、米店裡的大米。當然也有個別兄弟從街面上的人家出來時一手提槍一手提著褲襠，或者拍拍老二，表示那地方舒服過了。

天色大亮後，龍大榜命令弟兄們趕快裝糧食，準備運回二龍山。他走了兩條街，到處都亂哄哄的，哭聲、喊聲、喝斥聲，嘍囉們布鞋踩在青石板上的跑動聲，偶爾還會傳來一兩聲槍聲。龍大榜拔出快慢機，對著天上連發三槍，大喊：「集合，快點集合，日你娘的，這裡是白沙鎮，要是西北城我他媽的管不住你們了。遲到一杆煙的就地槍決，你他娘的正在日黃花閨女也給老子把雞巴抽出來！」

他估計再等個把時辰保安團就要到了！聽說西北的保安團有了一個騎兵連。

弟兄們懶懶散散地開始集合了，龍大榜說：「現在裝糧食、布匹、茶油，我不管你們身上帶了多少光洋，十七歲以下的每個人得給老子扛一百二十斤東西，十七歲以上的每人一百五十斤以上上山，到時連身上的光洋一起過稱。」他的話沒說完，弟兄們一陣哈哈大笑起來，龍大榜順著他們的目光望過去，只見一個弟兄邊紮褲子邊從玉鳳樓裡跑出來，一個上年紀的妓女追在後面喊：「老娘不管你是兵還是匪，填了老娘的窟窿就得給錢！」龍大榜抬手一槍把那個兄弟撂倒，弟兄們不笑了，那個妓女聽到槍響也怔住了。一會兒，她還是走過去，從死屍褲兜裡掏出一塊光洋，對著龍大榜亮了亮，說：「我只收我應得的。」不緊不慢地磨著大屁股回了玉鳳樓。

弟兄們正在裝東西時，在鎮外負責警戒的一個弟兄跑來，氣喘吁吁地對龍大榜說：「大當家的，從西北城來了個軍官要見你，兄弟們正擋著他。」

龍大榜警惕地說：「是騎馬來的嗎，有多少人？」

警戒的弟兄答：「一人一騎，不過他後面還有兩人，像是勤務兵。」

龍大榜問：「看清楚了，就三個人三匹馬，沒有馬隊？」

「沒見馬隊。」這個弟兄很聰明地答：「要是有馬隊的話，那條土路上會有煙塵。這個人說他是湘西北暫編第一軍副軍長兼暫編第五師師長，叫彭學清，他說跟大當家的是老熟人。」

龍大榜愣了一下，說：「是個老熟人，三十多年的老熟人，不過碰上這個人二龍山就準沒好事。」

話剛說完，彭學清已經牽著一匹紅棕色的高頭大馬過來了，笑吟吟地看著龍大榜說：「我該叫你總司令呢還是叫你大當家的。呵呵，你那面旗是趙長春在時留下的吧，那可曾經是我們三十四師獨立旅的軍旗。」

龍大榜沒聲好氣地說：「老子現在是土匪，打完日本人二龍山就沒有軍隊只有土匪了，那個『反壓迫自衛軍』不過是個幌子，是塊遮羞布。」

彭學清呵呵地笑：「你這脾氣就是土匪脾氣，占標也像你，要是他不從軍也會是個好土匪，可是我認為他更是一位好軍人，軍人也要有匪氣嘛，斯斯文文的怎麼打仗？那年你來沅州，兄弟軍務在身，未曾細聊，今天讓鴻順樓老闆炒幾個拿手菜，喝罈竹葉青怎麼樣？」

龍大榜沒聲好氣地說：「你沒見我正忙嗎？」他又轉過頭去喝斥嘍囉們：「快點，快點，他娘的你們怎麼這麼磨磨蹭蹭的，要是打仗有九個腦殼也不夠死！」

彭學清說：「別叫他們忙乎了，就是每個人背兩百斤大米上山又能吃幾個月呢？吃完了又來打白沙鎮嗎？還是先喝酒談談吧，哦，我忘記告訴你，保安團不會來的，他們到了半路上被我叫回去了，要不我們現在不是站在這裡用嘴巴說話，而是用槍筒子在說話。」

龍大榜盯著豹子眼說：「用槍說話我也不是三十年前的龍大榜，你討不到半點便宜，不信試試？」

彭學清招了一下手，後面的一個勤務兵走上來，從包裡取出一個硬殼本子，打開，遞給彭學清一張紙。彭學清接過後，又遞給龍大榜，說：「帶著弟兄們跟我進城去吃糧吧，這是給你的委任狀，我給你一個正規軍的中校團長的職務。這是我能直接任命的最高級別的軍官，怎麼樣？別先忙著回答我，回二龍山好好想三天吧，我等你三天，第四天上午你若還不進城來，我會上二龍山跟你用槍好好敘敘舊。」說完，跨上馬，策鞭而去。

三天後，龍大榜帶著弟兄們進了西北城接受改編，任暫五師獨立團團長，部隊又駐紮回了白沙鎮。

龍大榜攻打酉水重鎮白沙鎮反倒被招安為國軍團長的消息一傳開，此後就拉開了酉水兩岸土匪們攻城掠鎮的風氣，只要有兩三百人槍的就攻打大的集鎮，有五百六人馬的就敢攻打縣城。從民國三十八年正月開始，湘西各個縣城幾乎全部遭遇過打著各種旗號的土匪的偷襲或者圍攻，很多縣城被攻破，這些匪首們個個比龍大榜更狠，三句話不和，縣長、警察局長和總自衛隊長也敢拉出去槍斃，然後自封縣政府的大小官員，有意思的是上面很快送來了委任狀，承認這些自封的官職。此風一盛，連行署所在地沅州城也未能倖免，被酉水南北兩岸的幾股大土匪合圍十四天後破城，匪兵們縱情地「自由」了三天，最後湖南省軍政主席下發了不少於一打紙的委任狀，委任了一二十個總司令、軍長師長等大小軍官土匪們才撤兵。

直到一九五〇年中國人民解放軍解放湘西進駐各個城鎮後這種風氣也沒有停歇下來。

第二十四章

峽谷裡最動盪不安的三年時間裡最初兩年貓莊算是平靜的。酉水北岸最大的二龍山匪首龍大榜早在趙長春死後就放話給趙天國了，說龍趙兩家的恩怨一筆勾銷，兩不相欠，今後應該和睦如兄弟手足。他一度曾經派人來貓莊接趙天國去白水寨小住幾日，被趙天國以不上匪窩為由嚴正拒絕了。但龍大榜說話算數，幾年來硬是沒滋擾過一次貓莊。趙天國也知道二龍山現在人多匪眾，他真要是來貓莊，貓莊也只有改名白水寨了。看來龍趙兩家的樑子在長春手裡已經解開了。小股的土匪都知道貓莊有幾十條快槍，又是高牆大寨，防守嚴密，輕意不敢來犯。到後來峽谷裡連小股的土匪也無影無蹤，都上了二龍山投靠龍大榜去了。貓莊最大的危險反而來自於抓丁拉夫派糧派捐的鎮公所，來自堂堂的國民政府這種政令那種條例。

貓莊的平靜是趙天國用趙天文留下來的金磚換來的。

金磚當然都給了白沙鎮鎮長伍開國，用途只一個，跟他拿錢買壯丁。其餘的糧款捐稅另外繳納。至於伍開國把這些錢獨吞了，還是分出一部分打點了哪些人他就不知道了，這也不是他關心的。兩年時間裡趙天國讓趙長生給伍開國送出了整整六塊金磚。平均每四個月一塊，這個價碼已經夠在峽谷裡買五十個以上的壯丁，趙天國等於已經出錢跟伍開國買到了十年後貓莊應出的壯丁數目了，但貪得無厭的伍開國的私欲就像一口深不見底的天坑，不僅永遠填不滿，反而更變本加厲起來。趙天國怎麼也想不到伍開國竟會厚顏無恥到在孫兒大明成親的「過禮日」這天帶著鎮大隊來貓莊抓丁。

冬月十六這天天不亮趙天國和趙田氏就起了床，自從趙母親趙彭氏過世後，趙天國和趙田氏冬天裡已經很少早過起床，他們總是要等到孫兒大明或者孫女大秀燒燃大火後才起來。人一老，全身的皮肉就鬆弛了，就格外怕冷。趙天國覺得自打他上六十後，每到冬天看到白皚皚的霜和雪心裡就冷得哆嗦。這天與往常不同，是孫兒大明娶親的起鼓日，夫妻倆早早起床收拾家裡屋外。孫兒趙大明要結婚，家裡的房子不夠，幾天前趙長生倆口子帶著小兒子搬到下寨天文的屋裡去住，他們的臥房讓出來作了新房。孫女大秀先後定了三次親，男方不是被抓丁就是躲丁去了，哥哥結婚她面子上高興心裡其實苦著呢——這年大秀已經十九歲了，在峽谷裡已算是老姑娘了。趙天國老倆口晚上睡覺時就商量好了，讓倆孩子睡個懶覺他們起個早床。趙天國負責打掃坪場和屋外的巷子，趙田氏負責屋裡，抹桌子凳子、清理灶屋。人逢喜事精神爽，趙天國拿起竹掃帚後也不覺得冷，一口氣就把階沿、坪場和巷子打掃得乾乾淨淨，放好掃帚，高高興興地推開灶屋門對趙田氏說：「老頭子完工了！」趙田氏正在洗碗，被推門一嚇，手裡的碗哐地一聲掉在地上，碎成了八瓣。趙天國和趙田氏兩人都愣怔了，辦喜事打碎餐具是個惡兆。趙天國本想罵一下趙田氏怎麼那麼不穩當，想了想，走過去撿起碎片，說：「要得發，不離八。哈哈，剛好是八瓣，預示咱們大明要給我們家生一大堆重孫。」但老倆口心裡卻都烙得慌，預感到了這場婚禮不會太平。

到了早飯後幫忙的族人們陸陸續續地來家裡了。又過了一陣，樂器班子的嗩吶手、大鈸二鈸尾鈸手也來了，家裡吹吹打打熱熱鬧鬧起來。峽谷裡從開始派丁後已經兩年來只有喪事很少有人辦過喜事了，現在要湊齊一套十二個人的樂器班子也難了，趙天國知道兒子趙長生請來這些人也是費了一些神的。後來又看到趙長洪背了一大背簍鞭炮從白沙鎮回來，他心裡更加不高興起來，但大明的婚事他作爺爺的也不好過多插手。這時候幫忙的人都來了，家裡喜氣洋洋的，他也就不好再說什麼掃興的話。

半月前趙天國就一再給趙長生交待過大明的婚事不要大操大辦，也不宜宣揚過廣，通知幾家主要親戚，貓莊的族人們湊在一起吃頓飯喝餐酒就行了。記得當時趙長生還苦著臉說：「我就是想大操大辦也沒那個能力，更沒錢。別說錢，連煮五十個人飯的米也沒有，不信你看看家裡的穀倉和米桶，不到一百斤了，剛夠接親幫忙的吃。」

趙長生的心裡其實並不這樣想，他做過多年保長，是個愛體面的鄉紳，而且親家又是老寨財主吳東升。吳東升也是老寨的保長。雖然趙長生那年被抓丁後一段時間不敢露面，貓莊保被伍開國改成了青石保，保長由青石寨胡小菊的哥哥胡萬龍當了。自從哥哥趙長春死後趙長生覺得遲早有一天貓莊的族長是要他繼承，他還是貓莊的頭面人物，大明的婚事應該辦得體面，這樣他在峽谷裡才不會掉份。更何況，親家吳東升把他的女兒吳君明看成掌上明珠一樣，早就放話過要大操大辦，還給趙長生說要讓準備六十個人的迎親隊伍，他家要是辦的太寒酸了，會讓峽谷裡的人恥笑的。那天他就套過爹的口氣說：「爹，你看家裡也是好多年沒做事了，就熱鬧一下吧。」見爹沒有訓斥他，又涎著臉：「家裡還有不有『磚頭』？我想把大明的婚事辦得體面些。」趙天國斬釘截鐵地說：「沒有！米都沒有，哪裡來黃貨！」趙長生知道爹的手裡還有「磚頭」，這兩年來從爹的手裡毫不心疼地就出來了六塊「磚頭」，他估計這些東西都是族裡的，爹把家裡的東西和族裡的分得很清楚，所以他送給伍開國時也不那麼心疼，就當是送外人的，他估計爹的手裡沒存有一二十塊是不會這麼大方的。他也知道早些年貓莊種鴉片發了大財的，不僅買槍還修石屋寨牆，這些黃貨可能就是那時存下來的。既然族裡存了那麼多錢，家裡也總該存有一些吧？爹不肯拿錢出來也難不住趙長生想給大明婚事辦得體面的想法，第二天他去了一趟青石寨找長明的舅舅胡萬龍借了三十塊銀元，「過禮」這天瞞著爹讓趙長洪帶人去白沙鎮採購婚禮上的用品。並特別囑咐趙長洪多買些三家田鞭炮。

趙長生沒有想到的是，恰恰就是響聲脆的三家田鞭炮把伍開國和鎮大隊引來貓莊的。

這天伍開國帶著鎮大隊的人在青石寨抓丁，縣兵役局又給白沙鎮分報派了二十個壯丁名額，限期半月內交送。現在整個白沙鎮除了有錢人家裡還有壯丁，窮人家差不多都跑光了，不是上山當土匪就是躲藏在山洞裡，晝伏夜出，跟鎮大隊打游擊戰。不過這也難不倒行伍出身的伍開國，他給隊長王大鼻子說，晚上悄悄地守在寨外，他們總得回家吃飯，或者有人去送飯，老子當年找紅腦殼的傷患就是這樣搞的，靈得很。果然王大鼻子只守了四五個晚上就逮著了七八個壯丁。剩下的十二個他就不急了，他在鎮公所裡後院的地下室裡還關有十多個壯丁，二十個名額還有剩的。這是伍開國的又一個絕招，平時不徵丁時他讓王大鼻到夜裡出其不意地去轄內的村寨抓人，或者到酉水河上去抓外鄉的商客和船夫，關到鎮公所裡來，這樣縣裡要交丁時他就不會因為完不成丁把他手裡的黃貨送給他的上級，以免被處罰或者免職。國民政府這兩年來徵丁的人數越來越多週期越來越短，對不如期交丁的鄉鎮長處罰起來決不手軟，輕則免職重則移交法院。自然，伍開國巴不得天天都是這種催丁催糧的日子，這樣轄內才會天天有保長、商戶和財東們上門給他送黃貨，他家的那個能裝幾擔糧食原本就是糧洞改建的地窖再有三五年光景光黃貨就能填滿了，伍開國感到這兩年來他的上下板牙都鬆動起來了，他自己也知道每次都要咬一咬黃貨是個對牙口特別有害的習慣。但伍開國同時知道這種日子不會長久，他曾經是個軍人，比較關心國共兩軍的動態，北方的大城市都已失陷，中共大軍已經迫近上海和南京了，隨時可能打過長江來。他得給自己找後路了。他的後路就是黃貨，有了它，萬一哪一天共軍打來湘西，他可以去廣州、去香港、去台灣，甚至可以去美國。否則，他明白共軍一來，他這種人比陳致公更容易掉腦殼。所以伍開國不想放過任何一次撈黃貨的機會，他就是帶著這個目的去青石寨抓胡萬龍的兒子胡小虎的，青石寨的壯丁名額早就通知了，可胡萬龍竟然裝病不來鎮公所。之所以帶上鎮大隊，伍開國是怕半路上遭人打黑槍。到了青石寨，伍開國二話不說就捆了胡小虎要押走，直到胡萬龍把他單獨拉到房裡給他口袋裡塞了一根沉甸甸的東西，出房前他還沒忘記拿出來放在嘴裡咬了咬，才又收回兜裡。

從青石寨出來已是傍晚，胡萬龍心疼他那根黃貨，也沒招待他們吃晚飯，伍開國領著鎮大隊本想去新寨坪賀麻子家吃，走出青石寨，還沒到諾里湖，聽到貓莊劈劈啪啪驚天動地的鞭炮聲。一開始，伍開國還以為是槍聲，估計是二龍山的人在打貓莊，聽了一陣，才聽出夾雜在脆響裡的聲音更大但響聲卻綿軟無力的大炮仗聲，才知那是三家田的鞭炮聲，問王大鼻子：「貓莊是不是有人在辦喜事。」

王大鼻子說：「好像是趙長生家娶兒媳，我今天早上出門時看到貓莊的趙長洪來白沙鎮在打貨。」

伍開國說：「狗日的，放這麼多鞭炮這是燒錢呀！走，去貓莊看看，搞餐飯去，老子餓死了。」

王大鼻子知道伍開國收受了貓莊的賄賂，只是不知道他到底收受了多少，兩年來貓莊還沒徵一個壯丁出來，伍開國也從不讓他去貓莊抓丁。峽谷裡大戶人家，有錢或者有勢力的買丁或者免徵的倒是有，但像貓莊這樣一寨人一個丁也沒出來的絕無僅有，自己沒得到一分油水，王大鼻子早在夢裡就想蹚蹚貓莊這塘渾水，試試它的深淺，就說：「伍鎮長，飯那裡都搞得到，搞他們幾個丁怎麼樣，這可是個好機會？」

伍開國也動了心，說：「那我就不進寨了，你伺機行事，我在寨外等著你。記住，不要搞多，四五個夠了，把趙天國的孫子一起搞來！」

王大鼻子領著鎮大隊沒進寨之前就被在西寨牆上望風站崗的趙大承和趙大晨發現了，鎮大隊的人很好認，他們都是黑衣黑褲如同幽靈。趙大晨馬上跑進寨報告了趙天國。趙天國一聽鎮大隊來了，頭皮一麻，早上趙田氏打碎碗時的不祥徵兆更加強烈了！伍開國和鎮大隊從沒來過貓莊，第一次來趙天國總不能把他們拒之寨外，三個月前鎮公所剛剛徵過一次丁，趙天國讓趙長生給他送過一塊金磚，他想再不講情義的人也不會這麼快就翻臉吧，就去叫趙長生到西寨牆開寨門迎接。

王大鼻子帶著鎮大隊夜裡為何來貓莊，趙長生的心裡也惴惴不安。他是個聰明謹慎的人，開寨門前他先爬上城牆，裝著不知道外面是誰的樣子，喊話：「外面是哪一路道上的朋友？到貓莊有何貴幹。」

王大鼻子說：「你是長生老兄吧，我們到青石寨公幹，路過貓莊，來的時候伍鎮長交待過，說明天是賢侄大喜之日，他託我送份禮，以示祝賀。」

趙長生說：「多謝伍鎮長抬愛，長生一介粗人，受之有愧。天都黑了，你們請回吧，貓莊得罪周邊山頭的土匪太多，夜裡開寨門實在不安全。」

王大鼻子火了，罵道：「狗日的趙長生，別給你臉不要臉，伍鎮長的禮你也敢拒。再說，我老子們也餓了，青石寨沒得飯吃，到你們貓莊討餐飯吃，吃了飯我們就走。」

趙長生說：「就真為搞餐飯吃嗎？」

王大鼻子說：「你哪那麼囉嗦，伍鎮長跟你爹趙天國是什麼關係我們都清楚，我王大鼻子黃眼睛不認人，敢得罪趙天國也不敢得罪伍開國。」

趙長生讓趙大承和趙大晨給鎮大隊開了寨門。

王大鼻子和鎮大隊的人在諾里湖聽到的鞭炮聲是剛剛從老寨「過禮」回來放的，所以鎮大隊的人到趙天國家時，過禮幫忙的年輕人正在屋外的坪場上吃飯。王大鼻子一腳跨上坪場看到十多個青年壯丁一雙眼球子立馬就綠了。這時趙天國剛好吃完第一碗飯，看到第一個露出腦殼走上坪場的王大鼻子心裡一驚，趙天國從沒跟王大鼻子打個交道，也不認識他。但他一眼看到敞著黑夾襖肚子上吊著盒子炮眼睛裡冒著綠光的這個人就知道是王大鼻子，那支溪峽谷裡的人都傳說王大鼻子是狼投生的，一到夜裡雙眼就發綠光，更有人說他是幾百前年的白鼻子土司傳世，比當年的白鼻子更兇殘和暴戾，給他起了個王大鼻子的綽號。只見王大鼻子，沒看到伍開國趙天國就知道壞事了。

一上坪場王大鼻子就從胸前掏出了盒子炮朝天開了一槍，大聲喊道：「都別動，老子是來抓丁的。」

二十多個鎮大隊隊員噔噔咚咚地跑上坪場，用槍把四五桌正在吃飯的所有人圍起來，槍栓拉得嘩啦嘩啦地響。正在吃飯的貓莊人一下了就炸了席，呼啦啦地站起來，但很快就被頂上來的槍筒逼著坐下去。

趙長生一下子也懵了，剛才王大鼻子還說弟兄們餓了，是來搞餐飯吃，咋說翻臉就翻臉了？反應過來後他拉了一下王大鼻子舉槍的右手，說：「王大隊長，別開玩笑，貓莊人膽小，不經嚇，你看，這也是辦喜事，玩笑別開過火了。」

王大鼻子立馬翻臉不認人，把朝天舉著的槍筒放下來頂在趙長生瓦片般的額頭上：「哪個跟你開玩笑，縣裡剛分給鎮公所五十個壯丁名額，老子上哪去找人去？給老子捆人，捆五個。」他從一個身後隊員手裡接過繩子扔給前面一個隊員，指著趙大禮、趙長安、趙大晨、趙大中說；「把這幾個長得結實的捆起來！」幾個隊員上去利索地把人捆好，串魚兒似串起來了。

趙長生一下子呆了。

王大鼻子走進上階沿，看看屋裡還有沒有年輕壯丁，剛好撞上聽到外面嘈雜聲跑出來的親郎倌趙大明，槍筒對著兩個隊員一晃：「還有這個也捆了。」趙長生撲上去，抱著王大鼻子的肩說：「他是我兒子，明天就要成親了！」王大鼻子甩開趙長生，再次用槍頂著他說：「再攔老子就不客氣了，伍鎮長說了，現在共軍快打過長江了，人人都要為黨國效忠！你們貓莊至少幾十個壯丁，老子這次只拉五個算是看了伍開國的面子。」

趙天國一直穩穩地坐在長凳上，因為年紀大了構不成威脅，也沒人拿槍頂他，他拄著拐棍費力地站起來對王大鼻子說：「你不能亂抓人，他們有些人是獨子！」

王大鼻子白了一眼趙天國說：「獨子免徵的規矩早就廢了，現在只要是扛得動槍的人都是丁。我聽人說過，你們貓莊自打民國來就沒交過一個丁是吧？你們貓莊不是有錢嗎？老子這次抓丁，就是拿黃貨來也贖不回去，明天就要交丁，縣裡催丁的人等在鎮公所裡呢！」說完揮了一下手裡的盒子炮，喊了一聲「撤」，帶著鎮大隊押著壯丁們像一群幽靈似的鑽出了巷子。

鎮大隊在坪場上停留不到一杆煙工夫，他們連桌上的飯菜瞄也沒瞄一眼，可見不是衝著晚飯來的，而是一場蓄謀好的計畫。眼看著他們消失得無影無蹤後，一直愣怔著張大嘴巴站在大門口的胡小菊才合攏嘴巴，「哇」地一哭出聲來：「大明明天便要成親了，可咋辦我的娃呀——」她一下撲在趙長生的身子，搖晃著他說：「他爹，你快想法子呀——」

趙長生的腦門上被王大鼻子槍筒頂著的一片冰涼還沒有褪去，被胡小菊一搖，更加六神無主，本能地大叫：「爹，爹呢，快叫爹去！」趙天國弓著腰走上階沿，大聲訓斥兒子和兒媳，也是對亂成一團的坪場的人說：「慌什麼！通知族人們馬上到祠堂議事！」看到族人們紛紛下了坪場，他又喊了一句：「只要十八歲以上四十五歲以下的，其他老老少少就不要來了，吵吵嚷嚷的誤事！」

趙天國見兒子趙長生還愣著，問他：「要是你哥還在世，你說他會怎麼處理這事！」趙長生被父親猛然一問，不知道怎麼回答。趙天國說：「你呀，你呀，就是太懦弱，當年彭學清在諾里湖殺人時，你哥、武平和你三人，只有你褲襠裡賴尿，那時起我就知道你幹不成什麼大事。還愣著幹什麼，進屋去拿快槍，都拿到祠堂去，子彈在我房裡的床腳下，也都拿出來。」

三十四個壯年族人們趕到祠堂時，看到廳裡放了兩排快槍，心裡都明白他們要去做什麼。趙天國看到青壯年人來得不差多了，拄著拐棍全身顫顫巍巍地說：「我當族長幾十年只做了一件事，那就是一不讓你們年輕人去投軍，二不讓你們去當土匪。這是我們趙氏種族老祖宗的遺訓，我們貓莊人只為我們自己的土地打仗，歷朝歷代的族長都做到了，但是我沒有做到，我自己的家裡就出了一個先投軍後為匪的忤逆子，後來又有大牛和大平死在抗倭的戰場上。這是我這個族長沒當好，也是這個世道比歷朝歷代都亂的結果。我愧對列祖列宗，也愧對族人們！現在伍開國又派人一下子拉走了貓莊的五個壯丁，我可以給族人們講明，兩年來我給伍開國送了六塊金磚出去，夠買五十個不止的壯丁，兩個月前還讓長生剛送他一塊，他一翻臉就不認人了。孔夫子說『苛政猛於虎』，我看更猛於匪，峽谷的土匪從來就有『情』和『義』二字懸在頭上，現在國民政府的這些大小官吏除了『錢』字什麼也不講了，就是有五百塊金磚也不夠送，也保不住貓莊。我跟土匪鬥了一輩子，最後還是逃不脫要當土匪的命，今晚挑三十個人跟我去白沙鎮，就是搶也得把貓莊人搶回來！搶回來後，我們貓莊人也拖槍上山當土匪去。」

貓莊的青壯年人說：「伍開國不仁，我們也別跟他們講義！」

挑好了人，趙天國說鎮大隊天黑後才回白沙鎮，他們在峽谷裡轉了一天，肯定很累了，回去吃完晚飯會倒頭就睡，我們摸進鎮公所大院後直接去伍開國的家裡挾持他交出貓莊的壯丁，但儘量不要殺人，把人打暈就行，實在弄出響動跟鎮大隊交上火就不能手軟，往死裡打，救出人後趕快撤出白沙鎮，防止鄉警、稅警和民團趕來支援……趙天國說：「大家手腳要快，趕回來後就在諾里湖隘口防守，我們有二三十條槍，鎮大隊和民團的人也攻不上來，萬一保安團來了隘口守不住，全寨男女老少上燕子洞去，年輕人在寨牆上守寨子！」

趙天國拄著拐棍走出祠堂，貓莊年輕人個個熱血沸騰，拿槍往袋裡裝子彈，跟著趙天國往白沙鎮走去……

趙大明和貓莊的其他四個壯丁趙長安、趙大禮，趙大中、趙大晨從鎮公所的地牢裡被李老三放出來後就趕急回貓莊，快走到新寨時正好碰到了趙天國和趙長生帶著三十個貓莊人正往白沙鎮趕來。這時月亮剛剛落下去不久，天地一片朦朧，這些貓莊人急匆匆地趕路，又都沒打火把，那麼多人走動，踩在下了霜的凍土上嚓嚓作聲，發出很大很響的聲音。趙大明他們在幾十丈外就聽到了很多人走動的腳步聲，趕緊往一條土坎上隱蔽，當他們看到面前不遠的幾十個人背著槍，嚇得大氣也不敢出。直到那些人都走幾丈遠了，他們起身準備下坎時，聽到趙長生的聲音：「爹，你都落後好遠了，這裡有個岩窩，你當心別崴了腳。」接著又聽到趙天國說：「我有拐棍，又有長林給的老花鏡，看得見！」

趙大明這才跳下土坎，大聲地喊：「爺爺，爹，我們在這裡。」

趙天國和趙長生聽到趙大明的叫聲，同時發出驚喜地叫聲：「那不是大明在喊嗎？」

趙大明高聲說：「是我，我在這裡！」

所有貓莊人都停下腳步，回過頭往後看，紛紛說：「是大明，是大明啊！」趙長生一邊攙著爹往回走，一邊說：「我的兒，你怎麼跑脫了？」

趙天國著急地問：「大禮大中大晨長安他們呢，你們一起跑出來的嗎？他們是不是跟你一起出來的？」

趙大明說：「都出來了，他們都在呢，爺爺，你們沒聽到白沙鎮的槍聲嗎？二龍山的龍大榜打下了白沙鎮，把伍開國殺了！」

趙天國說：「都在就好，都在就好啊！」

這一段路落灣，在兩個山谷裡，跟白沙鎮隔著一個山坳，貓莊人都沒聽到從白沙鎮傳來的槍聲，趙長生驚訝地叫了起來：「我的天，二龍山的土匪連白沙鎮也敢打呀！不過他們倒是幫了我們一個忙，謝天謝地，明天大明還可以成親，老寨吳家還不知道貓莊出事吧？」

趙天國說：「龍大榜日本人都敢打，他怕什麼鎮公所？他要是不打白沙鎮，他那幾百號人都得餓死，現在峽谷裡除了貓莊在燕子洞還藏有十幾擔穀子，誰家米桶裡還有半桶米。我猜想今後土匪們該要打縣城了，不打他們還得餓死，大亂必有大治，亂不了多久了！」

說完，他突然癱下地去，趙長生和趙大明急忙伸手去扶。

趙天國是跪在路上的，他甩開兒子和孫子扶他起來的手，縱情地嚎啕起來：「老天有眼啊，貓莊人差一點就成土匪了，你讓龍大榜救了貓莊一寨人！來的時候我是腦殼發熱，現在想起來額頭上就冒冷汗，萬一跟鎮大隊幹起來了，萬一保安團來剿貓莊，那得死多少人呀！都是我老糊塗了，我拿一寨幾百口人命去換五個人的命，我糊塗呀，我回去後就把槍收了，今後不管土匪來鎮大隊來全貓莊人都跑路吧！」

趙天國東南西北磕了四個頭，哇地一聲吐了口血，頭對著地面磕下去，身子一歪，倒了。趙長生和趙大明去扶，發現他已經像攤爛泥一樣軟塌塌的。最後二三十個青壯年人輪流替換，人人汗衣都濕透了才把他背回貓莊。

趙天國躺了好幾天，趙大明婚事過後他才能勉強下地走動。有一天，趙長生告訴爹彭學清當了副軍長，收編了龍大榜，讓他做了團長，就駐防白沙鎮，還兼任白沙鎮鎮長。趙天國淡淡地說：「誰當鎮長還不是國民政府的鎮長，從現在起，貓莊跟五十年前一樣，不管土匪來了還是官兵來了全寨人跑路，讓族人把自家所有的木廂房木偏房都拆掉，這樣就是誰進寨也點不著火。」趙天國從灶屋裡拿了一把斧子，交給趙長生，「先把自家的劈了，再去通知別人家。記住，以後我死了你當族長，凡壞事先從自家開始，凡好事多想想別人家……」

武平遠遠地看到西北城北門時心裡一陣激動。算起來，他已經整整十五年沒再進過這個城門了。二十多年前，有一段時間為給游擊隊搞彈藥他曾經常進出這個城門，現在都能想起來第一次跟地下黨員楊逸飛同志接頭時的疏忽，想起趙長春請他吃飯時有一道西北名菜泥鰍鑽豆腐——這是他這大半輩子來第一次也是唯一一次下館子。十天前部隊駐紮在慈利楊樹鋪鎮時武平就聽鎮上老人們說過趙長春已在此地殉國了，他六年前就完成了一個軍人最莊嚴的使命。三天後又傳來了西北地下縣委書記楊逸飛同志已於一個月前被國民黨憲兵隊殺害的消息，他倒在黎明前的暗夜裡，軍區已經決定拿下西北城後由現任團政委的他擔任西北縣第一任縣委書記，軍區還決定把湘西行署設在西北縣城裡，而把西北縣城移遷到縣境內的酉水重鎮白沙鎮，他們團必須盡快拿下西北城，解放西北縣。因為西北縣至今不通公路，大軍進攻西南的物資運輸得走酉水水路。

武平現在穿的的是一身嶄新的草黃色的中國人民解放軍軍服，他的前面是一位穿著筆挺國軍上校服裝的年輕軍官，身後跟著一排歪戴著軍帽胸前挎著衝鋒槍的國軍士兵。不過，只有這位國軍上校是正宗的暫五師一團團長肖正宇，身後的士兵都是改裝了的解放軍戰士。兩個小時前，武平所在的四十七軍某團剛剛攻下駐紮在北門十里外一個村莊的暫五師一團團部，俘虜了一團團長肖正宇。審訊肖正宇時武平得知暫五師師部就設在西北城內北門衝的營房裡，只有一個警衛營的兵力，一個大膽的活捉暫一軍副軍長代暫五師師長彭學清的計畫馬上在他的腦子裡成型了。一旦成功，我軍可以不費一槍一炮就能解放西北縣城。如若不成功，裡應外合也可以減輕我軍攻打北門的壓力。武平讓人把肖正宇押來，問他：「你想死還是想活？」

肖正宇聽到一口西北話的解放軍軍官問話，連忙把頭點得雞啄米似的說：「想活，想活！」

武平說：「想活就跟我進城去，按我的話做，沒問題吧？」

沿途過了幾道關卡，肖正宇按武平的吩咐都說是領著解放軍代表進城跟副軍長談判的，一路暢通無阻。到了北門外，守城的警衛營士兵嘩啦啦舉起槍來，肖正宇呵斥道：「沒看見是解放軍代表嗎？彭軍長要跟他們談判。」守城的是一個臉上有塊醒目亮疤的連長，說：「軍長說了，任何人不准進城。」武平笑說著：「那你去通報彭軍長吧，讓他來接我，就說中國人民解放軍四十七軍某團政委武平到了城外。」疤子連長往地下啐了一口：「我呸，你他媽的一個團長都不是，也配我們軍長來接。」肖正宇從腰上抽出勃朗寧手槍，指著疤子連長的腦殼說：「侯疤子，老子沒工夫跟你閒扯，你再耽擱軍長的正事我他媽的現在就斃了你！」武平給身後的戰士們使眼色，大家一擁而上，出其不意地拿下了侯疤子和那些士兵的槍。武平說：「肖團長，侯連長也是盡心盡職，別計較，我跟彭軍長談正事要緊，把槍還給他吧，大家都是靠這傢夥吃飯的。」

進入師部營房院門，兩個站崗的士兵顯然認得肖正宇，敬了禮後什麼也沒盤問就放行了。穿過大操坪時許多士兵認為是他們的人押著一個解放軍俘虜呢，好奇地伸頭張望。肖正宇帶著武平來到一棟平房指著一扇半開的門說：「這就是師部，門半開說明他在裡面，我們軍長在作戰室時從不關門。」

武平拔槍後推開門，最先看到的是一顆伏在案桌上的雪白的頭顱。彭學清正在揮筆疾書，聽到門響，頭也沒抬，說：「就完了，等等。」

武平把槍口對準彭學清，擁進屋穿國軍服裝的解放軍戰士們紛紛把槍對準屋裡的另外三個軍官，大叫：「不許動，舉起手來！」武平說：「彭學清，抬起頭來，繳械投降吧，你們的政權早就完蛋了，新中國已經成立了！」

彭學清放下手裡的毛筆，緩緩地抬起頭來，語氣非常鎮定地說：「你要是認為我會投降就開槍打死我吧，要是相信我起義就過來看這個。」彭學清遞給武平剛剛寫完的墨蹟未乾的一張大紙，說：

「起義通電剛剛發出去，這是我才寫的《告暫五師及地方部隊官兵書》。」

武平收起槍，接過來鋪在地上看：

我親愛的暫五師全體官兵同志們！我親愛的故鄉西北縣國民自衛軍全體官兵同志們！時代的巨輪滾滾向前，擁護新民主主義，解放全中國，建設新國家，正成為人民最高的呼聲，貪汙腐敗的國民黨中央政府及其殘餘軍閥必將滅亡，我們犯不著與全體人民為敵，效忠國民黨反動派，去做他們的殉葬品！

學清順應故鄉父老兄弟姊妹之願望，尊重西北全境人民的福祉，保全西北人民的生命，歡迎解放軍入城，為免除不必要之摩擦或軍事衝突，當承指示以下三點：

第一，暫五師停止一切軍事行動，原地待命，接受解放軍改編。

第二，自衛軍、警察部隊願意解除武裝從事生產者，到指定地點繳械，人民解放軍絕對保證生命財產之安全。

第三，如怙惡不悛，執迷不悟，違反人民利益者，視同土匪，徹底剿辦。

以上三點，敬請我軍及地方武裝全體官兵同志，再三思考。大勢所趨，如洪水之猛下，逆潮以冰，鮮不滅頂？時機稍縱即逝，為福為禍，多於一念之間，一念之善，則為天堂，則為革命鬥士；一念之惡，則為地獄，則為民族敗類，則為人民罪人。

學清自維一介武夫，戎馬半生，自認尚有利於國家民族，甚願犧牲一切，几有關我桑梓及全體軍民生命幸福之所在，無不全力以赴，遵入人民解放軍之正規。

我父老兄弟姊妹們，正熱烈地與奮地睜大著期盼的眼睛，盼望解放福音之到來。

暫一軍副軍長彭學清

民國三十八年十月二十二日

武平伸出手跟彭學清的手緊緊地握在一起，激動地說：「彭軍長，我代表四十七軍全體指戰員歡迎你率部起義，加入到人民解放軍的隊伍中來！我馬上跟上級聯絡，四十七軍明天上午入城。」

第二天上午，彭學清率暫五師全師高級軍官和縣城大小官吏、商會會長、學校校長等知名人士幾十人在北門外迎接四十七軍入城。他戴著摘了帽徽的軍帽，穿著一身筆挺的少將長呢大衣，大衣上每一粒銅扣都擦得黃亮，左胸上端端正正地掛著抗戰時最高統帥部授予他的一枚青天白日勳章，就連腳上的大頭皮鞋也擦得鋥亮，發出冷清的光芒。四十七軍一位首長跟彭學清互敬軍禮後，握著他的手說：「彭軍長軍容整齊，令人想起美國南北戰爭時投降的南方將軍羅伯特·愛德華·李。」彭學清尷尬地抽回手，什麼也沒說，轉身走了。

一年後，時任湖南省人民政府參議室參事的彭學清被定為國民黨投降將領，在他被送去沅洲城國民黨反動派投誠投降高級軍官集訓班前吞槍自殺。他死得很特別，是在遛馬時騎在奔跑的馬上開槍的，有人聽槍聲後還看到他在馬上奔跑了一里多路才栽倒下來。

西北縣解放後，縣境內唯一一場硬仗是十天後在白沙鎮打的。

彭學清率暫五師宣佈起義不到兩個時辰，起義的命令和《告暫五師及地方部隊官兵書》就快馬送到了白沙鎮龍大榜的手裡。龍大榜看完後揉成一團丟出了窗外，給通訊兵說：「你回去告訴軍長，好馬不吃回頭草，我龍大榜已經投過一次共軍了，這次說什麼也不投了，就是那個什麼將在外軍令什麼的不聽的意思，他被共軍打怕了，我不怕，老子守不住白沙鎮大不了回二龍山去！」龍大榜是怕解放軍查出他反過紅軍的水，還殺了兩個紅軍戰士，他在紅軍裡待過一年時間，知道這是什麼後果，別說他現在只是國軍的團長投誠，就是軍長司令，也只有死路一條路，槍斃！

攻打白沙鎮之前，武平曾兩次派人去勸龍大榜繳械投誠，爭取人民解放軍寬大處理。第一次是彭學清主動要求要去的，他單人單騎去，單人單騎回來，搖頭苦笑著對軍區首長和西北縣委書記武平說：「龍大榜說了，他要拿出當年打日本人的勁頭跟解放軍打一仗！」第二次是武平自己去的，軍區領導讓他帶了兩個警衛員，回來時只有武平一個人，那兩個警衛員被龍大榜扣押了。龍大榜給武平說：「老子十多年前上過你一次當了，天天喝南瓜湯我這麼大年紀受不了，看在一條峽谷裡人的份上，我放你回去帶兵來跟我打，打贏了把這兩個東北王八還給你，打不贏老子給他們修座大碑！」

武平一走，龍大榜立即開始佈防，他把弟兄們集中起來訓話：「老子決定跟共產黨幹一仗，我才不願意像十五前年那樣把弟兄們拖到西北城去天天喝南瓜湯，喝完南瓜湯再去替他們打仗送死。要打還不如我們自己打，弟兄們，平時訓練時你們不是常發牢騷說當兵不打仗就像他娘的結婚不上床，現在都給老子好好地打一仗，當年我們二龍山的五六百弟兄跟日本人整整一個旅團幾千人也打了一整天，日本人狠不狠，你比他狠他龜兒子就怕你，共產黨不是一樣嗎？他們大部隊入川作戰了，在西北城只有一個營的兵力，他們要是敢來弟兄們都給我往死裡打，哪個給我龍大榜丟臉老子翻臉不認人！」

龍大榜訓完話，副團長李老三也說了一句：「當年打日本人可沒一個弟兄慫過，今天打共產黨弟要是哪個兄弟慫了我先一頭撞死，別讓先走的弟兄們在陰間裡笑我和團長帶兵們沒帶好！」

弟兄們都大聲說：「不慫！慫了就不是人！」

攻打白沙鎮時西北縣委書記武平只有一個營的解放軍兵力，四十七軍大部隊在西北縣只停留了兩天，第三天就入川作戰了。湘西行署和軍區的各個機構已經在西北縣城掛牌成立，西北縣人民政府迫切地需要遷移白沙鎮，同時更要防止龍大榜糾集各路土匪攻打湘西行署和軍區，破壞剛剛到來的勝利氣氛，武平跟軍區彙報了龍大榜盤踞白沙鎮負隅頑抗的情況後，提出組織兵力主動出擊的方案，軍區對龍大榜的情況已經完全瞭解，認為此人一慣為匪，曾經投機革命殺害過紅軍戰士，乃西水北岸最大的一個十惡不赦的大匪首，應該堅決徹底消滅之，起到對西水兩岸大小土匪的震懾作用。同時盡快解放西水樞紐重鎮白沙鎮，完成西北縣城的移遷。

解放軍的一個營武平不敢全部帶出城，剛剛解放的湘西各縣到處是流竄的土匪，很多縣城解放大軍剛剛撤出城就遭到土匪武裝攻打，我方軍政人員很多人遭到殺害。武平給縣城留了兩個連兵力以防不測，原部隊只帶了一個連，加上從暫五師一、二團和原自衛軍裡挑選的兩百多名有覺悟的窮苦農家出身的士兵臨時參軍入伍，換上解放軍服裝和指派了解放軍軍官，編成二連和三連，勉強湊足一個營的兵力，武平知道龍大榜號稱是一個團，其實不足兩個營，也就是五六百人數，這些人中大多數一年前還在二龍山上扛梭標，不可能有很強的戰鬥力，加上白沙鎮沒有城牆，一面臨河三面敞開，自古以來就是易攻難守，我軍一個連打垮國民黨一個正牌團的戰例不計其數，以武平的脾氣一個連足夠解決龍大榜，但軍區的考慮是儘量減少我軍傷亡，武力迫使龍大榜投降。武平讓二連悄悄地迂迴到白沙鎮十里外的新寨坪對面的山坳上，三連從酉水河岸搶佔老碼頭，既可以切斷龍大榜退回二龍山，又可以合圍白沙鎮，自己帶著精銳的全是解放軍老戰士的一連擔任主攻，從鎮西突破龍大榜的三道防線。他跟龍大榜去談判時已經把他的軍事設置和工事看得清清楚楚了，武平也由此判斷龍大榜既無心機也沒有軍事素養，只不過一草頭大王。

南征北戰一生戎馬的武書記沒有想到陰溝裡翻船，白沙鎮打了整整兩天一夜，從先天早上直打到第二天傍晚才打下來。後來在湘西軍區的檢討會上武平作了深刻的反省，承認自己低估了龍大榜匪部的戰鬥力，龍大榜困獸猶鬥，造成了解放軍進入湘西後第一次重大傷亡。武平沒在會上說出來的是，他真沒想到龍大榜把解放軍當日本人打了。他在楊樹鋪時聽鎮裡的老人說過那場慘烈的戰鬥，趙長春和龍大榜的五六百人整整阻止了橫山勇的一個王牌旅團幾千日軍大半天時間。白沙鎮的兩天裡打得更慘烈，小小的白沙鎮兩條街十來條巷子竟然巷戰了整整一夜解放軍也沒有拿下，擔任主攻的一連傷亡了近三分之二人；從新寨合圍過來的二連連鎮子都沒進入就被龍大榜兩個連的兵力打垮了；第二天彈盡糧絕的龍大榜黃昏時從老碼頭突圍只有二三十人，硬是把已經奪下碼頭的三連一百多人沖散，追在後面的武平從碼頭的台階上望下去，年近七旬的龍大榜白髮蒼蒼，衝在最前面，他徒手至少把五個新入伍的解放軍戰士扔進了酉水河裡，然後跳上小船，搖櫓而去。

武平衝到碼頭時他已經到了河中央。武平對著他開了幾槍，但他知道他的勃朗寧手槍的射程遠遠不夠傷及龍大榜一根毫毛。

龍大榜站在船上喊：「武書記，你那兩個警衛員關在鎮公所的地下室裡，記得到二龍山來找我，招待你的可不是南瓜湯喲！」

第二十五章

解放軍攻打白沙鎮的當天，趙天國就知道了西北全縣已經解放了。

這天天剛濛濛亮趙長生和趙長洪結伴去白沙鎮趕場。趙長生是想給新出生才兩天還沒來得及取名的孫兒去白沙鎮朱銀匠那裡打一副銅鈴鐺，隨帶買一些酒菜回來，以備用八天後的「十朝」日酒席。他還要給爹抓幾服驅胃寒和固腎精的中藥回去。他倆走出新寨坪翻過山坳時正好碰上了支一百多人的穿著草黃衣軍裝的部隊，趙長生和趙長洪也不知道是哪支部隊，趕緊往路上的樹林裡去躲，一直等到他們走遠了才敢出來，他倆還沒走下這個山坳就聽到從白沙鎮方向傳來了密集的槍聲。而且越來越響，槍聲也越來越近，似乎是剛剛碰到的這支部隊也跟人打起來了。白沙鎮的槍聲打得比放爆竹還響，趙長生和趙長洪都知道這場是趕不成了，兩人又在山坳上等了半個時辰，直到從白沙鎮方向有人跑來，從他們口裡打聽到了共產黨軍隊已經解放了西北縣，正在攻打白沙鎮，兩人這才無奈地回了貓莊。

趙天國對共產黨解放了西北縣、解放軍正在攻打白沙鎮的反應很平淡。早在一個月前，彭學清回諾里湖給父母掃墓時在趙天國家住了一晚，就跟他說過長沙已經和平解放，共產黨很快就要打進湘西。趙天國當時就平淡地說：「來就來唄，他們又不是沒來過。共產黨不抓丁，它再怎麼共產共妻僅憑這一點就比國民黨強！」

這次，趙天國給趙長生和趙長洪說的還是那句對彭學清說過的話：「來就來唄，他們來還不就是打土豪鬥劣紳分田地那套。」趙天國說這話時是躺在床上的，自從那晚去救大明等五個壯丁回來後，這一年來趙天國就一直病著，時好時壞，有時能下床走走，有時又幾天起不了床，除了風濕症，他的胃病和腎病也越來越嚴重了，臉上已經瘦得只剩一張臘黃的皮子，顴骨突起，眼窩深陷下去。身子更是沒肉，一副骨架支撐著。瘦的原因是他常常吃下東西後不要多久就嘔吐出來了。他的房間裡常年充滿著中草藥的苦澀味，家門前坪場外的杏樹下藥渣已經壘了幾尺高。

早在一年前，族人們的事務趙天國都交給趙長生打理，趙長生處理不下的大事才請他定奪。趙天國已經開始懷疑自己還能不能熬過這個冬天，常常夜裡對妻子趙田氏說他要走了，他這一輩子太累了，什麼大事也沒做成，就是感覺到累！趙田氏看到趙天國實在病得厲害，讓趙長生請了芭茅寨死去的羅木匠的徒弟給他合了木。合完木的那天趙天國拄著拐棍從房裡出來，問在堂屋裡給棺材刷土漆的小木匠：「小師傅，看看，我還有多久壽辰？」

小師傅脫口而出：「今年死不了，明年很難說，後年沒壽辰了。」

趙天國笑著說：「你還是不如你師傅，他給老人、病人合木能精準到哪一天。」

小師傅不以為然地說：「我師傅合木看得最準的那些年峽谷裡多平靜呀，連吵架的人都少，現在峽谷裡年年打仗天天殺人，神都嚇跑了！」他刷完棺材蓋板，抬起頭來望著趙天國，「聽說您老人家以前是貓莊的巫師對吧，神都走了，通神的人還能靈嗎？」

趙天國想了想，這小師傅說得還有點道理，神怎麼肯住在汙穢的地方呢？也許自己當年巫師的法器被毀就跟神走了有關，那時神就知道了峽谷裡要亂了！

又過了幾天，趙天國聽趙長生說解放軍已經打下了白沙鎮，還說現在西北縣共產黨最大的官是武平，武平做了西北縣委書記兼軍分區司令。趙天國沒聽清楚趙長生說的哪個武平，問：「哪個武平？是我們長梅家那個當紅腦殼出去的彭武平嗎？」趙長生說：「聽說是他，我沒見過他，白沙鎮人都說就是我們貓莊的那個武平。」趙天國「哦」了一聲，又問：「這次他們沒改縣名？叫什麼，我想想，什麼亮縣。對，郭亮縣。」趙長生說：「沒改縣名，倒是改了縣城，他們把西北縣城遷到白沙鎮來了，原來的鎮公所大院成了軍分區、縣委和縣人民政府所在地。」趙長生看著爹沒做聲，好像睡著了似的，又說：「爹，我估計解放軍要來貓收繳槍支的，聽說他們現在到處剿匪，私藏槍支以土匪論處。」

「交吧，交了省心，這些槍放在貓莊反倒是禍害。去年去白沙鎮半路上回來時我就想毀了它們！」趙天國掙扎著坐起來說：「長生呀，你現在只要給我看好一件事，就是別讓他們拉貓莊人當兵，共產黨紅軍那時就不拉丁，他們現在也不會拉，你只要招呼好別被他們勸走，這比防國民政府的抓壯丁要容易多了。」

一個月後臘月的一天，趙長生響應人民政府的號召，把三十多支快槍和趙長洪兩人像挑兩捆乾柴一樣挑去了設在白沙鎮上茅草街一棟磚屋裡的貓莊所屬的西北縣一區區政府，連同幾百發子彈一起交到了區長周子明手裡。貓莊是全縣所有村寨和大戶人家第一個主動交出槍械的，後來縣委書記武平還在全縣剿匪總結會和工作通報上多次點明表揚了貓莊人思想覺悟高，相信黨的政策，支持配合政府工作，還兩次提到趙長生的名字。第二年農曆四月，區長周子明在剛成立的貓莊農會大會上提名選舉趙長生為農會主席，全票通過後，複查時發現趙長生當過舊政權的保長，最後才改選趙長洪為農會主席。趙長生也被送進了縣裡的改造民憤不大又沒跟土匪敵特有勾結的但在舊政權中當過三青團幹事、保甲長等等職務的學習班。學習完後又被送去新修的（酉）南（酉）北公路工地上勞動改造，兩年後南北公路全線貫通後很多人回了家，趙長生卻一直沒有回到貓莊，他像人間蒸發，查也查不到，成了解放後貓莊第一個失蹤人員。

這年開春後，隨著天氣轉暖，地氣上升，趙天國的病情漸漸有所好轉起來。秋天時，西北縣人民政府在武平書記的提議下給貓莊派來一支醫療小組，三位醫生在貓莊駐紮了十多天，給所有成年的貓莊人作了體檢，他們發現因常年住石屋，陰冷潮濕的環境造成貓莊成年人的身體狀況極其糟糕，絕大多數人患有關節性風濕症、心臟病、肺病和腎病。一位年輕的姓杜的女醫生給趙天國作了全面檢查，打了十多天針，又在他膝關節上紮了銀針，他奇蹟般地能夠下床走動了。

貓莊人不知道，醫療組回了縣裡後，立即上交一份調查報告：貓莊的石屋不適合長年居住，建議政府搬遷貓莊所有的人，重新建造新的木屋或磚屋。

趙天國在病中就已經知道峽谷裡發生了天翻地覆的變化，跟當年的蘇維埃政府一樣許多地主鄉紳被共產黨的人民政府槍決了，許多土匪頭目也被鎮壓了，兒子長生勞動改造去了，貓莊的祠堂已經成了農會的活動場所，天天夜裡開會、唱歌，很多個晚上吵得他睡不著覺或者是從夢裡被他們吵醒，貓莊還組建了民兵，大明他們年輕人都參加了民兵組織，趙長生交上去的快槍又發到了他們手裡。聽大明說，民兵不是正式的兵，只是協助解放軍維持社會治安，配合他們上山剿匪，帶帶路什麼的，現在峽谷裡除了二龍山龍大榜不知逃到哪去躲藏起來還沒有抓捕到，已經沒有一個土匪了。趙天國還問過大明這個民兵是不是相當於過去的民團，大明說差不多吧，過去的民團要打仗，現在的民兵不要打仗，只是保衛解放的勝利果實，防止小股土匪竄進寨來。

趙天國下床後走出家門，來到上寨的晒穀坪時，這天正是一區組織百名民兵上山搜山抓捕龍大榜回來，在晒穀坪上歇息。趙天國看到貓莊幾十個年輕人喜氣洋洋地坐在一起一邊說笑一邊擦槍，連趙長發也在，他從家裡提涼水給他們解乏。趙大明看到爺爺拄著拐棍朝這邊走來，驚喜地跑過去喊他：「爺爺你好了，我就說嘛，西醫比中醫好，當初杜軍醫給你打針你還不幹，這才幾天就能出來走了！那可是武書記瞭解到我們貓莊人長年住在陰暗潮濕的石屋裡風濕症、心肺病多專門派來給貓莊人免費治療的。」

趙天國抬起拐棍指著一「甬」未收割的稻子說：「秋收大忙的，你們不去收莊稼怎麼到這裡訓練，當了民兵就不要吃飯了嗎？莊稼人還是要先填飽肚子。」

趙大明說：「我們這是上山搜捕龍大榜回來的，他在金雞坡開槍打傷了一個民兵隊長，被那邊的民兵一趕逃到那支溪峽谷來了，我們已經搜了三天山，大小山頭都梳了好幾遍連龍大榜的影子也沒見著，不知道他躲在哪個山洞裡。龍大榜也七十來歲了吧，這老傢夥也經得事，聽說他還健步如飛，一丈多高的土坎一躍就上去了。爺爺，哪天我碰了他一定要綁了他，看看他背上是不是有三根反骨，他若真有，我先敲掉它再交給人民政府處決。」

趙天國被孫兒逗得哈哈大笑，沒笑完就起一陣強烈的嗆咳，自己撫摸了一陣胸口才說：「這老不死的，不是早就說他被抓住了，我就說嘛，我都沒死，他怎麼會死呢。」看著貓莊的年輕人都詫異地抬起頭來看著他，趙天國又說：「不過，他也活不了多久了。」

趙大明好奇地問：「爺爺你怎麼曉得他活不了多久了？」

趙天國笑著說：「因為我也要死了嘛。」

農曆九月的一天中午，剛剛收罷糧食後的貓莊連空氣都沉浸在豐收的喜悅裡，趙天國拄著拐棍在上寨和下寨的巷子裡轉了一圈，這天家家戶戶都關門閉戶的，連腳腿不太利索的趙長發也不在家，據說是區政府通知所有人去縣城開萬人大會去了。雞狗都臥在舒適溫暖的秋陽下安逸地打盹，整個貓莊靜悄悄的，趙天國突然想起許多前年他剛剛接任巫師時，「一七」那天打第一卦時就是這樣的好天氣，現在他清晰地回想起了那天卻打了一個黑卦。趙天國的心裡突然被一種不祥之感籠罩了，自從法器被毀後他就再也沒有去想過巫師時的事了，就連那年從美國回來的侄兒長林問他，他也是什麼也沒想起來，現在他卻突然很清晰地回憶起五十年前的那一幕，他不知道這意味著什麼。心情忐忑地回到家裡，趙田氏也不在家，趙天國從堂屋裡搬了一把竹椅，在階沿上能晒得到太陽的地方坐下，一會兒他就像一條狗一樣蜷曲在椅子上睡著了。

不知過了多久，趙天國被一陣雄壯的歌聲吵醒。他抹了一把口角上的涎水，知道是貓莊的民兵們回來了，他們以前也經常一邊訓練一邊大聲地唱歌，唱《解放軍進行曲》、《游擊隊之歌》和《國際歌》等等，但今天唱的這首歌是他以前沒有聽過的，聽起來格外威武雄壯，聲震十里。

雄糾糾氣昂昂跨過鴨綠江
保和平為祖國就是保家鄉

中國好兒女齊心團結緊
抗美援朝打敗美帝野心狼
我的爸爸去過朝鮮戰場
為了保衛祖國為了保衛家鄉
打敗美帝保衛和平
嘹亮的軍歌威武雄壯
我們的先輩去朝鮮打仗
英勇戰鬥是民族的脊樑
鴨綠江水在靜靜地流淌
嘹亮的軍歌在耳邊迴蕩

一會兒，歌聲散了。孫兒趙大明回屋來時，他從巷子裡一露頭就嚇了趙天國一大跳，險些暈厥下地。趙天國看到趙大明穿了一身筆挺的解放軍草黃色的新軍裝，連帽上的鐵皮五角星和衣領上的紅肩章都是新的，他幾乎是心驚肉跳地問趙大明：「你怎麼穿上軍裝了，民兵不是不發軍裝，只在胳膊上纏個紅袖筒嗎？」

趙大明興奮地說：「爺爺，我光榮地參加了中國人民志願軍了，我已經成了志願軍的一員，過幾天就要赴朝作戰打美帝國主義的鬼子們去。今天特地回來跟親人們告別的，我婆我娘還有我老婆吳君明和兒子小武哪去了，他們不在家嗎？」趙大明一口氣把家裡所有的人都問遍了。

「天神呀，你真的當兵了？」趙天國感到心口突然一緊，悶得一陣喘不過氣來，「你忘記了我們趙氏種族的祖訓是不投軍吃糧的？」

趙大明不屑地說：「都什麼時代了，你那是封建思想，新中國剛剛成立不久，美帝國主義就亡我之心不死，在朝鮮半島發動了侵略戰爭，人人都不當兵，新中國的勝利果實誰來保衛，勝利是用革命先烈的生命和鮮血換來的，也需要我們新一代的年輕人用生命和鮮血去保衛。我心意已決，參加志願軍，雄糾糾氣昂昂地跨過鴨紅江，保衛祖國，保衛家鄉。爺爺，你不知道，像我這樣家庭出生，家裡又有人勞動改造的參軍有多難，我還是找長洪伯給我到武書記那裡說情才通過政審的，等我打仗回來後我兒子小武就是革命軍人後代，他才能抬頭做人。」

「打仗，打仗，」趙天國生氣地說：「你知道打仗要死多少人嗎？你以為很好玩！」

趙大明說：「武書記在今天報告會上說，毛主席說過一切帝國主義都是紙老虎，一戳就穿。美國鬼子一見到志願軍戰士就屁滾尿流落花流水。」

趙天國問：「除了你，貓莊還有哪些人參軍了？」

趙大明說：「我們貓莊民兵排裡三十多個人都報名了，年齡、體檢、政審合格的有二十一個人，我們那次被抓壯丁的五個人大禮大中大晨都參軍了，就長安叔叔超過三十歲沒正式入伍，我們現在都是志願軍了，明天就要去縣武裝部集訓，一個月後就有人來接我們上朝鮮戰場。」

「我的天啦！」趙天國驚叫了一聲，「國民政府一個鄉一次也派不了二十個壯丁啊，他們把貓莊的壯丁都送那個什麼戰場，一個個還能回來嗎？」

趙大明不滿意地說：「爺爺，你別那麼思想落後好不好，志願軍志願軍都是自願參軍的，這就是新中國和舊社會的不同，別跟國民黨反動派丁抓丁混為一談。」趙大明不願意跟爺爺囉嗦，邊往寨西跑去邊說：「我去接吳君明和小武，他們好像回來了，我要把參軍的好消息告訴他們！」

趙大明跑去後，趙天國穩了一陣搖搖晃晃的身子才沒倒地。剛才這一刻他只覺得天旋地轉，日光昏暗。趙天國拄著拐棍艱難地一步步往祠堂裡走去，他要去收拾一下那裡，準備晚上召集族人們議事，堅決阻止貓莊的年輕人參軍打仗。到了祠堂，發現一把大鎖鎖著院門，當初成立農會時趙長洪借用祠堂開會給他說過，一年多沒來過祠堂了，他發現除了那塊貓莊農會的牌子外，罩簷下的「趙氏宗族」的匾額已經不翼而飛，牆面上也刷了「抗美援朝，保家衛國」的醒目的標語。趙天國很憤慨，祠堂是他借給農會的，他們掛了塊自己的牌子也就罷了，但他們沒權摘它的匾額，更沒權在院牆上亂塗亂畫，糟蹋貓莊趙氏種族這個最神聖的地方。

趙天國又去找趙長洪要院門鑰匙，他覺得現在他的雙腿充滿了力量，從他當族長以來，風風雨雨幾十年，特別從酉水北岸鬧紅腦殼以來，國民政府徵丁派丁抓丁那麼厲害，陳致公那麼鐵面無情，周正國和武平那麼舌巧如簧，伍開國那麼貪婪無情，王大鼻子那麼兇殘暴戾，貓莊也沒有被抓走一個壯丁，這次，他同樣有能力有魄力阻止趙大明趙大禮趙大中趙大晨他們自願參軍。因為他還是貓莊的族長，他還沒死！

趙天國一進下寨就碰上趙長洪，他問趙長洪要祠堂院門的鑰匙，並讓趙長洪通知族人們晚上到祠堂來議事。趙長洪為難地說：「天國叔，鑰匙我不能給你，更不能通知族人們去那裡議事，晚上我們農會要在祠堂裡學習縣委文件。」趙天國奇怪地說：「我是貓莊趙家的族長，祠堂是我借給你們農會的，我怎麼就不能召集族人們議事了。」趙長洪說：「現在新政府取締了一切宗族活動、宗教活動、迷信活動，我讓你開族會那是害你，是要鬥爭你的。天國叔，你別讓我為難，現在全國都在搞鬥爭，峽谷裡很多農會鬥人，我在貓莊沒鬥一個，周區長還嫌我手軟，要不是我是武書記的親舅舅，他早不要我當這個農會主席了，我不想貓莊第一個就鬥爭你。」

趙天國目瞪口呆了。一陣後，他說：「你的意思是我的祠堂被你們農會充公了，不還給我了？我的族長也被你們擼掉了？」

趙長洪說：「我知道你為什麼要開族會，你是想不讓貓莊的年輕人參軍去幾千里外打仗，這事你找誰也沒用，那些年輕人都是自願報名參軍的，他們是為了新中國，保衛祖國保衛勝利果實而戰鬥，他們是光榮的。天國叔，你可以思想落後，但你不能阻止年輕人進步對吧。我也是年紀大了，參軍不要，不然我也想上前線。天國叔，你回去好好想想吧，貓莊的那些年輕人總不能你在的羽翼下生活一輩子吧，他們有他們的理想，他們的追求，他們不可能滿足於一輩子只能望到貓莊寨牆內這一片簸箕大的天空。」

趙長洪滿嘴農會主席的官腔和新名詞，趙天國聽得似懂非懂，但他趙從長洪的口氣裡明白了，真如他剛才所言祠堂被農會「共產」了，要不回來了；族人們議事被新政府取締了，等於是他的族長也被擼掉了。趙長洪走開了很久，趙天國拄著拐棍還愣在原地，整個人像一根釘歪了用木棍支撐著的籬笆樁。

第二天剛亮明，趙天國就起床了，他不想驚醒妻子趙田氏，但在衣櫃裡找不到那個黑色褡褳時才不得不叫醒趙田氏。趙田氏問：「你要上哪去？那個幾十年前的老貨早燒了。」趙天國說：「你給我找個小麻布口袋來，我要去趟白沙鎮。」現在全西北人都叫白沙鎮縣城了，趙天國還是改不過口來。

三十里的山路趙天國走得輕飄飄的，早飯後不到一晌時間就進了城。幾年沒來白沙鎮，這裡比過去熱鬧繁華多了，大街上熙熙攘攘人來人往，就像十七年前紅腦殼打下白沙鎮時一樣，到處都是高呼口號的人群，到處也是報名參軍的人群。他來到原來的鎮公所大院前，發現這個院子改建後擴寬了很多，院門兩側掛滿了白底黑字的牌子，牌子前不遠一邊站了一個手持上了雪亮刺刀的快槍的威武的解放軍戰士。趙天國幾乎沒有猶豫就走上去問站崗的哨兵：「老總，我找武平書記。」

年輕的滿臉稚氣的哨兵和藹地彎著腰說：「叫我同志就行了，老總那是國民黨反動派軍隊的稱呼。老伯你是第一次進城吧？」

趙天國改口說：「同志，我找你們武書記有急事。」

哨兵說：「你是找武書記上訪還是告狀，武書記很忙……」

趙天國說：「我是武平的外公，你給他說我是貓莊的趙天國他就知道了。」

哨兵說：「武書記昨天出去剿匪去了，不知道今天會不會回來，你老人家等一下吧。」這個哨兵剛說完話，另一個長相年長些的哨兵指著鴻順樓那邊說：「咦，武書記帶人回來了！」

武平騎著大馬噠噠地跑過來，在大院門前幾丈遠滾鞍下馬。年輕的哨兵持槍跑步到武平的面前，敬禮後說：「武書記，那邊有位老伯說是你外公。」武平滿臉倦色地把馬繩交給哨兵，說：「這一段時間在西北冒充我表哥表弟的人很多，還沒人冒充過我外公呢，看看去。」

武平走過來，趙天國迎上去卑謙地說：「你是武平武書記吧？」武平看了一陣趙天國才認出來，說：「天國外公，你老了，比以前更瘦了，腰也弓了。我聽長洪舅舅說你有風濕性關節病，有胃病和腎病，那都是你們常年住石屋落下的，我派了一個醫療組去貓莊，聽他們說很多人都有很嚴重的各種各樣的病症，我現在還沒有時間解決這個問題。」

趙天國輕聲地說：「我有事要求你。」

這時後面的那些軍官和士兵們都到了院門口，武平吩咐他們回各自的單位後，看了一下手腕上的錶，一副公事公辦的語氣對趙天國說：「有事去我辦公室談吧，不過我只能給你二十分鐘時間，十一點我在縣委禮堂要主持一個會議。」

趙天國跟著武平去他的辦公室。武平的辦公室在大院最後面一幢剛修的兩層磚木結構的房子二樓最裡面一間。從大院進到他的辦公室起碼花了一杆煙工夫，一進屋，武平去拿水杯給趙天國從熱水瓶裡倒水喝，聽到身後撲通一響，轉過身來看到趙天國已經跪到地下去了，他慌忙去扶，很不高興地說：「你這是舊社會的搞法，共產黨人不需要百姓下跪，快起來吧。」武平一下了想起了很多年前他帶著大牛、大平和大憨參加紅軍的那晚，趙天國就是這樣下跪求他的。

趙天國不起來，說：「武書記，你要救救貓莊人，只有你才能救他們。」

武平倒是吃了一驚：「貓莊怎麼啦，是不是有土匪圍攻了？你先坐起來，喝口水，慢慢說。」

趙天國只好坐在武平辦公桌的對面，雙手捧著瓷杯喝了口熱水，憂心忡忡地說：「貓莊年輕人都參了你們的那個什麼軍，說是要去很遠的地方打仗。」

武平呵呵地笑起來：「你是說他們參加志願軍吧，這是好事，說明他們熱愛新中國熱愛共產黨，入朝作戰也是保衛祖國嘛。」

趙天國嚅囁著說：「我們貓莊自古就不當兵，國民政府時也沒出一個丁。再說嘛，我聽說那個朝鮮國在貓莊的幾萬里之外，它也不是你們的新中國，你們拿貓莊人的命去保衛它做個啥嘛？」

趙天國看到武平的臉色由紅轉紫起來，知道他這句話氣著他了。不等武平開口，他忙從杯裡掏出一個用麻布包裹著的東西，輕輕地放在武平的桌上，說：「武書記，這是貓莊人的一點心意，你笑納吧，看在你在貓莊長大的份上一定想辦法幫幫貓莊人，把那些不知天高地厚的年輕人退回貓莊種田。他們一走，寨子就空了，貓莊那麼多好田都沒人種了。」

武平看到趙天國輕輕放下去的東西包了幾層布還磕得桌面發出碰擊的脆響聲，他拿起來感覺沉甸甸的，心裡已經知道是什麼東西，正色地說：「共產黨人更不興這個，你拿回去吧。」硬塞到趙天國的懷裡。塞了幾次，趙天國也不拿，非要他收下。武平沒再堅持了，他顯得很急，不時抬手看錶，說：「我要開會了，就不多留你了！貓莊人不當兵的那個規矩現在行不通了，過去國民黨反動派的官兵是喝老百姓血的，沒人願意當他們的兵就四處抓丁，現在共產黨的兵是保護老百姓保衛新中國的，人人都踴躍報名積極參軍，新舊兩重天，現在當兵是光榮，貓莊宗族時代已經過去了，貓莊的年輕人那是跟上時代步伐，跟上新中國的節奏！」

趙天國還想說什麼，武平用手勢打斷了他，對著門外喊：「警衛員，送客！」出了門又對趙天國說：「外公你先回去吧，等抓到龍大榜後我就來貓莊看望鄉親們。給鄉親們解決一些難處。」看到警衛員進來後，他就匆匆地出了門。

趙天國是五天後躺家裡的床上被逮捕的。從縣城白沙鎮回來的當天趙天國就病倒了，不能下床。既是老毛病犯了，也有天氣變化帶來的錐心的關節痛。這幾天一直是秋雨綿綿的爛天氣。抓捕趙天國的是西北縣公安局姚科長帶著五名全副武裝的公安戰士。他們進屋時正好趙田氏、胡小菊和吳君明都在家裡，姚科長一腳跨進堂屋就問趙天國在家嗎？當他得到肯定回答時，一揮手，五個戰士迅速地衝進屋去，把病床上的趙天國控制起來。姚科長拿出一張蓋了大紅印章的白紙亮給趙天國，說：「趙天國你已經被正式逮捕了，就是逮捕令！」趙天國茫然地望著他們，一言不發，像是被嚇癡了。趙田氏尖叫著衝進房來質問姚科長：「你們憑什麼抓我男人，他一個老頭子能做什麼違法亂紀的事？」

姚科長從鼻孔裡打了一聲冷笑，用濃重的東北口音說：「這個老頭兒可不簡單，他可是我們破獲的整個湘西行署最大的一起企圖用糖衣炮彈顛覆我黨革命工作的反革命分子。他在三天時間裡竟然多次用金磚賄賂我縣多名縣區級領導，企圖破壞我縣徵兵工作，阻止我縣剛剛入伍的志願軍戰士入朝作戰。當然，我縣的領導除了一區區長周子明都是經過黨的考驗的優秀幹部……」

姚科長沒說完胡小菊就打斷了他：「你胡說，我爹這幾天躺在床上地都不能下地，他怎麼能跑到西北縣城去？」

趙田氏和吳君明也同時說：「就是，你看看他病成什麼樣子了。」

姚科長說：「敵特分子是善於偽裝的，他是不是病了到了公安局的審訊室就知道了。」

當天晚上西北縣公安局政委周小龍親自審訊趙天國。湘西行署和軍分區對趙天國三天內先後到縣委書記、縣長、武裝部長和一區區長的辦公室或家裡企圖重金賄賂，要求受賄者幫忙退回貓莊二十一名剛入伍的志願軍戰士為條件的反革命案件高度重視，一致認為這種典型的大中城市敵特慣用的手段出現在西北農村是階級鬥爭的一種新動向，他的背後一定隱藏著一個巨大的陰謀，一張更大的敵特網。一定要深挖深刨，弄清他的目的，揪出幕後的主使，摧毀敵人的陰謀。趙天國被暈暈呼呼地架到西北縣城，送進審訊室，面對審訊桌上射來的強烈刺眼的燈光，他一問三不知，起先還說自己這幾天都是睡在家裡的，當政委周小龍讓他看擺在桌上那四塊金磚是不是他的時，他看了幾塊金磚後就老實承認是他家的。這些金磚都是趙天文留下來的，它們原來是曾昭雲的，他鑄它們時都編了號的，有「曾記壹」到「曾記拾」的字樣。他以前給白沙鎮的鄉長們送出了兩塊，給鎮長伍開國送出了四塊（總共送了六塊，有兩塊是大清朝時留下的族金），前幾天給武平送出的那塊是「曾記柒」，現在就赫然出現在審訊桌前。趙天國不知道審訊的政委周小龍是以前在貓莊做過十多年石匠的周正龍的兒子，但他只承認企圖賄賂縣委書記武平的事實，而對賄賂縣長鄭正國、武裝部長秦國棟、一區區長周子明的行為拒不承認。他說賄賂武平書記的目的只是因為他們貓莊的人從不當兵吃糧，滿清朝廷時不當，國民政府時不當，解放了共產黨的兵也不想當。再問他是受誰指使，他更是一頭霧水，表情癡呆，聽都聽不懂。

連續審訊了三天，再怎麼問，趙天國還是第一夜的那幾句話。

趙天國待在監獄裡的前一個月都是單號，一個人一間房。趙天國不知道這是不是因為他年紀大又有病監牢裡給他的特殊化，這座解放後新修的只有兩排平房的監獄最鼎盛時曾經關押過近萬名敵特人員和土匪、流氓，現在還關著一千多人，一個大號常常關押上百人，像他住的這樣的小號也要關押二三十來人。

一個月後才給他找來一個跟他差不多大年紀的伴。

這個人是這天傍晚送過來的，他來的時候趙天國聽到牢外的長廊裡傳來一陣嘩嘩啦啦的腳鐐聲，抬頭看了一眼鐵窗外的天空已經昏暗陰沉了，他這間房的窗口當西晒，半個時辰前還有一縷陽光照耀在獄室的牆壁上。趙天國看到兩個獄警從更加昏暗的過道長廊裡押來一個身坯高大，一頭又髒又亂的長髮遮著臉的人走過來，從那人的逆影來看，他走得步態龍鍾，趙天國判斷此人也是個老頭兒。他估計會押到自己的號子裡來，果然，他們走到他這間號子前，一個獄警開始用鑰匙打開他這間房的大鐵鎖，另一個獄警也打開了那個人的手銬，但沒有俯下身去打開他的沉重的生鐵鑄成的腳鐐就他推了進來，之後他們面無表情地哐當一聲關了鐵門。趙天國進來時也是腳鐐手銬的，但進號子時都被除去了，由此可見，這個老頭兒比他還要罪重。

獄警一走，這人活動了一下手腕，在乾稻草的鋪位上坐下，他像視趙天國不存在一樣，一坐下就把身子往後一仰，兩腳長伸地休息了。一會兒他就呼呼嚕嚕地扯起了鼾聲。他這一覺足足睡了六七個時辰，第二天上午才醒過來。他的鼾聲聲震屋宇，震得號子裡四面牆壁嗡嗡地響，比傳說中的趙天國的爺爺老巫師趙日升的鼾聲還要響聲大，吵得趙天國一夜沒合眼。一醒過來這人就問趙天國：「老兄，開飯了沒有？」

趙天國好奇地問他：「老兄是犯什麼事進來的？」這人沒聲好氣地答：「老子是龍大榜，被武平那個狗雜種在雞公山上的燕子洞裡逮著了。他往洞裡扇辣椒煙子，嗆得老子一個勁咳嗽，連舉槍自殺的工夫都抽不出來。」趙天國聽完哈哈大笑：「我進來前幾天還說過，我不死誰也別想逮著龍大榜，我死了龍大榜也活不了幾天，隨口說的沒想到真說中了！」龍大榜也哈哈大笑：「你是趙天國！那年邀你上二龍山一聚，你竟說不上匪窩，現在聚一起了，我倆都是反革命分子，可以好好擺擺龍門陣了。」趙天國依然固執地說：「現在也一樣，你是匪我是民。」龍大榜說：「屁話，共產黨不抓無辜百姓，進了這裡就是反革命，被拉出去遊街、槍斃背上插的是同一塊牌子。」

後來的三天時間趙天國和龍大榜聊得很熱烈，有些一見如故的味道。龍大榜告訴趙天國兩年前他從白沙鎮碼頭逃脫後跑到西水南岸的七里魂峽谷裡跟被打散的暫四師殘部一起反攻西南縣城，被突然回湘的四十七軍主力反包圍，近千年名弟兄堵在城門口進不去出不來，他只帶出來十多個弟兄溜回二龍山。後來又多次被解放軍搜山，弟兄們一個個非跑即死，到第二年夏天他就單槍獨馬光棍一條了。有一次他躲在金雞坡的一個山洞裡，近千名解放軍和民兵搜山，山洞目標太大，他出來後躲在一條大路邊一棵枝葉茂盛的柏樹上，僥倖沒讓樹下來來去去的解放軍戰士和民兵發現；還有一次他半夜裡到老寨一個舊部家裡去找吃的，第二天醒來一看寨子被解放軍圍了，他轉到屋後茅廁裡擔了一挑糞，把兩支快慢機往糞桶裡一塞，挑往寨外去澆地才又僥倖躲脫一回。龍大榜聲若洪鐘地說：「起碼不下五十次死裡逃生，再不想躲了，死也是解脫。」他把嘴巴湊近趙天國的耳朵，壓低聲音說：「我不吹牛，要是想再逃，你們貓莊的那個武平抓不住我，我跑到燕子洞去只是想好好睡一覺。」

趙天國說：「我信你說的，你現在就可以好好地睡覺了。」

這天半夜裡龍大榜醒來，突然問趙天國：「那年我被彭學清抓到貓莊關起來，是誰救我的？長春說不是他救的，我記得當時那個人看上去應該是個孩子？」

趙天國愣了一下，說：「我現在不能告訴你，我一告訴你你就睡不好覺了。」

龍大榜打了個翻身，迷迷糊糊地說：「也好，那就等我們上路的那天再說吧。」

鎮壓龍大榜和趙天國的公審大會是三天後在縣城外西北角的土地廟前舉行的。西北縣委和軍分區把龍大榜和趙天國一同槍決是有深刻寓意的，他倆一個是武裝土匪，一個是用糖衣炮彈腐蝕革命幹部的敵特分子，代表革命鬥爭的兩種方向。時間選擇也是精心安排的，這一天是舊曆臘月初五，也是西曆一九五二年元旦，槍斃兩個罪大惡極的反革命分子，特別是龍大榜這個西北縣最大、隱匿時間最長的慣匪，是向全縣人民的新年獻禮。因此捉拿到龍大榜的當天晚上，縣政府就派人連夜把三天後元旦節這天槍決龍大榜的通告下發到各個區鄉，再讓區鄉傳達到各個村寨，武平書記要求深受龍大榜匪害的那支溪峽谷裡的近百個村寨的群眾由區鄉人民政府和民兵組織起來全部參加公審大會。這次公審大會來了最少兩萬群眾，是解放以來最聲勢浩大的一次。

公審的大木台搭在土地廟前幾十丈外的一丘大旱田中央，大會由西北縣委書記、軍分區司令員武平同志親自主持，並發表了重要講話。他在講話中歷數了龍大榜從清末到解放後五十年為匪生涯的累累惡行，但對趙天國卻一筆代過。後來上台的群眾代表聲淚俱下地控訴的也是龍大榜，以至於人們都以為台上綁著的那個乾瘦的小老頭兒是來陪殺的。直到控訴的群眾發完言後，武平再次從主席台後站起身來走到台沿前宣讀判處反革命龍大榜和趙天國死刑立即執行時，人們才恍然大悟。

公審大會時五花大綁的趙天國和龍大榜每人被兩個持槍的解放軍戰士按著雙肩跪在台上，兩人胸前都被掛了寫有反革命分子加自己名字的大木牌。名字用紅墨水打了大叉。先天夜裡的晚餐三菜一湯，有酒有肉，趙天國和龍大榜兩人都猜到明天要上路了，雖都沒有明說出來，但倆人卻胃口大開，喝完了一瓶包穀酒，吃光了所有的菜。整整一夜兩人都沒說一句話。第二天獄警一進號子，把兩塊木牌分別吊在兩人脖子上，龍大榜指著趙天國的牌子哈哈大笑：「我進來那天沒說錯吧，只是他們沒插在背上而是吊在胸口前了。」在台上兩人的表情有所不同，趙天國低著頭微閉著眼睛，像和尚打坐入定，龍大榜昂揚著雪白的頭顱，雙眼四處睃巡，似乎是在參加大會的人群中尋找熟人。兩人的身子卻都在簌簌地抖，天氣太冷了，從西水河口吹來的大風嗚嗚地吼叫，撲打在只穿夾衣單褲的兩個死囚身上，他們的身子就像浸泡在冰水裡一樣。

宣判完後，解放軍戰士把趙天國和龍大榜拖去土地廟後殿門前槍決時，發生了一場小小的擾亂。後面的趙天國剛被拖下土台，人們聽到從貓莊方向傳來一陣陣轟轟的炮聲，趙天國突然感覺心裡一震，使勁掙扎起來，他用力太突然，兩個押他的解放軍戰士猝不及防，同時一串趔趄，他們三人都險些從本身就不太牢固的木梯上摔倒下去。趙天國大喊：「我要跟武書記說句話，我要見武平，他把貓莊怎麼了，我聽到貓莊的炮聲了。」

公安局的姚科長擔任這次槍決任務的行刑隊長，聽到趙天國的叫聲跑過來說：「武書記讓我告訴你，南北公路已經修到貓莊了，周小龍政委帶著工程隊炸毀了貓莊的寨牆和所有的石屋，打砂石鋪路面，貓莊的那些石屋太潮濕，不能住人，政府已經把貓莊人分散到老寨，諾里湖等村寨……」未等姚科長說完，趙天國哇地一聲號啕大哭起來：「我的貓莊啊……」他的身子一下了癱軟了，全身的重量都壓到了兩個拖他的解放軍戰士的臂彎上。他一直就是這樣被拖至刑場的。

圍觀的群眾騷動起來，口哨聲、嬉笑聲此起彼伏，一些年輕人使勁大喊：「那個老頭兒嚇賴尿了！」一直到龍大榜掙扎著不肯跪下，兩個解放軍戰士用快槍槍托猛砸他的膝彎，把他砸得哇哇大叫起來時，人群的目光才被吸引過去，他們期待著受刑的龍大榜能給他們帶來精彩的一幕。那兩個解放軍戰士把趙天國拖到龍大榜身邊不到二尺遠的地方，讓他跪下，趙天國倒是一點也沒掙扎就跪下了。他抬起頭來，看到眼前一支黑洞洞的槍口慢慢地抬起來瞄準他。趙天國突然一下停住哭聲，不是被嚇呆了，這時他猛然回憶起了五十年前他剛成為巫師時接過法器後從一盆清水裡看到的就是這一幕情景。他現在清晰地記起了那時從神水裡看到一排穿草黃色軍裝的軍人一字排開，面容肅穆地站在一條鋪滿細碎鵝卵石的河灘上。再遠處，是一泓綠得發暗的河水。現在唯一不同的是他們不是站在河灘邊，而是土地廟前荒蕪的枯草地裡。趙天國嘴裡輕輕地叫了一聲：「神啊！」耳邊傳來一聲轟響，感覺胸口倏地一緊，就撲倒下地了。趙天國倒下去時聽到龍大榜最後一句話：「你還沒給我說那年是誰把我從貓莊放出來的呢？」他耷拉的腦殼已經觸地，無力回答龍大榜的發問了。

法醫驗完屍，維持秩序的公安戰士取下隔離的紅繩線後，趙天國家的三個女人趙田氏、胡小菊和吳君明才從人群最後面逆著人流擠出來跑上刑場，哭哭啼啼地給他收屍。冷冽的空氣已經吸走了趙天國身上的所有熱氣，他已僵硬了。跟挨了三槍仰面倒下的龍大榜不同，趙天國是撲面倒下的，但他並沒有完全倒地，而是依然保持著跪伏姿勢，趙田氏抱著他的頭，胡小菊和吳君明一個抱腰一個抱腳把他翻過身來，費力地拖動他時，她們看到他的臉上一片平靜，雙眼微閉，但他的眼眶裡蓄著兩滴碩大的淚珠，一左一右，晶瑩剔透，像兩滴清水一樣，靜靜地，一動不動……

SHOW小說 5　PG0917

巫師

作　　者 / 于懷岸
責任編輯 / 蔡曉雯
圖文排版 / 楊家齊
封面設計 / 秦禎翊

發 行 人 / 宋政坤
法律顧問 / 毛國樑　律師
出版發行 / 秀威資訊科技股份有限公司
114台北市內湖區瑞光路76巷65號1樓
電話：+886-2-2796-3638　傳真：+886-2-2796-1377
http://www.showwe.com.tw
劃撥帳號 / 19563868　戶名：秀威資訊科技股份有限公司
讀者服務信箱：service@showwe.com.tw
展售門市 / 國家書店（松江門市）
104台北市中山區松江路209號1樓
電話：+886-2-2518-0207　傳真：+886-2-2518-0778
網路訂購 / 秀威網路書店：http://www.bodbooks.com.tw
國家網路書店：http://www.govbooks.com.tw

2013年9月BOD一版
定價：499元

國家圖書館出版品預行編目

巫師 / 于懷岸著. -- 一版. -- 台北市 : 秀威資訊
科技, 2013.09
面； 公分. -- (SHOW小說 ; PG0917)
BOD版
ISBN 978-986-326-120-9 (平裝)

857.7 102009555

讀者回函卡

感謝您購買本書，為提升服務品質，請填妥以下資料，將讀者回函卡直接寄回或傳真本公司，收到您的寶貴意見後，我們會收藏記錄及檢討，謝謝！如您需要了解本公司最新出版書目、購書優惠或企劃活動，歡迎您上網查詢或下載相關資料：http:// www.showwe.com.tw

您購買的書名：＿＿＿＿＿＿＿＿＿＿

出生日期：＿＿＿＿年＿＿＿＿月＿＿＿＿日

學歷：□高中（含）以下　□大專　□研究所（含）以上

職業：□製造業　□金融業　□資訊業　□軍警　□傳播業　□自由業

□服務業　□公務員　□教職　□學生　□家管　□其它＿＿＿

購書地點：□網路書店　□實體書店　□書展　□郵購　□贈閱　□其他

您從何得知本書的消息？

□網路書店　□實體書店　□網路搜尋　□電子報　□書訊　□雜誌

□傳播媒體　□親友推薦　□網站推薦　□部落格　□其他＿＿＿＿

您對本書的評價：（請填代號　1.非常滿意　2.滿意　3.尚可　4.再改進）

封面設計＿＿　版面編排＿＿　內容＿＿　文／譯筆＿＿　價格＿＿

讀完書後您覺得：

□很有收穫　□有收穫　□收穫不多　□沒收穫

對我們的建議：＿＿＿＿＿＿＿＿＿＿

請貼
郵票

11466
台北市內湖區瑞光路 76 巷 65 號 1 樓
秀威資訊科技股份有限公司 收
BOD 數位出版事業部

（請沿線對折寄回，謝謝！）

姓　　名：＿＿＿＿＿＿　年齡：＿＿＿＿　性別：□女　□男

郵遞區號：□□□□□

地　　址：＿＿＿＿＿＿＿＿＿＿＿＿＿＿

聯絡電話：(日)＿＿＿＿＿＿＿＿ (夜)＿＿＿＿＿＿＿＿

E-mail：＿＿＿＿＿＿＿＿＿＿＿＿＿＿